LAURA KNEIDL
Someone New

LAURA KNEIDL

Someone NEW

Roman

LYX

LYX in der Bastei Lübbe AG
Dieser Titel ist auch als E-Book und Hörbuch erschienen.

FSC www.fsc.org MIX Papier aus verantwortungsvollen Quellen FSC® C014496

Originalausgabe

Dieses Werk wurde vermittelt durch die AVA international GmbH
Autoren- und Verlagsagentur, München.
www.ava-international.de

Textredaktion: Melike Karamustafa
Covergestaltung: ZERO Werbeagentur GmbH
Coverabbildung: © FinePic / shutterstock
Satz: Greiner & Reichel, Köln
Gesetzt aus der Adobe Caslon
Druck und Einband: GGP Media GmbH, Pößneck

Printed in Germany
ISBN 978-3-7363-0829-9

3 5 7 6 4 2

Sie finden uns im Internet unter: www.lyx-verlag.de
Bitte beachten Sie auch: www.luebbe.de und www.lesejury.de

Für alle,
die sich zwischen den Seiten
dieses Buches wiederfinden.

»Habe den Mut, du selbst zu sein. Es ist ein Prozess,
mit dem du jederzeit anfangen kannst.«
Anabelle Stehl

Playlist

Hozier – Someone New
Selena Gomez feat. Marshmello – Wolves
Taylor Swift – Dress
Raleigh Ritchie – Stronger Than Ever
Demi Lovato – Sorry Not Sorry
Beyoncé – Hold Up
MIKA – Grace Kelly
Selena Gomez – Bad Liar
Linkin Park – Waiting for the End
The Darkness – I Believe in a Thing Called Love
Five Hundredth Year – I Did Something Bad
Shinedown – DEVIL
Harry Styles – Sign of the Times
Jennifer Rostock – Kaleidoskop
Nightwish – Ever Dream
A Great Big World feat. Christina Aguilera – Say Something
Keiynan Lonsdale – Preach
Selena Gomez feat. Gucci Mane – Fetish
Hozier – Take Me to Church
Casper – Flackern, Flimmern
Snow Patrol – What If This Is All the Love You Ever Get?

1. Kapitel

Wie lange muss ich das wohl noch ertragen?

Die Frage stellte ich mir zum wiederholten Mal an diesem Abend, während mich Gwendoline Finn, die beste Freundin meiner Mom, von Kopf bis Fuß musterte. Abschätzend ließ sie den Blick von meinen schwarzen Haaren mit dem kurzen Pony über mein Louis-Vuitton-Kleid hinab bis zu meinen Schuhen gleiten – ein altes Paar Jimmy Choos aus der vorletzten Frühjahrskollektion. Sie rümpfte die Nase, was in ihrem vom Botox versteinerten Gesicht allerdings nur als ein leichtes Zucken zu erkennen war.

Doch ich lebte schon von klein auf in dieser Welt, und mit der Zeit hatte ich gelernt, in den regungslosen Mienen der High Society zu lesen.

»Mir ist zu Ohren gekommen, dass Sie nicht nach Yale gehen werden«, sagte Mrs Finn. Ihr Tonfall war übertrieben freundlich und gleichzeitig distanziert, als würde sie mich nicht bereits seit meiner Geburt kennen. Dabei hatte sie miterlebt, wie ich mir als Baby in die Hose gemacht und als Kleinkind den Mund mit Sandkuchen vollgestopft hatte.

»Da haben Sie richtig gehört«, antwortete ich. Ich fühlte mich wie Sam Winchester in der Serie *Supernatural*, als er dazu verdammt worden war, seinen Bruder immer wieder auf unterschiedliche Arten sterben zu sehen. Ich wiederum war verflucht, an diesem Abend immer und immer wieder das gleiche Gespräch zu führen. Die Unterhaltungen variierten zwar in der

Wortwahl, aber sie endeten alle auf dieselbe Weise: mit Unverständnis und Verachtung.

»Und Sie werden tatsächlich das örtliche College besuchen?«

Ich sah sehnsüchtig zu einem der Ausgänge, ehe ich nickte.

Mrs Finn starrte mich fassungslos und mit einem Hauch von Ekel an, als befürchtete sie, ich könnte mir am MFC – dem Mayfield College – eine ansteckende Krankheit einfangen.

Mir lag auf der Zunge, sie darüber aufzuklären, was für einen guten Ruf das MFC genoss, aber sie hätte es ohnehin nicht verstanden. Alles, was nicht Yale, Brown, Dartmouth, Harvard oder Princeton war, lag vermeintlich unter der Würde dieser Menschen; nur ein Auslandssemester in Europa war darüber hinaus noch akzeptabel.

»Aber Sie planen weiterhin, Jura zu studieren, nicht wahr?«

»Selbstverständlich«, erwiderte ich mit einem falschen Lächeln und versuchte, nicht daran zu denken, wie sehr ich die nächsten Jahre hassen würde. Tatsache war, dass ich mich weder für Politik oder Gesetze noch unseren Rechtsstaat interessierte. Während der Anwaltsberuf in der Theorie für mehr Gerechtigkeit auf der Welt sorgte (was eine schöne Vorstellung war), bedeutete er in der Praxis vor allem, reiche Menschen noch reicher und arme Menschen noch ärmer zu machen, zumindest entsprach das meinen Beobachtungen der letzten Jahre.

»Das freut Ihre Eltern mit Sicherheit«, sagte Mrs Finn, aber was sie wirklich meinte, war: *Zumindest ziehst du den Namen eurer Familie nicht noch weiter in den Dreck, indem du Kunst studierst.* »Und Ihr Bruder? Er reist gerade durch Europa, nicht wahr?«

»Ja«, antwortete ich gelangweilt. Wieso nervte mich diese Frau mit Fragen, auf welche sie die Antworten bereits kannte?

Na ja, zumindest kannte sie die Lügen, die meine Eltern verbreitet hatten. Die Wahrheit war in ihren Augen zu beschämend, um mit der Allgemeinheit geteilt zu werden. Dabei waren sie diejenigen, die sich schämen sollten.

»Mein Ältester, Carter, hat einige Monate in Italien verbracht. Eine wunderbare Erfahrung.« Mrs Finn hob die Hand und winkte eine Kellnerin heran.

Sofort kam die junge Frau in schwarzer Stoffhose, weißem Hemd und dunklen Hosenträgern durch den Raum geeilt. Die Haare hatte sie straff nach hinten gebunden, und obwohl sie lächelte, war ihr Blick leer. Sie wollte genauso wenig hier sein wie ich. Dennoch hielt sie Mrs Finn, ohne mit der Wimper zu zucken, ihr Tablett hin, damit diese ihre leere Champagnerflöte darauf abstellen und sich eine volle nehmen konnte. »Gibt es noch Hummerhäppchen?«

»Ich werde in der Küche nachsehen.« Die Kellnerin hielt mir ebenfalls das Tablett entgegen.

Kopfschüttelnd lehnte ich ab, auch wenn ein wenig Alkohol den Abend sicherlich erträglicher gemacht hätte. Nur war es als Tochter zweier Anwälte nicht wirklich ratsam, gegen das Alkoholgesetz zu verstoßen, vor allem nicht in der Anwesenheit von Klienten, die ihnen Millionenbeträge anvertrauten.

»Michaella, da bist du ja!«

Die Stimme meiner Mom, die geradewegs auf uns zugelaufen kam, ließ mich und Mrs Finn aufblicken. Sie trug ein dunkles Kostüm mit plissiertem Rock, und ihre Stöckelschuhe klackerten auf dem polierten Marmorboden. Anders als viele ihrer Freundinnen hatte meine Mom ihr Gesicht noch nicht mit Botox unterspritzen lassen, aber etliche Schichten Make-up kaschierten ihre Falten und verdeckten die Sommersprossen, die auch ich auf der Nase trug.

»Ich suche schon die ganze Zeit nach dir, um dir jemanden

vorzustellen. Kennst du Marshall Millington bereits?« Sie deutete vielsagend auf den jungen Mann, den sie im Schlepptau hatte. Er war vermutlich in meinem Alter, achtzehn oder neunzehn, aber sein grauer Anzug war identisch mit dem, den mein Dad heute trug.

»Es freut mich, dich endlich kennenzulernen«, sagte Marshall und streckte mir die Hand entgegen. Er hatte ein niedliches Lächeln.

Ich ergriff seine Hand. »Marshall Millington. Schöne Alliteration. Bist du ein Superheld?«

»Wie bitte?«

»Na ja, wie Peter Parker oder Wade Wilson«, erläuterte ich.

»Wer sind diese Leute?«, fragte er verständnislos und sah Hilfe suchend zu meiner Mom, die mir einen mahnenden Blick zuwarf und kaum merklich den Kopf schüttelte. Es gehörte sich nicht für eine junge Frau, über Superhelden und Comics zu reden. Das war allein Kindern vorbehalten, und auch da nur den Jungs, zumindest in der mittelalterlichen Welt, in der meine Eltern lebten.

»Spider-Man? Deadpool? Oder der Hulk? Bruce Banner.«

Die Verwirrung in Marshalls Augen wurde nur noch größer. Wie konnten diese Leute angeblich so weltgewandt sein und gleichzeitig hinterm Mond leben? Hätte ich Anstoß für ein Gespräch über die Wall Street gegeben, hätte Marshall vermutlich einen stundenlangen Monolog über Aktien, Geldkurse und den Weltmarkt halten können.

»Mach dir nichts draus«, kam ihm meine Mom zu Hilfe. »Mir sagen diese Namen auch nichts. Michaella hatte schon immer einen sehr speziellen Geschmack. Wahnsinnig charmant.« Sie tätschelte Marshall die Schulter, wobei die goldenen Armbänder an ihrem Handgelenk klimpernd gegeneinanderschlugen.

»Mrs Finn?« Die Kellnerin war zurück. Das Tablett mit den Champagnerflöten hatte sie gegen eines mit Häppchen ausgetauscht.

Mrs Finn, meine Mom und Marshall nahmen sich jeweils einen der kleinen Porzellanteller und bedienten sich an den Horsd'œuvres.

»Willst du nichts essen?« Mom sah mich fragend an.

»Nein danke, ich habe keinen Hunger«, log ich. In Wahrheit war ich kurz davor zu verhungern, aber ich wollte nicht schon wieder erklären müssen, wieso Hummer und Kaviar nicht in meine vegetarische Ernährung passten, also sparte ich mir den Atem.

Mit gespieltem Interesse hörte ich Marshall zu, wie er von seinem Praktikum bei einer Zeitung erzählte und davon, wie er Donald Trump Jr. hatte interviewen dürfen. Natürlich war er Republikaner, was sonst? Ich blieb, bis sich die Unterhaltung unserem Präsidenten zuwandte und ich es keine Sekunde länger aushielt. Mit der Ausrede, mich frisch machen zu wollen, eilte ich davon, bevor mich weitere Klienten und Geschäftspartner meiner Eltern ansprechen konnten.

Ich durchquerte den Salon mit den hohen Decken, der dunklen Polstergarnitur und dem gigantischen Erkerfenster, das sich zum Garten hin öffnete. Doch statt ins Badezimmer flüchtete ich in die Küche. Die lauten Stimmen und grellen Lacher hinter mir wurden leiser, und ich atmete das erste Mal seit zwei Stunden erleichtert auf.

Obwohl sich meine Eltern nie in der Küche aufhielten, war sie so groß wie ein Ein-Zimmer-Apartment und verfügte über einen professionellen Herd, wie ihn sich jeder Fünf-Sterne-Koch in seinem Restaurant wünschen würde. Gekocht wurde hier allerdings nur von ihrer Haushälterin, Rita. Nicht mal die Häppchen, die das Cateringpersonal verteilte, waren hier zubereitet worden. Überall standen mit Folie abgedeckte Tabletts und Aufbewahrungsbehälter herum.

Ich öffnete den Kühlschrank, ein monströses Teil aus Edelstahl mit zwei Türen und genug Platz, um Lebensmittel für eine zehnköpfige Familie zu horten. Trotzdem herrschte darin gähnende Leere, mit Ausnahme irgendwelcher Smoothies und weiterer Horsd'œuvres. Nachdem ich den Kühlschrank wieder geschlossen hatte, zog ich mir meine Jimmy Choos aus und kletterte auf die Anrichte, was sich in dem schmal geschnittenen Kleid als ziemliche Herausforderung erwies. Da meine Eltern keinen Industriezucker im Haus duldeten, versteckte Rita im hintersten Eck in einem der Schränke immer ein paar Schokoriegel für mich. Aber mein Lager war leer.

»Fantastisch«, murmelte ich genervt und war gerade dabei, von der Anrichte zu klettern, als die Tür hinter mir aufgestoßen wurde. Ich zuckte zusammen und musste mich an einem der Küchenschränke festklammern, um nicht abzurutschen. *Shit.* Langsam drehte ich mich um in der Erwartung, Mom wäre mir gefolgt. Seit einem Vorfall von vor zwei Jahren ließ sie mich bei dieser Art Veranstaltungen nur noch selten aus den Augen. Doch es war nicht meine Mutter, die in die Küche gekommen war, sondern ein Kellner.

Er war wie vom Donner gerührt stehen geblieben und starrte mich mit weit aufgerissenen Augen an. Bei dem Versuch, von der Anrichte zu steigen, war mein Kleid hochgerutscht, sodass der Kerl jetzt einen ungehinderten Blick auf meine rote Spitzenunterwäsche hatte. Völlig ungeniert gaffte er mich an.

Herausfordernd hob ich eine Augenbraue. »Gefällt dir die Aussicht?«

Er ließ den Blick von meinem Hintern zu meinem Gesicht wandern. Gleichgültig zuckte er mit den Schultern. »Schwarze

Wäsche hätte mir besser gefallen, wenn ich ehrlich sein soll, aber rot ist auch in Ordnung.«

Seine plumpe Antwort warf mich vollkommen aus der Bahn. Die meisten Leute, die für meine Eltern arbeiteten, behandelten mich wie ein rohes Ei. Entweder weil sie mich für ein naives Dummchen hielten, oder weil sie fürchteten, das verzogene Gör könnte sie feuern lassen. Aus diesem Grund sagten sie in meiner Gegenwart meist nur Dinge, von denen sie glaubten, dass ich sie hören wollte.

Ich sprang von der Anrichte, zog das Kleid über die Oberschenkel und betrachtete den Kerl eingehend. Ich war mir sicher, dass er mir heute noch keinen Champagner hatte aufdrängen wollen. Seine kantigen Gesichtszüge und die vollen Lippen, die er jetzt zu einem schiefen Lächeln verzog, wären mir aufgefallen. Und obwohl seine spitze Nase ein wenig zu groß für sein Gesicht war, änderte das nichts an der Tatsache, dass er mit Abstand der attraktivste Mann des Abends war. Seine braunen Haare, die an dunkles Karamell erinnerten, waren etwas zu lang, so als hätte er seinen letzten Friseurtermin verpasst, und auf eine unordentliche Weise nach hinten gekämmt, wie es meiner Mom nicht gefallen hätte.

»Schwarz ist langweilig«, erwiderte ich schließlich.

»Schwarz ist elegant.«

»Ist deine Unterwäsche schwarz?« Ich neigte den Kopf und versuchte, aus der Entfernung seine Augenfarbe auszumachen, was unter dem künstlichen Licht der Deckenstrahler praktisch unmöglich war. Doch ich war mir sicher, dass sie blau oder grün und nicht braun wie meine eigenen waren.

Ein amüsierter Ausdruck trat auf das Gesicht des Kellners, und Grübchen drückten sich in seine glatt rasierten Wangen. Er stellte in aller Ruhe sein leeres Tablett ab, als würde er täglich miterleben, wie sich Frauen beim Herumklettern in der

Küche entblößten. »Wer sagt, dass ich überhaupt welche trage?«

»Dir ist klar, dass du hier Essen servierst, oder?«

»Aber das tue ich mit meinen Händen und nicht mit meinem …« Er hielt inne und presste die Lippen aufeinander, um das Wort zurückzuhalten, das ihm eindeutig auf der Zunge lag, dann räusperte er sich. »Was machst du überhaupt hier? Suchst du etwas?« Er deutete auf den offen stehenden Schrank.

»Essen.«

»Davon haben wir jede Menge.«

Ich schnaubte. »Das sehe ich, aber habt ihr auch etwas ohne Kaviar, Hummer oder andere tote Tiere?«

»Ich fürchte nicht.«

»Verdammt.« Mit einem Stöhnen lehnte ich mich gegen die Anrichte und schlang die Arme um meine Mitte, als könnte ich meinen Magen so davon abhalten, ungeduldig zu knurren. Wieso hatte ich auf dem Weg hierher nicht bei Whole Foods haltgemacht?

»Vielleicht kann ich dir helfen.« Der Kellner kam näher, bis ich erkannte, dass seine Augen grün waren. Nicht hell wie Knospen im Frühjahr, sondern dunkel wie Blätter, kurz bevor sie braun wurden und von den Bäumen fielen. Statt vor mir stehen zu bleiben, lief er an mir vorbei zum Vorratsraum, in dem für gewöhnlich nur Konserven und trockene Lebensmittel gelagert wurden. Doch heute stapelten sich darin mehrere Taschen und Jacken. Er ging in die Knie und durchwühlte den Berg aus Stoff. Ich konnte nicht sehen, was er suchte, bis er sich aufrichtete und mit einem Sandwich auf mich zukam. Wortlos hielt er es mir entgegen.

Ich zögerte nicht. »Danke, du hast was gut bei mir.«

»Ich nehme gern Trinkgeld.«

»Sollst du bekommen.« Ich wickelte die Folie vom Sandwich, und nachdem ich mich vergewissert hatte, dass wirklich kein Fleisch darauf war, nahm ich einen gierigen Bissen – und stöhnte auf. Es schmeckte fantastisch, und das nicht nur, weil ich total ausgehungert war. Das Brot war fluffig, wie frisch gebacken, und statt einfach nur mit einer Scheibe Käse und Mayo zusätzlich mit Salat, Gurken und Tomaten belegt, verfeinert mit einem Hauch Senf und etwas Süßem, das ich nicht zuordnen konnte.

Der Kellner beobachtete mich. Langsam und eindringlich zugleich ließ er den Blick an meinem Körper entlangwandern, so als würde er nicht nur mein zurechtgemachtes Äußeres sehen, sondern auch die Persönlichkeit, die darunter verborgen lag. Mich hatten an diesem Abend schon viele Männer gemustert, aber ihre Neugierde hatte mich kaltgelassen. Nun jedoch beschleunigte sich mein Herzschlag.

»Wie heißt du?«, fragte ich mit vollem Mund. »In meinem Kopf nenne ich dich die ganze Zeit ›der Kellner‹.«

»Leute haben mich schon Schlimmeres genannt.« Die Bemerkung kam ihm locker über die Lippen, aber dabei flackerte etwas Dunkles in seinen Augen auf, das nicht zu seinem Tonfall passte.

Irritiert wartete ich darauf, dass er sich vorstellte, aber er sprach nicht weiter.

»Jetzt sag schon«, drängte ich.

Ich wusste nicht, wieso es mir so wichtig war, seinen Namen zu erfahren, vermutlich würden wir uns nie wiedersehen. Bei diesen Cateringfirmen herrschte ein ständiger Personalwechsel. Studenten kamen und gingen, wie es ihnen ins Semester passte. Allerdings war ich mir nicht sicher, ob er einer von ihnen war. Er war etwas älter, Mitte zwanzig, aber womöglich studierte er auch etwas besonders Anspruchsvolles wie Medizin oder machte seinen Doktor in einem anderen Fachgebiet.

»Julian«, antwortete er schließlich, und das war alles: Julian. Kein Titel, kein Zweitname, kein Nachname, um sich zu profilieren und um mich wissen zu lassen, wie viel Geld seine Familie besaß.

Ich lächelte und schwang mich auf die Anrichte. Meine Füße baumelten in der Luft. »Ich bin Micah.«

»Ich weiß, wer du bist. Michaella Rosalie Owens.«

»Klingt irgendwie gruselig, wenn du das so sagst. Wie ein Stalker.«

»Kein Stalker. Nur ein Kellner mit gutem Gehör. Die Leute reden über dich.«

»Und was sagen sie?«

»Dies und das. Vor allem spekulieren sie darüber, wieso du nicht nach Yale gehst. Sie vermuten, dass du schwanger bist, wie damals die kleine Lilly Sullivan. Und vermutlich ist der Sohn eurer Haushälterin der Vater, mit dem du bereits vor einer Weile eine Affäre hattest.« Julian schüttelte den Kopf, als hätte ich ihn enttäuscht.

Ich verdrehte die Augen und biss in das Sandwich, als könnte ich meine Gefühle mitsamt dem Brot runterschlucken. Die Leute taten, als würde die Welt untergehen, nur weil ich mich gegen ein Ivy-League-College entschieden hatte. Aber wie hätte ich ruhigen Gewissens nach Yale gehen können, ohne zu wissen, was mit Adrian war? Denn genauso wenig wie ich schwanger war, war er in Europa – meine Eltern hatten ihn rausgeschmissen, nachdem sie ihn vor einem Monat mit einem anderen Jungen im Bett erwischt hatten. Homosexualität passte nicht in die konventionelle Weltanschauung unserer Eltern und ihrer Geschäftspartner. Zwar hätte es keiner ihrer Klienten je gewagt, sich offen gegen Adrians sexuelle Orientierung auszusprechen. Niemand wollte als ignorant gelten. Aber mit der Zeit hätten wohl die meisten von ihnen Ausreden gefunden, um sich von der Kanzlei meiner Eltern zu distanzieren. Aus Angst, ihre Familiennamen mit irgendwelchen Gerüchten zu beschmutzen.

Seitdem hatte ich Adrian nicht mehr gesehen. Er hatte sich nur noch ein einziges Mal nachts heimlich ins Haus geschlichen, um ein paar Sachen zu packen und seinen Hausschlüssel zurückzulassen. In der ersten Woche nach dem »Vorfall« hatte ich kein Wort mit meinen Eltern gesprochen und all meine Kraft darauf verwendet, meinen Zwillingsbruder zu suchen. Erfolglos. Er war nirgendwo. Nicht bei seinen Freunden. Nicht in seinem Lieblingscafé. Und auch nicht im Museum für moderne Architektur, das er als seine persönliche Oase betrachtete. Wo immer er war, er wollte nicht gefunden werden. Nicht einmal von mir. Weit konnte er allerdings nicht gekommen sein, denn unsere Eltern hatten all seine Konten gesperrt. Er musste nach wie vor in der Nähe sein, und das war der Grund, weshalb ich Mayfield nicht für Yale verlassen würde. Adrian hatte seine Immatrikulation zurückgezogen, obwohl er immer davon geträumt hatte, auf eine Elite-Uni zu gehen, mehr als ich. Niemals hätte ich seinen Traum ohne ihn verfolgen und ihn dabei auch noch im Stich lassen können. Ich wollte für ihn da sein, wenn er sich entschied zurückzukommen, und keine dreitausend Meilen entfernt. Er brauchte wenigstens meine Unterstützung, wenn er sie schon von unseren Eltern nicht bekam.

Ich würde nie verstehen, was sie dazu getrieben hatte, Adrian wegzuschicken, und ein Teil von mir würde ihnen dies wohl nie verzeihen, aber alles in allem waren sie keine schlechten Menschen. Sie hatten uns immer alles gegeben, was wir gebraucht hatten – Kleidung, Essen, ein Dach über dem Kopf und Liebe. Obwohl sie viel arbeiteten, hatten sie sich mindestens einmal in der Woche Zeit für einen gemeinsamen Abend genommen. Bis vor einem Monat. Ich hoffte inständig, dass es wieder so werden konnte wie früher und unsere Eltern eines Tages lernen würden, Adrian so zu akzeptieren, wie er war. Denn sie hatten mich, und ich würde alles sein, was sie immer gewollt hatten – Jurastudentin, Anwältin, Geschäftspartnerin und Erbin.

»Schmeckt dir das Sandwich nicht?«

Julians Stimme riss mich aus meinen Gedanken. Ich blinzelte. »Doch. Es ist gut. Wieso?«

»Weil du gerade das Gesicht verzogen hast, als würde man dich zwingen, Dreck zu essen.«

»Oh, sorry, das war nicht wegen des Sandwiches.« Ich lächelte, spürte aber, dass es verkrampfter wirkte als noch vor ein paar Minuten. Wenn ich an Adrian und meine Zukunft dachte, hatte das diese Wirkung auf mich. Ich musste mich ablenken. In diesem Zustand konnte ich unmöglich wieder zurück in den Salon. »Wo habt ihr den Champagner versteckt?«

Julian hob den Deckel einer Styroporkiste an. Nebelschwaden stiegen aus dem Behälter von den Kühlaggregaten auf, die den Alkohol kalt hielten. Er nahm eine Flasche heraus und öffnete sie gekonnt mit einem lauten Knall.

Wie von selbst wanderte mein Blick zu seinen Armen und dem Muskelspiel unter dem weißen Hemd. Julian war kein Fitness-Junkie, aber es war nicht zu übersehen, dass er auf sich achtete. Sein Körper war drahtig und schlank.

Er bemerkte meinen forschen Blick, doch anstatt ihn zu erwidern oder mit einem süffisanten Grinsen zur Kenntnis zu nehmen, wandte er sich von mir ab und holte ein Glas. Er füllte es bis zum Rand mit Champagner und reichte es mir.

»Danke.«

»Ich mache nur meinen Job.«

Allerdings war es nicht sein Job, mir das Sandwich zu geben, das er sich selbst mitgebracht hatte, oder mir Gesellschaft zu leisten, während ich mich vor den anderen Gästen versteckte. Und das wusste ich sehr zu schätzen.

»Nimm dir auch ein Glas. Lass uns anstoßen.«

»Das darf ich nicht.«

Ich runzelte die Stirn. Hatte ich mich doch in seinem Alter getäuscht? »Komm schon. Nur ein Glas.« Ich streckte meinen Fuß aus und stupste ihn mit der Spitze meiner rot lackierten Zehe auffordernd an. »Ich dürfte eigentlich auch noch nichts trinken.«

»Ich rede nicht von meinem Alter, sondern davon, dass ich gerade arbeite.«

»Für *meine* Eltern.«

»Das ändert nichts.«

»Bitte.« Ich schob meine Unterlippe vor. »Alleine trinken macht keinen Spaß.«

Julian zögerte und sah mich nachdenklich an, als würde er abwägen, ob meine Bitte einen Verstoß gegen die Regeln wert war.

Und genau in diesem Moment begann ich, meine Worte zu bereuen. Er sollte seinen Job nicht meinetwegen riskieren. Das zu verlangen war überheblich und unverschämt und etwas, was meine Mom tun würde, nicht ich. Ich wollte Julian gerade sagen, er solle die Sache wieder vergessen, als er ein Seufzen ausstieß, sich eine Champagnerflöte nahm und sie bis zur Hälfte füllte.

»Ein halbes Glas muss reichen«, sagte er. »Worauf wollen wir anstoßen?«

»Dass dieser Abend schnell vorbeigeht«, erklärte ich und hoffte inständig, dass sich meine Mom nicht ausgerechnet diesen Moment aussuchte, um in die Küche zu kommen. »Cheers.«

»Cheers«, echote Julian und kam mir mit seinem Glas entgegen, wobei sein Ärmel leicht hochrutschte.

Ich glaubte, eine Narbe unter seinem Hemd hervorblitzen zu sehen, aber der Stoff glitt so schnell zurück, dass ich mir nicht sicher war, ob ich es mir nur eingebildet hatte. Um nicht noch unsensibler zu wirken, hielt ich meine Klappe und nippte an meinem Glas. Der Champagner prickelte wie eine Wunderkerze in meinem Hals, als auf einmal ein lautes Surren losging. Instinktiv versteifte ich mich, aber es war nur Julians Handy.

Er stellte sein Glas ab, zog das Smartphone aus seiner Hosentasche und starrte mit zusammengezogenen Augenbrauen auf das Display, bevor er den Anruf entgegennahm.

»Hey, was gibt's?« Er wandte mir den Rücken zu und entfernte sich ein paar Schritte von mir, während der Anrufer ihm antwortete.

Geschäftig biss ich in mein Sandwich, als wäre mein Kauen laut genug, um Julian nicht zu belauschen.

»Dann nimm ihn und setz ihn aufs Klo.«

Ich runzelte die Stirn. Mit wem zum Teufel telefonierte er da?

»Daran kann ich jetzt auch nichts mehr ändern.«

»…«

Julian stieß ein Seufzen aus. »Cassie soll es wegputzen.«

»…«

»Dann lass es liegen, bis ich wieder zurück bin.« Er begann, schmutzige Gläser in eine der Styroporkisten zu schichten, die einer der anderen Kellner achtlos auf dem Tresen hatten stehen lassen. »Zwei oder drei Stunden.«

»…«

Julian stieß ein frustriertes Knurren aus und rieb seine Nasenwurzel zwischen Daumen und Zeigefinger, während die

Person am anderen Ende der Leitung offensichtlich weiter auf ihn einredete. Schließlich ließ er die Hand sinken. »Danke, bis dann.« Er legte auf und schob das Handy zurück in seine Hosentasche, wo es den schwarzen Stoff ausbeulte. Langsam drehte er sich zu mir um und fing meinen fragenden Blick auf, sagte jedoch nichts.

Als mir klar wurde, dass er das Telefonat nicht von sich aus erklären würde, hakte ich nach. »Wer war das?«

»Mein Mitbewohner.«

»Musst du gehen?«, fragte ich, überrascht, wie sehr ich wollte, dass die Antwort »Nein« lautete.

Julian schüttelte den Kopf, und eine Strähne seines braunen Haares fiel ihm ins Gesicht. »Mein Kater hat unter die Couch gekackt. Mein Mitbewohner will es nicht wegputzen, aber auch nicht liegen lassen. Ich habe ihn erst seit einer Woche.«

»Den Kater oder den Mitbewohner?«

Julian grinste. »Den Kater.«

»Wie heißt er?«

»Laurence.«

Ich biss ein letztes Mal in das Sandwich und hielt Julian die übrige Hälfte hin. Er sollte meinetwegen nicht den restlichen Abend hungrig arbeiten. »Ich wollte immer eine Katze haben, aber meine Eltern haben es mir nie erlaubt.«

»Wieso nicht?«

»Sie haben Angst vor Haaren auf ihren teuren Anzügen.«

»Wofür gibt es Fusselrollen?«

Ich zuckte mit den Schultern, und während Julian die Reste seines Sandwiches aß, erzählte ich ihm von dem Aquarium, das mir meine Eltern geschenkt hatten, als ich sieben war. Doch viel zu schnell hatte Julian das Brot verputzt, und unsere Champagnergläser waren leer. Nun gab es keinen Grund mehr für mich, länger in der Küche zu bleiben, außer dass ich es wollte. Aber meiner Mom würde mein Verschwinden sicherlich bald auffallen.

Ich sprang von der Anrichte und schlüpfte wieder in meine Schuhe. »Ich glaube, es wird Zeit, wieder da rauszugehen«, sagte ich, bewegte mich aber nicht vom Fleck.

»Wieso gehst du auf eine Party, auf die du keine Lust hast?«, fragte Julian und räumte unsere Gläser mit einer Selbstverständlichkeit auf, die erahnen ließ, dass er diesen Job schon eine ganze Weile machte.

»Weil ich keine andere Wahl habe.«

Fragend zog Julian eine Braue hoch.

»Ich will ausziehen und bin gerade auf der Suche nach einer neuen Wohnung. Allerdings kann ich sie mir allein nicht leisten, deswegen habe ich eine Abmachung mit meinen Eltern getroffen. Sie bezahlen mir ein Apartment und das Studium, und ich muss dafür einmal die Woche bei ihnen zum Abendessen erscheinen und mich für eine angemessene Zeitspanne auf allen wichtigen sozialen Events blicken lassen.«

»Klingt nach einem fairen Handel.«

»Ich weiß.« Es war mehr als fair. Ein paar Stunden meiner Zeit im Austausch gegen Tausende von Dollar. Trotzdem hasste ich jede Sekunde. »Und warum bist du hier?«, fragte ich. Julian wirkte genauso lustlos wie ich und hatte sich dem Salon noch kein Stück genähert.

»Ist das nicht offensichtlich? Geld verdienen. Laurence ist vielleicht klein, aber er kostet ein Vermögen.«

»Wie viel bekommst du bezahlt?«

»Fünfundsiebzig Dollar.«

»Pro Stunde?«

Er lachte. »Für den ganzen Abend.«

»Das ist aber nicht viel.«

»Es ist mehr, als man anderswo verdient.«

»Das wusste ich nicht.« Woher auch? Ich hatte in meinem ganzen Leben noch keine Sekunde arbeiten müssen. Trotzdem wusste ich, dass fünfundsiebzig Dollar zu wenig dafür waren, den ganzen Abend Menschen wie Gwendoline Finn bedienen zu müssen. Ich gab Julian ein Zeichen, mir zu folgen. »Komm mit.«

»Wohin?«

»Das wirst du schon sehen.«

Er zögerte, aber besonders lange hielt sein Widerstand nicht an. Einen Moment später folgte er mir aus der Küche, den Flur entlang, am Salon vorbei bis zur begehbaren Garderobe.

In dem kleinen Raum roch es nach dem teuren Leder neuer Handtaschen und den parfümierten Mänteln der Gäste. Ich suchte meinen purpurnen Parka, den mir meine Mom vor drei Monaten zum Geburtstag geschenkt hatte. Am Kleiderhaken daneben hing meine Clutch, die von dem Notizbuch, das ich hineingestopft hatte, zum Bersten gespannt war.

»Halt mal.« Ich reichte Julian das Buch.

Er nahm es entgegen, und die Garderobentür fiel hinter ihm ins Schloss.

Das Licht war dämmrig, und im Vergleich zur Küche war der Raum eher klein. Zwischen all den Mänteln und Jacketts mussten Julian und ich dicht beisammenstehen. Mir entging nicht, wie gut er nach Tannennadeln und Erde roch, obwohl er schon den ganzen Abend Tabletts durch die Gegend schleppte.

»Was ist das?«, fragte Julian.

Ich hob den Kopf und stellte überrascht fest, dass ich mit ihm auf Augenhöhe war. Mit gerade mal eins sechzig war ich es gewohnt, zu anderen aufzublicken, selbst in hochhackigen Pumps, aber nicht bei Julian.

Er blätterte mein Notizbuch durch und betrachtete meine Skizzen.

»Nur etwas, an dem ich arbeite.«

»Das sieht gut aus.« Er hatte die Seite aufgeschlagen, auf welcher der erste Entwurf der *Albtraumlady* zu sehen war. »Ist das ein Comic?«

»Vielleicht«, erwiderte ich und zog geschäftig den Geldbeutel aus meiner Clutch, um ihm nicht weiter antworten zu müssen. Ich liebte Comics, Graphic Novels und Mangas. Ich fühlte mich in dieser Kunst zu Hause, aber sie anderen Menschen zu erklären und begreiflich zu machen war eine Herausforderung. Vor allem in den Kreisen, in denen sich meine Familie bewegte, entlockte meine Leidenschaft den meisten Leuten nur ein müdes Lächeln.

Ich öffnete mein Portemonnaie, nahm mehrere Geldscheine heraus und hielt sie Julian entgegen. »Hier.«

Er blickte von dem Notizbuch auf und sah auf das Geld. Seine Augen wurden groß. »Das ist zu viel.«

»Ist es nicht.« Es waren zweihundertdreißig Dollar. Meine Clutch hatte mehr gekostet. »Nimm es.«

Er schüttelte den Kopf. »Das geht nicht.«

»Wieso nicht?« Er öffnete den Mund, um mir zu antworten, aber ich kam ihm zuvor. »Und sag nicht, dass es zu viel ist.«

»Ich –« Julian kam nicht weiter, denn in diesem Moment wurde die Tür zur Garderobe geöffnet. Er erstarrte, und ich stopfte instinktiv das Geld zurück in meine Clutch.

»Michaella!« Es gab keine andere Person, die so viel Empörung, Enttäuschung und Wut in ein einziges Wort legen konnte, wie meine Mom. »Ist das dein Ernst? Schon wieder?« Sie sah von mir zu Julian, und die Verachtung in ihrem Blick wurde noch größer, als sie erkannte, wie dicht wir beisammenstanden. Ich musste keine Hellseherin sein, um zu ahnen, was sich meine Mom gerade in ihrem Kopf zusammenreimte; dafür war das Bild, das Julian und ich abgaben, zu eindeutig. Gemeinsam in einer geschlossenen Garderobe, im schummrigen Licht mit schuldbewussten Gesichtern.

»Ich wollte ihm Trinkgeld geben«, erklärte ich.

»Trinkgeld.« Meine Mom spuckte das Wort förmlich aus. »Diese Art von ›Trinkgeld‹ kannst du dir sparen, Michaella. Wir hatten dieses Thema schon mal, oder hast du das etwa vergessen?«

»Nein, aber ich wollte wirklich nur …« Ich hob meine Clutch an, um erneut das Geld herauszufischen.

Aber meine Mom hatte sich bereits Julian zugewandt. Die rot geschminkten Lippen zu dem grimmigen Lächeln verzogen, mit dem sie sonst nur gegnerische Anwälte bedachte.

Julian verspannte sich spürbar neben mir, aber sein Gesichtsausdruck blieb unverändert. Geradezu gleichgültig sah er meine Mom an. Ein Ausdruck, der ihr sichtbar missfiel.

»Und Sie … Sie sind gefeuert. Verschwinden Sie.«

Ich schnappte nach Luft. »Mom! Du kannst ihn doch nicht einfach feuern.«

»Ich kann. Und ich werde«, antwortete sie knapp. »Was immer ihr gemacht habt, wir bezahlen diese Leute nicht, um sich mit dir im Kleiderschrank zu verstecken. Er sollte dort draußen sein und uns bedienen.«

»Es war nicht seine Idee. Ich –«

»Lass es gut sein, Micah«, unterbrach mich Julian. Mit leerer Miene reichte er mir mein Notizbuch und trat einen Schritt zurück.

Mein Herz zog sich zusammen. Ich musste an Laurence denken. Konnte Julian ihn sich jetzt noch leisten?

Er schob sich an meiner Mom vorbei, als diese plötzlich die Hand nach vorn schießen ließ. Sie packte seinen Arm und beugte sich vor, die Nase gerümpft. »Haben Sie getrunken?«

»Ich … Ja«, gestand Julian mit gesenkter Stimme. »Ein halbes Glas.«

Angewidert schüttelte meine Mom den Kopf, obwohl sie selbst schon mindestens vier Gläser Champagner gehabt hatte. »Ich werde das Ihrem Chef melden. Wenn ich mit Ihnen fertig bin, werden Sie nie wieder einen Cateringjob in dieser Stadt bekommen.«

Julian spannte den Kiefer an und ballte die Hände zu Fäusten.

Ich hätte ihm gern geholfen, aber ich kannte meine Mom zu gut. Sie war dickköpfig, hatte einen eisernen Willen, und ihre Entscheidungen waren in Stein gemeißelt, was sie zu der brillanten Anwältin machte, die sie war. Alles, was ich zu Julians Verteidigung zu sagen hatte, würde die Situation noch verschlimmern. Ich konnte nur schweigen und darauf hoffen, dass meiner Mom die Arbeit in die Quere kam und sie vergaß, Julian anzuschwärzen.

Julian wandte sich ab und verließ, ohne mich noch eines Blickes zu würdigen, die Garderobe. Ich konnte es ihm nicht verdenken. Immerhin hatte ich ihn in diese Lage gebracht, und er hatte nicht einmal das Geld eingesteckt, das ich ihm angeboten hatte. Vermutlich bereute er seine falsche Bescheidenheit schon jetzt.

Schweigend und mit einem flauen Gefühl im Magen sah ich ihm hinterher, wie er in die Küche ging, um seine Sachen zu holen. Anschließend würde er vermutlich durch den Dienstboteneingang verschwinden, und ich würde ihn nie wiedersehen.

»Kommst du!«, sagte meine Mom mit spitzer Stimme. Keine Frage, sondern ein Befehl. Auffordernd hielt sie die Tür zur

Garderobe auf. Und wie so oft in den vergangenen Wochen biss ich mir auf die Zunge und gehorchte – für Adrian.

Ich hing meine Clutch zurück an ihren Platz und lief an meiner Mom vorbei in Richtung Salon. Sie folgte mir auf dem Fuß, als wollte sie sicherstellen, dass ich Julian nicht nachlief, und die ganze Zeit über konnte ich ihre vorwurfsvollen Blicke im Rücken spüren.

2. Kapitel

Zwei Monate später

Ich trat einen Schritt zurück und betrachtete mein Kunstwerk: eine aus Umzugskartons erbaute Festung. Sie reichte bis unter die Decke meiner neuen Wohnung, und durch eine Öffnung an der rechten Seite konnte man ins Innere krabbeln. Es hatte mich drei Stunden meines Lebens gekostet, diese Festung zu bauen, und ich war durchgeschwitzt vom Stapeln der Kartons, aber das war es wert.

Ich wischte mir mit dem Unterarm über die Stirn, ehe ich mein Handy hervorholte und ein paar Fotos meines Bauwerks knipste, um sie an Adrian zu schicken. Meine Nachrichten kamen anscheinend zu ihm durch, aber ich wusste nicht, ob er sie sich ansah, denn eine Antwort bekam ich nie. Trotzdem hielt ich unseren einseitigen Nachrichtenverlauf aufrecht. Ihm weiterhin zu schreiben gab mir das Gefühl, noch ein Teil seines Lebens zu sein, auch wenn wir uns inzwischen seit drei Monaten nicht mehr gesehen hatten. Ich vermisste ihn und machte mir zunehmend Sorgen, auch wenn ich damit offenbar allein war. Unsere Eltern bestritten ihren Alltag, als hätte es Adrian nie gegeben. Und auch sonst schien sich niemand wirklich für ihn zu interessieren. Mein Versuch vor einigen Wochen, eine Vermisstenanzeige aufzugeben, war gescheitert. Die Polizei hatte sich geweigert, etwas zu unternehmen. Adrian war ein geistig gesunder, erwachsener Mann. Er hatte seine Sachen gepackt und war – mehr oder weniger – freiwillig gegangen. In ihren Augen war nichts Bedenkliches oder Gesetzwidriges passiert.

Ich schüttelte den Kopf und verdrängte die Erinnerung, die sonst nur erneut die Wut in mir hätte hochkochen lassen; ein Gefühl, das ich in letzter Zeit oft im Zusammenhang mit meinen Eltern verspürte, weshalb ich umso glücklicher war, endlich bei ihnen ausgezogen zu sein. Es hatte länger gedauert als erwartet, ein geeignetes Apartment zu finden, aber seit heute war ich offiziell Eigentümerin einer Wohnung in der Copper Avenue – finanziert von meinen Eltern. Denn ich hatte nie etwas angespart. Es war nicht nötig gewesen. Vor der Sache mit Adrian hätte ich niemals gedacht, dass es mir eines Tages unangenehm sein könnte, vom Geld meiner Familie zu leben.

Eine positive Seite hatte meine finanzielle Abhängigkeit allerdings: Meine Eltern und ich mussten miteinander reden. Obwohl ich gerade nicht gut auf sie zu sprechen war, liebte ich sie und hoffte, unsere Familie eines Tages wieder zusammenzuführen. Keine Ahnung, ob das möglich war oder nur naives Wunschdenken, aber ich musste es mindestens versuchen. Und das ging nur, wenn wir miteinander im Kontakt blieben. Ich war das Bindeglied zwischen unseren Eltern und Adrian – sobald ich ihn fand.

Ich warf einen letzten Blick auf die Bilder, die ich Adrian geschickt hatte, und wollte gerade das Handy zurück in meine Hosentasche schieben, als es zu klingeln begann. Schlagartig breitete sich eine Mischung aus Angst und Hoffnung in mir aus. Das konnte kein Zufall sein, oder? Mit zitternden Händen hob ich das Handy und starrte auf das Display. Nur um im selben Moment enttäuscht festzustellen, dass es nicht Adrian war, der mich anrief. Allerdings war es auch *nicht* nicht Adrian.

Rufnummer unbekannt.

Hastig wischte ich mit dem Daumen über den Bildschirm, bevor die Person am anderen Ende auflegen konnte. »Hallo?«

»Guten Tag, spreche ich mit Micah Owens?«, fragte eine fremde, tiefe Stimme.

Enttäuscht ließ ich die Schultern sinken. »Ja, das tun Sie.«

»Hier ist Patrick Walsh, der Leiter vom Rainpride Center. Wir haben vor drei Wochen miteinander gesprochen, als du in meiner Einrichtung nach deinem Bruder gesucht hast.«

»Ja. Ich erinnere mich.« Wie hätte ich es auch vergessen können?

Nachdem die Polizei meine Vermisstenanzeige abgelehnt hatte, hatte ich meine eigene Suche ausgeweitet. Ich hatte sämtliche mir bekannten LGBTQ-Treffpunkte der Stadt abgeklappert, von Beratungsstellen bis hin zu Nachtclubs, für die ich mir extra einen gefälschten Ausweis hatte anfertigen lassen, für dessen Besitz meine Eltern mich umbringen würden, sollten sie jemals davon erfahren. Aber das Risiko war es mir wert.

»Gibt es etwas Neues?«, erkundigte ich mich ohne allzu viel Hoffnung. Mr Walshs nüchterner Tonfall deutete nicht darauf hin, dass er mir gute Neuigkeiten zu überbringen hatte.

Er seufzte. »Bedauerlicherweise nicht. Ich habe mich umgehört und meine Mitarbeiter über deinen Bruder informiert, aber er ist nicht zu Rainpride gekommen.« Mr Walsh legte eine kurze Sprechpause ein. »Bist du dir sicher, dass er noch in der Stadt ist?«

Nein. »Ja«, antwortete ich beharrlich. An die Möglichkeit, dass er inzwischen an Geld gekommen sein und Mayfield verlassen haben könnte, wollte ich überhaupt nicht denken. In diesem Fall hatte ich kaum eine Chance, ihn überhaupt noch zu finden. Denn was, wenn er nicht nur die Stadt, sondern auch Washington verlassen hatte? Oder gleich Amerika? Womöglich war er nach Kanada ausgewandert. Bei dem Gedanken wurden meine Knie weich. Ich stützte mich mit der freien Hand an meiner Festung ab.

»Und du warst schon bei der Polizei?«, fragte Mr Walsh nachdenklich.

Ich nickte, bis mir einfiel, dass er mich nicht sehen konnte. »Ja, war ich. Sie können mir nicht helfen.«

»Das tut mir leid.« In seinen Worten schwang ehrliches Bedauern mit. »Ich hoffe, du findest deinen Bruder. Er kann sich glücklich schätzen, dich zu haben.«

Konnte er das wirklich? An manchen Tagen war ich mir nicht sicher, ob ich wirklich immer die Schwester für ihn gewesen war, die ich hatte sein wollen. Irgendetwas hatte ich ganz offensichtlich falsch gemacht. Warum glaubte Adrian sonst, vor mir ebenso wegrennen zu müssen wie vor unseren Eltern? Die Vorstellung versetzte mir jedes Mal einen Stich.

»Danke für Ihre Hilfe, Mr Walsh.«

»Selbstverständlich. Wenn mir noch etwas zu Ohren kommt, melde ich mich.«

»Danke«, sagte ich noch einmal und beendete das Telefonat.

Langsam ließ ich das Handy sinken, die Finger vor Anspannung verkrampft, und starrte auf das Wallpaper, das ich als Hintergrund eingestellt hatte. Es zeigte ein Foto von Adrian, unseren Eltern und mir, wie wir eingemummelt in dicke Jacken auf dem Deck des Bootes standen, das uns vor vier Jahren durch die eisige Landschaft Grönlands gesegelt hatte. Ich hatte das Bild wegen der beeindruckenden Gletscher im Hintergrund gewählt, aber heute erinnerte es mich an etwas Verlorenes, das ich wiederhaben wollte.

Ich steckte das Handy zurück in die Hosentasche und holte den Laptop aus dem Koffer, in den ich die wichtigsten Sachen gepackt hatte, um sie trotz des Umzugs sofort zur Hand zu haben. Neben meinem MacBook befanden sich darin ein paar Anziehsachen und ein Kulturbeutel sowie mein Zeichentablet, fünf Comics und zwei Notizbücher meiner Lieblingsmarke. In dem einen waren nur noch vier Seiten frei, das andere war noch vollkommen leer. Ich konnte es kaum erwarten, es mit Gedanken und Ideen zur *Albtraumlady* zu füllen.

Mit dem Laptop in der Hand lief ich um meine Festung herum und setzte mich auf einen der beiden Kartons, die den Eingang ins Innere flankierten. Ich rief die Webseite des Rainpride Centers auf und wurde von einem Foto des lächelnden Mr Walsh begrüßt, das vermutlich schon einige Jahre alt war. Daneben befand sich ein kurzer Text, in dem er von seinen persönlichen Erfahrungen und seinem Entschluss, Rainpride zu gründen, erzählte. Ich hatte die Zeilen bereits gelesen und klickte direkt auf den Menüpunkt »Spenden«. Ich überflog das Kleingedruckte, in dem stand, wofür das Geld genutzt wurde, und widmete mich dann dem Wesentlichen: »Bitte wählen Sie einen Betrag aus«. Ich tippte eine vierstellige Summe ein, klickte auf »Weiter« und hinterlegte anschließend Nummer und Prüfziffer meiner Kreditkarte, die ich bereits seit meinem zehnten Lebensjahr auswendig kannte. Die Karte wurde monatlich von meinen Eltern ausgeglichen.

»Danke für Ihre Spende, Mr und Mrs Owens«, säuselte ich. Wenn sie schon nicht den Anstand aufbrachten, sich um ihren eigenen Sohn zu kümmern, konnte ihr Geld zumindest anderen jungen Menschen helfen, die sich in einer ähnlichen Situation befanden.

Ich öffnete den Messenger und schickte eine Nachricht an meine beste Freundin Lilly: *Abendessen?*

Ihre Antwort ließ nicht lange auf sich warten.

Lilly: *Keine Zeit. Skype-Date mit Tanner.*

Ich: *Morgen. B&B?*
Lilly: *Gern.*
Ich: *16 Uhr?*
Lilly: *17 Uhr, hab noch eine Lerngruppe.*
Ich: *Perfekt. Ich freu mich!*
Lilly: *Ich mich auch. Bis morgen!*
Ich: *Bis morgen. Und viel Erfolg!!!*
Lilly: *Danke.* <3

Ich lächelte voller Stolz auf meine beste Freundin. Lilly war mit Abstand die mutigste, ehrgeizigste und liebenswerteste Person, die ich kannte, und ich konnte es kaum erwarten, sie in einigen Monaten in ihrem Talar zu sehen und mitzuerleben, wie sie ihren Highschoolabschluss bekam; vermutlich mit Auszeichnung, so wie ich sie kannte.

Plötzlich klopfte es an der Tür. Benommen blickte ich von meinem Laptop auf. Das musste irgendein Nachbar sein, der sich vorstellen wollte. Bisher kannten nur Lilly und meine Eltern meine neue Adresse.

Ich klappte den Laptop zu und stellte ihn zur Seite, ehe ich zur Tür ging. Eilig strich ich mein *Wonder-Woman*-Shirt glatt, das ich auf der letzten Comic Con gekauft hatte, und fuhr mir mit den Fingern durch die Haare. Es gab in meiner Wohnung noch keine Spiegel – was vermutlich auch besser war, denn so konnte ich mir vorstellen, dass ich nicht so schmuddelig und verschwitzt aussah, wie ich mich fühlte. Ich öffnete die Tür, bereit, meinen Nachbarn ein freundliches »Guten Abend!« entgegenzuschleudern, brachte jedoch keinen Ton heraus, als ich meinen Besuch sah.

Vor meiner Tür standen eine junge Frau und ein Mann, die unterschiedlicher nicht hätten sein können. Sie war klein und zierlich, mit roten Haaren und Haut so hell, dass ich ihr am liebsten etwas von meiner Sonnencreme angeboten hätte. Der

Kerl neben ihr hingegen war schwarz und gut zwei Köpfe größer als sie, mit breiten Schultern und dunklen Augen, aus denen er mich interessiert ansah. Dabei waren es nicht ihre äußerlichen Unterschiede, die mich sprachlos machten, sondern ihre Gemeinsamkeit: Sie waren beide als Elben verkleidet.

Die zwei grinsten mich an, sichtlich amüsiert angesichts meiner Verwunderung.

Langsam fand ich meine Sprache wieder. »Hallo, Tauriel. Hallo …« Ich geriet ins Stocken, denn mir wollte kein schwarzer *Herr-der-Ringe*-Charakter einfallen. Gab es überhaupt einen? Es war Jahre her, dass ich die Filme das letzte Mal gesehen hatte. »Nicht-Tauriel«, beendete ich den Satz lahm und verzog entschuldigend die Lippen.

»Schon in Ordnung. Das hat Tolkien verbockt, nicht du«, sagte der Kerl und betastete nervös seine spitzen Ohren. Er trug ein Kostüm aus braunem Leder, das an eine Kriegeruniform erinnerte, mit zahlreichen Schnallen und Gürteln, an denen allerlei Waffen befestigt waren. Ich war mir sicher, dass sie nicht echt waren, obwohl sie so wirkten.

»Sein Pech. Du siehst fabelhaft aus.« Ich sah zu seiner Begleitung und korrigierte mich sofort. »Ihr beide seht fantastisch aus.« Sie trug ein Kleid aus grüner Baumwolle, ihre Unterarme bedeckten dunkle Ledermanschetten, und ein Köcher mit Pfeilen baumelte an ihrer Hüfte. Nur der dazu passende Bogen fehlte.

»Danke, sehr freundlich.« Sie deutete eine Verneigung an, die zu ihrem mittelalterlichen Kostüm passte. »Du musst Michaella sein. Zumindest steht das auf dem neuen Klingelschild unten an der Tür.«

»Micah. Nur meine Eltern nennen mich Michaella.«

»Okay, dann Micah. Ich bin Cassie.« Sie deutete auf den Mann. »Und das ist Auri.«

»Auri?«, hakte ich mit einer hochgezogenen Augenbraue nach, obwohl ich sicher war, mich nicht verhört zu haben. Der niedlich klingende Name passte überhaupt nicht zu der Person, die vor mir stand. Der Kerl war riesig, und seinen massiven Oberarmen nach zu urteilen, drückte er mein Gewicht auf der Pressbank zum Aufwärmen.

»Eigentlich Maurice, aber Auri ist auch in Ordnung.«

»Auri ist ein toller Name«, warf Cassie ein und blickte aus ihren großen grünen Augen zu ihm auf. Die beiden standen so dicht beieinander, dass sie ihren Kopf dafür beinahe vollständig in den Nacken legen musste. Sicherlich war Rumknutschen in der Vertikalen bei einem solchen Größenunterschied nicht leicht.

Auri lächelte auf sie herab. »Das musst du sagen. Du hast ihn dir schließlich ausgedacht.«

»Patrick Rothfuss hat ihn sich ausgedacht«, sagte sie entschieden und erklärte an mich gewandt: »Auri ist ein Charakter aus *Der Name des Windes*, unserem Lieblingsbuch. Kennst du es?«

Ich schüttelte den Kopf. »Nein, leider nicht.«

»Ich kann dir meine Jubiläumsausgabe mit den Illustrationen ausleihen, wenn du versprichst, keine Eselsohren reinzumachen.« Sie warf Auri einen strafenden Blick zu.

»Das würde mir nie im Leben einfallen«, erwiderte ich umgehend. Ich war zwar keine große Leserin, zumindest nicht von Büchern, aber ich pflegte meine Comics mit größter Sorgfalt und bekam jedes Mal einen halben Herzanfall, wenn versehentlich eine Seite in einem meiner Notizbücher oder meinem Zeichenblock einriss.

»Wohnst du allein hier?«, fragte Auri und beugte sich neugierig vor. Er war groß genug, um ungehindert über meinen Kopf hinweg in meine Wohnung zu sehen. Nicht dass es viel zu sehen gab, abgesehen von meiner Festung, den Möbelkartons und meiner mit Folie abgedeckten Couch.

»Ja«, antwortete ich und wechselte das Thema, bevor sie sich erkundigen konnten, woher ich das Geld nahm. Mir war das Vermögen meiner Familie bisher nie unangenehm gewesen, aber in diesem Moment schämte ich mich dafür, vermutlich weil ein Teil von mir wusste, wie falsch es war, ihre Kreditkarten und Schecks anzunehmen, während ich sie insgeheim für die Sache mit Adrian verabscheute. »Studiert ihr?«

Cassie nickte. »Literaturwissenschaften im dritten Semester.«

»Grafikdesign«, antwortete Auri. »Und Sport.«

»Football?«

Er grinste. »Ja, mit Stipendium.«

»Angeber«, murmelte Cassie, worauf er ihr einen sanften Stoß in die Seite verpasste. »Und was ist mit dir?«

»Jura«, antwortete ich und versuchte, dabei nicht allzu verbittert zu klingen.

Die Einführungswoche war inzwischen vorüber, und die Vorlesungen hatten begonnen. Nach dem ersten Tag hatte ich mich dem verrückten Glauben hingegeben, dass es womöglich nicht so schlimm werden würde wie erwartet. Doch bereits der zweite Tag hatte mich eines Besseren belehrt. Ich hasste es. Ich hasste jede Minute. Ich hasste jedes Wort, das meine Professoren sagten. Und ich hasste das amerikanische Rechtssystem. Nur meine Kommilitonin Aliza machte die Sache erträglich.

»Welches Semester?«, erkundigte sich Auri.

»Erstes.«

Cassie klatschte in die Hände. »Oh, ein Frischling. Ich kann dich gern herumführen.«

Ich lächelte. »Lieb von dir, aber ich komme aus Mayfield.«

»Ach so.« Verdutzt blinzelte sie mich an. »Verstehe. Ich dachte nur, wegen der eigenen Wohnung und so.«

»Ja … Nein. Ich war einfach bereit, bei meinen Eltern auszuziehen.« Wäre die Sache mit Adrian nicht passiert, hätte ich vermutlich noch bei ihnen gewohnt. Oder auch nicht, denn wäre Adrian noch bei uns gewesen, hätte ich gemeinsam mit ihm in Yale und nicht allein am MFC studiert. »Wo kommt –« Ich verstummte, als ich plötzlich etwas hörte. Mit angehaltener Luft lauschte ich auf das schabende Geräusch, das aus der Wohnung nebenan zu kommen schien. Ein klägliches Miauen mischte sich unter das Kratzen.

»Oje, da hat jemand Hunger«, bemerkte Auri.

Schuldbewusst verzog Cassie die Lippen. »Wir hätten ihn schon vor zwei Stunden füttern müssen.«

»Ist das eure Katze?«, fragte ich erfreut. Anscheinend hatte ich genau die richtigen Nachbarn getroffen. Zwar konnte ich mir endlich selbst ein Haustier halten, aber ich wollte nichts überstürzen. Vielleicht nachdem ich mich besser eingelebt und das erste Semester überstanden hatte.

Cassie nahm die Pfeile aus ihrem Köcher, ehe sie hineingriff und einen Schlüsselbund hervorzog. »Laurence gehört unserem Mitbewohner, aber der arbeitet samstags immer lang, also kümmern wir uns um ihn.«

Irritiert sah ich Cassie an. »Was sagtest du? Wie heißt der Kater?«

»Laurence.« Sie lachte. »Ich weiß, ein ziemlich merkwürdiger Name für ein Kätzchen.«

Ich nickte zustimmend, aber in Gedanken war ich bereits einen Schritt weiter. Das konnte kein Zufall sein. Ausgeschlossen. Wie viele Kater namens Laurence konnte es in Mayfield geben? Nicht viele, und das bedeutete, dass der Kellner von der Dinnerparty meiner Eltern Cassies und Auris

Mitbewohner sein musste. Julian. Hatte er Cassie nicht sogar erwähnt? Ich war mir nicht mehr sicher, aber so oder so hätte ich nicht erwartet, ihn jemals wiederzusehen. Seit dem Abend vor zwei Monaten hatte ich immer wieder an ihn denken müssen, nicht zuletzt wegen meines schlechten Gewissens. Aber wenn er hier wohnte, bedeutete das, dass ich eine zweite Chance bekam. Ich konnte wiedergutmachen, was ich verbockt hatte.

»Euer Mitbewohner heißt nicht zufällig Julian, oder?«, fragte ich und versuchte, meine Aufregung zu verbergen.

Cassie runzelte die Stirn. »Doch. Julian Brook. Kennt ihr euch?«

»Sozusagen«, antwortete ich verlegen und fragte mich, ob er ihnen von mir erzählt hatte. Wussten sie von der arroganten Ziege, die schuld an seiner Kündigung gewesen war? Oder hatte er diesen Teil des Abends ausgelassen? »Wir haben uns auf einer Feier kennengelernt.«

Auris Augenbrauen schossen in die Höhe. »Wirklich?« Er klang überrascht.

»Ja.«

Die beiden wechselten einen bedeutungsschweren Blick, der einige Sekunden anhielt, bevor sich Cassie wieder an mich wandte, ihre Pfeile noch immer in der Hand. »Was war das für eine Party?«

»Eine langweilige«, antwortete ich verhalten. »Er hat dort gearbeitet.«

»Aaah.« Erkenntnis erhellte ihr Gesicht. »Verstehe.«

»Was verstehst du?«

Auri schnaubte. »Julian würde nie freiwillig auf eine Party gehen.«

»Nie?«, fragte ich verwundert.

Cassie schüttelte den Kopf. »Niemals.«

»Der Junge ist ein krankhafter Workaholic«, erklärte Auri und verschränkte die Arme vor der Brust. »Ich sag ihm ständig, er soll mal einen Gang runterschalten, aber wenn er nicht am MFC ist, geht er einem seiner tausend Jobs nach.«

Tausend Jobs. Und ich hatte ihn auch noch um die fünfundsiebzig Dollar meiner Eltern gebracht.

»Ist er gerade auch kellnern?«, fragte ich mit vager Hoffnung. Immerhin war es Samstagabend, die perfekte Zeit für einen Cateringjob. Und vielleicht hatte meine Mom tatsächlich vergessen, ihn bei seinem Chef anzuschwärzen.

Nachdenklich schürzte Cassie die Lippen. »Ich bin mir nicht sicher.«

»Nein, ist er nicht«, sagte Auri. »Mr Gordon hat ihn doch rausgeschmissen. Erinnerst du dich nicht? Deswegen bringt er auch keine Häppchen mehr mit nach Hause.«

»Stimmt, die Häppchen, von denen ich nie etwas abbekommen habe.«

»Du meintest, sie schmecken dir nicht.«

»Die mit dem rohen Fisch mochte ich nicht. Die anderen schon.«

»Oh, dann habe ich das wohl falsch verstanden.«

Cassie verdrehte die Augen. »Natürlich hast du das.«

Es war unterhaltsam, den beiden beim liebevollen Streiten zuzusehen, allerdings beschlich mich langsam das Gefühl, dass sie Julian nicht sonderlich gut kannten. Wer wusste nicht oder nur anhand fehlender Häppchen, ob sein Mitbewohner gefeuert worden war? Mein schlechtes Gewissen war damit nicht im Geringsten erleichtert, aber Julians Kater sollte meinetwegen nicht noch länger auf sein Futter warten müssen. Er hatte das ganze Gespräch über unaufhaltsam an der Tür gekratzt. »Ihr solltet wohl besser Laurence füttern gehen.«

»Oh Gott, ja.« Cassie schob eilig ihre Pfeile zurück in den

Köcher und begann, an ihrem Schlüsselanhänger herumzupfriemeln, an dem mindestens ein Dutzend Schlüssel hingen.

»Wir sind furchtbare Katzeneltern«, stellte Auri fest und zog Cassie, die noch immer nach dem richtigen Schlüssel suchte, in Richtung ihrer Wohnungstür.

»Wäre es unsere Katze, wäre das anders.«

»Wir hätten keine Katze, sondern einen Hund.«

Statt etwas darauf zu erwidern, wandte sich Cassie noch einmal mir zu. »War schön, dich kennenzulernen, Micah. Wir sehen uns sicher bald wieder.«

»Bestimmt! Hat mich gefreut.« Ich winkte den beiden zum Abschied, und sie huschten eilig durch einen schmalen Spalt in ihr Apartment, damit Laurence nicht in den Flur entkommen konnte.

Ich blieb noch einen Moment stehen und starrte auf die geschlossene Wohnungstür. Julian Brook. Wer hätte das gedacht?

3. Kapitel

»Endlich!« Lilly sprang von ihrem Stuhl auf, als ich mit einer Viertelstunde Verspätung das Beans & Bread betrat, unser Lieblingscafé seit der Middleschool.

Wir hatten es vor Jahren durch Zufall entdeckt, als ich ein paar meiner Kleidungsstücke in den Secondhandladen nebenan hatte bringen wollen. Heute gab es diesen nicht mehr, und das schrullige Café wurde stattdessen von einem verdunkelten Erotikshop und einem Nagelstudio flankiert, dessen Schaufenster mit nervig blinkenden Lichtern geschmückt waren.

»Tut mir leid, viel Verkehr.« Ich umarmte Lilly zur Begrüßung, ehe ich mich zu Lincoln hinabbeugte und ihm einen Kuss auf das hellbraune Haar drückte.

Er blickte auf und grinste mich an. »Micah!«

»Na, wie geht's meinem Großen?«

»Mom hat gesagt, ich soll dir ein Bild malen.« Er griff eifrig nach dem Blatt, das vor ihm auf dem Kinderstuhl lag, und hielt es stolz in die Höhe.

Darauf zu sehen war … Keine Ahnung, was das sein sollte. Ein Löwe? Ein explodierender Alien? Eine abstrakte Darstellung des Universums? Ich wusste es nicht, dennoch setzte ich ein Lächeln auf und lobte Link.

Das Funkeln in seinen Augen wurde noch strahlender, und sofort machte er sich wieder an die Arbeit. Wild kratzte er mit einem Buntstift über das Papier.

Fragend sah ich zu Lilly.

Optisch war meine beste Freundin das genaue Gegenteil von mir. Sie hatte blaue Augen und blonde Haare, die ihr mithilfe eines Brazilian Blowouts glatt über den Rücken fielen. Ganz anders als meine naturbelassenen Zotteln, die nie taten, was ich wollte. Vor allem meinen Pony zu bändigen war eine Herausforderung, und jeden Morgen sagte ich ihm aufs Neue mit dem Glätteisen den Kampf an.

Sie zuckte mit den Schultern und schüttelte den Kopf.

Beruhigt, dass nicht einmal Links Mom erkannte, was das Etwas auf dem Bild sein sollte, setzte ich mich und zog die Speisekarte aus dem Ständer. Eine reine Gewohnheit, denn bei Rick bestellte ich immer dasselbe.

»Du wirst niemals erraten, wer in der Wohnung neben mir wohnt.«

»Nick Robinson!«

Ich schnaubte. »Klar, und unter mir residiert Keiynan Lonsdale.«

»Schade, hätte ja sein können.«

»Natürlich«, pflichtete ich ihr bei, als wäre es wirklich möglich, dass die *Love-Simon*-Schauspieler zu meinen Nachbarn gehörten. »Ein Tipp: Es ist kein Promi.«

»Hmmm.« Nachdenklich tippte sie sich mit dem Zeigefinger ans Kinn. »Alexandra Courtin?«

Alex hatte einige Jahre dieselbe teure Privatschule besucht wie Lilly und ich, bis ihr Dad wegen Geldwäsche festgenommen worden war und die Familie ihr gesamtes Vermögen verloren hatte. Danach waren sie angeblich untergetaucht. In Wirklichkeit hatten sie Mayfield aber nie verlassen, sondern sich nur aus den Kreisen der selbst ernannten High Society zurückgezogen.

Ich schüttelte den Kopf. »Nein, auch nicht Alex. Ich sag es dir: Julian Brook.«

Lilly runzelte die Stirn. »Wer?«

Ich schob die Speisekarte zurück in den Ständer. »Julian. Der Kellner.«

»Ah. Den du hast feuern lassen?«, fragte Lilly und griff gleichzeitig nach ihrer Handtasche, aus der sie ein Taschentuch zog, um Link damit die Nase zu putzen.

»Ich habe ihn nicht feuern lassen. Eine Verstrickung unglücklicher Umstände hat dazu geführt, dass meine Mom ihn gekündigt hat«, antwortete ich, aber sofort waren meine Schuldgefühle zurück und mein Verstand beschwor die Erinnerung an Julian herauf, wie er mir mit kalter, verschlossener Miene den Rücken zugewandt hatte.

»Und, was hat Julian gesagt, als er dich gesehen hat?«

»Nichts. Wir haben uns noch nicht getroffen.« Ich hielt einen Buntstift auf, der vom Tisch zu rollen drohte, und reichte ihn Link. Prompt begann er, violette Striche über seinen explodierenden Alien-Löwen zu malen. »Seine Mitbewohner standen gestern vor meiner Tür, da hab ich es zufällig rausgefunden.«

»Und du bist nicht sofort zu ihm gegangen?«

Ich verdrehte die Augen. Sie kannte mich einfach zu gut. »Er war arbeiten.«

»Und heute Morgen?«

»Wollte ich ihn ausschlafen lassen.« Fragend hob Lilly eine Augenbraue. Ich seufzte. »Vielleicht oder vielleicht auch nicht war ich bis zwei Uhr nachts wach und habe zufällig mitbekommen, dass er nicht nach Hause gekommen ist. Oder er hat sich superleise an meiner Wohnung vorbeigeschlichen.«

»Oder er hat bei seiner Freundin übernachtet.«

»Oder das.« Ich verstummte, als ich aus dem Augenwinkel sah, wie Rick, der Inhaber des Beans & Bread, auf unseren Tisch zukam.

»Guten Morgen, Ladys«, begrüßte er uns mit schwerem schottischem Akzent. »Wie geht es euch?«

»Hervorragend. Und dir?«, fragte Lilly mit einem Lächeln.

Link hatte den Blick von seinem Bild gelöst und starrte nun Rick an. Er war in seinen Fünfzigern, mit einem deutlichen Bauchansatz, grauen Haaren und einem ebenso hellen Bart, der ihn das ganze Jahr über aussehen ließ wie den Weihnachtsmann.

»Kann mich nicht beklagen.« Er lächelte. »Was darf ich euch bringen?«

»Einen Apfelsaft für Link. Einen Chai Latte für mich und ...« Lilly verstummte und spähte an Rick vorbei zu der Auslage mit dem Gebäck. Voller Sehnsucht betrachtete sie die Zitronenmuffins.

Ich hasste es, sie zögern zu sehen. Sie wollte den Muffin, aber sie glaubte ihn nicht verdient zu haben. In ihrer Schwangerschaft hatte sie dreißig Pfund zugenommen, und inzwischen waren zehn weitere hinzugekommen. Was nicht schlimm war, vor allem wenn man bedachte, dass sie nicht nur ein Kleinkind erzog, sondern gleichzeitig ihren Schulabschluss nachholte. Doch Lilly machte sich wegen ihres Gewichts ständige Vorwürfe.

Schließlich schüttelte sie den Kopf. »Nichts weiter. Das wäre alles.«

Rick nickte. »Und für dich?«

Ich lächelte. »Dasselbe wie immer.«

»Ein doppelter Espresso und ein Scone mit Marmelade. Kommt sofort.« Er sauste in die Küche, von der aus sich der herrliche Duft von karamellisiertem Zucker im ganzen Café verteilte. Das Mobiliar im Beans & Bread war wild zusammengewürfelt. Grüne Tische, rote Stühle und gelbe Sessel, in den verschiedensten Formen und Nuancen. Nichts passte zusammen. Als hätten Rick und seine Frau den Laden Stück für Stück mithilfe des Secondhandladens von nebenan ausgestattet.

Ich klaute mir einen von Links Buntstiften und ein Stück Papier. »Wie geht es Tanner?«, fragte ich Lilly und begann, die Skizze einer Frau zu zeichnen. Ständig auf irgendetwas herumzukritzeln war ein Tick von mir, für den mich meine Eltern schon oft zurechtgewiesen hatten. Sie glaubten, es wäre ein Ausdruck von Langeweile oder Desinteresse, aber das stimmte nicht. Meist half das Zeichnen mir sogar dabei, mich besser zu konzentrieren.

»Princeton stresst ihn. Er wollte eigentlich am Wochenende nach Hause kommen, aber die Professoren schütten ihn mit Arbeit zu. Vor Ende des Monats wird es vermutlich nichts mit einem Besuch.« Mit einem müden Lächeln sah Lilly zu Link, der sich ebenfalls ein neues Blatt genommen hatte und in wilden Bewegungen schwarze Kreise auf das Papier zeichnete. »Er fragt jeden Abend nach seinem Dad.«

»Natürlich. Er vermisst ihn. Aber Tanner kommt ja bald.«

Lilly seufzte. »Hoffentlich.«

Ich beugte mich vor und legte meine Hand auf ihre. Sie zeigte nur selten Schwäche, weil sie für Lincoln stark sein wollte. Doch nun waren ihre Augen feucht, und ich erkannte, wie sehr sie sich nach Tanner sehnte. Nicht nur nach Tanner, dem Vater ihres Sohnes. Sondern auch nach Tanner, dem Jungen, den sie bereits seit einem halben Jahrzehnt liebte.

Er war drei Jahre älter als sie und studierte im fünften Semester in Princeton. Dort war er bereits angenommen worden, bevor Lilly von ihrer Schwangerschaft erfahren hatte. Um bei der Geburt dabei zu sein, hatte er sein Studium ein Semester später begonnen als geplant. Er hatte sogar überlegt, ans MFC zu wechseln, aber ein Abschluss an der Elite-Uni würde ihm später mehr Türen öffnen. Außerdem war ein Studium in Princeton in seiner Familie Tradition. Diese zu brechen hätte nur zu noch mehr bösem Blut geführt; die ungewollte Schwangerschaft einer Minderjährigen war in den Augen ihrer beiden Eltern schon schlimm genug für den Ruf der Familien gewesen.

»Ganz sicher. Und du wirst sehen, die nächsten Wochen vergehen wie im Flug.«

»Ja, und dann haben wir drei schöne Tage zusammen, ehe wir uns wieder einen Monat lang nicht sehen.« Lilly holte tief Luft und ließ sich auf ihrem Stuhl zurückfallen, wobei ihre Hand unter meiner wegrutschte. »Manchmal frage ich mich, ob ich die richtige Entscheidung getroffen habe.«

»Das hast du«, versicherte ich ihr mit einer Überzeugung, die tief aus meinem Herzen kam.

Lilly zweifelte nicht an ihrer Entscheidung, Link bekommen zu haben, sondern an ihrem Wunsch, den Highschoolabschluss nachzuholen. Aus diesem Grund war sie auch nicht mit Tanner nach New Jersey gegangen, denn dort hätte sie sich neben ihrem vollen Stundenplan allein um Link kümmern müssen. Hier in Mayfield wurden sie von ihren Familien und Freunden unterstützt. Selbst Tanners versnobte Eltern hatten sich nach der Geburt für ihren Enkel erwärmen können.

»Im Moment ist es hart, aber wenn du später zurückblickst, wirst du stolz auf das sein, was du geleistet hast.«

»Oder ich werde es bereuen, nicht mehr Zeit mit der Liebe meines Lebens verbracht zu haben.«

Ich machte eine wegwerfende Handbewegung. »Mach dir deswegen keine Sorgen. Ihr seid noch jung und habt noch fünfzig oder sechzig Jahre vor euch, in denen ihr euch gegenseitig auf die Nerven gehen könnt. Das jetzt ist nur das Vorspiel.«

Lilly schnaubte. »Ein ziemlich langes Vorspiel.«

Ich zuckte mit den Schultern und beugte mich wieder über meine Zeichnung. »Früher war das eine Qualität, die du an Tanner zu schätzen wusstest.«

Ich drängte mich gegen die Tür und starrte durch den Spion auf den Flur vor meiner Wohnung. Es war Montagvormittag, und allmählich hätte ich mich auf den Weg zu meinen Vorlesungen machen sollen, aber ich hatte mir noch ein letztes Mal fünf Minuten gegeben, um auf Julian zu warten. Die Uhr tickte. Lilly hätte mich ausgelacht, wenn sie mich so gesehen hätte, aber ich konnte nicht anders. Ich wollte Julian wiedersehen und mich bei ihm entschuldigen.

In den Tagen nach der Dinnerparty hatte ich immer wieder an ihn und Laurence denken müssen. Am liebsten hätte ich die Cateringfirma angerufen, um ihn ausfindig zu machen und ihm das Geld zu geben, das er an jenem Abend nicht hatte nehmen wollen. Dafür hätte ich allerdings meine Mom nach dem Namen des Unternehmens fragen müssen, und das war keine Option gewesen. Sie hätte sofort gewusst, worum es ging, und mir eine Standpauke gehalten, die Julian vermutlich noch tiefer in die Scheiße geritten hätte. Also hatte ich mein schlechtes Gewissen ausgehalten, bis es von meiner Sorge um Adrian abgelöst worden war. Doch nun, da ich eine zweite Chance bekam, wollte ich wiedergutmachen, was ich verbockt hatte.

»Jetzt komm schon«, murmelte ich. Ungeduldig starrte ich auf den leeren Gang hinaus. Früher oder später musste Julian zu einer Vorlesung oder auf die Arbeit.

Als ich das Klicken einer sich öffnenden Tür hörte, zuckte ich vor Schreck zusammen, obwohl ich die ganze Zeit auf genau dieses Geräusch gewartet hatte. Mein Puls schoss in die Höhe, und ich presste mein Auge noch fester an den Spion, durch den die Sicht allerdings ziemlich eingeschränkt war. Zuerst sah ich nur einen verschwommenen Schatten rechts von mir, aber eine Sekunde später erkannte ich ihn: Julian. Er lief an meiner Wohnung vorbei zur Treppe.

Hastig schnappte ich mir den Rucksack, der zu meinen Füßen stand, und riss die Tür auf.

Julian fuhr erschrocken herum und erstarrte.

Der Blick aus seinen grünen Augen war mir fremd und vertraut zugleich. Dutzende Male hatte ich ihn in meinen Erinnerungen gesehen, mit seiner spitzen Nase, seinen vollen Lippen und den Grübchen in den Wangen, doch sein Haar war kürzer als bei unserer ersten Begegnung und statt seiner Kellneruniform trug er eine verwaschene Jeans und einen schwarzen Pullover, der viel zu warm für den Spätsommer in Washington schien.

»Hey«, grüßte ich mit einem Lächeln, bemüht, möglichst beiläufig zu klingen.

»Hey«, gab Julian mit einem knappen Nicken zurück. Er wirkte überrumpelt, aber nicht überrascht, als hätten Auri und Cassie ihm bereits von mir erzählt.

Ich lächelte ihn an. »Wie geht's?«

»Gut.« Er zögerte. »Und selbst?«

Ich überlegte kurz, ihm die Wahrheit zu sagen, verwarf den Gedanken aber schnell wieder. Sonst hätte er mich vermutlich für völlig durchgeknallt gehalten. »Ich kann mich nicht beklagen.«

»Schön«, erwiderte er gleichmütig, und bevor ich noch etwas sagen konnte, wandte er mir den Rücken zu und lief davon. Einfach so.

Fassungslos starrte ich ihm hinterher. Was sollte das? Nachdem ich über eine halbe Stunde auf ihn gewartet hatte, ohne zu wissen, ob es überhaupt etwas brachte. Nach all den Schuldgefühlen, die ich in den letzten zwei Monaten seinetwegen empfunden hatte, sollte das alles gewesen sein? Das konnte nicht sein. Vielleicht hatte er mich gar nicht erkannt und nur so getan, weil es ihm peinlich gewesen war nachzufragen. Zwischen dem Louis-Vuitton-Kleid von damals und meinem Shirt mit Comicprint von heute lagen Welten.

Eilig sperrte ich die Tür zu meiner Wohnung ab und rannte Julian hinterher. Die Treppenstufen knarzten unter meinen schnellen Schritten, die ich erst verlangsamte, als ich ihn eingeholt hatte.

»Hey«, sagte ich noch einmal. »Erinnerst du dich an mich?« Ich hörte, wie unsicher ich klang, da ich keine Ahnung hatte, was ich tun sollte, wenn er Nein sagte.

Ohne stehen zu bleiben, rückte er den Riemen seiner Umhängetasche zurecht und sah mich über die Schulter hinweg an. »Ja.«

Ich war erleichtert. Und gleichzeitig irgendwie auch nicht. Abwartend starrte ich seinen Hinterkopf an und zählte die Sekunden in der Hoffnung, dass er noch etwas hinzufügen würde. Aber er schwieg, und mit jeder weiteren Stufe, die wir hinabstiegen, wurde ich nervöser.

»Und?«, fragte ich schließlich.

»Und was?«

»Möchtest du mich nicht beschimpfen?«

Er blieb vor den Briefkästen im Erdgeschoss stehen und sperrte die kleine Tür mit den Namensschildern Brook, King und Remington auf. »Eigentlich nicht.«

»Wirklich nicht?«, hakte ich nach und sah dabei zu, wie er einen Schwung Briefe aus dem Kasten nahm. Er blätterte sie durch und steckte die ein, auf denen sein Name stand, die anderen legte er wieder zurück. »Du wurdest meinetwegen gefeuert.«

»Stimmt«, antwortete Julian mit ruhiger Stimme.

Ich runzelte die Stirn. Wie konnte er so gelassen bleiben? Ich an seiner Stelle wäre vor Zorn an die Decke gegangen. »Bist du überhaupt nicht wütend?«

Julian seufzte und drehte sich zu mir um. Es war das erste Mal seit dem Vorfall in der Garderobe, dass wir einander direkt gegenüberstanden. Dabei war er mir so nahe, dass mir seine Anwesenheit selbst dann bewusst gewesen wäre, hätte ich die Augen geschlossen gehabt.

Er betrachtete mich eingehend. »Sehe ich wütend aus?«

Ich schüttelte den Kopf. Er wirkte entspannt, vielleicht sogar ein wenig gelangweilt. »Nein.«

»Da hast du deine Antwort.« Er verzog die Lippen zu einem freudlosen Lächeln, das innerhalb eines Herzschlags kam und ging. Und ebenso schnell schob er sich an mir vorbei, stieß die Haustür auf und ließ mich allein stehen.

Ich hasste Jura, aber ich liebte das Mayfield College und konnte mir keinen schöneren Ort zum Studieren vorstellen. Keine Frage, Yale war wunderbar und hatte viel zu bieten. Die besten Professoren des Landes lehrten dort, und der Campus, den Adrian und ich im Frühjahr besucht hatten, um uns mit unserer Zukunft vertraut zu machen, war beeindruckend gewesen. Die alten Gebäude aus Backstein entführten einen in eine andere Zeit, und man konnte die Genialität und das Talent von Menschen wie Sinclair Lewis, Judith Butler und Meryl Streep förmlich spüren. Adrian hingegen hatte sich vor allem für den guten Ruf der School of Architecture begeistert. Was wohl der Hauptgrund dafür gewesen war, dass wir uns für Yale und gegen die Columbia, Dartmouth oder Harvard entschieden hatten; ganz abgesehen davon, dass die Yale School of Fine Arts auch nicht zu verachten war. Damals hatte ich noch geglaubt, meine Eltern für ein Kunst- und Malereistudium gewinnen zu können. Doch trotz der Vorzüge der Elite-Uni war ich inzwischen froh, aufs MFC zu gehen. Das College passte besser zu mir. Die Leute hier waren entspannter. Sie achteten nicht jede Sekunde des Tages darauf, effizient zu sein, und machten sich nicht bereits zwei Wochen nach Studienbeginn wegen ihres übervollen Stundenplans ins Hemd – anders als Tanner und die übrigen Ivy-League-Studenten, die ich kannte. Schließlich musste man für sein Geld etwas geboten bekommen und auch etwas leisten. Vermutlich hätte es kaum einer von ihnen gewagt, tatenlos auf dem Campusgelände abzuhängen, wie ich es gerade tat.

Nach den ersten beiden Vorlesungen des Tages saß ich im Schatten eines Baumes, den Rücken an den Stamm gelehnt, und las in einer Graphic Novel, während ich auf Aliza wartete. Wir hatten einige Kurse zusammen und uns verschwestert, nachdem wir beide den ersten Vorlesungstag geschwänzt hatten. Ich, weil ich grundsätzlich keine Lust auf das Studium hatte, und sie, weil es der erste Tag des Opferfests gewesen war. Aliza war nicht religiös, aber muslimisch sozialisiert, und dem Rest ihrer Familie bedeuteten diese Feiertage viel, weshalb sie ihn gemeinsam mit ihnen bestritt. Unwissend und planlos hatten wir am nächsten Tag im Vorlesungssaal gestanden und waren so ins Gespräch gekommen.

Ich klappte mein Buch zu und ließ den Kopf gegen den Baumstamm sinken. Ich konnte mich einfach nicht auf die Bilder und Sprechblasen konzentrieren. Immer wieder kehrten meine Gedanken zu Julian und unserer eigenartigen Begegnung zurück, die ich nicht einordnen konnte. Mit Wut hätte ich umgehen können, aber seine Gleichgültigkeit warf mich völlig aus der Bahn.

»Da bin ich wieder!«

Als ich aufblickte, blendete mich das strahlende Blau des Himmels. Ich kniff die Augen zusammen und blinzelte gegen die Helligkeit an. Aliza trug eine helle Bluse und eine schwarze Jeans. Ihr dunkles Haar fiel ihr in natürlichen Wellen über die Schultern, und um ihren Hals baumelten mehrere lange Ketten. Ihr Eyeliner war perfekt gezogen, und ich war mir nicht ganz sicher, ob sie Mascara trug oder nicht. Denn ihre Wimpern waren von Natur aus unglaublich lang. Ich bekam diesen Effekt nicht einmal mit drei Schichten Wimperntusche hin.

»Können wir?«, fragte ich.

Sie nickte heftig. »Ich sterbe vor Hunger.«

»Na dann los.« Ich stopfte die Graphic Novel zurück in meinen Rucksack und sprang auf die Beine. Mir knurrte bereits seit einer halben Stunde der Magen, aber Aliza war noch in einer Vorlesung gewesen, die ich nicht besuchte, und ich wartete lieber auf sie, anstatt allein zu essen.

Ich klopfte mir ein paar Grashalme vom Hintern, und wir machten uns auf den Weg zum Wild Olive, einem vegetarischen Restaurant nur zwei Straßen vom MFC entfernt, in dem wir beinahe täglich zu finden waren, da wir dem Essen in der Mensa nicht über den Weg trauten.

»Hast du die Texte für heute Nachmittag gelesen?«, fragte Aliza und zog eine Sonnenbrille aus ihrer Umhängetasche. In der Eile und Aufregung, Julian an diesem Morgen zu erwischen, hatte ich meine natürlich vergessen und kniff nun geblendet die Augen zusammen.

»Was glaubst du denn?«

Sie verzog die Lippen. »Also nicht?«

»Möööp.« Ich gab ein Buzzer-Geräusch von mir. »Falsch. Natürlich habe ich den Quatsch gelesen. Du glaubst doch wohl nicht ernsthaft, dass ich dich in einer Vorlesung von Professorin Lawson im Stich lasse?«

Lawson hasste uns. Sie hatte uns für unser Schwänzen am ersten Tag vor dem gesamten Kurs zur Schnecke gemacht. Angeblich legte sie keinen Wert auf ständige Anwesenheit, aber wer nicht einmal motiviert genug war, pünktlich zu Beginn des Studiums aufzutauchen, das hatte sie uns mit entsprechendem Nachdruck deutlich gemacht, war ihre Bemühungen als Dozentin nicht wert. In meinem Fall hatte sie damit tatsächlich nicht ganz unrecht, aber Aliza hatte einen guten Grund gehabt zu fehlen – den Lawson allerdings nur mit einem abfälligen Schnauben quittiert hatte. Ein Schnauben, wie es auch von meiner Mom hätte stammen können.

»Danke, das beruhigt mich. Ich hatte schon Angst, ich muss allein vortragen.«

Ich zuckte mit den Schultern. »Vielleicht ruft sie uns ja gar nicht auf.«

Aliza verdrehte die Augen. »Träum weiter.«

Ich gab ein Grummeln von mir. Dafür, dass wir in Lawsons Augen des Jurastudiums »unwürdig« waren, war sie ziemlich auf uns fokussiert und darum bemüht, dass wir nichts verpassten und alles hörten, was sie zu sagen hatte. Nicht umsonst hatte sie uns dauerhaft in die erste Reihe beordert, wo sie uns ständig aufrief.

Wir erreichten das Wild Olive, ein unscheinbar aussehendes Restaurant, das im Erdgeschoss eines Gebäudes mit bröckelnder Fassade und ausgebleichten Fensterrahmen untergebracht war. Das Banner mit dem Namen, das über der Tür hing, war vom Wind zerfetzt und an einigen Stellen eingerissen, aber davon ließen Aliza und ich uns nicht abschrecken. Wir traten ins Innere, und ich erschauderte, als mich die kühle Luft einhüllte, die aus der Klimaanlage strömte.

»Hallo, ihr zwei«, begrüßte uns Kimberly mit einem breiten Lächeln. Sie war die Tochter des Besitzers und managte das

Restaurant. Tagsüber sprang sie außerdem als Kellnerin ein, da sich Personal für die Handvoll Besucher zum Mittagessen nicht lohnte. Sie nahm zwei Speisekarten von dem Stapel neben der Eingangstür und führte uns an unseren Stammplatz vor dem großen Fenster, von wo aus wir einen ungehinderten Blick auf eine kleine Grünfläche mit Spielplatz hatten. »Darf ich euch schon etwas zu trinken bringen?«

»Eine Cola.«

»Und für mich einen Kräutertee.«

Ich schüttelte den Kopf. »Ich verstehe nicht, wie du bei dieser Hitze Tee trinken kannst.«

»Er kühlt den Körper von innen, außerdem ist es hier drin nicht besonders warm.«

Das stimmte. Ich fröstelte in meinem Shirt und überlegte, die Strickjacke aus meinem Rucksack zu ziehen. Ich liebte den Sommer und die Wärme. Wenn es nach mir gegangen wäre, hätte der Winter als Jahreszeit getrost gestrichen werden können. Weshalb ich auch nicht verstand, warum Räume auf Eiszeit runtergekühlt wurden – früher oder später würde es von selbst wieder kalt werden. Oder wie das Haus Stark zu sagen pflegte: Winter is coming – vermutlich in zwei oder drei Monaten.

Aliza schlug ihre Speisekarte auf. »Wer ist heute dran mit Zahlen?«

»Immer die, die fragt«, antwortete ich mit einem Grinsen. Da wir seit Semesterbeginn regelmäßig hierherkamen, hatten wir entschieden, abwechselnd zu bezahlen, da es keinen Sinn machte, jedes Mal die Rechnung zu teilen. »Ich glaube, ich nehme den Wrap mit Hummus und Avocado.«

»Gute Wahl, der ist lecker.«

»Und was ist bei dir an der Reihe?«

Aliza sah in die Karte. Sie hatte sich vorgenommen, sie chronologisch abzuarbeiten, da sie keine große Freundin von

Entscheidungen war. »Gemüsepommes mit Salat und einem Erdnuss-Joghurt-Dressing. Klingt gut.« Entschlossen klappte sie die Karte zu und legte sie auf meine.

»Wie war dein Wochenende?«, erkundigte ich mich. Wir hatten heute noch keine Zeit gehabt zu quatschen, da ich wegen meiner Warterei auf Julian spät dran gewesen war und es nur knapp pünktlich in die erste Vorlesung geschafft hatte.

»Gelernt, gekocht, gebacken und am neuen Design für meinen Blog gearbeitet, aber ich bin nicht weit gekommen, da ich ständig Instagram aktualisiert habe. Ich habe fast 250 000 Follower.« Sie stieß ein aufgeregtes Quietschen aus, und ich lachte. Seit wir uns kannten, fieberte sie darauf hin, mit ihrem Foodblog diese Zahl zu knacken.

»Wie viele fehlen noch?«

»Moment.« Aliza zog ihr Handy hervor. »Knapp zweitausend.«

»Die packst du bis spätestens übermorgen.«

Sie seufzte. »Das wäre so cool. Dann hätte ich die Viertelmillion noch vor dem dreijährigen Jubiläum des Blogs zusammen. Weißt du, wie viele Menschen das sind? Verdammt viele! Und weißt du, wer neulich eines meiner Bilder geliked hat? Gwyneth Paltrow.«

»Aber du hasst ihr Kochbuch«, sagte ich. Ich war auch nicht gerade ein Fan von ihr, aber für ihre Leistung in den *Iron-Man*-Filmen verdiente sie Respekt.

Aliza zuckte mit den Schultern. »Mag sein, aber sie ist trotzdem Gwyneth Paltrow.«

Ich nickte wissend, gerade als Kimberly mit unseren Getränken kam. Sie nahm unsere restliche Bestellung auf.

»Was sagst du zu den Graphic Novels, die ich dir mitgegeben habe?«, fragte ich Aliza und nippte an meiner Cola. »Hast du schon einen Blick reingeworfen?«

»Ja, hab ich.«

»Und?« Erwartungsvoll starrte ich sie an.

Sie starrte zurück, griff dann, ohne etwas zu sagen, nach dem Zucker, kippte ihn in ihren Tee und rührte gemächlich um, bis sich das heiße Wasser von den Kräutern langsam dunkel färbte. »Sie waren ganz unterhaltsam.«

Ganz unterhaltsam? Das war alles? Ich hatte ihr meine absoluten Lieblinge mitgegeben! Zugegeben, *Wytches* und *The Walking Dead* waren in ihrer Blutrünstigkeit nicht jedermanns Geschmack, aber ich hatte ihr auch *Ms. Marvel* und die ersten zwei Bände *Saga* dazugelegt, sogar ein Buch von Sarah Andersen war dabei gewesen. Wie konnte man sie nicht lieben?

Aliza lachte. »Jetzt sieh mich nicht so schockiert an. Sie waren gut. Aber Comics sind nicht meine Welt.«

»Graphic Novels«, korrigierte ich sie. »Was hat dir daran nicht gefallen?«

»Sie haben mir nicht *nicht* gefallen. Ich kann mich nur nicht so sehr dafür begeistern wie du.«

Ich verzog schmollend die Lippen.

Aliza sah mich mitfühlend an. »Tut mir leid.«

»Das muss es nicht. Es kann ja schließlich nicht jeder einen guten Geschmack haben«, neckte ich sie und nippte an meiner Cola. Zumindest hatte ich versucht, sie auf meine Seite zu ziehen.

Lilly und Adrian hatte ich auch nie für meine Leidenschaft begeistern können, aber sie hatten mich hin und wieder in den Comicbuchladen begleitet. Und sie hatten mich immer bei meinem Traum unterstützt, Kunst zu studieren und eines Tages selbst eine eigene Graphic Novel zu veröffentlichen. Mehr hatte ich mir nicht wünschen können. Doch seit einigen Monaten, drei, um genau zu sein, kam ich mit meinem Projekt –

der *Albtraumlady* – nur noch langsam voran. Mir fehlte es an Inspiration und Kreativität. Es war, als hätte Adrian diesen Teil von mir mit sich genommen. Und ich vermisste ihn beinahe ebenso sehr, wie ich meinen Bruder vermisste.

4. Kapitel

Kimberly brachte uns das Essen, und ich wollte mich gerade ausgehungert auf meinen Teller stürzen, als Aliza ihn mir unter der Nase wegzog, um Fotos für ihren Blog zu machen. Eigentlich hätte ich dieses Verhalten inzwischen gewöhnt sein müssen, aber der Anblick von Essen deaktivierte irgendetwas in meinem Gehirn und ließ es mich jedes Mal aufs Neue vergessen. Zum Glück war Aliza geübt darin, Essen in Szene zu setzen, sodass ich wenigstens nicht lange warten musste.

Schweigend aßen wir die ersten Bissen, bevor Aliza mich nach meinem Umzug fragte. Ich erzählte ihr von der Firma, die am Freitagmittag gekommen war, um meine Kartons in der Villa meiner Eltern zu packen. Die ganze Prozedur war schnell vonstattengegangen, und noch am selben Abend hatten sie die Kisten in meine neue Wohnung gebracht. Am Samstagmorgen waren meine neuen Möbel geliefert worden, die noch darauf warteten, von mir aufgebaut zu werden. Keine Ahnung, was mich geritten hatte, die Montage nicht mit dazuzubuchen, zumal ich nicht einmal Werkzeug besaß. Vermutlich falscher Stolz, aber irgendwie würde ich das schon auf die Reihe bekommen.

Ich erzählte Aliza auch von Auri und Cassie. Die Erinnerung an die beiden zauberte mir ein Lächeln auf die Lippen. Ich hatte sie seit unserem ersten Treffen nicht mehr gesehen, aber das würde sich in den nächsten Tagen hoffentlich ändern. Ich überlegte, ihnen ein paar der Häppchen, die sie so gern mochten, zu bestellen und vorbeizubringen; als Dankeschön für das nette Willkommen und um vielleicht noch eine Chance zu bekommen, mit Julian zu reden, dessen gleichgültige Haltung ich einfach nicht vergessen konnte.

Aliza bezahlte unser Mittagessen, und wir machten uns zurück auf den Weg zum MFC, um die letzten Vorlesungen des Tages zu ertragen. Sie waren furchtbar langweilig. Anfangs zwang ich mich noch zuzuhören, aber letztlich verbrachte ich die meiste Zeit damit, Skizzen meiner Kommilitonen anzufertigen, wobei ich jedem von ihnen ein fantastisches Element verpasste. Der Typ zwei Reihen vor mir, mit den blonden Haaren und der Brille, bekam ein paar Hörner. Seine Sitznachbarin wurde mit Kiemen ausgestattet. Und dem Kerl mit der Glatze, der Professor Nakamura schon die ganze Vorlesung über mit Fragen bombardierte, wuchs ein Geweih aus Ästen auf dem Kopf.

Nach dem letzten Kurs des Tages war ich kein bisschen klüger, dafür aber um fünf Skizzen reicher. Ich verabschiedete mich von Aliza, die am anderen Ende der Stadt bei ihrer Familie lebte, und machte mich zu Fuß auf den Weg nach Hause. Zwar besaß ich ein Auto – Adrian und ich hatten beide eines zu unserem sechzehnten Geburtstag geschenkt bekommen –, aber meine Wohnung lag nur zehn Gehminuten vom Campus entfernt.

Ich holte mein Handy hervor und öffnete die Unterhaltung mit Adrian. Wobei »Unterhaltung« wohl das falsche Wort war, da die letzten Hundert Mitteilungen von mir stammten. Zuletzt hatte ich ihm die Fotos meiner Kartonfestung geschickt.

Eine mir inzwischen vertraute Frustration machte sich in meiner Magengrube breit, und ich tippte eine neue Nachricht an ihn: *Hey, Stinksocke, was essen Autos am liebsten?*

Ich wartete auf eine Antwort – sie kam nicht.

Parkplätzchen, antwortete ich mir selbst und stieß ein Schnauben aus, halb belustigt, halb enttäuscht. Adrian liebte diese schlechten Witze und war mir damit oft tierisch auf den Zeiger gegangen. Heute hätte ich alles dafür getan, um einen von ihm erzählt zu bekommen. Irgendwann, redete ich mir selbst gut zu. Er konnte unmöglich für immer aus meinem Leben verschwunden sein.

Bevor die Sorge um Adrian und meine negativen Gedanken die Oberhand gewinnen konnten, wählte ich Lillys Nummer. Ihr Unterricht musste für heute ebenfalls vorbei sein, trotzdem ertönte das Freizeichen etliche Male, ehe sie ranging.

»Ja?« Sie klang abgehetzt.

»Hey«, sagte ich und wich einem Hund aus, der mir vor die Füße lief. »Ist alles in Ordnung?«

»Nichts ist in Ordnung!«

So viel zum Thema »Keine Sorgen machen«. Sämtliche Alarmglocken in meinem Inneren schrillten auf, und mein Verstand durchlief blitzschnell mögliche Ereignisse, die Lilly in eine solche Panik versetzt haben könnten.

Tanner hatte Schluss gemacht.

Sie war wieder schwanger.

Ihre Eltern hatten sie rausgeschmissen.

Sie war durch eine Prüfung gefallen.

Jemand hatte einen Unfall gehabt.

»Was ist passiert?«

»Lincoln ist krank.«

»Oh.« Meine Anspannung ließ augenblicklich nach. Natürlich war es furchtbar, wenn es Link nicht gut ging, aber Lilly war überfürsorglich, wenn es um die Gesundheit ihres Sohnes ging. Vermutlich weil er einige Wochen zu früh auf die Welt gekommen war und die ersten Tage seines Lebens eine Beatmungsmaschine gebraucht hatte. »Was hat er?«

»Husten.«

»Warst du beim Arzt?«

»Ob ich beim Arzt war?« Lilly klang empört. »Natürlich.«

Ich zog eine Augenbraue hoch. »Und was sagt er?«

Sie schwieg einen Moment, dann antwortete sie kleinlaut: »Er hat einen kleinen Infekt. Wenn er viel trinkt, sollte es ihm bald wieder gut gehen, aber sein Hals tut ihm vom vielen Husten weh. Er hat geweint und …« Sie stieß hörbar den Atem aus. »Ich hasse es einfach, wenn er krank ist.«

Ich wünschte mir, Lilly müsste solche Tage nicht allein durchstehen. Zwar unterstützten wir sie alle, aber in solchen Momenten konnte keiner von uns Tanner ersetzen. »Soll ich vorbeikommen?«, bot ich dennoch an.

»Nein, das ist nicht nötig. Er schläft gerade, und ich muss den Stoff nacharbeiten, den ich heute verpasst habe.«

Ich stoppte an einer Fußgängerampel und wartete darauf, dass sie grün wurde, während die Autos an mir vorbeirauschten. »Hast du die Unterlagen schon? Ich kann zur Schule fahren und sie für dich abholen.«

»Nicht nötig. Annie hat mir die Sachen vorbeigebracht.«

Die Ampel schaltete um, und ich überquerte die Straße. »Okay, aber wenn du etwas brauchst, rufst du an, ja?«

»Mache ich«, versicherte mir Lilly, aber ich wusste, dass sie dies nur im äußersten Notfall tun würde. Sie war wild entschlossen, alles allein hinzubekommen, vor allem wenn es um Link ging. Als müsste sie der Welt ständig beweisen, dass sie trotz ihrer achtzehn Jahre eine gute Mutter sein konnte. »Gibt's bei dir was Neues? Konntest du inzwischen mit Julian reden?«

»Ja«, erwiderte ich knapp und hörte selbst, wie bissig es klang.

Ein Zögern begleitete Lillys nächste Worte. »Was ist passiert?«

Ich seufzte und blieb vor meinem Wohnhaus stehen. In derselben Bewegung ließ ich den Rucksack von meiner Schulter gleiten, um mit einer Hand den Schlüssel herauszufischen. »Nichts. Wir sind uns heute Morgen über den Weg gelaufen, und er hat nicht so reagiert, wie ich es erwartet hätte.«

»Was hat er gemacht?«

»Nichts«, wiederholte ich. »Ich war ihm völlig egal.«

»Aber das ist doch gut, oder?«

»Nein, ist es nicht.« Ich fand meinen Schlüsselbund mit dem *Green-Lantern*-Anhänger, der im Dunkeln aufleuchtete, weshalb er in der Handtasche leicht zu finden war. Was der einzige Grund war, weshalb ich ihn trotz der katastrophalen Verfilmung behielt. »Wenn ich seinetwegen gefeuert worden wäre, wäre ich stinksauer.«

»Du hattest noch nie einen Job.«

Ich verdrehte die Augen. »Rein hypothetisch.«

»Vielleicht hat er nicht gern im Catering gearbeitet.«

»Niemand arbeitet gerne für Leute wie meine Eltern«, erklärte ich und sperrte die Tür auf. »Es geht nur ums Geld, das hat Julian selbst gesagt. Er braucht es für seinen Kater. Das kann ihm doch nicht plötzlich völlig egal sein, oder?«

»Vielleicht ist er einfach kein nachtragender Mensch. Was geschehen ist, ist geschehen.«

Ich trat ins Treppenhaus und schloss eilig die Tür, bevor die heiße Luft der letzten Sommertage ins kühle Innere kriechen konnte. Nachdenklich starrte ich zu den Briefkästen hinüber, vor denen Julian und ich am Morgen gestanden hatten, und ließ unser Treffen noch einmal Revue passieren. »Er *ist* nachtragend.«

»Ach ja?«

»Yep«, bestätigte ich und öffnete mein Postfach, doch darin lag nur der Flyer eines Pizza-Lieferservice. »Du hättest ihn auf der Party meiner Eltern erleben müssen. Er war so nett und charmant und hat sein Sandwich mit mir geteilt, ganz anders als heute Morgen. Er war kühl und abweisend, als hätte er damals nicht über meine Unterwäsche gescherzt. Warum sollte er sich plötzlich so anders verhalten, wenn nicht deswegen?«

»Ich sage es ja nur ungern, aber könnte sein Zuvorkommen bei deinen Eltern damit zusammengehangen haben, dass er wusste, wer du bist, und einfach seinen Job erledigen wollte?«

»Indem er mir sagt, welche Dessousfarbe er bevorzugt?«

Lilly antwortete nicht sofort, sondern schwieg einen bedeutungsschweren Moment lang, der mich davor warnte, dass mir das, was sie zu sagen hatte, wohl nicht gefallen würde. »Warum ist dir die Sache so wichtig?«

»Es ist mir nicht wichtig.«

Sie schnaubte. »Lügnerin. Du steigerst dich da total rein.«

»Ich bin eben leidenschaftlich.«

»Mhm«, brummte sie wissend. »Leidenschaftlich in Julian verknallt.«

»Nein«, widersprach ich.

Es stimmte zwar, dass er auf der Party mein Interesse geweckt hatte, aber das hatte nichts mit der Sache an sich zu tun. Ich hatte ihm helfen wollen und es vermasselt. Gewaltig vermasselt. Ich hätte ihn damals vor meiner Mutter verteidigen sollen, anstatt schweigend mit anzusehen, wie sie ihn wegschickt. Ich hatte ihm die Sache eingebrockt und ihn im Stich gelassen, genauso wie ich Adrian im Stich gelassen hatte. Der Verlust eines Jobs war zwar nicht mit der Verbannung aus dem eigenen Elternhaus zu vergleichen, aber in beiden Fällen war ich feige gewesen. Zu gelähmt von der Ehrfurcht und dem Respekt vor meinen Eltern, um zu handeln. Aber ich wollte nicht so sein. Ich wollte stark sein. Rückgrat zeigen. Und das Richtige tun. Doch ich konnte die Zeit nicht zurückdrehen und die Dinge ungeschehen machen, die ich getan oder besser gesagt nicht getan hatte. Die einzige Möglichkeit, die mir blieb, war, Wiedergutmachung zu leisten, aber das konnte ich nur, wenn Julian es mir erlaubte und ich Adrian wiederfand.

Am nächsten Morgen wurde ich vom *Wonder-Woman*-Soundtrack geweckt. Mit einem Gähnen rollte ich mich auf meiner Matratze herum, die ohne Bettgestell auf dem Boden lag, und lauschte den Melodien von *Amazons of Themyscira*.

Ich blinzelte mir den Schlaf aus den Augen, bis mein Blick klar wurde, stand aber noch nicht auf. Gedankenverloren starrte ich an die Decke, vollkommen unmotiviert, in einen Tag zu starten, an dem nur eine Reihe weiterer langweiliger Vorträge auf mich warteten. Der einzige Lichtblick: das Mittagessen mit Aliza. *Aber dafür müsstest du eigentlich nicht in die Vorlesungen gehen,* flüsterte eine hinterlistige Stimme in meinem Kopf. Ich hatte am ersten Tag des Semesters auf sie gehört und geschwänzt, und die Versuchung, es wieder zu tun, war groß. Aber ich tat das hier schließlich nicht für mich, sondern für Adrian und unsere Familie. Das musste ich mir immer wieder vor Augen führen. Schlimmer als kein Jurastudium war nur ein nicht bestandenes Jurastudium. Meine Eltern würden vor Scham vor ihren Freunden und Geschäftspartnern kein Wort mehr mit mir reden. Und wie sollte ich sie von Adrian überzeugen, wenn sie nicht einmal mehr an mich glaubten?

So frustrierend dieser Gedanke auch war, er gab mir den nötigen Antrieb aufzustehen. Ich wühlte mich aus meiner Decke, brachte den Weckton meines Handys zum Verstummen und öffnete eine meiner Playlists. Sofort schallte mir ein alter Rocksong entgegen. Unbeholfen tänzelte ich zu den Gitarrenriffs an den herumstehenden Kartons vorbei ins Bad. Ich ging auf die Toilette und putzte mir die Zähne, ehe ich unter die Dusche sprang. Während ich mir in aller Ruhe die Haare shampoonierte, wanderten meine Gedanken unweigerlich wieder zu Julian. Lilly war der Ansicht, ich sollte die Sache einfach vergessen, aber das konnte ich nicht. Wären Julian und ich uns zufällig irgendwo auf der Straße begegnet, hätte ich seine Reaktion vielleicht auf sich beruhen lassen können, aber wir waren Nachbarn. Wir lebten Tür an Tür, und ich wollte nicht, dass diese Sache für die nächsten Jahre zwischen uns stand, zumal ich mich gern mit ihm, Cassie und Auri angefreundet hätte.

In ein Handtuch gewickelt stieg ich aus der Dusche. Der Spiegel war vom Dampf beschlagen. Ich wischte mit einer Hand darüber und starrte auf meine verschwommene Reflexion. Das feuchte Haar klebte mir an den Wangen. Ich sprühte etwas von dem Zeug, das mir meine Mom zum Geburtstag geschenkt hatte, in die Strähnen, bevor ich sie durchkämmte und föhnte. Anschließend bearbeitete ich meinen Pony mit dem Glätteisen. Ich trug ihn für gewöhnlich sehr kurz, aber zurzeit reichten mir die Fransen bis zu den Augenbrauen. Als sie an der richtigen Stelle saßen, fixierte ich alles mit Haarspray. Im Schlafzimmer fischte ich eine schwarze Jeans und ein rotes *The-Flash*-Shirt aus meinem Koffer. Nachdem ich mich angezogen hatte, ging ich in die Küche, um mir eine Schüssel Cornflakes zu machen.

Während ich die süße Hafermilch löffelte, tippte ich auf meinem Handy herum. Ich checkte Alizas Instagram-Account und hinterließ ein paar Herzen, ehe ich eine Nachricht an Lilly *(Wie geht es Link?)* und eine an Adrian *(Guten Morgen, Stinksocke!)* schickte. Vermutlich ging ich meinem Bruder mit den ständigen Mitteilungen ziemlich auf den Geist, aber wenn er wollte, dass ich aufhörte, musste er es mir sagen.

Lilly antwortete mir sofort: *Leider noch immer krank.* :(

Ich: *Armes Baby. Knuddle ihn von mir.*

Lilly: *Das werde ich.*

Ich schickte ihr noch ein Herzchen hinterher, ehe ich mir eine zweite Portion Cornflakes nahm. Normalerweise hätte ich die Zeit genutzt, um mir irgendein YouTube-Video anzuschauen oder in einem Comic zu blättern, aber ich erwischte mich dabei, wie ich stattdessen in die Stille hineinlauschte in der Hoffnung, Julian zu hören, wie er die Wohnung verließ – falls er nicht längst am Campus war oder noch schlief. Ich wollte immer noch mit ihm reden, aber ich wusste nicht recht, wie ich die Sache angehen sollte. Eine »zufällige« Begegnung im Flur erschien mir geschickter, als direkt an seine Tür zu klopfen und ihn damit mehr oder weniger zu überfallen. Er würde sich verpflichtet fühlen, mich reinzubitten, und ich wollte ihn keinesfalls in die Ecke drängen.

In diesem Moment hörte ich, wie eine Tür geöffnet wurde.

Noch schneller wäre ich vermutlich nur dann auf den Beinen gewesen, wäre eine Spinne über den Boden gekrabbelt. Ich stopfte mein Tablet in den Rucksack und trat, ohne lange darüber nachzudenken, auf den Hausflur hinaus, eine Begrüßung für Julian bereits auf den Lippen. Doch statt Julian stand mir Auri gegenüber.

»Gu…Guten Morgen.« Ich stolperte über die Worte und unterdrückte ein enttäuschtes Seufzen.

»Guten Morgen.« Seine tiefe Stimme klang rau, als wäre er gerade erst aufgestanden. Sein Rucksack hing locker über seiner rechten Schulter, und er trug das offizielle MFC-Football-Trikot. Es war schwarz mit dunkelroten Streifen an der Seite, darauf prangten groß eine Nummer und der Name der Mannschaft. Ich war mir sicher, hätte Auri sich umgedreht, hätte ich

»Remington« auf seinem Rücken lesen können. »Auch auf dem Weg zum MFC?«

»Yep. Kommen Julian und Cassie auch?« Ich versuchte, die Frage möglichst beiläufig klingen zu lassen, während ich mich von Auri abwandte, um meine Wohnungstür abzuschließen.

»Nein, Cassie hat heute Morgen einen Termin beim Arzt. Und Juli–«

»Geht es ihr nicht gut?«, unterbrach ich Auri.

»Doch, doch. Das ist nur eine Routineuntersuchung bei ihrem Diabetologen.«

»Puh.« Ich atmete erleichtert auf. »Ich dachte schon, es wäre etwas Schlimmes passiert. Was wolltest du noch zu Julian sagen?«

»Der ist heute schon um fünf Uhr oder so los.«

Ich hob überrascht die Augenbrauen. »Fünf Uhr?«

»Ja.« Auri schüttelte den Kopf, als wäre es ihm vollkommen unbegreiflich, wie jemand freiwillig um diese Uhrzeit aufstehen konnte. »Ich hab's nur mitbekommen, weil ich wach wurde und pinkeln musste.«

Wir stiegen die Treppe hinunter. Auri ging hinter mir, da die Stufen zu schmal waren, um nebeneinander zu laufen.

»Wo musste er denn so früh hin?« Ich war mir sicher, dass es um fünf noch keine Vorlesungen gab. Selbst die Astronomie-Kurse, in denen Sterne beobachtet wurden, fanden am späten Abend und nicht in den Morgenstunden statt. Und obwohl Julian durchaus fit wirkte, erschien er mir nicht wie der Typ, der sich aus dem Bett quälte, um ins Fitnessstudio oder auf den Sportplatz zu gehen. Das traute ich eher Auri zu.

»Keine Ahnung.«

»Hast du ihn nicht gefragt?«

»Nö. Hätte ich das tun sollen?«

Ich zuckte mit den Schultern. »Er ist schließlich dein Mitbewohner.«

»Ja, aber das ist auch schon alles«, sagte Auri, als wir ins Freie traten. »Wir wohnen zusammen. Mehr nicht. Julian mag es nicht, wenn wir uns in seine Angelegenheiten einmischen. Er ist ein Einzelgänger.«

»Wie kommt es, dass ihr zusammenwohnt?«

»Julian lebt schon eine Weile in Mayfield, aber er musste seine alte Wohnung räumen. Letztes Jahr zu Semesterbeginn hat er über das Schwarze Brett nach Leuten für eine WG-Gründung gesucht, und ich hatte keinen Bock, mit den Jungs aus meiner Mannschaft zusammenzuziehen. Sie sind cool, und ich liebe sie, aber sie können auch verdammt anstrengend sein und ziemliche Arschlöcher, wenn es um meine anderen Vorlieben geht.«

»Was für Vorlieben?«

»Na, LARP und Cosplay«, sagte er, als hätte ich die Antwort kennen müssen.

Wir überquerten eine Straße.

»Was ist der Unterschied?«, erkundigte ich mich.

»Im Cosplay geht es darum, bereits existierende Charaktere nachzustellen, manchmal mehr, manchmal weniger detailgetreu. Dabei tauchst du in die Figur ein«, erklärte Auri, und das begeisterte Funkeln in seinen Augen verriet mir, dass ich die richtige Frage gestellt hatte. »Es geht auch darum, als der dargestellte Charakter erkannt, gesehen und fotografiert zu werden. Beim LARP, Live Action Role Playing, hingegen kannst du deinen Charakter selbst gestalten, natürlich im Rahmen der Spielbedingungen. Es ist ein bisschen wie Theater, nur ohne Skript und ohne Zuschauer.«

»Waren die Kostüme vom Wochenende LARP oder Cosplay?«

»LARP. Dafür gibt es einen Club am Campus. Wir treffen uns einmal die Woche, und einmal im Monat gehen wir spielen.«

»Cool.«

»Du kannst gern mal vorbeikommen.«

Ich kräuselte die Nase und schüttelte den Kopf. »Ich denke nicht. Es sei denn, ich kann dort als eine Art Superheldin auftauchen. Das könnte interessant werden.«

Auri lachte. »Die passt leider nicht in unser Setting.«

»Schade.« Ich zog einen Schmollmund. »Aber danke für das Angebot.«

»Gern, und falls du deine Meinung änderst, weißt du ja, wo du uns findest.«

Als wir kurz darauf den Campus erreichten, verabschiedete sich Auri von mir und ging zu einer Gruppe Männer hinüber, die ähnlich wie er gebaut waren: groß und breitschultrig. Die meisten von ihnen trugen ebenfalls Trikots. Zur Begrüßung stießen sie die Fäuste zusammen und klopften einander auf die Schultern.

Einige der Typen sahen neugierig in meine Richtung. Aber ich war diese Art Musterungen von den Veranstaltungen meiner Eltern gewohnt, wo immer nach neuem Lästermaterial gesucht wurde, daher blieb ich entspannt und machte mich widerwillig auf den Weg zu meiner Vorlesung.

5. Kapitel

Sieh mal, wie niedlich wir waren!

Ich sendete den Text an Adrian, zusammen mit einem Foto von uns beiden in unseren Halloweenkostümen, als wir gerade einmal sieben Jahre alt gewesen waren. Er war als Roboter verkleidet und ich als Prinzessin – mit einem Dreizack, der nicht Teil meines ursprünglichen Kostüms gewesen war. Ich musste ihn irgendeinem anderen Kind abgenommen haben.

Lächelnd saß ich in meiner Kartonfestung und blätterte ein altes Fotoalbum durch. Ich hatte mir fest vorgenommen, heute endlich ein paar der Kisten auszupacken, aber ich war nur einen halben Karton weit gekommen, ehe dieser Schatz meine Aufmerksamkeit erregt hatte. Bis ins Teenageralter hatten unsere Eltern jeden Moment unseres Lebens akribisch dokumentiert. Jedes Weihnachten, jedes Thanksgiving, jeder Geburtstag, jede Dummheit und jedes aufgeschürfte Knie war festgehalten worden. Ich hatte die Alben mitgenommen. So wie meine Eltern Adrian zuletzt behandelt hatten, hatten sie diese schönen Erinnerungen nicht verdient. Genauso wenig wie meine Zeit, und trotzdem würde ich in ein paar Stunden aufbrechen, um gemeinsam mit ihnen zu essen.

Es war Freitag, und meine Eltern hatten mich für den Abend eingeladen. Unsere Treffen verschoben sich wöchentlich, abhängig von den Geschäfts- und Reiseterminen, die sie wahrnehmen mussten. Ich wünschte mir, mich vor dem Abend drücken zu können, aber die Dinner waren Teil unserer

Vereinbarung. Zumindest war das Schicksal gnädig genug mit mir, eine Vorlesung am Nachmittag ausfallen zu lassen, sodass ich etwas Zeit für mich hatte, bevor ich in die Höhle des Löwen musste.

Ich schickte Adrian noch drei weitere Bilder in der Hoffnung, sie würden ihm vor Augen führen, was wir gehabt hatten und wieder haben könnten, wenn er sich nur bei mir meldete – vorausgesetzt, meine Nachrichten erreichten ihn überhaupt.

Als ich die nächste Seite des Albums aufschlug, entdeckte ich ein Foto, das uns beide im Pool unseres Elternhauses zeigte. Wir lagen auf Luftmatratzen, hatten viel zu große Sonnenbrillen auf der Nase und schlürften Limonade aus Plastik-Martinigläsern. Unweigerlich musste ich grinsen. Ich wollte das Motiv gerade für Adrian abfotografieren, als ein schrilles Klingeln durch die Wohnung hallte.

Ich legte das Buch zur Seite, rappelte mich auf die Beine und lief zur Gegensprechanlage. »Ja?«

»Hallo. Würden sie ein Paket für Brook annehmen?«

Brook. Das war Julian.

»Natürlich.« Ich drückte auf den Summer und wartete an der geöffneten Wohnungstür auf den Postboten. Er überreichte mir das Päckchen, und ich setzte meine Unterschrift auf das Lesegerät, das er mir hinhielt.

Dem Etikett nach kam das Paket von Amazon. Nicht gerade aufschlussreich, aber zumindest hatte ich nun eine gute Ausrede, noch einmal das Gespräch mit Julian zu suchen. Ich hatte ihn seit unserer Begegnung am Montagmorgen nicht mehr gesehen. Er verließ sein Apartment jeden Tag lange vor Kursbeginn und kam offensichtlich erst nachts oder gar nicht zurück. Allmählich fragte ich mich, ob er ein Untoter war.

Nachdem der Postbote gegangen war, holte ich ein Post-it aus meinem Rucksack und schrieb eine Nachricht für Julian, die ich an seine Wohnungstür klebte.

Hey, Julian, ich hab ein Päckchen für dich angenommen. Du kannst es jederzeit abholen – nur heute Abend bin ich nicht da. Xoxo, Micah

Zurück in meiner Wohnung, rüttelte ich neugierig an dem Paket, aber alles, was ich hörte, war ein leises Klappern. Ich stellte es neben der Tür ab und setzte mich wieder auf den Boden, um weiter durch die Fotoalben zu blättern.

Schneller, als mir lieb war, war meine Zeit abgelaufen – und dieser Gedanke war keineswegs zu dramatisch. Ich überlegte, mir eine Krankheit anzudichten, um das Abendessen mit meinen Eltern absagen zu können, aber am Ende würden sie nur vorbeikommen, weil sie sich Sorgen machten, und das wollte ich noch weniger. Ich stylte meine Haare zu einer »annehmbaren« Frisur, wie meine Eltern es ausgedrückt hätten, und zerrte ein Designerkleid aus einem der Kartons. Es war ziemlich zerknittert, aber daran konnte ich jetzt nichts mehr ändern.

Das Anwesen meiner Eltern konnte es durchaus mit dem örtlichen Stadtpark aufnehmen. Von der Straße aus führte eine Abzweigung zu einem geschmiedeten Eisentor hinauf, das einen siebenstelligen Sicherheitscode verlangte, ehe es sich entriegelte und einem Einlass gewährte. Laternen beleuchteten die lange Einfahrt, die links und rechts von Bäumen gesäumt wurde. Dahinter lag eine weitläufige Grünfläche, die immer wieder von Blumenbeeten durchbrochen wurde. Schon von Weitem konnte man die von Scheinwerfern angestrahlte Villa mit ihren imposanten Säulen, den hohen Fenstern und den üppig bepflanzten Balkonen erkennen.

Mein Urgroßvater väterlicherseits hatte das Anwesen vor gut siebzig Jahren gekauft. Er war es auch gewesen, der die Anwaltskanzlei gegründet hatte. Mein Großvater hatte sie übernommen, bis er vor acht Jahren an einem Herzinfarkt gestorben war. Seitdem leitete mein Dad zusammen mit meiner Mom die Firma. Die beiden hatten sich während ihres Jurastudiums in Harvard kennengelernt und nach dem Ableben meines Urgroßvaters in der Villa eingenistet, um eine Familie zu gründen.

Ich parkte meinen Wagen in einer der Garagen, da Dad es hasste, wenn die Autos im Freien herumstanden. Als handelte es sich dabei um fragile Dinger, die vom leisesten Windstoß umgeweht werden könnten. Wüsste er, dass ich meinen BMW die meiste Zeit schutzlos auf der Straße vor meinem Wohnhaus parkte, würde er wohl einen Nervenzusammenbruch bekommen.

In meinen High Heels stöckelte ich zum Eingang, der durch eine Lichtschranke automatisch erleuchtet wurde, und drückte auf die Klingel. Kurz darauf schwang die Tür auf, und ich stand Rita gegenüber.

Die Haushälterin meiner Eltern begrüßte mich mit einem warmen Lächeln. »Guten Abend, Micah.«

»Hallo, Rita.« Ich beugte mich vor und umarmte sie. »Wie geht es dir?«

»Gut. Der Rücken macht ein paar Probleme, aber das ist nichts Neues.« Sie betrachtete mich von Kopf bis Fuß. Nicht auf eine herablassende, sondern auf eine liebevolle Art und Weise, als wollte sie sicherstellen, dass jedes Glied an meinem Körper heil war. »Wie ist die neue Wohnung?«

»Schön, aber noch ist alles etwas chaotisch.« Das traf es nicht einmal annähernd, immerhin hatte ich bisher nur einen halben Karton ausgepackt und lebte seit knapp einer Woche aus einem Koffer, dessen Inhalt inzwischen überall verstreut lag. Doch das Gute war, dass ich allein mit dieser Unordnung zu leben hatte und kein schlechtes Gewissen haben musste, weil Rita hinter mir herräumte. »Wo sind meine Eltern?«

»Dein Vater wartet im Salon, und deine Mutter macht sich gerade noch frisch.«

»Ich bin schon fertig«, erklang die Stimme meiner Mom, kaum dass Rita den Satz beendet hatte. Eilig kam sie die Treppe heruntergelaufen. Ihr schwarzes Haar fiel ihr über die Schultern, und statt des üblichen Kostüms mit Blazer trug sie eine dunkle Stoffhose und eine weit fallende Bluse. Ihre Interpretation von gemütlicher Kleidung. »Ich wurde leider in der Kanzlei aufgehalten und bin etwas spät dran.« Sie blieb vor mir stehen und hauchte mir einen Kuss links und rechts auf die Wange. In ihren Haaren hing der Gestank von Zigarettenqualm. Eigentlich hatte sie das Rauchen vor einigen Jahren aufgegeben, aber in besonders stressigen Zeiten griff sie immer wieder zum Glimmstängel.

»Ist alles in Ordnung?«

»Ja, nur die üblichen Geschäfte.« Sie lächelte mich an. Dutzende kleine Fältchen bildeten sich um ihre Lippen und Augen, da sie sich das Make-up bereits vom Gesicht gewaschen hatte. Auch die Sommersprossen, die sie mir vermacht hatte, waren nun deutlich zu erkennen. Ich mochte diese Version meiner Mom, die mich an früher erinnerte und mir die Hoffnung auf eine vereinte Familie gab.

Rita nahm mir meine Handtasche ab und ging anschließend zurück in die Küche, um nach dem Essen zu sehen. In der großen Villa verlor sich der Duft schnell, trotzdem meinte ich einen leicht süßlichen Geruch wahrzunehmen, der mich an frisch gebackenen Kuchen erinnerte.

Meine Mom führte mich in den Salon, wo mein Dad in einem der alten Ledersessel saß und nachdenklich auf das Display seines Laptops starrte. Für Anfang fünfzig sah er gut aus, doch die Jahre zogen auch an ihm nicht spurlos vorbei. Geheimratsecken hatten sich in seine Stirn geschlagen, und sein braunes Haar ergraute an den Schläfen, ebenso wie sein Bart, den er sich aus diesem Grund inzwischen regelmäßig abrasierte.

Von seiner Arbeit völlig eingenommen, bemerkte er meine Mom und mich erst, als wir praktisch schon neben ihm standen. Überrascht blickte er auf, ehe ein Lächeln seine nachdenkliche Miene durchbrach. Er nahm seine Brille ab und klappte den Laptop zu. »Du bist ja schon da.«

»Was heißt schon? Es ist sieben.« Ich war auf die Minute pünktlich. Je früher das Abendessen begann, desto schneller war es auch wieder vorbei.

Ich hatte mir vorgenommen, heute Abend noch ins Supernova zu gehen, einen Club, der unter schwulen Männern gerade ziemlich angesagt war. Vor drei Monaten hatte ich mir einen gefälschten Ausweis besorgt und besuchte seitdem regelmäßig die Szene in der Hoffnung, auf einem der Events Adrian zu treffen oder zumindest jemanden, der von ihm gehört hatte. Natürlich wusste ich, dass sich nicht alle Schwulen untereinander kannten, aber wäre ich an Adrians Stelle gewesen, hätte ich nach Verbündeten gesucht, und das war innerhalb der Community wohl am einfachsten. Zumindest redete ich mir das ein, weil ich keine Ahnung hatte, wo ich sonst suchen sollte.

Mein Dad blickte in Richtung der massiven Wanduhr, die über dem Kamin hing, als wollte er meine Aussage überprüfen, und hob überrascht die buschigen Augenbrauen. »Na, sieh einer an. Da habe ich mich wohl mal wieder in der Arbeit verloren.« Er schüttelte den Kopf und wandte sich wieder mir zu. Noch immer ruhte ein sanftes Lächeln auf seinen Lippen.

So fröhlich. So unbeschwert. So normal. Als würde nicht ein Teil unserer Familie fehlen. Doch Adrian fehlte nicht nur wie damals, als er mit einer Freundin Urlaub auf Hawaii gemacht hatte. Er war verschwunden, und keiner von uns wusste, wo er sich aufhielt. Ich ballte die Hände zu Fäusten und würgte die Worte, die sich einen Weg aus meiner Kehle bahnen wollten, hinunter. Wir hatten in den letzten Wochen und Monaten zu oft wegen meines Bruders gestritten, und es hatte zu nichts geführt. Das nächste Mal, wenn ich unsere Eltern auf ihn ansprach, wollte ich es nicht kopflos, sondern mit Strategie tun.

»Das Essen ist fertig«, verkündete Rita, die den Salon betreten hatte.

»Danke«, erwiderte Dad und bedeutete mir mit einer Geste vorauszugehen.

Das Esszimmer der Villa glich einem Bankettsaal, mit einer Tafel, an der problemlos zwanzig Leute Platz hatten, doch heute war nur für drei an einer Stirnseite gedeckt. Ich setzte mich auf meinen üblichen Platz links von meinem Dad und schnappte mir sofort eines von Ritas frisch gebackenen Brötchen. Wäre es nach mir gegangen, hätte sie nichts anderes vorbereiten müssen. Eines ihrer Brötchen mit etwas Butter, und ich war glücklich.

»Hast du dich schon in deiner neuen Wohnung eingelebt?«, erkundigte sich Dad und entfaltete seine Serviette, während Rita ihm den Teller mit der Vorspeise hinstellte: Ziegenkäse-Tartes mit Feigen.

Ich war versucht, die Minitarte mit den Händen zu essen, griff aber schließlich doch nach Messer und Gabel. »Ja, die Nähe zum Campus ist ein Traum.«

»Wir müssen dich bald mal besuchen kommen«, sagte Mom. Obwohl sie die Wohnung gekauft – sie hielten nichts davon zu mieten – und anschließend Tausende Dollars in die Renovierung gesteckt hatten, waren sie noch nie dort gewesen, sondern hatten alles von Architekten und Raumgestaltern managen lassen. Sie hatten nur die Schecks ausgestellt.

»Sobald alles fertig ist«, erwiderte ich mit einem steifen Lächeln. Ich war nicht unbedingt scharf auf ihren Besuch, der nur dazu dienen würde, meinen Lebensstil und meinen Geschmack infrage zu stellen. Meine Mom würde ganz sicher nicht mit den Postern einverstanden sein, die ich aufzuhängen plante.

»Hast du die Nachbarn schon kennengelernt?«

»Ja, der Drogendealer von nebenan ist echt nett. Er hat mir zum Einzug fünf Gramm Koks geschenkt. Und das Pärchen mit dem Sexstudio hat mich auch schon zu sich eingeladen.«

Mein Dad grunzte belustigt, meine Mom hingegen fand die Bemerkung weniger amüsant. Mit ausdrucksloser Miene und hochgezogener Augenbraue sah sie mich abwartend an.

Ich seufzte. »Die Nachbarn scheinen in Ordnung zu sein. Direkt neben mir wohnen drei Studenten, die auch aufs MFC gehen.«

»Was studieren sie?«, frage Mom und nahm einen kleinen Bissen von ihrer Tarte.

»Cassie studiert Literaturwissenschaften und Maurice Grafikdesign und Sport, bei Ju… Bei Julius weiß ich es nicht.« Ungeschickt stolperte ich über Julians Namen. Irgendetwas in mir sperrte sich, meiner Mom von ihm zu erzählen. Die Wahrscheinlichkeit, dass sie sich noch an den Kellner erinnerte, den sie vor mehr als zwei Monaten gefeuert hatte, war zwar ziemlich klein, aber ich wollte kein Risiko eingehen.

»Studieren sie auch im ersten Semester?«

»Im dritten.«

»Und was macht dein Studium?«, fragte mein Dad.

Ich zuckte mit den Schultern.

»Das ist keine Antwort.«

»Es ist schon in Ordnung«, log ich, dabei war nur der Sportunterricht an der Highschool schlimmer gewesen.

»Das klingt nicht sehr begeistert«, warf Mom misstrauisch ein. Sie war nicht dumm. Natürlich wusste sie, dass es nicht mein Traum war, Jura zu studieren, aber vermutlich hatte sie gehofft, dass es mir gefallen würde, nachdem ich erst einmal angefangen hatte. Immerhin hätten mir dank ihrer Gene die Paragrafen quasi durchs Blut fließen sollen.

»Ich kann einfach noch nicht viel dazu sagen. Das Semester hat gerade erst begonnen.«

»Der Anfang ist das Spannendste«, sagte Dad. »Ich weiß noch, mein erster Monat in Harvard. Ich war neu in der Stadt und habe darauf bestanden, in einem der Wohnheime zu leben anstatt in dem Apartment, das mein Vater mir angeboten hatte …« Er verlor sich in einem Monolog über seine Zeit am College. Er dachte immer mit einem Lächeln daran zurück, und obwohl er Adrian und mich nie gedrängt hatte, nach Harvard zu gehen, hatte er es sich dennoch gewünscht. Seine Enttäuschung darüber, dass unsere Wahl auf Yale gefallen war, war allerdings nicht annähernd so groß gewesen wie sein Missfallen über meine Entscheidung, das MFC zu besuchen.

Dad redete noch über Harvard, als Rita bereits unsere leeren Teller abräumte und den Hauptgang servierte. Obwohl ich die Geschichte über seine ersten Wochen in Cambridge bereits kannte, hörte ich ihm gern zu. Ich liebte die Begeisterung, die er dabei ausstrahlte. Wenn er heute über seine Arbeit sprach, war davon nur noch wenig zu spüren.

»Ich habe diese Woche Diana Godfrey beim Friseur getroffen«, bemerkte Mom, nachdem mein Dad seine Erzählung beendet hatte und während Rita uns bereits das Dessert auftischte. Ihre Worte klangen beiläufig, aber ich kannte meine Mom gut genug, um zu wissen, dass sie nicht so gemeint waren. »Ihrem Sohn Clayton gefällt es ausgezeichnet in Yale. Er sagt, es war die beste Entscheidung seines Lebens.«

Ich verkniff es mir, die Augen zu verdrehen. »Das ist schön für ihn.«

»Vielleicht würde es dir dort auch besser gefallen.«

»Vielleicht auch nicht«, erwiderte ich trocken, bereits jetzt erschöpft von diesem Gespräch, das ich bereits in Dutzenden Varianten mit meinen Eltern geführt hatte. Sie wollten, dass ich nach Yale ging. Ich wollte es nicht. Wir wurden wütend, ehe Enttäuschung und Resignation die Diskussion beendeten. Vermutlich würden meine Eltern ihre Hoffnung auf ein Ivy-League-College erst dann aufgeben, wenn ich meinen Abschluss in der Tasche hatte.

»Aber du wärst unter Gleichgesinnten«, schaltete sich Dad ein.

Ich warf ihm einen finsteren Blick zu. Wieso mussten sie jetzt mit diesem Thema anfangen? Bis zu diesem Punkt hatten wir einen wirklich schönen Abend gehabt.

»Ich *bin* unter Gleichgesinnten. Meine Kommilitonen studieren genauso Jura wie die Menschen in Yale.«

Dad schnaubte. »Mach dich nicht lächerlich. Das kannst du nicht vergleichen.«

»Wieso nicht?«, fragte ich herausfordernd. »Weil sie keinen Treuhandfond mit siebenstelliger Summe unterm Kopfkissen liegen haben?«

»Es geht nicht ums Geld«, sagte Mom mit einem Kopfschütteln, wobei sich passenderweise das Licht der Deckenlampe in ihren diamantenen Ohrringen brach, deren Wert einem Kleinwagen gleichkam. »Diese Leute führen ein anderes Leben. Sie sind anders aufgewachsen als du.«

»Stimmt, zum Beispiel in nicht homophoben Familien.«

»Michaella!«, bellte mein Dad. Zornig funkelte er mich an. Ich hatte das H-Wort ausgesprochen, mit dem sie ebenso wenig in Verbindung gebracht werden wollten wie mit einem schwulen Sohn. Was für eine Ironie.

Unnachgiebig erwiderte ich seinen Blick. Ich hatte das nicht sagen wollen. Es war mir einfach rausgerutscht. Aber das machte es nicht weniger wahr, und ich würde mich nicht für die Wahrheit entschuldigen oder meine Worte zurücknehmen. Dann wäre ich kein Stück besser als sie.

Mom räusperte sich. »Beruhig dich, Graham. Es ist nichts passiert.« Sie legte meinem Dad eine Hand auf den Unterarm. Es verstrichen einige Sekunden, in denen er nicht auf die Berührung reagierte und mich weiterhin anstarrte, doch schließlich wandte er den Blick ab und die Anspannung wich aus seinen Schultern.

»Entschuldigung.« Er seufzte. »Ich wollte nicht so ausrasten.«

»Entschuldigung angenommen«, sagte Mom mit einem Lächeln und sah erwartungsvoll zu mir, die Aufforderung unmissverständlich.

Aber ich würde nicht sagen, was sie von mir hören wollte.

Als ich ihren Blick nur schweigend erwiderte, zog sie die Augenbrauen zusammen. Sie konnte dieses Starren minutenlang durchhalten, das hatten sie viele Jahre vor Gericht gelehrt. Aber wir befanden uns nicht im Gerichtssaal, und ich war keine Angeklagte, weshalb sie sich schließlich mit enttäuschtem Gesichtsausdruck von mir abwandte.

Ich war müde. Und mein Herz war es auch. Träge schleppte ich mich die Treppe zu meiner Wohnung hoch, das Knarzen der Stufen das einzige Geräusch im Haus. Ich spürte die Holzdielen unter den nackten Füßen. Meine High Heels hatte ich bereits am Auto ausgezogen, denn meine Zehen und Fersen schmerzten von den Stunden, die ich auf den Beinen verbracht hatte.

Nach dem Streit mit meinen Eltern war ich ins Supernova gefahren. Der Club war an diesem Abend zum Bersten voll gewesen. Mit einem aufgesetzten Lächeln hatte ich mich unter die fröhlichen Menschen gemischt, ihnen von Adrian erzählt und sein Bild herumgezeigt. Erwartungsvoll hatte ich in ihre Gesichter geblickt und auf das Leuchten in ihren Augen gewartet, das mir verriet, dass sie ihn wiedererkannten. Vergebens. Niemand hatte ihn gesehen. Das war nichts Neues, aber aus irgendeinem Grund traf es mich heute besonders hart. Vielleicht wegen des Essens bei unseren Eltern. Vielleicht weil ich mich trotz all der Menschen im Club einsam gefühlt hatte. Vielleicht weil ich das erste Mal, seit ich mit meiner Suche begonnen hatte, spät in der Nacht in eine leere Wohnung zurückkehrte. Ich war allein und erschöpft von all der Hoffnung, die sich nicht erfüllt hatte.

Mit einem Seufzen nahm ich die letzte Stufe und suchte nach dem richtigen Schlüssel an meinem Bund, als das Licht im Treppenhaus ausging.

Verdammt. Resigniert ließ ich den Kopf in den Nacken fallen und holte, um Fassung ringend, tief Luft. Hatte ich vor ein paar Stunden wirklich noch geglaubt, das Schicksal wäre heute auf meiner Seite? Ich hatte mich getäuscht. Es führte mich nur an der Nase herum: *Hier, ich lass deine Vorlesungen ausfallen. Aber dafür wird der Rest des Tages so richtig scheiße.*

Danke für nichts.

Nachdem sich meine Augen an die Dunkelheit gewöhnt hatten, bemerkte ich, dass es gar nicht vollkommen finster war. Unter der Tür von Julians Wohnung hindurch drang ein Schimmer ins Treppenhaus. Vorsichtig tastete ich mich an der

Wand entlang, bis ich den Lichtschalter fand. Flackernd erwachten die Deckenleuchten wieder zum Leben.

Während ich den Schlüssel ins Schloss schob, entdeckte ich eine Haftnotiz, die jemand an die Tür geklebt hatte.

Stell mir das Päckchen einfach vor die Tür.
Julian

Ernsthaft? Wollte er mich verarschen? Er ging lieber das Risiko ein, dass sein Päckchen geklaut wurde, als es sich persönlich bei mir abzuholen? Ich hatte nicht beabsichtigt, dass er gefeuert wurde, sondern ihm mit dem Trinkgeld nur helfen wollen.

Ich zerknüllte den Zettel und drehte den Schlüssel herum. In meiner Wohnung ließ ich die High Heels achtlos zu Boden fallen, schnappte mir das Päckchen und ging zu Julians Tür.

Ich klopfte. Einige Sekunden regte sich nichts, dann erklangen Schritte, ein Miauen, und die Tür wurde geöffnet.

Julian trug eine Jogginghose und ein dunkles T-Shirt. Ein schwarzer Schatten streifte um seine Beine. Die Narbe, die ich an seinem linken Unterarm bereits vermutet hatte, war deutlich zu erkennen. Doch ich ignorierte sie, ebenso wie seinen verwunderten Gesichtsausdruck.

»Was –«

Bevor er seinen Satz beenden konnte, drückte ich ihm das Päckchen gegen die Brust. »Bitte schön.« Damit wandte ich mich ab und marschierte zurück in meine Wohnung. War das jetzt wirklich so schwer gewesen?

6. Kapitel

»Wie war das Essen bei deinen Eltern?«, drang Lillys Stimme aus dem Lautsprecher meines Handys, das neben mir auf dem Waschbecken lag, während ich mir die Zähne putzte. Ich war gerade erst aufgestanden, obwohl bereits Nachmittag war, und hatte vier verpasste Anrufe von ihr vorgefunden.

Ich spuckte den weißen Schaum ins Becken. »Katastrophal.«

»Oje, so schlimm?« Im Hintergrund konnte ich Lincoln kreischen und quietschen hören, der versuchte, die Aufmerksamkeit seiner Mom zu erregen. Es freute mich, dass es dem Kleinen wieder besser ging und somit auch Lilly. Selbst durchs Telefon konnte ich ihre Erleichterung spüren.

»Sie wollen immer noch, dass ich nach Yale gehe.«

»Die beiden können es aber auch nicht gut sein lassen.«

»Von mir aus sollen sie sich den Mund fusselig reden. Ich werde das College nicht wechseln. Sie sollen froh sein, dass ich überhaupt studiere.« Meine Worte klangen bitter, aber erst als Lilly nichts erwiderte, bemerkte ich meinen Fehler. Entschuldigend verzog ich die Lippen. »So war das nicht gemeint. Du wirst auch noch studieren. Nächstes Jahr. Ich wollte nur sagen, dass ich theoretisch kein Diplom bräuchte.«

Lilly seufzte. »Ich verstehe schon, was du meinst, aber manchmal ist es einfach schwer. Ihr alle habt euren Highschoolabschluss schon in der Tasche, lernt neue Leute kennen und beginnt einen völlig neuen Lebensabschnitt. Und ich sitze immer noch im Matheunterricht von Mr Newman fest.«

Ich nahm einen Schluck Wasser und spülte mir damit den Mund aus. »Ja, aber du darfst nicht vergessen, dass du bereits vor drei Jahren einen großen Schritt gemacht hast, und den hast du uns allen voraus.«

»Danke, aber seien wir mal ehrlich, eine Teenagerschwangerschaft würden die wenigsten als ›großen Schritt‹ bezeichnen. Höchstens als einen in die falsche Richtung«, erklärte Lilly mit gesenkter Stimme, vermutlich weil sie nicht wollte, dass Link sie hörte.

Ich konnte ihr kaum widersprechen, schließlich wusste ich, wie die Leute hinter ihrem Rücken über sie und Tanner sprachen, während sie sie vorn herum dazu beglückwünschten, wie niedlich ihr Sohn war.

Wir telefonierten noch ein paar Minuten und tauschten uns über unsere Pläne fürs Wochenende aus, ehe wir uns verabschiedeten. Lilly musste einiges für die Schule nachholen, und ich hätte endlich das Chaos in meiner Wohnung beseitigen sollen, aber wie schon in den vergangenen Tagen reichte meine Motivation nicht aus, um die Kartons auszupacken. Außerdem fehlte mir noch immer das passende Werkzeug, um meine Schränke aufzubauen, also beschloss ich, lieber spazieren zu gehen.

Ich schlüpfte in eine Jeans und musste feststellen, dass ich bereits alle sauberen Shirts aus meinem Koffer gebraucht hatte. Es wurde Zeit, Wäsche zu waschen. Nur dass ich keine Ahnung hatte, wie das ging. Bisher hatte sich immer Rita um diese Sachen gekümmert. Aber das war ein Problem, dem ich mich später stellen würde. Ich zog das am wenigsten muffelnde Shirt an, schnappte mir meine Handtasche und trat auf den Hausflur hinaus.

Wie von selbst wanderte mein Blick zu Julians Tür, und ich musste daran denken, wie ich ihm in der Nacht zuvor das Päckchen gebracht hatte. Ich bereute es, ihn einfach stehen gelassen zu haben, anstatt mit ihm zu reden, aber da ich weder *The Flash* noch *Doctor Who* war und nicht in der Zeit zurückreisen konnte, musste ich mich wohl damit abfinden, diese Chance verpasst zu haben.

Offensichtlich war ich nicht die Einzige, die einen Spaziergang dem Alltag vorzog. Im Park wimmelte es von jungen Familien und Rentnern, die über die Kieswege schlenderten, Cliquen von Jugendlichen, die es sich im Gras gemütlich gemacht hatten, und Pärchen, die aneinandergekuschelt auf Bänken saßen. Obwohl es noch immer warm war, waren die Anzeichen des bevorstehenden Herbstes nicht mehr zu übersehen. Die ersten Blätter färbten sich bunt und segelten zu Boden, und die Tage wurden kürzer.

Schon bevor ich begonnen hatte, am MFC zu studieren, war ich regelmäßig in den Park gekommen. Ich war nicht unbedingt ein Freund von Outdoor-Aktivitäten im Sinne von Klettern, Wandern oder Radfahren, dafür liebte ich es viel zu sehr, es mir zu Hause bequem zu machen, zu zeichnen oder eine Graphic Novel zu lesen. Doch ich ging gern spazieren – langsam und gemütlich. Die frische Luft und die Abwesenheit einengender Wände regte meine Kreativität an. Nirgendwo konnte ich besser über neue und alte Ideen nachdenken als im Grünen.

Ich lief meine übliche Runde, einmal um den Teich herum, mit einem kurzen Zwischenstopp an einer Bank, in die Lilly und ich unsere Initialen eingeritzt hatten. Auf dem Rückweg nach Hause machte ich einen kurzen Halt bei Whole Foods, um mir ein Sandwich zu kaufen, da mein Magen knurrte. Ich schob mir gerade den letzten Bissen in den Mund, als ich das Haus erreichte. Ich stopfte die Verpackung in meine

Handtasche und fischte meinen Schlüssel heraus. Im Treppenhaus roch es nach Reiniger, und ich konnte feuchte Flecken auf den Stufen erkennen, als hätte erst vor Kurzem jemand den Boden gewischt.

»Warte!«

Ich hatte gerade die Klinke heruntergedrückt, um die Haustür hinter mir zu schließen, als ich in der Bewegung innehielt. Ich zog die Tür wieder auf und blickte irritiert auf ein Hochhaus. Na ja, kein echtes Hochhaus, aber auf eine Nachbildung des … Empire State Buildings? Die Spitze war aus brauner Pappe, der breite Sockel des Gebäudes grau angemalt. Adrian hatte vor vielen Jahren ein ähnliches Modell mithilfe eines Bausatzes zusammengesteckt. Dieses Exemplar wirkte allerdings, als wäre es selbst konstruiert.

Ich beobachtete, wie der Mann das Gebäude, das ihm bis über den Kopf ragte, durch den Eingang manövrierte. Konnte er mit dem Ding vor dem Gesicht überhaupt etwas sehen? Ich bezweifelte es.

»Danke«, sagte er, als er über die Schwelle trat, und in diesem Moment erkannte ich seine Stimme, auch wenn sie von dem Pappmodell zwischen uns gedämpft wurde.

Ich schloss die Haustür. »Kann ich dir helfen?«

Julian streckte den Kopf an dem Nachbau vorbei, sodass er mich ansehen konnte. Schweiß glänzte auf seiner Stirn, und das braune Haar stand ihm wuschelig vom Kopf ab, als wäre er im Laufe des Tages immer wieder mit den Fingern hindurchgefahren. Er trug wieder einen langärmligen dunklen Pullover, der die Narbe an seinem Arm verdeckte. Wortlos erwiderte er meinen Blick. In seinen Augen lag Misstrauen, als würde er sich an das erinnern, was das letzte Mal passiert war, als ich versucht hatte, ihm zu helfen.

»Nein danke. Irgendwie bekomme ich das Teil schon hoch.«

»Gleitgel und kräftiges Rubbeln könnten helfen«, scherzte ich und hätte mir im nächsten Moment am liebsten vor die Stirn geschlagen. Ein Handjob-Witz? Saß zwischen meinem Gehirn und meinem Mund überhaupt kein Filter?

Julian starrte mich an. Nicht einmal der Ansatz eines Lächelns lauerte in seinen Mundwinkeln. Zugegeben, der Spruch war flach gewesen, aber Adrian hätte darüber gelacht, und sein Lachen wäre mir in diesem Moment sehr gelegen gekommen, um die eigenartige Stille zwischen Julian und mir zu brechen.

»Ich geh besser mal vor«, murmelte ich und machte eine vage Geste Richtung Treppe. Und bevor Julian etwas darauf erwidern oder, schlimmer noch, mich länger anschweigen konnte, lief ich an ihm vorbei, zwei Stufen auf einmal nehmend bis in den ersten Stock. Ich hastete den Flur entlang, doch am Absatz des nächsten Aufgangs blieb ich stehen. Ich hörte ein Ächzen, das Knacken einer Stufe und …

»Waaaaah! Fuck!« Julians Fluch hallte durch das gesamte Treppenhaus, gefolgt von dem Geräusch vieler kleiner Schritte, mit denen er im verzweifelten Versuch, das Gleichgewicht zu halten, die Holzdielen zum Knarzen brachte. Ich konnte förmlich vor mir sehen, wie das Empire State Building eine Etage unter mir umzustürzen drohte.

Eigentlich hätte es mir egal sein können. Julian hatte deutlich gemacht, dass er meine Hilfe nicht wollte. Dennoch zögerte ich keine Sekunde, drehte mich um und ging die Stufen wieder nach unten.

Julian hatte inzwischen die Balance wiedergefunden und versuchte, die nächste Stufe zu erklimmen. Blind tastete er mit den Zehenspitzen voraus, um nicht danebenzutreten, wobei der Nachbau gefährlich schief in seinen Armen lag und über seine Schulter nach unten zu stürzen drohte.

Ich konnte es nicht mit ansehen. Vorsichtig umfasste ich den oberen Teil des Gebäudes, um das Hochhaus aus der Schieflage zu bringen.

»Danke«, keuchte Julian atemlos.

»Sieht so aus, als könntest du doch Hilfe brauchen.«

»Vielleicht.«

»Nur vielleicht?«

»Okay. Ganz sicher.« Er seufzte und hielt einen Moment inne, als würde es ihn große Überwindung kosten, mich um Hilfe zu bitten. Doch schließlich siegte die Vernunft über seine Bedenken. »Würdest du?«

»Würde ich was?«

Er verdrehte die Augen. »Mir helfen?«

Ich grinste. »Gern.«

Vorsichtig tastete ich mich am Empire State Building hinab, bis ich den Sockel umfassen konnte. Der Nachbau war nicht allzu schwer, aber verdammt sperrig. Ich gab Julian einen kurzen Hinweis, ehe ich rückwärts die erste Stufe nahm. Damit mir das Modell nicht aus den Händen glitt, musste ich ziemlich gekrümmt gehen. Trotzdem schrammte die Spitze immer nur knapp an der Decke vorbei.

Meine ersten Schritte waren zögerlich, doch mit jeder weiteren Stufe wurde ich sicherer. Immer wieder spähte ich rechts am Modell vorbei, um Julian Anweisungen zu geben; trotzdem drohte das Modell einige Male umzukippen, und jedes Mal hörte ich Julian panisch nach Luft schnappen. Im Schneckentempo erreichten wir schließlich den dritten Stock. Es war mir ein Rätsel, wie er das Teil jemals zurück an das MFC schaffen wollte.

»Du kannst jetzt loslassen.«

»Bist du dir sicher?« Mittlerweile klang ich genauso atemlos wie er, und ich spürte ein Stechen in der linken Seite, das es mir schwer machte, aufrecht zu stehen. Vielleicht sollte ich Lillys Angebot, gemeinsam mit ihr ins Fitnessstudio zu gehen, doch annehmen.

»Ja. Den Rest schaff ich allein.«

»Okay.« Vorsichtig ließ ich den Sockel los.

»Danke für deine Hilfe. Ich schulde dir was.« Julian schwankte mit dem Modell in den Armen an mir vorbei auf seine Wohnungstür zu. Unsere Zusammenarbeit war offensichtlich beendet.

Ich wollte noch etwas sagen, schluckte die Worte aber hinunter, um ihn nicht länger aufzuhalten. Stattdessen wandte ich mich meiner eigenen Tür zu und tastete die Taschen meiner Hose ab, da ich mich nicht erinnern konnte, in welche ich den Schlüssel gestopft hatte.

Als ich ihn endlich gefunden hatte, hörte ich ein dumpfes Klopfen. Julian trat mit dem Fuß gegen die Tür, aber niemand öffnete ihm.

Genervt murmelte er etwas, das ich nicht verstehen konnte, und versuchte das Gewicht des Modells gegen die Wand zu verlagern, damit er es einhändig halten konnte. Sofort geriet das Bauwerk abermals ins Wanken. Panisch packte er es wieder mit beiden Händen. »Scheiße!«

»Soll ich dir aufschließen?«

Julian verrenkte den Hals, um mich anzusehen. »Du bist immer noch da?«

»Ja, und jetzt tu nicht wieder so, als könntest du keine Hilfe brauchen.«

Er gab ein unwilliges Grummeln von sich. Als wäre es eine Qual, noch mehr Hilfe von mir anzunehmen. Lilly und er mussten Seelenverwandte sein. Sie hätten gemeinsam einen Club gründen können: Die Liga der störrischen »Ich schaff das allein«-Menschen.

Doch wie bereits auf der Treppe knickte Julian schließlich ein und warf seinen Stolz für das Wohl des Modells über Bord. »Der Schlüssel ist in meiner linken Hosentasche.«

»Hinten oder vorn?«

»Hinten.«

Julians Jeans saß so perfekt, dass ich nicht umher kam zu bemerken, was für einen wohlgeformten Hintern er hatte. Ohne zu zögern, schob ich meine Hand in seine Hose und griff nach dem Schlüssel. Da ich ihn nicht sofort ertasten konnte, ließ ich die Finger tiefer wandern. Dabei kam ich Julian so nahe wie damals in der Garderobe, und wieder stieg mir der Geruch von Tannennadeln und Erde in die Nase. Unwillkürlich schmiegte ich mich enger an seinen Körper. Sein Duft erinnerte mich an den Park, aus dem ich gerade kam.

»Micah?«

»Mhmm«, brummte ich.

»Ich sagte links.«

Irritiert runzelte ich die Stirn, bis ich begriff, was er meinte. »Oh.« Verlegen nahm ich meine Hand von seinem Hintern. Ich verwechselte die beiden Seiten einfach immer! »Ich dachte, du meinst mein Links.«

Julian warf mir einen Blick über die Schulter zu und zog eine Augenbraue hoch. Ich glaubte, beinahe so etwas wie Belustigung in seinen Gesichtszügen zu erkennen. »Wir haben dasselbe Links.«

»Ups.« Die Ausrede war wohl nach hinten losgegangen.

Ich griff in die andere Hosentasche und bekam den Schlüssel sofort zu fassen. Klimpernd zog ich ihn hervor, entriegelte die Tür und hielt sie für Julian auf, der das Modell, das gerade so durch den Türrahmen passte, an mir vorbeibugsierte. Und weil ich nicht unhöflich sein wollte und gleichzeitig unglaublich neugierig war, folgte ich ihm.

Die Wohnung war ähnlich wie meine geschnitten. Direkt hinter der Tür lag der Wohn- und Essbereich mit einer offenen Küche. Vier geschlossene Türen zweigten von dem Raum ab, vermutlich lagen dahinter ein Bad und die Schlafzimmer der drei Mitbewohner. Mein Apartment hatte ein Zimmer weniger. Doch anders als meine Wohnung war diese nicht frisch renoviert. Wo mein Parkett dunkel glänzte, war das meiner Nachbarn hell und zerkratzt. Ein grauer Schleier lag über den ehemals weißen Wänden, und ich entdeckte das eine oder andere Loch in der Mauer, wo früher einmal ein Regal oder Bild gehangen haben musste.

Dennoch gefiel es mir hier besser als bei mir. Im Gegensatz zu meiner noch kühl und ungemütlich wirkenden Bleibe war das hier ein richtiges Zuhause. Bunt zusammengewürfelte Poster hingen an den Wänden. Sie zeigten majestätische Gebäude, epische Drachen und eine Aufstellung der New England Patriots. Dutzende von Pflanzen dekorierten den Raum, einige hingen sogar von der Decke. Vor dem Fernseher stand ein graues Sofa mit jeder Menge Kissen und davor ein Couchtisch, der unter Stapeln von Zeitschriften versank.

Unwillkürlich sah ich mich nach einem Platz um, auf dem Julian sein Modell abstellen konnte, bis mein Blick am Esstisch hängen blieb. Darauf stand eine Nähmaschine, neben der ein Haufen bunter Stoffe lag. Von Seide bis Filz war alles dabei. Ich schob die Utensilien zur Seite, die Cassie und Auri vermutlich für irgendein Cosplay-Kostüm benutzten.

Vorsichtig stellte Julian sein Modell ab und atmete erleichtert auf, als das Gewicht von seinen Armen genommen wurde. »Danke.« Er ließ die Schultern kreisen.

Ich betrachtete den Nachbau des Empire State Buildings. Auch ohne etwas von Modellbau zu verstehen, war mir klar, dass das Ding ziemlich gut aussah. Im unteren Teil, der bereits ausgearbeitet war, ließen sich sogar kleine Fenster erkennen, die in die Pappe geritzt worden waren.

»Ist das dein Modell?«

»Nein, ich habe es aus der Werkstatt geklaut.«

Ich schmunzelte. »Wofür?«

»Ich dachte, es würde sich gut in meinem Schlafzimmer machen.«

»Wäre es nicht klüger gewesen, ein fertiges Modell zu klauen?«

Als er mit den Schultern zuckte, lag so viel Gelassenheit in der Geste, dass ich kurz zweifelte, ob er wirklich nur einen Scherz gemacht hatte. Doch dann hoben sich seine Mundwinkel. »Ich mag diesen rohen, unvollendeten Charme.«

»Verstehe.« Ich biss mir auf die Unterlippe, um mein eigenes Lächeln zurückzuhalten. Julian folgte der Bewegung mit seinem Blick, und ich war mir beinahe sicher zu sehen, wie sich seine Pupillen weiteten.

Sofort hörte ich auf, auf meinen Lippen herumzukauen. Verlegen räusperte ich mich. »Also studierst du Architektur?«

»Was glaubst du?« Er blickte vielsagend auf sein Modell.

»Welches Semester?«, fragte ich und versuchte gleichzeitig die Tatsache zu verdauen, dass es von all den Fächern, die Julian hätte studieren können, ausgerechnet das war, von dem Adrian immer geträumt hatte. Konnte das Zufall sein?

»Erstes.«

»Wirklich?«

Er nickte.

»Ich dachte, du wärst schon weiter. Fünftes oder sechstes.«

»Wieso? Weil ich alt bin?« Er verschränkte die Arme vor der Brust, doch sein belustigter Tonfall verriet, dass er nicht wirklich beleidigt war.

»Du bist nicht alt«, warf ich ein. »Nur älter. Fünfundzwanzig?«

»Vierundzwanzig«, korrigierte er mich mit einem Schnauben.

Entschuldigend hob ich die Hände. »Sorry. Mein Fehler. Ich wollte dich nicht kränken, Opa.«

»Hast du aber.« Er schüttelte in gespielter Empörung den Kopf.

»Lass es mich wiedergutmachen.« Ich trat einen Schritt auf ihn zu und legte ihm eine Hand auf den Unterarm. »Wann musst du deinen rohen, unvollendeten Charme denn wieder zurück an das MFC schaffen? Ich kann dir dabei helfen. Ich hab ein Auto.«

Ich wusste nicht, ob es an meiner Frage oder der Berührung lag, aber von einer Sekunde auf die nächste spannte er die Muskeln unter meinen Fingerspitzen an, und seine gesamte Ausstrahlung veränderte sich. Wie ein Schalter, der das Licht in einem Raum erlöschen lässt, löste sich die Unbeschwertheit in seinen Gesichtszügen in Luft auf. »Montag.«

»Du meinst übermorgen?«

»Ja.«

»Wirst du rechtzeitig fertig?«

»Das werde ich am Sonntagabend sehen.« Mit zusammengezogenen Augenbrauen musterte er das Empire State Building von der Spitze bis zum Sockel, wobei er jede noch so kleine Baustelle an dem Modell wahrzunehmen schien.

Ich räusperte mich. Eigentlich hätte ich die Gelegenheit gern genutzt, um mit ihm über die Sache bei meinen Eltern zu reden, aber seiner nachdenklichen Miene nach zu urteilen war Julian bereits dabei, an seinem Projekt zu basteln. Und ich wollte ihn nicht davon abhalten, vor allem nicht bei seinem knappen Zeitplan. »Ich lass dich dann mal besser in Ruhe arbeiten.«

Julian nickte gedankenverloren, bevor ich mich abwandte und ging. Aber erst nachdem ich die Tür hinter mir geschlossen hatte, bemerkte ich, dass er mein Angebot, ihm am Montag zu helfen, nicht angenommen hatte.

7. Kapitel

Den Sonntag verbrachte ich damit, mich seelisch auf die kommende Woche vorzubereiten. Allein der Gedanke an die bevorstehenden Vorlesungen stresste mich so sehr, dass ich in eine Art Schockstarre verfiel. Den ganzen Tag über blieb ich auf meiner Matratze hocken und stand nur auf, um aufs Klo zu gehen.

Die erste Hälfte des Tages nutzte ich zum Zeichnen. Ich vollendete einige Entwürfe und erstellte eine Skizze zu einer *Captain-America-und-Bucky*-Fan-Art, die mir seit einiger Zeit im Kopf herumschwirrte. Anschließend startete ich einen *Batman*-Marathon und kürte meine Top-3-Verfilmungen:

Platz 1: *The Dark Knight Rises*
Platz 2: *The LEGO Batman Movie*
Platz 3: *Batman Returns*

Und meine Flop 3, allerdings lieferten sich Ben Affleck, Val Kilmer und George Clooney dabei ein Kopf-an-Kopf-Rennen.

Versunken in meinem Filmmarathon vergaß ich, mir für den nächsten Morgen den Wecker zu stellen. Es war bereits nach elf, als mich eine Nachricht von Aliza weckte: *Wo bist du?*

Ich schrieb ihr eilig zurück und machte mich auf den Weg zum MFC. Die Vorlesungen am Vormittag hatte ich zwar verpasst, aber zumindest konnte ich gemeinsam mit Aliza zu Mittag essen und ihre 250 000 Abonnenten feiern.

Auf dem Campus hielt ich Ausschau nach Julian. Ich wollte ihn fragen, was aus seinem Modell geworden war, aber ich konnte ihn nirgendwo entdecken.

Am Nachmittag, während ich in einer Vorlesung von Professorin Lawson saß und an meinen Zeichnungen arbeitete, anstatt zuzuhören, bekam ich eine Nachricht von meinem Dad: *Die Richfields haben uns für Donnerstag zum Dinner eingeladen. Deine Mom und ich würden uns sehr freuen, wenn du mitkommst.*

Ich schickte ihm eine Zusage. Was blieb mir anderes übrig? Die Nachricht klang vielleicht wie eine *Ein*ladung, aber in Wirklichkeit war es eine *Vor*ladung. Meine Eltern erwarteten, dass ich dort aufkreuzte, immerhin war das Teil unseres Deals. Sie bezahlten meine Wohnung, und ich nahm an den sozialen Events in ihren Kreisen teil. Ich wollte diese Abmachung nicht bereits im ersten Monat brechen, auch wenn ich genau wusste, wie langweilig der Abend werden würde: Oberflächlicher Small Talk gepaart mit Lästereien und Gesprächen über Politik und Wirtschaft, wobei die einzigen Zahlen, die ich beisteuern konnte, die Box-Office-Umsätze meiner Lieblingscomic-Verfilmungen waren.

Natürlich behielt ich mit meiner Vermutung recht. Der Abend verlief so öde wie erwartet, aber zumindest hatten die Freunde meiner Eltern daran gedacht, dass ich weder Fleisch noch Fisch aß, und für mich vegetarische Kanapees bestellt.

Bevor ich die Feier verließ, ließ ich mir ein paar der Häppchen einpacken, wofür ich schiefe Blicke erntete, aber das war mir egal. Das Essen war nicht für mich. Zu Hause angekommen, verschanzte ich mich nicht in meiner Wohnung, sondern folgte esoterisch klingender Musik bis zur Tür nebenan und klopfte. Die Musik verstummte, und ich musste nicht lange warten, bis mir geöffnet wurde.

»Hey, wieso bist du schon …?« Cassie brach mitten im Satz

ab, als sie mich sah. Ihre rote Mähne hatte sie zu einem unordentlichen Knoten zusammengebunden, der weit oben auf ihrem Kopf saß. Sie trug einen übergroßen grauen Pullover, der vermutlich von Maurice stammte und an ihr wie ein Kleid wirkte, und darunter eine schwarze Leggins. »Ach, hallo, Micah. Ich dachte, du wärst Auri.«

»Nope. Darf ich trotzdem reinkommen?«, fragte ich mit einem erwartungsvollen Lächeln und hielt die Plastiktüte mit den Kanapees in die Höhe. »Ihr wart so enttäuscht, dass Julian euch keine Häppchen mehr mitbringen kann. Daher habe ich für Nachschub gesorgt.«

»Perfekt, ich bin am Verhungern!« Cassie riss mir die Tüte aus der Hand und eilte damit in die Küche.

Da ich ihre Euphorie angesichts des Essens als Einladung wertete, betrat ich die Wohnung und schloss die Tür hinter mir. Ich zog meine High Heels aus und unterdrückte ein wohliges Stöhnen, als mir die unbequemen Dinger endlich von den Fersen rutschten. Wer immer diese Schuhe entworfen hatte, musste Füße hassen.

»Wieso bist du so schick angezogen?«, fragte Cassie und musterte mich von oben bis unten, während sie das Essen auf einen Teller schichtete. »Kommst du von einem Date?«

»Nein, von einer Dinnerparty bei Freunden meiner Eltern«, antwortete ich nüchtern.

»Wow, du scheinst ja wirklich Spaß gehabt zu haben.«

»Das ist einfach nicht meine Szene.«

Unauffällig sah ich mich nach Julian um, aber er schien nicht zu Hause zu sein. Sein Modell war wie erwartet vom Esstisch verschwunden, und die bunten Stoffe waren naturbelassenen Materialien in verschiedenen Brauntönen gewichen. Eine Schreibtischlampe erhellte den Bereich um die Nähmaschine, daneben stand eine Teetasse.

Cassie deutete auf die Häppchen. »Möchtest du auch etwas?«

»Nein danke. Ich hab schon gegessen«, antwortete ich und beobachtete Cassie dabei, wie sie ein schwarzes Mäppchen aus einer Schublade holte. Darin lag etwas, das aussah wie der Schallschraubenzieher von *Doctor Who*, sich auf den zweiten Blick aber als Spritze entpuppte. Ich musste daran denken, dass Auri irgendetwas von einem Diabetologen erzählt hatte. Anscheinend war Cassie zuckerkrank. Sie schraubte an dem Teil herum, ehe sie sich völlig selbstverständlich mit der feinen Nadel in den Bauch stach. Ich erschauderte und wandte mich ab. Ich hasste Spritzen.

»Wo sind Auri und Julian?«, fragte ich.

»Auri ist beim Footballtraining, und Julian … Keine Ahnung. Arbeiten?« Ihre Antwort klang wie eine Frage.

»Wann kommt er wieder?«

»Wer? Auri oder Julian?«

»Julian.«

Cassie packte die Spritze wieder weg. Dann setzte sie sich auf einen Hocker am freistehenden Küchentresen und ließ ihre Hand über dem Teller mit den Kanapees schweben, als könnte sie sich nicht entscheiden, welches sie zuerst probieren sollte. »Ich weiß es nicht. Wart ihr verabredet?« Sie nahm sich ein Lachshäppchen.

»Nein, ich wollte ihn nur etwas fragen«, erwiderte ich mit einer wegwerfenden Handbewegung, bemüht, mir meine Enttäuschung nicht anmerken zu lassen. Ich hatte gehofft, endlich mit ihm reden zu können. Er schien mir die Sache von damals zwar nicht übel zu nehmen, aber ich hatte trotzdem das Gefühl, dass wir darüber sprechen sollten. Ich deutete auf die Nähmaschine, um das Thema zu wechseln. »Woran arbeitest du gerade? Deinem Tauriel-Kostüm?«

»Jein. Es ist ein Elbenkostüm, aber ich bin nicht Tauriel. Wir haben unsere eigenen Charaktere«, sagte Cassie und schob sich das Kanapee auf einmal in den Mund.

»Ah.« Ich erinnerte mich an Auris Erklärung. »Also ist das Kostüm für ein LARP?«

»Mhm«, brummte sie mit vollem Mund.

Ich ließ mich auf die Couch plumpsen. »Und was für einen Charakter spielst du?«

Ein breites Grinsen erschien auf Cassies Gesicht. Ihre Freude über mein Interesse und das Herzblut, das sie in ihr Hobby steckte, waren nicht zu übersehen. Sie brannte für diese Sache so wie ich für Graphic Novels und das Zeichnen. »Ich bin Maylin, eine Heilerin. Ihr Vater ist im Krieg gefallen, als sie noch ein Kind war, und ihre Mutter starb sieben Jahre später an einer unheilbaren Krankheit, die Maylin nun erforscht. Sie ist unsterblich in Gorwìn verliebt, den Sohn des Anführers, aber gesellschaftlich steht sie weit unter ihm, und außerdem ist er einer anderen versprochen.«

»Uuh, eine verbotene Liebe.« Ich rieb die Hände aneinander. »Lass mich raten, Auri ist Gorwìn?«

Cassie biss sich auf die Unterlippe und nickte verlegen.

Wieso überraschte mich das nicht? »Und, erwidert Gorwìn Maylins Liebe?«

»Ich weiß es nicht, aber er fühlt sich zu ihr hingezogen, so viel ist sicher. Er hätte das Fest der Sommersonnenwende eigentlich mit Valeri feiern müssen, hat es stattdessen aber mit Maylin verbracht. Sie haben stundenlang geredet, und zum Abschied hat er sie geküsst.« Cassies Wangen glühten. Sie war so in ihrer Erzählung gefangen, dass sie die Häppchen auf ihrem Teller völlig vergessen hatte.

»Und was ist dann passiert?«, fragte ich neugierig. Cassies Röte ließ mich etwas Unanständiges erahnen.

Sie seufzte schwer. »Dordan, der Berater von Gorwins Vater, hat sie unterbrochen.«

»Oh nein.« Ich verzog die Lippen. »Hat er dem Anführer verraten, dass er die beiden zusammen gesehen hat?«

»Das wissen wir noch nicht, aber wir werden es vermutlich bald erfahren«, sagte Cassie und klang dabei hörbar beunruhigt, als wäre es tatsächlich ihre Beziehung zu Auri, die auf dem Spiel stand. »Am Wochenende ist die nächste Veranstaltung. Freitagabend geht es los.«

»Du musst mich unbedingt auf dem Laufenden halten.«

»Am Montag. Handys sind während des LARP verboten.«

»Schade, aber das klingt echt gut. Wäre es eine Graphic Novel, würde ich sie lesen.«

»Graphic Novel? Das ist also dein Ding?«

Ich nickte. »Oder Comics. Oder Mangas. Oder Bilderbücher. Generell alles, was gezeichnet ist.«

»Zeichnest du auch selbst?«, fragte Cassie und widmete sich wieder den Kanapees.

»Jap.«

»Cool. Kann ich was von dir sehen?«

»Klar, wie wäre es am Montag, wenn du mir vom LARP erzählst?«

»Gern. Abendessen bei dir?«

Ich rümpfte die Nase. Meine Wohnung sah noch immer aus wie am Tag meines Einzugs. Die einzigen Sitzgelegenheiten waren meine Matratze und die Kisten, in denen meine Unterwäsche steckte. »Können wir uns vielleicht hier treffen? Ich bringe auch das Essen mit.«

»Da sag ich nicht Nein«, antwortete Cassie, als plötzlich ein Miauen zu hören war.

Ich sah mich um und entdeckte ein schwarzes Kätzchen, das aus einem der Schlafzimmer getapst kam. Es streckte seine

Vorderpfoten aus und gähnte herzhaft, ehe es weiterlief und geradewegs auf mich zusteuerte. Mit großen gelben Augen starrte es mich an.

Ich beugte mich vor, bemüht, nicht bedrohlich zu wirken. »Du musst Laurence sein«, sagte ich mit derselben sanften Stimme, die ich benutzte, wenn ich mit Lincoln sprach.

Die viel zu großen Ohren des Kätzchens zuckten, dann stieß es erneut ein zuckersüßes Maunzen aus, als wollte es mir antworten. Ich konnte das »Awww« nicht unterdrücken, das mir über die Lippen kam.

Hinter mir hörte ich Cassie lachen. Laurence ignorierte sie und wackelte stattdessen mit dem Hintern, während er versuchte, die Distanz abzuschätzen, die er überwinden musste, um auf die Couch zu kommen. Es dauerte ein paar Sekunden, bis er genug Mut gesammelt hatte, dann machte er einen Satz und landete direkt neben mir.

Ich war ein bisschen stolz, dass er sich zu mir gesellte, anstatt zu Cassie zu flüchten, und hielt ihm meine Hand entgegen, damit er daran schnuppern konnte. »Wie alt ist er?«

»Das wissen wir nicht so genau. Irgendwas zwischen drei und vier Monaten.«

»Habt ihr ihn aus dem Tierheim?«

»Nein, Julian hat ihn in einem Müllcontainer bei seiner Arbeit gefunden.«

Ich riss den Kopf herum, wobei die hektische Bewegung Laurence kurz zurückzucken ließ, aber seine Neugierde gewann und sofort war seine schnüffelnde Nase wieder an meiner Haut. »In einem *Müllcontainer?*«

»Ja.« In Cassies Stimme schwang Abscheu mit.

Mein Magen verknotete sich zu einem Gewirr aus Trauer, Hass und Wut. Was musste man für ein abscheulicher Mensch sein, um ein lebendes Tier wegzuschmeißen? Hätte Julian

Laurence nicht rechtzeitig gefunden, hätte die Müllabfuhr ihn einfach in eine Presse geworfen. Ich erschauderte bei der Vorstellung und sah wieder zu Laurence, der inzwischen an meinem Zeigefinger knabberte. Ich schob meine Hand unter seinen Bauch und hob ihn hoch. Sein seidiges schwarzes Fell, das vom Schlaf noch verstrubbelt war, fühlte sich flauschig weich unter meinen Fingerspitzen an. Ich drückte ihn gegen meine Brust und streichelte mit der freien Hand sein Köpfchen. Sein Schnurren war nicht zu hören, aber ich konnte die dazu passenden Vibrationen spüren.

Sofort schmolz mein Zorn dahin, und ich musste lächeln. »Ich glaube, ich bin verliebt.«

Cassie lachte. »Nicht nur du. Er hat uns alle um den kleinen Finger gewickelt. Selbst Auri.«

»Mag er keine Katzen?«, fragte ich, ohne von Laurence aufzusehen, der dabei war, sein Fell auf meinem roten Kleid zu verteilen. Meine Mom hätte bei dem Anblick vermutlich einen mittelschweren Herzanfall bekommen. Immerhin war ich dabei, mir ein Fünfhundert-Dollar-Outfit ruinieren zu lassen.

»Er sieht sich selbst gern als Hundemensch. Aber er irrt sich.«

Ich wandte mich auf der Couch herum, sodass ich Cassie ansehen konnte, die in der Zwischenzeit ein halbes Dutzend Häppchen verputzt hatte. »Kann man sich bei so etwas irren?«

»Absolut.« Sie nickte entschlossen. »Auri mag Hunde, keine Frage. Aber weil er so groß, sportlich und muskulös ist, wird aus irgendeinem Grund von ihm erwartet, dass er sich eines Tages ein ›männliches‹ Tier anschafft. Einen Pitbull oder so«, erklärte Cassie, wobei sie bei dem Wort »männlich« Anführungszeichen in die Luft malte. »Und er lässt sich das tatsächlich einreden, obwohl er es liebt, mit Laurence zu spielen oder abends mit ihm auf der Couch zu kuscheln. Du müsstest die beiden zusammen sehen. Zu hundert Prozent ein Katzenmensch.«

Ich konnte nicht sagen, was niedlicher war – die Vorstellung von Auri mit Laurence oder die Tatsache, dass sich Cassie solche Gedanken darüber machte. Die beiden waren wirklich zuckersüß zusammen. Ich wollte sie gerade fragen, wie lange Auri und sie schon ein Paar waren, als schwere Schritte im Flur zu hören waren.

Laurence riss den Kopf hoch. Kurz darauf wurde die Tür aufgeschlossen, und der Mann der Stunde betrat die Wohnung.

»Hallo, Ladys«, grüßte Auri und ließ seine Sporttasche auf den Boden fallen.

Laurence entwand sich meinem Griff, und bevor ich auch nur den Hauch einer Chance gehabt hätte, ihn festzuhalten, sprang er von der Couch und eilte zu Auris Tasche, aus der ein loser Schnürbändel heraushing. Umgehend stürzte er sich mit seinen kleinen Krallen und Zähnen darauf.

»Hey«, grüßte noch eine andere Stimme, und erst da bemerkte ich, dass Auri nicht allein war. Ein Freund war bei ihm. Er war etwas kleiner, aber ebenso muskulös gebaut, wodurch er insgesamt stämmiger wirkte. Seine Hautfarbe war eine Nuance dunkler als Auris, die schwarzen Haare trug er schulterlang. Ich meinte mich zu erinnern, dass er unter den Jungs gewesen war, die mich in der vergangenen Woche auf dem Campus abgecheckt hatten. »Was geht?«

Cassie hob ihren Teller. »Micah hat Häppchen mitgebracht.«

Auri blickte von Laurence auf. »Ehrlich?«

»Als würde ich bei einem solch ernsten Thema jemals Scherze machen«, erwiderte Cassie mit gespielter Empörung, ehe sie vom Hocker sprang und zwei weitere Teller aus einem der Schränke holte.

Die Jungs teilten die verbliebenen Kanapees zwischen sich auf, ohne ein einziges für Julian übrig zu lassen, aber ich traute mich nicht, etwas zu sagen. Immerhin war nicht einmal klar, ob er heute Abend überhaupt noch auftauchen würde.

Auri setzte sich zu Cassie an den Küchentresen, sein Kumpel machte es sich neben mir bequem. »Ich glaube, wir kennen uns noch nicht«, sagte er und streckte mir die Hand entgegen. Dabei schenkte er mir ein strahlendes Lächeln, das offenbarte, dass ihm ein Stück seines linken Schneidezahns fehlte. »Ich bin Jayden.«

»Micah.« Ich schüttelte seine Hand, wobei meine fast völlig in seiner verschwand. »Spielst du auch Football?«

»Wie kommst du darauf?«

»Nur so ein Gefühl.«

»Tja, dein Gefühl täuscht dich. Ich spiele nicht.« Er schob sich ein komplettes Häppchen in den Mund und fügte mit undeutlichem Genuschel hinzu: »Zumindest im Moment nicht.«

»Wieso?«

»Er hat sich in der letzten Saison den Knöchel gebrochen«, antwortete Auri für ihn, da Jayden zu sehr mit Kauen beschäftigt war. »Die Ärzte und der Coach lassen ihn noch nicht wieder aufs Feld.«

»Bye-bye, Profikarriere«, murmelte Jayden neben mir.

»Das tut mir leid«, sagte ich und schenkte ihm ein mitfühlendes Lächeln. Ich wusste, wie es sich anfühlte, einen Traum zu haben, der nicht wahr werden würde, auch wenn es keine Verletzung war, die mich zurückhielt, sondern die Hoffnung auf eine glückliche Familie. Obwohl ich mir längst nicht mehr sicher war, ob es die Sache wert war. Selbst wenn ich Adrian fand und meine Eltern lernten, ihn zu akzeptieren, wie er war – wären er und ich jemals dazu bereit, ihnen die vergangenen drei Monate zu verzeihen?

»Das muss dir nicht leidtun«, sagte Jayden. »Meine Eltern freuen sich über Plan B.«

Ich schnappte mir eines der vegetarischen Kanapees von seinem Teller, um meine Gefühle zu verbergen und die Leere zu stopfen, die sich schlagartig in mir aufgetan hatte. Ich hasste es, wie meine Erinnerungen an Adrian meine Stimmung von einem Moment auf den anderen zum Kippen bringen konnten. »Was ist Plan B?«

»Ich werde Sportagent. Immerhin kenn ich die Stars von morgen schon.« Vielsagend sah er zu Auri.

Dieser stieß ein Schnauben aus. »Schleimer.«

»Tu nicht so, als würde es dir nicht gefallen.« Jayden warf ihm einen Luftkuss zu.

Auri verdrehte die Augen, und Cassie lachte, wobei der Blick, den sie ihm zuwarf, voller Stolz und Anerkennung war.

Okay, die beiden zusammen waren eindeutig niedlicher als die Vorstellung von Auri und Laurence auf der Couch.

»Und was studierst du?« Jayden hatte sich wieder mir zugewandt.

»Jura.«

»Du klingst nicht sehr begeistert.«

»Das bin ich auch nicht«, gestand ich. Meine Eltern waren nicht hier, und sie kannten meine neuen Freunde nicht, also gab es keinen Grund, Interesse und Begeisterung vorzutäuschen, wo keine waren.

»Und wieso wechselst du deinen Schwerpunkt nicht einfach? Im ersten Semester legen sich viele noch nicht fest«, erkundigte sich Cassie. Sie war aufgestanden, um Auris Schuhe vor Laurence' Angriffen zu retten, und setzte sich mit ihm auf dem Arm wieder an den Tresen. Neugierig streckte der Kater den Hals und beäugte Auris Teller mit den Häppchen.

»Das fänden meine Eltern nicht gut.«

Cassie hob eine Augenbraue. »Sie zwingen dich, Jura zu studieren?«

»Sozusagen.«

Sie hatten es mir nie befohlen. Aber bereits vor Adrians Rauswurf und seinem Verschwinden hatten sie ihre Erwartung, dass zumindest einer von uns Jura studierte, mehr als deutlich gemacht. Schließlich musste jemand die Kanzlei und das Owens-Imperium übernehmen. Und Gott bewahre, dass die Firma Harry in die Hände fiel, einem Cousin dritten Grades, der wegen seiner Vorliebe für Casinos schon seit Jahren für meine Eltern gestorben war. Adrian hatte schon sehr früh deutlich gemacht, dass er Architektur studieren wollte. Ich war mit meinem Wunsch nach einem Kunststudium dagegen immer zurückhaltender gewesen, aber mit Adrian als Rückendeckung wäre ich bereit gewesen, mich dem Zorn meiner Eltern zu stellen. Doch nun war ich allein …

»Ihr kennt nicht zufällig einen Adrian Owens, oder?« Die Frage war mir vollkommen unbeabsichtigt herausgerutscht.

Ich ließ den Blick von Jayden zu Auri und Cassie wandern, die mich zuerst überrascht und schließlich nachdenklich anstarrten. Cassie war die Erste, die den Kopf schüttelte. Auri folgte. Ich sah wieder zu Jayden, der noch immer die Stirn runzelte, aber ich konnte die Antwort in seinen Augen lesen, bevor er sie aussprach.

»Nein, wer ist das?«

»Mein Bruder.«

Die Furche zwischen Jaydens Augenbrauen wurde tiefer. »Spielt er auch Football?«

Ich stieß ein trockenes Lachen aus. »Nein. Adrian interessiert sich nicht für Sport.« Er war als Kind gern schwimmen gegangen und eine Zeit lang auch im Verein gewesen, aber als Jugendlicher hatte er das Interesse daran verloren, bis er mit fünfzehn schließlich aus der Mannschaft ausgetreten war. Rückwirkend fragte ich mich, ob er wirklich die Begeisterung für das Wasser verloren hatte oder ob es ihm nur unangenehm gewesen war, mit all den anderen Jungs in einer Umkleide zu sein. Ich konnte mir nicht vorstellen, wie kompliziert das alles für ihn gewesen sein musste. Weshalb ich auch nicht verstand, wieso er geglaubt hatte, nicht mit mir darüber reden zu können. Er hätte das alles nicht allein durchstehen müssen. Doch ich durfte nicht allzu intensiv über Adrians mangelndes Vertrauen nachdenken, das machte mich nur wütend.

Die Verwirrung war noch immer nicht aus Jaydens Gesicht gewichen. »Woher sollten wir Adrian kennen?«

»Keine Ahnung.« Ich zuckte mit den Schultern. »War nur eine Frage.«

»Ooookaaay.« So wie Jayden das Wort in die Länge zog, war klar, dass er auf eine Erklärung wartete.

Auch Cassie und Auri sahen mich erwartungsvoll an, aber ich war nicht bereit, Adrians Geschichte mit ihnen zu teilen. Noch nicht.

Einige Sekunden verstrichen, in denen mich alle im Raum schweigend anstarrten, bis Laurence, mein kleiner Held, die Aufmerksamkeit auf sich zog. Er entwand sich Cassies Griff, sprang auf die Küchentheke und flitzte zu Auri, ehe er sich auf eins der Lachshäppchen stürzte. Damit sorgte er für genug Ablenkung, dass mich anschließend niemand mehr nach meinem Bruder fragte.

Danach unterhielten wir uns noch eine ganze Weile über andere Dinge. Jayden erzählte von seinen Marketing- und Wirtschaftsvorlesungen, die er in diesem Semester dazugewählt hatte, um seinen Traum, als Sportagent zu arbeiten, zu verwirklichen. Cassie setzte sich wieder an ihre Nähmaschine und erklärte Jayden, was es mit ihrem Kostüm auf sich hatte. Und obwohl sein Kumpel nicht lachte und sich interessiert zeigte, war Auri anzusehen, wie unwohl er sich dabei fühlte, in Anwesenheit eines Teamkollegen über sein Hobby zu sprechen – als führte er zwei Leben, von denen er nicht wollte, dass sie sich miteinander vermischten.

»Ich verschwinde dann mal«, sagte Jayden schließlich und erhob sich von der Couch.

Ich sah auf mein Handy und stellte überrascht fest, dass es bereits kurz nach Mitternacht war. Anders als bei den Richfields war die Zeit hier geradezu verflogen.

Wir verabschiedeten uns von Jayden, der sich noch nach meiner Handynummer erkundigte. Ich zögerte nicht, sie ihm zu geben, da er nicht den Eindruck erweckte, als wollte er mich anbaggern.

»Ich sollte jetzt wohl auch besser gehen«, sagte ich, nachdem Jayden weg war.

»Es war schön, dass du vorbeigeschaut hast«, erwiderte Cassie. »Danke für das Essen.«

»Keine große Sache.« Ich erhob mich von der Couch und strich Laurence ein letztes Mal über den Kopf. Er lag als schwarze Kugel zusammengerollt auf Auris Sporttasche und war völlig erschöpft von der Aufregung, vier Menschen gleichzeitig in der Wohnung gehabt zu haben. »Falls wir uns vorher nicht mehr sehen, wünsche ich euch viel Spaß beim LARP. Ich freu mich auf die Details am Montag.«

»Und ich freu mich auf noch mehr Gratisessen.«

Fragend hob Auri eine Augenbraue.

Cassie grinste ihn an. »Erzähl ich dir später.«

Als ich mich abwandte, um zu gehen, fiel mein Blick auf die Tür, aus der Laurence vor einigen Stunden getapst war. Ich deutete darauf. »Ist das Julians Zimmer?«

»Ja«, antwortete Cassie nach kurzem Zögern.

»Hättet ihr vielleicht einen Post-it für mich?«

»Klar.« Cassie sprang auf und eilte in einen der anderen Räume, aus dem sie kurz darauf mit Stift und Zettel zurückkam. Dankend nahm ich beides entgegen und schrieb eine Nachricht für Julian.

8. Kapitel

Julian hatte geantwortet.

Ein Grinsen trat auf mein Gesicht, als ich am nächsten Morgen das Post-it an meiner Tür entdeckte. Ich hatte meine Nachricht an seine Schlafzimmertür geklebt und ihn gefragt, wie das Modell des Empire State Buildings bei seinem Professor angekommen war.

Er hat es geliebt! Das beste Modell des Kurses.

Mein Lächeln wurde noch breiter, und meine Brust schwoll vor Stolz auf eine Person an, die ich kaum kannte. Aber ich konnte die Begeisterung und Freude hinter Julians krakeliger Handschrift förmlich spüren. Ich wusste einfach, dass er diese Nachricht mit einem Lächeln geschrieben hatte. Hastig zog ich einen Kugelschreiber aus meinem Rucksack und notierte nur ein einziges Wort unter seinen.

Glückwunsch!

Ich klebte das Post-it, das bereits etwas mitgenommen aussah, an Julians Wohnungstür und machte mich auf den Weg zum Campus. Das erste Mal in dieser Woche waren meine Schritte nicht schwer vor Abscheu für das, was mir bevorstand, sondern beflügelt von Julians Antwort und der Aussicht auf das Wochenende. Zwar musste ich noch einige Hausaufgaben erledigen und durfte mich durch das ein oder andere Gesetzesbuch ackern, aber zumindest konnte ich das daheim im Schlafanzug tun. Und niemand würde mich dazu zwingen, mir etwas *Vernünftiges* anzuziehen oder mir die Haare zu kämmen. Das Abendessen mit meinen Eltern fiel diese Woche auch aus, da sie beide geschäftlich verreist waren. Dafür würde ich meinen Samstagabend mit Lilly verbringen, die vorbeikommen wollte, um meine Wohnung anzuschauen. Link würde sie bei seinen Großeltern abliefern, und sosehr ich den Kleinen auch liebte, freute ich mich auf unseren Frauenabend.

Ich war früh dran und sicherte Aliza und mir in dem beinahe leeren Hörsaal einen Platz in der fünften Reihe von hinten. Es war die perfekte Reihe. Der goldene Mittelpunkt. Man war Teil der Masse und saß weit genug von der Professorin oder dem Professor entfernt, um nicht bemerkt zu werden, aber auch nicht so weit hinten, dass man als desinteressiert aufgefallen wäre.

»Guten Morgen.«

»Morgen«, erwiderte ich und blickte von meiner Zeichnung zu Aliza auf, die sich neben mich setzte. »Süßes Outfit.«

Sie trug ein kanariengelbes Kleid, dessen Oberteil mit Stickereien verziert war, die an Weinranken erinnerten. Um ihren Hals lag eine goldene Kette mit einem großen Anhänger aus Amethyst. Und ihre Haare, die eine natürliche Welle besaßen, waren mit einem Lockenstab in Form gebracht worden.

Ich sicherte die neuste Skizze der *Albtraumlady* und schloss das Zeichenprogramm auf meinem Tablet. »Haben wir heute etwas Besonderes vor?«

»Vielleicht.« Sie biss sich auf die Unterlippe. Es war ein armseliger Versuch, ihr Lächeln zu verstecken, und natürlich scheiterte sie kläglich daran. Ihr Grinsen brachte den ganzen

Hörsaal zum Strahlen. »Ich habe heute ein Interview mit dem *Cooking Delicious Magazine!*«

Ich riss die Augen auf und sprang von meinem Platz auf, um Aliza zu umarmen. Die Zeitschrift war mir nur deshalb ein Begriff, weil sie sich vergangene Woche, als wir gemeinsam in der Stadt unterwegs gewesen waren, ein Exemplar gekauft hatte. Daher ahnte ich, was für eine große Sache es für sie sein musste. »Wirklich?«

»Ja! Sie haben mich gestern angerufen und erzählt, dass sie in ihrer neuen Ausgabe ein Feature über Foodblogger planen«, erklärte Aliza, wobei sich ihre Stimme beinahe überschlug. »Einer ihrer Teilnehmer musste anscheinend aus persönlichen Gründen absagen und hat mich empfohlen! Mich!«

Ich lachte. »Wundert es dich? Dein Blog ist großartig.« Ich kannte zwar keine anderen Foodblogs, die ich mit dem von Aliza hätte vergleichen können, aber mir gefiel ihre Seite. Sie war übersichtlich, ihre Texte waren witzig, und das Essen auf den Fotos sah immer so köstlich aus, dass es mich beinahe dazu motivierte, selbst den Kochlöffel zu schwingen. Aber nur beinahe.

Aliza seufzte beglückt. »Ich kann es einfach nicht glauben.«

»Und wann genau ist das Interview?«

Sie verzog die Lippen und griff in ihren Rucksack. »Darüber wollte ich noch mit dir reden.« Sie stellte mir eine Dose vor die Nase und zog die Hand so schnell wieder zurück, als handelte es sich um eine Opfergabe.

Obwohl es mich in den Fingern juckte, öffnete ich die Dose nicht. So wie ich Aliza kannte, war darin irgendetwas leckeres Gebackenes. So wie die Cookies aus der vergangenen Woche mit extramegasuperviel Schokolade. »Wann ist das Interview?«, hakte ich skeptisch nach, obwohl ich glaubte, die Antwort bereits zu kennen.

»Heute Nachmittag. Während unseres Vortrags«, antwortete sie so schnell, als würde sie ein Pflaster abreißen, und hob den Deckel der Dose an. Zum Vorschein kamen vier perfekt dekorierte Cupcakes. »Ich habe wirklich versucht, den Termin zu verschieben, aber bei denen läuft gerade alles super kurzfristig, und sie haben bald Redaktionsschluss.« Sie schob mir das Gebäck direkt unter die Nase.

»Mhm«, grummelte ich.

»Auf einer Skala von eins bis zehn, wie böse wärst du mir, wenn du den Vortrag allein halten müsstest?«

»Eleven«, erwiderte ich aus Gewohnheit. Aliza liebte die Serie *Stranger Things* mehr, als gesund war, und die Antwort war schnell zu einem Witz zwischen uns geworden, aber in Wirklichkeit war ich ihr nicht böse, das erkannte sie hoffentlich an meinem Lächeln. Der Vortrag war nicht wichtig und ging auch nicht in unsere Note ein. Wir hatten lediglich ein paar Kapitel aus einem Buch lesen müssen und sollten diese später für unsere Kommilitonen zusammenfassen. Das schaffte ich auch allein. »Wo trefft ihr euch zum Interview?«

»Hast du den letzten Wochenrückblick auf meinem Blog gelesen?«

»Selbstverständlich.«

»Für das Interview wollen wir in das neue vegane Restaurant, das ich darin vorgestellt habe, und für die Fotos zu mir nach Hause. Sie möchten unbedingt meine Küche ablichten.«

Ich nahm mir einen der Cupcakes. »Und das ist für deine Eltern in Ordnung?«

»Sie sind nicht gerade begeistert, dass irgendwelche Fremden unsere Wohnung fotografieren, aber sie freuen sich für mich. Meine Mom meinte auch, sie geht in der Zeit mit meiner Großmutter das nächste Treffen in ihrer Moschee vorbereiten, damit sie nichts davon mitbekommt«, sagte Aliza und nahm sich ebenfalls einen Cupcake. Sie stammte aus einer pakistanischen Familie, und ihre Eltern waren zwar gläubig, aber insgesamt ziemlich locker drauf, zumindest erschienen sie mir aus Alizas Erzählungen wesentlich entspannter als meine eigenen Eltern. Ihre Großmutter allerdings war nicht begeistert von Alizas Social-Media-Aktivitäten und hinterfragte selbst nach mehrfachem Erklären noch immer das Konzept ihres Blogs. »Also geht es in Ordnung, wenn du den Vortrag allein hältst?«

»Natürlich. Ich bin wirklich stolz auf dich.«

»Danke. Darauf einen Cupcake.«

Wir hoben das Gebäck, als würden wir uns zuprosten, ehe wir einen Bissen nahmen.

Mir entwich ein ziemlich unanständiges Stöhnen. Heilige Scheiße, konnte Aliza backen. Der Teig war saftig und fluffig und die Buttercreme ultraschaumig. Am liebsten hätte ich mich hineingelegt. »Das ist das Beste, was ich je in meinem Mund hatte.«

»Und du hattest schon viel in deinem Mund.«

»Hey!« Ich verpasste ihr einen Stoß.

Sie lachte. »Was? Ich meinte damit nur, dass eure Haushälterin Rita dich immer lecker bekocht hat.«

»Natürlich hast du das gemeint.«

»Was sonst?« Alizas Lächeln war unschuldig, ihr Blick diabolisch. Ich liebte sie.

»Hey, was hast du morgen Abend vor?«

»Nichts. Wieso?«

»Lilly kommt vorbei. Frauenabend. Magst du auch vorbeischauen? Dann lernt ihr beide euch endlich kennen. Und ich muss nicht bis Montag warten, um zu erfahren, wie das Interview gelaufen ist.«

»Hört sich gut an.«

»Cool. Ich sims dir meine Adresse.«

Nach dem Mittagessen verabschiedete sich Aliza. Ich wünschte ihr viel Glück, auch wenn ich es furchtbar fand, den Rest des Tages allein durchstehen zu müssen.

Ich packte mein Tablet aus und startete einen neuen Versuch, die *Albtraumlady* abzubilden. Ich hatte schon Tausende von Skizzen von ihr angefertigt, aber keine schien sie richtig zu treffen. Immer wenn ich dachte, ich wäre zufrieden, fand ich den Entwurf, wenn ich ihn mir zwei oder drei Tage später noch einmal ansah, doch furchtbar. Wie ging es anderen Künstlern, die ein eigenes Projekt verwirklichten? Kämpften sie auch mit diesen Selbstzweifeln? Und falls ja, wie bekamen sie überhaupt jemals etwas fertig? Allmählich beschlich mich das Gefühl, dass sich mein Wunsch, eine eigene Graphic Novel zu entwerfen, niemals erfüllen würde. Ich besaß Unmengen von Notizen – zur Welt, zu den Charakteren, zur Storyline –, aber sie wollten sich einfach nicht zu einem Ganzen zusammenfügen. Es war frustrierend, aber ich beschloss, mir von meinen Zweifeln nicht das Wochenende kaputt machen zu lassen.

Nachdem ich den Vortrag und die letzte Vorlesung überstanden hatte, machte ich mich auf den Weg zu Capes and Books, meinem Lieblingscomicbuchladen. Die beiden übrigen Cupcakes, die ich den ganzen Tag mit mir herumgetragen hatte, verfütterte ich an die Besitzer Ted und Derek, was mir zehn Prozent Rabatt auf meinen Einkauf einbrachte. *Danke, Aliza!*

Anschließend besuchte ich Adrians Lieblingscafé. Ich bestellte mir einen Latte macchiato und las in meinem neusten Manga, konnte mich jedoch nicht richtig auf die Geschichte konzentrieren. Jedes Mal, wenn das Glöckchen über der Tür klingelte, blickte ich auf, um nachzusehen, ob es Adrian war. Aber auch heute war das Glück nicht auf meiner Seite, und nach über einer Stunde beschloss ich, nach Hause zu gehen, um noch etwas zu lernen. Alles, was ich heute schaffte, musste ich morgen nicht mehr erledigen. Erst die Arbeit, dann das Vergnügen.

Ich tauschte meine Jeans gegen eine bequeme Yogahose, setzte mich mit meinen Textbüchern in die Kartonfestung, stellte den Timer am Handy und zwang mich dazu, mich zwei Stunden zu konzentrieren. Am Ende des Tunnels warteten eine Pizza und ein heißes Bad. Tapfer kämpfte ich mich durch die Aufgaben, die uns Professor Chapman gestellt hatte, und eine halbe Stunde bevor der Countdown ablief, bestellte ich beim Lieferservice, damit mein Essen auch rechtzeitig ankam.

Bereits zwanzig Minuten später erlöste mich das Klingeln des Pizzaboten. Ich drückte auf den Summer, der ihn ins Haus ließ, und suchte in meiner Tasche nach Geld.

Es klopfte an meiner Tür.

»Guten Abend«, begrüßte mich der Lieferbote, der vermutlich ebenfalls am MFC studierte. »Eine große Käsepizza mit Käserand, eine Cola Light und ein Ben & Jerry's.« Er reichte mir die Bestellung, und ich drückte ihm vierzig Dollar in die Hand. »Passt so.«

Verdutzt sah er auf das Geld. »Das sind fast zwanzig Dollar Trinkgeld.«

»Ich weiß.«

»Ähm … danke!« Er grinste mich an. »Schönen Abend noch.«

»Den werde ich haben.« Ich sah ihm kurz nach, wie er die Treppe hinunterlief, und wollte mich gerade abwenden, als ich bemerkte, dass jemand im Flur saß.

Es war Julian, der mit seiner Tasche neben seiner Wohnungstür hockte. Den Kopf gegen die Wand gelehnt, beobachtete er mich unter halb gesenkten Lidern hervor.

»Hey.«

»Hey.« Ich lehnte mich gegen den Türrahmen, die Pizza unter den Arm geklemmt, und musterte ihn. Er trug eine blaue Jeans und ein kariertes Hemd, das seine Schultern betonte. Den rechten Ärmel hatte er hochgekrempelt, der linke war nach unten geschoben. »Was machst du hier draußen?«

»Warten.«

»Worauf?«

Er seufzte schwer. »Den Schlüsseldienst. Ich hab mich ausgesperrt.«

»Scheiße. Wie lange sitzt du hier schon?«

Er verlagerte das Gewicht, um sein Handy aus der Hosentasche zu ziehen. Das Display leuchtete auf. Ich versuchte, sein Hintergrundbild zu erkennen, aber er saß zu weit weg. »Eine halbe Stunde.«

»Willst du mit reinkommen?«, erkundigte ich mich und deutete mit dem Kopf ins Innere meiner Wohnung. Dort zu warten und dabei vielleicht noch ein Stück Pizza abzustauben erschien mir allemal besser, als allein im Flur zu sitzen.

Doch statt sofort auf die Beine zu springen, betrachtete mich Julian zurückhaltend, ehe er schließlich den Kopf schüttelte. »Besser nicht. Ich will den Schlüsseldienst nicht verpassen.«

War das sein Ernst? Er hockte lieber hier draußen, als mit mir reinzukommen? Ich war mir sicher gewesen, dass er meine Einladung annehmen würde. Dass er es nicht tat, konnte nur eines bedeuten: Er hatte mir noch nicht verziehen, was auf der Party meiner Eltern passiert war. Auf eine gewisse Weise konnte ich ihn verstehen, immerhin hatte ich ihn seinen Job gekostet, aber das sollte nicht für immer zwischen uns stehen.

Ich drehte mich um und marschierte wortlos in meine Wohnung. Pizza, Eis und Cola stellte ich auf einem der Umzugskartons ab, ehe ich mir meinen Rucksack schnappte und ein Post-it daraus hervorzog. *BITTE BEI OWENS KLOPFEN*, schrieb ich in Großbuchstaben darauf, bevor ich zurück in den Flur ging, an Julian vorbeilief und den Zettel an seine Tür klebte.

Ich grinste ihn an. »Problem gelöst. Und jetzt komm, bevor die Pizza kalt wird.« Ohne seine Antwort abzuwarten, marschierte ich zurück in mein Apartment. Die Tür ließ ich offen stehen. Ich stellte das Eis kalt und schnappte mir eine Küchenrolle und zwei Plastikbecher, da mein neues Geschirr, ähnlich wie meine Möbel, noch immer verpackt war.

Hinter mir hörte ich Schritte und das Klicken einer sich schließenden Tür. Einen kurzen Augenblick befürchtete ich, dass Julian sie von außen geschlossen haben könnte, um den Abend nicht mit mir verbringen zu müssen. Doch als ich mich umdrehte, stand er in meinem Wohnzimmer beziehungsweise dem Raum, der mal ein Wohnzimmer werden sollte.

Er stellte seine Tasche ab, schob die Hände in die Hosentaschen und sah sich neugierig um. Zwischen den herumstehenden Umzugskartons, von denen ich einige inzwischen aufgerissen hatte, weil ich Kleidung oder andere Dinge daraus gebraucht hatte, wirkte er etwas verloren. Doch dann veränderte sich sein Gesichtsausdruck plötzlich. Er wurde weicher, und ich hätte schwören können, so etwas wie Belustigung darin zu erkennen.

»Ist … ist das eine Festung?«, fragte er und trat einen Schritt auf die aufeinandergestapelten Kisten zu.

»Ja. Casa de la Owens. Gefällt sie dir?«

»Ähm … ja.« Er schüttelte den Kopf und stieß ein leises Lachen aus. Es klang ein wenig nervös, als hätte ich ihn vollkommen überrumpelt, aber auf eine positive Art. »Mir gefällt der rohe, unvollendete Charme.«

Ich grinste. »Leider bin ich noch nicht dazu gekommen, es so hübsch anzustreichen wie du dein Empire State Building, aber innen drin ist es ganz nett. Komm, und bring die Pizza mit.«

Ich kniete mich vor den Eingang nieder, der in die Festung führte, und schubste Becher, Küchenrolle und Cola hindurch, ehe ich hinterherkrabbelte. Den Boden innerhalb der Festung hatte ich mit einem Teppich ausgelegt, den ich aus meinem alten Zimmer mitgebracht hatte. Zusätzlich lagen darauf Decken und Kissen. Das Dach der Festung hatte ich mit einem dunklen Laken überspannt. Aber das war noch nicht alles. Ich konnte ziemlich engagiert sein, wenn ich wollte. Ich kroch zu einer kleinen Öffnung, durch die ich ein Verlängerungskabel gezogen hatte, und legte einen Schalter um. Hunderte kleiner Lichter erwachten über meinem Kopf zum Leben. Sie erstrahlten wie Sterne am Nachthimmel und tauchten die Festung in sanftes Licht. Ich seufzte zufrieden. Die zusätzlichen zwei Stunden, die ich benötigt hatte, um den Innenraum der Festung zu gestalten, hatten sich gelohnt. Wer brauchte schon ein richtiges Bett, einen Kleiderschrank oder einen Esstisch, wenn er das hier haben konnte? Erwachsensein? Hatte ich voll drauf.

»Wow«, sagte Julian, der hinter mir in die Festung gekrabbelt kam. »Nett hast du's hier.«

»Ja, nicht wahr?«

Ich beugte mich über ihn, wobei sich mein Oberkörper gegen seine Brust drängte. Er versuchte zurückzuweichen, aber dafür war in meiner Festung kein Platz. Ich konnte seinen Atem in meinem Nacken spüren, während ich die Kordel löste, die eine Art Vorhang festhielt. Dieser fiel nun herunter und verschloss den Durchgang. Im Inneren meines Verstecks wurde es noch schummriger.

Ich drehte den Kopf und sah Julian an, unsere Gesichter nur eine Handbreit voneinander entfernt. »Und?«, fragte ich, meine Stimme nur ein Flüstern. »Was sagt der Herr Architekt zu meinem Bauwerk?«

»Die Statik des Eingangs bereitet mir ein wenig Sorgen, aber insgesamt sieht es gut aus.« Er nickte anerkennend, und ich konnte die Lichter in seinen Augen widerschimmern sehen. »Es ist jedenfalls wesentlich bequemer als der Hausflur.«

»Das dachte ich mir.« Ich lächelte und lehnte mich zurück.

Die Beine überkreuzt öffnete ich den Pizzakarton. In den Deckel stellte ich die beiden Plastikbecher, die ich mit Cola füllte, ehe ich eine Pizzaecke auf ein Stück Küchenrolle legte und es Julian reichte.

Als er danach griff, streiften seine Finger meinen Handrücken. Die Berührung war federleicht, und unter anderen Umständen hätte ich sie vermutlich nicht einmal bemerkt. Doch in der Enge und Ruhe meiner Festung, mit den falschen Sternen über uns, spürte ich sie überdeutlich. Ein wohliger Schauder lief mir über den Rücken, und die Härchen an meinen Armen stellten sich auf, als wollten sie nach Julian tasten.

»Wie bist du ohne Schlüssel überhaupt ins Haus gekommen?«, fragte ich, um mich auf andere Gedanken zu bringen.

»Mrs Harvey hat mich reingelassen.«

Ich kannte Mrs Harvey noch nicht persönlich, aber ich wusste, dass sie eine alte Dame um die achtzig war, die gemeinsam mit ihrem ergrauten Hund im Erdgeschoss lebte. »Und wo sind Auri und Cassie?«

»LARP«, nuschelte Julian undeutlich, da er gerade einen Bissen Pizza im Mund hatte. Nachdem er geschluckt hatte, fügte er hinzu: »Sie haben im Wald keinen Handyempfang, und außerdem hätte ich die beiden so oder so nicht stören wollen. Sie haben seit Tagen nur von diesem Ausflug geredet. Ich habe Auri heute Morgen dabei erwischt, wie er ein Lippenpeeling gemacht hat. Und den Haaren in der Dusche nach zu urteilen, gleicht Cassies gesamter Körper einem Babyhintern. Offenbar haben Maylin und Gorwin an diesem Wochenende Großes vor.«

Verdutzt neigte ich den Kopf. »Wie meinst du das?«

»Na ja, Großes eben.« Julian wackelte vielsagend mit den Augenbrauen. »Du weißt schon.«

Ich runzelte die Stirn. »Redest du von Sex?«

»Nein, davon, einen Regentanz aufzuführen.« Er verdrehte die Augen. »Natürlich rede ich von Sex.«

»Warte mal.« Irgendwas passte hier nicht zusammen. Es war, als hätte ich zwei falsche Puzzleteile mit Gewalt ineinandergepresst, nur um jetzt zu bemerken, dass das Bild, das sich mir zeigte, keinen Sinn ergab. »Ich dachte … Wie lange sind die beiden denn schon zusammen?«

»Auri und Cassie?«

Ich nickte.

Julian schüttelte den Kopf. »Sie sind kein Paar.«

»Was?« Das konnte nicht sein. Sie wirkten so vertraut miteinander. Hätte ich es nicht besser gewusst, hätte ich vermutet, dass sie seit der Highschool zusammen waren. Allein die Art, wie sie übereinander redeten, miteinander scherzten und einander ansahen. Die Blicke, die sie am Abend unseres Kennenlernens ausgetauscht hatten, hatten Bände gesprochen. Nur Verliebte sahen einander so an.

»Sie sind kein Paar«, wiederholte Julian und nippte an seiner Cola.

»Ich hab dich schon verstanden, aber … sie *gehören* zusammen. Sie sind mein Real-Life-OTP!« Ich klang so entrüstet wie vor zwei Jahren, als ich gemeinsam mit Adrian das erste

Mal *Friends* gesehen und sich Rachel und Ross getrennt hatten.

Julian hob fragend eine Augenbraue. »Was ist ein OTP?«

»OTP. One True Pairing«, erklärte ich. »Das eine perfekte Paar, das einfach für einander bestimmt ist. Wieso sind die beiden nicht zusammen?«

»Keine Ahnung, das musst du sie fragen.«

Ich schnaubte, biss von meiner Pizza ab und kaute wütend, ohne etwas zu schmecken. Natürlich wusste ich, dass es mich überhaupt nichts anging, ob die beiden eine Beziehung führten oder nicht. Das war eine Sache zwischen ihnen. Aber ich mochte es einfach, Menschen glücklich zu sehen. Und die zwei machten einander glücklich, das war offensichtlich. Nun verstand ich auch, wieso Cassie bei ihrer Erzählung über Maylin und Gorwìn so aufgeregt geklungen hatte. Ich hatte angenommen, es lag an der Begeisterung für ihr Hobby, aber anscheinend ging es um mehr. Auri und sie nutzten das LARP als Ausrede, um ihren Gefühlen füreinander Ausdruck zu verleihen.

»Das ist doch Scheiße«, fluchte ich.

»Ich weiß«, stimmte Julian mir zu. »Hätte ich jedes Mal Geld gesetzt, wenn ich mal wieder geglaubt hatte, die Nacht der Nächte zwischen den beiden wäre gekommen, wäre ich inzwischen ein armer Mann.« Er stockte. »Ein noch ärmerer Mann.«

Autsch. Links angetäuscht, rechts zugeschlagen. Umgehend machte sich mein schlechtes Gewissen breit. In meinen Gedanken formte sich eine weitere Entschuldigung für das, was vor über zwei Monaten passiert war. Aber ich wollte Julian nicht vertreiben, indem ich ihn an den Zwischenfall erinnerte. Später.

»Wie sieht es bei dir aus? Hast du eine Freundin?«

»Nein«, antwortete Julian wie aus der Pistole geschossen, und so kalt wie eine eiserne Kugel war auch seine Stimme. Ich witterte eine Ex-Freundin und eine unschöne Trennung.

»Verstehe. Ich dachte nur, weil du so selten hier bist.« Ich zuckte scheinbar vollkommen ungerührt mit den Schultern. »Wo treibst du dich dann die ganze Zeit herum?«, fragte ich und hoffte, damit nicht in das nächste Fettnäpfchen zu treten.

»Ich bin oft zum Lernen in der Bibliothek oder in der Werkstatt, um an meinen Modellen zu bauen. Außerdem arbeite ich viel.«

»Wo arbeitest du denn?«, erkundigte ich mich. Trotz seiner Kündigung beim Catering erschien mir die Frage ungefährlich, zumal er das Thema Job selbst angesprochen hatte und offensichtlich nicht arbeitslos war.

»Es sind Aushilfsjobs. Die wechseln immer mal wieder. Im Moment räume ich morgens Regale im Supermarkt ein, und an einigen Abenden sitze ich bei Crooked Ink am Empfang. Aber dieses Wochenende habe ich mir freigenommen, um die leere Wohnung zu genießen ... Der Plan ist voll aufgegangen.«

»Vielleicht klappt es im nächsten Monat.« Ich lächelte ihn mitfühlend an und schob ihm den Pizzakarton entgegen, damit er sich noch ein Stück nahm. »Crooked Ink ist doch dieser Tattooladen am Stadtpark, oder?«

Julian nickte.

Ich war schon einmal dort gewesen. Selbst hatte ich zwar keine Tattoos – eine weitere Sache, auf die ich meiner Eltern wegen verzichtete –, aber ein paar Leute aus meiner Highschool hatten sich dort unter die Nadel gelegt. Und auch Lilly hatte schon mehrfach mit dem Gedanken gespielt, sich einen Termin geben zu lassen. »Hast du Tattoos oder Piercings?«

»Nein. Ich kann auf den Schmerz verzichten.« Julian kam meiner Aufforderung nach und nahm sich noch ein Stück Pizza. »Was ist mit dir?«

»Tattoos nein. Piercings ja.«

»In den Ohren?«

»Ja, da auch.«

Interesse blitzte in Julians Augen auf. »Aber nicht nur dort?«

»Nope.«

»Wo denn noch?«

»Rate«, forderte ich ihn auf.

Er gab ein nachdenkliches Brummen von sich, ehe er an meinem Körper hinabsah. Zielstrebig fixierte er die Stelle zwischen meinen Beinen und hob fragend eine Augenbraue.

Ich schüttelte den Kopf. »Nein, nicht dort.«

Grübelnd schürzte er die Lippen. »Dann …« Er richtete den Blick auf meine Brüste.

»Yep.«

»Links oder rechts?«

Ich räusperte mich. »Links.« Obwohl ich einen BH und ein Shirt trug, fühlte ich mich plötzlich eigenartig entblößt. Mir wurde heiß, und meine Brustwarzen richteten sich unter Julians Musterung auf, als wäre die Temperatur im Raum gerade um fünfzehn Grad gesunken.

Julian grinste verschmitzt, und ein schelmischer Ausdruck trat in seine Augen. »Kann ich es sehen?«

»Das hättest du wohl gern.«

»Ich will nur wissen, ob es gut gestochen ist.«

»Natürlich, und den *Playboy* liest du wegen der gut recherchierten Artikel.«

»Hey! Manche davon sind echt informativ.«

»Schon klar.« Ich presste die Lippen aufeinander, um ein Lächeln zurückzuhalten, das breiter war als das des Jokers. Der

Julian von der Dinnerparty meiner Eltern, der sich einen Kommentar über die Farbe meiner Unterwäsche nicht hatte verkneifen können, war zurück. Wo hatte er sich die letzten Tage versteckt? Es war, als würde ich abwechselnd mit Superman und Clark Kent sprechen.

Als jemand gegen die Tür hämmerte, fuhren wir gleichzeitig herum.

»Der Schlüsseldienst«, mutmaßte Julian.

Ich nickte. Es konnte niemand anders sein, es sei denn, Aliza oder Lilly hatten sich zu einem Spontanbesuch entschieden.

Wir krochen aus meiner Festung. Die Luft in der restlichen Wohnung war kühler. Ich erzitterte leicht und schlang die Arme um mich, während ich Julian in den Flur folgte.

Dort wartete ein Mann auf uns. Er war mittleren Alters, und die wenigen Haare, die er noch besaß, waren ergraut. Das Logo auf seinem Hemd verriet, dass er für den Schlüsseldienst arbeitete. »Haben Sie mich angerufen?«

Julian nickte. »Ja, ich hab mich ausgesperrt.« Er deutete auf seine Wohnung.

»Können Sie sich ausweisen?«

Julian holte seinen Geldbeutel aus der Tasche und zeigte dem Typen seinen Führerschein.

Er nahm ihn ihm aus der Hand und studierte die Plastikkarte eingehend. »Adresse stimmt. Geburtsdatum?«

»24. Mai 1994«, antwortete Julian und warf mir einen »Was soll das?«-Blick über die Schulter zu. Der Typ gab ihm seinen Ausweis zurück und machte sich an die Arbeit, die keine zwei Minuten in Anspruch nahm.

Kaum stand die Tür offen, huschte Laurence in den Flur.

Mit Reflexen, die denen seines Katers ähnelten, schnappte Julian ihn, bevor er sich aus dem Staub machen konnte. »Nein, keine Ausflüge«, mahnte er und drückte das Fellknäuel an seine Brust. Laurence schien ihm seine Gefangennahme allerdings nicht übel zu nehmen. Er schnüffelte neugierig an Julians Hand, die vermutlich nach Pizza roch, bevor er begann, seinen Finger abzulecken. »Wie viel macht das?«

Der Kerl vom Schlüsseldienst sah auf seine Uhr und zog anschließend Block und Stift aus der Tasche in seinem Overall, um eine Quittung zu schreiben. »Dreihundertfünfzig Dollar.«

Julian riss die Augen auf. *»Dreihundertfünfzig?!«*

»Ja«, bestätigte der Mann vollkommen ungerührt, als wäre er Reaktionen dieser Art gewohnt. »Nachtaufschlag.«

»Das ist Wucher!«

Gelangweilt sah der Typ von seinem Block auf. »Ich kann die Tür auch gern wieder zuziehen.«

»Nein.« Julian schüttelte mit gerunzelter Stirn den Kopf. »Kann ich mit Karte bezahlen?«

»Nur Bares, das Kartengerät ist kaputt.«

Julian seufzte. Er verlagerte Laurence' Gewicht, um ihn mit einer Hand halten zu können, während er mit der anderen versuchte, erneut seinen Geldbeutel aus der Tasche zu ziehen. Es gelang ihm nicht.

Ich kam ihm zu Hilfe und nahm ihm den Kater ab, der ein protestierendes Miauen ausstieß und versuchte, sich mit den Krallen an Julians Hemd festzuhalten. Vorsichtig löste ich seine Pfoten aus dem Stoff, damit er keine Löcher bekam.

Julian durchforstete sein Portemonnaie. »Ich hab nur fünfzig.«

»Die Straße runter ist ein Geldautomat«, sagte der Mann hörbar genervt und riss ihm die fünfzig Dollar aus der Hand.

Ich konnte verstehen, dass es ihm keinen Spaß machte, an einem Freitagabend arbeiten zu müssen, aber etwas mehr Sensibilität hätte man trotzdem erwarten können. Jeder Mensch mit Augen im Kopf konnte sehen, dass Julian die Geldfrage stresste. Hätte er geahnt, wie teuer es werden würde, hätte er sicherlich zuerst versucht, Auri und Cassie zu erreichen.

»Ich bezahle.«

»Das musst du nicht tun, Micah. Ich gehe einfach kurz –«

»Schon in Ordnung«, unterbrach ich ihn und reichte ihm Laurence, der ohnehin zu ihm zurückwollte. »Bin gleich wieder da.« Ich lief in meine Wohnung und holte das Geld. Es war gerade noch genug, um den Mann zu bezahlen. Wieder im Flur, drückte ich ihm die Scheine in die Hand.

Er zählte sie ab, stellte eine Quittung aus und verabschiedete sich mit einem Brummen.

Julian sah zu, wie der Kerl die Treppe nach unten stapfte, ehe er sich an mich wandte. »Danke, das hättest du nicht tun müssen. Ich zahl dir das Geld so schnell wie möglich zurück.«

»Kein Stress. Es ist nur das, was ich dir ohnehin geschuldet habe.«

»Du schuldest mir gar nichts«, sagte Julian und betrat die Wohnung, wo er Laurence auf der Couch absetzte. Der Kater sprang allerdings sofort wieder herunter und rannte in die Küche, wo er um seinen leeren Fressnapf herumtappte.

»Doch«, beharrte ich und schloss die Tür. »Meinetwegen –«

»Habe ich meinen Job verloren«, beendete Julian den Satz für mich und holte eine Dose Katzenfutter aus dem Schrank. »Das hast du schon mal gesagt. Aber du hast mich nicht dazu gezwungen, mit dir zu trinken. Du hast gefragt. Ich habe Ja gesagt. Und du hast mich auch nicht mit Gewalt in die Garderobe gezerrt. Ich bin dir gefolgt, weil ich es wollte.«

»Aber –«

»Ich werde es dir zurückzahlen«, unterbrach er mich wieder, diesmal mit so viel Nachdruck und Beharrlichkeit in der Stimme, als würde das Geld auf seinem Konto nur darauf warten, endlich ausgegeben zu werden.

Doch sein unsicherer Blick sprach Bände. Er hatte keine Ahnung, wie er die Kohle auftreiben sollte. Und das Schlimmste war, dass wir beide wussten, dass ich nicht auf die dreihundert Dollar angewiesen war. Trotzdem würde Julian das Geld niemals als Geschenk annehmen. Dafür war er zu stolz. Und auch wenn mich das ziemlich nervte, konnte ich nicht anders, als ihn dafür zu bewundern.

9. Kapitel

Es brauchte nur einen spöttischen Kommentar über den Zustand meiner Wohnung, eine neckische Bemerkung über meine Festung und einen liebevollen Seitenhieb in Richtung meines schlabbrigen Outfits, und schon waren Aliza und Lilly beste Freundinnen. Und dass ich beiden von der jeweils anderen vorgeschwärmt hatte, hatte mit Sicherheit auch nicht geschadet.

»Jetzt erzähl schon«, forderte ich Aliza auf und beugte mich, ein Glas Wein in der Hand, neugierig über den Küchentresen. »Wie war es mit den Menschen des Magazins?«

Ein Lächeln zerrte an Alizas Lippen. »Fantastisch.«

»Eleven auf einer Skala von eins bis zehn?«

»Definitiv!«, rief Aliza mit vor Aufregung glühenden Wangen und nahm sich ein Stück von der Pizza, die ich beim selben Lieferdienst wie am Tag zuvor bestellt hatte. »Die Reporterin war so nett. Sie war total begeistert von meinem Blog, und man hat gemerkt, dass sie sich wirklich mit meinen Beiträgen auseinandergesetzt und sie nicht nur überflogen hat.«

»Und worüber habt ihr so gesprochen?«, fragte Lilly.

»Meine Lieblingsrezepte, meine favorisierten Küchenhelfer, Instagram und die Zukunft von Foodblogs. Was ich von Kochshows halte und ob ich mir vorstellen könnte, irgendwann ein eigenes Restaurant zu eröffnen. Sie wollte auch ein bisschen was über mein Studium und Zeitmanagement wissen, da viele der anderen Blogger das inzwischen hauptberuflich machen.

So ein Blog mit allem Drum und Dran kann schnell zum Fulltimejob werden«, erklärte Aliza.

Ich nickte zustimmend. Nicht zum ersten Mal fragte ich mich, woher sie die Zeit und den Antrieb nahm, sich neben unseren Vorlesungen noch jeden Tag zwei oder drei Stunden um ihren Blog zu kümmern – das Kochen noch nicht eingerechnet. Sie hatte mir einmal erzählt, wie viele Anfragen und Kommentare sie jeden Tag bekam, und nicht alle waren nett. Keine Ahnung, wie sie das aushielt.

Sie erzählte uns noch von dem Fotoshooting und zeigte uns ein paar Bilder auf ihrem Handy, die ihr der Fotograf direkt danach zugeschickt hatte. Aliza sah wirklich fantastisch aus und strahlte heller als die Küchenoberflächen, die ihre Mom auf Hochglanz poliert hatte. Von ihren Fotos wechselten wir zu Instagram, und Aliza zeigte uns die anderen Blogger, die das Magazin interviewt hatte.

»Der ist ja süß«, bemerkte Lilly, als wir zu dem einzigen männlichen Kandidaten kamen. Er hieß Josh, und anders als Aliza, die ihr Profil ausschließlich für ihren Blog nutzte, postete er auch private Bilder, auf denen seine Familie, sein Hund und sein Verlobter zu sehen waren.

Nachdem wir die anderen Blogs gestalkt hatten, mussten unsere Freunde dran glauben. Zuerst war Tanners Profil an der Reihe, das ich auf meinem Handy geöffnet hatte. Er stellte wenige Fotos von sich selbst online, und wenn doch, waren meist nur einzelne Körperteile darauf zu erkennen: Beine, Arme und Hände, die etwas festhielten. Außerdem waren viele Landschaftsbilder zu sehen, und es gab das eine oder andere Foto von Lilly, Link und ihm, wobei er das Gesicht seines Sohnes nie zeigte. Es folgten ein paar Kommilitonen von Aliza und mir und einige Schulkameraden von Lilly. Anschließend scrollten wir willkürlich durch meinen Feed, allerdings stoppten wir ständig, um über irgendetwas zu quatschen, während wir die Pizza verputzten, von der ich die Oliven herunternahm. Ich hasste diese kleinen salzigen Dinger, aber Lilly liebte sie.

Wir sahen ein Bild meiner Lieblings-YouTuberin, was zu einer Unterhaltung über Frisuren führte. Das Foto eines Igels, der in einer Teetasse saß, nahmen wir zum Anlass, über Tiere und ihre artgerechte Haltung zu diskutieren. Und nach einer Werbeanzeige von Starbucks philosophierten wir darüber, welcher Kuchen dort am besten schmeckte. Ein Thema, bei dem natürlich Aliza das letzte Worte hatte.

»Uuuh, wer ist denn das?« Es war nicht zu überhören, dass Aliza gefiel, was sie sah. Sie drängte sich noch dichter an mich und spähte interessiert über meine Schulter auf das Display.

Mein Finger verharrte über dem Foto eines Mannes. Er lag im Bett, die blonden Locken vom Schlaf verwuschelt. Müde blickte er in die Kamera, auf seiner Brust lag ein Buch. Unter dem Bild stand:

Ich will nicht aufstehen … und muss es zum Glück auch nicht.
#lifeisgood #booksarelife #bookstagram

»Das ist Luca.«

Lilly gab ein Stöhnen von sich. »Nicht das schon wieder.«

Aliza hob eine Augenbraue. »Ex-Freund?«

»Nein.« Ich stieß ein abfälliges Schnauben aus. »Erzfeind.«

»Wow, was hat er dir angetan?«

»Er hat behauptet, die *DC-Icons*-Romane von Leigh Bardugo und Co. seien schlecht!«

In gespielter Empörung riss Aliza den Mund auf. »Wie kann er es nur wagen!«

»Der Kerl hat einfach keine Ahnung, wovon er redet.« Das konnte ich mit absoluter Gewissheit sagen. Wir hatten uns stundenlang in einem Goodreads-Forum über die Bücher gestritten. Er hatte sie nicht verstanden, weswegen ich versucht hatte, sie ihm zu erklären. Aber er war zu engstirnig und eitel, um seinen Fehler einzugestehen. Sturkopf. Keine Ahnung, wie seine Freundin es mit ihm aushielt.

»Und wieso folgst du ihm auf Instagram, wenn du ihn hasst?«, fragte Aliza.

»Sei deinen Freunden nah, aber deinen Feinden noch näher.«

»Du klingst wie ein Comic-Bösewicht.«

»Danke.«

»Das war kein Kompliment.«

»Ich weiß.« Ich schenkte ihr ein zuckersüßes Lächeln, drückte auf den Knopf, der das Display verdunkelte, und legte das Handy zur Seite, um mir noch ein Stück Pizza zu nehmen. Die Oliven, die ich so sorgfältig aus dem Käse gepickt hatte, lagen noch immer im Karton.

Ich sah zu Lilly auf, die gekonnt meinem Blick auswich. Sie wusste genau, was sich gerade in meinem Kopf abspielte. »Willst du nichts essen?« Sie hatte die Pizza bisher nicht angerührt und nippte seit über eine Stunde an demselben Glas Wein.

»Nein, ich hab daheim gegessen.«

Ich glaubte ihr kein Wort, dafür kannte ich sie zu gut. Und selbst wenn ich es nicht getan hätte, hätte ihr Magen sie in dieser Sekunde verraten. Er knurrte laut.

»Soll ich dir etwas anderes bestellen?« Ich stand vom Boden auf, auf dem wir es uns gemütlich gemacht hatten, und lief zum Kühlschrank. Das Innere hatte zwar nichts zu bieten, aber mit Magneten hatte ich sämtliche Lieferdienst-Speisekarten daran befestigt, die in den letzten Wochen einen Weg in meinen Briefkasten gefunden hatten. »Ich hab Sushi, Indisch, Thailändisch, Burger –«

»Ich will nichts«, unterbrach mich Lilly in beißendem Tonfall. Sie stand ebenfalls auf und stellte ihr Weinglas mit zu viel Kraft auf dem Tresen ab. Das Glas klirrte, und noch während der Klang verhallte, stürmte sie ins Badezimmer. Mit einem Knall fiel die Tür hinter ihr ins Schloss.

Es blieb eine drückende Stille zurück, die den Wunsch in mir weckte, jemanden zu erwürgen.

»Was war das?«, frage Aliza und rappelte sich auf.

»Der Einfluss der Familie Sullivan«, gab ich zurück.

»Sollten wir versuchen, mit ihr zu reden?« Besorgt blickte Aliza Richtung Bad.

Ich schüttelte den Kopf. »Gib ihr eine Minute.« Es war nicht der erste Vorfall dieser Art, und ich konnte mir denken, was passiert war. Lilly brauchte nur einen Moment, um sich zu sammeln und die Dämonen zurückzudrängen, die in ihr geweckt worden waren; vermutlich von ihrer Mutter, die mit ihrer verzerrten Wahrnehmung der Wirklichkeit mal wieder versucht hatte zu helfen. Wie damals, als sie Lilly einen Monat vor ihrem achtzehnten Geburtstag ein Saftkur-Abo geschenkt hatte mit dem Kommentar: »Damit du an deinem Geburtstag hübsch aussiehst«. Dafür hätte ich ihr beinahe den Kopf abgerissen. Gut gemeint bedeutete nicht automatisch gut gemacht. Lilly brauchte keine verdammte Saftkur, um gut auszusehen.

Wie erwartet, kam sie wenige Minuten später aus dem Badezimmer geschlurft. Sie ließ die Schultern hängen, und die zuvor vor Wut angespannten Muskeln waren weich geworden. Ihre Augen waren gerötet und ihre Wimpern von den vergossenen Tränen noch feucht und verklebt.

Ich ging zu ihr und nahm sie, ohne ein Wort zu sagen, in den Arm. Sie vergrub ihr Gesicht an meiner Schulter, und ich drückte sie an mich. »Willst du erzählen, was passiert ist?«

»Eigentlich nicht«, murmelte Lilly. Sie ließ mich los und

rieb sich die Augen, wobei sie etwas von ihrer Mascara verschmierte.

Ich streckte die Hand aus, um ihr die schwarzen Schlieren von der Wange zu wischen, und wünschte mir, ich könnte das, was ihr auf der Seele lastete, ebenso schnell verschwinden lassen.

»Wir hatten heute Nachmittag Kuchen … Von der Konditorei am Golfplatz«, begann Lilly stockend zu erzählen. »Meine Mom hat ihn geholt, weil sie vier ihrer Freundinnen zum Kaffee eingeladen hatte. Sie hat mich gefragt, ob ich mich zu ihnen setzen will. Was ich gemacht habe. Es war echt ein schöner Nachmittag. Wir haben über Link geredet und über Tanner und die Schule. Ich habe meiner Mom von der Zwei in Chemie erzählt.« Lilly lächelte schwach. Sie hatte hart für diese Note gekämpft, denn wenn es ein Fach gab, das ihr Probleme bereitete, dann war es Chemie. »Als ich mir noch ein zweites Stück Kuchen nehmen wollte, hat sie mich gefragt: ›Bist du dir sicher, dass du das auch noch essen willst?‹ Laut. Vor ihren Freundinnen. Mit *dem* Blick. Du kennst den Blick.«

Ich nickte. Es war ein Blick, der halb aus Verurteilung und halb aus Verachtung bestand und den auch meine Mom perfekt beherrschte. Meist war er für die gegnerische Seite im Gericht bestimmt; aber in letzter Zeit richtete sie ihn auch immer häufiger auf mich, sei es wegen meiner Entscheidung, nicht nach Yale zu gehen, oder wegen meines Widerwillens, Adrian einfach aus meinem Leben zu streichen.

Lilly schniefte. »Ich weiß, sie meint es nur gut. Und es ist kein Geheimnis, dass ich mich in meinem Körper unwohl fühle.« Gedankenverloren strich sie über ihren Bauch und die Stelle, an der die Narbe von Lincolns Geburt saß. »Aber solche Kommentare helfen nicht. Kannst du dir vorstellen, wie scheiße ich mich gefühlt habe?«

»Kann ich«, erwiderte ich mitfühlend, auch wenn ich noch nie der Situation ausgesetzt gewesen war, wegen meines Körpers kritisiert zu werden. Meine Eltern und Verwandten fanden dafür andere Mittel und Wege, mich runterzumachen. »Wenn ich irgendetwas für dich tun kann – «

»Kannst du«, fiel mir Lilly ins Wort. »Komm mit mir ins Fitnessstudio. Bitte.«

Es war nicht das erste Mal, dass sie mich das fragte, aber ich hasste Sport und hatte die Kondition einer Achtzigjährigen – einer unsportlichen Achtzigjährigen. Mir fiel das Atmen schon dann schwer, wenn ich die Treppen bis in den dritten Stock erklimmen musste. Aber wie konnte ich Nein sagen, wenn ich ihr meine Hilfe angeboten hatte?

Ich seufzte. »Einverstanden. Aber ich trainiere nur zu menschlichen Zeiten. Wag es ja nicht, wie ein Drill-Sergeant um fünf bei mir auf der Matte zu stehen. Verstanden?«

Lilly grinste. »Verstanden. Ich frag meine Mom, wann sie auf Link aufpassen kann. Ich hab mir auch schon ein Studio ausgesucht.« Sie verfiel in einen Monolog über das Studio, das nur Frauen aufnahm und neben Trainingsgeräten auch Kurse mit echten Trainerinnen anbot. Es gab einen Kickbox-Kurs jeden Dienstag- und Donnerstagabend, den Lilly gern besuchen wollte.

Aliza, die schweigend unserem Gespräch gelauscht hatte, horchte neugierig auf. Sie hatte ebenfalls Interesse, sich im Studio anzumelden, machte aber einen Rückzieher, als sie den dreistelligen Betrag hörte, den man monatlich als Mitglied bezahlen musste und der nur geringfügig günstiger wurde, wenn man sich für ein Jahr verpflichtete.

Mit der Ausrede im Kopf, dass ich bald sportlicher werden würde, nahm ich mir noch ein Stück der fettigen Käsepizza, als es plötzlich an meiner Tür klopfte.

»Wollte noch jemand vorbeikommen?«, fragte Aliza.

Ich schüttelte den Kopf und wischte mir die Finger an einer Serviette ab. Cassie konnte es nicht sein. Sie war mit Auri noch auf dem LARP, es sei denn, der Versuch, Maylin und Gorwìn einander näherzubringen, war katastrophal gescheitert. Ich eilte zur Tür und spürte, wie Aliza und Lilly hinter mir neugierig die Hälse reckten, als ich sie öffnete.

Davor stand Julian. Er lächelte angespannt. »Hey.«

»Hey«, gab ich zurück. Mein Herzschlag beschleunigte sich, und ich versuchte, mein zerknittertes Shirt glatt zu streichen. Nicht dass es etwas geholfen hätte. »Was gibt's?«

Julian warf einen raschen Blick über meine Schulter. »Können wir kurz reden?«

Ich drehte mich zu Aliza und Lilly um, die uns beobachteten wie eine Attraktion im Zoo. Als wären wir zwei Pinguine, die kurz vor der Paarung standen. Ich strafte sie mit einem finsteren Gesichtsausdruck, bevor ich an Julian gewandt sagte: »Klar. Lass uns rausgehen.«

Er nickte und trat einen Schritt zurück.

Ich folgte ihm in den Hausflur und zog die Tür heran, bis sie nur noch einen Fingerbreit offen stand.

»Worum geht's?«

»Die Sache von gestern.«

»Vergiss es. Ich zeig dir mein Nippelpiercing nicht.«

Etwas blitzte in seinen Augen auf, und ein Lächeln rutschte über seine Lippen. Er schüttelte den Kopf. »So interessant ich deinen Körperschmuck auch finde, eigentlich wollte ich mit dir über das Geld reden.«

Natürlich ging es nur darum. Enttäuschung machte sich in mir breit. Schnell verschränkte ich die Arme vor der Brust, um das beklemmende Gefühl festzuhalten und nicht nach außen dringen zu lassen. »Ich sagte doch, du kannst dir Zeit lassen.

Du musst es mir nicht sofort zurückzahlen. Sagen wir nächsten Monat? Oder übernächsten?«

»Das ist nett, aber …« Verlegen senkte Julian den Kopf. »Ich kann es mir nicht leisten. Der Schlüsseldienst war wesentlich teurer als erwartet. Ich habe das Geld ganz einfach nicht. Heute nicht. Morgen nicht. Und in vier Wochen auch nicht. Ich habe mit meinen Chefs gesprochen und sie um zusätzliche Schichten gebeten, aber sie haben keine Arbeit für mich«, gestand Julian und fuhr sich nervös mit den Fingern durch das Haar. Eine einsame Strähne blieb aufrecht stehen, und ich musste dem Drang widerstehen, die Hand auszustrecken, um sie glatt zu streichen. »Und einen neuen Job zu finden, der zeitlich in meinen aktuellen Terminplan passt, ist praktisch unmöglich. Also dachte ich … vielleicht könnte ich für dich arbeiten.«

Ich hob eine Augenbraue. »Arbeiten? Für mich?«

Er nickte. »Wie lange wohnst du jetzt schon hier? Zwei Wochen? Drei? Deine Wohnung sieht immer noch so aus, als wärst du erst gestern eingezogen. Nichts ist aufgebaut oder ausgepackt. Lass mich dir helfen. Ich kann die Kartons für dich ausräumen, die Möbel aufstellen und die Sachen einsortieren. Und auch wenn ich kein Innenausstatter bin, kenn ich mich schon ein bisschen aus. Ich kann dir helfen, dich einzurichten.«

Irritiert blinzelte ich Julian an. Hatte ich das richtig verstanden? »Du willst deine Schulden abarbeiten? Bei mir? Indem du dich um das Chaos da drin kümmerst?« Ich deutete mit dem Daumen hinter mich auf die Tür. Aktuell sah es in der Wohnung weniger schlimm aus, da ich für Aliza und Lilly alles Herumliegende zurück in Kartons gestopft hatte, aber das machte die Unordnung nicht weniger – nur weniger offensichtlich.

»Genau.« Julian nickte mit einer Entschlossenheit, als wäre es die beste Idee, die er seit Langem gehabt hatte. »Vertrau mir.

Ich bin gut in so was. Und ich habe das nötige Werkzeug. Sagen wir, du bezahlst mir zehn Dollar die Stunde. Bei dreihundert Dollar hast du mich für dreißig Stunden. Die sollten ausreichen, um deine Wohnung einzurichten.«

»Fünfzehn Dollar.«

»Was?«

»Ich bezahl dir fünfzehn Dollar die Stunde«, sagte ich bestimmt. Vermutlich war ich die einzige Arbeitgeberin, die darauf drängte, mehr bezahlen zu dürfen. Aber zehn Dollar waren einfach zu wenig, vor allem wenn ich bedachte, dass Julian das Geld vielleicht zur Verfügung gehabt hätte, wäre er nicht dank mir seinen Cateringjob losgeworden.

Er öffnete den Mund, als wollte er mir widersprechen, schloss ihn dann aber wieder. Einen Moment schien er über mein Angebot nachzudenken. »Einverstanden«, sagte er schließlich. »Fünfzehn Dollar die Stunde. Zwanzig Stunden Arbeitszeit.« Auffordernd streckte er mir die Hand entgegen, um die Abmachung zu besiegeln.

Ich legte meine Finger in seine. Es war der erste richtige Körperkontakt zwischen uns, wenn man von den versehentlichen Berührungen und dem Moment, in dem ich seinen Hintern begrapscht hatte, absah. Aber jedes Mal war Stoff dazwischen gewesen. Nun fühlte ich seine Haut auf meiner. Warm und ein wenig feucht, rau von der Arbeit in der Werkstatt.

»Kann ich morgen vorbeikommen? Sonntag ist mein freier Tag«, sagte Julian, nachdem ich seine Hand wieder losgelassen hatte. Er schob sie in die Tasche seiner Jeans, die sich ausbeulte, als er sie zur Faust ballte. Ich konnte sehen, wie er die Armmuskeln unter dem Pullover anspannte. »Oder ich komme Montagabend«, redete er weiter. »Aber vermutlich werden die Nachbarn nicht gerade begeistert sein, wenn ich um zwanzig Uhr anfange, Möbel aufzubauen. Was meinst du?«

Ich riss meinen Blick von seiner Faust los. »Morgen geht klar.«

»Perfekt.« Er lächelte, und dieses Lächeln war warm und offenherzig und zeugte von Erleichterung. Hatte er Angst gehabt, ich würde sein Angebot ausschlagen? »Dann sehen wir uns morgen. Habt noch einen schönen Abend.« Julian nickte mir zum Abschied zu, und ehe ich michs versah, war er in seiner Wohnung verschwunden, und ich stand allein im Flur.

Ich holte tief Luft und atmete geräuschvoll wieder aus. Das, was eben passiert war, war so fernab von allem, was ich erwartet hatte, dass ich einen Moment brauchte, um damit klarzukommen. Julian und ich würden den Sonntag miteinander verbringen, und meine liebgewonnene Festung würde schon bald der Vergangenheit angehören. Ich hatte in den letzten Wochen viel Zeit darin verbracht, um die Welt auszusperren und mich ganz meinen Zeichnungen zu widmen, aber er hatte recht. Es war an der Zeit, dass meine Wohnung tatsächlich eine Wohnung wurde. Aktuell glich sie eher einem gigantischen Abstellraum, und allmählich vermisste ich die eine oder andere eingepackte Sache.

Ich drehte mich um und ging ebenfalls zurück in mein Apartment.

Aliza und Lilly sahen mich erwartungsvoll an. Die Neugierde in ihren Gesichtern war schon beinahe amüsant. Sie hatten sich nicht vom Fleck bewegt, und in den letzten fünf Minuten hatte ich auch keinen Mucks von ihnen gehört.

Gemächlich schloss ich, ohne ein Wort zu sagen, die Tür und schlenderte langsam auf die beiden zu. Ihre ungeduldigen Blicke folgten mir. Ich holte den Wein aus dem Kühlschrank und goss mir noch etwas ein, das *Gluck-gluck-gluck* aus dem Flaschenhals das einzige Geräusch im Raum. Die Frage war, wer zuerst einknickte, sie oder ich?

Ich gewann.

»War das Julian?«, fragte Lilly aufgeregt.

»Mhm«, murmelte ich und nahm einen Schluck Wein.

»Er ist heiß«, bemerkte Aliza.

»Aber ziemlich klein«, ergänzte Lilly.

Ich schnaubte. Ja, Julian war nicht der Größte. Na und?

»Er ist nicht klein, und außerdem steht nicht jeder darauf, sich beim Küssen eine Nackenzerrung zu holen.« Das war Lilly tatsächlich schon zwei- oder dreimal passiert.

»Interessant.« Lilly lehnte sich begierig vor. »Du willst Julian also küssen?«

»Das wollte ich damit nicht sagen.«

»Natürlich nicht.«

»Ich meine es ernst«, beharrte ich.

Sie nickte auf eine Art, die mir zeigte, dass sie mir kein Wort glaubte.

»Hör auf damit.«

»Womit?«, fragte sie unschuldig.

»Du weißt, womit.«

»Was wollte er denn?«, unterbrach Aliza unsere Neckerei.

»Ach.« Ich hob die Augenbrauen, bevor ich schadenfroh hinzufügte: »Konntet ihr uns etwa nicht belauschen?«

»Nein, ihr habt zu leise geredet.«

»Genau«, pflichtete Lilly ihr bei. »Das nächste Mal bitte lauter.«

»Selbstverständlich. So wie du es wünschst.« Ich lachte und erzählte ihnen die ganze Geschichte. Von dem Moment an, in dem ich Julian im Flur getroffen hatte, über unser Abendessen in der Festung bis hin zum Eintreffen des Schlüsseldiensts und unserem gerade ausgehandelten Deal.

Lilly war empört, dass ich den bisherigen Abend hatte vergehen lassen, ohne ihnen von meinem *Date* zu erzählen.

Ich versicherte ihr, dass es gar kein Date gewesen war. Dates wurden vorher verabredet und passierten nicht einfach. Aber Lilly beharrte auf ihrem Standpunkt, und irgendwann gab ich es auf, ihr zu widersprechen.

10. Kapitel

Was ist bunt und hüpft durch die Küche?

Ich behielt das Display meines Handys im Auge, während ich mir einen Löffel Cornflakes in den Mund schaufelte. Ich war erst vor ein paar Minuten aufgestanden. Nachdem ich mich in Windeseile zurechtgemacht hatte, da Julian jede Sekunde vor der Tür stehen musste, saß ich nun wieder auf meiner Matratze und balancierte die Schale in meinem Schoß, während ich auf Adrians Antwort wartete.

Die nicht kam.

Wie immer.

Und ich hasste es.

Ein Fluchtsalat, tippte ich als Antwort, wobei sich meine Finger nur schwerfällig über die digitale Tastatur bewegten, da ich mit links schrieb.

Eine weitere Woche ohne ein Lebenszeichen von meinem Zwillingsbruder war verstrichen, und allmählich näherten wir uns der Vier-Monats-Marke. Vielleicht hätte ich mein Glück noch einmal bei der Polizei versuchen sollen. Oder einen Privatdetektiv anheuern. Ich hatte noch nie einen getroffen, aber ich kannte die Serie *Veronica Mars*. Vielleicht konnte mir so jemand wie Veronica tatsächlich helfen. Sicherlich wusste sie andere Mittel und Wege, abseits von Social Media und dem ständigen Aufsuchen ehemaliger Lieblingsplätze, um eine Person aufzuspüren. Denn wenn Adrian tatsächlich nicht gefunden werden wollte, wäre er ohnehin klug genug, diese Orte zu meiden. Ich besuchte sie vor allem aus Verzweiflung, falscher Hoffnung und um mich ihm nahe zu fühlen.

Was würde Adrian davon halten, wenn ich eine fremde Person bezahlte, um ihm nachzuschnüffeln und ihn aufzuspüren? Vermutlich wäre er wütend, aber das war ich auch. Was ihm unsere Eltern angetan hatten, war nicht fair gewesen, aber mir gegenüber verhielt er sich auch nicht gerecht. Er hatte mir nicht einmal die Chance gegeben, mich auf seine Seite zu stellen, sondern mich, ohne zu zögern, in dieselbe Schublade gesteckt wie Mom und Dad. Dabei sollte er es besser wissen. Wir waren nicht nur Bruder und Schwester, sondern beste Freunde. Er kannte sogar die Yaoi-Fan-Art, die ich als Teenager gezeichnet hatte und die Rita zerschreddert hatte, nachdem sie sie unter meinem Bett gefunden hatte. Wie also konnte er glauben, ich würde ihn nicht akzeptieren? Und wieso waren ihm meine Gefühle anscheinend so egal? Meine Nachrichten mussten ihm doch zeigen, wie sehr ich ihn vermisste und welche großen Sorgen ich mir um ihn machte. Doch anstatt mich aus meiner Unwissenheit zu erlösen, schwieg er. Wäre ich an seiner Stelle gewesen, hätte ich ihm das niemals angetan.

Aufgebracht sprang ich von meiner Matratze auf, vergaß dabei jedoch die Cornflakes-Schale in meinem Schoß. Sie fiel um, und ihr gesamter Inhalt ergoss sich über mich.

»Scheiße!«, fluchte ich, warf mein Handy auf ein Kissen und sah an mir herab.

Aufgeweichte Frühstücksflocken klebten an mir. Großartig. Einfach großartig. Obwohl ich für gewöhnlich ruhige Finger hatte – die brauchte ich zum Zeichnen –, zitterten sie vor Wut, als ich nach dem Saum meines Shirts griff. Vorsichtig zog ich mir den Stoff über den Kopf, um die Sauerei nicht noch weitflächiger zu verteilen, als Julian klopfte.

Perfektes Timing.

Ich warf mein Shirt in den übervollen Wäschekorb. Es rutschte vom Haufen und landete auf dem Boden. Ich ließ es liegen und stapfte zu Tür.

»Hey«, begrüßte ich ihn, bemüht, freundlich zu klingen. Es war nicht Julians Schuld, dass Adrian weggerannt war und ich meine Müslischale umgeworfen hatte.

Mit hochgezogener Augenbraue sah er an mir herunter, kam allerdings nicht weit. Sein Blick blieb an meinem Oberkörper hängen, und ein interessierter Ausdruck huschte über sein Gesicht. »Du hast auf mich gehört«, stellte er fest, wobei seine Stimme eine Oktave tiefer klang als gewöhnlich.

»Was?«

»Schwarz.« Er deutete auf meine Brüste. »Viel besser als rot.«

Ich sah an mir herab. Tatsächlich trug ich einen schwarzen BH, allerdings ein Exemplar, das alles andere als reizvoll war. Er war aus Baumwolle und schon ein paar Jahre alt. Unter den Achseln deuteten weiße Ränder darauf hin, dass ich es ab und zu mit dem Deo übertrieben hatte. Konnte dieser Tag noch schlimmer werden?

»Komm rein«, sagte ich, ohne auf Julians Kommentar einzugehen, und begab mich auf die Suche nach einem neuen Oberteil – falls ich überhaupt noch eines besaß. Anderenfalls würde ich wohl eines der Kleider anziehen müssen, die für die Abendessen mit meinen Eltern reserviert waren.

»Ist alles in Ordnung?«, fragte Julian. Nun klang er besorgt.

»Nicht wirklich.« Ich spähte über die Schulter zu ihm, während ich mich über einen Karton beugte.

Er war zur Kücheninsel gelaufen und hatte einen verbeulten Metallkoffer auf den Tresen gestellt. In der verwaschenen Jeans und dem karierten Hemd wirkte er wie der perfekte Handwerker. Er hatte die Ärmel hochgekrempelt, trug darunter aber noch ein langärmliges weißes Shirt.

»Was ist passiert?«

In der Kiste, die ich aufgerissen hatte, lag nichts zum Anziehen, also wanderte ich weiter zur nächsten mit der Aufschrift *Kleiderschrank.* Darin befanden sich allerdings nur Dutzende von Socken mit den verschiedensten Superheldenlogos.

»Ich habe meine Cornflakes verschüttet.«

»Ist das alles?«

»Reicht das nicht?«, fragte ich ruppig, bereute es aber sofort und drehte mich zu ihm, um mich zu entschuldigen. An Adrian zu denken machte mich emotional, zudem bekam ich nächste Woche meine Periode, und das brachte meine Stimmung immer zum Schwanken. »Tut mir … Was tust du da?«

Julian war dabei, sein Hemd aufzuknöpfen. »Ich gebe dir was zum Anziehen.«

Ich schüttelte den Kopf. »Das musst du nicht.«

»Doch, das muss ich«, beharrte er, ohne mich anzusehen. Ein dunkler Unterton schwang in seiner Stimme mit. Einen Moment später warf er mir sein Hemd zu.

Ich fing es auf und schlüpfte hinein. Bemüht, nicht darauf zu achten, wie warm der Stoff war und wie gut er roch.

»Danke«, sagte ich. »Du willst mir nicht zufällig auch deine Hose geben?« Ich sah an mir herab. Meine Jeans hatte es nicht so schlimm getroffen wie mein Shirt, dennoch war ein feuchter Milchfleck auf meinem Oberschenkel zu erkennen.

»Ich kann dir eine Hose von Cassie holen«, bot er an.

»Nicht nötig, das ist gleich getrocknet.«

Julian nickte und ließ suchend den Blick durch den Raum gleiten. »Wo soll ich anfangen?«

Gute Frage. Darüber hatte ich mir noch keine Gedanken gemacht. Ich sah mich ebenfalls um. Links von mir ragte meine Kartonfestung in die Höhe. Neben der Matratze im Schlafzimmer lehnten die nicht aufgebauten Möbel an der Wand, und überall verteilt standen aufgerissene Kisten herum, die meine Wohnung zu einem Hindernisparcours machten. Zusätzlich gab es noch eine Handvoll Müllsäcke, in die ich willkürlich Zeug gestopft hatte. Das meiste davon gehörte Adrian. Ich hatte es eingepackt aus Angst, unsere Eltern könnten es entsorgen.

»Wie wäre es mit der Wäsche?«

»Ich wollte dir mit deiner Wohnung helfen, nicht mit deinem Haushalt.«

»Komm schon.«

Julian verschränkte die Arme. »Vergiss es.«

»Bitte.« Flehend legte ich die Hände aneinander.

»Nein.«

»Aber ich weiß nicht, wie das geht. Wenn du mir nicht hilfst, muss ich morgen im Pyjama in die Vorlesungen gehen. Und übermorgen nackt. Das willst du doch nicht, oder?« Zugegeben, das war etwas übertrieben. Irgendwo in den Kartons meiner Festung steckten noch Klamotten, und mithilfe des Internets hätte ich sicherlich auch herausfinden können, wie so eine Waschmaschine funktionierte. Aber es sich von jemandem mit Erfahrung erklären zu lassen, konnte bestimmt nicht schaden.

Die Furchen auf Julians Stirn wurden tiefer. »Du weißt nicht, wie man Wäsche wäscht?«

»Nein. Zu Hause hat Rita meine Sachen gewaschen.« In den vergangenen Tagen hatte ich mindestens fünfmal darüber nachgedacht, meine Schmutzwäsche ins Auto zu packen und zu ihr zu fahren. Ich war jedoch vor dem Gedanken zurückgeschreckt, dass meine Eltern davon Wind bekommen könnten und eine Diskussion über meinen Auszug anfangen würden.

Fragend sah Julian mich an. »Rita?«

»Die Haushälterin meiner Eltern.«

»Hätte ich mir denken können.« Er rieb sich über das Kinn. Es war von Stoppeln übersät, als hätte er an diesem Morgen nicht die Motivation gehabt, sich zu rasieren. Ich konnte sehen, wie sein Widerwille langsam dahinschmolz. »Einverstanden. Ich zeig dir, wie man Wäsche wäscht.«

»Danke! Danke! Danke!« Ich sprang auf Julian zu und schlang die Arme um ihn. Fest drückte ich ihn an mich, mein Gesicht an seiner Schulter vergraben. Er roch genauso wie sein Hemd, nur noch besser. Allerdings erwiderte er meine Umarmung nicht, sondern stand nur stocksteif da.

Ich blickte zu ihm auf, und obwohl ich ihn nur aus diesem komischen Winkel sah, erkannte ich, dass er den Kiefer angespannt und die Zähne fest zusammengebissen hatte. Offensichtlich war er kein Freund körperlicher Zuneigungsbekundungen.

Ich räusperte mich und ließ ihn los. »Entschuldigung.«

Sofort entspannte er sich. »Wollen wir loslegen?«

Ich nickte, und wir machten uns an die Arbeit. Zuerst holte Julian einen zusätzlichen Korb aus seiner Wohnung, damit wir meinen Wäscheberg – den Mount Everest unter den Wäschebergen – problemlos in den Keller tragen konnten. Er brachte auch seine eigene Wäsche und ein paar Münzen mit, ehe wir gemeinsam nach unten gingen.

Ich war noch nie im Keller, geschweige denn im Waschraum gewesen – und ich hatte nichts verpasst. Putz bröckelte von den grauen Wänden, die einmal weiß gewesen sein mussten. Die Bodenfliesen waren an vielen Stellen gesprungen und mussten der ekligen Farbgebung nach mindestens fünfzig oder sechzig Jahre alt sein. Im Waschraum reihten sich fünf Maschinen aneinander, von denen zwei bereits liefen. Es gab drei Stühle, einen Tisch, auf dem Broschüren und alte Magazine lagen, und ein Schwarzes Brett mit Informationen über das Haus und seine Regeln.

»Zuerst musst du die Wäsche trennen«, sagte Julian, nachdem wir die Körbe vor den Maschinen abgestellt hatten. Er öffnete die Deckel und griff sich das erste Shirt von seinem Haufen. Es landete in der Maschine für schwarze Sachen, wobei er mir erklärte, dass man Shirts mit Aufdruck immer auf Links drehen sollte; was so ziemlich den Großteil meines Kleiderschranks betraf.

Eigentlich war es ziemlich einfach. Ich musste nur schwarz, weiß und bunt voneinander trennen. Wieso hatte ich mich so lange davor gedrückt? Ach ja, weil ich keine Lust gehabt hatte. Aber mit Julian zusammen machte es tatsächlich Spaß, auch wenn wir nicht viel miteinander redeten. Es half schon, nicht allein zu sein.

Ich warf eines meiner Höschen in eine Maschine.

»Das würde ich da nicht reintun«, sagte Julian und beugte sich vor, um den Slip wieder herauszuholen. Am Finger baumelnd hielt er ihn mir entgegen. »Spitze ist ziemlich empfindlich, die solltest du besser per Hand waschen. Und …« Er senkte die Stimme zu einem Flüsterton. »BHs auch.«

Ich riss ihm die Unterwäsche aus der Hand. Mich darin zu sehen, war eine Sache. Dass er sie dreckig anfasste, eine ganz andere. Ein Gefühl, dass ich nur selten empfand, brachte meine Wangen zum Glühen: Scham. Daher klang es etwas patzig, als ich fragte: »Warum hast du das nicht früher gesagt?«

»Verzeihung.« Julians Stimmte triefte vor Sarkasmus. »Ich wasche für gewöhnlich keine Dessous.«

Für gewöhnlich? Ich hob eine Augenbraue. »Aber du hast schon mal welche gewaschen?«, fragte ich neugierig und auf eine Art und Weise, die implizierte, dass ich die Antwort bereits kannte und nur auf weitere Details aus war.

»Nein«, erwiderte er und wandte sich seinem Korb zu, um meinem Blick auszuweichen. Dabei wirkte er so angespannt wie in dem Moment, in dem ich ihn umarmt hatte. Und er strahlte noch ein anderes Gefühl aus, das ich nicht mit absoluter Gewissheit benennen konnte, doch einer Sache war ich mir sicher …

»Du lügst.«

Julian stockte kurz in der Bewegung, ehe er weitermachte, als hätte ich nichts gesagt.

Interessant. Offenbar hatte ich nicht nur ein Talent, in Fettnäpfchen zu treten, sondern auch, wunde Punkte zu treffen.

Ich seufzte und beugte mich über die Waschtrommel, um die BHs mit Bügel rauszufischen, die ich irrtümlich hineingeschmissen hatte. »Sorry, wir müssen nicht drüber reden.«

»Danke«, murmelte Julian.

Seine Verschwiegenheit ließ nur eine mögliche Schlussfolgerung zu: Ex-Freundin. Das passte zu meiner Vermutung einer unschönen Trennung. Und hatte mir Auri nicht erzählt, dass Julian vor einem Jahr seine alte Wohnung hatte räumen müssen? Das klang nicht danach, als wäre er freiwillig gegangen. Eine Trennung hätte das erklären können. Unweigerlich fragte ich mich, was das für eine Frau sein musste, über die Julian auch nach mehr als einem Jahr noch nicht hinweg war. Es brannte mir auf den Nägeln, mehr in Erfahrung zu bringen, aber ich hielt meine Klappe.

Wir sortieren weiter unsere Wäsche, und mit jeder Sekunde, die verging, wurde Julian wieder lockerer. Als würde er mit jedem Kleidungsstück, das er in die Maschinen warf, einen Teil seiner schlechten Erinnerungen loslassen.

Es dauerte nicht lange, bis wir fertig waren. Anschließend fütterten wir die Geräte mit unseren Münzen, füllten Waschmittel auf, und Julian erklärte mir die verschiedenen Einstellungen.

»Das war schon alles?«, fragte ich mit einem Grinsen, als die Maschinen zu rattern begannen. Es war lächerlich, aber ich war verdammt stolz auf mich. Das erste Mal in meinem Leben wusch ich meine Wäsche selbst. Na ja, mit Julians Hilfe, aber ich war weder auf Rita noch auf meine Eltern oder deren Geld angewiesen. Ich war selbstständig.

»Ja, und wenn du mal keinen Bock oder keine Zeit hast, kannst du auch alles in eine Maschine kippen und auf das Beste hoffen. Meistens klappt's.« Er verzog die Lippen. »Bis auf das eine Mal, als ich Auris Wildlederhemd mitgewaschen habe, aber das war wirklich ein Versehen. Was lässt er es auch im Bad liegen?«

»Alles in eine Maschine kippen?« Ich runzelte die Stirn. »Das heißt, die ganze Sortiererei war völlig unnötig?«

Julian zuckte mit den Schultern. »Nicht unnötig, aber … optional.«

»Warum hast du es mir dann gezeigt?«

»Du wolltest wissen, wie man wäscht. Und so macht man es richtig. Das ist wie mit dem Autofahren. In der Fahrschule lernst du: Hände auf zehn und zwei Uhr. Und in der Realität hältst du das Lenkrad mit einem Finger fest, während du dir mit der anderen Hand Essen in den Mund schaufelst.«

Ich schnaubte. »Danke für diese aufschlussreiche Lektion.«

»Gern.«

»Und was machen wir jetzt?«

»Richtig wäre es zu warten, bis die Maschinen fertig sind.« Er deutete auf ein Schild mit der Aufschrift: *Lassen Sie Ihre Wäsche nicht unbeaufsichtigt.* »Aber da das kein normaler Mensch macht, gehen wir in der Zwischenzeit Regale aufbauen und hoffen einfach, nicht beklaut zu werden.«

»Fester!«, ächzte Julian, und ich stemmte mich mit meinem gesamten Körpergewicht gegen das Brett, das er gerade an meinem neuen Regal befestigte.

Wir ärgerten uns bereits seit geschlagenen zwei Stunden mit dem Ding rum und hatten nur eine kurze Pause eingelegt, um unsere Wäsche aus dem Keller zu holen. Ich wollte gar nicht daran denken, dass wir noch vier von diesen Teilen aufbauen mussten, aber ich brauchte den Platz für meine Comic- und Graphic-Novel-Sammlung.

Julian steckte die Schraube in die vorgesehene Einbohrung und machte sich an die Arbeit. Ratternd erwachte der Akkuschrauber zum Leben, den er mit der rechten Hand führte, während er mit der linken ebenfalls das Brett festhielt. Der Ärmel seines weißen Shirts war hochgerutscht und entblößte den Ansatz der Narbe, die mir schon öfter aufgefallen war. Seit dem Tag, an dem ich ihm sein Päckchen gebracht hatte, wusste ich, dass die Verbrennung seinen halben Unterarm bedeckte, aber mehr auch nicht. Woher hatte er die Narbe? Von einem Hausbrand? Oder womöglich einem Autounfall? Ich hätte ihn vermutlich längst danach gefragt, hätte er sich nicht solche Mühe gegeben, sie zu verstecken.

»Geschafft.« Julian stöhnte erleichtert auf, und das Geräusch seines Akkuschraubers verstummte. Er legte das Werkzeug zur Seite und trat einen Schritt zurück.

Ich ließ das Brett ebenfalls los, und das Regal brach nicht in sich zusammen. »Yes! Wir sind so gut.« Ich streckte Julian meine Hand für ein High five entgegen.

Er schlug ein und grinste mich an. Seine Wangen waren gerötet, und seine Stirn glänzte feucht. Eine Schweißperle rollte seine Nase hinab und tropfte von der Spitze. Aus irgendeinem Grund fand ich das ziemlich sexy, vor allem gepaart mit dem Funkeln in seinen Augen.

Ich musste ihn einen Moment zu lange angestarrt haben. Er murmelte ein »Sorry«, bevor er mir den Rücken zuwandte und sich mit dem Saum seines Shirts über das Gesicht wischte.

Ich schnappte mir seine Wasserflasche, die neben mir auf dem Küchentresen stand, und reichte sie ihm.

»Danke.« Er klang noch immer atemlos. »Was bauen wir als Nächstes auf?«

Ich nahm mir meine eigene Flasche. »Noch ein Regal?«

Er verzog die Lippen. »Muss das sein?«

»Irgendwann schon, aber wir können auch mit meinem Bett weitermachen.«

»Um es dann gleich auszuprobieren?«

»Ist das ein Angebot?«, fragte ich und sah ihm fest in die Augen.

Er hielt meinem Blick stand. »Vielleicht.«

»Aber das Bett aufzubauen wird dauern, so lange halte ich es nicht aus.«

Julian senkte seine Stimme. »Wollen wir es einfach hier auf dem Boden tun?«

Ich nickte, und im nächsten Moment ließen wir uns beide mit einem Ächzen auf das Parkett sinken, den Blick an die Decke gerichtet. Ich streckte die Beine aus und stöhnte auf, als sich die Muskeln in meinem Körper lockerten. Sie waren von der krummen Haltung, die ich eingenommen hatte, um die Bretter und das Gestell an Ort und Stelle zu halten, völlig verspannt.

»Scheiße«, raunte Julian. »Ich hab ganz vergessen, wie anstrengend es ist, Möbel aufzubauen.« Ich brummte zustimmend. »Deine Eltern haben doch Geld. Wieso hast du sie nicht von der Umzugsfirma aufstellen lassen?«

Ich atmete schwer aus und drehte ihm den Kopf zu. Eine

Strähne meines schwarzen Haars fiel mir in die Augen. Ich pustete sie weg und sah Julian an. Er lag nur eine halbe Armlänge von mir entfernt und beobachtete mich aus dem Augenwinkel heraus. »Ich wollte nicht auf sie angewiesen sein und es selbst schaffen. Du weißt schon, mir beweisen, dass ich es kann.«

»Hat ja wunderbar geklappt.«

»Hey!« Hätten sich meine Arme nicht wie Gummi angefühlt, weil ich sie die gesamte letzte Stunde in die Höhe gehalten hatte, hätte ich ihm einen Stoß verpasst. »Ich wette, du hattest in deiner Wohnung auch Hilfe.«

»Stimmt. Auri und Cassie haben geholfen, aber sie wurden nicht von mir bezahlt.«

»Ich bezah– « Ich brach mitten im Wort ab, denn genau genommen bekam Julian Geld von mir, was wiederum bedeutete, ich hätte genauso gut die Möbelfirma anheuern können. »Ach, sei still.«

Er schloss die Augen und stieß ein tiefes Lachen aus. Es klang roh und ungeübt, als würde er nicht oft lachen, was schade war, denn ich mochte den Klang. Sehr sogar. Die Härchen an meinen Armen stellten sich auf, als hätte ich einen unglaublich guten Song gehört, und ich wünschte mir, es gäbe eine »Repeat«-Taste, um ihn noch einmal zu hören.

»Darf ich dich etwas fragen?«

Julians Lider zuckten, ohne dass er die Augen öffnete. »Das hast du bereits.«

Ich schnaubte. »Du weißt, was ich meine.«

Seine Mundwinkel hoben sich. »Was willst du wissen?«

Ich biss mir auf die Unterlippe und richtete mich auf. Dabei stützte ich meinen Oberkörper mit den Ellbogen und Unterarmen auf dem Boden ab, sodass ich sein Gesicht sehen konnte. Ich wollte seine Reaktion auf meine Frage nicht verpassen. »Hast du mir die Sache, die bei meinen Eltern passiert ist, wirklich verziehen?«

Julian stöhnte genervt. »Micah –«

»Jetzt komm mir nicht mit ›Micah‹. Sei ehrlich«, unterbrach ich ihn. Ich wusste, dass ich auf der Sache herumritt, aber ich spürte einfach, dass etwas zwischen uns stand, dass nicht dorthin gehörte.

Julian schlug die Augen auf und fing instinktiv meinen Blick auf. Ich wusste, dass er Zweifel, Unsicherheit und auch einen Funken Wut darin erkennen konnte. Ich trug meine Gefühle mit Stolz, genau wie *Iron Man* seinen Anzug. Ich musste mich nicht verstecken. Ich war Tony Stark, und jeder wusste es. Julian hingegen war *Green Arrow*, schwer zu lesen und stets bemüht zu verbergen, was oder wer hinter seiner Maske steckte. Es gelang ihm nicht immer, wie bei der Sache mit seiner Ex-Freundin, aber nun hatte er sich wieder unter Kontrolle, und nichts verriet mir, ob seine nächsten Worte der Wahrheit entsprachen oder eine Lüge waren.

»Ich bin ehrlich.«

»Und warum warst du bei unserem Wiedersehen im Treppenhaus so abweisend?«, fragte ich. »Du kannst nicht abstreiten, dass du versucht hast, mir aus dem Weg zu gehen. Du wolltest weder meine Hilfe beim Tragen des Empire State Buildings annehmen, noch in meine Wohnung kommen, als du auf den Schlüsseldienst gewartet hast. Ich musste dich praktisch zwingen, mit reinzukommen.«

Er runzelte die Stirn und stützte sich ebenfalls auf die Ellbogen. Eine Bewegung, die uns einander noch näher brachte.

Ich betrachtete Julian eingehend und fühlte mich an die Party bei meinen Eltern erinnert, als ich dachte, er sei der attraktivste Mann des Abends. An dieser Wahrnehmung hatte sich nichts geändert. Ich wusste nicht, was es war, aber irgendetwas an ihm fesselte mich. Hätte man mir ein Bild von ihm gezeigt und mich gefragt, ob es irgendetwas gab, was ich an ihm hätte ändern wollen, wäre die Antwort ein klares Nein gewesen.

»Ich war nicht abweisend«, antwortete Julian mit ein paar Sekunden Verzögerung.

»Doch, das warst du«, beharrte ich. Meine Stimme klang rauer und hatte an Kraft verloren. »Du hast mir die kalte Schulter gezeigt.«

»Das war keine Absicht.«

»Wirklich?«

Ich wusste nicht, was die Veränderung bewirkte, aber Julians Gesicht wurde weicher und die Falten auf seiner Stirn glätteten sich – ehe er sich ruckartig aufsetzte, als wäre ein Blitz durch seinen Körper gefahren. Nun ragte er über mir auf. Mit geschlossenen Augen rieb er seine Nasenwurzel, als würde ihm unser Gespräch Kopfschmerzen bereiten. Doch ebenso plötzlich, wie er sich aufgesetzt hatte, ließ er seine Hand fallen und sah mich an. Ich erkannte Schuld in seinem Blick. »Du hast recht«, gestand er. »Es war Absicht.«

»Weil du mir nicht verziehen hast«, schlussfolgerte ich.

»Nein, Micah.« Julian stieß ein trockenes Lachen aus und schüttelte den Kopf. »Weil ich dich mag.«

»Was?« Nun setzte auch ich mich gerade auf.

Die Beine untergeschlagen starrte ich ihn an. Sollte das ein Scherz sein? Wenn ja, war er nicht lustig, aber Julian sah nicht aus, als würde er gleich anfangen zu lachen. Er wirkte vielmehr verunsichert, als hätte er die Worte am liebsten wieder zurückgenommen. Aber das würde ich nicht zulassen.

Ich robbte näher an ihn heran, bis sich unsere Knie berührten. Er wich nicht zurück. »Ich verstehe das nicht«, sagte ich mit gesenkter Stimme. »Warum? Ich gehe für gewöhnlich nur Leuten aus dem Weg, die ich nicht abkann.«

»Es ging nicht anders. Ich …« Julian stockte und räusperte sich. Als er weitersprach, klang seine Stimme fester. »Es ist besser so. Glaub mir. Für dich. Für mich. Das Leben ist einfacher, wenn ich allein bin.«

Ich versuchte mir ein Leben ohne Lilly oder auch Aliza vorzustellen. Ein Leben, in dem es nur mich gab, obwohl ich von Leuten umgeben war, zu denen ich mich hingezogen fühlte und umgekehrt. Wie viel Kraft musste es kosten, diesem Verlangen nicht nachzugeben?

»Das klingt nach einem ziemlich einsamen Leben.«

Julian lächelte schwach. »Ich hab Laurence. Er ist ein guter Zuhörer.«

»Aber er kann dir keine Ratschläge geben. Dir nicht dabei helfen, ein Modell des Empire State Buildings in den dritten Stock zu tragen. Und dir keine dreihundert Dollar leihen, wenn du sie brauchst«, zählte ich an den Fingern ab. »Außerdem kann er dir keine schlechten Witze erzählen. Was ist grün, glücklich und hüpft von Grashalm zu Grashalm?«

Irritiert sah Julian mich an und zuckte mit den Schultern. »Keine Ahnung.«

»Eine Freuschrecke.«

Er lachte nicht.

»Komm schon.« Ich stieß ihn mit dem Knie an. »Der war mindestens halbwegs witzig.«

»Rede dir das nur ein.«

»Nichts anderes habe ich vor.«

Julians Mundwinkel begannen zu zucken.

Ich grinste. »Ha! Siehst du. Du findest mich doch witzig. Also, was spricht dagegen, mit mir befreundet zu sein? Dein Leben wird schon nicht in Staub und Asche zerfallen, nur weil du etwas Zeit mit mir verbringst.«

Das angedeutete Lächeln verschwand wieder. »Mein Leben nicht, aber deines.« Seine Worte klangen wie eine Drohung.

»Was soll das heißen?«

Er antwortete mir nicht sofort, sondern stand auf. Ich musste meinen Kopf in den Nacken legen, um ihn anzusehen. Er erwiderte meinen Blick noch für den Bruchteil einer Sekunde, dann wandte er sich ab und begann, durch den Raum zu tigern.

»Es gibt Dinge, die du nicht über mich weißt.«

Ich starrte seinen Rücken an. »Na und? Du weißt auch nicht alles über mich.«

»Ich weiß alles, was es zu wissen gibt.«

»Ach ja?«

»Ja.«

»Beweis es mir«, forderte ich.

Julian blieb stehen und drehte sich wieder zu mir um. Sein Gesichtsausdruck war abermals unergründlich. »Du heißt Michaella Rosalie Owens, wirst aber lieber Micah genannt. Du bist achtzehn Jahre alt, auf eine Privatschule gegangen und studierst Jura. Du bist in einer Villa aufgewachsen, hast reiche Eltern und warst noch nie auf dich allein gestellt. Du bist unbeschwert. Liebenswert. Ein großes Kind.« Er deutete vielsagend auf meine Festung. »Und in deinem Leben ist kein Platz für jemanden wie mich. Vertrau mir.«

Er irrte sich. Zwar stimmten die Dinge, die er über mich sagte, aber er kannte nur die schöne, polierte Seite der Medaille. Die dunklen, rostigen Flecken auf der anderen hatte er nicht gesehen. Er ahnte nichts von Adrians Verschwinden, der Bitterkeit, die mich erfüllte, seit unsere Eltern ihn weggeschickt hatten, und der Trauer, die mich überkam, wenn ich meinen Bruder vermisste. Er wusste auch nicht, wie viel Überwindung mich dieses Jurastudium jeden Tag kostete, und er kannte nicht die Schattenseiten meiner Welt, die mich schon oft an den Rand der Verzweiflung getrieben hatten. Ich war nicht nur das Mädchen, das er beschrieb, sondern auch die Frau, die er noch nicht kannte.

11. Kapitel

»Du irrst dich.« Ich schüttelte den Kopf, bereit, die Sache klarzustellen. »Mein Leben …«

Meine nächsten Worte gingen in einem lauten Poltern unter, gefolgt von einem Schrei und einem ebenso lauten Fluch. »Ich habe dir doch gesagt, du kannst die Treppe nicht allein hochlaufen!«

Auri. Seine tiefe Stimme war so markant, dass ich ihn problemlos daran identifizieren konnte.

Ich sprang auf die Füße. Julian war dicht hinter mir, als ich zur Tür stürzte. Ich riss sie auf und entdeckte Auri, der Cassie gerade die letzten Stufen hochtrug. Er sah grimmig aus. Den Mund hatte er zu einem harten Strich zusammengepresst, als müsste er sich davon abhalten, etwas Falsches zu sagen.

»Was ist passiert?«, fragte ich.

»Ich bin über eine Wurzel gestolpert und hab mir den Knöchel gebrochen«, antwortete Cassie, die mit ihrer schmalen Gestalt in Auris Armen wie eine Puppe wirkte. Eine sehr mitgenommene Puppe, die eine Runde durch den Dreck geschleift worden war. Ihr rotes Haar war von fettigen Strähnen durchzogen. Ihre Haut war noch blasser als sonst und ihr rechter Fuß eingegipst.

»Wir haben die Nacht im Krankenhaus verbracht«, ergänzte Auri und starrte die Wohnungstür an, als könnte er sie so einschüchtern und dazu bringen, sich von selbst zu öffnen.

»Moment, ich mach euch auf.« Julian drängte sich an mir vorbei.

Cassie und Auri sahen überrascht von ihm zu mir und wieder zu ihm. Ein Ausdruck des Erstaunens legte sich auf ihre Gesichter, und es fiel mir nicht schwer, die Fragen zu erraten, die ihnen durch den Kopf gingen. Cassies Lippen teilten sich, jedoch ohne einen Ton zu produzieren.

Auri fand seine Stimme zuerst wieder. »Könnte einer von euch ihre Krücken holen?«

»Wo sind sie?«, fragte Julian und stieß die Tür auf.

»Sie sind die Treppe runtergefallen.«

Er nickte und eilte die Stufen nach unten.

Ich folgte Auri und Cassie in die Wohnung. Sofort war Laurence da und miaute aufgeregt, nachdem er die letzten Stunden allein verbracht hatte. Nach Aufmerksamkeit verlangend, strich er Auri um die Beine. Ich schnappte mir den kleinen Kater und hielt ihn fest, während Auri Cassie auf die Couch legte.

»Kann ich dir etwas bringen?«

»Einen gesunden Knöchel.«

»Die sind leider aus. Wie wäre es mit einem Glas Wasser und einer Schmerztablette?« Auri zog eine Packung aus seiner Hosentasche und raschelte damit, als würde er Leckerli in der Hand halten. Laurence begann auf meinem Arm zu zappeln. »Ich habe auch das richtig gute Zeug geholt, das uns der Coach immer empfiehlt.«

»Nein, lieber nicht.« Cassie ließ den Kopf gegen die Lehne sinken. »Mir ist noch immer ganz schummrig von den Tropfen, die sie mir im Krankenhaus gegeben haben. Aber ich sollte etwas essen. Ich bekomme Unterzucker.«

»Kein Problem.« Auri marschierte zum Kühlschrank, riss ihn auf und studierte den Inhalt, bevor er die Tür wieder zuknallte. »Nichts da. Ich geh einkaufen. Kommst du mit, Julian?«

»Was?« Julian war gerade durch die Tür getreten. Von Auris Frage sichtlich überrumpelt, lehnte er die Krücken an die Couch. Er sah zu mir, dann wieder zurück zu Auri. »Warum gehst du nicht allein?«

»Alter, ich habe die letzten vierundzwanzig Stunden nicht geschlafen. Du fährst.« Auri griff in seine Hosentasche, zog einen Schlüssel heraus und warf ihn Julian zu, der ihn geschickt auffing.

Julian leistete keinen weiteren Widerstand, sondern verschwand nur kurz in seinem Schlafzimmer, aus dem er bereits ein paar Sekunden später wieder ins Wohnzimmer zurückkehrte. Er hatte sein verschwitztes Shirt gegen ein sauberes Hemd getauscht und eilig versucht, seine zerzausten Haare zu bändigen. Die Betonung lag auf »versucht«.

»Fahrt vorsichtig«, sagte ich, als Auri und Julian die Wohnung verließen. »Und die Hände immer schön auf zwei und zehn Uhr!« Ich glaubte Julian noch lachen zu hören, kurz bevor sich die Tür hinter den beiden schloss.

Vorsichtig setzte ich Laurence ab. Es hatte ihm überhaupt nicht gefallen, von mir festgehalten zu werden, und kaum dass seine Pfoten den Boden berührten, stürmte er davon und stürzte sich auf eine Spielmaus, die neben dem Fernseher lag.

Cassie räusperte sich.

Ich sah auf.

Erwartungsvoll starrte sie mich an.

»Ja?«

»Wie zum Teufel ist das passiert?«

»Wie ist was passiert?«

»Julian und du.« Sie beugte sich verschwörerisch vor. »Ist er gut im Bett?«

Oh. Oooh. Ich lachte und schüttelte amüsiert den Kopf. »Zwischen uns ist nichts passiert.«

Skeptisch hob Cassie eine Augenbraue. »Und warum seid ihr beide so außer Atem? Und verschwitzt? Und warum trägst du sein Hemd?«

»Wir haben Möbel aufgebaut. Und ich hatte nichts Sauberes mehr zum Anziehen. Er hat es mir geliehen.«

Cassie kniff die Augen zusammen und betrachtete mich argwöhnisch und verwirrt zugleich, als wäre ich ein schwer zu lösendes Sudoku, bei dem sie womöglich eine Zahl an der falschen Stelle eingetragen hatte. »Wie hast du ihn dazu bekommen, dir zu helfen?«

»Das ist eine lange Geschichte.«

»Seid ihr jetzt Freunde?«

»Sozusagen«, antwortete ich, obwohl das noch offen war, nachdem unser Gespräch unterbrochen worden war, bevor ich Julians Annahmen über mich hatte richtigstellen können. »Aber genug davon. Wie ist es mit Maylin und Gorwìn gelaufen?«, fragte ich Cassie zur Ablenkung und setzte mich auf den Couchtisch. »Sind die beiden zum Zug gekommen?«

Cassie grinste und senkte verlegen den Blick. »Ein bisschen.«

»Uuh.« Ich lehnte mich vor und stützte neugierig das Kinn auf meine Hände. »Was ist passiert?«

»Einiges«, sagte sie, und dann holte sie aus. Sie erzählte von all den Intrigen, die sich in ihrer Welt und zwischen den Charakteren abgespielt hatten.

Ich fühlte mich wie in einer Nacherzählung von *Das Lied von Eis und Feuer*, nur mit Elben. Wobei mich eigentlich nur eine Sache wirklich interessierte, aber ich drängte Cassie nicht.

»Jedenfalls hat sich Gorwìn endlich gegen seinen Vater gestellt. Mitten auf dem Dorfplatz. Es war sehr dramatisch. Er hat Maylin an die Hand genommen und sie weggeführt. Sie sind in den Wald gegangen, und nachdem sich Gorwìn wieder beruhigt hatte, haben sie sich geküsst. Und geküsst und noch etwas mehr geküsst …« Mit jedem weiteren Wort wurde ihre Stimme leiser, sinnlicher, und ein verträumtes Lächeln legte sich auf ihre Lippen.

Ich wünschte mir, eine Tüte Popcorn in den Händen zu halten. »Und dann?«

»Ist Maylin über eine Wurzel gestolpert.« Ihr Lächeln erlosch, und sie schüttelte den Kopf, als wäre sie von sich selbst enttäuscht. Sie sah an ihrem Körper zu dem eingegipsten Fuß hinab. Ihr erstes Mal mit Auri hatte sie sich sicherlich anders vorgestellt.

»Wie lange wird das dauern?«

»Der Arzt meinte, es sei ein ›guter‹ Bruch«, sagte sie sarkastisch und verdrehte die Augen. »Und da ich noch jung bin, soll ich in zwei Monaten angeblich schon wieder ohne Krücken laufen können. Ich darf es nur nicht übertreiben. Bis alles komplett abgeheilt ist und ich wieder uneingeschränkt Sport machen kann, dauert es wohl sechs Monate.« Sie hielt kurz inne. »Wie gut, dass meine Lieblingssportart Powernapping ist.«

Ich lachte. »Wenn du eine Runde trainieren willst, ruf mich. Ich mach gern mit.«

Cassie schenkte mir ein mattes Lächeln. In diesem Moment sprang Laurence zu ihr auf die Couch. Der Kater beschnüffelte ihren Gips und tapste anschließend über ihren Körper, bis er es sich zwischen ihren flachen Brüsten bequem machte und zu schnurren begann. Cassie streichelte ihn, und obwohl ihre Mundwinkel nach oben zeigten, konnte ich in ihren Augen lesen, wie niedergeschlagen sie war. Sie hatte sich so viel von diesem Wochenende erhofft. Dabei brauchte sie gar keinen LARP, um das zu bekommen, was sie wollte.

Ich seufzte und rutschte vom Couchtisch auf den Boden. »Können wir offen miteinander reden?«

Ohne ihre Hand von Laurence zu lösen, sah Cassie mich mit weit aufgerissenen Augen an. »Du hast *doch* mit Julian geschlafen«, flüsterte sie und klang dabei, als wäre sie sich ihrer Sache vollkommen sicher.

Ich schüttelte den Kopf. »Nein, aber wenn es passiert, bist du die Erste, der ich es erzähle.«

»Versprochen?«

»Versprochen«, versicherte ich ihr, obwohl Julian und ich noch meilenweit von einem solchen Schritt entfernt waren. Ganz anders als sie und Auri. »Warum benutzt ihr das LARP als Ausrede, um zusammen zu sein?«

Cassie kräuselte die Nase. Den Blick hatte sie konzentriert auf Laurence gerichtet, als wäre es plötzlich eine Kunst, den Kater auf die richtige Weise zu streicheln. »Ich weiß nicht, wovon du redest.«

Ich schnaubte. »Doch, das tust du. Du wirst rot.«

»Das kommt von den Medikamenten.«

»Bullshit. Ihr lebt eure Gefühle füreinander durch Gorwìn und Maylin aus.«

»Das stimmt nicht.«

»Stimmt wohl.«

»Nein, das Spiel erfordert das«, argumentierte Cassie.

Ich hob eine Augenbraue. »Das Spiel, das ihr euch ausdenkt.«

»Auri und ich legen das nicht allein fest. Wir sind zwanzig Leute.«

»Trotzdem bleibt euch Raum für Improvisationen.«

»Schon, aber so macht es eben Sinn. Gorwìn und Maylin sind füreinander bestimmt.«

»Genau wie Auri und du.«

Cassie ließ die Hand, mit der sie Laurence hinter dem Ohr gekrault hatte, sinken. Sie wurde ganz still, ehe sie langsam den

Kopf in meine Richtung drehte. Einen Moment lang betrachtete sie mich schweigend, dann fragte sie leise: »Glaubst du das wirklich?«

»Ja«, versicherte ich ihr. Anscheinend hatte ich mit meinen Worten ins Schwarze getroffen. »Ich denke das, seit ich euch das erste Mal vor meiner Tür habe stehen sehen. Ich bin aus allen Wolken gefallen, als Julian mir erzählt hat, dass ihr *kein* Paar seid. Ihr habt einfach diese Ausstrahlung. Allein die Art, wie ihr euch anseht. Ihr gehört zusammen. Wie Rachel und Ross.«

Nachdenklich kaute Cassie auf ihrer Unterlippe. »Und du findest das nicht seltsam?«

»Was?«

»Auri und mich. Zusammen. Als Paar.«

Ich schüttelte den Kopf. »Nein. Wieso sollte ich?«

»Na ja. Er ist so …« Cassie stockte und begann, mit den Händen in der Luft herumzufuchteln, was Laurence aufschreckte. Er sprang von der Couch und flitzte davon. »Und ich bin so …« Sie deutete auf sich. »… nicht.«

Ich runzelte die Stirn und versuchte zu begreifen, was sie mir sagen wollte. Bis es mir plötzlich dämmerte. »Darum geht es?«, fragte ich ungläubig. »Du willst nicht mit ihm zusammen sein, weil er schwarz ist?«

»Nein!« Cassie fuhr hoch, doch ihr Gips behinderte sie. Sie verzog das Gesicht und setzte sich vorsichtig auf. »Mir ist das egal. Das Problem ist, dass es das so vielen anderen nicht ist. Warst du schon mal mit einer Person of color zusammen?«

Ich schüttelte den Kopf, obwohl ich einige Wochen lang Ritas Sohn Emilio gedatet hatte. Er hatte zur Hälfte lateinamerikanische Wurzeln, aber wegen seines weißen Vaters vermutete das niemand. Die meisten Leute waren eher überrascht gewesen, ihn fließend Spanisch sprechen zu hören, weshalb wir kaum mit Auri und Cassie zu vergleichen waren.

»Dann kannst du dir auch nicht vorstellen, wie es ist«, fuhr Cassie fort. »Überall, wo wir zusammen hingehen, werden wir angegafft. Du kannst in den Blicken der Leute lesen, wie sie uns verurteilen. *Be*urteilen. Viele meinen es sicherlich nicht böse und sind nur neugierig, aber es ist anstrengend. Als wären wir die Hauptattraktion irgendeiner Show. Ständig stehen wir unter Beobachtung und werden von irgendwelchen Fremden analysiert, die uns überhaupt nicht kennen. Gelegentlich kann ich in ihren Gesichtern förmlich sehen, wie sie sich den Sex zwischen Auri und mir vorstellen, nur weil er groß und schwarz ist und ich klein und weiß bin. Als hätten sie ein Recht dazu.« Cassie war mit jedem Wort lauter geworden, inzwischen bebte ihre zarte Stimme vor Zorn. »Und das alles nur, weil wir uns nahe sind und uns unterhalten. Ich will mir gar nicht vorstellen, wie es wäre, wenn wir Händchen halten oder uns küssen würden.«

»Wow.« Etwas anderes fiel mir in dieser Sekunde nicht ein. »Das tut mir leid.«

Cassie schloss die Augen und holte tief Luft. »Schon in Ordnung.«

»Nein, das ist nicht in Ordnung.« Ich griff nach ihrer Hand und drückte sie sanft. Ihre Finger waren eiskalt. »Ich wusste nicht, dass es so ist. Und es sollte auch nicht so sein. Ihr beide solltet zusammen sein können, ohne dass man euch ein komisches Gefühl gibt. Und wer bitte stellt sich Fremde beim Sex vor? Ich will mir nicht einmal mich selbst beim Sex vorstellen. Einmal war ich in einem Hotel mit Spiegel an der Decke, und, oh Mann, das war kein schöner Anblick. Mein Orgasmusgesicht ist nicht gerade vorteilhaft.«

Cassie lachte. »Was war das für ein Hotel?«

»Wieso? Braucht ihr eine Reservierung?«

Am Montag schwänzte ich die erste Vorlesung und besuchte stattdessen Cassie, welche die nächsten Tage daheimbleiben würde. Die Schmerzmittel, die sie nehmen musste, machten sie furchtbar müde. Ein Zustand, in dem sie unmöglich in der Lage gewesen wäre, ihren Professoren zu folgen.

Wir frühstückten gemeinsam und blätterten durch einen meiner Zeichenblöcke. Es waren unzusammenhängende Skizzen, die ich zur Übung und Inspiration gezeichnet hatte. Sie reichten von realistischen Porträts über fantastische Wesen bis hin zu Landschaften. Cassie war ziemlich beeindruckt, und ihr Lob war die reinste Streicheleinheit für mein Ego. Am liebsten hätte ich den ganzen Tag mit ihr verbracht, aber ich wollte Aliza nicht im Stich lassen. Außerdem musste ich alles, was ich nicht in den Vorlesungen aufschnappte, nachträglich daheim lernen, und das hätte noch mehr Motivation von mir verlangt, als mich an einem Montag in einen Hörsaal zu schleppen.

Die Vorträge meiner Dozentinnen und Dozenten waren gewohnt langweilig, und ich versuchte mich an einer Skizze von Cassie in ihrem Elbenkostüm, aber reale Menschen aus dem Kopf heraus zu zeichnen war eine ziemliche Herausforderung.

Ich freute mich bereits auf das Mittagessen mit Aliza, als sie mir gestand, dass sie nicht mitkommen konnte. Sie traf sich nach der Vorlesung noch mit einer Lerngruppe aus einem anderen Kurs. Kurz zog ich in Erwägung, nach Hause zu gehen und die späteren Kurse zu schwänzen, entschied mich dann aber doch dagegen.

Da ich nicht allein ins Wild Olive gehen wollte, machte ich mich stattdessen auf den Weg zur Mensa. Um diese Uhrzeit war dort irre viel los. Die Luft war stickig, es roch nach altem Fett, und das Stimmengewirr zerrte an meinen Nerven. Ich hatte keine Lust, mich für matschige Pommes anzustellen, weshalb ich mir nur einige Süßigkeiten und einen Apfel aus dem Automaten holte.

Mit meinem spärlichen Mittagessen im Gepäck machte ich mich zurück auf den Weg zu dem Baum, an dem ich normalerweise auf Aliza wartete, um noch etwas Sonne zu tanken, als mir eine ganz bestimmte Fakultät ins Auge fiel. Das Gebäude war aus rotem Backstein wie alle Einrichtungen auf dem Gelände. Doch das Gemäuer wirkte gepflegter. Die Blumen und Sträucher vor dem Haus waren akribisch genau nebeneinandergesetzt worden. Und während die juristische Fakultät nur kleine Fenster besaß, hatte man hier im Erdgeschoss einige Panoramafenster eingelassen, die einen Blick ins Innere gewährten. Dort lagen nicht etwa irgendwelche grauen Vorlesungssäle, sondern Räume, die mit Sorgfalt und Bedacht eingerichtet worden waren. Nichts war dem Zufall überlassen worden, dennoch wirkte das Ergebnis gemütlich und einladend.

Ehe ich michs versah, stieg ich die Stufen zum Eingang des Architekturgebäudes hoch. Ich erschauerte, als ich den kalten Vorhang der Klimaanlage durchschritt. Der Flur dahinter war leer. Vermutlich saßen die meisten Studierenden entweder in einer Vorlesung oder in der Mensa. Langsam schlenderte ich den Gang entlang und betrachtete die Bilder, welche die Wände links und rechts säumten. Sie zeigten Skizzen und Entwürfe, aber auch Fotografien bedeutender Bauwerke. Darunter waren wie in einem Museum Kärtchen angebracht, die einem die wichtigsten Daten lieferten. Vor einem Foto des Empire State Buildings blieb ich stehen. Es war in den Dreißigerjahren erbaut und eröffnet worden. Es ragte 1250 Fuß in die Höhe, mit seiner Spitze waren es sogar über 1454 Fuß, was 102 Etagen entsprach. Außerdem waren 73 Aufzüge und 6514 Fenster darin verbaut. Die Zahlen waren beeindruckend, wenn auch nicht wirklich interessant für mich. Dennoch machte ich ein Foto von der Karte und schickte es Adrian.

»Was machst du hier?«, hörte ich in diesem Moment jemanden hinter mir fragen.

Ich drehte mich um und entdeckte Julian, der nur wenige Schritte von mir entfernt stand. Nachdem Auri und er gestern vom Einkaufen zurückgekommen waren, hatte ich mich in meine Wohnung verabschiedet. Cassie war nach unserem Gespräch ziemlich erschöpft gewesen, und auch Auri hatte so ausgesehen, als könnte er jede Sekunde einschlafen. Ich hatte gehofft, Julian würde mir folgen, damit wir unsere Unterhaltung beenden konnten, aber er war nicht gekommen.

»Dich stalken«, antwortete ich. »Ist doch offensichtlich.«

»Sollten Stalker nicht versuchen, Abstand zu halten und unbemerkt zu bleiben?«

»Ich bin eben ein Nahlker. Ein naher Stalker.«

Julian schnaubte. »Du bist vor allem eine Idiotin.«

»Aber eine charmante.«

»Das stimmt«, gab er zu und musterte mich dabei eingehend.

Ich tat dasselbe. Trotz der hohen Temperaturen, die in diesem Spätsommer herrschten, trug Julian wieder ein langärmeliges Shirt. Es betonte seine Arme, die vom Heben der Kisten im Supermarkt definiert, aber nicht übertrieben groß waren. Der Träger seiner Umhängetasche umspannte seine Brust, und in der Hand hielt er ein in Folie eingepacktes Sandwich, das mich auf eine Idee brachte.

»Auf einer Skala von eins bis zehn, wie charmant findest du mich?«

Nachdenklich runzelte Julian die Stirn. »Fünf, mit Tendenz zur Sechs«, sagte er schließlich, wobei aus seinem Tonfall deutlich herauszuhören war, dass er mich mindestens für eine Acht hielt.

Gekränkt verzog ich die Lippen, aber ich konnte nicht lange ernst bleiben. »Die richtige Antwort lautet Eleven, aber schon in Ordnung. Von einer Vier hab ich nicht mehr erwartet.«

»Wow, großzügig. Die meisten würden mich wohl als Zwei einstufen.«

»Tja.« Ich zuckte mit den Schultern. »Sie kennen dich eben nicht so gut wie ich.«

»Tatsächlich?«

Ich nickte und überwand mit zwei Schritten die kurze Distanz zwischen uns, um mich bei ihm unterzuhaken. Mir entging nicht, dass er nach Leim und Holz roch, als hätte er gerade an einem neuen Modell gearbeitet. »Zum Beispiel wissen sie nicht, dass du die Mittagspause mit mir verbringen wirst.«

»Werde ich das?«, fragte Julian und starrte auf die Stelle, an der mein Arm seinen kreuzte.

»Ich hoffe es.« Flehend sah ich ihn an. »Bitte.«

Er verdrehte die Augen. »Einverstanden.«

Als ich ihn angrinste, ließ sein Lächeln nicht lange auf sich warten, auch wenn es wesentlich schmaler ausfiel als meins. Er war sich vielleicht noch nicht sicher, ob er mich in sein Leben lassen *sollte*, aber es war offensichtlich, dass er es *wollte*.

Ich setzte mich in Bewegung, um nach draußen zu gehen, kam jedoch nicht weit. Julian hatte sich nicht vom Fleck gerührt, mein Arm war unter seinem hervorgerutscht. Fragend sah ich ihn an.

»Lass uns hier langgehen.« Er deutete hinter sich, wo sich nichts als Wände und Türen befanden. »Ich kenn da einen coolen Platz.«

»Aber das Wetter ist so schön.«

»Vertrau mir.«

Wie konnte ich da Nein sagen? Ich folgte ihm ins Treppenhaus, in dem wir bis in den vierten Stock hinaufstiegen. Oben angekommen, liefen wir einen Flur entlang bis zu einer weiteren Treppe, die wir ebenfalls erklommen.

»Gibt es bei euch keinen Aufzug?«, fragte ich atemlos, als wir vor einer Metalltür stehen blieben. Ich war mir sicher, dass mein Gesicht vor Anstrengung gerötet war.

»Es dauert immer ewig, bis der kommt, mit den ganzen Modellen, die hier ständig durchs Haus gekarrt werden«, antwortete er und schob die Tür vor uns auf.

Strahlender Sonnenschein begrüßte uns, und ich musste die Augen zusammenkneifen, die sich an das schummrige Licht der Innenbeleuchtung gewöhnt hatten.

Ich trat nach draußen und blinzelte.

Einmal.

Zweimal.

Dreimal.

Wir befanden uns in einem Garten. Einem traumhaft schönen Garten mit perfekt gepflegtem Rasen. Es wimmelte nur so von Blumenstöcken und großen Pflanzenkübeln, die an manchen Stellen so dicht beisammenstanden, dass sie eine Art Miniaturdschungel bildeten. Lampionketten, die um diese Tageszeit allerdings nicht eingeschaltet waren, spannten sich von Ast zu Ast. Es gab Liegestühle und alte Paletten und Weinkisten, die zu Tischen und Hockern umfunktioniert worden waren. Einige Studenten und Studentinnen saßen darauf, aßen, lernten oder genossen einfach nur die Sonne.

Ich drehte mich zu Julian um. »Was ist das hier?«

»Das ist die Oase, ein Gemeinschaftsprojekt von Architekten und Botanikern.« Er schloss die Metalltür und führte mich durch den Garten zu einer Gruppe, die sich konzentriert über einen Bauplan beugte. Er fragte sie, ob er die beiden übrigen Hocker nehmen dürfe. Sie nickten, und er drückte mir sein

Sandwich in die Hand, während er die alten Weinkisten in den Schatten einiger großer Palmen trug.

Ich setzte mich. »Warum hat mir noch niemand hiervon erzählt?«

»Eure Jura-Typen haben keine Ahnung von der Oase. Sie ist ein Geheimnis.« Er hielt kurz inne. »Oder zumindest ist es eine Art ungeschriebenes Gesetz, dass wir vor den anderen Fakultäten nicht damit angeben.«

Das konnte ich verstehen. Hätte das gesamte MFC von der Oase gewusst, wäre es vermutlich unmöglich gewesen, einen freien Platz zu ergattern. Ich schwor mir, niemandem davon zu erzählen – abgesehen von einer Person. Schnell zog ich mein Handy heraus und machte ein Foto, das ich an Adrian schickte mit der Unterschrift: *Auf dem Dach des Architekturgebäudes. Du fehlst.*

»Hast du gerade ein Foto unserer geheimen Oase verschickt?«, fragte Julian empört.

»Ja, an meinen Bruder.« Ich steckte das Handy weg und holte den Apfel hervor, den ich mir aus dem Automaten gezogen hatte. »Adrian liebt Architektur.«

»Das kann ich nachvollziehen. Studiert er?«

Mein erster Reflex war, seine Frage mit Nein zu beantworten, aber mit Gewissheit konnte ich das nicht sagen. Ja, er besuchte weder Yale, noch war er am MFC eingeschrieben, das hatte ich kontrolliert, aber das bedeutete nicht, dass er an keiner anderen Universität studierte. »Ich glaube nicht«, sagte ich schließlich.

Julian hob eine Augenbraue. »Du weißt es nicht?«

Ich schüttelte den Kopf, wobei mir die Bewegung so schwerfiel, als hätte mir jemand ein Gewicht um den Hals gebunden. »Wir sollten eigentlich gemeinsam nach Yale gehen, aber er ist vor fast vier Monaten verschwunden. Genauer gesagt davongelaufen. Nachdem er mit unseren Eltern aneinandergeraten ist.«

Die Worte fühlten sich falsch an, wie eine Lüge. Sie ließen es so klingen, als hätte auch Adrian einen Fehler begangen. Doch ich war nicht bereit, Julian die ganze Wahrheit zu erzählen und offenzulegen, wie furchtbar meine Familie sein konnte und wie ignorant die Kreise waren, in denen ich aufgewachsen war. Was auch der Grund dafür war, dass Aliza bisher nichts über Adrian wusste.

»Das tut mir leid«, sagte Julian. Seine Stimme klang dumpf. Er lehnte sich vor, die Ellbogen auf die Knie gestützt, und betrachtete mich. In seinem Blick lag mehr als nur Mitgefühl und Verständnis. Da war noch etwas anderes. Tieferes. Wissendes. »Sucht die Polizei nach ihm?«

»Nein. Sie sagen, ihnen seien die Hände gebunden.« Nervös drehte ich den Apfel in meiner Hand. Auf den ersten Blick, als ich ihn aus der Maschine gezogen hatte, hatte er perfekt gewirkt, aber nun entdeckte ich dunkle, eingedrückte Stellen in der roten Schale. »Adrian ist volljährig, hat eine Tasche gepackt und das Haus auf zwei Beinen selbstständig verlassen. Er darf hingehen, wo er will … auch weg von uns.« *Weg von dir*, flüsterte eine Stimme in meinem Kopf.

Ich spürte ein verräterisches Brennen in den Augen. Das hatte ich davon, über Adrian zu sprechen. Hektisch begann ich zu blinzeln. Ein Versuch, die Tränen zu vertreiben, aber sie wollten einfach nicht verschwinden. Ich trug meine Gefühle vielleicht so stolz und offenherzig wie Toni Stark seinen Anzug, aber ich hasste es, schwach und verletzlich zu wirken. Vermutlich weil mich die meisten Leute tatsächlich dafür hielten, wenn sie mich das erste Mal sahen. Ich bückte mich, stopfte den Apfel zurück in den Rucksack – der Appetit war mir vergangen – und suchte nach meiner Sonnenbrille, hinter der ich mich verstecken konnte. Doch es war bereits zu spät. Eine Träne kullerte mir über die Wange. Eilig wischte ich sie mit dem Handrücken weg.

»Fuck«, murmelte Julian. Das Wort klang erstaunlich sanft aus seinem Mund. Er stand von seinem Hocker auf, und im nächsten Moment kniete er vor mir.

Er hatte die Lippen leicht geöffnet und die Augenbrauen zusammengezogen, als suchte er nach den richtigen Worten, um mich zu trösten. Doch er würde sie nicht finden. Sie existierten nicht. Denn nichts, was er sagte, konnte mich vergessen lassen, wie sehr ich Adrian vermisste.

Julian schien zu derselben Erkenntnis zu kommen. Anstatt noch etwas zu sagen, schloss er den Mund und presste die Lippen fest aufeinander. Meine eigene Hoffnungslosigkeit spiegelte sich in seinem Blick, und der Kloß in meinem Hals wurde größer.

Ich senkte den Kopf, sodass mir die Haare ins Gesicht fielen. Meine Hände hatten zu zittern begonnen, und weitere Tränen lösten sich aus meinen Augen. Ich verstand nicht, wieso es an manchen Tagen so viel schlimmer war als an anderen, und ich konnte nichts dagegen tun.

»Micah.« Julian seufzte schwer. Vermutlich bereute er es bereits, mir die Oase gezeigt zu haben.

Ich schämte mich. Ja, ich hatte ihm die dunkle, rostige Seite meiner Medaille zeigen wollen, aber nicht so. Ich wollte gerade aufstehen, um uns beide aus dieser unangenehmen Situation zu befreien, als Julian sich vorbeugte und mich umarmte, als läge es an ihm, mich zusammenzuhalten.

12. Kapitel

Julian drückte mich an sich, und ich war wie erstarrt. Überrascht, da er bisher nie die Nähe zu mir gesucht hatte. Aber womöglich spürte er, dass ich genau das brauchte. Endlich erwiderte ich die Geste, schlang meine Arme um ihn und vergrub mein Gesicht an seiner Schulter, wo meine Tränen in sein Shirt sickerten. Dabei strich er so sanft und völlig selbstverständlich über meinen Rücken, als wäre es nicht das erste Mal, dass er mich tröstete.

Sofort fühlte ich mich besser und etwas weniger allein. Die Wärme, die von Julian ausging, und die Hitze, die sich zwischen unseren Körpern sammelte, wirkten auf mich wie ein Kaminfeuer im kältesten Winter. Mein Zittern verschwand, und ein wohliges Gefühl kroch mir in die Glieder. Langsam, aber stetig verdrängte es den Schmerz und die Sorge um Adrian, soweit das möglich war. Ein kleiner Teil blieb immer zurück und würde erst vergehen, wenn es Adrian war, den ich in die Arme schließen konnte – wann immer das sein würde.

Ich schluckte schwer, um meine Kehle wieder freizubekommen. Der Knoten in meinem Magen war noch immer da, aber er löste sich allmählich und wurde von Sekunde zu Sekunde kleiner. Dank Julian, der mich nicht losließ. Der für mich da war. Der verstand.

Ich drückte ihn noch fester an mich und drehte den Kopf. Meine Lippen streiften über die empfindliche Haut an seinem Hals, und ich konnte das Beben spüren, das ihn durchlief.

»Tut mir leid, dass ich dich angeweint habe«, flüsterte ich mit einem Schniefen. Die Worte so zart wie der Samen einer Pusteblume, als könnten sie jederzeit vom Wind davongetragen werden.

»Kein Thema, ich werde das Shirt später einfach verbrennen.«

Unwillkürlich musste ich lächeln. »Du kannst es mit dem Geld verrechnen, das du mir schuldest.«

»Geht klar.« Julians Atem streifte meine Haut, und ich ließ mich noch tiefer in seine Umarmung fallen, falls das überhaupt möglich war.

Einige Herzschläge, in denen keiner von uns etwas sagte oder sich bewegte, verstrichen. Wir waren vollkommen still, während sich die Welt um uns herum weiterdrehte.

»Wie lange wollen wir uns noch umarmen?«, fragte Julian nach einer kurzen Ewigkeit. Er sagte das in einem neckenden Tonfall, aber ich wusste, dass er mich halten würde, solange ich wollte. Oder bis man uns aus der Oase vertrieb.

»Zehn Sekunden«, bat ich.

»Okay«, murmelte er, und ich zählte den Countdown nach unten.

»Zehn. Neun. Acht …« Doch auch als ich bei null ankam, ließ er mich nicht los. Er hielt mich noch weitere fünf Sekunden fest, ehe er die Hände von meinem Rücken löste.

Ich fragte mich, ob er diese Umarmung vielleicht genauso sehr gebraucht hatte wie ich, da er sonst anscheinend niemanden an sich heranließ.

Er stützte die Hände links und rechts von meinen Beinen auf und sah mich an. Sorge spiegelte sich in seinem Blick. »Besser?«

Ich nickte und schenkte ihm ein mattes Lächeln, bevor ich mir die verbliebenen Tränen von den Wangen wischte. Etwas Schwarzes blieb an meinen Fingerspitzen kleben, vermutlich waren mein Eyeliner und die Mascara vollkommen verschmiert. »Wie sehe ich aus?«, fragte ich.

Er neigte den Kopf und verzog das Gesicht. »Hättest du ein Vorstellungsgespräch im Gruselkabinett, würdest du den Job mit Sicherheit bekommen.« Er griff in seine Tasche und zog ein Taschentuch hervor. »Darf ich?«

Ich nickte, da ich auf keinen Fall so verheult die Toilette aufsuchen wollte.

Julian legte eine Hand unter mein Kinn, um mich festzuhalten, während er mit der anderen über mein Gesicht wischte. Er tat es mit einer Konzentration, als wäre ich eines seiner Modelle, das er Stück für Stück aufbauen musste. Seine Stirn war leicht gerunzelt, er hatte die Lippen geteilt, und ich hätte schwören können, dass er für den Moment die Luft anhielt, als fürchtete er, ein einzelner Atemhauch könnte mich endgültig zum Einsturz bringen.

Ich hatte schon lange niemandem mehr erlaubt, mich so zu sehen. Meinen Eltern vertraute ich nicht genug. Und Lilly hatte ihre eigenen Probleme. Ich erzählte ihr von meinen Sorgen um Adrian, aber ich hatte mir geschworen, in ihrer Nähe nicht zusammenzubrechen.

»Wie neu«, sagte Julian schließlich.

»Danke«, flüsterte ich, obwohl mir das Wort für diesen Moment viel zu schwach und bedeutungslos erschien.

»Nichts zu danken.« Julian nahm seine Hand von meinem Gesicht und setzte sich wieder auf seinen Hocker.

Augenblicklich vermisste ich die Nähe zu ihm, obwohl er nur eine Armlänge von mir entfernt saß. Wie war das möglich? Ich verbrachte gern Zeit mit anderen Menschen und genoss ihre Gesellschaft, aber mit Julian war es mehr als das. Ich fühlte mich auf eine Art und Weise zu ihm hingezogen, die ich nicht ganz begriff, nicht nach so kurzer Zeit. Rita hätte mir vermutlich etwas von Seelenverwandtschaft erzählt, aber daran glaubte ich genauso wenig wie an das Horoskop, das sie Adrian und mir jahrelang jeden Morgen beim Frühstück vorgelesen hatte.

»Ist sicher alles wieder in Ordnung?«, fragte Julian skeptisch.

Ich blinzelte und erkannte, dass ich ihn wohl eine ganze Weile gedankenverloren angestarrt hatte. »Ja, absolut. Mir ist gerade nur etwas klar geworden.«

Neugierig hob Julian eine Augenbraue. »Und was?«

»Dass du keine Vier bist, sondern eine Acht.« *Mindestens.*

Ein Lächeln hob seine Mundwinkel. »Danke. Und du bist für mich auch keine Fünf. Aber das weißt du längst, nicht wahr?« Er zuckte leichthin mit den Schultern, als wäre das ein Fakt, dem man nichts weiter hinzufügen musste.

Ein warmes Kribbeln, das nicht von der Sonne stammte, ergriff von mir Besitz. War es möglich, dass er genauso für mich empfand wie ich für ihn?

Sein Geständnis, *Weil ich dich mag*, hallte in meinen Ohren wider, und wäre ich etwas mutiger und nicht angeschlagen von meinem kleinen Zusammenbruch gewesen, hätte ich mich vielleicht getraut, ihn danach zu fragen. Aber stattdessen griff ich in meinen Rucksack und holte meine Schokoriegel hervor. Die Schokolade war bereits leicht geschmolzen und klebte an der Folie. Ich nahm einen Bissen und genoss den süßen Geschmack auf der Zunge, der die Welt gleich noch ein Stückchen besser machte.

»Ist das dein ganzes Mittagessen?«, fragte Julian skeptisch.

An einem Schokostück lutschend sah ich auf meinen Riegel. »Ja.«

Er seufzte und schüttelte den Kopf, während er sein Sandwich teilte und mir die eine Hälfte auffordernd vor die Nase hielt. »Bist du allein überhaupt überlebensfähig?«

Dankend nahm ich das Brot entgegen. »Vielleicht solltest du mich bei dir aufnehmen. Wie Laurence.«

Julian schnaubte. »Du willst doch auch nur in meinem Bett schlafen.«

»Erwischt.« Ich grinste und biss in das Sandwich, das einfach großartig schmeckte, genauso wie das auf der Dinnerparty meiner Eltern.

Wir aßen schweigend und teilten uns anschließend die geschmolzenen Schokoriegel.

Trotz des Schattens, den die Palmwedel spendeten, wurde es von Sekunde zu Sekunde wärmer auf dem Dach. Schweiß lief mir den Rücken hinab, und ich fischte eine Klammer aus meiner Tasche, um meine Haare hochzustecken. Als der kühle Wind meinen Nacken streifte, stieß ich ein leises Seufzen aus. Schon viel besser. Julian beobachtete mich dabei, und ich bemerkte, dass er noch immer sein langärmliges Shirt trug.

»Ist dir darin nicht warm?« Es war eine rhetorische Frage, die Antwort war offensichtlich. Auch seine Stirn glänzte feucht.

»Es geht schon.«

Ich wusste, was er zu verbergen versuchte, und wollte, dass er sich in meiner Gegenwart genauso sicher fühlte wie ich mich in seiner. »Deine Narbe stört mich nicht«, versicherte ich ihm.

Die Sorglosigkeit der letzten Minuten wich aus Julians Gesicht und ließ seine Miene kühl werden, bis jede Erinnerung an sein Lächeln verschwunden war. »Schön, dass sie *dich* nicht stört. Mich schon.«

Sein harter Tonfall irritierte mich. Damit hatte ich nicht gerechnet. Offensichtlich setzte ihm die Narbe mehr zu, als ich angenommen hatte. Die Frage war nur, ob es tatsächlich die gerötete Haut war, die ihn störte, oder vielmehr die Erinnerung an ihre Entstehung. Ich tippte auf Letzteres. Bisher war mir Julian nicht wie ein eitler Mensch erschienen, der viel Wert auf die Meinung anderer legte. Ich verkniff es mir, nach dem Ursprung der Narbe zu fragen. Er würde es mir erzählen, wenn er bereit dazu war, so wie ich ihm die Wahrheit über Adrian verraten würde, sobald die Zeit dafür gekommen war. Als Entschuldigung reichte ich ihm schweigend das letzte Stück Schokolade.

»Wir sollten auch gehen«, sagte Julian ein paar Minuten später, als sich um uns herum die Studentinnen und Studenten von ihren Plätzen erhoben, um die Oase zu verlassen.

Ich wäre gern noch geblieben, wollte Aliza aber nicht bei den Vorlesungen am Nachmittag im Stich lassen. Widerstrebend packte ich meinen Rucksack, als plötzlich etwas neben mir auf den Boden knallte. Ich zuckte zusammen, und Julian stieß einen Fluch aus. »Scheiße.«

Die Schnalle an seiner Umhängetasche war gerissen, und der Inhalt seines Beutels hatte sich auf dem Boden verteilt. Er ging in die Hocke, um die Sachen einzusammeln und zurück in die Tasche zu stopfen.

Instinktiv bückte ich mich, um ihm dabei zu helfen. Ich klaubte einige Stifte, ein Buch und ein paar lose Blätter zusammen, auf denen in seiner krakeligen Schrift, die ich bereits von den Post-its an meiner Tür kannte, einige Notizen standen. Aber zwischen all den Zahlen und Buchstaben entdeckte ich noch etwas anderes. Erstaunt zog ich die Zeichnung eines nackten Mannes aus den Unterlagen hervor. Er musste um die vierzig sein und saß auf einem Hocker. Die Beine angewinkelt hing sein Penis schlaff in seinem Schritt. Verträumt starrte er in die Ferne. Vom Hals bis zum Bauch zog sich eine Narbe aus feinen Bleistiftstrichen.

»Was ist das?« Ich hielt Julian das Bild entgegen.

Er nahm es mir aus der Hand. »Das solltest du wissen. Du zeichnest auch.«

»Das ist von dir?«

»Nein, ich trage einfach gern Zeichnungen nackter Männer mit mir herum.« Er verdrehte die Augen und schob das Blatt zurück zwischen seine Unterlagen. »Natürlich ist das von mir. Aus einem meiner Kurse.«

»Ich dachte, du studierst Architektur.«

»Das tu ich auch«, versicherte er mir, während er an der Schnalle seiner Tasche herumpfriemelte. Sie war zum Glück nicht gerissen, sondern hatte sich nur geöffnet. »Aktzeichnen gehört zu den Pflichtfächern.«

»Tatsächlich?«

»Ja. Dadurch sollen wir lernen, Formen und Proportionen besser einschätzen zu können.«

»Das wusste ich nicht«, sagte ich und hörte selbst, wie neidisch ich klang. Ich hätte alles dafür gegeben, einen solchen Kurs zu besuchen. Natürlich hätte ich Kunst als Nebenfach belegen können, aber ich fürchtete, dass es mir damit ähnlich wie mit einer Tüte Chips ergehen könnte. Ich öffnete sie, nur um einen zu probieren und mein Verlangen zu stillen, und ehe ich michs versah, lag ich mit Bauchschmerzen auf dem Boden, weil ich die ganze Packung auf einmal verschlungen hatte.

Nachdem Julian alles wieder in seiner Tasche verstaut hatte, verließen wir die Oase und machten uns auf den Weg nach unten. Das Innere des Gebäudes kam mir nach der Zeit im Grünen noch dunkler und trister vor. Kleine Schatten tanzten vor meinen Augen, während sie sich an die geänderten Lichtverhältnisse gewöhnten.

»Wann hast du heute Schluss?«, fragte ich Julian, der mir die Tür im Erdgeschoss aufhielt. Die Flure waren von Menschen geflutet, welche die Hörsäle wechselten.

»Um vier.«

Wir steuerten auf den Ausgang zu. »Ich auch. Wollen wir zusammen nach Hause laufen?«

Julian blieb stehen. »Das geht leider nicht. Ich muss arbeiten.«

»Crooked Ink?«

Er zögerte und richtete den Blick in die Ferne, als würde ihn für einen kurzen Moment ein anderer Gedanke in Anspruch nehmen. Dann nickte er.

»Okay, vielleicht ein andermal.« Ich beugte mich vor und drückte ihm zum Abschied einen Kuss auf die Wange. Seine Bartstoppeln fühlten sich rau unter meinen Lippen an, und als ich ihn wieder ansah, betrachtete er mich mit einem so verwirrten Ausdruck im Gesicht, dass ich mir auf die Unterlippe beißen musste, um nicht loszulachen.

Ich wandte mich von ihm ab, und ohne ein weiteres Wort zu sagen, lief ich davon. Dabei musste ich mich zwingen, mich nicht noch einmal zu ihm umzudrehen, obwohl ich seinen Blick in meinem Rücken spüren konnte.

Da Julian arbeiten musste und auf mich nur eine leere, chaotische Wohnung wartete, beschloss ich, nach der letzten Vorlesung eine Runde durch die Stadt zu drehen und Adrians Lieblingsplätze abzuklappern. Ich wusste mir einfach nicht anders zu helfen, obwohl sich im Browser meines Laptops bereits ein Ordner mit Privatdetektiven befand. Ich hatte mir einige Adressen abgespeichert, Bewertungen gelesen, Zertifikate analysiert und mich durch Foren geklickt, aber noch nicht den Mut gehabt, einen von ihnen zu kontaktieren.

Mein erster Stopp war wie so oft Adrians Lieblingscafé. Ich holte mir einen Kaffee und zeigte der Barista ein Foto meines Bruders in der Hoffnung, dass sie ihn gesehen hatte. Sie verneinte. Eine Weile blieb ich an einem der Tische sitzen, ehe ich nach draußen schlenderte, falls es Adrian bei dem schönen Wetter auf die Terrasse des Cafés getrieben hatte. Anschließend ging ich in unser Stammkino, wo wir uns wenige Tage vor seinem Verschwinden noch gemeinsam *Deadpool 2* angesehen hatten. Ich zeigte auch dort den Angestellten das Foto von ihm, aber niemand hatte ihn gesehen.

Manchmal hatte ich ein schlechtes Gewissen, ihn so zur Schau zu stellen. Es kam mir wie ein Eingriff in seine Privatsphäre vor, dass ich die Blicke all dieser Fremden auf ihn lenkte. Es erinnerte mich daran, was Cassie mir über sich und Auri erzählt hatte. Aber was blieb mir anderes übrig? Ich wollte ihn finden und konnte den Leuten nicht einfach sagen: »Ich suche nach einem Jungen, der aussieht wie ich.« Denn Adrian und ich sahen uns kein bisschen ähnlich, da wir keine eineiigen Zwillinge waren. Einmal hatte man uns im Kino sogar ein *schönes Date* gewünscht, weil man angenommen hatte, wir wären ein Paar. Igitt.

Nach Café und Kino folgte noch das Museum für moderne Architektur und eine Spielhalle, in der Adrian mit seinen Freunden nach der Schule früher oft Zeit verbracht hatte. Das lag inzwischen ein paar Jahre zurück, aber man konnte nie wissen. Doch ich traf ihn nirgendwo an und fuhr schließlich enttäuscht zu Capes and Books, um mich aufzumuntern.

Ich kaufte drei Comics, zwei Graphic Novels und ein neues *Black-Lightning*-Shirt, ehe ich mich auf den Nachhauseweg machte, der mich am Stadtpark vorbeiführte. Ohne bewusst den Entschluss gefasst zu haben, lenkte ich meinen Wagen in die Straße, in der das Crooked Ink lag.

Ich parkte das Auto vor dem Laden, zögerte aber auszusteigen. Würde Julian es gruselig finden, wenn ich einfach dort auftauchte? Oder würde er sich freuen? Ich war mir nicht sicher und überlegte volle fünf Minuten, ehe ich mir ein Herz fasste. Notfalls konnte ich lügen und behaupten, dass ich einen neuen Stecker für mein Piercing brauchte, weil ich den alten aus Versehen ins Waschbecken hatte fallen lassen.

Ich betrat das Tattoo- und Piercingstudio, das ich schon oft von außen, aber nie von innen gesehen hatte. Die Wände hingen voller Fotos tätowierter Körperteile. In mehreren Vitrinen war Piercingschmuck ausgestellt, und auf einem Regal standen Preise, welche die Tätowierer und Tätowiererinnen des Studios gewonnen hatten. Leise Rapmusik lief im Hintergrund und mischte sich mit dem Surren der Tätowiernadeln. Hinter der Theke saß eine Frau mit knallroten Haaren und Ohrläppchen, die so weit gedehnt waren, dass ich drei Finger hätte hindurchschieben können.

Sie blätterte in einer Zeitschrift, blickte aber auf, als ich mich dem Tresen näherte. Ein Lächeln teilte ihre Lippen, welche dieselbe Farbe wie ihr Haar hatten. »Willkommen bei Crooked Ink. Wie kann ich dir helfen?«

»Hey«, grüßte ich und sah mich nach Julian um, aber die Frau und ich waren die einzigen Menschen im Raum. Im hinteren Bereich konnte ich allerdings Stimmen ausmachen. »Ich suche einen Freund. Julian.«

»Der arbeitet heute nicht.«

Ich stutzte. »Sicher? Er hat mir gesagt, er wäre heute hier.«

»Nein, tut mir leid. Er arbeitet nur am Wochenende.« Ihr Lächeln hatte jetzt etwas Mitfühlendes, und ich konnte Bedauern in ihrem Blick erkennen. Vermutlich dachte sie, ich wäre versetzt worden. »Vielleicht hat er sich nur im Tag getäuscht«, fügte sie hinzu, wie um Schadensbegrenzung zu betreiben, aber wir beide wussten, dass das nicht stimmte. Wer verwechselte schon Montage mit Samstagen? Niemand.

Julian hatte mich angelogen.

Wut keimte in mir auf, die sich allerdings schnell in Selbstzweifel verwandelte. Warum hatte er mir nicht die Wahrheit erzählt? Dafür konnte es nur einen Grund geben: Er wollte keine Zeit mit mir verbringen. Waren die letzten Tage für ihn nur ein Ausrutscher gewesen? War er bereit, mich wieder aus seinem Leben zu streichen, damit es für ihn einfacher wurde? Aber was hatte dann die Umarmung in der Oase bedeutet? Gar nichts?

Mir wurde ein bisschen schlecht, und ich kam mir auf einmal unsagbar dumm vor. Ich bedankte mich bei der Frau für die Auskunft und wandte mich ab, um zu gehen, bevor ich mitten in der Bewegung innehielt. Langsam drehte ich mich noch einmal zu ihr um. »Könntest du Julian hiervon bitte nichts erzählen?«

Die Frau lächelte verständnisvoll. »Ich schweige wie ein Grab.«

»Danke«, sagte ich und eilte zu meinem Auto.

13. Kapitel

»Warum. Hat. Er. Mich. Angelogen?« Ich punktierte jedes Wort mit einem Schlag gegen den Boxsack.

Lilly und ich waren bei unserem ersten Training im Fitnessstudio. Eine der Angestellten hatte uns sämtliche Geräte erklärt und erzählt, welchen Effekt wir mit ihnen erzielen würden. Nun liefen wir durchs Studio und machten das, worauf wir Lust hatten. Ich war geradewegs auf die Boxsäcke zugesteuert, um den Zorn loszuwerden, den ich seit gestern mit mir herumtrug.

Selbstzweifel und Unsicherheit hatten an mir genagt, nachdem ich das Crooked Ink verlassen hatte, aber auf dem Nachhauseweg war mir klar geworden, dass nicht ich mich schlecht fühlen sollte, sondern Julian. Er hatte mich belogen. Wenn er keine Zeit mit mir verbringen wollte, sollte er mir das sagen, anstatt mich mit billigen Ausreden auf Abstand zu halten. So viel Respekt konnte ich wohl erwarten. Oder etwa nicht?

»Sicherlich gibt es dafür eine Erklärung«, sagte Lilly, die auf der anderen Seite des Boxsacks stand und ihn für mich festhielt. Sie hatte ihr blondes Haar zu einem Knoten zusammengebunden und trug ein pink-violettes Sportoutfit. Einzelne Stellen des Stoffes hatten sich dunkel verfärbt. Bei den Probeübungen waren wir bereits ganz schön ins Schwitzen gekommen.

»Und was für eine Erklärung soll das sein?«, fragte ich gereizt. Schweiß rann mir über die Stirn, und im Spiegel an der gegenüberliegenden Wand konnte ich sehen, dass meine Wangen vor Anstrengung glühten.

»Ich weiß nicht.« Lilly zuckte mit den Schultern. »Vielleicht wollte er dir nicht die Wahrheit sagen, weil sie ihm unangenehm ist. Womöglich hatte er einen peinlichen Arzttermin. Oder ein Treffen mit den Anonymen Alkoholikern. Es gibt viele Möglichkeiten.«

»Auf wessen Seite stehst du eigentlich?«, grummelte ich, obwohl ich wusste, dass sie möglicherweise recht hatte. Dennoch ärgerte ich mich. Vor allem über mich selbst. Wieso war ich überhaupt zu Crooked Ink gefahren? Es hatte für mich keinen Grund gegeben, das Tattoostudio aufzusuchen.

Soso, keinen Grund, murmelte eine Stimme in meinem Hinterkopf, und hätte sie ein Gesicht gehabt, hätte dieses wissend gelächelt.

»Ich stehe auf deiner Seite«, antwortete Lilly. »Immer. Das weißt du doch. Ich möchte nur nicht, dass du dich wegen dieser Sache verrückt machst. Julian hat gelogen, das war uncool von ihm, aber wenn du mit ihm redest, wird sich sicherlich alles aufklären.«

»Oder es wird noch unangenehmer, weil er dann herausfindet, dass ich seinetwegen bei Crooked Ink war.« Ich verpasste dem Boxsack einige weitere Schläge. Links. Rechts. Links. Rechts. Links. Rechts. Aber meine Arme waren bereits schwer, und ich wusste, dass ich mit meinen Hieben niemanden mehr ins K.o. befördern würde.

»Seit wann ist es dir so wichtig, was andere über dich denken?«

»Es ist mir nicht wichtig. Nicht bei Fremden, aber Julian und ich sind Nachbarn«, erklärte ich hochtrabend, aber das war natürlich eine Lüge. Julian und ich waren mehr als Nachbarn, zumindest in meinem Kopf. Wir waren Freunde und vielleicht …

vielleicht konnte noch mehr daraus werden. Es war lange her, seit ich mich das letzte Mal so zu jemandem hingezogen gefühlt hatte.

Lilly schnaubte. Ihr konnte ich nichts vormachen, doch sie drängte nicht auf die Wahrheit. »Wenn es hilft, kannst du Julian erzählen, wir wären gemeinsam dort gewesen«, schlug sie stattdessen vor. »Sag ihm, ich wollte mir das Studio anschauen, weil ich über ein Tattoo nachdenke.«

»Danke«, erwiderte ich und lächelte Lilly an, obwohl ich nicht vorhatte, auf Julians Lüge mit einer weiteren zu reagieren. Außerdem war es mir zu riskant. Was, wenn ihm die Frau an der Theke trotz ihres Versprechens von meinem Besuch erzählte? Dann wüsste Julian, dass ich allein dort gewesen war. Besser, ich blieb bei der Wahrheit, wenn ich ihn zur Rede stellte. *Falls* ich ihn zur Rede stellte. Ich war noch unentschlossen, aber zum Glück war dies keine Entscheidung, die ich sofort treffen musste.

»Wie geht es Tanner?«, wechselte ich das Thema, um mich auf andere Gedanken zu bringen.

Lilly seufzte. »Das Übliche. Er hat viel zu tun und vermisst Link und mich.«

Ich setzte einen letzten Schlag gegen den Boxsack, wobei ich mir dieses Mal nicht Julians Gesicht vorstellte, sondern die Ungerechtigkeit, die Lilly und Tanner voneinander trennte. »Weiß er inzwischen, wann er das nächste Mal nach Hause kommen kann?«, fragte ich, während ich die Handschuhe auszog und an Lilly übergab.

»Nein, seine Professoren lassen sich immer neue Wege einfallen, um ihn in Princeton festzuhalten.«

»Das tut mir leid.«

Lilly und ich tauschten Plätze. Sie nahm einen breiten Stand ein, bereit, den Boxsack zu malträtieren, den nun ich festhielt, damit er nicht wie eine Abrissbirne durch den Raum schwang.

»Gibt es nicht irgendwelche Sonderregelungen für Studenten mit Kindern?«

Lilly schlug zu. »Ich glaube nicht.«

»Und wenn ihr ihn besucht?«

»Wann?« Schlag. »Wie?« Schlag. »Link würde so ein langer Flug überhaupt nicht gefallen.« Schlag. »Und selbst wenn wir nach New Jersey fliegen würden.« Schlag. »Müsste er lernen.« Schlag. »Ich will nicht die sein.« Schlag. »Die ihn von seinen Pflichten abhält.«

»Ihr seid auch seine Pflicht. Mehr als das.«

»Ja, aber er muss sich konzentrieren.« Lilly schlug erneut zu, und in ihren Hieben lag eine solche Wucht, dass mir der Boxsack beinahe aus der Hand flog. Offensichtlich hatte nicht nur ich ein Problem mit angestauter Wut. Und wieso klangen ihre Worte in meinen Ohren wie eine Ausrede?

Ich festigte meinen Griff. »Was ist los?«

»Nichts ist los.«

Sie konnte vielleicht mit ihrer Zunge lügen, aber nicht mit ihrem Gesicht. Ihre nach unten zeigenden Mundwinkel sprachen Bände. Konzentriert starrte sie auf den Boxsack und ignorierte meinen fragenden Blick. »Warum willst du Tanner nicht besuchen?«

Lilly schlug abermals heftig gegen das rissige Leder, bis sie plötzlich die Hände sinken ließ und mich anstarrte. Ihre Augen waren von Zweifel erfüllt. »Ich habe Angst.«

Ich ließ den Boxsack los. »Angst?«

»Es ist lächerlich.«

»Nein, ist es nicht«, versicherte ich ihr ohne Vorbehalt. »Wovor hast du Angst?«

»Verlassen zu werden.«

Ich zog die Augenbrauen zusammen. »Von Tanner?«

Sie nickte.

»Hat er eine Andeutung in diese Richtung gemacht?«, fragte ich vorsichtig, obwohl ich mir das kaum vorstellen konnte. Die beiden waren füreinander geschaffen. Tanner vergötterte den Boden unter Lillys Füßen.

»Nein«, sagte sie mit gesenkter Stimme und bestätigte damit meine Vermutung. »Aber ich weiß es einfach. Ich meine, er wird nächsten Monat einundzwanzig. Er ist am College. Und wenn er zurückkommt, erwartet ihn das hier.« Sie deutete an sich herab und verzog angewidert die Lippen. »Warum sollte er sich dieses Leben antun?«

»Weil er dich liebt.«

»Sicherlich hat er sich das alles anders vorgestellt.«

»Na und?« Ich zuckte mit den Schultern. »Du dir doch auch. Und würdest du deswegen deine Sachen packen und verschwinden?«

»Niemals«, antwortete Lilly ohne jedes Zögern.

Ich lächelte. »Warum sollte es also Tanner tun?«

»Keine Ahnung. Weil es für ihn leichter wäre?« Sie wich meinem Blick aus. »Ich hab einfach so ein Gefühl.«

Ich trat auf Lilly zu und legte die Hände auf ihre Schultern. Ihre Haut war feucht und klebrig, aber in diesem Moment war mir das egal. »Dein Gefühl trügt dich«, versicherte ich ihr mit so viel Überzeugungskraft, wie ich aufbringen konnte. »Du hast heute einen schlechten Tag und vermisst ihn. Das ist alles.«

Lilly seufzte. »Vielleicht.«

»Nicht vielleicht. Ganz sicher. Ich lege meine Hand für Tanner ins Feuer.«

»Wirklich?« Lilly hob den Kopf. »Die brauchst du zum Zeichnen.«

»Ich weiß, und das sollte dir zeigen, wie ernst es mir ist. Na los, sag: Tanner liebt mich. Er wird mich nicht verlassen, weil wir füreinander geschaffen sind. Wir werden uns bald wiedersehen und stundenlang Sex haben, weil ich echt heiß bin.«

Ein Lächeln zuckte in Lillys Mundwinkeln. »Du hast ja recht. Es ist gerade nur schwer.«

»Dann sprich mir nach«, forderte ich sie auf.

»Ist das dein Ernst?«

Ich nickte.

Lilly holte tief Luft, vermutlich weil sie ahnte, dass ich nicht lockerlassen würde, und sagte, was ich hören wollte. »Tanner liebt mich. Er wird mich nicht verlassen, weil wir füreinander geschaffen sind. Wir werden uns bald wiedersehen.«

»Uuuuund?«

»Stundenlang Sex haben, weil ich echt heiß bin«, fügte Lilly schnell hinzu.

Ich grinste. »Geht doch. Und jetzt kaufst du mir so ein rotes Zeug von der Saftbar.«

Nachdem Lilly und ich unsere Smoothies geschlürft hatten, packten wir unsere Sachen und gingen in die Umkleide, um zu duschen. Anschließend schlug ich vor, noch gemeinsam essen zu gehen, aber Lilly lehnte ab, da sie für sich die Regel aufgestellt hatte, nach neun Uhr abends keine feste Nahrung mehr zu sich zu nehmen. Außerdem wollte sie die Unterlagen für den Unterricht am nächsten Tag noch einmal durchgehen. Ich wünschte mir ihre Motivation und Disziplin. Meine Lernunterlagen für den kommenden Tag lagen unangetastet in einer Ecke meiner Wohnung. Wir vereinbarten einen Termin für unseren nächsten Besuch im Studio und verabschiedeten uns. Auf dem Weg nach Hause holte ich mir einen Burrito mit extra viel Käse, den ich vom Sport ausgehungert praktisch inhalierte und aufgegessen hatte, noch ehe ich zu Hause ankam.

Inzwischen hatte ich mich daran gewöhnt, in den dritten Stock zu laufen, doch nach dem Training fühlten sich meine Beine an wie Gummi und jeder Schritt war eine Qual. Vor meiner Wohnung blieb ich stehen. Wie von selbst wanderte mein Blick zu Julians Apartment. Aus dem Inneren konnte ich das Geräusch eines Fernsehers hören. Ob er zu Hause war? Oder arbeitete er gerade? Es gab nur eine Möglichkeit, das herauszufinden, und besser, ich redete sofort mit ihm, ehe meine Gefühle und Gedanken mit der Zeit immer merkwürdiger wurden.

Eilig schloss ich die Tür zu meiner Wohnung auf, pfefferte die Sporttasche in die Ecke und schnappte mir das Hemd, das Julian mir am Sonntag geliehen hatte. Nach einem letzten kontrollierenden Blick in den Spiegel trat ich wieder in den Flur, und ehe ich es mir anders überlegen konnte, klopfte ich an.

»Auri! Die Tür«, brüllte Cassie, dann hörte ich Schritte.

»Hey, Micah«, grüßte mich Auri und hielt mir die Tür auf, damit ich eintreten konnte.

Er trug kein T-Shirt. Schweiß glänzte auf seiner Stirn, als hätte er seinen Abend mit Sit- und Push-ups verbracht. Eine Tätowierung zierte seine rechte Brust und verlief über seine Schulter bis auf seinen Rücken, wobei die schwarze Tinte sanft mit seinem Hautton verschmolz und nicht so auffällig hervorstach, wie es bei mir der Fall gewesen wäre.

»Hey«, erwiderte ich und sah zu Cassie, die auf der Couch lümmelte. »Wie geht's dir?«

»Gut«, sagte sie, ohne den Blick vom Fernseher zu lösen. In ihrer Serie führten gerade zwei Charaktere eine hitzige Diskussion. »Ich habe in den letzten zwei Tagen fast drei Staffeln *Teen Wolf* gesehen.«

Ich nickte anerkennend. »Beachtliche Leistung.«

Cassie reagierte nicht, so gefesselt war sie von dem, was sich auf dem Bildschirm abspielte.

»Vermutlich spekulieren die Netflix-Mitarbeiter bereits, ob hier eine Leiche vor dem Fernseher sitzt«, bemerkte Auri, der von irgendwo ein T-Shirt herbeigezaubert hatte, das er sich nun überstreifte. »Was gibt's?«

»Ist Julian da?«

Er hob erstaunt die Augenbrauen. »Ja, in seinem Zimmer.«

»Danke« Ich lächelte ihn an, wobei ich die Finger fest in das Hemd krallte. Es gab keinen Grund, nervös zu sein. Ich brachte Julian nur zurück, was ihm gehörte. Und vielleicht erfuhr ich nebenbei, weshalb er mich gestern belogen hatte. Sicherlich gab es dafür einen guten Grund, genau wie Lilly gesagt hatte. *Oder auch nicht.*

Verfolgt von Auris neugierigen Blicken lief ich zu Julians Schlafzimmer und klopfte an.

»Ja?«, erklang eine Stimme aus dem Inneren.

Ich öffnete die Tür einen Spaltbreit und schob meinen Kopf hindurch. »Hey.«

»Hey«, gab Julian überrascht zurück, als er mich sah. Er saß auf seinem Bett, die Beine untergeschlagen, und balancierte ein Brett auf seinen Knien, das er als Tisch benutzte. Er schien gerade an etwas zu arbeiten, denn er hielt einen Stift in den Händen, und überall um ihn herum lagen Notizen und Bücher verteilt. Laurence war bei ihm. Der kleine Kater lag als Kugel zusammengerollt auf der Bettdecke und schlief seelenruhig.

»Darf ich reinkommen?«

Julian nickte und hob den improvisierten Tisch von seinem Schoß, um sich aufzurichten.

Die Bewegung lenkte meinen Blick auf seine Arme. Seine *nackten* Arme. Er trug ein kurzärmeliges T-Shirt, sodass ich die Narbe sehen konnte, die er bisher immer zu verbergen versucht hatte. Sie bedeckte einen Großteil seines Unterarms und umfasste ihn wie eine Manschette. Als hätte er seinen Arm geradewegs in ein Feuer gehalten.

»Micah?« Julian rutschte vom Bett.

»Entschuldige«, murmelte ich und senkte den Kopf. Ich hatte ihn nicht anstarren wollen. Vermutlich trug er genau aus diesem Grund bei knapp dreißig Grad und strahlendem Sonnenschein in der Öffentlichkeit einen Pullover. »Ich wollte dir nur dein Hemd zurückgeben.« Ich hob es als Beweis in die Höhe und warf es ihm zu.

»Danke.« Er fing es auf und drückte den karierten Stoff an seine Nase.

»Keine Sorge, es ist nicht gewaschen. Du kannst also damit kuscheln und dir vorstellen, ich wäre bei dir.«

»Dann habe ich ja ganz umsonst die getragenen Höschen auf eBay ersteigert.«

Ich verzog angewidert die Lippen. »Igitt.«

»Du hast damit angefangen.« Julian lachte und warf das Hemd zielsicher in einen Korb, der neben seinem Bett stand. Dann ging er zu seinem Kleiderschrank und begann, darin herumzuwühlen.

Neugierig sah ich mich um. Das Zimmer war stilvoll eingerichtet und nicht annähernd so chaotisch, wie man es von einem Erstsemester erwartet hätte. Vielleicht lag es an Julians Alter oder einfach an seinem Charakter. Der flauschige Teppich, der das verkratzte Parkett verdeckte, passte perfekt zu dem Ohrensessel, der vor dem Fenster stand. Darauf saß ein pinkfarbener Teddybär, der aussah, als hätte er schon einiges mitgemacht. Poster von Gebäuden, Landschaften und Kunstnachdrucken zierten die Wände. Und auf dem Schreibtisch stand nur ein einziger dreckiger Teller.

Ich schlenderte durch den Raum und blieb vor einem Regal stehen, das mit Büchern über Architektur und dem Miniaturnachbau eines Gebäudes dekoriert war, daneben stand ein gerahmtes Foto. Die verblichenen Farben ließen erahnen, dass es bereits einige Jahre alt war. Es zeigte einen Mann und eine Frau, die mit freundlichen Gesichtern in die Kamera blickten. Zwischen ihnen stand ein Mädchen, das acht oder neun Jahre alt sein musste, mit braunen Haaren, die zu zwei Zöpfen geflochten waren. Sie hielt ein Eis in den Händen und lächelte stolz in die Kamera, obwohl ihr zwei Zähne fehlten. Unweigerlich musste auch ich lächeln. Ich griff nach dem Bild und drehte den Rahmen um, auf der Suche nach einem Hinweis, wann und wo das Foto aufgenommen worden war.

»Das war in Disneyland in Florida«, sagte Julian, als hätte er meine Gedanken gelesen. Er war hinter der Schranktür hervorgetreten. Wie erwartet, hatte er sich ein Hemd übergezogen, um seine Narbe zu verdecken.

Ich musterte die beiden Erwachsenen auf dem Bild. »Sind das deine Eltern?«

Er nickte.

»Ich wusste nicht, dass du eine Schwester hast. Jünger oder älter?«

Julian nahm mir das Bild aus den Händen. Er studierte das Foto einen Augenblick, ehe er es zurück ins Regal stellte. »Jünger«, antwortete er schließlich, ohne mich anzusehen, wobei das Wort von einem unüberhörbaren Zögern begleitet wurde, das mich aufhorchen ließ. Es erinnerte mich an die Art, wie ich über Adrian sprach, und als ich nun Julians Profil musterte, war der dunkle Schatten, der sich über seine Gesichtszüge gelegt hatte, nicht zu übersehen.

»Wie heißt sie?«, fragte ich, die Stimme gesenkt, als würde ich mich nach einem Geheimnis erkundigen.

Er schluckte schwer. »Sie … sie hieß Sophia.«

Hieß.

Vergangenheit.

Mein Brustkorb zog sich schmerzhaft zusammen, und ich musste daran denken, wie ich mich an Julians Schulter ausgeweint hatte, weil ich Adrian ein paar Wochen nicht gesehen hatte. Dabei war er nur davongelaufen. Julian hingegen würde nie wieder die Chance haben, seine Schwester zu sehen, außer auf diesem Foto.

Erneut betrachtete ich das Bild und das Mädchen mit dem herzlichen Lächeln. Auf einmal sah ich sie mit völlig anderen Augen. Hatte sie, als das Foto aufgenommen worden war, bereits gewusst, das sie sterben würde? War sie krank gewesen? Oder war es ein Unfall?

»Wie ist sie gestorben?«

»Das ist nicht wichtig«, sagte Julian. Der gequälte Ausdruck in seinem Gesicht war nun unverkennbar. Er ließ seinen Blick trüb werden und die Farbe aus seinen Wangen weichen.

Ich war mit dem Plan hergekommen, ihn wegen seiner gestrigen Lüge zur Rede zu stellen. Doch all meine Entschlossenheit war verschwunden, und mein Zorn zerbröckelte, als mir klar wurde, wie gebrochen sein Herz war. Seine Schultern waren nach vorn gesackt, und er senkte den Kopf, als würde er es keine Sekunde länger ertragen, in das lächelnde Gesicht seiner Schwester zu blicken. Ich wollte ihn nur noch umarmen und für ihn da sein, so wie er für mich da gewesen war, damit wir die Last seines Schmerzes gemeinsam tragen konnten. Doch als ich einen Schritt auf ihn zutrat, um genau das zu tun, wich er vor mir zurück.

Langsam schüttelte er den Kopf und verschränkte die Arme vor der Brust. »Nicht.«

»Oh … Okay.« Ich ließ die Arme sinken und bereute es, das Bild angesehen zu haben. Ganz abgesehen davon, dass ich es auch noch angefasst hatte. Verzweiflung überkam mich, als mir klar wurde, dass ich absolut keine Ahnung hatte, was ich tun sollte. Ich konnte Julian in diesem Zustand nicht allein lassen, wollte ihm meine Nähe aber auch nicht aufzwingen. Hilflos beobachtete ich ihn dabei, wie er bedrückt auf den Boden starrte, verloren in seinen Gedanken, und dabei abwesend mit den Fingern immer und immer wieder seinen linken Unterarm berührte.

Seinen Unterarm.

Seine Narbe.

Er hasste sie. Mehr als alles andere.

Konnte das sein? War es möglich, dass die Verbrennung von dem Unfall stammte, bei dem seine Schwester gestorben war? Wenn dem so war, war es kein Wunder, dass er den Anblick der vernarbten Haut so verabscheute. Sie erinnerte ihn Tag für Tag daran, was er verloren hatte. Ich wusste nicht, wie ich damit umgegangen wäre. Er war noch hier und konnte all die Dinge erleben, die Sophia niemals erfahren würde. Das war nicht fair, und ich wünschte mir, irgendetwas sagen zu können, das den Moment für Julian erträglicher machte. Doch all die Worte, dir mir einfallen wollten, erschienen mir bedeutungslos.

»Es tut mir so leid, Julian«, sagte ich schließlich, unsicher, wofür genau ich mich entschuldigte.

»Du konntest es nicht wissen«, sagte er und wandte sich Laurence zu, der aufgestanden war und sich auf der Suche nach der perfekten Schlafposition um die eigene Achse drehte. Glücklich. Sorglos. Beneidenswert.

»Wenn du reden willst … Ich bin für dich da. Jederzeit.«

»Danke.«

»Und du willst sicherlich keine Umarmung?« Ich breitete die Arme aus. »Ich kann das sehr gut. Gäbe es eine Weltmeisterschaft im Umarmen, würde ich selbst ungeduscht gewinnen.«

Julians Mundwinkel zuckten, aber es reichte noch nicht ganz für ein Lächeln. »Ist das so?«

»Ja. Du darfst dich gern davon überzeugen.«

Er schüttelte den Kopf, wirkte dabei aber schon etwas weniger traurig.

Ich überlegte, was ich tun konnte, um ihn aufzumuntern. Vielleicht konnte ein Eis seine Stimmung heben. Oder ein Film. Oder ich zeigte ihm mein Nippelpiercing. Mein Plan, ihn auf seine Lüge anzusprechen, gehörte längst der Vergangenheit an, und mehr als zuvor glaubte ich Lillys Worten, dass er mit Sicherheit einen guten Grund gehabt hatte, mir nicht die Wahrheit zu sagen. Womöglich hatte es auch etwas mit seiner Schwester zu tun.

Meine Überlegungen, was ich als Nächstes tun sollte, wurden jäh vom Klingeln meines Handys unterbrochen. Ich war versucht, nicht ranzugehen, wollte es in der Stille zwischen Julian und mir aber auch nicht ewig läuten lassen. Ich zog es aus der Hosentasche. Ein Bild meines lächelnden Dads leuchtete auf dem Display auf. Das Foto war vor einigen Jahren während einer Wanderung durch den Grand Canyon entstanden.

Julian schielte neugierig auf den Bildschirm. »Du solltest rangehen.«

»Es dauert nur kurz«, versicherte ich ihm und nahm den Anruf entgegen. »Hey, Dad.«

»Hallo, Schatz«, begrüßte er mich fröhlich. »Wie geht es dir?«

»Gut. Ich komme gerade aus dem Fitnessstudio.«

»Hast du gerade ›Fitnessstudio‹ gesagt?«

Ich beobachtete Julian dabei, wie er zu Laurence hinüberging. Der Kater hatte sich wieder auf die Decke gelegt und war dabei, sich zu putzen, hielt jedoch in der Bewegung inne, als sich Julian neben ihn setzte und ihn zu streicheln begann. »Ja, Lilly und ich wollten mal etwas Neues ausprobieren.«

»Schön, schön«, sagte mein Dad, und ich wusste, dass er direkt zur Sache kommen würde. Seine Zeit war wertvoll und Small Talk am Telefon nicht seine Art. »Ich rufe an, weil heute deine Kreditkartenabrechnung gekommen ist.«

Erstaunt hob ich eine Augenbraue. Für gewöhnlich interessierte es meine Eltern nicht, wofür ich mein Geld ausgab. Sie hatten nicht einmal mit der Wimper gezuckt, als Adrian und ich Rita einen Sechstausend-Dollar-Urlaub auf den Seychellen zum Geburtstag geschenkt hatten. »Und?«

»Hier steht, du hättest Geld an das Rainpride Center überwiesen.«

Okay, dass es darum ging, überraschte mich wiederum weniger. »Ja, das war eine Spende.«

»Über zweitausend Dollar?«

»Ja. Ist das ein Problem?«, fragte ich herausfordernd.

Mein scharfer Tonfall erregte Julians Aufmerksamkeit. Er hob den Kopf, und ich lächelte ihn an, um ihm zu versichern, dass es mir gut ging.

»Hat das etwas mit deinem Bruder zu tun?« Missbilligung schwang in der Stimme meines Dads mit.

Ich presste die Lippen aufeinander. »Was interessiert es dich?«

»Es ist mein Geld«, sagte Dad streng.

»Hätte ich es die Toilette runtergespült, wäre es dir egal gewesen.«

»Das stimmt nicht!«

Ich zuckte mit den Schultern. »Wenn du das sagst.«

»Micah.« Er seufzte genervt. Ich konnte mir genau vorstellen, wie er nach vorn gebeugt an seinem Schreibtisch saß und sich die Stirn rieb. »Lass uns nicht streiten, aber überlass die nächsten Spenden bitte mir. Die tauchen in unserer Buchhaltung auf.«

Darum ging es ihm also. Wenn jemand bemerkte, dass die Familie Owens an das Rainpride Center spendete, konnte dieser Jemand womöglich Schlüsse daraus ziehen. Da waren die jährliche Spende an den Zoo und das Krankenhaus in Mayfield natürlich weniger verfänglich.

»War das alles?«, fragte ich, ohne auf seine Bitte einzugehen.

»Nein, ich wollte dich noch für Samstag zum Essen einladen. Hast du Zeit?«

»Klar«, antwortete ich, ließ in diesem einen Wort aber so viel Widerwillen mitschwingen, wir mir möglich war. Doch abzusagen hätte nichts gebracht. Sie hätten sich nur einen anderen Tag ausgesucht, und früher oder später musste ich sie ohnehin besuchen. Besser, ich brachte es hinter mich und nutzte die Vorzüge unserer Abmachung in vollen Zügen aus. Welcher Organisation, die ihnen gegen den Strich ging, konnte ich noch Geld spenden?

»Schön. Dann sehen wir uns am Samstag.«

Ich legte auf und schob das Handy zurück in meine Hosentasche, bevor ich etwas Unüberlegtes tun konnte, wie beispielsweise meinem Dad eine unangemessene Nachricht zu schicken. Denn das Schlimmste an der ganzen Situation war, dass ich meine Eltern trotz allem liebte. Sie bedeuteten mir alles, ebenso wie Adrian. Sie waren die Menschen, die mich zu der Person gemacht hatten, die ich heute war. Sie ermöglichten mir das Leben, das ich führte. Und auch wenn sie nicht immer meiner Meinung waren, so wollten sie nur das Beste für mich. Sie redeten nicht ständig von Yale, weil sie mich ärgern wollten, sondern weil sie sich die bestmögliche Zukunft für mich wünschten. Und das machte die aktuelle Situation um einiges schwerer. Hätte ich sie einfach hassen können, hätte ich mich nicht so zerrissen gefühlt, wie ich es in diesem Moment tat.

14. Kapitel

Geld allein macht nicht glücklich. Gutes damit zu tun allerdings sehr wohl. Am nächsten Morgen erwachte ich mit einem Lächeln, obwohl mein gesamter Körper vom Fitnesstraining schmerzte. Nach dem Anruf meines Dads hatte ich genau gewusst, was ich mit Julian hatte tun wollen.

Wir hatten uns vor seinen Laptop gesetzt und meine Kreditkarte zum Glühen gebracht. Zwei Stunden lang hatten wir Organisationen rausgesucht, die ich finanziell unterstützen konnte. Ich hatte Julian nicht verraten, was hinter dem Spendenmarathon steckte, aber er hatte mir gern geholfen, dankbar für die Ablenkung. Ich hatte vor allem nach Institutionen gesucht, die meine Eltern, ähnlich wie das Rainpride Center, für nicht unterstützenswert halten würden. Darunter waren eine Stiftung für schwangere Jugendliche, eine Beratungsstelle für Menschen mit Depressionen, eine Entzugsanstalt für Alkohol- und Drogensüchtige und ein weiteres LGBTQ-Zentrum mit dem Namen Bright Canopy, das ich bisher nicht gekannt hatte. Julian hatte es ausfindig gemacht. Es lag am Rand von Mayfield in einem der ärmsten Viertel der Stadt und war erst vor wenigen Jahren gegründet worden, weshalb es mir bei meiner bisherigen Suche nach Adrian wohl entgangen war. Aber dieses Versäumnis würde ich umgehend nachholen.

Ich quälte mich aus dem Bett, wobei ich Muskeln spürte, von deren Existenz ich bis heute nichts geahnt hatte, und stieg unter die Dusche. Anschließend sagte ich Aliza Bescheid, dass ich die erste Vorlesung verpassen würde, und schrieb Adrian, während ich frühstückte, meine morgendliche Nachricht: *Na Stinksocke, gut geschlafen? Ich habe noch einen Witz für dich: Was ist ein Keks unter einem Baum? Ein schattiges Plätzchen.*

Ich schnaubte amüsiert und schüttelte den Kopf über mich selbst. Entweder wurde die App, welche diese Sprüche ausspuckte, wirklich von Tag zu Tag witziger, oder mein Humor glich sich langsam, aber sicher dem von Adrian an.

Nachdem ich mein Müsli aufgegessen hatte, machte ich mich auf den Weg in den Süden der Stadt, wobei mich mein Navi zielstrebig zu Bright Canopy führte.

Das LGBTQ-Zentrum war in einer alten Autowerkstatt untergebracht. Das Gelände wurde von einem rostigen Metallzaun eingefasst. Es gab einen großen Hof, der sich zu einem kleineren Garten hin öffnete, in dem Autoreifen zu Sitzbänken umfunktioniert worden waren. Das Zentrum selbst war ein einstöckiges Gebäude mit Flachdach. Eines der Tore, durch die früher Autos gefahren worden waren, stand offen und gewährte einen Blick ins Innere. Dort standen Sessel und Stühle, ein Automat zum Kickern und eine Tischtennisplatte. Außerdem gab es Bücherregale und einen Fernseher, der allerdings ausgeschaltet war, da niemand hier war, der das Programm hätte verfolgen können. An einer Wand hingen zahlreiche Fotos, die von den verschiedensten Anlässen stammten. Ich betrachtete die Bilder in der Hoffnung, Adrian auf einem von ihnen zu entdecken, auch wenn mir klar war, dass es ein großer Zufall gewesen wäre. Immerhin hätte das Foto in dem Fall nicht älter als vier Monate sein dürfen.

»Hallo. Kann ich dir helfen?«, hörte ich auf einmal eine rauchige Stimme fragen und zuckte vor Schreck zusammen. Ich hatte so konzentriert auf die Bilder gestarrt, dass ich nichts um mich herum mehr wahrgenommen hatte.

Mit einem entschuldigenden Lächeln drehte ich mich um und blickte in ein Paar warmer brauner Augen. »Guten Morgen«, begrüßte ich die Frau, die gerade auf mich zukam. Sie war groß, mit langen Armen, die elegant im Rhythmus ihrer Schritte mitschwangen, ehe sie vor mir stehen blieb. »Das hoffe ich sehr.«

»Ich gebe mein Bestes.« Die Frau streckte mir die Hand entgegen. »Ich bin Samantha.«

Ich ergriff ihre Hand, die erstaunlich rau war. »Micah«, stellte ich mich vor, und erst da wurde mir bewusst, wie feucht und klebrig meine eigenen Finger vor Nervosität waren. Was, wenn das hier das Ende meiner Suche war und die Frau Adrian kannte? Womöglich hatte er in diesem Raum gestanden, und ich war nur noch wenige Momente davon entfernt zu erfahren, wie es ihm in den letzten Monaten ergangen war. Mein Magen zog sich vor Aufregung zusammen, aber ich zwang mich, ruhig zu bleiben. Wie oft hatte ich mir schon Hoffnungen gemacht, nur um ein ums andere Mal enttäuscht zu werden?

»Du musst keine Angst haben«, sagte Samantha, die meine Unruhe anscheinend falsch deutete. Sie tätschelte beruhigend den Rücken meiner Hand, die sie noch immer festhielt. »Dies ist ein freier Raum. Hier darf jeder offen sprechen. Möchtest du was zu trinken?«

Ich schluckte schwer. »Ein Wasser wäre nett.«

Samantha nickte und führte mich in ihr Büro. Zwischen Regalen mit unzähligen Ordnern, die mit bunten Etiketten versehen waren, hingen ebenfalls Fotos, aber auch Briefe und Zeichnungen an den Wänden.

Ich setzte mich auf einen der Stühle, die vor einem Schreibtisch standen.

Samantha füllte zwei Gläser mit Wasser aus einer Karaffe und reichte mir eines davon. Doch statt sich hinter ihren

Tisch zu setzen, nahm sie auf dem Stuhl neben meinem Platz und strich ihren Rock glatt. »Was kann ich für dich tun, Micah?«

»Ich bin wegen meines Bruders hier«, gestand ich und begann stockend und mit trockener Kehle zu erzählen.

Obwohl ich Adrian bereits an vielen Orten gesucht hatte, hatten nur die wenigsten die ganze Geschichte von mir gehört. Fremden erzählen zu müssen, was sich zwischen ihm und meinen Eltern abgespielt hatte, war nicht einfach, auch dann nicht, wenn die Person mir gegenüber so verständnisvoll war wie Samantha. Sie nickte ununterbrochen und hörte mir aufmerksam zu, bis ich ihr schließlich ein Foto von Adrian zeigte.

Sie nahm mir das Handy aus der Hand und betrachtete eingehend das Display. Eine Falte erschien auf ihrer Stirn. »Er kommt mir bekannt vor«, sagte sie schließlich.

»Wirklich?« Mein Herz setzte einen Schlag lang aus.

»Ja, ich kann ihn allerdings nicht zuordnen.« Sie neigte den Kopf. »Er ist auf keinen Fall einer der Regulären, die kenne ich alle. Einige der Jungs und Mädels kommen aber auch nur ein-, zweimal vorbei. Wie alt ist er?«

»Achtzehn«, sagte ich und fügte hinzu: »Wir sind Zwillinge.«

Samantha lächelte. »Schade, dann gibt es keine Unterlagen. Wäre er minderjährig, bräuchte ich die Unterschrift der Eltern, aber so steht es ihm frei, zu kommen und zu gehen, wann er möchte.« Sie gab mir mein Handy zurück. »Du kannst mir gern deine Nummer dalassen. Dann melde ich mich, wenn er noch mal auftaucht.«

»Das wäre großartig«, erwiderte ich und schluckte meine Enttäuschung hinunter. Adrian kam Samantha bekannt vor, das war besser als nichts. Und wenn er tatsächlich schon einmal hier gewesen war, würde er womöglich zurückkommen, und dann war es nur noch eine Frage der Zeit, bis ich ihn in die Arme schließen konnte.

»Nicht weinen, Liebes«, sagte Samantha, griff nach der Packung Taschentücher auf ihrem Schreibtisch und hielt sie mir hin. Ich nahm eines der Tücher entgegen und tupfte mir die Tränen weg. »Du wirst deinen Bruder finden. Ganz bestimmt. Ich mache das hier schon sehr lange und kenne diese Fälle. Eine solche Reaktion der Eltern ist nicht leicht zu verkraften. Er braucht einfach etwas Abstand. Und solang es keinen Grund zur Annahme gibt, dass ihm etwas passiert ist, solltest du dir keine Sorgen machen. Irgendwann kommt er zurück, das garantiere ich dir.«

»Danke.« Ich schniefte. Tatsächlich fühlte ich mich nach Samanthas Worten etwas besser. Sie wusste, wovon sie sprach, und was für einen Grund hätte sie haben sollen, mich anzulügen? Ich musste einfach auf Adrian und unsere Verbindung vertrauen. Er benötigte nur etwas Zeit für sich, das war alles.

»Nicht dafür«, sagte Samantha. »Und wenn du dich mal einsam fühlst, kannst du gern jederzeit vorbeikommen. Wir haben einige interessante Nachmittagsprogramme, und vielleicht kennt einer von den anderen deinen Bruder. Ich versuche, hier einigermaßen den Überblick zu behalten, aber es gelingt mir nicht immer.«

»Danke«, wiederholte ich, und nachdem ich meine Fassung wiedergewonnen hatte, schrieb ich Samantha meine Nummer auf und verabschiedete mich.

Enttäuscht, aber nicht so niedergeschlagen, als wäre man mit einem Knüppel auf mein Herz losgegangen, machte ich mich auf den Weg ans MFC und hoffte darauf, in den nächsten Tagen von Samantha zu hören.

Das Haus meiner Eltern war für mich viele Jahre der schönste Ort auf Erden gewesen. Hier hatte ich mich wohlgefühlt. Geborgen. Aufgehoben. Doch heute rief der Anblick der Villa vor allem Unwohlsein in mir hervor und weckte Erinnerungen, die zumindest im Moment zu schmerzhaft waren, um mich darin fallen zu lassen. Dennoch rannte ich nicht davon, sondern holte tief Luft und klopfte an die Tür. Das wöchentliche Abendessen stand bevor, und ich hatte mich den ganzen Tag mental darauf vorbereitet.

Während ich darauf wartete, dass mir jemand öffnete, sah ich noch einmal an mir herab und kontrollierte mein Kleid, das dank Julian nicht nur gewaschen, sondern auch gebügelt war. Der Stoff warf keine einzige Falte. Meine Mom würde begeistert sein.

Rita öffnete die Tür. »Du bist spät dran«, begrüßte sie mich und winkte mich eilig ins Haus.

Verdutzt sah ich auf die Uhr, die ich am linken Handgelenk trug. Sie war ein Geschenk meines Vaters zu meinem sechzehnten Geburtstag gewesen – ein *kleines* Extra zu dem Auto, das ich damals bekommen hatte.

»Nur fünf Minuten«, stellte ich fest. »Ich wurde aufgehalten. Der Verkehr war grauenhaft.« Das war eine Lüge, ich hatte die Fahrt nur bis zuletzt aufgeschoben.

»Deine Eltern erwarten dich schon. Und die Whitleys auch.«

Die Whitleys? Ich stutzte. Sie waren alte Freunde meiner Eltern. Ich hatte sie seit Jahren nicht mehr gesehen. Mr Whitley arbeitete für ein weltweites Modeunternehmen und war vor einigen Jahren nach Großbritannien versetzt worden. Mir waren Gerüchte zu Ohren gekommen, dass er und seine Familie wieder zurück waren, doch mir war nicht bewusst gewesen, dass sie nach all der Zeit noch mit meinen Eltern in Kontakt standen. Normalerweise waren Freundschaften in ihren Kreisen wie Fahnen im Wind. Man folgte der Brise, und sobald der Wind sich drehte, drehte man sich mit. Alles andere kostete zu viel Kraft.

»Warum hat mir niemand gesagt, dass sie heute Gäste haben?«, fragte ich genervt. Ich war nicht in der Stimmung, die perfekte Tochter zu mimen, die ihr Jurastudium liebte. Andererseits würde die Anwesenheit der Whitleys immerhin zur Folge haben, dass mein Dad nicht mehr auf die Spende zu sprechen kommen würde, und das war mir nur recht.

Rita schloss die Tür hinter mir. »Es sollte wohl eine Überraschung werden.«

Ein eigenartiger Unterton schwang in ihrer Stimme mit, und ich ahnte sofort, dass sie etwas vor mir verbarg. Doch bevor ich sie danach fragen konnte, betrat meine Mom das Foyer.

Anstelle ihres bequemen Hausanzugs trug sie ein schickes Kostüm. Um ihren Hals lag eine Perlenkette. »Da bist du ja endlich!«

»Ich bin nur fünf Minuten zu spät.«

»Wir warten bereits seit einer Viertelstunde auf dich.«

»Was kann ich dafür, wenn ihr alle überpünktlich seid?«

»Das gehört zum guten Ton«, tadelte meine Mom.

Sie fasste mich am Unterarm und führte mich in den Salon, in dem für gewöhnlich nur mein Dad auf uns wartete. Doch dieses Mal war er nicht allein. Ihm gegenüber auf der Couch saßen Mr und Mrs Whitley. Sie sahen noch genauso aus wie in meiner Erinnerung. Mr Whitley hatte einen kleinen, rundlichen Körper, der in den letzten Jahren noch etwas fülliger geworden war. Seine Glatze hatte er so ausgiebig poliert, dass sich das Licht der Lampen darin spiegelte. Mrs Whitley war das genaue Gegenteil ihres Ehemanns. Sie war etwas größer, maß aber nur die Hälfte seines Umfangs. Wie meine

Mom trug sie ein elegantes Kostüm, das ihrer Figur schmeichelte.

Mr und Mrs Whitley waren allerdings nicht die einzigen Gäste. Zwischen ihnen saß noch eine dritte Person auf der Couch, ein junger Mann in meinem Alter. Er kam mir bekannt vor, und ich durchwühlte mein Gedächtnis nach seinem Namen.

Jesper.

Vor seinem Umzug nach Europa war er ein schmächtiger Junge gewesen, mit blonden, immer zerzausten Haaren und schmalen Schultern, sodass drei von seiner Sorte gleichzeitig durch eine Tür gepasst hätten. Doch heute war nichts mehr von diesem Jungen übrig. Sein Haar war dunkler, und er hatte es ordentlich nach hinten gekämmt. Seine Schultern waren breiter, und trotz des dunklen Anzugs, den er trug, konnte ich erkennen, dass ihm das Innere eines Fitnessstudios nicht fremd war.

»Guten Abend«, grüßte ich in die Runde und ging zu meinem Vater, um ihm einen Kuss auf die Wange zu geben.

»Hallo, Liebling. Erinnerst dich noch an die Whitleys?« Es war eine rhetorische Frage, denn bereits eine Sekunde später fügte er, ohne auf meine Erwiderung zu warten, hinzu: »Mr und Mrs Whitley sind vor Kurzem aus London zurück nach Mayfield gezogen. Und das ist ihr Sohn Jesper. Ihr habt früher öfter miteinander gespielt.«

»Natürlich«, erwiderte ich. »Wir haben gemeinsam mit Adrian versucht, die Mäuse im Schuppen zu fangen, die sich im Feuerholz versteckt haben.« Ich konnte es mir nicht verkneifen, Adrians Namen fallen zu lassen. Ich würde mich bemühen, heute keinen Streit anzuzetteln und mich zu benehmen, aber ich würde den Teufel tun und die Existenz meines Bruders verleugnen. Er war immer noch Teil dieser Familie.

Ich wandte mich an Jesper. »Wie geht es dir? Immer noch ein *Power-Rangers*-Fan?«

Jesper lachte. »Nein, da bin ich rausgewachsen.« Seine Stimme war überraschend hoch und hatte sich im Gegensatz zu seinem Aussehen kaum verändert. »Und du? Immer noch Comic-Fan?«

»Abso–«

»Setz dich«, unterbrach mich meine Mom und bedeutete mir, auf dem Sessel neben meinem Dad Platz zu nehmen. »Was möchtest du trinken?« Sie klang aufgekratzt. Für gewöhnlich lag es an Rita, die Getränke zu servieren, aber vermutlich fürchtete sie, ich könnte eine Diskussion über Comics lostreten. Anscheinend waren die heute Abend ebenfalls ein Tabuthema.

»Dasselbe wie immer. Whisky auf Eis.«

»Kommt so–« Meine Mom stockte und riss die Augen auf.

Auch mein Vater sah mich mit einem solch entsetzten Gesichtsausdruck an, als hätte ich gerade nicht nur nach Alkohol gefragt, sondern auch nach der besten Methode, einen Menschen zu töten – aber das hatte mich bereits das Fernsehen gelehrt.

»Keine Panik«, sagte ich und erlöste meine Eltern damit aus ihrer Schockstarre. »Das war nur ein Scherz.«

»Sehr witzig«, murmelte meine Mom mit einem verkniffenen Lächeln.

»Ich nehm eine Cola. Viel Eis.«

Die Whitleys tauschten einen Blick und lächelten verlegen, nur Jesper schien ehrlich amüsiert. Vielleicht konnte ich ihn mögen, obwohl er die *Power Rangers* abgeschrieben hatte.

Ein paar Sekunden später reichte mir meine Mom ein Glas Cola.

Ich bedankte mich artig und nahm einen Schluck. Sie war eiskalt, genauso wie ich es mochte.

»Und, Michaella, wie war dein Tag?«, fragte mein Dad.

Wie ich diesen Namen hasste. Manchmal glaubte ich, dass meine Eltern ihn in der Hoffnung benutzten, auf diese Weise die Tochter herbeirufen zu können, die sie sich wünschten. Michaella. Michaella. Michaella. Nope, immer noch Micah.

»In Ordnung«, antwortete ich und zuckte mit den Schultern. Ich hatte ein paar Hausarbeiten für meine Kurse erledigt, aber die meiste Zeit zeichnend in meiner Festung verbracht, neue Skizzen für die *Albtraumlady* angefertigt und mögliche Handlungsstränge notiert.

»Sie studiert seit ein paar Wochen am MFC«, ergänzte meine Mom hochtrabend. »Sie wurde auch in Yale angenommen und in Harvard und an der Brown, aber sie ist einfach durch und durch ein Familienmensch und wollte in Mayfield bleiben.«

»Was studierst du?«, erkundigte sich Mr Whitley.

»Jura.«

»Sie wird später einmal die Kanzlei übernehmen«, ergänzte meine Mom und verfiel anschließend in einen Monolog über mein Leben. Sie erzählte von meiner Wohnung, davon, wie selbstständig, kreativ und begeisterungsfähig ich war. Und schaffte es, die Fakten so zu verdrehen, dass es sich aus ihrem Mund anhörte, als wäre ich eine Kunstliebhaberin, die ihre Freizeit damit verbrachte, Gemälde in Museen zu analysieren. Ich mochte zwar jede Art von Malerei, und wann immer es neue Ausstellungen gab, besuchte ich die jeweilige Galerie. Doch meine große Liebe galt den Comics und Graphic Novels.

Der Wortschwall meiner Mom wurde erst unterbrochen, als Rita den Salon betrat. »Das Essen ist fertig.«

»Großartig. Vielen Dank«, sagte mein Dad und erhob sich von seinem Sessel.

Wir folgten ihm ins Esszimmer, wo ich mich auf meinen üblichen Platz setzen wollte, als mich meine Mom am Arm festhielt und mir mit einem vielsagenden Blick zu verstehen gab, dass mir heute der Stuhl neben dem von Jesper gehörte. Und da kapierte ich endlich, welches Spiel heute gespielt wurde: Micah-Verkuppeln.

Ohne mich. Nachdem ich mir endlich ein Stück Freiheit aus dieser Welt erkämpft hatte, würde ich nicht wieder tiefer in sie eintauchen, indem ich mich mit jemandem wie Jesper Whitley verabredete. Er war sicherlich ein netter Mann, aber er war nicht der Mann, den ich wollte.

Rita servierte die Vorspeise, und das Gespräch wandte sich vorerst den Geschäften zu. Mr Whitley erzählte Anekdoten von seinen Reisen, und meine Eltern steuerten an den passenden Stellen Geschichten aus ihrer Kanzlei bei. Wobei sie immer wieder versuchten, mich mit Nebensätzen wie »Erinnerst du dich, Michaella?«, »Kannst du das glauben, Michaella?« und »Das war kurz nach deinem Geburtstag, Michaella« ins Gespräch einzubinden. Ja, wir hatten es alle kapiert. Ich war hier und sollte beachtet werden.

»Genug von den Geschäften«, sagte meine Mom schließlich, während Rita den Hauptgang auftischte. Steak mit Rosmarinkartoffeln und Bohnen. Für mich hatte sie einen Grillkäse mit Kräutern gemacht. »Jesper, wie gefällt es dir in Stanford?«

»Sehr gut. Die Atmosphäre ist großartig, und die Professoren sind unglaublich bemüht.«

Mein Dad blickte von seinem Steak auf. »Hast du einen Lieblingsdozenten?«

»Das dürfte wohl Professorin Smith-Harris sein. Sie unterrichtet Wirtschaftliche Entwicklung und Mikrofinanzen und lebt dafür. Ihre Begeisterung ist wirklich ansteckend, aber mein Lieblingsfach ist Sprache, Literatur und Kultur des Nahen Ostens.« Jesper lachte, als wäre es ihm unangenehm, das zuzugeben. »Es hat zwar nichts mit meinem Hauptfach zu tun, aber fremde Kulturen haben mich schon immer fasziniert.«

Meine Mom lächelte ihn an. »Nichts spricht gegen vielseitige Interessen, solange man weiß, wo sein Platz ist.« Bei ihren letzten Worten sah sie kurz zu mir, richtete ihre Aufmerksamkeit dann aber sofort wieder auf Jesper. »Sicherlich ist es bei so vielen Kursen nicht leicht, neue Leute kennenzulernen.«

Oje, war das ihr Ernst?

Jesper nippte an seinem Wasser. »Man kommt durch die Vorlesungen in Kontakt.«

»Das ist schön.« Mom nickte verständnisvoll und verzog die rot geschminkten Lippen zu einem feinen Lächeln. »Und hast du auch schon eine nette junge Frau kennengelernt?«

Ich verdrehte die Augen und ließ mich tiefer in meinen Stuhl sinken. Mir waren nicht viele Dinge im Leben peinlich, dieses Gespräch allerdings schon, und Jesper ging es nicht anders.

Er lachte verlegen. »Nein, eine Frau habe ich noch nicht kennengelernt.«

»Schade«, sagte Mom theatralisch. »Sie könnte sich glücklich schätzen, jemanden wie dich zu haben.«

Jesper räusperte sich. »Danke.«

Mom wirkte zufrieden und beugte sich über ihren Teller. Ich hatte die vage Hoffnung, dass das Thema damit beendet war, aber ich hätte es besser wissen müssen. Nachdem sie einen Bissen genommen hatte, hob sie den Kopf, und ihr Blick traf meinen. »Michaella ist gerade auch Single.«

Jesper sah zu mir, eine Augenbraue erhoben. »Ist das so?«

»Ja, leider«, sagte ich mit gespieltem Bedauern. »Es ist unglaublich schwer, einen Mann mit denselben Interessen zu finden. Du stehst nicht zufällig auf Nippelklammern und Fesselspiele, oder?«

»Michaella!« Mom war förmlich anzuhören, wie ihr vor Schock das Herz stehen blieb. Empört starrte sie mich an, die Augen weit aufgerissen, während Jesper laut loslachte. Und auch Mr Whitley und mein Dad schienen amüsiert. Mrs Whitley wiederum wirkte vor allem verwirrt, als wäre ihr nicht ganz klar, wovon ich redete. »Tut mir leid«, sagte Mom. »Meine Tochter neigt dazu, Grenzen zu überschreiten.«

»Jesper soll nur wissen, woran er ist.« Ich tätschelte seine Hand auf dem Tisch und grinste ihn an.

Er zog seine Finger nicht zurück, schmunzelte sogar, und in diesem Moment wurden mir zwei Dinge bewusst: Erstens war Jesper nicht auf den Kopf gefallen und wusste, was meine Mom versuchte. Und zweitens hatte er ebenso wenig Interesse an mir wie ich an ihm.

»Machen Sie sich keine Sorgen, Mrs Owens. Ich nehme das mit Humor.«

Meine Mom lächelte. »Das ist die beste Art, Michaella zu nehmen.«

»Nein, die beste Art ist von hinten«, murmelte ich, aber dieses Mal so leise, dass es nur Jesper hören konnte. Er prustete los, woraufhin meine Mom erneut entsetzt die Augen aufriss. Und ich genoss es in vollen Zügen.

Ab diesem Punkt wandten sich die Gespräche wieder anderen Themen zu, die ich nur mit halbem Ohr verfolgte, während ich mich in die Welt der *Albtraumlady* hineindachte. Nur hin und wieder wurden meine Gedanken von Fragen und Anmerkungen unterbrochen, bis Rita die Teller abräumte und die Nachspeise brachte, die aussah wie …

»Ist das Ben & Jerry's?«

»Deine Lieblingssorte«, antwortete mein Dad.

Ich nahm einen Löffel und seufzte zufrieden, als das süße Eis auf meiner Zunge dahinschmolz.

Genüsslich aß ich weiter, während Mom und Mrs Whitley darüber philosophierten, dass sie für gewöhnlich nicht so viele Kalorien zu sich nahmen, als sich Mr Whitley zu Wort meldete. »Wie geht es eigentlich Adrian? Ich habe gehört, er nimmt ein Jahr Auszeit in Europa.«

Die Gesichter meiner Eltern gefroren wie das Eis in unseren Schalen, aber Mom hatte sich so schnell wieder unter Kontrolle, dass den Whitleys der kleine Aussetzer vermutlich nicht einmal aufgefallen war. Sie lächelte. »Ja. Er ist gerade in Griechenland. Erst neulich hat er uns Bilder aus den Katakomben in Paris geschickt.«

Lügen. Lügen. Lügen. Inzwischen kamen sie meinen Eltern so leicht über die Lippen, dass ich mich manchmal fragte, ob sie sie bereits selbst glaubten. Um ihr Gewissen zu erleichtern und nicht mit der Tatsache leben zu müssen, dass sie ihren eigenen Sohn vor die Tür gesetzt hatten.

»Ich bin damals auch ein halbes Jahr mit dem Rucksack durch Europa gereist«, sagte Mrs Whitley, die ihren Löffel bereits zur Seite gelegt hatte, obwohl ihre Schale noch halb voll war. »Das war eine wirklich bereichernde Erfahrung.«

»Wieso bist du nicht mit ihm gegangen?«, fragte mich Jesper.

Die Aufmerksamkeit am Tisch wandte sich mir zu – womit wir uns offiziell auf gefährlichem Territorium befanden, denn ich würde nicht lügen. Ich blickte zu meinen Eltern, deren steinerne Mienen und verkniffene Münder mich ermahnten, die Klappe zu halten, aber ich sah darin kein Verbot, sondern eine Provokation. »Ich wäre sehr gern mit ihm gegangen, aber leider hatte ich nicht die Chance dazu«, sagte ich, ohne den Blick von meinen Eltern abzuwenden.

»Das ist schade. Was hat dich abgehalten?«, hakte Mrs Whitley nach, welche die plötzlich angespannte Stimmung zwischen mir und meinen Eltern entweder nicht registrierte oder höflich ignorierte.

Ich tippte auf Letzteres, denn ich spürte das Knistern zwischen uns so deutlich wie ein herannahendes Sommergewitter. Die Luft prickelte vor Spannung, die darauf wartete, sich zu entladen. Die Frage war nur, ob sie es hier und jetzt tun oder ob das Unwetter vorerst weiterziehen würde.

»Nichts«, antwortete ich. »Adrian ist einfach ziemlich überstürzt aufgebrochen.«

»Er war schon immer sehr spontan«, warf meine Mom ein.

»Ja«, stimmte ich zu. »So spontan, dass wir gar nicht wissen, wo er sich gerade aufhält.«

Überrascht sah Mrs Whitley meine Eltern an. »Macht ihr euch keine Sorgen um ihn?«

»Niemals«, erwiderte ich im selben Augenblick, in dem Mom antwortete: »Ständig.«

Unsere widersprüchlichen Aussagen brachten alle am Tisch für einen Moment zum Schweigen.

In meinem Kopf hörte ich das Grollen des Gewitters. Ich konnte einfach nicht glauben, wie gewissenlos meine Eltern logen und Interesse an Adrian heuchelten, wenn es darum ging, ihr Gesicht in Anbetracht ihrer kleingeistigen Weltanschauung zu wahren.

Mom brach die Stille schließlich mit einem Lachen, das ebenso falsch war wie ihre erlogene Fürsorge. »Was Michaella meint, ist, dass wir Adrian gern den Freiraum lassen, den er braucht.«

»Oder den ihr von ihm verlangt«, korrigierte ich sie in bitterem Tonfall. Ich war diese Scharade so leid und musste an Samantha denken, die mir so offenherzig und voller Verständnis zugehört hatte; bereit, mir zu helfen, ohne mich oder Adrian überhaupt zu kennen. Unsere Eltern, die ihn eigentlich bedingungslos hätten lieben sollen, brachten nicht einmal einen Bruchteil dieser Empathie auf.

»Wir verlangen gar nichts von Adrian«, sagte mein Dad mit seiner ruhigen Anwaltsstimme, die er immer benutzte, wenn ihn die Gegenpartei zur Weißglut brachte, er sich aber nicht erlauben konnte, emotional zu werden, weil das die Entscheidung des Richters beeinflussen würde. »Er ist hier jederzeit willkommen.«

Schockiert starrte ich meinen Dad an in der absurden Hoffnung, mich vielleicht verhört zu haben, aber das hatte ich natürlich nicht. Meine Hände ballten sich wie von selbst zu Fäusten, und ich wünschte mir den Boxsack aus dem Fitnessstudio her, um darauf einzuschlagen. Dabei hätte ich mir die Gesichter meiner Eltern vorgestellt und jeden Hieb genossen. Was lief nur falsch in ihren Köpfen? Ich zitterte vor Wut und wusste, dass ich von hier wegmusste, bevor ich etwas tat oder sagte, das ich nicht rückgängig machen konnte.

Ich schob meinen Stuhl zurück, was ein ekelhaft quietschendes Geräusch verursachte, als die Stuhlbeine über den Boden schrammten. »Mir ist gerade eingefallen, dass ich noch mit einer Freundin verabredet bin«, log ich, obwohl mir die Wahrheit in der Kehle brannte. »Es war ein schöner Abend. Es hat mich gefreut, Sie wiederzusehen, Mrs und Mr Whitley. Jesper, denk über die Nippelklammern nach.« Ohne auf eine Erwiderung zu warten, stürmte ich aus dem Esszimmer in den Salon, in dem ich meine Handtasche hatte liegen lassen. Ich brannte vor Zorn und fühlte mich wie eine Bombe, die jeden Augenblick zu explodieren drohte. Mein einziges Ziel war, hier wegzukommen, aber natürlich konnten mich meine Eltern nicht einfach in Ruhe lassen.

Hinter mir erklangen Schritte.

»Michaella! Was zum Teufel ist in dich gefahren?«

Ich blieb stehen und musterte meine Mom mit abfälligem Blick. Ihr falsches Lächeln war verschwunden und ihr Gesicht zu einer Fratze aus Wut und Empörung verzerrt. »Wie kannst du uns nur so blamieren?«

Ich schnaubte. »Das habt ihr euch selbst zuzuschreiben.«

»Wir haben nichts Falsches getan.«

»Wenn du das glaubst, ist dir nicht mehr zu helfen.« Ich schüttelte den Kopf und sah mich suchend nach meiner Tasche um. Diese Diskussion würde nirgendwohin führen.

»Dein Vater und ich versuchen nur, diese Familie zu schützen.«

Sie hatte die Stimme gesenkt, damit die Whitleys uns nicht hören konnten, aber ich verspürte nicht das geringste Verlangen, ruhig zu bleiben. »Indem ihr Lügen verbreitet.«

»Was zwischen deinem Bruder und uns vorgefallen ist, geht diese Leute nichts an.«

»Das gibt euch noch lange nicht das Recht, die Wahrheit so zu verdrehen.« Endlich entdeckte ich meine Handtasche. Ich schnappte sie mir und klammerte mich auf der Suche nach Halt an ihren Griffen fest. Ich hatte das Gefühl, den Boden unter den Füßen zu verlieren. »Ihr seid nicht unschuldig. Ihr habt Adrian vor die Tür gesetzt. Und ihr seid diejenigen, die ein Problem mit seiner Sexualität haben. Euch interessiert es einen Scheißdreck, ob er zurückkommt oder nicht. Ich bin diejenige, die seit Monaten nach ihm sucht. Ich klappere jede Woche seine Lieblingsplätze in der Stadt ab. Ich schreibe ihm jeden Tag Nachrichten in der Hoffnung, dass er irgendwann antwortet. Und ich vermisse ihn so sehr, dass ich nachts deswegen manchmal nicht schlafen kann. Das ist ganz allein eure Schuld. Also verzeih mir, wenn ich es nicht ertrage, mir eure

Lügen über ihn anzuhören. Er ist nicht der Bösewicht in dieser Geschichte. Das seid ihr.«

Fassungslos starrte mich meine Mom an, die Augenbrauen zusammengezogen, die Arme vor der Brust verschränkt. Sekunden verstrichen, in denen sie nichts sagte, dann schüttelte sie den Kopf, als wäre sie enttäuscht von mir. »Du solltest jetzt besser gehen.«

»Nichts lieber als das.« Ich straffte die Schultern und lief an ihr vorbei zur Haustür, bevor ich noch einmal stehen blieb und mich zu ihr umdrehte. Ihr Gesicht war gerötet, und es wirkte, als könnte sie jeden Augenblick anfangen zu weinen, aber das war mir egal, denn ich wusste, es wären Tränen des Zorns und nicht der Trauer. »Und nur damit ihr es wisst: Ich werde in den nächsten Wochen zu beschäftigt sein, um zu unseren Treffen zu kommen. Wir sehen uns nach den Midterms wieder.«

15. Kapitel

Mein Herz raste, als ich den Wagen aus der Einfahrt meiner Eltern lenkte, und ich konnte das Blut in meinen Ohren rauschen hören. Ich wusste nicht, wann ich das letzte Mal so wütend und aufgebracht gewesen war; vermutlich am Tag von Adrians Verschwinden. Blind vor Zorn fuhr ich nach Hause und stellte dabei sämtliche Entscheidungen der letzten Monate infrage. Hatte ich mit meinem Wunsch, unsere Familie zusammenzuhalten, die falsche Person im Stich gelassen? Hatte ich auf der Polizeistation zu schnell nachgegeben? Hätte ich mehr auf eine Vermisstenanzeige drängen sollen? Hätte ich meine Eltern wegen Diskriminierung anzeigen sollen, um mir Gehör zu verschaffen? Hätte ich Kunst studieren sollen, um *mich* glücklich zu machen, anstatt auf das Wohlwollen meiner Eltern zu hoffen? Wie sollten wir uns jemals von diesem Abend und den letzten Wochen erholen? Kämpfte ich auf verlorenem Posten? War unsere Familie zum Scheitern verurteilt?

Ja. Ja. Ja. Und ja, rief eine laute Stimme in meinem Kopf.

Ich war versucht, zu wenden und aufs Polizeirevier zu fahren, entschied mich aber dagegen. In meinem jetzigen Zustand hätte man mich dort ohnehin nicht ernst genommen, sondern vermutlich einem Drogentest unterzogen.

Nachdem ich vor meinem Wohnhaus geparkt hatte, stieg ich aus, knallte die Wagentür zu und drückte energisch auf das Sperrsymbol meines Schlüssels. Das Auto verriegelte sich mit einem Klicken, das in meinen Ohren ebenfalls wütend klang.

Meine Tasche an die Brust gedrückt stapfte ich zur Haustür, als ich bemerkte, dass ich beobachtet wurde. Ich erstarrte.

Julian stand auf der Treppe. Er trug ein helles Hemd, in der linken Hand hielt er eine Plastiktüte. Das schwache Licht der Außenbeleuchtung zeichnete dunkle Schatten auf sein Gesicht und erzeugte Ecken und Kanten, wo sonst keine waren. Dennoch spürte ich augenblicklich, wie die Wut in mir abklang. Sie verschwand nicht, aber sie machte Platz für ein anderes, sanfteres Gefühl.

Ein feines Lächeln, das nur für mich bestimmt war, umspielte seine Lippen. »Schlechter Tag?«

Ich nickte. »Ist man mit achtzehn zu alt, um sich adoptieren zu lassen?«

»Streit mit den Eltern?«

»Ja«, antwortete ich und stieg die Stufen hoch. Doch anstatt vor Julian stehen zu bleiben, lief ich geradewegs in ihn hinein, schlang die Arme um ihn und drückte mich an ihn. Mein Gesicht an seiner Schulter vergraben, umfing mich sein inzwischen vertrauter Geruch. Genau das brauchte ich jetzt. Diese Nähe. Diese Wärme. Diesen Anker.

Julian wirkte ein wenig überrumpelt, fing sich jedoch schnell wieder und legte seine freie Hand auf meinen Rücken. Mit federleichten Berührungen strich er meine Wirbelsäule hinab, wobei ich jeden seiner Finger durch den dünnen Stoff meines Kleides spüren konnte. »Willst du darüber reden?«

Wollte ich? War ich bereit, Julian die Wahrheit über Adrian und meine verkorkste Familie zu verraten? Noch vor wenigen Tagen war ich es nicht gewesen, aber der Gedanke, mit jemandem offen darüber sprechen zu können, war verlockend. Doch was, wenn Julian es nicht verstand? Was, wenn er sich auf die Seite meiner Eltern schlug? Nein, ausgeschlossen. So war er nicht. So konnte er nicht sein. Trotzdem hielt mich etwas zurück, wenn auch nur die Angst vor den Tränen, die der Wut oft folgten.

Ich schüttelte den Kopf und löste mich von ihm. »Ich möchte lieber nicht mehr daran denken.«

»Verstehe«, murmelte er. »Wenn du dich ablenken willst, kannst du dich mir anschließen.«

»Was hast du denn geplant?«

Julian hob die Hand, in der er die Plastiktüte hielt. »Chinesisches Essen und eine Doku über die Architektur der Zukunft und deren Konformität mit der Umwelt.«

Ich schmunzelte. »Wow, klingt nach einem wilden Samstagabend.«

Er schnaubte. »Ich bin seit sechs Uhr wach, war sieben Stunden an der Uni, saß sechs Stunden am Tresen von Crooked Ink und habe die letzte halbe Stunde meiner Schicht damit verbracht, einer Achtzehnjährigen zu erklären, warum wir ihr kein Tattoo ins Gesicht stechen.«

»Und warum nicht?«

Julian starrte mich mit zusammengezogenen Augenbrauen an, und ich verspürte das eigenartige Verlangen, mich vorzubeugen und meine Lippen auf die feinen Fältchen auf seiner Stirn zu drücken. Ich widerstand dem Drang jedoch und nahm ihm stattdessen die Tüte mit dem chinesischen Essen aus der Hand.

»Guck nicht so finster, das war nur ein Scherz. Und jetzt lass uns etwas über Architektur und Umwelt lernen.«

Ohne Absprache entschieden wir uns für meine Wohnung. Ich zog mein Kleid aus und schlüpfte in etwas Bequemeres, ehe wir es uns auf meiner Matratze gemütlich machten, da mein Bett noch immer nicht aufgebaut war. Ich startete die Doku auf Netflix und stellte den Laptop zwischen uns. Julian bot mir etwas von seinem Essen an. Ich stibitzte mir eine

Frühlingsrolle, überließ den Rest aber ihm, schließlich hatte ich schon zu Abend gegessen.

Die ersten fünf Minuten der Doku waren ganz spannend. Sie zeigten eindrucksvolle Bilder und gaben einen Überblick darüber, wie sich der Baustil der Menschheit in den letzten Jahrhunderten verändert hatte. Doch als die Interviews mit den Experten und Expertinnen begannen, die miteinander fachsimpelten, verlor ich schnell das Interesse, und meine Gedanken schweiften ab.

Julian hingegen lauschte konzentriert den Beiträgen. Er hatte seine ganze Aufmerksamkeit auf den Bildschirm gerichtet, und sein Mund stand vor Verwunderung leicht offen, obwohl ihm viele der Dinge, die gesagt wurden, sicherlich nicht neu waren. Es gefiel mir, dass er sich genauso für etwas begeistern konnte wie ich mich für Comics und das Zeichnen. Und ich erwischte mich dabei, wie ich mir wünschte, Adrian wäre hier, um Julian kennenzulernen. Die beiden hätten sich sicherlich gut verstanden und stundenlang über Architektur philosophiert.

»Was ist?«, fragte Julian und riss mich damit aus meinen Gedanken. Er hatte mir das Gesicht zugewandt und musterte mich skeptisch, vermutlich weil er bemerkt hatte, dass ich die ganze Zeit ihn und nicht den Laptop angeschaut hatte.

»Nichts.« Ich lächelte. »Ich bewundere nur deine Attraktivität.«

Er hob eine Augenbraue. »Ähm … danke?«

»Gern. Ich dachte, das solltest du wissen.«

»Ich weiß das sehr zu schätzen, aber könntest du trotzdem damit aufhören?«

»Klar.«

Es gefiel mir, dass ihn meine Worte weder verlegen machten, noch dass er die Notwendigkeit verspürte, mein Kompliment zu erwidern. Stattdessen stellte er die leeren Essenskartons zur Seite und lehnte sich zurück, um den Rest seiner Dokumentation zu genießen.

Ich versuchte, dasselbe zu tun, aber bereits nach wenigen Minuten drifteten meine Gedanken wieder ab. Sie wanderten vom Abendessen mit den Whitleys bis zu dem Streit mit meiner Mom und erinnerten mich an die bevorstehenden Midterms. Daraufhin musste ich an all den Stoff denken, den ich noch lernen musste. Außerdem warteten noch drei Papers darauf, von mir geschrieben zu werden, worauf ich überhaupt keine Lust hatte. Dafür erschienen nächste Woche vier Graphic Novels, auf die ich bereits seit Monaten wartete. Ich konnte sie mir als Belohnung kaufen, nachdem ich eine der Hausarbeiten geschrieben hatte. Oder ich holte sie mir vorher, als Ansporn, um sie anschließend zu lesen. Vielleicht war es aber auch besser, das Geld zu sparen, immerhin hatte ich meiner Mom klar und deutlich gesagt, dass ich in den nächsten Wochen unsere Abmachung brechen würde. Was, wenn sie mir die Kreditkarten sperrten? Dann musste ich mir einen Job suchen. Ob mich Ted und Derek in ihrem Laden arbeiten ließen?

Julian stieß ein Seufzen aus, lehnte sich vor und stoppte die Doku, bevor er mich abschätzend ansah.

»Jaaa?«, fragte ich zögerlich.

»Deine Gedanken sind furchtbar laut.«

»Oh.«

Er neigte den Kopf, wobei ihm ein paar Haare ins Gesicht fielen. Ohne darüber nachzudenken, streckte ich eine Hand aus und strich sie ihm aus der Stirn. Meine Finger streiften seine Haut nur flüchtig, dennoch spürte ich ein Kribbeln, das sich von meiner Hand meinen Arm hinauf bis in meine Brust zog.

»Bist du dir sicher, dass du nicht reden willst?«, fragte er.

Ein »Absolut« lag mir auf den Lippen, aber wie schon zuvor zögerte ich. Ich wollte Julian an dem teilhaben lassen, was mich beschäftigte. Nur, wie konnte ich ihm vertrauen, wenn er mir nicht vertraute?

»Warum hast du mich angelogen?«, platzte ich heraus.

Julian blinzelte irritiert. »Was meinst du?«

Ich richtete mich auf und straffte die Schultern. »Am Montag. Du hast mir gesagt, du müsstest bei Crooked Ink arbeiten. Ich bin am Nachmittag vorbeigefahren, und du warst nicht da.«

»Du bist dort gewesen?«

Ich nickte.

»Tut mir leid. Ich wusste nicht, dass du vorbeikommen würdest.«

»Und hättest du es gewusst, hättest du mir eine andere Lüge aufgetischt?«

»Ja. Nein ...« Julian holte tief Luft. »Ja«, gestand er. »Ja, das hätte ich.«

Oh, okay. Das war überraschend ehrlich.

»Und warum die Lügen?«

Er sah mich abwartend an, als wäre die Antwort offensichtlich. Und das war sie.

»Weil ich die Wahrheit nicht kennen soll«, beantwortete ich meine eigene Frage.

»Tut mir leid.« Er klang so aufrichtig, dass ich mir nicht sicher war, ob ich weiterhin wütend auf ihn war oder nicht, immerhin war er mir nichts schuldig. Außerdem hatte er mich eingeladen, den heutigen Abend mit ihm zu verbringen. Er hatte mich also nicht belogen, um mich loszuwerden.

Ich seufzte. »Entschuldigung angenommen. Aber das nächste Mal sag lieber nichts, bevor du lügst.« *Auch wenn mich die Neugierde in diesem Fall wohl umbringen wird.* Was hatte Julian am Montagabend getan, das ihm so unangenehm war, dass er nicht darüber reden wollte?

»Versprochen«, sagte er mit einem trägen Lächeln. »War das alles?«

Ich schnaubte. »Schön wär's.«

Julians Lüge war nur eine von tausend Sachen, die mich beschäftigten, und vermutlich noch das geringste meiner Probleme, wenn ich an den Streit mit meinen Eltern, Adrian und die bevorstehenden Prüfungen dachte. Ich wusste nicht, wie ich die Midterms überstehen sollte. Ich war keine schlechte Studentin, aber ich hatte es einfach nicht in mir, mich mit Rechten, Paragrafen und Politik auseinanderzusetzen. Und ich lag im Lehrplan bereits jetzt zurück, obwohl ich immer wieder versuchte aufzuholen. Doch das, was Aliza locker neben ihrem Blog bewältigte, kostete mich mehr Kraft und Konzentration, als ich aufbringen konnte.

»Glaubst du, ich sollte meine Studienfächer wechseln?«

»Ich weiß nicht. Möchtest du das denn?«

Ich holte tief Luft, wie um eine große Ankündigung zu machen, aber meine Stimme war dünn und kaum mehr als ein Flüstern, als ich sagte: »Ich glaube schon.«

»Okay. Und was hält dich davon ab?«

»Meine Eltern.«

Julian nickte verständnisvoll. »Weil sie dir sonst das Geld streichen.«

»Vermutlich, aber das ist nicht alles«, gestand ich. »Ich habe dir doch von Adrian erzählt. Er und meine Eltern sind aneinandergeraten, weil sie glauben, die Art, wie er sein Leben führt, wäre schlecht für die Kanzlei. Also dachte ich, ich studiere Jura, damit ich später die Firma übernehmen kann. So bekommen meine Eltern ihren Willen und eine Erbin, und Adrian kann sein Ding durchziehen.«

»Und ihr könntet wieder eine Familie sein«, schlussfolgerte Julian.

»Genau.«

»Aber das wird nicht passieren, wenn du das Studium abbrichst.«

»Richtig! Ich wusste, dass du mich verstehst.«

»Mhm«, brummte Julian mit wenig Begeisterung. »Der Plan ist scheiße.«

Entsetzt sah ich ihn an. »Was? Warum?«

Ein konzentrierter Ausdruck trat auf scin Gesicht, als würde er überlegen, wie er sich am besten ausdrücken sollte. »Mir ist klar, was du vorhast, Micah, aber das funktioniert so nicht. Denk doch mal nach. Ich zum Beispiel werde nie mit jemandem befreundet sein, der sich für die Waffenlobby starkmacht, und ich würde meine Meinung über ihn auch nicht ändern, nur weil du dich bereit erklärst, an seiner Stelle mit auf eine Anti-Waffen-Demo zu gehen. Das würde schließlich nichts an seiner Einstellung ändern.«

»Nein«, widersprach ich aus Reflex und sprang von der Matratze auf, plötzlich zu aufgewühlt, um sitzen zu bleiben. Mit seiner Bemerkung stellte Julian alles infrage, woran ich heute selbst schon gezweifelt hatte. Nervös lief ich im Schlafzimmer auf und ab. »Das ist etwas völlig anderes.«

Er folgte mir mit dem Blick. »Bist du dir sicher?«

»Ja«, beteuerte ich, wobei ich nicht im Ansatz so überzeugt klang, wie ich es mir wünschte. Immerhin ging es hier nicht um eine Demo, sondern um den Rest meines Lebens. Dieses Opfer mussten meine Eltern doch irgendwie wertschätzen. Es sei denn, sie nehmen es gar nicht als Opfer wahr, dachte ich, vertrieb die Zweifel aber sofort mit energischer Entschlossenheit. »Es wird funktionieren.«

»Ich wünsche es dir«, sagte Julian mit so viel Aufrichtigkeit in der Stimme, dass mir klar wurde, wie gern er im Unrecht wäre, wenn ich dafür bekam, was ich wollte. »Aber meiner Erfahrung nach lohnt es sich nicht, sein eigenes Glück aufs Spiel zu setzen, um es anderen recht zu machen.«

Ich blieb stehen und sah auf ihn hinunter. »Wen hast du versucht, glücklich zu machen?«

Er seufzte schwer. »Alle.«

»Das das sind sehr viele.«

»Ich weiß, und ich wäre fast daran zerbrochen«, gestand er. »Mach nicht denselben Fehler. Was würdest du studieren, wenn du die freie Wahl hättest? Wenn es deinen Eltern egal wäre und du dich nicht um Adrian oder die Kanzlei sorgen müsstest?«

Mir entging nicht, dass er das Thema von sich wieder auf mich lenkte, aber ich spielte mit. »Kunst.«

»Warum überrascht mich das nicht?«

Ich zuckte mit den Schultern und setzte mich wieder auf die Matratze. »Ich kann dir nicht sagen, wann Monet geboren wurde und wann Picasso gestorben ist, und wenn du mich nach den Epochen fragst, muss ich die Antworten googeln, aber ich liebe es zu zeichnen. Mehr als alles andere.«

»Wieso?«

Angeblich gibt es keine dummen Fragen, aber in meinen Augen war das eine, so offensichtlich erschien mir die Antwort. »Weil Kunst uns fühlen lässt. Du kannst sie nicht ohne Herz erschaffen, und du kannst sie auch nicht ohne Herz betrachten. Sie wird immer etwas in dir auslösen, wenn du dir die Zeit dafür nimmst.« Ich hatte keine Ahnung, ob das, was ich sagte, für Julian Sinn ergab. Für mich war es vollkommen logisch, aber meine Eltern hatten es nie begriffen. Sie gehörten zu den Menschen, die Bilder nur mit einem flüchtigen Blick betrachteten. Sie sahen nur die Beschaffenheit der Oberfläche und die Farben, ohne die Gefühle wahrzunehmen, die der

Künstler mit jeder Handbewegung, jeder Bleistiftlinie und jedem Pinselstrich darin eingewoben hatte. »Ich hoffe, das klingt nicht allzu verrückt.«

Julian schüttelte den Kopf. »Nein, überhaupt nicht. Ich verstehe das.«

»Ach ja?«

»Ja. Die meisten Leute sehen Gebäude nur als Mittel zum Zweck, um ein Dach über dem Kopf zu haben. Aber Architektur ist auch Kunst.«

Ich stellte den Laptop zur Seite und krabbelte über die Matratze, um mich, den Rücken an die Wand gelehnt, neben Julian zu setzen. Unsere Beine streiften sich. »Hast du denn ein Lieblingsgebäude? Nein, warte! Lass mich raten. Das Empire State Building?«

»Nein.«

»Das Opernhaus in Sydney?«

»Auch nicht.«

Nachdenklich neigte ich den Kopf. Ich kannte nicht viele berühmte Gebäude, nur die typischen, die wohl jedem als Erstes in den Sinn kamen. Der Eiffelturm, das Kolosseum, das Chrysler Buildung … »Das Taj Mahal?«

»Nope.«

Ich verzog schmollend die Lippen. »Okay, ich geb auf. Verrat es mir.«

»Mein Lieblingsgebäude ist das Habitat 67.«

»Das was?« Für mich klang das wie ein Pokémon.

»Das Habitat 67«, erklärte Julian. »Das ist ein Wohnkomplex im Hafen von Montreal. Er wurde in den Sechzigerjahren erbaut und von Moshe Safdie im Stil des Brutalismus entworfen.« Er lehnte sich zur Seite und schnappte sich meinen Laptop. Dann öffnete er eine Suchmaschine, und Sekunden später erschien ein Bild des Habitat 67 auf meinem Bildschirm.

Ich musste gestehen, dass es wirklich ziemlich interessant aussah. »Es erinnert mich an Lego.«

Julian lachte. »Kein Wunder. Es wurde dem Baukastenprinzip nachempfunden, und Safdie hat auch tatsächlich Lego verwendet, um ein Modell zu entwerfen. Vor einigen Jahren gab es außerdem das Gerücht, dass die Firma Lego ein Habitat-67-Bauset rausbringen möchte, aber das ist wohl nie passiert.«

»Schade, das wäre cool gewesen. Was kannst du mir noch darüber erzählen?« Erwartungsvoll sah ich ihn an. Mein Interesse an Architektur hielt sich in Grenzen, und vermutlich würde ich das meiste schon bald wieder vergessen haben, aber ich hörte Julian gern reden, und es gefiel mir, wie seine Augen bei meiner Frage aufleuchteten.

»Das Habitat 67 wurde im Rahmen der Expo 1967 errichtet. Siehst du diese Würfel?« Er deutete auf den Bildschirm. »Davon gibt es genau 354 Stück. Ursprünglich waren 1350 geplant, aber aufgrund der Kosten und der Kritik aus der Bevölkerung hat man nicht alle gebaut.«

»Würdest du denn darin wohnen wollen?«

»Vielleicht für ein paar Tage.«

»Ich würde mitkommen.« Urlaub mit Julian hörte sich verführerisch an. Weg von meinen Eltern. Raus aus dem Studium. Abstand zu dieser Stadt und all den Erinnerungen an Adrian, die dafür sorgten, dass ich ihn vermisste.

»Vielleicht überlässt Safdie uns sein Apartment.«

»Das wäre sehr nett von ihm.«

»Ich werde ihn später gleich mal anrufen.«

»Wirklich?«

»Was?« Julian lachte nervös. »Nein. Als würde ich Moshe Safdie kennen.«

Ich hob die Schultern. »Warum nicht?«

»Der Mann ist eine Legende!«

Ich schmunzelte. »Wenn du das sagst.« Vermutlich wusste nur ein kleiner Teil der Menschheit, dass Moshe Safdie überhaupt existierte, aber ich verstand Julian. Mir ging es mit Takeshi Obata oder Emma Rios ähnlich. Die wenigsten kannten ihre Namen, aber ich hätte vermutlich angefangen wie ein Fangirl zu zittern, hätte ich die Gelegenheit gehabt, die beiden zu treffen.

Julian erzählte mir noch etwas über den Brutalismus, ehe er den Film wieder startete, damit wir ihn zu Ende sehen konnten. Ich hätte lieber ihm beim Reden zugehört, aber er interessierte sich wirklich für das, was die Menschen in der Doku zu sagen hatten, also hielt ich den Mund und blieb ruhig neben ihm sitzen.

Ich versuchte, meine Gedanken beim Film zu behalten und zuzuhören, und eine Weile gelang mir das auch. Doch mit der Zeit wurde ich träge, und ich kuschelte mich in meine Decke ein. Was sich als Fehler herausstellte. Immer wieder fielen mir die Augen zu, und jedes Mal, wenn ich sie aufriss, waren wir an einer anderen Stelle in der Dokumentation. Mein Kopf wurde schwerer, bis ich ihn schließlich nicht mehr aufrecht halten konnte und an Julians Schulter lehnte.

»Müde?«

Ich gähnte. »Nein, ich versuche, dich zu verführen.«

»Sehr sexy.« Ich konnte sein Lächeln nicht sehen, aber hören. »Soll ich gehen?«

»Nein, bleib.« Ich wusste, dass wir nur vom Ende der Doku redeten. Anschließend würde er natürlich aufstehen und in seine Wohnung gehen, aber für einen Moment stellte ich mir vor, wie es wäre, wenn er die Nacht bei mir verbringen würde. Es wäre schön gewesen, einmal nicht allein einzuschlafen und gemeinsam mit jemandem aufzuwachen. Das würde mir gefallen.

Ich schmiegte meine Wange an Julians Schulter und beschloss, die letzten Minuten, die er hier war, zu genießen.

Einen Augenblick lang schien er völlig still zu sitzen, die Luft anzuhalten. Doch dann nahm ich das ebenmäßige Auf und Ab seiner Atmung wahr, das mich wie ein Wiegenlied einlullte. Er ließ sich entspannt gegen die Wand sinken, und irgendwann spürte ich seine Hand auf meinem Knie. Selbst durch die Decke hindurch konnte ich seine Wärme spüren.

Plötzlich fand die Doku, die mir zuvor unendlich langatmig erschienen war, ein viel zu schnelles Ende. Vom Standbild eines Hochhauses wurde zum Abspann gewechselt. Weiße Schrift lief über einen schwarzen Hintergrund. Normalerweise hätte ich den Film in diesem Moment gestoppt, aber ich tat es nicht; und auch Julian rührte sich nicht, als wäre er ebenfalls noch nicht bereit zu gehen. Diese Erkenntnis brachte mein Herz dazu, schneller zu schlagen, und gleichzeitig fühlte es sich so an, als würde es stehen bleiben. Abwartend. Bangend. Hoffend. Ich hätte Julian bitten können zu bleiben, aber dafür gab es keinen vernünftigen Grund, außer den, dass ich es wollte. Ich war jedoch zu müde und vom Streit mit meiner Mom zu erschöpft, um den Mut aufzubringen, etwas zu sagen.

Erst als Julian sich schließlich regte, nahm ich den Kopf von seiner Schulter. »Sehen wir uns morgen?«

»Wenn du das möchtest.« Meine Stimme klang heiser.

»Was hältst du davon, wenn wir morgen anfangen, die Kisten auszupacken?«

Ich zog die Brauen zusammen. »Du willst meine Festung abreißen?«

»Früher oder später muss es sein.«

Das stimmte wohl, aber ich liebte es, in meinem Versteck zu sitzen, das mich vom Rest der Welt abschirmte, zu zeichnen und für ein paar Minuten alles andere zu vergessen, während die künstlichen Sterne über mir funkelten. »Lass uns etwas anderes machen. Wir könnten die restlichen Regale aufstellen.«

»Die Regale aus der Hölle?«

Ich nickte.

Julian seufzte. »Von mir aus. Dann sehen wir uns morgen. Schlaf gut und träum was Schönes.«

»Du auch.« Ich schenkte ihm ein Lächeln und blickte ihm nach, als er mein Schlafzimmer und schließlich meine Wohnung verließ. Mit einem Klicken schloss sich die Tür hinter ihm, und ich konnte es kaum erwarten, bis sie sich morgen seinetwegen wieder öffnete.

16. Kapitel

Kaffee. Einzig und allein dieser Gedanke hielt mich davon ab, an diesem Dienstagmorgen wieder in mein Bett zu kriechen. Ich war hundemüde, nachdem ich die halbe Nacht damit verbracht hatte, meine Comics und Graphic Novels in die neuen Regale zu räumen. Zuerst hatte ich sie nach Farben sortieren wollen, doch es war mir komisch vorgekommen, die Werke eines Künstlers auseinanderzureißen, also hatte ich noch einmal von vorn begonnen und sie alphabetisch geordnet.

Es hatte Julian und mich am Sonntag einige Stunden gekostet, die Regale aus der Hölle zusammenzuschrauben, die nun links und rechts von der Kommode standen, die für meinen zukünftigen Fernseher vorgesehen war. Auch meine Couch hatten wir endlich aufgestellt. Nach dem Aufbau hatte mir alles wehgetan. Ich war nicht mal mehr in der Lage gewesen, die Arme zu heben. Erst ein heißes Bad hatte Abhilfe geschaffen, und obwohl der Muskelkater inzwischen deutlich besser geworden war, bereute ich es, für den Abend ein Fitnessstudio-Date mit Lilly vereinbart zu haben.

Träge schleifte ich mich in die Küche, drückte ein paar Knöpfe an meiner neuen Kaffeemaschine, machte mir mein Müsli und ließ mich auf einen der Hocker plumpsen. Mit schweren Augenlidern scrollte ich durch Instagram und verteilte ein paar Herzen. Tanner hatte ein Bild von seinem Skype-Date mit Lilly gepostet und es mit der niedlichsten Unterschrift überhaupt versehen. Ich hatte keine Ahnung, wie meine beste Freundin glauben konnte, er würde sie jemals verlassen. Die beiden waren füreinander bestimmt. Genauso wie ich und die Karamellbrownies, die Aliza gestern gebacken und für ihre Follower abfotografiert hatte. Unter dem Post hatte sie außerdem verkündet, dass demnächst ein Interview mit ihr im *Cooking Delicious Magazine* veröffentlicht werden würde. Ihre Follower freuten sich unheimlich mit Aliza und verkündeten alle, dass sie sich die Zeitschrift kaufen würden.

Nachdem ich ein paar Minuten gedankenverloren Bilder angeschaut hatte, schrieb ich eine Nachricht an Adrian: *Guten Morgen, Stinker! Kennst du das Habitat 67? Es wurde von Moshe Safdie mithilfe des Baukastenprinzips entworfen. Sieht ziemlich cool aus.*

Wie immer wartete ich einige Sekunden auf eine Antwort, und wie immer blieb meine Nachricht auch dieses Mal unerwidert. Doch ich war zu erschöpft, um mir Sorgen zu machen. Widerwillig nahm ich Adrians Schweigen hin und hoffte, dass das Ergebnis am nächsten Tag ein anderes sein würde.

Ich legte mein Handy zur Seite und wollte gerade nach der Kaffeetasse greifen, als es an der Tür klopfte. Ich hielt in der Bewegung inne. Merkwürdig. Ich erwartete niemanden, und meines Wissens hatte Auri die Wohnung bereits vor einer Weile verlassen, um zum Training zu gehen. Gestern hatte er sich lautstark darüber beschwert, dass sein Trainer die Mannschaft zu einer unmöglich frühen Zeit aufs Feld bestellt hatte. Vielleicht brauchte Cassie meine Hilfe, ihr eingegipstes Bein schränkte sie ziemlich ein.

Ich sprang von meinem Hocker auf und öffnete die Tür. Es war allerdings nicht Cassie, die davorstand, sondern ein lächelnder Julian. »Was … was machst du hier?«, fragte ich irritiert. Hätte er nicht eigentlich im Supermarkt sein und Regale einräumen sollen?

»Ich bin hier, um dich abzuholen«, verkündete er. »Bist du fertig?« Er musterte mich von oben bis unten.

Ich trug eine hellblaue Jeans und ein schwarzes Shirt mit einem Manga-Aufdruck, der meinen Eltern ziemlich peinlich gewesen wäre. Aber meine Füße waren noch nackt und meine Haare ungekämmt. Die Fransen meines inzwischen wieder kurz geschnittenen Ponys zeigten in alle Richtungen.

»Noch nicht«, antwortete ich, immer noch verwirrt. »Waren wir verabredet?«

Er schüttelte den Kopf. »Ich wollte dich überraschen.«

Fragend hob ich eine Augenbraue.

»Ich musste die ganze Zeit an das denken, was du am Samstag über dein Studium und die Kunst gesagt hast, also habe ich mit Steven gesprochen.«

»Steven?«

»Professor Hopkins. Er unterrichtet meinen Aktzeichnen-Kurs.«

Okay ... Professorin Lawson würde ausrasten, wenn ich in die nächste Vorlesung geschlendert käme und sie mit einem »Hallo, Cynthia« begrüßen würde.

»Jedenfalls habe ich mit ihm geredet«, fuhr Julian fort. »Und er hat mir erlaubt, dich heute mit in die Vorlesung zu bringen. Wenn du willst.«

Ungläubig starrte ich ihn an. »Ist das dein Ernst?«

»Klar.« Er grinste. »Und? Möchtest du mitkommen?«

Möchten? Ja! Ja! Ja! Aber ... »Ich glaube nicht, dass das eine gute Idee ist«, sagte ich verhalten, obwohl ich das Papier schon förmlich unter den Fingern spürte. Aber ich musste auch an die Chipstüte denken, die mich so verführerisch anlächelte. Wenn ich jetzt einen Bissen nahm, würde ich nicht mehr aufhören können.

Julians Lächeln verblasste. »Warum nicht?«

»Weil ich mich auf mein Studium konzentrieren muss«, sagte ich mit bröckelnder Entschlossenheit. Wie schön wäre es, eine Vorlesung lang nichts über Recht, Paragrafen und Politik zu hören und dafür mehr über Optik, Tiefe und Pinselführung zu lernen.

»Es ist nur eine Stunde. Und du –«

»Einverstanden!«, platzte ich heraus. Ich hätte es nicht verhindern können, selbst wenn mein Leben davon abgehangen hätte. Es war ein innerer Drang. Ein Instinkt. Ich konnte ihn nicht zurückhalten. Nur diese eine Stunde. Nur dieses eine Mal. Chipstüte hin oder her. Ich hatte genug Selbstbeherrschung, um sie wieder wegzulegen. »Ich komme mit.«

»Es wird dir gefallen«, versicherte mir Julian, als hätte ich je daran gezweifelt.

»Gib mir fünf Minuten, dann bin ich fertig.« Ich wandte mich ab und wollte gerade ins Badezimmer stürmen, als ich abrupt innehielt. Lächelnd sah ich Julian an und machte einen Satz auf ihn zu. Blitzschnell schlang ich dabei die Arme um ihn und drückte ihn an mich. Eine flüchtige Umarmung, die vorbei war, kaum dass sie begonnen hatte, denn ich wollte keine Sekunde des Kurses verpassen. »Danke!«

Ich hörte Julian hinter mir lachen, als ich bereits davonflitzte.

Der Geruch von Farbe und Terpentin hieß uns willkommen, als wir das Atelier betraten. Es sah aus wie in meiner Vorstellung. Leinwände mit Hockern waren in einem lockeren Kreis um ein noch leeres Podest angeordnet. Regale voller Zeichenutensilien säumten die Wände, und zahlreiche Bilder zierten den Raum, sodass man das Mauerwerk dahinter kaum mehr ausmachen konnte.

Bisher hatte sich nur eine Handvoll Studenten eingefunden, was Julian und mir freie Platzwahl ließ. Wir entschieden uns für zwei Leinwände nahe dem Podest, mit den Fenstern im Rücken, sodass die Sonne uns nicht blenden konnte.

Aufgeregt ließ ich den Blick durch das Zimmer schweifen und betrachtete die Kunstwerke, die an den Wänden hingen, bis mich das Surren meines Handys ablenkte. Ich holte es aus meiner Tasche.

Aliza hatte mir eine Nachricht geschickt, als Antwort auf meinen Text, dass ich unsere erste Vorlesung – mal wieder – verpassen würde.

Aliza: *Aktzeichnen?*

Ich: *Yep.*

Aliza: *Okay …*

Ich: *Neidisch?*

Aliza: *Ein bisschen, klingt spannender als Staatsrecht.*

Aliza: *Hast du schon einen Penis gesehen?*

Ich: *Ich bin umgeben davon!*

Ich: *Hunderte!*

Ich: *Tausende Penisse!*

Aliza: 🍆

Aliza: *Prof ist da!*

Aliza: *Viel Spaß mit den Penissen!*

Ich schmunzelte und steckte mein Handy weg. Wie von selbst wanderte mein Blick wieder zu den Zeichnungen um mich herum. Sie zeigten vorwiegend Bleistift- und Kohleskizzen verschiedener Körperteile. Nirgendwo waren Brüste oder Penisse zur Schau gestellt, nur hier und dort war ein nackter Hintern zu erkennen, aber es gab auch einige abstrakte Gemälde und Stillleben.

»Welches der Bilder, die hier hängen, gefällt dir am besten?«, fragte Julian. Er saß auf dem Hocker neben mir und spitzte seine Stifte, als könnte auch er es kaum erwarten anzufangen.

Nachdenklich schürzte ich die Lippen. »Ich weiß nicht. Sie sind alle gut. Wobei ich die Silhouette des abgemagerten Mannes neben der Tür schon sehr beeindruckend finde. Die Schatten und Kontraste sind großartig gesetzt.« Ich deutete auf die Zeichnung. »Ist auch etwas von dir ausgestellt?«

»Nein, so gut bin ich nicht.«

»Sag das nicht. Was ich von dir gesehen habe, ist fantastisch.«

Er wich meinem Blick aus und reichte mir ein paar seiner Stifte, da ich in der Eile und vor lauter Vorfreude natürlich nicht dran gedacht hatte, welche einzupacken.

»Danke, aber es gibt hier weitaus talentiertere Leute. Dich zum Beispiel.«

»Das werde ich nicht abstreiten.«

Julian schmunzelte. »An Selbstbewusstsein mangelt es dir nicht, oder?«

Ich zuckte mit den Schultern. »Ich bin einfach kein Freund falscher Bescheidenheit. Ich weiß, dass ich gut bin. Das haben mir schon viele Menschen gesagt. Ich habe hart dafür gearbeitet und viel geübt, damit meine Zeichnungen so aussehen, wie sie es jetzt tun. Da werde ich meine Leistung nicht runterspielen. Das machen andere für mich«, fügte ich mit bitter klingender Stimme hinzu, denn der Streit mit meiner Mom saß mir noch tief in den Knochen.

»Deine Eltern?«, hakte Julian nach.

Ich nickte, wollte jetzt aber nicht über sie reden. Stattdessen deutete ich auf das noch leere Podest. »Weißt du schon, wen wir heute zeichnen werden?«

»Noch nicht. Malcolm war vergangene Woche das letzte Mal da. Das heißt, wir bekommen ein neues Modell. Oder du hast Pech, und es wird eine rein theoretische Seminarstunde«, sagte Julian, aber das amüsierte Aufblitzen in seinen Augen verriet mir, dass er flunkerte. Es würde auf jeden Fall ein neues Modell geben.

Kurze Zeit später betrat Professor Hopkins den Raum. Ich erkannte ihn sofort als den Dozenten. Nicht weil sein Aussehen darauf schließen ließ, sondern weil er in Begleitung einer älteren Frau in einem roten Bademantel war.

Hopkins begrüßte die Studenten und Studentinnen und stellte das Modell als Marie vor. Sie hatte braunes Haar mit offensichtlich lichten Stellen. Zahlreiche kleine Falten zeichneten ihr Gesicht, als würden sie ihr Alter zählen, wie es die Ringe in einem Baum taten. Dutzende Muttermale bedeckten ihre Haut, aber das war nicht die eigentliche Herausforderung, vor die Hopkins seine Studentinnen und Studenten heute stellte. Marie war nicht schön. Nicht in dem Sinne, den unsere Gesellschaft vorzugeben schien, aber sie hatte eine Ausstrahlung, die es einem praktisch unmöglich machte, den Blick von ihr abzuwenden. Sie war der Mond und wir das Meer. Wir kannten sie nicht, und doch blieb uns nichts anderes übrig, als auf sie zu reagieren – wie Ebbe und Flut. Ihr Lächeln war ansteckend, und ihre Anwesenheit veränderte schlagartig die Stimmung im Raum. Diese Ausstrahlung einzufangen, *das* war die wirkliche Herausforderung.

»Ich wünsche euch viel Spaß«, sagte Hopkins abschließend zu der kurzen Vorstellung von Marie. »Wenn ihr Fragen habt oder Feedback wünscht, stehe ich euch jederzeit zur Verfügung. Und nun schenkt Marie eure Aufmerksamkeit und euer Talent.«

Zustimmendes Gemurmel kam aus den Reihen der Studierenden, während sie nach ihren Stiften griffen und Marie sich völlig ungeniert nackt auf das Podest stellte.

Augenblicklich begannen meine Fingerspitzen zu kribbeln. Am liebsten hätte ich direkt losgelegt, aber ich war noch nicht bereit, sie zu zeichnen. Während überall um mich herum Stifte über Papier kratzten, beobachtete ich sie und versuchte sie zu sehen. *Wirklich* zu sehen. Wer war die Frau, die da vor mir stand? Woher kam sie? Was hatte sie erlebt? Was hatte sie zu dem Menschen gemacht, der sie heute war? Stammten ihre Falten von einem Leben voller Sonne oder voller Sorgen? Ich musste diese Fragen für mich beantworten. Um eine Geschichte zu erschaffen, die vielleicht nicht der Wahrheit entsprach, die mir aber half, nicht nur ihren Körper abzubilden, sondern auch ihre Seele einzufangen.

Gut eine Viertelstunde verging, ehe ich nach einem Stift griff und es wagte, die erste Linie zu ziehen. Nicht dick und selbstbewusst, sondern dünn und bedacht. Hier ging es nicht um einen fiktiven Charakter, sondern um eine reale Person, die es verdiente, dass ich mein Bestes gab. Und das tat ich.

Ich war Marie und meiner Zeichnung vollkommen verfallen. Nichts konnte mich ablenken oder meine Konzentration brechen. Nicht Professor Hopkins, der an mir vorbeilief. Nicht die zwei Studentinnen hinter mir, die über ihr Wochenende redeten. Und auch nicht der Student, der panisch in den Raum gestolpert kam, weil er zu spät dran war. Ich war vollkommen versunken – bis mich schließlich doch etwas aus meiner Trance riss.

Benommen und mit brennenden Augen sah ich von der Leinwand auf. Mein Blick zuckte zu Julian.

Er hatte aufgehört zu zeichnen und hielt stattdessen sein Handy in der Hand. Es vibrierte, aber er nahm den Anruf nicht entgegen. Völlig regungslos starrte er auf das Display. Sein Gesicht war aschfahl geworden.

»Julian?«

Er reagierte nicht.

Ich warf einen flüchtigen Blick zu Professor Hopkins, der uns allerdings keine Beachtung schenkte, ehe ich mich zu Julian hinüberbeugte, um zu erkennen, was auf seinem Handy zu sehen war. Es war eine nicht eingespeicherte Nummer, die ihn anrief, aber seinem panischen Gesichtsausdruck nach zu urteilen, war sie ihm dennoch nicht unbekannt.

Vorsichtig legte ich eine Hand auf seinen Unterarm, um ihn zu beruhigen, aber meine Berührung hatte die gegenteilige Wirkung. Er fuhr vor Schreck zusammen und riss den Kopf hoch, als hätte er soeben den Moment kurz vor dem Einschlafen erlebt, wenn man glaubte, in unendliche Tiefe zu stürzen.

»Ist alles in Ordnung?«, fragte ich, auch wenn die Antwort offensichtlich war.

Julian blinzelte und fixierte mich mit seinem Blick. Die Furcht in seinen Augen war nicht zu übersehen. Er öffnete den Mund, und ich konnte die Antwort auf meine Frage bereits in der Luft hängen sehen, als sein Handy verstummte. Die plötzliche Stille ließ ihn noch einmal zusammenzucken, und er richtete seine Aufmerksamkeit wieder auf das Gerät in seiner Hand. Das Display leuchtete ein letztes Mal auf, um ihn wissen zu lassen, dass er einen Anruf verpasst hatte, ehe es schwarz wurde, als wäre nichts gewesen.

»Wer war das?«, fragte ich, die Stimme zu einem Flüstern gesenkt.

Julian schluckte schwer. »Meine –«

Er kam nicht weiter, denn sein Handy begann erneut zu vibrieren. Es war dieselbe unbekannte Nummer, doch dieses Mal versetzte ihn der Anruf nicht in Schockstarre. Er sprang so hastig von seinem Stuhl auf, das dieser beinahe umkippte, und rannte aus dem Hörsaal.

Irritiert sah Professor Hopkins ihm nach, ehe er den Blick zu seiner Leinwand und schließlich zu mir wandern ließ.

Ich setzte ein entschuldigendes Lächeln auf, zögerte aber keine weitere Sekunde und eilte Julian hinterher. Mit rasendem

Puls stieß ich die Tür auf und sah hektisch von links nach rechts, bereit, wenn nötig das gesamte Gebäude nach ihm abzusuchen, aber das war es nicht.

Julian stand nur ein paar Schritte entfernt im Gang, das Handy ans Ohr gepresst. Offensichtlich hatte er den Anruf angenommen. Er hatte mir den Rücken zugewandt, wodurch ich sein Gesicht nicht erkennen konnte, aber der verkrampften Haltung seiner Schultern nach zu urteilen, gefiel ihm nicht, was die Person am anderen Ende der Leitung zu sagen hatte.

Langsam näherte ich mich ihm.

»Wird er wieder gesund?«

Scheiße. Mein Magen verkrampfte sich. Diese Frage hatte nie etwas Gutes zu bedeuten. Ich blieb hinter ihm stehen, doch obwohl das Nuscheln aus seinem Handy nun lauter klang, konnte ich nicht verstehen, was ihm geantwortet wurde.

»Heute noch?«, fragte er.

Wieder wurde etwas gesagt, das ich nicht hören konnte. Julian krallte die Finger noch fester um das Gehäuse seines Handys, und ich sah, wie sich seine Knöchel weiß verfärbten.

Unwillkürlich beschleunigte sich mein Herzschlag. Ich hatte keine Ahnung, was ich tun sollte, da ich nur erahnen konnte, was passiert war, aber ich war wild entschlossen, für Julian da zu sein. Um ihn das wissen zu lassen, trat ich vor ihn.

Er warf mir einen kurzen Blick zu, ehe er wieder auf den Boden starrte. Plötzlich ging ein Beben durch seinen Körper, und seine Gesichtszüge wurden schlagartig hart. Er spannte den Kiefer an. Dennoch wirkte er nicht überrascht von der Antwort, die ihm diese Reaktion entlockte.

»Verstehe«, murmelte er. Der Klang seiner Stimme war kühl, geradezu distanziert. »Natürlich. Halt mich auf dem Laufenden.« Mit diesen Worten legte er auf, ohne sich zu verabschieden.

Wütend stopfte er das Handy zurück in die Hosentasche und schloss die Augen, sichtlich um Fassung ringend. Er holte tief Luft und atmete geräuschvoll wieder aus. Ich konnte hören, wie das zischende Geräusch zwischen seinen Lippen entwich, so nahe war ich ihm. Das half mir jedoch nicht im Geringsten dabei zu verstehen, was soeben passiert war.

Ich räusperte mich. »Wer war das?«

Julian sah mich an. Seine Augen glänzten vor Trauer, aber sein Blick funkelte vor Zorn. Ich wusste nicht, ob ich ihn umarmen oder ihm aus dem Weg gehen sollte.

»Meine Mom.«

»Was wollte sie?« Ich stellte die Frage vorsichtig.

»Mein Dad hatte einen Herzinfarkt.« Er klang gleichgültig, aber die Art, wie er am Ende des Satzes die Lippen zusammenpresste, verriet mir, wie er wirklich fühlte. Ich war mir allerdings nicht sicher, vor wem er seine Gefühle zu verbergen versuchte. Vor mir? Vor der Welt? Oder vor sich selbst?

Ich trat noch näher an ihn heran. Bis sich unsere Körper beinahe berührten und ich die Wärme spüren konnte, die von ihm ausging, auch wenn seine Ausstrahlung eisig war. Ich rief mir in Erinnerung, dass diese Kälte nicht mir galt, und dennoch fühlte ich mich in diesem Moment eigenartig hilflos. Normalerweise hätte ich Julian in den Arm genommen, ihn getröstet und ihm versichert, dass es seinem Dad bald wieder gut gehen würde. Doch diese Situation war anders.

»Soll ich dich ins Krankenhaus fahren?«, fragte ich und legte ihm sachte eine Hand auf den Rücken. Eine Geste, die ihm Trost spenden sollte. Doch stattdessen spannte er die Muskeln unter meiner Berührung an und machte einen Schritt zur Seite.

Meine Finger rutschten von ihm ab, und ich musste dem Drang widerstehen, sie in den Stoff seines Hemdes zu krallen.

Er schüttelte den Kopf. »Das ist nicht nötig. Meine Mom meinte, ich soll nicht kommen. Außerdem leben meine Eltern in Idaho.«

Verunsichert sah ich Julian an. Hätte ich erfahren, dass mein Dad einen Herzinfarkt erlitten hatte, wäre es mir unmöglich gewesen, ihn nicht zu besuchen.

»Bist du dir sicher? So ein Herzinfarkt ist eine ernste Angelegenheit.« *Was, wenn dein Dad ihn nicht überlebt?*

»Ich weiß, aber meine Eltern und ich haben kein enges Verhältnis«, sagte Julian. In diesem Moment trug er sein Superheldenkostüm wieder wie eine Maske, die mich nicht erkennen ließ, wer er wirklich war. Was er wirklich fühlte.

»Das verstehe ich, aber dein Dad –«

»Bekommt vermutlich gleich noch einen Herzinfarkt, wenn er mich sieht«, unterbrach mich Julian schroff. »Also hör auf zu nerven. Sie wollen mich nicht sehen. Genauso wenig wie ich sie. Ende der Geschichte.«

Ohne mir eine Chance zu geben, etwas darauf zu erwidern, wandte er sich ab und ging zurück in den Seminarraum.

Ich hielt die Tür auf, bevor sie hinter ihm zufallen konnte, rührte mich jedoch nicht vom Fleck, sondern beobachtete, wie er sich an seine Staffelei setzte und nach einem Stift griff, als wäre nichts passiert. Als hätte er nicht gerade eine Nachricht bekommen, welche die Welt der meisten Menschen zutiefst erschüttert hätte.

Das war kein normales Verhalten. Unweigerlich fragte ich mich, ob es einen Zusammenhang zwischen der kaputten Beziehung zu seinen Eltern und Sophias Tod gab. Ein solcher Schicksalsschlag konnte jede Familie auseinanderreißen.

17. Kapitel

Den Rest des Tages konnte ich mich auf nichts mehr konzentrieren. Meine Gedanken wanderten immer wieder zu Julian und seinem Vater. Ich fragte mich, ob es den beiden gut ging und ob es die richtige Entscheidung von Julian gewesen war, auf seine Mom zu hören. Dass sie von ihm verlangt hatte, nicht ins Krankenhaus zu kommen, erinnerte mich in gewisser Weise an die Geschichte mit Adrian. Es war nicht dasselbe, aber ich sah eine Verbindung, die mir einfach nicht aus dem Kopf gehen wollte. Zwei junge Männer, verstoßen von ihrer Familie. Aber was, wenn Julian deswegen die letzte Chance, mit seinem Dad reden zu können, verspielte? Wäre es um meinen Vater gegangen, hätte ich mir das niemals verziehen. Und ich war mir beinahe sicher, dass sich auch Adrian auf eine solche Nachricht melden würde. Doch sie war zu makaber, zu grausam, um sie als falschen Vorwand zu benutzen, um ihn damit zu einer Reaktion zu zwingen.

»Hast du am Samstag schon was vor?«, fragte Lilly mit viel zu viel Energie für jemanden, der gerade eine Stunde Sport hinter sich hatte. Sie hatte erfahren, dass Tanner am Wochenende nach Hause kommen würde, und seitdem verhielt sie sich, als würde Espresso statt Blut durch ihre Adern fließen.

»Bisher nicht, aber wenn du so fragst, ändert sich das vermutlich gleich«, antwortete ich und strich eine dunkle Haarsträhne beiseite, die mir feucht im Gesicht klebte.

Wir saßen in der Sauna des Fitnessstudios. Als hätten wir

während des Trainings nicht schon genug geschwitzt. Aber Lilly hatte darauf bestanden hierherzukommen. Angeblich förderte das die Durchblutung und half dabei, Muskelkater vorzubeugen. Ich zweifelte daran. Mir war einfach nur heiß.

»Könnte Link bei dir übernachten? Ich weiß, du hast noch nie länger als einen Nachmittag auf ihn aufgepasst, aber ich wollte deinen Ratschlag befolgen. Du weißt schon … Den mit dem stundenlangen Sex. Dafür wollte ich ein Hotelzimmer für Tanner und mich buchen, aber ich kann unmöglich meine Eltern darum bitten zu babysitten. *Hey, Mom. Hey, Dad. Könntet ihr auf meinen Sohn aufpassen, damit mich euer Schwiegersohn in spe mal wieder richtig rannehmen kann?* Nein danke. Also, was meinst du? Könnte Link bei dir übernachten? Biiiiitte?« Sie zog das letzte Wort unendlich in die Länge.

»Klar. Ich will dir und deinen Orgasmen auf keinen Fall im Weg stehen«, antwortete ich, obwohl mir schon etwas unwohl war bei dem Gedanken, Link eine ganze Nacht bei mir zu haben. Ich liebte den kleinen Racker, aber meine Wohnung war so überhaupt nicht kindergerecht eingerichtet. Was, wenn er mit dem Kopf gegen den Schreibtisch stieß oder sich Acrylfarben in den Mund steckte?

Lilly strahlte mich über das ganze Gesicht an. »Danke. Du hast was gut bei mir.«

Ich nickte und schenkte ihr ein mattes Lächeln.

»Okay, ich wollte zuerst nicht nachfragen, um dich nicht zu nerven, aber ich kann deine Stimmung unmöglich länger ignorieren.« Lilly sah mich besorgt an. »Was ist los? Du siehst genauso enttäuscht und traurig aus wie damals, als du dachtest, man hätte *Lucifer* abgesetzt.«

Ich seufzte. »Es geht um Julian.«

»Wieso überrascht mich das nicht? Was hat er dieses Mal angestellt?«

»Nichts. Sein Dad liegt im Krankenhaus.«

»Oh, das tut mir leid.« Lilly beugte sich zu mir herüber, als wollte sie mich trösten. Dabei verrutschte ihr Handtuch, und sie griff so eilig nach dem Knoten, der es über ihren Brüsten zusammenhielt, als fürchtete sie, ich könnte zu viel von ihrem Körper sehen. »Was ist passiert?«

»Er hatte einen Herzinfarkt, und Julian will ihn nicht besuchen.«

Lilly runzelte die Stirn. »Wieso nicht?«

»Anscheinend ist er mit seinen Eltern zerstritten.«

»Weißt du wieso?«

Ich presste die Lippen aufeinander und zögerte, meine Theorie mit ihr zu teilen. Hier ging es nicht um mich, sondern um Julian, und so wie ich ihn kannte, wollte er nicht, dass die ganze Welt über sein Leben Bescheid wusste. Doch wenn ich nicht mal mit Lilly darüber reden konnte, mit wem dann? Ich wollte die Sorgen nicht in mich hineinfressen, und schließlich war sie meine beste Freundin. Außerdem kannte sie Julian im Gegensatz zu Auri und Cassie nicht, und es bestand auch nicht das Risiko, dass sie sich auf dem Campus über den Weg liefen.

»Ich glaube, es hat etwas mit seiner Schwester zu tun. Sie ist tot.«

»Shit.« Einen Moment schien Lilly sprachlos. »Wie ist sie … du weißt schon …«

»Ich bin mir nicht sicher, Julian wollte nicht darüber sprechen. Aber ich habe dir doch von seiner Narbe erzählt.«

Lilly nickte.

»Ich vermute, dass sie von einem Autounfall stammt, bei dem Sophia gestorben ist.«

»Wow, das wäre heftig. Meinst du, es war Julians Schuld?«

Der Gedanke war mir bisher noch nicht gekommen, aber womöglich hatte Lilly recht. Ich war mir sicher, dass Julian

Sophia niemals mit Absicht geschadet hätte, aber Unfälle passierten. Dafür war nicht mehr nötig als eine glatte Fahrbahn. »Ich weiß es nicht«, gestand ich.

»Oh Mann. Weißt du, wie alt Sophia war?«

Ich seufzte. »Keine Ahnung. Jung. Julian hat ein Bild von ihr in seinem Zimmer, darauf ist sie acht oder neun. Wäre sie viel älter geworden, hätte er ein aktuelleres Foto dort stehen, oder?«

»Vermutlich«, murmelte Lilly. Trotz des Dampfes und der Hitze, die ihre Wangen röteten, entging mir nicht, wie traurig sie auf einmal aussah. Mit Sicherheit dachte sie an Lincoln und daran, wie es wäre, ihn zu verlieren. »Und was willst du jetzt tun?«

»Keine Ahnung.«

Hör auf zu nerven. Seine schroffen Worte hallten noch immer in meinen Ohren nach. Sie hatten meinem Herzen einen Stich versetzt, obwohl ich wusste, dass ich sie nicht persönlich nehmen durfte. Es waren Angst und Schmerz gewesen, die aus Julian gesprochen hatten. Er wollte vielleicht glauben, dass sein Dad ihm nicht wichtig war, aber ich hatte gehört, wie besorgt er sich nach seinem Zustand erkundigt hatte. Ein Teil von ihm hing noch an seinen Eltern, auch wenn er es leugnete, aber wie konnte ich ihm das begreiflich machen, wenn er nicht mit mir redete?

»Und seine Eltern nehmen das einfach hin?«, fragte Lilly.

»Offenbar. Er meinte, sie wollen ihn auch nicht sehen.«

»Klingt heftig. Ich meine, da haben sie schon ein Kind verloren und dann gehen sie so mit Julian um? Man sollte denken, dass sie ihn nach einer solchen Sache besonders an sich binden wollen.«

»Trauer kann komische Dinge in Menschen auslösen.« Ich zuckte hilflos mit den Schultern. »Aber vielleicht irre ich mich auch. Es ist nur eine Theorie, die irgendwie passt und erklären würde, woher Julians Narbe stammt. Aber vermutlich liege ich vollkommen daneben.«

»Das glaub ich nicht. Meistens ist die einfachste Erklärung auch die richtige.«

»Das macht es nicht besser.«

»Ich weiß.« Lilly ließ den Knoten ihres Handtuchs los und griff nach meiner Hand. Sanft drückte sie meine Finger. »Du kannst nicht mehr tun, als für Julian da zu sein.«

Aber ich bin nicht für ihn da. Ich hatte ihn nach dem Zeichenkurs bei Steven einfach gehen lassen, als wäre nichts gewesen. Julian wünschte sich vielleicht, dass ihn die Sache mit seinem Dad kaltließ, aber dem war nicht so. Ich hatte es am Klang seiner Stimme gehört und in seinen Augen gelesen, bevor er sich seine Maske übergestreift hatte.

Hör auf zu nerven.

Nein, ich würde nicht aufhören zu nerven. Er sollte jetzt nicht allein sein, sondern jemanden an seiner Seite haben, der für ihn da war. Und ich wollte dieser Jemand für ihn sein.

»Julian?« Ich klopfte an seine Zimmertür und versuchte das Kribbeln zu ignorieren, dass die bohrenden Blicke von Cassie und Auri in meinem Rücken verursachten. Ich konnte es ihnen nicht verdenken. Es war nach acht Uhr, und ich war in ihre Wohnung marschiert wie ein Soldat auf einer Mission. »Julian? Bist du noch wach?«

»Jetzt ist er es auf jeden Fall«, hörte ich Auri hinter mir murmeln.

Ich warf ihm einen finsteren Blick über die Schulter zu, den ich allerdings nicht lange aufrechterhalten konnte. Er saß zusammen mit Cassie auf der Couch, um sie herum lagen Berge aus Stoff und Bastelutensilien. Beide trugen ihre Kostüme oder zumindest einen Teil davon. Cassie saß praktisch auf Auris

Schoß und versuchte, einen Aufsatz spitzer Ohren an ihm zu befestigen. Die beiden waren süßer als das Frosting, mit dem Aliza ihre Cupcakes verzierte.

Ich klopfte noch einmal bei Julian.

Es dauerte einen weiteren Moment, dann war ein Miauen zu hören. Gefolgt von Schritten. Die Tür schwang auf, und ein schwarzer Schatten huschte an mir vorbei zu den Sachen, die Cassie und Auri auf dem Boden verteilt hatten. Sofort stürzte sich Laurence auf etwas, das aussah wie ein Schulterpolster, und verbiss sich darin.

»Was ist los?«, fragte Julian.

Anscheinend hatte er noch nicht geschlafen, aber offensichtlich auch nicht mehr geplant, unter Menschen zu gehen. Er trug eine graue Jogginghose mit einem Kaffeefleck auf dem Oberschenkel, ein zerknittertes Shirt und darüber ein kariertes Hemd, an dessen Ärmel er herumzupfte, als hätte er es sich gerade erst übergeworfen. Es war allerdings nicht die Tatsache, dass er mal wieder versuchte, seine Narbe vor mir zu verstecken, die mir Unwohlsein bereitete, sondern der Umstand, dass seine Augen glasig und gerötet und seine dichten Wimpern noch dunkler als sonst waren. Er hatte geweint, und diese Erkenntnis brach mir das Herz. Ich wollte ihn in die Arme schließen und halten, bis all sein Schmerz der Vergangenheit angehörte, aber mein Gefühl sagte mir, dass er das nicht wollte.

Hör auf zu nerven.

»Du musst mir mit etwas helfen«, sagte ich stattdessen.

»Womit?«

»Kindersicherungen.« Ich hob eine der Packungen in die Höhe, die ich im Baumarkt gekauft hatte. »Lilly hat mir verkündet, dass Link am Wochenende bei mir übernachten wird, und ich habe Angst, ihr Kind kaputt zu machen. Dann würde ich ihr eines schulden.«

»Muss das jetzt sofort sein?«

»Absolut. Morgen hab ich keine Zeit.« Lüge. »Und sonst bist du unter der Woche immer so beschäftigt mit der Uni, deinen tausend Jobs und geheimen Treffen.« Wahrheit. »Bitte?« Ich legte meine Hände wie im Gebet aneinander. »Du schuldest mir noch ein paar Stunden deiner Zeit.« Ich war mir sicher, dass Julian mir so oder so helfen würde, aber dieser Satz war der letzte Nagel im Sarg.

Er seufzte. »Gib mir eine Minute.«

»Klar.«

Er schlüpfte in sein Zimmer zurück, ließ die Tür jedoch offen stehen, was ich als Einladung deutete. Ich folgte ihm, und auch Laurence flitzte ihm nach, das Schulterpolster im Schlepptau. Es war viel zu groß für ihn, und er stolperte immer wieder über den Stoff. Dennoch gab er nicht auf und schleifte das Polster bis in sein Körbchen. Ich setzte mich daneben und griff nach dem provisorischen Spielzeug, um es hin und her zu bewegen. Wie die kleine Raubkatze, die er war, griff Laurence an und begann mit den Hinterpfoten danach zu treten.

»Wie alt ist Link eigentlich?«, fragte Julian, der sich hinter mir umzog.

»Drei.«

»*Du* sollst auf einen Dreijährigen aufpassen?«

»Sag das nicht so«, mahnte ich und stupste Laurence mit dem Zeigefinger meiner freien Hand an, worauf er sich noch fester in das Schulterpolster verbiss. »Ich habe schon öfter auf Link aufgepasst. Und bisher musste ich nur einmal mit ihm ins Krankenhaus fahren.«

»Ernsthaft?«

»Ja, aber das war nicht meine Schuld«, erklärte ich, auch wenn ich mich danach tagelang schuldig gefühlt hatte, obwohl mir Lilly den Zwischenfall nie übel genommen hatte. »Wir waren im Park, und er hat beim Krabbeln in eine Biene gefasst, die sich im Gras versteckt hatte.«

»Du hättest eine Decke unterlegen können.«

»Wenn du dich so gut mit Kindern ausken–« Ich verstummte. Der Rest des Satzes blieb mir in der Kehle stecken.

Ich hatte mich zu Julian umgedreht. Allerdings war er noch nicht vollständig umgezogen, was mir einen ungehinderten Blick auf seinen nackten Oberkörper erlaubte. Feine Muskeln zeichneten sich unter seiner Haut ab, aber sie waren nicht der Grund für mein plötzliches Schweigen. Es war die verblasste Narbe, die unterhalb seines Herzens saß und von dort quer über seine Brustmuskeln verlief und sie leicht verformte. Das Mal stammte nicht von einer Verbrennung, sondern von einem Schnitt, der sorgfältig wieder zusammengeflickt worden war. Und unter seiner Boxershorts glaubte ich eine weitere Narbe hervorblitzen zu sehen.

Julian räusperte sich vernehmlich.

Beschämt riss ich den Blick von seinem Oberkörper los und sah ihm in die Augen, bemüht, meine Gesichtszüge unter Kontrolle zu halten. Auf keinen Fall sollte er meinen Schock mit Ekel verwechseln.

»Was wolltest du sagen?«, fragte Julian und streifte sich ein frisches Shirt über, die Bewegung eine Spur zu hastig, um gleichgültig zu wirken.

Ich schluckte schwer und versuchte, mich daran zu erinnern, worüber wir gesprochen hatten, auch wenn ich Julian mehr denn je nach seinen Narben fragen wollte.

»Wenn … wenn du dich so gut mit Kindern auskennst … wieso kommst du am Samstag nicht vorbei und hilfst mir mit Link?«

Julian nahm sein Handy vom Bett und stopfte es in seine Hosentasche. »Um wie viel Uhr?«

»Keine Ahnung. Irgendwann abends.«

»Da bin ich bei Crooked Ink. Aber wir können zusammen frühstücken gehen.«

Ich runzelte die Stirn. »Du willst mit Link und mir frühstücken?«

»Klar, warum nicht?«

Weil sich die meisten Typen auf dem College lieber den kleinen Finger abhacken würden, als ihren freien Tag mit einem Kind zu verbringen, das nicht ihres ist, vor allem wenn dabei keine sexuelle Gefälligkeit für sie rausspringt. Wobei ich mich zu Letzterem durchaus hätte hinreißen lassen können. Daran änderte auch das, was ich gesehen hatte, nichts.

»Es überrascht mich nur«, antwortete ich und stand auf. Sofort riss Laurence das Schulterpolster an sich. Vermutlich würden Auri und Cassie nichts mehr davon zu sehen bekommen. »Fertig?«

Julian nickte, und unter den neugierigen Blicken von Auri und Cassie gingen wir in meine Wohnung.

Ich hatte Julians Werkzeugkoffer, den er bei mir gelassen hatte, schon bereitgestellt. Die Tüte aus dem Baumarkt stand auf der Küchentheke neben der Müslischale mit den Milchresten, die ich am Morgen nicht aufgeräumt hatte. Auf dem Hocker daneben lag noch immer das Handtuch, mit dem ich mir die Haare abgetrocknet hatte.

»Okay, lass mal sehen.« Julian inspizierte meine Einkäufe, die von Plastikaufsätzen für spitze Kanten bis hin zu Kindersicherungen reichten, die man in Schränken und Schubladen installierte, damit sie sich nicht ohne Weiteres öffnen ließen. »Glaubst du nicht, du übertreibst etwas?«, fragte er und hielt ein Ding in die Höhe, dass der Grafik auf der Verpackung nach dazu gedacht war, Klodeckel geschlossen zu halten.

»Was, wenn Link aus der Toilette trinkt?«

»Er ist kein Hund.«

»Aber er hat den Verstand eines Hundes.«

Wortlos hob Julian die rechte Augenbraue.

»Was? Das ist wissenschaftlich belegt. Hunde sind genauso intelligent wie Kleinkinder. Das stand in einem Magazin, das ich beim Frauenarzt gelesen habe.«

Julian schnaubte. »Hauptsache, du spielst mit ihm nicht Hol-das-Stöckchen.«

»Nein, ich bring ihm gerade Sitz, Platz und Stell-dich-tot bei.«

Julian lachte, und als seine Augen dieses Mal feucht wurden, wusste ich, dass es keine Tränen der Trauer waren und es die richtige Entscheidung gewesen war, ihn aus seinem Zimmer zu locken. »Bitte versprich mir, niemals Kinder zu bekommen«, sagte er, noch immer amüsiert.

»Nichts leichter als das. Ich seh mich eh viel mehr als coole Tante.«

»Du willst keine Kinder?«

»Nope.«

»Wieso nicht?«

Ich zuckte mit den Schultern. »Du hast doch gerade selbst gesagt, ich sollte keine bekommen.«

Julian wurde überraschend ernst. »Du weißt, dass das nur ein Scherz war, oder?«

»Schon, aber ich kann es mir einfach nicht vorstellen.« Jedes Mal, wenn das Thema aufkam, versicherten mir irgendwelche Menschen, denen mein Uterus eigentlich hätte egal sein sollen, dass ich meine Meinung noch ändern würde, wenn ich erst einmal älter war oder den richtigen Mann gefunden hatte. Sie irrten sich. »Was ist mit dir?«

»Ob ich Kinder will?«

Ich nickte.

»Keine Ahnung.« Er zuckte mit den Schultern. »Ich weiß nicht. Vielleicht. Irgendwann. Oder auch nicht.«

Ich lachte. »Keine Panik, du musst das nicht sofort entscheiden. Das Einzige, was du jetzt entscheiden musst, ist, ob du dieses Ding …« Ich hob eine Plastikverpackung in die Höhe. »… oder dieses Ding …« Ich hob eine zweite in die Höhe. »… zuerst anbringen möchtest.«

Julians Wahl fiel auf die Sicherungen, die vermeiden sollten, dass Link meine Schubladen aufziehen konnte. Die erste Installation dauerte eine Weile, aber nachdem wir den Dreh raushatten, kamen wir schnell voran, wobei Julian den Großteil der Arbeit leistete. Ich reichte ihm lediglich das entsprechende Werkzeug.

»Wie hat dir eigentlich der Kurs heute gefallen?«, fragte er, während er gerade dabei war, die gefühlt hundertste Schraube an diesem Abend festzuziehen.

»Gut.«

Er hielt in seiner Arbeit inne. »Das ist alles? Gut?«

»Nein. Es war nicht nur gut. Es war großartig«, gestand ich, obwohl ich bisher kaum Zeit gehabt hatte, wirklich über den Kurs nachzudenken. Den Rest des Tages hatten Julian und sein Dad meine Gedankenwelt für sich eingenommen. Doch in der Zeichnung zu versinken war wie ein Rausch gewesen. Ich hatte überhaupt nicht bemerkt, wie schnell die Zeit vergangen war. Wäre der Anruf von Julians Mom nicht gewesen, hätte ich vermutlich den ganzen Tag im Atelier verbringen können. »Ich finde es fantastisch, wie Professor Hopkins seinen Kurs leitet, und mit Marie hat er ein wunderbares Model gewählt. Ich wünschte, ich könnte ihr Porträt beenden.«

»Was hält dich davon ab?«

»Dass ich nicht für den Kurs eingeschrieben bin?«

»Das ist doch nur eine Formalität.«

»Die aber nicht ganz unwichtig ist. Es war nett von Hopkins, mich für eine Stunde hospitieren zu lassen, aber sicherlich will er nicht ständig heimliche Zuhörer haben.«

Julian verzog den Mund zu einem wissenden Schmunzeln. »Und wenn doch?«

»Wie meinst du das?«

»Steven hat mich heute zwischen zwei Kursen im Flur abgefangen und nach dir gefragt. Deine Zeichnung hat ihn sehr beeindruckt. Er meinte, du hast ein Talent, das gefördert werden sollte, und dass du mich jederzeit wieder begleiten darfst. Zwar ist es zu spät, um noch offiziell in den Kurs zu wechseln, aber du könntest dir eine Grundlage für das nächste Semester erarbeiten.«

Sprachlos starrte ich Julian an und versuchte zu begreifen, was ich da eben gehört hatte. Hopkins hatte nach mir gefragt? Er wollte mich in seinem Kurs haben? Ein Kunststudium war immer mein Traum gewesen. Ein Traum, den ich verworfen hatte. Für Adrian und die Zukunft meiner Familie. Aber seit dem Streit mit meinen Eltern waren meine Überzeugungen und Pläne ins Wanken geraten. Mir war es immer darum gegangen, meine Familie zu retten. Inzwischen war ich mir jedoch nicht mehr sicher, ob sie es wirklich wert war, gerettet zu werden.

»Denk einfach darüber nach«, sagte Julian und schraubte weiter an der Kindersicherung. »Die nächste Vorlesung ist wieder am Dienstag. Wir können zusammen hingehen.«

Das klang fast zu gut, um wahr zu sein. »Und Hopkins meint das wirklich ernst?«

»Steven würde nie scherzen, wenn es um Kunst geht.«

Ich nickte und konnte mein Lächeln nicht verbergen. Noch war ich mir nicht sicher, ob ich den Kurs wirklich besuchen sollte; ich würde dadurch eine meiner Vorlesungen verpassen, die zum selben Zeitpunkt stattfand. Und vermutlich würde es die ohnehin schon brüchige Mauer meiner Selbstbeherrschung endgültig zum Einsturz bringen. Doch allein das Wissen um die Möglichkeit stimmte mich glücklich.

»Das war's. Meine Wohnung ist jetzt vermutlich der sicherste Ort in ganz Mayfield«, sagte ich und reichte Julian den letzten Kantenschutz, den er an meinem Wohnzimmertisch festklebte.

Sämtliche Sicherungen anzubringen hatte uns doch mehr Zeit gekostet als zuerst angenommen, aber mein Plan, Julian abzulenken, war aufgegangen. Er hatte in den letzten Stunden kein einziges Mal traurig oder besorgt ausgesehen. Ununterbrochen hatten wir über alles Mögliche geredet. Eine Weile hatte sich das Gespräch noch um Hopkins, seinen Kurs und die Kunst gedreht, bevor wir auf meine Lieblingscomics und Graphic Novels zu sprechen gekommen waren und den Aufwand, den es bedeutet hatte, sie richtig in die Regale einzusortieren. Anschließend hatte mir Julian von Fallingwater erzählt, seinem zweitliebsten Gebäude nach dem Habitat 67, und ich hatte versucht, mir möglichst viele der Informationen zu merken, um sie später an Adrian schicken zu können.

»Sie ist *fast* der sicherste Ort«, sagte Julian und stand vom Boden auf. »Eine Sache wäre da noch.«

»Ach ja?« Suchend sah ich mich um, ob ich einen Teil meines Einkaufs vergessen hatte, aber die Tüte aus dem Baumarkt war leer. »Und was?«

Julian stemmte die Hände in die Hüften und nickte in Richtung meiner Festung, die mitten im Wohnzimmer stand. »Wir sollten die Kisten aufräumen.«

Ich schüttelte den Kopf. »Auf keinen Fall. Link wird die Burg lieben.«

»Und was ist, wenn er dagegenläuft und Kisten auf ihn fallen?«

»Kann das passieren?«

»Ich weiß nicht. Sag du es mir.«

Ich musterte meine Festung. Sie war tatsächlich nicht mehr die stabilste. Viele der Kartons, die vor einigen Wochen noch vollkommen intakt gewesen waren, waren an der einen oder anderen Seite eingeknickt. Eine Kiste hatte ich sogar wie bei einem Jenga-Spiel herausgezogen, weil ich darin eine alte Zeichenmappe vermutet hatte. Ich hatte sie zwar wieder zurückgeschoben, aber ganz offensichtlich hatte die Aktion der Statik meiner Festung nicht gutgetan.

Ich stieß ein Seufzen aus. Julian hatte recht, zumal einige der Kartons wirklich schwer waren. »Einverstanden, aber ich tue das nur für Links Sicherheit.«

»Er wird das Opfer zu schätzen wissen.« Julian legte mir eine Hand auf die Schulter und rieb mir tröstend über den Rücken.

Der Druck seiner Finger verursachte ein nervöses Flattern in meinem Magen, und eine prickelnde Hitze breitete sich in meinem gesamten Körper aus. Ich stellte mir vor, wie es wäre, würde er seine Hand tiefer wandern lassen, bis zu meiner Hüfte, um seine Finger unter den Stoff meines Shirts zu schieben. Langsam würde er meine Wirbelsäule entlangstreichen bis zum Verschluss meines BHs … Allein die Vorstellung brachte meine Haut zum Kribbeln und mein Herz zum Rasen.

Ich sah zu Julian auf. Das Flattern in meinem Inneren vervielfachte sich, als sich unsere Blicke begegneten. Was würde er tun, wenn ich mich vorbeugen und ihn küssen würde? Bisher hatte ich nie gezögert, den ersten Schritt bei einem Mann zu machen, aber bisher hatte ich auch nichts zu verlieren gehabt. Mit Julian war das anders. Ich zögerte, weil ich unsere Freundschaft nicht mit einer unbedachten Handlung in Gefahr bringen wollte. Zwar hatte er längst zugegeben, dass er mich mochte, aber mochte er mich oder *mochte* er mich? Und war er bereit zuzulassen, dass sein Leben meinetwegen komplizierter wurde? *Das Leben ist einfacher, wenn ich allein bin.* Jede Stunde, die wir miteinander verbrachten, beraubte ich ihn der Einsamkeit, von der er glaubte, sie wäre besser für ihn. Glaubte er das nach all der Zeit noch immer?

»Was ist los?« Julians Stimme holte mich aus meinen Gedanken. Er suchte meinen Blick und hielt ihn fest.

Ich fragte mich, ob er in meinen Augen lesen konnte, was in mir vorging. Ein Teil von mir wünschte es sich, denn vielleicht würde er mich dann von den Zweifeln erlösen, die in meinem Kopf miteinander rangen.

»Ist es wegen der Festung?«

»Ich …« Die Worte wollten mir einfach nicht über die Lippen kommen. Gleichzeitig wurde meine Kehle trocken. Ich hatte das Gefühl, Julian alles sagen zu können, nur nicht, was ich in diesem Moment wollte und fühlte. Also wählte ich den feigen Weg. Ich trat einen Schritt zur Seite. Seine Hand glitt von meinem Rücken, und ich setzte ein falsches Lächeln auf, obwohl mich das Gefühl, etwas Wichtiges verloren zu haben, plötzlich mit voller Härte traf. »Ich nehm zuerst die Lichterketten ab«, krächzte ich heiser und krabbelte schleunigst in die Festung, bevor er mich durchschauen konnte.

Eilig machte ich mich an den Lichterketten zu schaffen, um nicht darüber nachdenken zu müssen, was da eben passiert war. Doch lange konnte ich meinen Gedanken keinen Einhalt gebieten. Mir fiel eine Redewendung ein: Du bereust nicht die Dinge, die du getan hast, sondern die Dinge, die du nicht getan hast. Ich fragte mich, ob ich meine Entscheidung bereuen würde. Würde ich es bedauern, die Chance verpasst zu haben,

Julian zu küssen? Dabei wusste ich nicht mal, ob er es überhaupt zugelassen hätte. Er hatte nie angedeutet, dass er etwas anderes von mir wollte als Freundschaft. Und ganz genau genommen hatte er nicht einmal die gewollt. Ich hatte sie ihm mehr oder weniger aufgezwungen. Wie würde er reagieren, wenn ich nun noch mehr von ihm verlangte? Würde er sich wieder zurückziehen? Würde ich alles kaputt machen, was wir uns in den letzten Wochen aufgebaut hatten?

Ich stieß ein frustriertes Knurren aus und riss einen der Tesastreifen, mit denen ich die Lichterketten festgeklebt hatte, mit einer solchen Wucht ab, dass meine Hand gegen einen der gegenüberliegenden Kartons knallte. Vor Schreck fuhr ich in die Höhe und schlug mir den Ellenbogen an, was meine Festung gefährlich ins Wanken brachte. »Fuck!«

»Alles gut da drin?«, fragte Julian und spähte durch den Eingang.

Ich lächelte verkrampft. »Bestens.«

»Sicher?«

»Ja. Ich muss nur besser aufpassen.«

»Okay, lass mich wissen, wenn ich dir helfen kann.«

Ich nickte und löste die restlichen Lichter, zu eingenommen von meinen Gefühlen, um meiner Festung nachzutrauern. Schließlich schob ich die Ketten, Decken und Kissen durch die Öffnung. Julian räumte sie zur Seite, und wir begannen mein Bauwerk auseinanderzunehmen, bis sämtliche Kisten fest auf dem Boden standen.

»Du musst mir nicht beim Auspacken helfen. Das schaff ich allein«, sagte ich, ohne Julian anzusehen und bemüht, möglichst gleichgültig zu klingen, obwohl mir seine Anwesenheit alles andere als das war. Die Vorstellung, ihn zu küssen, hatte sich in meinen Gedanken festgesetzt, und das Kopfkino lief in einer einzigen Dauerschleife. Seine Hände an meinem Körper.

Seine Lippen auf meinem Mund … Ich musste aufhören, daran zu denken.

Julian schnaubte amüsiert. »Würde das stimmen, wären die Kartons längst verschwunden. Außerdem sind wir zu zweit wesentlich schneller.«

Bevor ich protestieren konnte, schnappte er sich eine der Kisten und machte sich völlig selbstverständlich an die Arbeit. Da er sämtliche Regale und Schränke in meiner Wohnung aufgebaut hatte, wusste er genau, was ich wo haben wollte.

Einen Moment erlaubte ich mir, ihm zuzusehen und das Spiel seiner Muskeln unter seinem Hemd zu bewundern, bevor ich mir ebenfalls einen Karton heranzog, auf den ich mit schwarzem Marker *Kleiderschrank* geschrieben hatte. Ich trug ihn ins Schlafzimmer und machte mich daran, die Sachen in den Schrank zu hängen. Das meiste waren Kleider und Blusen, die mir meine Mom gekauft hatte. Der einzige Grund, weshalb sie noch nicht im Secondhandladen gelandet waren, war der, dass sie von mir erwartete, dass ich die Sachen zu einem bestimmten Anlass trug. »Ich hoffe, dir gefällt das Kleid. Es wäre großartig für das kommende Sommerfest.« – »Ist das nicht eine süße Bluse? Die könntest du zur Taufe vom kleinen Washington tragen.« – »Dieser Blazer ist wie geschaffen für die nächste Familienfeier. Findest du nicht?« *Nein.* Aber ich hatte nie widersprochen, weil es mir keinen Streit wert gewesen war. Langsam fragte ich mich allerdings, ob ich meinen Eltern gegenüber immer viel zu schnell nachgegeben hatte. Nicht nur in Kleiderfragen, sondern auch bei vielen anderen Dingen. Vielleicht hätten sie Adrian nicht weggeschickt, wenn sie meine Reaktion schon damals mehr gefürchtet hätten.

»Micah?«, erklang Julians Stimme direkt hinter mir.

Erschrocken wirbelte ich herum, eine Hand gegen meinen Brustkorb gedrückt. Mein Herz pochte rasend schnell. »Schleich dich nicht so an!«

Er lachte. »Sorry. Ich habe das hier in einem der Kartons gefunden.« Er reichte mir eine Karte.

Ich nahm sie entgegen und betrachtete das darauf abgedruckte Logo. »Cruel Aero. Das ist Adrians Lieblingsband«, erklärte ich mit einem schwachen Lächeln. Wir hatten die Karten nur wenige Tage vor seinem Verschwinden gekauft. Gemeinsam hatten wir vor dem Computer gesessen und diskutiert, ob wir uns die regulären oder die VIP-Tickets holen sollten, um die Band im Anschluss treffen zu können. Das Konzert war diesen Freitag. »Ich hatte ganz vergessen, dass ich die habe.«

»Gehst du hin?«

»Ich weiß nicht.« Ich konnte mit der Musik von Cruel Aero nicht wirklich etwas anfangen. Sie war nicht schlecht, entsprach aber einfach nicht meinem Geschmack. Ich wäre nur Adrian zuliebe auf das Konzert gegangen.

»Wenn du die Karten verkaufen willst, ein Freund von mir –«

»Nein«, unterbrach ich Julian und drückte mir die Karten an die Brust, als wären sie mein wertvollster Besitz. »Ich geh hin!« Womöglich erinnerte sich Adrian an unsere Tickets und ging auf das Konzert. Oder auch nicht. Aber ich durfte diese Chance nicht verstreichen lassen.

Julian musterte mich besorgt, als fürchtete er, ich könnte jeden Augenblick in Tränen ausbrechen wie damals auf dem Dach der Oase. Nach ein paar Sekunden trat ein Mut machendes Lächeln auf seine Lippen. »Wenn er die Band so mag, wie du sagst, wird er sich die Gelegenheit, sie live zu sehen, sicherlich nicht entgehen lassen.«

»Ich hoffe es.« *Von ganzem Herzen.*

Ich betrachtete die Karten in meiner Hand und lief an Julian vorbei zu meinem Nachttisch. Vorsichtig legte ich sie in die Schublade, damit sie nicht verloren gingen. Dann wandte ich mich wieder Julian zu, der sich in meinem Zimmer umsah.

Es hatte sich verändert, seit wir zusammen die Dokumentation über Architektur geschaut hatten. Ich hatte mir ein paar Poster aus dem Capes and Books geholt und eine magnetische White-Board-Folie an eine Seite der Wand geklebt. Daran hatte ich Entwürfe der *Albtraumlady* befestigt. Ein Durcheinander aus Pfeilen und Notizen sollte mir dabei helfen, endlich mit der Geschichte weiterzukommen. Obwohl mir das Wichtigste noch immer fehlte: die *Albtraumlady* selbst. Ich konnte das Bild von ihr, das ich in meinem Kopf hatte, einfach nicht auf Papier bannen.

»Was hörst du eigentlich für Musik?«, fragte ich Julian, um ihn von meinem White Board abzulenken. Ich war zwar selbstbewusst, wenn es um meine Zeichnungen und mein Können ging, aber ich mochte es nicht, wenn Leute Bilder von mir sahen, die noch Work in Progress waren.

Er zuckte mit den Schultern. »Alles.«

Ich hasste diese Antwort. »Niemand hört alles. Wer ist deine Lieblingsband?«

Nachdenklich neigte er den Kopf. »Ich schätze Linkin Park.«

»Das überrascht mich so absolut gar nicht.«

»Weil Linkin Park gefühlt die Lieblingsband von jedem in meinem Alter ist?«

»Nein, weil ich mir gut vorstellen kann, wie du als Dreizehnjähriger in deinem Zimmer rumgesessen und dich von der ganzen Welt missverstanden gefühlt hast. Vermutlich hast du damals Eyeliner getragen und dir die Nägel schwarz lackiert.«

Julian schnaubte. »Meine Nägel waren nie schwarz lackiert.«

»Aber du hast Eyeliner getragen?«

Schweigend presste er die Lippen aufeinander.

Ich lachte. »Wusste ich's doch.«

»Und was ist mit dir? Was hörst du am liebsten?«

»Im Moment? Selena Gomez.«

Julian runzelte die Stirn. »Die von Disney?«

»Das ist schon lange her.«

»Lass mal hören.«

Ich zog mein Handy wieder hervor und startete meinen derzeitigen Lieblingssong von Selena: *Bad Liar*. Und wie immer, wenn man jemandem etwas zeigte, das man mochte, war auch ich mir in diesem Moment dem Song und seiner Lyrics besonders bewusst. Ich erkannte, wie gut der Text meine Gedanken spiegelte und die Situation beschrieb, in der ich mich mit Julian befand.

»Gar nicht schlecht«, sagte Julian, nachdem die letzte Note verklungen war.

»Was ist dein Lieblingssong von Linkin Park?«

»*Waiting For The End.*«

Ich suchte danach und startete das Lied. Es kam mir bekannt vor, aber vermutlich hätte ich es nicht Linkin Park zuordnen können, hätte ich es im Radio gehört. Es war weniger rockig als erwartet, aber der Text passte zu den Geistern der Vergangenheit, mit denen Julian anscheinend zu kämpfen hatte. Ich fügte ihn meiner Playlist hinzu und stellte Linkin Park auf Shuffle.

Mit der Musik im Hintergrund machten wir uns daran, die restlichen Kartons auszupacken, wobei wir deren Inhalt einfach in irgendwelche Schubladen stopften, um die Kisten für Link aus dem Weg zu haben. Später war noch genug Zeit, Ordnung in das Chaos zu bringen. Dennoch war es bereits Mitternacht, als wir die letzte Kiste zusammenfalteten. Wir verstauten den Müll in dem zusätzlichen Zimmer, das ich derzeit noch nicht nutzte, und sperrten die Tür ab.

»*Jetzt* ist meine Wohnung der sicherste Ort in ganz Mayfield«, sagte ich erschöpft.

»Zumindest solange du dich nicht darin aufhältst.«

»He!« Ich boxte Julian empört gegen die Schulter.

Lachend taumelte er einen Schritt zur Seite. »Ich sag nur die Wahrheit.«

Ich strafte ihn mit einem finsteren Blick, konnte mein Grinsen jedoch nicht lange unterdrücken. In diesem Moment wurde mir klar, wie tief ich tatsächlich in der Scheiße steckte. Ich hatte mich geirrt. Ich hatte gehofft – *geglaubt* –, eine Freundschaft mit Julian wäre möglich, aber das stimmte nicht. Dafür reichten meine Gefühle zu tief. Es war zu früh, um an Liebe zu denken, aber ich hatte noch nie so für einen Menschen empfunden wie für ihn. In Gegenwart keiner anderen Person verspürte ich diese Leichtigkeit. Er ließ mich meine Sorgen und Probleme nicht vergessen, aber wenn er in meiner Nähe war, erschien alles erträglicher, unbedeutender und einfacher zu bewältigen.

»Ich sollte jetzt besser gehen. Es ist schon spät«, sagte Julian.

Ich folgte ihm zur Wohnungstür und suchte dabei fieberhaft nach einer Möglichkeit, ihn zum Bleiben zu bringen, aber meiner Wohnung fehlten nur noch zwei Dinge: ein Schuhregal und ein Bett. Keins von beidem konnten wir mitten in der Nacht aufbauen, ohne Probleme mit den Nachbarn zu bekommen.

An der Tür blieb Julian noch einmal stehen. Die Hand bereits am Griff drehte er sich zu mir um. Sein Lächeln war verschwunden, wodurch seine schönen Gesichtszüge ernst wirkten. Zuerst sagte er nichts, sondern bedachte mich nur mit einem eindringlichen Blick, der bis tief in mein Inneres drang.

Mein Herzschlag beschleunigte sich, und meine Kehle wurde trocken. Was, wenn er genauso fühlte wie ich?

»Danke, Micah.« Der Klang seiner Stimme ließ mich erschaudern.

»Bin nicht ich diejenige, die sich bedanken müsste?«

Er schüttelte den Kopf. »Ich weiß, was du für mich getan hast. Ich habe diese Ablenkung wirklich gebraucht. Du hast mir den Tag gerettet.«

Er beugte sich vor, und für einen kurzen Augenblick glaubte ich, er würde mich küssen. Doch seine Lippen trafen nicht auf meinen Mund, sondern streiften nur meine Wange. Dennoch spürte ich, wie mir am ganzen Körper hciß wurde. Eine Hitze, die sich ausbreitete wie ein Lauffeuer, das jeden Nerv in mir entfachte. Für einen Moment vergaß ich sogar, wie man atmete. Julians Bartstoppeln kratzten über meine Haut, und ich nahm seinen Duft wahr, der auf mich so verlockend wirkte wie der Geruch warmer Schokolade.

»Danke«, flüsterte er noch einmal neben meinem Ohr, und da erkannte ich, dass ich mich zuvor getäuscht hatte. Vielleicht war »Liebe« genau das Wort, an das ich denken sollte.

18. Kapitel

»Ich hab's!«, brüllte ich und versetzte damit den ganzen Laden in Aufruhr.

Mehrere Leute wandten den Kopf in meine Richtung, und eine ältere Dame neben mir blickte entsetzt auf. Entrüstet schüttelte sie den Kopf, als gehörte ich zu den größten Enttäuschungen ihres Lebens.

»Wo? Wo? Wo?« Sofort war Aliza bei mir. Sie riss mir die Zeitschrift, die ich gerade aus dem Ständer genommen hatte, aus den Händen. Eilig schlug sie das Inhaltsverzeichnis auf und blätterte durch die Seiten, bis sie fand, wonach sie gesucht hatte.

Ich bückte mich und nahm mir ebenfalls eine Ausgabe des neusten *Cooking Delicious Magazine.* Auf dem Cover waren mehrere Gläser gefüllt mit bunten Smoothies zu sehen. Darum herum waren zahlreiche Titel und Überschriften angeordnet. Eine davon lautete: *Foodblogs – Eine neue Generation an Köchen.*

Ich schlug den Artikel auf und suchte in dem achtseitigen Feature nach dem Beitrag über Aliza, die neben mir in Schweigen verfallen war und konzentriert las. Ich tat dasselbe, und mit jedem Wort wuchs mein Stolz. Aliza hatte die Reporterin wirklich beeindruckt, was nicht weiter verwunderlich war. Das Interview las sich großartig. Ihre Antworten waren genau auf den Punkt, und trotz ihrer Professionalität kam sie sehr sympathisch rüber, auch auf den Fotos. Man wollte sie sofort kennenlernen und ein Stück ihres Lieblingskuchens mit ihr teilen.

Aliza war vor mir fertig, und ich konnte spüren, wie sie mich beobachtete, während ich die letzten Absätze las. Ihre nervöse Freude war so ansteckend, dass ich fühlen konnte, wie sich das Papier unter meinen feuchten Fingern wellte. Schließlich blickte ich auf und in Alizas vor Aufregung funkelnde Augen.

»Und?«

»Ich weiß nicht, was ich sagen soll.« Ich grinste. »Bist du denn zufrieden?«, erkundigte ich mich, denn das war das Allerwichtigste.

Aliza überlegte einen Moment, dann nickte sie entschlossen. Die Kreolen in ihren Ohren wippten im Takt. »Ja. Sie haben ein paar meiner Antworten gekürzt, aber das war zu erwarten gewesen. Immerhin ist das kein achtseitiges Feature nur über mich.«

»Aber vielleicht sollte es das sein. Du hast das großartig gemacht.«

Ein breites Lächeln trat auf ihr Gesicht. »Findest du?«

Ich nickte. »Du kannst stolz auf dich sein. Ich bin es jedenfalls.«

»Danke, Micah.« Ich glaubte, Tränen in ihren Augen schimmern zu sehen, als sie sich vorbeugte, um mich zu umarmen.

Ich erwiderte die Geste, wobei ich mir ziemlich klein vorkam, denn während ich einfache Sneakers anhatte, trug Aliza High Heels, in denen sie gut einen halben Kopf größer war als ich.

Dann sammelten wir sämtliche Ausgaben des *Cooking Delicious Magazine* ein. Aliza wollte ein Exemplar für sich, eines für ihre Eltern und ein paar signieren und über ihren Blog verlosen.

Anschließend machten wir uns auf den Weg ins Wild Olive. Wir waren ziemlich spät dran und würden vermutlich die nächste Vorlesung verpassen, aber wir hatten Hunger, und schließlich gab es was zu feiern.

»Auf dich«, sagte ich, nachdem uns Kimberly zwei Gläser Limonade gebracht hatte, »und deinen Erfolg, der hoffentlich nie so groß wird, dass du das Jurastudium schmeißt und mich allein sitzen lässt.«

Aliza lachte. »Das würde mir nicht im Traum einfallen. Wenn, bist ohnehin du diejenige, die das Studium zuerst schmeißt oder zumindest die Richtung wechselt.« Sie sah mich wissend an. Ich hatte ihr erzählt, wie sehr ich den Aktzeichnen-Kurs bei Professor Hopkins genossen hatte, und auch von seinem Angebot, künftig regelmäßig daran teilzunehmen.

»Das ist wohl wahr«, gestand ich. »Aber heute geht es nicht um mich, sondern um diese Schätzchen hier.« Ich tätschelte den Stapel Zeitschriften, der neben uns auf dem Tisch lag, und hob mein Glas. »Auf dich und deinen Blog. Mögest du mir noch viele Cupcakes mitbringen. Cheers.«

»Cheers«, echote Aliza, und wir stießen an.

Kurz darauf brachte uns Kimberly das Mittagessen. Wir hatten jeweils eine Ausgabe des *Cooking Delicious* neben unseren Tellern aufgeschlagen und redeten über die Beiträge und Fotos der anderen Blogger. Ohne Zweifel hatten sie ebenfalls gute Interviews abgeliefert, aber Alizas schlug sie alle um Längen – zumindest in meinen Augen.

»Micah?«, fragte plötzlich eine Stimme, die mir fremd und vertraut zugleich war.

Ich sah auf und entdeckte zu meiner Überraschung Samantha, die neben unserem Tisch stand. Seit meinem Besuch bei Bright Canopy hatte ich sie nicht mehr gesehen. Sie trug ein sommerliches Kleid, und in der Hand hielt sie eine Tüte mit dem Logo des Wild Olive, als hätte sie gerade ihr Mittagessen abgeholt.

»Samantha«, grüßte ich sie und stand auf. Einen Moment überlegte ich, ihr die Hand zu schütteln, entschied mich dann aber doch für eine Umarmung, die sie herzlich erwiderte. »Wie geht es dir?«

»Gut, Liebes. Und dir?«

»Danke, mir auch. Das ist meine Freundin Aliza.«

»Schön, dich kennenzulernen«, sagte Samantha und schenkte ihr ein Lächeln, ehe ihr Blick zu der aufgeschlagenen Zeitschrift und dem Stapel *Cooking-Delicious*-Magazinen wanderte. Fragend hob sie die Augenbrauen.

»Aliza führt einen Blog und wurde dazu interviewt«, erklärte ich und griff wie eine stolze Mutter nach der aufgeschlagenen Zeitschrift neben meinem Teller, um ihr die entsprechende Seite zu zeigen.

Samantha betrachtete sie eingehend. »Das ist ja großartig. Glückwunsch.«

Aliza lächelte verlegen. »Danke.«

»Du kochst also gern?«, fragte Samantha und trat näher an den Tisch.

»Ja, seit ich klein bin.«

»Hast du schon mal einen Kurs gegeben?«

»Nein, noch nie, aber schon einige besucht.«

»Hättest du Lust zu unterrichten?«

»Ich weiß nicht.« Aliza zuckte mit den Schultern. »Vielleicht.«

»Ich leite ein Jugendzentrum, und wir suchen immer wieder Freiwillige, die den Jugendlichen etwas an die Hand geben. Sicherlich wären einige von ihnen an einem Kochkurs interessiert. Vor allem bei jemandem wie dir. Du weißt schon, jemandem, der sich mit diesem ganzen Internetzeugs auskennt«, sagte Samantha, als wäre sie weit über achtzig und nicht erst um die fünfzig.

»Ich überleg es mir.«

»Ich würde mich freuen. Micah hat meine Nummer. Nicht wahr?«

Ich nickte, und weil ich es mir nicht verkneifen konnte, fragte ich: »Hast du inzwischen was von Adrian gehört?«

Samanthas fröhliche Miene verschwand. »Leider nicht, Liebes. Ich hätte dich angerufen.«

»Schade. Aber er wird zurückkommen.« Ich lächelte bemüht, entschlossen, an meiner guten Laune festzuhalten. Heute war ein schöner Tag, und den würde ich mir von Adrians Egoismus nicht nehmen lassen.

»Das wird er«, versicherte mir Samantha in aufmunterndem Tonfall. »Und denk an mein Angebot. Du darfst jederzeit gern bei uns vorbeischauen, wenn dir danach ist. Wir heißen jeden willkommen.«

»Danke«, erwiderte ich. Beim letzten Mal hatte ich ihren Vorschlag gedanklich einfach abgetan, aber dieses Mal dachte ich ernsthaft darüber nach. »Willst du dich zu uns setzen?« Ich deutete auf den freien Stuhl neben mir.

»Ich würde gern, aber ich kann nicht. Die Arbeit wartet.«

»Schade, aber wir sehen uns. Genieß dein Mittagessen.«

»Danke, das werde ich. Habt einen schönen Tag.« Sie umarmte mich noch einmal und winkte Aliza zum Abschied. Dann sahen wir ihr nach, wie sie das Wild Olive verließ.

»Woher kennst du sie?«, fragte Aliza. Sie nahm den gläsernen Strohhalm, der in ihrer Limonade steckte, zwischen die Lippen und trank einen Zug.

Ich aß einen Bissen meines Auberginenauflaufs, der inzwischen kalt geworden war. »Aus dem Jugendzentrum, in dem sie arbeitet.«

»Okay.« Dem einen Wort war zu entnehmen, dass Aliza mehr hören wollte.

Ich zögerte und nahm noch einen Bissen meines Auflaufs, um Zeit zu gewinnen. Aliza kannte die Wahrheit über Adrian, meine Eltern und mich nicht. Es war nicht gerade ein Thema, das man in den ersten Tagen einer neuen Freundschaft besprach. Doch inzwischen kannten wir uns sehr viel besser, und ich war es leid, einen so großen Teil meines Lebens vor ihr geheim zu halten, also erzählte ich ihr die Wahrheit. Dass Adrian schwul und von zu Hause weggelaufen war. Dass ich deswegen aus der Villa meiner Eltern ausgezogen war und auf der Suche nach ihm Samantha kennengelernt hatte, die mir im Rahmen ihrer Möglichkeiten dabei half, ihn zu finden. Es tat gut, das alles loszuwerden und zu wissen, dass ich in Zukunft keinen Bogen mehr um das Thema machen musste. Ich musste nicht mehr lügen, weil ich ständig ins Museum für moderne Architektur ging, um nach Adrian zu suchen. Und ich musste Aliza nicht mehr mit einer Ausrede nach der letzten Vorlesung sitzen lassen, weil ich in der Stadt Adrians Lieblingstreffpunkte abklappern wollte.

»Warum hast du mir nicht schon früher davon erzählt?«, fragte sie, nachdem ich verstummt war.

Ich zuckte mit den Schultern. »Wir haben uns gerade erst kennengelernt, und ich wusste nicht, wie du reagieren würdest. Außerdem wollte ich nicht, dass du schlecht über mich oder meine Familie denkst.« Zwar hatte ich im Moment selbst keine besonders hohe Meinung von meinen Eltern, aber das war etwas anderes.

»Das würde ich niemals tun«, versicherte sie mir. »Kann ich dir irgendwie helfen? Ich könnte ein Bild von Adrian in meinen Stories posten. Oder auf Twitter. Das machen die Leute dort ständig.«

Ich schüttelte den Kopf. So verführerisch das Angebot auch war – vor allem wenn man Alizas Reichweite bedachte –, wollte ich Adrian nicht auf diese Weise der Öffentlichkeit preisgeben. Vielleicht wenn ich vollkommen verzweifelt war und keinen anderen Ausweg mehr sah, aber so weit würde es hoffentlich nie kommen. Und immerhin blieb mir noch das Cruel-Aero-Konzert an diesem Abend.

Adrian war nicht dort gewesen.

Zwei Stunden hatte ich im Regen vor der Halle ausgeharrt, ehe ich während des Auftritts die Menge abgesucht und anschließend eine weitere Stunde in der Kälte gestanden hatte, um ihn auf keinen Fall zu verpassen. Kurz vor Mitternacht war sogar der Leadsänger der Band zu mir rausgekommen. Er hatte mich gefragt, ob alles in Ordnung sei und ob ich ein Autogramm wolle. Ich hatte mir eines geben lassen, um nicht unhöflich zu erscheinen, und ihn gebeten, *Für Adrian* danebenzuschreiben. Anschließend hatte ich ihm ein Foto davon geschickt, aber er hatte bis jetzt nicht geantwortet, und mein Gefühl sagte mir, dass er auch dieses Mal nicht reagieren würde.

Den gesamten Samstagvormittag hatte ich deswegen schlechte Laune gehabt, bis ich in eine Konditorei gefahren war und die halbe Auslage aufgekauft hatte. Nun saß ich mit Cassie auf der Couch und probierte mich durch das Sortiment, während ich darauf wartete, dass Lilly Lincoln vorbeibrachte. Ich hatte mir für den Abend jede Menge Spiele überlegt und auch ein paar Serien runtergeladen, die laut dem Internet für Dreijährige geeignet waren.

»Gibst du mir noch ein Stück von der Marshmallow-Torte?«, fragte Cassie, die sich mit ihrem eingegipsten Bein noch immer sehr schlecht vorankommen konnte, weshalb sie seit ihrem Unfall auch nur ein paarmal am College gewesen war. Sich über den Campus zu bewegen, war zu umständlich, und ihr

Studiengang ermöglichte es ihr, größtenteils von zu Hause aus zu lernen.

Ich reichte ihr den Teller mit der Torte. »Wann wirst du endlich den Gips los?«

»Nächste Woche. Pünktlich zu meinem Geburtstag.«

»Du hast Geburtstag?«, fragte ich überrascht. Wieso wusste ich das nicht?

»Ja. Hast du die Einladung nicht bekommen?«

Ich schüttelte den Kopf und hob Laurence auf meinen Schoß, der bereits seit einer Weile um die Couch herumschlich in der Hoffnung, einen Happen abzustauben.

Eine Falte trat zwischen Cassies Augenbrauen. »Auri hätte sie dir vorbeibringen sollen.«

»Du meinst so eine richtige Einladung?«, hakte ich nach. »Auf Papier?«

Sie nickte und deutete mit der Kuchengabel vielsagend auf ihr Bein. »Ich habe gerade sehr viel Zeit. Die Einladungen sind handgeschrieben, auf recyceltem Papier, das ich etwas angekokelt und mit rotem Kerzenwachs versiegelt habe.«

»Sehr edel.«

»Es wird eine Mittelalterfeier mit Übernachtung im Wald«, erklärte Cassie und schob sich einen Bissen Torte in den Mund. »Wir feiern außerhalb der Stadt. Es werden Zelte aufgebaut. Freunde von mir haben eine Feuershow geplant, und es wird ein BBQ geben. Du kommst doch, oder?«

»Klar, das würde ich mir niemals entgehen lassen. Muss ich etwas mitbringen?«

»Nur dich selbst und was du für die Nacht brauchst. Verkleidung ist Pflicht.«

»Selbstverständlich.« Ich besaß nichts Mittelalterliches zum Anziehen, aber ich würde schon etwas finden, das mich nicht gleich in Ungnade fallen lassen würde. »Kommt Julian auch?«

Ein wissendes Lächeln trat auf Cassies Lippen, ihre Augen funkelten neugierig. »Ihr verbringt viel Zeit miteinander …«

Ich wusste nicht, ob ich dümmlich grinsen oder frustriert seufzen sollte. Jede Sekunde, die ich nicht an Adrian dachte, wurde von Julian eingenommen. Und wenn es nicht meine Gefühle für ihn waren, die mich zum Grübeln brachten, dann sein Angebot, zukünftig mit ihm gemeinsam die Vorlesungen von Hopkins zu besuchen.

»Er hilft mir mit meiner Wohnung.«

»Und hilft er dir auch noch mit etwas anderem?« Sie wackelte mit den Augenbrauen.

»Nein.« *Leider nicht.*

Cassie schien meine Enttäuschung zu spüren. »Warum nicht?«

Ich zuckte mit den Schultern und blickte auf Laurence herab, der sich in meinem Schoß zu einer Kugel zusammengerollt hatte und leise vor sich hin schnurrte. Ich versuchte die richtigen Worte zu finden, um Cassie zu erklären, was sich zwischen Julian und mir abspielte. Was wir hatten, wäre perfekt gewesen, gäbe es nicht die Mauer aus Geheimnissen, die er um sich herum errichtet hatte.

Zum Glück rettete mich Auri, der in diesem Moment die Wohnungstür aufstieß, davor, Cassie antworten zu müssen. Sofort erfüllte sein Keuchen den Raum. Seine Haut glänzte feucht, und seine Kleidung war vom Joggen und vermutlich einigen Klimmzügen auf dem Sportplatz durchnässt.

»Hey«, grüßte er uns schwer atmend, löste den Pulsmesser von seinem Oberarm und betrachtete die Überreste der Tortenparty, die Cassie und ich veranstaltet hatten. Überall auf dem Wohnzimmertisch standen angegessene Kuchenstücke. »Probiert ihr die für deinen Geburtstag?«

»Eigentlich –«

»Natürlich«, unterbrach mich Cassie. »Willst du probieren?«

Er streifte sich die Schuhe von den Füßen und kam zu uns, doch anstatt sich auch auf die Couch zu setzen, blieb er stehen. Laurence hob den Kopf und sah Auri erwartungsvoll an. Sofort kam dieser der stummen Bitte nach und kraulte den Kater hinterm Ohr. »Klar, wofür bin ich sonst gerade zehn Meilen gerannt?«

Cassie hielt Auri ihre Gabel hin.

Er schloss seine Lippen darum und leckte den Kuchen ab, ohne sie aus den Augen zu lassen. Sie hielt seinem Blick stand, und plötzlich war es nicht mehr nur die Hitze vom Sport, die sein Körper ausstrahlte. Das Wohnzimmer schien vor Spannung zu knistern, und etwas Dunkles blitzte in Auris Augen auf. Der Kuchen war eindeutig nicht das Einzige, was er vernaschen wollte.

»Und?«, fragte Cassie und fuhr sich mit der Zunge über die Lippen. Ich war mir nicht sicher, ob sie sich der Geste bewusst war, Auri entging sie nicht.

»Großartig«, brummte er. »Krieg ich noch einen Bissen?«

»Du kannst alles haben. Sonst falle ich ins Zuckerkoma.« Sie reichte ihm den Plastikteller, und für einen Moment wirkte Auri enttäuscht, nicht weiter von ihr gefüttert zu werden.

»Ich geh mich mal lieber frisch machen«, murmelte er und lief mit dem Teller in sein Zimmer.

Laurence zögerte kurz, sprang dann von meinem Schoß und flitzte ihm nach. Vermutlich hoffte er, von ihm etwas Zuckerguss zu bekommen.

Ich sah dem Kater hinterher, bis ich mich schließlich wieder Cassie zuwandte – die immer noch wie gebannt in die Richtung starrte, in die Auri verschwunden war.

Ich räusperte mich.

Sie riss den Kopf zu mir herum. Ihr Gesichtsausdruck war

vollkommen unschuldig, aber ich durchschaute sie. Die beiden zu beobachten war beinahe genauso frustrierend, wie über mein eigenes Liebesleben nachzudenken.

»Wie läuft es zwischen euch?«, erkundigte ich mich flüsternd, damit Auri uns nicht hörte.

»Gut«, antwortete Cassie und griff nach ihrem Wasserglas. Ein lausiger Versuch, beiläufig zu klingen, aber nach unserem letzten Gespräch wusste ich es besser.

»Seid ihr euch seit der Sache im Wald noch einmal nähergekommen?«

Wie auf Knopfdruck färbten sich ihre Wangen rot. »Du meinst, ob wir uns noch mal geküsst haben?«

Ich nickte.

»Nein.«

»Wieso nicht?«

»Es hat sich einfach nicht ergeben.«

Ich spähte über meine Schulter, um sicherzugehen, dass Auri nicht plötzlich wieder auftauchte. »Wie kann sich das nicht ergeben haben?«, fragte ich, immer noch mit gesenkter Stimme. »Ihr verbringt ständig Zeit miteinander. Gestern habt ihr euch vier Stunden *Dragon Ball Z* zusammen angeschaut.«

»Als Freunde«, erklärte Cassie.

»Dann geht auf ein Date.«

»Auri hat mich nie um eins gebeten.« Sie klang frustriert.

Ich nahm mir ein angegessenes Stück Torte. »Und wieso fragst du ihn nicht?«

Entsetzt starrte mich Cassie an. »Das … das geht nicht. Ich kann nicht … nein.«

Ich runzelte die Stirn. »Wieso soll das nicht gehen?«

»Weil … Ich … Was …« Sie hielt inne und starrte auf ihre Hände hinab, mit denen sie nervös am Saum ihres T-Shirts herumzupfte. Schließlich entwich ihr ein tiefes Seufzen, und sie hob den Kopf wieder. Verunsichert sah sie mich an. »Was ist, wenn er Nein sagt?«

»Das wird er nicht.«

»Woher willst du das wissen?«

»Ich weiß es, weil er dich vor fünf Minuten praktisch mit den Augen ausgezogen hat.«

Sie schüttelte alarmiert den Kopf. »Hat er nicht.«

Ich lachte. »Und ob er das hat. Er hätte den Kuchen am liebsten von deinem Körper geleckt.«

Cassie ließ den Blick von mir zu dem Zimmer wandern, in dem Auri verschwunden war. Die Tür war nur angelehnt, leise Musik spielte im Hintergrund. Es waren keine sanften, mittelalterlich klingenden Töne, sondern irgendein aggressiv klingender Hip-Hop-Titel. »Ich frag ihn morgen«, sagte sie wenig überzeugend.

Ausreden. »Du fragst ihn *jetzt.*«

»Ich kann das nicht. Ich habe noch nie jemanden um ein Date gebeten.«

»Wenn du ihn nicht fragst, mach ich es.« Es war keine leere Drohung, und Cassie wusste das. Mit weit aufgerissenen Augen starrte sie mich an. Panik und Hoffnung spiegelten sich gleichermaßen in ihrem Blick. Herausfordernd neigte ich den Kopf und begann, von zehn rückwärts zu zählen. »Drei. Zwei. Eins. Auri!«, rief ich, und Cassie versteifte sich neben mir.

Die Musik verstummte. Auri kam aus seinem Zimmer. Er hatte sich das verschwitzte Trikot ausgezogen, ein Handtuch hing über seiner Schulter. Ich konnte Cassie neben mir praktisch schlucken hören. »Was gibt's?«

»Hast du heute Abend schon was vor?«

»Heute Abend?«, quietschte Cassie.

»Nein, wieso?«

Ich lächelte ihn an, und obwohl es nicht um mich ging, beschleunigte sich mein Herzschlag vor Aufregung. Vielleicht würde mein OTP endlich zusammenfinden! »Was hältst du davon, mit Cassie auszugehen? Auf ein richtiges Date.«

Auri sagte nichts. Einen Moment lang sah er mich prüfend an, dann blickte er zu Cassie, die sich hinter einem Sofakissen zu verstecken versuchte. Ich konnte ihm ansehen, wie sein Verstand arbeitete. Als hätte ich das Ergebnis einer komplizierten Mathegleichung abgefragt, dabei war die Lösung ganz einfach.

»Also, was meinst du?«, hakte ich nach.

»Ich …« Er starrte Cassie an, und ich spürte, wie ihre Verunsicherung wuchs, als plötzlich ein Lächeln seine Miene erhellte. Als hätte er endlich die Antwort gefunden, nach der er so lange gesucht hatte. »Ich würde sehr gern auf ein Date gehen.«

Ich klatschte begeistert in die Hände. »Großartig! Ich reservier euch für sieben einen Tisch bei meinem Lieblingsitaliener. Da wird es euch gefallen. Probiert auf jeden Fall die Cannelloni mit der Ziegenkäsefüllung.« Noch während ich sprach, zog ich mein Handy hervor und öffnete die Webseite des Restaurants. Mit einem breiten Grinsen im Gesicht buchte ich einen Tisch für die beiden.

Ich half Cassie dabei, ein Outfit für ihr Date herauszusuchen, bevor ich mich von ihr verabschiedete. Bei den weiteren Vorbereitungen wollte ich ihr nicht im Weg stehen. Außerdem würde Link nicht mehr lange auf sich warten lassen.

Gerade als ich die Tür zu meiner Wohnung aufsperren wollte, hörte ich auch schon Schritte. Doch es waren nicht Lilly und Link, welche die Stufen hochkamen, sondern Julian.

Als er mich sah, trat ein Lächeln auf sein Gesicht. »Hey.«

»Hey.« Ein kratziges Gefühl machte sich in meiner Kehle breit, das mich sämtlicher Worte beraubte. War das Liebe?

Oder nur die Reaktion eines Feiglings? Ich atmete tief durch, um einen klaren Kopf zu bewahren, auch wenn mein Herz alles andere als ruhig war.

»Ist Link schon da?«

»Klar, er ist gerade allein in meiner Wohnung und spielt mit einem Feuerzeug und einem Benzinkanister. Später gehen wir mit einer AR-15 in den Park.«

»Zum Glück hat das gerade niemand außer mir gehört.«

Ich zuckte mit den Schultern. »Was machst du hier? Solltest du nicht im Crooked Ink sein und die Leute davon abhalten, sich das Gesicht tätowieren zu lassen?« Allmählich kannte ich Julians Arbeitsplan auswendig. Freitag- und Samstagabend saß er bis tief in die Nacht am Empfang des Tattoostudios. Dienstags und mittwochs verließ er die Wohnung um fünf Uhr morgens, um Regale im Supermarkt einzuräumen. Sonntag war sein freier Tag. Zwischendurch schaffte er es irgendwie zu studieren, und Montag- und Donnerstagnachmittag verschwand er zu irgendwelchen geheimen Treffen.

»Ich habe mir heute freigenommen, um mit dir auf Link aufzupassen.«

»Ernsthaft?«

»Ich hoffe, das ist in Ordnung?«

»Ab-Absolut«, stammelte ich. »Aber du hättest das nicht tun müssen.« Ich freute mich, dass Julian da war. Zeit, die ich mit ihm verbringen konnte, war immer ein Highlight. Doch ich fühlte mich auch ein wenig schuldig. Meinetwegen ging ihm eine Schicht bei Crooked Ink flöten und damit auch das Geld, das er hätte verdienen können.

»Aber ich wollte.«

Hitze sammelte sich in meiner Brust, meinem Bauch und zwischen meinen Schenkeln. »Machst du das für Link oder für mich?«

»Das weißt du ganz genau.« Sein Lächeln wurde breiter und seine Grübchen tiefer, bevor er den Blick über meinen Körper gleiten ließ. Es war keine intensive Musterung, sondern viel eher eine flüchtige Wahrnehmung, dennoch blieb meine Reaktion nicht aus. Schlagartig wurde mir noch wärmer. Die Härchen an meinen Armen stellten sich auf, und meine Fingerspitzen begannen zu kribbeln, als würden sie sich danach sehnen, Julian zu berühren.

Ich wusste nicht, was ich erwidern sollte, also wandte ich mich der Tür zu. Auf einmal war ich so nervös, dass ich zwei Anläufe brauchte, den Schlüssel ins Schloss zu bekommen. Nachdem es mir endlich gelungen war, die Tür aufzustoßen, ließ ich sie offen stehen, damit Julian mir folgen konnte.

Er ließ die Tasche von seiner Schulter gleiten und legte sie aufs Sofa. »Du hast ja einen Fernseher«, stellte er fest.

»Yep, diese Woche gekauft. Und eine PlayStation.«

»Ich wusste nicht, das du spielst.«

»Tue ich auch nicht, aber ich suche nach immer neuen Wegen, meine Zeit zu verschwenden.« Die Konsole war im Angebot gewesen. Ich hatte sie mir von einem Verkäufer andrehen lassen, der mir auch direkt vier Spiele verkauft hatte. Eigentlich hatte ich nur eines gewollt, aber seine Begeisterung war so ansteckend gewesen, dass ich mich am Ende einfach nicht mehr hatte entscheiden können. »Möchtest du etwas trinken?«

Julian kam zu mir in die Küche. »Was hast du da?«

Ich öffnete den Kühlschrank, betrachtete den Inhalt und kam wieder mal zu der Erkenntnis, dass Lieferdienste ein Geschenk des Himmels waren. »Ähm … Leitungswasser, Leitungswasser mit Eiswürfeln und eine abgestandene Cola von letzter Woche.«

Ein glucksendes Geräusch, das einem Lachen verdammt ähnlich war, stieg aus Julians Kehle auf. »Wasser. Ohne Eis.«

Ich fand ein sauberes Glas und füllte es, bevor ich mich ihm gegenüber an den Tresen setzte. Julian nahm einen Schluck, und als ich bemerkte, wie eigenartig es war, ihn beim Trinken zu beobachten, senkte ich schnell den Blick und zupfte nervös an meinem splitternden Nagellack herum.

Meine Mom wäre ausgerastet, wenn sie meine Hände gesehen hätte. Ich musste ihr und meinem Dad jedoch hoch anrechnen, dass sie meinen Wunsch nach Abstand respektierten. Sicherlich spielte meine Ausrede, ich müsste für die Midterms lernen, dabei eine große Rolle, dennoch sah es ihnen nicht ähnlich, sich dem Willen und den Wünschen einer anderen Person so einfach zu beugen. Als Anwälte gehörte Beharrlichkeit zu ihrer Persönlichkeit.

»Wie war das Konzert?«

»Ganz gut«, antwortete ich schulterzuckend.

»Ich nehme an, du hast Adrian nicht gefunden?«

Bevor mich die Erinnerung an meinen Bruder wieder runterziehen konnte, sagte ich: »Rate mal, wer heute ein Date hat.«

Nachdenklich schürzte Julian die Lippen und dachte einen Moment nach, ehe er den Kopf schüttelte. »Es klingt wie eine Fangfrage, und vermutlich sollte ich die Antwort kennen, aber: keine Ahnung. Wer?«

»Auri und Cassie.«

Seine Augen wurden größer. »Ernsthaft?« Er klang eher überrascht als skeptisch. »Auri und Cassie? Nicht Gorwìn und Maylin?«

Ich schmunzelte. »Nope. Auri und Cassie.«

Julian sah immer noch verwirrt aus. »Wie … Ich meine, das Vorspiel, das die beiden da zelebrieren, dauert inzwischen schon fast ein Jahr. Ich habe nicht damit gerechnet, dass in diesem Jahrzehnt noch was zwischen ihnen läuft.«

»Tja, ich habe meine Magie wirken lassen«, sagte ich stolz.

Julian wirkte jetzt ernsthaft besorgt. »Was hast du getan?«

»Nichts. Ich hab Auri nur gefragt, ob er mit Cassie ausgehen möchte.«

»*Du* hast gefragt?«

»Ich konnte es einfach nicht länger mit ansehen.«

»In diesem Fall sollte ich mir demnächst wohl besser Ohrstöpsel kaufen.« Jetzt war ich diejenige, die verwirrt war. »Sexgeräusche«, fügte er erklärend hinzu.

»Ah. Wenn es zu heftig wird, darfst du jederzeit bei mir übernachten.« *In meinem Bett. Nackt. Auf mir. Damit wir auch Sexgeräusche machen können.*

Offensichtlich entwickelte ich langsam eine Vorliebe dafür, mich selbst zu quälen, anders konnte ich mir diese Gedanken und mein Verhalten nicht erklären. Den Typen, in den man verknallt war, einzuladen, bei sich zu übernachten. Klasse Idee. Was konnte dabei schon schiefgehen?

»Danke, vielleicht komm ich auf das Angebot zurück.«

Ja, bitte.

Glücklicherweise rettete mich in diesem Moment das Summen der Klingel vor einer laut ausgesprochenen peinlichen Antwort. Ich sprang von meinem Hocker auf und eilte zur Gegensprechanlage.

»Hallo?«

»Wir sind's«, antwortete Lilly.

Ich betätigte den Öffner und wartete an der Tür.

Lilly war nicht allein. Natürlich war Link bei ihr, aber Tanner war ebenfalls mitgekommen. Wahrscheinlich wollten sie direkt im Anschluss ins Restaurant fahren, zumindest ließ ihre Kleidung darauf schließen. Lilly trug ein aufreizendes schwarzes Babydoll-Kleid, das ihre Brüste betonte. Das Haar fiel ihr glatt über die Schultern, und sie hatte sich viel Mühe mit ihrem Make-up gegeben, das auf raffinierte Weise gleichzeitig dezent und verführerisch wirkte – und mich daran erinnerte, dass ich es heute Morgen nicht einmal geschafft hatte, Mascara aufzutragen. Ich war wegen Adrian einfach zu traurig gewesen.

Tanner hatte sich mit seinem Aussehen nicht weniger Mühe gegeben. Statt seiner geliebten Bluejeans trug er eine dunkle Anzughose und darüber ein dunkles Hemd. Die oberen Knöpfe hatte er offen gelassen, was seine Schlüsselbeine betonte, für die Lilly eine Vorliebe hatte.

»Hey, Micah«, begrüßte er mich und stellte die Tasche ab, die er getragen hatte. »Lange nicht gesehen.«

»Und wessen Schuld ist das?«, neckte ich ihn und breitete die Arme aus.

Als Tanner mich umarmte, fühlte ich mich bei seiner Größe wie ein Kind. Ich verstand, wieso viele Frauen große Männer mochten, aber mir gefiel es besser, wenn ich nicht um Längen überragt wurde. So wie es mit Julian der Fall war.

»Wie geht's dir?«, fragte er.

»Könnte schlimmer sein«, antwortete ich ausweichend. Die Wahrheit hätte Lilly und Tanner viel zu lange aufgehalten. Außerdem hatten Tanner und ich seit mindestens einem Monat nicht mehr miteinander gesprochen. Als er noch in Mayfield gelebt hatte, hatten wir durch Lilly viel Zeit miteinander verbracht, aber mit seinem Umzug nach New Jersey war der Kontakt abgebrochen und unsere Freundschaft spürbar eingerostet. »Und dir?«

»Ich darf das Wochenende mit meinem wunderbaren Sohn und meiner großartigen Freundin verbringen. Mir geht es fantastisch.« Tanner strahlte über das ganze Gesicht und beugte sich zu Lilly hinunter, um ihr einen Kuss auf die Schläfe zu geben.

Hätte ich die beiden nicht so geliebt, hätte mich ihr Glück

neidisch gemacht. Okay, es machte mich trotzdem neidisch, aber gleichzeitig gönnte ich es ihnen auch von ganzem Herzen.

»Gibt es etwas, was ich beachten muss?«, fragte ich und streichelte Link über den Kopf, der sich an seiner Mom festklammerte, als wüsste er bereits, dass diese Trennung länger als ein paar Stunden dauern würde.

»Nicht wirklich. Alles, was du brauchst, ist in der Tasche. Lieblingsdecke. Lieblingsmalbuch. Lieblingsplüschtier«, erklärte Lilly und setzte ihren Sohn ab, der nun doch neugierig wurde und sich aufmerksam in der Wohnung umsah. »Er sollte um acht Uhr ins Bett und steht normalerweise um sechs auf. Im Moment hat er häufiger Probleme durchzuschlafen. Nachts fängt er öfter an zu weinen, aber meist beruhigt er sich auch schnell wieder.«

»Keine Angst. Das bekomm ich hin«, versicherte ich ihr und sah mich suchend nach Link um, auch wenn es in meiner Wohnung wohl kaum noch etwas gab, was ihm gefährlich werden konnte. Doch Julian war bereits aufgestanden, bereit, jeden Schritt von Link zu verfolgen. »Ist es in Ordnung, wenn Julian mir beim Babysitten hilft? Ich weiß, ihr kennt ihn nicht, und wenn es euch stört, dass Link Zeit mit einem Fremden verbringt, kann ich ihn auch wieder wegschicken. Ich –«

»Keine Panik«, unterbrach mich Lilly mit einem Lachen und einem wissenden Blick. »Wenn du ihn magst und ihm vertraust, tun wir das auch. Nicht wahr, Schatz?« Sie hakte sich bei Tanner unter und sah mit großen Augen, die nur eine Antwort zuließen, zu ihm auf.

»Absolut.«

»Gut, dann will ich euch auch nicht länger aufhalten.« Ihre Vorfreude auf die bevorstehende Zweisamkeit war beinahe mit Händen greifbar. »Habt einen schönen Abend und tut nichts, was ich nicht auch tun würde.«

»Versprochen«, sagte Lilly. Sie verabschiedete sich noch einmal von Link, und ehe ich michs versah, waren Julian und ich mit ihm allein.

Offenbar hatte es sich Link zur ersten Aufgabe gemacht, Julian auszufragen. Er wollte wissen, wer er war, woher er *Tante Micah* kannte, was er machte und ob er gern Bilder malte. Was zur Folge hatte, dass ich komplett überflüssig wurde. Sofort verlangte Link, dass Julian ihm ein cooles Haus zeichnete, das er anschließend ausmalte. Dabei erzählte ihm Julian Geschichten aus dem Supermarkt, die Link so faszinierten, wie sie es nur bei einem Dreijährigen tun konnten. Endgültig gewann Julian Links Herz, als er Laurence holte. Ab diesem Moment war ich nicht nur überflüssig, sondern vollkommen vergessen – bis ich das gelieferte Essen auftischte. Anschließend spielten wir noch ein paar Runden Karten und Memory, ehe es für Link Zeit wurde, schlafen zu gehen. Ich brachte ihn in mein Zimmer, während Julian Laurence zurück in seine Wohnung trug. Der kleine Kater war von der Aufmerksamkeit, mit der Link ihn überschüttet hatte, ebenfalls ganz erschöpft.

»Du kannst wirklich gut mit Kindern umgehen«, sagte ich zu Julian, nachdem er wieder zurück war. Ich hatte Link und ihn die ganze Zeit über beobachtet, und obwohl ich nicht viel über Kinder wusste, erkannte ich, wann es ihnen gut ging und sie glücklich waren. Und Link war es mit Julian gut gegangen. Er hatte viel gelacht, und Julian hatte nicht davor zurückgeschreckt, mit ihm zu scherzen. Außerdem hatte er richtig und in ganzen Sätzen und nicht in dieser eigenartigen Kindersprache mit ihm gesprochen.

Julian reichte mir ein Bier, das er aus seiner Wohnung mitgebracht hatte. »Ich komme aus einer großen Familie, da nimmt man automatisch etwas mit.«

Ich setzte mich neben ihn auf die Couch und schlug die Beine unter. Einen Arm auf der Lehne abgestützt sah ich ihn an. Ich zögerte, meine nächste Frage zu stellen, aber wir konnten nicht für immer um das Thema herumschleichen. »Hast du noch andere Geschwister außer Sophia?«

Er schüttelte den Kopf. »Aber mein Dad hat fünf Brüder.«

»Wow.«

»Und jeder von denen hat mindestens zwei Kinder.«

Geschockt sah ich ihn an. »Mindestens?« In den Kreisen, in denen sich meine Familie bewegte, hatten mehr als zwei Kinder fast schon etwas Anrüchiges.

»Ja. Walter, der Älteste, hat fünf Kinder. Drei Töchter und zwei Söhne.« Er zuckte mit den Schultern. »Was soll ich sagen? Unsere Familie mag Kinder … oder ist zu dumm zum Verhüten. Wer weiß das schon?«

»Hauptsache, du weißt, wie das mit dem Verhüten funktioniert. Stell dir vor, hier taucht wie in so einem schlechten Film plötzlich dein Sohn oder deine Tochter auf.« Ich lachte, aber Julian stimmte nicht ein. Lediglich ein träges Lächeln erschien auf seinen Lippen. Ich räusperte mich. »Wie dem auch sei, du hast das großartig gemacht, und wenn es mit der Architektur nicht klappt, kannst du eine Tagespflege aufmachen. Davon gibt es ohnehin zu wenige.«

Sein Lächeln wurde breiter. »Ich setzte es als Plan C auf meine Liste.«

»Was ist Plan B?«

»Laurence auf Instagram berühmt machen.«

»Logisch. Das ist auch eine sehr vernünftige Karriereidee.«

»Nicht wahr? Das einzige Problem ist, dass es auf Bildern immer so aussieht, als hätte ich ein schwarzes Loch fotografiert.« Julian zog sein Handy hervor und rutschte näher an mich heran, um mir die Fotos von seinem Kater zu zeigen.

Laurence würde so schnell wohl keine Karriere auf Instagram starten. Entweder er schaute nicht in die Kamera, oder die Bilder waren verwackelt, weil Julian sie in der Bewegung aufgenommen hatte. Trotzdem waren alle Fotos ziemlich goldig. Auf einigen war er mit Auri oder Cassie zu sehen, und ich fragte mich unweigerlich, wie es den beiden wohl auf ihrem Date erging. Was mich wiederum an etwas anderes erinnerte.

Ich sah von Julians Handy auf. »Gehst du zu Cassies Geburtstag?«

Er hob den Kopf, und plötzlich waren sich unsere Gesichter unglaublich nahe. Keiner von uns wich zurück. Julian ließ seinen Blick über mein Gesicht tanzen, als würde er meine Sommersprossen zählen. »Ich weiß noch nicht. Du?«

Ich versuchte die plötzliche Hitze, die sich in meinem Bauch ausbreitete, zu ignorieren. Wie konnte Julian solche Gefühle in mir auslösen? Und angefangen hatte all das mit einem Scherz über die Farbe meiner Unterwäsche. »Ich denke schon. Wenn du … wenn du willst, können wir zusammen hingehen«, sagte ich stotternd wie ein Teenager, der nach seinem ersten Date fragte.

»Klar, warum nicht.«

Mein Herz machte einen Satz. »Du brauchst aber ein Kostüm.«

»Da findet sich schon was.«

Ich hatte keine Ahnung, warum, aber seine Worte klangen in meinen Ohren unglaublich anziehend. Vielleicht konnten wir wie Gorwìn und Maylin sein – eine geheime Liebschaft. Außerhalb der Stadt und in einem Wald, fernab unserer Realität und der Geheimnisse, die Julian vor mir hatte.

19. Kapitel

Ich hasste Jura mit jeder Faser meines Körpers, und nicht einmal Julians Nähe konnte daran etwas ändern. Nachdem wir beschlossen hatten, zusammen auf Cassies Feier zu gehen und ihr auch gemeinsam ein Geschenk zu kaufen, hatte ich vorgeschlagen, meine neue PlayStation einzuweihen. Doch Julian hatte darauf bestanden zu lernen, da die Midterms kurz bevorstanden. Er hatte recht, aber das änderte nichts an meiner Einstellung oder meiner Motivation, die in den vergangenen Tagen ihren Tiefpunkt erreicht hatte.

Zu Beginn des Semesters hatte ich mich durchbeißen können, da ich Antrieb in dem Gedanken gefunden hatte, dass ich all das für meine Familie und Adrian tat. Außerdem hatte mich das Wissen beruhigt, dass ich, sobald ich die Kanzlei übernahm, meine eigene Chefin sein würde und die Aufgaben in der Firma so verteilen konnte, wie es mir gefiel. Doch inzwischen zweifelte ich an alldem, und nach jedem Absatz, den ich in meinem Textbuch las, musste ich an Hopkins denken, seinen Kurs und das Gefühl, das ich verspürte, wenn ich einen Stift über das Papier tanzen ließ. Ich wollte meine Skizze von Marie fertigstellen. Ich wollte neue Zeichentechniken lernen. Ich wollte an dem Konzept für meine *Albtraumlady* arbeiten. Ich wollte eine Geschichte erzählen. Ich wollte … so vieles. Und die einzige Person, die mir im Weg stand, war ich selbst.

Warum versuchte ich mich selbst und mein eigenes Glück zu boykottieren? Vielleicht weil ich das Gefühl hatte, es ohne

Adrian nicht zu verdienen. Ich konnte mir nicht vorstellen, was er in den letzten Wochen und Monaten hatte durchstehen müssen. Verstoßen von den eigenen Eltern konnte es nicht leicht sein, Fuß in einer Welt zu fassen, die einem nicht wirklich vertraut war. Wir waren in einem goldenen Käfig aufgewachsen, was ich selbst erst erkannt hatte, nachdem ich ihn verlassen hatte. Von innen wirkte er groß und glänzend, aber von außen betrachtet, sprangen einem vor allem die Gitterstäbe ins Auge. Wollte ich mein Leben wirklich nach den Menschen richten, die mich zurück in diesen Käfig sperren wollten?

Ich klappte das Buch zu, dessen Inhalt mir in diesem Moment so bedeutungslos erschien wie noch nie zuvor, und sah zu Julian. Im Gegensatz zu mir war er vollkommen in seine Lernunterlagen vertieft. Auf dem einen Knie balancierte er ein Buch, auf dem anderen einen Notizblock. Den Blick starr auf das Blatt vor sich gerichtet, kaute er gedankenverloren auf einem Bleistift herum, der bereits Abdrücke von seinen Zähnen aufwies. Er bemerkte überhaupt nicht, dass ich ihn beobachtete, und vermutlich hätte ich wegsehen sollen, aber ich konnte meinen Blick einfach nicht von ihm losreißen.

Er faszinierte mich. Ich wollte meinen Zeichenblock holen, um ihn darin zu verewigen, aber ein Teil von mir wusste, dass ich mit einer Zeichnung von Julian niemals zufrieden sein würde. Denn das, was ich in ihm sah und für ihn empfand, war unmöglich auf Papier zu bannen. Er war mehr als sein elegant geschwungener Kiefer mit den dunklen Bartstoppeln, als seine Nase, auf deren Spitze ich einen Kuss drücken wollte, und seine Lippen, die er so nachdenklich verzog, als müsste er eines der größten Probleme der Menschheit lösen. Je länger ich ihn beobachtete, desto mehr Dinge fielen mir an ihm auf, die mir bisher entgangen waren. An seinem Hals, beinahe schon im Nacken, hatte er drei Muttermale, die ein fast perfektes Dreieck ergaben. An seiner Schläfe saß ein einziges graues Haar. Und in seinem Ohrläppchen war ein kleines Loch zu erkennen, als hätte er dort vor langer Zeit einen Stecker getragen. Ich musste an eines unserer ersten richtigen Gespräche denken. Damals hatte er mir erzählt, er könne auf den Schmerz, den Piercings verursachten, verzichten. Offensichtlich hatte ihn das nicht davon abgehalten, es zumindest auszuprobieren. Bevor ich wusste, was ich tat, streckte ich eine Hand aus und berührte Julians Ohrläppchen. Mit einem Finger fuhr ich über die kleine Narbe, die sich jedoch nicht ertasten ließ.

Julians Konzentration brach. »Was wird das?«, fragte er, ohne den Kopf zu drehen oder zurückzuweichen.

»Ich weiß nicht«, gestand ich und massierte sein Ohr weiter zwischen Daumen und Zeigefinger. Es schien ihm zu gefallen. Er schloss die Augen, und ich konnte förmlich sehen, wie sich die Muskeln in seinen Schultern entspannten. »Wann hast du dir das stechen lassen?«

»Das ist schon lange her.«

»Wieso hast du es rausgenommen?«

»Es hat nicht gepasst«, murmelte Julian träge und lehnte sich auf der Couch zurück. Ich verstärkte den Druck meiner Finger und ließ sie langsam sein Ohr aufwärtswandern. Ein Schnurren, das ebenso gut von Laurence hätte stammen können, kam über seine Lippen. »Das fühlt sich gut an. Wenn es mit der Kunst nicht klappt, sollte dein Plan B ein Massagestudio sein.«

Es gefiel mir, dass er das Zeichnen als meinen Plan A sah und überhaupt nicht in Betracht zog, ich könnte tatsächlich Anwältin werden. Ich rutschte näher an ihn heran und ließ meine Hand in seinen Nacken gleiten. Als ihm ein leises Seufzen entwich, fragte ich mich, was er tun würde, wenn ich mich vorbeugte und meine Lippen auf seinen Hals drückte. Würde er dann auch ein solches Geräusch von sich geben? Langsam neigte ich den Kopf, doch was ich zu hören bekam, war kein genießerisches Brummen, sondern ein lautes Schluchzen gefolgt von einem noch lauteren Heulen.

Link war wach.

Perfektes Timing.

Nicht.

Ich ließ die Hand sinken und stand von der Couch auf. »Ich seh mal besser nach ihm.«

Julian nickte, und ich flitzte ins Schlafzimmer, das vom dämmrigen Licht eines Nachtsteckers erhellt wurde, den Lilly für Link eingepackt hatte. Link hatte sich nicht von der Stelle gerührt. Weinend, die Hände in seine Kuscheldecke gekrallt lag er auf meiner Matratze und schrie nach seiner Mom. Ich ging vor ihm in die Knie und versuchte, ihn mit sanften Worten und liebevollem Zuspruch zu beruhigen, aber er wollte einfach nicht aufhören zu weinen. Er verlangte nach Lilly und brabbelte zwischendurch nur schwer verständliche Worte, die mich darauf schließen ließen, dass er einen Albtraum gehabt hatte.

Ich hob Link auf meinen Schoß. »Alles wird wieder gut«, murmelte ich und strich ihm durchs Haar. »Du hast nur schlecht geträumt. Das war nicht echt. Alles ist gut. Deine Mom kommt bald wieder zurück.«

»Ich will zu meiner Mom!«, kreischte Link in einer Lautstärke, die dem Konzert am gestrigen Abend Konkurrenz machte. Gleichzeitig begann er auf meinem Schoß zu zappeln.

Mir rutschte das Herz in die Hose. Er tat mir so furchtbar leid, und ich wusste nicht, was ich tun sollte, um ihm verständlich zu machen, was ich bereits gesagt hatte.

In diesem Moment erschien Julian in der Tür. Dunkel zeichnete sich seine Silhouette vor dem Licht ab, das im Wohnzimmer brannte.

»Könntest du mal in Lillys Tasche schauen? Da müsste irgendein Kuscheltier für ihn drin sein.«

Julian nickte und machte sich auf die Suche. Es dauerte eine Weile, aber schließlich tauchte er wieder auf. Allerdings mit leeren Händen. »Da ist kein Kuscheltier.«

»Da muss eines sein. Lilly meinte, sie hätte es eingepackt.«

»Ich habe jedes Fach durchsucht.«

Scheiße. »Sie muss es vergessen haben.« Oder sie hatte es aus Gewohnheit in ihre Handtasche gestopft.

Verzweifelt sah ich mich in meinem Zimmer um, aber mit Ausnahme von ein paar originalverpackten Sammlerfiguren besaß ich nichts, was Link hätte beruhigen können. Und das Letzte, was ich wollte, war, Lilly anzurufen und ihr den Abend, oder besser gesagt die Nacht, zu verderben. Tanner und sie hatten diese Zeit zusammen verdient und sollten nicht darauf verzichten müssen, nur weil ich ein schlechtes Kindermädchen war.

»Warte hier«, sagte Julian plötzlich, als könnte ich irgendwo hingehen, und eilte davon.

Link hatte aufgehört, in meinen Armen zu zappeln, und sein lautes Schreien war zu einem leisen, verängstigten Wimmern geworden. Warum hatte er nicht einfach ins Bett pinkeln können? Dann hätte ich gewusst, was zu tun war.

»Sch, sch, sch«, wiederholte ich immer wieder und wieder und drückte ihn eng an mich.

In derselben Zeitschrift, in der ich gelesen hatte, dass Hunde genauso klug waren wie Kleinkinder, hatte auch gestanden, dass Wärme und Nähe eine beruhigende Wirkung auf das menschliche Nervensystem haben. Allerdings wirkte Link alles andere als entspannt, obwohl er sein Gesicht gegen meine

Brust presste. Ich konnte es ihm nicht verdenken, in diesem Moment wünschte ich mir Lilly vermutlich genauso sehnlich herbei wie er.

Julian kam zurück. Er schaltete das Licht ein, sodass ich einen Augenblick geblendet war, und ging vor Link und mir in die Hocke. Eine Hand legte er dabei auf mein Knie. »Hey, Kumpel. Sieh mal, was ich hier für dich habe.«

Neugierig blickte Link auf. In seinen Wimpern hingen Tränen, Augen und Nase waren gerötet.

Lächelnd hielt Julian den Teddy in die Höhe, den ich auf dem Sessel in seinem Zimmer hatte sitzen sehen.

Link betrachtete das Kuscheltier, das vermutlich schon einige Jahre auf dem Buckel hatte. Es war bereits an mehreren Stellen geflickt worden. »Der ist pink«, stellte er missbilligend fest.

Julian bewegte den Bären hin und her. »Cool, oder?«

»Nur Mädchen spielen mit pinken Sachen.«

»Das stimmt nicht, denn das ist mein Teddy«, erklärte Julian.

Link machte große Augen. »Wirklich?«

Keine Ahnung, wie Julian es geschafft hatte, aber es war ihm gelungen, in gerade mal ein paar Stunden so etwas wie ein Held für Link zu werden. Dass er ausgefallene und hohe Gebäude mochte und zeichnen konnte, hatte sicher seinen Teil dazu beigetragen.

»Ich würde dich niemals anlügen.«

Link kräuselte nachdenklich die Nase. Er zögerte noch, das Kuscheltier in die Hand zu nehmen, aber zumindest hatte er aufgehört zu weinen. »Hat er einen Namen?«, fragte er und berührte den Teddy am Fuß, wo der pinke Plüsch bereits abgewetzt war.

»Chucky. Und wenn du es ihm erlaubst, würde er heute Nacht gern auf dich aufpassen.«

Link schniefte. »Das würde er machen?«

»Absolut«, sagte Julian und drückte den Teddy in seine Arme. »Er kann das wirklich gut.«

Skeptisch presste Link die Lippen aufeinander und betrachtete das Kuscheltier, als wäre er sich nicht sicher, ob etwas Pinkes tatsächlich dazu in der Lage war, ihn vor seinen Albträumen zu beschützen. Doch letztlich nickte er mit einer Entschlossenheit, die schon beinahe komisch war, und umarmte den Teddy fest.

Ich rieb Link über den Rücken. »Alles wieder gut?«

»Ja.«

»Möchtest du etwas zu trinken?«

Link nickte, und ich griff nach dem Wasserglas, das ich für die Nacht bereitgestellt hatte. Dann steckte ich ihn wieder ins Bett und deckte ihn zu. Mit Chucky an seiner Seite gab er keinen Mucks mehr von sich.

»Schlaf gut«, wisperte ich und ließ die Tür einen Spalt offen stehen, damit Link keine Angst mehr bekam.

Julian hatte sich wieder auf die Couch gesetzt. Ich ließ mich neben ihn fallen und stieß ein erleichtertes Seufzen aus. »Du hast mir das Leben gerettet.«

Er lachte. »Du übertreibst.«

»Vielleicht, aber ohne dich hätte ich Lilly und Tanner vermutlich ihr Date versauen müssen.« Dankbar lächelte ich ihn an. Es fiel mir schwer, in Worte zu fassen, wie froh ich war, dass er hier war. »Warum musstest du deinen Teddy ausgerechnet nach einer Mörderpuppe benennen?«

»Link weiß das nicht«, sagte Julian und beugte sich vor, um mir etwas ins Ohr zu flüstern. »Außerdem heißt er in Wirklichkeit Mrs Doubtfire, aber das konnte ich ihm schlecht sagen, sonst hätte er ihn nicht genommen.«

»Er darf das niemals herausfinden.«

»Es bleibt unser Geheimnis.«

Ich strich mir mit zwei Fingern über die Lippen, als würde ich sie verschließen, und warf den imaginären Schlüssel über meine Schulter.

Julian lachte, allerdings bemüht leise, um Link nicht wieder aufzuwecken.

Ich betrachtete ihn. Es gab eine Frage, die mir nicht mehr aus dem Kopf ging, seit ich den pinken Teddy gesehen hatte. Ich konnte mir einfach nicht vorstellen, dass seine Eltern ihm ein solches Geschenk gemacht hatten. Es passte viel besser zu einer anderen Person. Einer Person, deren Foto in Julians Zimmer stand. »Gehört Mrs Doubtfire wirklich dir?«

»Wem sollte sie sonst gehören?«

Ich seufzte. »Du weißt, wem.«

»Nein, weiß ich nicht«, beharrte Julian.

Ich hatte keine Ahnung, ob er wirklich nicht kapierte, was ich meinte, oder ob er mich nur nicht verstehen wollte. Und das frustrierte mich. Ich wollte doch nur die Wahrheit wissen. »Hat … hat der Teddy Sophia gehört?«

Julian starrte mich fassungslos an. Als könnte er nicht glauben, dass ich ihren Namen ausgesprochen hatte. In seinen grünen Augen flackerte etwas Dunkles auf, und ich konnte den Schmerz in seinem Blick lesen.

Mein erster Instinkt war, zurückzurudern, mich zu entschuldigen, ihm zu sagen, er solle meine Frage vergessen. Aber wir konnten dem Thema nicht für immer aus dem Weg gehen. Nicht wenn wir mehr füreinander sein wollten als flüchtige Bekannte. Ich liebte es, mit Julian über Kunst zu sprechen, über Architektur und Musik. Aber ich wollte mehr. Ich wollte nicht nur die glänzende Seite seiner Medaille sehen, sondern auch die rostige. Ich wollte die Spuren sehen, die das Leben darauf hinterlassen hatte. Und vielleicht war es auch an der Zeit, Julian die angekratzte Seite meiner Medaille zu zeigen. Denn wie konnte ich Ehrlichkeit von ihm verlangen, wenn ich selbst nicht ehrlich war?

»Adrian ist schwul.«

»Was?« Julian war von dem plötzlichen Themenwechsel sichtlich irritiert.

»Adrian. Mein Bruder. Er ist schwul. Deswegen ist er mit meinen Eltern aneinandergeraten. Sie haben ihn rausgeschmissen, nachdem sie ihn mit einem anderen Jungen erwischt haben.« Ich senkte den Kopf, um Julian nicht in die Augen sehen zu müssen. Dafür schämte ich mich zu sehr für meine Eltern und meine eigenen Fehler. Hätte ich in der Vergangenheit anders gehandelt, hätte Adrian sich mir vielleicht früher anvertraut. »Ich dachte, das solltest du wissen«, fuhr ich fort. »Ich bin nicht stolz auf das, was meine Eltern getan haben, aber ich kann nicht von dir erwarten, dass du über Sophia redest, wenn ich dir diese Wahrheit über meine Familie vorenthalte.«

Julian erwiderte nichts.

Die Sekunden, die wir schweigend nebeneinandersaßen, schienen sich unendlich in die Länge zu ziehen. Ich wischte mir die feuchten Hände an der Hose ab und ballte sie zu Fäusten, bis ich die schmalen Sicheln spüren konnte, die meine Nägel in den Handflächen hinterließen. Mein Herz raste, und das Pochen meines Pulsschlags dröhnte mir in den Ohren. Ich schluckte nervös. Schließlich hielt ich es nicht länger aus und hob den Kopf wieder.

Julian sah mich noch immer an. Sein Blick war so unergründlich und eindringlich, dass sich mein Innerstes krampfhaft zusammenzog. Ich hatte keine Ahnung, was in ihm vorging. Fand er das Verhalten meiner Eltern genauso schrecklich wie ich, oder stand er auf ihrer Seite? Ich konnte es mir nicht vorstellen, aber ein Funken Sorge blieb zurück.

Julians Lippen teilten sich, aber es verstrichen noch einige weitere bange Herzschläge, ehe er die Sprache wiederfand. »Es tut mir leid, dir das sagen zu müssen, Micah, aber … deine Eltern sind scheiße.«

Ich wusste nicht, woran es lag – vermutlich an der Anspannung und meiner Angst vor Julians Reaktion –, aber in diesem Augenblick brach ein Lachen aus mir heraus wie ein plötzlicher, heftiger Schluckauf. Zuerst versuchte ich es zu unterdrücken, indem ich den Atem anhielt, aber es half nichts, und schließlich gab ich auf.

»Das sind sie«, sagte ich kichernd, während mir Tränen in die Augen traten. Keine Tränen der Trauer, aber auch keine der Freude. Keine der Wut und keine der Erleichterung. Sie hatten ihren Ursprung irgendwo zwischen all diesen Gefühlen.

»Komm her …«, sagte Julian und zog mich an sich.

Als er seinen Arm um meine Schultern legte, ließ ich mich gegen ihn sinken, vergrub mein Gesicht in seinem Hemd und versuchte, mit einigen tiefen Atemzügen die Fassung zurückzuerlangen. Doch da war dieser Kloß tief in meiner Kehle. Ich verstand mich selbst nicht. Warum war es heute so viel schwerer, mit Julian über Adrian zu sprechen als gestern mit Aliza? Vielleicht saß meine Enttäuschung darüber, ihn nicht beim Konzert seiner Lieblingsband getroffen zu haben, tiefer, als ich mir bisher hatte eingestehen wollen.

Julian streichelte meinen Oberarm. Mit sanften Berührungen versuchte er, mich zu beruhigen, während er die Lippen auf meinen Haaransatz presste.

Ich schniefte und holte noch einmal tief Luft, ehe ich mich aufrichtete und blinzelte, um meine Wimpern von den letzten Tränen zu befreien.

Langsam ließ Julian den Blick über mein Gesicht wandern. Die kleine Falte auf seiner Stirn, aus der Sorge sprach, war nicht zu übersehen.

»Tut mir leid. Ich wollte dich nicht schon wieder anweinen.«

»Mach dir darum keine Sorgen.« Er nahm die Hand von meinem Arm, legte sie in meinen Nacken und fuhr von dort aus meine Wirbelsäule nach unten bis zu meiner Hüfte. Seine Finger hinterließen ein Prickeln auf meiner Haut. »Warum hast du mir nicht schon früher von Adrian erzählt?«

Ich zuckte mit den Schultern und lehnte mich wieder bei ihm an. Trotz der Stoffschichten zwischen uns konnte ich seine Wärme spüren, die eine beruhigendere Wirkung auf mich hatte als der Teddybär auf Lincoln. »Ich habe mich geschämt, und ich hatte Angst.«

»Wovor?«

»Ich weiß nicht. Dass du mich dafür verurteilen könntest?«

Julian sah mich von der Seite an, während er die Hand von meiner Hüfte zu meiner Taille wandern ließ und sie umfasste, als wollte er mir ohne ein einziges Wort sagen: *Keine Angst. Ich halte dich, und ich halte zu dir. Immer.*

»Ich würde niemals von deinen Eltern auf dich schließen. Vor allem nicht, wenn es um Adrian geht. Also danke, dass du mir das anvertraut hast«, erwiderte er und holte tief Luft. »Und die Antwort lautet: Ja.«

Ich blinzelte irritiert. »Die Antwort?«

»Auf deine Frage, ob der Teddy Sophia gehört hat. Ja, das hat er.«

20. Kapitel

Am nächsten Morgen standen Lilly und Tanner vor meiner Tür, noch bevor Link wach war. Die beiden strahlten über das ganze Gesicht und hatten die Arme umeinander geschlungen wie ein frisch verliebtes Paar. Anscheinend war die gemeinsame Nacht genau das gewesen, was sie gebraucht hatten. Ich hoffte sehr, dass Lilly sich dieses Gefühl einprägen würde, um sich in der Zeit, in der Tanner weg war, daran zu erinnern. Er liebte sie, und weder die Meilen zwischen ihnen noch die Pfunde, die sie seit ihrem Kennenlernen zugenommen hatte, konnten daran etwas ändern. Doch trotz ihrer glücklichen Zweisamkeit war nicht zu übersehen, wie sehr sie Link vermisst hatten. Tanner wollte bis zu seiner Abreise jede Minute mit seinem Sohn auskosten.

Die beiden bedankten sich noch einmal fürs Babysitten und luden mich ein, sie zum Frühstück zu begleiten. Ich wollte ihr Familienglück allerdings nicht stören, also behauptete ich, lernen zu müssen. Was theoretisch stimmte, nur war es nicht das, was ich tun würde.

Ich setzte mich auf die Couch und schrieb eine Nachricht an Adrian, in der ich ihm stolz berichtete, dass ich erfolgreich eine ganze Nacht auf Link aufgepasst hatte, ohne ihn kaputt zu machen. Dann nahm ich meinen Zeichenblock zur Hand, um die Skizze einer Sirene aus der griechischen Mythologie zu beenden, die ich vor einigen Tagen begonnen hatte. Dabei vermisste ich meine Festung. Seit ich meine neue Wohnung bezogen hatte, hatte ich darin gezeichnet. Umgeben von den dicken Mauern aus Karton hatte ich die Welt und meine Probleme aussperren und mich ganz auf meine Kunst konzentrieren können. Das fehlte mir. In der Hoffnung, es würde dort besser funktionieren, wechselte ich vom Block auf mein Tablet. Doch kaum hatte ich den ersten Strich gesetzt, klopfte es an der Tür.

Die Ablenkung kam mir gerade recht. Ich sprang auf die Beine und öffnete in der Erwartung, Cassie zu sehen, die gekommen war, um mir von ihrem großartigen Date mit Auri zu erzählen. Doch es war Julian, der mich mit einem breiten Lächeln begrüßte.

»Guten Morgen.«

»Guten Morgen«, erwiderte ich. »Was machst du hier?«

»Frühstück. Schon vergessen?« Er hielt einen Papphalter mit zwei Kaffeebechern und eine braune Tüte in der Hand, aus der es herrlich duftete und auf der das Logo von Beans & Bread zu erkennen war.

»Ja … Nein. Ich dachte nur nicht, dass du noch einmal herkommen würdest, nachdem du gestern schon den ganzen Abend da warst. Aber komm rein.« Julian hatte wirklich schon genug für mich getan, und langsam fragte ich mich, was aus seinem Wunsch geworden war, allein sein zu wollen, aber ich würde mich bestimmt nicht beschweren.

Ich schloss die Tür, während Julian völlig selbstverständlich in meine Küche schlenderte. Es gefiel mir, wie zu Hause er sich bei mir fühlte.

»Ist Link schon auf?«, fragte er und packte den Inhalt seiner Tüte aus.

Ich setzte mich auf einen der Hocker am Tresen. »Lilly und Tanner haben ihn schon abgeholt. Sie wollen so viel Zeit wie möglich miteinander verbringen. Tanner muss am Dienstag schon wieder zurück nach New Jersey.«

»Was macht er dort?« Julian reichte mir meinen Kaffee.

Ich trank einen Schluck und verzog die Lippen. Da fehlte eindeutig noch Zucker.

Kaum dass ich den Gedanken zu Ende gedacht hatte, griff Julian in seine Hosentasche und schob mir ein halbes Dutzend Zuckertütchen hin.

Ich öffnete die Kappe meines Bechers. »Er studiert in Princeton. Was die Sache mit Lilly und Link etwas kompliziert macht, aber die drei bekommen das hin.«

Julian holte zwei Teller aus dem Schrank. »Da bin ich mir sicher. Link ist ein tolles Kind.«

»Ja, das ist er«, stimmte ich zu und nippte noch einmal an meinem Kaffee, der nun genau die richtige Süße hatte. »Er hätte Mrs Doubtfire am liebsten mitgenommen, aber ich konnte ihn davon abhalten.«

Julian lächelte mich an. »Danke.«

»Kein Problem.«

Er schob mir einen Teller zu, auf dem ein frischer Früchtescone mit Butter und Marmelade lag.

Ich pickte eine Rosine aus dem Teig und schob sie mir in den Mund. »Woher wusstest du, dass das Beans & Bread mein Lieblingscafé ist?« Ich war mir sicher, ihm nie davon erzählt zu haben.

Er sah von seinem Scone auf. »Dein Lieblingscafé? Ich dachte, das kennt hier niemand außer mir.«

»Ich schon. Ich hab es entdeckt, als ich ein paar Klamotten in den Secondhandladen gegeben habe, der früher neben dran war. Jetzt ist dort ein Nagelstudio.«

»Ja. Ich erinnere mich. Ich war zwei- oder dreimal drin, kurz bevor er dichtgemacht hat.«

»Tatsächlich?« Ich fragte mich, ob Julian und ich jemals zur selben Zeit in dem Laden oder im Beans & Bread gewesen waren. Die Vorstellung jagte mir einen Schauder über den Rücken, aber auf eine angenehme Art und Weise, als wäre es vorbestimmt gewesen, dass wir früher oder später aufeinandertreffen würden.

»Hast du eigentlich was von Cassie und Auri gehört?«, fragte Julian und schmierte noch mehr Butter auf seinen Scone. »Sie sind gestern Abend nicht nach Hause gekommen, und heute Morgen waren ihre Zimmer leer.«

»Nein. Vielleicht lief das Date so gut, dass sie sich ein Hotelzimmer genommen haben, um dir die Sexgeräusche zu ersparen?«, scherzte ich. »Ich schreib Cassie mal.«

Ich schickte ihr eine Nachricht und starrte gebannt auf mein Handy, aber es kam keine Antwort. Das gefiel mir nicht, aber ich redete mir ein, dass es ihr bestimmt gut ging. Schließlich war sie mit Auri unterwegs. Ich warf einen letzten Blick auf mein Handy, ehe ich es wegsteckte und mich wieder meinem Frühstück widmete.

»Was hast du für heute geplant?«

»Ich dachte, wir könnten endlich dein Bett und den Schuhschrank aufbauen«, antwortete Julian und trank von seinem Kaffee. »Später treffe ich mich mit meiner Lerngruppe in der Bibliothek. Ich kann es mir nicht leisten, durch die Midterms zu rasseln.«

»Klingt nach einem guten Plan.«

»Willst du mit in die Bibliothek?«

Ich schüttelte den Kopf. Natürlich *wollte* ich mit, aber das wäre unvernünftig gewesen. Mir fiel es ohnehin schon schwer, mich auf die Lernunterlagen zu konzentrieren. Mit Julian in der Nähe wäre es praktisch unmöglich. Außerdem wollte ich nicht riskieren, ihn abzulenken. Ihm schienen seine Noten nämlich wirklich wichtig zu sein.

Nachdem wir gefrühstückt hatten, stellte ich die Teller in

die Spüle und holte anschließend Julians Werkzeugkoffer aus einem der oberen Schränke. Ich hatte ihn dort verstaut, damit Link ihn nicht erreichen konnte.

»Das sieht cool aus.« Julian hatte meinen Zeichenblock entdeckt und betrachtete die Skizze, an der ich am Morgen gearbeitet hatte.

»Danke. Aber ich bin noch nicht ganz zufrieden.«

»Wieso nicht? Sieht für mich nach der perfekten Meerjungfrau aus.«

Ich nahm ihm den Block aus der Hand und legte ihn zurück auf den Tisch. »Um genau zu sein, ist es eine Sirene.«

»Was ist der Unterschied?«

»Meerjungfrauen sind nett. Sirenen töten. Sie wirkt noch viel zu harmlos, und der Ausdruck in ihren Augen ist zu unschuldig«, erklärte ich mit missbilligendem Blick auf die Zeichnung. Am liebsten hätte ich sie aus dem Block herausgerissen. »Ich wollte sie heute Morgen fertig zeichnen, aber ich habe es einfach nicht hinbekommen. Mir fehlt meine Kreativ-Festung.«

Julian runzelte die Stirn. »Das wackelige Kartongebilde?«

»Ja.« Natürlich war das Schwachsinn. Ich hatte jahrelang überall gezeichnet, an meinem Schreibtisch, im Auto, auf der Couch, in meinem Bett, im Flugzeug … einfach überall. Es hatte immer funktioniert. Doch seit Adrian verschwunden war, war es, als stünde eine Mauer zwischen mir und meiner Kreativität, die ich immer wieder zu erklimmen versuchte. Hin und wieder gelang es mir, über ihren Rand zu sehen und einen Blick ins Paradies zu erhaschen, der mir erlaubte, etwas zu schaffen, auf das ich stolz war, wie die Zeichnung von Marie. Aber ich konnte die Blockade einfach nicht dauerhaft überwinden.

»Wenn das so ist, müssen wir die Festung eben wieder aufbauen.«

»Ich habe die Kartons schon weggebracht.«

»Dann kaufen wir neue.«

Ich lächelte ihn an. »Das ist lieb, aber ich kann nicht auf ewig Kartons in meiner Wohnung stapeln. Irgendwie bekomm ich die Zeichnung schon hin.«

Julian gab ein Brummen von sich, als würden ihn meine Worte genauso wenig überzeugen wie mich selbst.

Dann machten wir uns daran, meinen Schuhschrank aufzubauen, der groß genug war, dass er nicht nur meine, sondern gleich auch noch Julians, Auris und Cassies Schuhe hätte beherbergen können. Obwohl ich fast jeden Tag dasselbe Paar Chucks trug, besaß ich mehrere Dutzend Schuhpaare, die auf die überteuerten Designerkleider in meinem Schrank abgestimmt waren.

»Meine Mom hat gestern angerufen«, sagte Julian plötzlich. Er hatte einen Nagel zwischen den Lippen klemmen und deswegen so stark genuschelt, dass ich ihn beinahe nicht verstanden hätte. Konzentriert starrte er auf das Brett vor sich. »Mein Dad wird morgen aus dem Krankenhaus entlassen.«

»Das ist eine gute Neuigkeit.«

Julian nickte unbeteiligt, als wäre es ihm egal, aber ich wusste, dass dem nicht so war. Anderenfalls hätte er mir nicht davon erzählt. Er wollte seinen Eltern gegenüber Gleichgültigkeit empfinden, aber er konnte es nicht, und das verstand ich nur zu gut. Wie oft hatte ich in den letzten Wochen gedacht, dass meine Eltern meine Mühe nicht wert waren. Trotzdem würde ich mich am Montag wieder in eine juristische Vorlesung quälen.

»Wollen wir deinem Dad eine Karte schicken?«

Julian schlug den Nagel ins Holz, ehe er antwortete: »Warum sollten wir das tun?«

Ich ließ das Brett los, das jetzt von selbst hielt. Allmählich begann die Konstruktion einem Schrank zu ähneln. »Damit er weiß, dass du an ihn denkst.«

Julian schüttelte zur Antwort nur den Kopf.

»Bist du dir sicher?«

»Ja.« Er bückte sich nach weiteren Nägeln, und als er sich wieder aufrichtete, sah er mir direkt in die Augen. Sein Gesichtsausdruck war leer, aber der Schmerz in seinem Blick war nicht zu übersehen. Er war verletzt, nicht nur äußerlich, wie seine Narben zeigten, sondern auch innerlich. »Ich habe ihm schon eine Karte geschickt. Sie kam zurück.«

Mein Herz verkrampfte sich. Ich legte eine Hand auf seine und drückte sanft seine Finger, die staubig vom Holz waren. »Das tut mir leid.«

Er schüttelte den Kopf. »Muss es nicht. Ich hätte es besser wissen müssen.«

Warum? Ich konnte einfach nicht glauben, dass seine Eltern ihn so einfach fallen ließen, vor allem angesichts dessen, was sie gerade durchstanden. Besonders für seine Mom musste es doch schwer sein, ihren Ehemann im Krankenhaus liegen zu sehen, nach allem, was sie bereits mit ihrer Tochter und Julian durchgemacht hatte. Hätte sie nicht eigentlich alles daransetzen sollen, die wichtigsten Menschen in ihrem Leben zusammenzuhalten? Ich hatte Sophia nicht gekannt, aber ich konnte mir unmöglich vorstellen, dass das glückliche Mädchen auf dem Foto so etwas für seine Familie gewollt hätte. Ich war mir ziemlich sicher, dass diese ganze Sache etwas mit ihr und dem Unfall zu tun hatte, in den auch Julian verwickelt gewesen sein musste. Das ließen mich zumindest seine Narben vermuten. Weshalb sonst hätten ihn seine Eltern dermaßen aus ihrem Leben ausgrenzen sollen?

Julian stieß ein schweres Seufzen aus. »Sieh mich nicht so an.«

»Wie sehe ich dich denn an?«

»Als würdest du mich bemitleiden.« Er griff nach dem nächsten Brett. »Ich finde es nicht gut, wie die Sache zwischen meinen Eltern und mir steht, aber ich bereue nichts. Du bereust doch auch nicht, was sich zwischen deinen Eltern und dir abgespielt hat, nachdem sie Adrian weggeschickt haben, oder?«

Einen Moment dachte ich über seine Frage nach, dann schüttelte ich den Kopf. Ich bereute vieles: dass ich nicht mehr getan hatte, dass ich nicht zu Hause gewesen war, als meine Mom Adrian und den anderen Jungen im Bett erwischt hatte, und dass ich nicht früher durchschaut hatte, wie meine Eltern dachten. Doch jede Diskussion und jeder Streit, den ich seitdem mit ihnen gehabt hatte, war nötig gewesen; und so unwohl ich mich dabei auch gefühlt hatte, bereute ich meine Worte und meinen Widerstand nicht.

Wir bauten den Schuhschrank fertig auf, während im Hintergrund ein Album von Linkin Park lief. Julian schien den Text zu jedem einzelnen Song zu kennen. Ich wusste nicht, ob er sich dessen bewusst war, aber wenn er nicht gerade mit mir redete, bewegte er die Lippen tonlos zu den Worten des Sängers. Ich fragte mich, wie es sich anhören würde, würde er laut mitsingen.

Wir stellten den Schrank neben der Eingangstür auf, und Julian befestigte zusätzlich noch ein paar Haken für meine Jacken an der Wand, ehe wir uns meinem Bett widmeten. Wir packten die Kartons aus und breiteten die einzelnen Bauteile auf dem Boden meines Zimmers aus. Während Julian sich einen Überblick über Schrauben, Dübel und das ganze andere Zeug verschaffte, holte ich uns etwas zu trinken aus der Küche.

»Wir können das Bett nicht aufbauen«, verkündete er, als ich zurück war.

Ich reichte ihm ein Glas. »Warum nicht?«

»Es fehlen Schrauben.«

Frustriert hockte ich mich neben ihn auf den Boden. »Und jetzt?«

»Du könntest die Lieferung reklamieren, allerdings wird es vermutlich eine ganze Weile dauern, bis du ein neues bekommst. Oder ich besorge die Ersatzteile nächste Woche im Baumarkt. Dann bezahlst du allerdings doppelt dafür.«

Das störte mich nicht. »Können wir nicht jetzt hinfahren?«

Julian sah auf die Uhr seines Handys und runzelte nachdenklich die Stirn. »Das wird zu knapp. Meine Lerngruppe wartet auf mich, und ich habe noch Chase' Unterlagen. Aber ich besorg die Schrauben so schnell wie möglich. Versprochen.«

Ich seufzte. »Danke.«

Er lächelte mich an und half mir, die ausgepackten Bretter und Latten an die Wand zu stellen, bevor er sich verabschiedete.

Ich war gerade dabei, das letzte Verpackungsmaterial wegzuwerfen, als mein Blick auf den pinken Teddy fiel, der noch immer auf meiner Matratze saß. Ich schnappte mir das Plüschtier, um es Julian zu bringen, eher er in die Bibliothek ging.

»Lange nicht gesehen«, begrüßte er mich, nachdem er mir die Tür geöffnet hatte. In den fünf Minuten Vorsprung, die er gehabt hatte, hatte er sich ein frisches Hemd angezogen.

Ich hielt Mrs Doubtfire in die Höhe. »Du hast den hier vergessen.«

»Oh … danke.« Er nahm mir den Teddy aus der Hand und strich dem Kuscheltier instinktiv über den Kopf.

Unwillkürlich fragte ich mich, ob dies sein einziges Andenken an Sophia war oder ob sich noch mehr Erinnerungsstücke in seinem Zimmer versteckten.

Das Geräusch von Pfoten, die übers Parkett schlitterten, begleitet von einem Miauen, riss mich aus meinen Gedanken. Ehe ich michs versah, strich Laurence um meine Beine. Er rieb sich an mir, bevor er sich auf den Boden warf und in meinem Zeh verbiss.

»Aua!« Sanft versuchte ich ihn abzuschütteln, aber er hatte sich in meinen Fuß gekrallt.

»Sorry«, sagte Julian und ging vor mir in die Hocke, um mich von der kleinen Bestie zu befreien. »Er ist nicht ausgelastet. Immerhin hat schon seit zwanzig Stunden niemand mehr richtig mit dir gespielt, nicht wahr?« Er hielt sich Laurence vors Gesicht und musterte den Kater, der mit einer Pfote nach seiner Nase schlug.

Ich lachte. »Ich kann mit ihm spielen.«

»Das musst du nicht.«

»Quatsch. Ich mach das gern.« Ich nahm ihm Laurence aus der Hand und trug ihn ins Wohnzimmer zu seinem Körbchen, das zu einem Lagerplatz für sein Spielzeug geworden war. Er besaß so viel davon, dass man leicht hätte glauben können, Julian besäße nicht nur einen Kater, sondern ein ganzes Dutzend. Ich wählte eine Maus, die an einer Schnur befestigt war, und begann diese über den Boden zu ziehen. Sofort stürzte sich Laurence darauf und warf sein Köpfchen hin und her in dem Versuch, das Plastiktier zu erlegen.

»Ich geh dann mal«, sagte Julian. Er hatte eine Lederjacke übergeworfen, die ich noch nie an ihm gesehen hatte, aber sie gefiel mir. Sie verlieh seinem Aussehen etwas Rohes. »Zieh einfach die Tür zu, wenn du gehst.«

»Mach ich. Viel Spaß.«

Julian stieß ein unbeeindrucktes Grunzen aus. Einen Moment später war er verschwunden.

Stille legte sich über die Wohnung, und erst da wurde mir

bewusst, dass ich allein war. In Julians Wohnung. Verwegen glitt mein Blick in Richtung seines Zimmers. Der Impuls, sich dort ein wenig umzusehen, war da, aber ich verdrängte meine aufkeimende Neugierde. Auf keinen Fall würde ich sein Vertrauen auf diese Weise ausnutzen.

Entschlossen wandte ich mich wieder Laurence zu, der es irgendwie geschafft hatte, der Maus in den letzten Sekunden ein ganzes Ohr abzukauen. Ich wechselte zu einem anderen Spielzeug mit Federn und zog dieses über den Boden, bis Laurence erschöpft war. Schwer atmend legte er sich auf die Couch und sah mich erwartungsvoll an, bis ich mich neben ihn setzte, um ihn zu streicheln. Sofort begann er zu schnurren. Das monotone Geräusch hatte eine so beruhigende Wirkung, dass ich mich am liebsten neben ihm zusammengerollt hätte, um auch etwas zu dösen.

Schwere Schritte im Treppenhaus ließen mich aufblicken. Kurz darauf wurde die Tür zur Wohnung geöffnet, und Cassie kam auf ihren Krücken hereingehumpelt.

»Hey«, begrüßte sie mich mit matter Stimme und ließ sich erschöpft auf den Sessel fallen. Sie wirkte abgekämpft. Ihre Haare waren zerzaust, und ihre Haut hatte einen fahlen Ton. Sie trug das violette Kleid, das wir für ihr Date ausgesucht hatten.

»Wo ist Auri?«, erkundigte ich mich vorsichtig. Mein Gefühl sagte mir, dass ihr Aussehen nichts damit zu tun hatte, dass sie die ganze Nacht über wilden Sex gehabt hatte.

Cassie sah mich aus trüben Augen an. Doch hinter ihrer Traurigkeit erkannte ich auch Wut, gut versteckt hinter dem verschmierten Eyeliner und Mascara vom Vorabend. »Keine Ahnung. Ist mir auch egal.«

Das klang gar nicht gut. Ich rutschte auf der Couch näher an Cassies Sessel heran und wagte es kaum, die nächste Frage zu stellen. »Euer Date lief also nicht gut?«

Cassie schnaubte. Sie zog sich den Schuh aus und schleuderte ihn in eine Ecke des Zimmers. »Welches Date? Auf dem Weg zum Restaurant sind wir ein paar seiner Teamkollegen begegnet. Sie haben so lange auf uns eingeredet, bis wir mit ihnen in eine Bar gegangen sind.« Ihr Gesichtsausdruck wurde noch finsterer. »Eine Sportbar. Es hat ungefähr zehn Sekunden gedauert, bis irgendeine Cheerleaderin auf Auris Schoß saß.«

»Shit«, fluchte ich. »Und er hat nichts gesagt?«

»Nope. Kein Wort darüber, dass er mit mir da ist.«

Fassungslos schüttelte ich den Kopf. »Es tut mir so leid. Das alles ist meine Schuld. Ich hätte euch nicht zu dem Date zwingen sollen.«

»Es ist nicht deine Schuld, dass sich Auri manchmal wie ein Arsch verhält«, sagte Cassie. »Außerdem hast du mich zu nichts gezwungen. Ich wollte mit ihm ausgehen und wurde enttäuscht. Das ist nichts Neues.« Sie schüttelte den Kopf, als könnte sie selbst nicht glauben, wie naiv sie gewesen war. »Wie dem auch sei, nach einer Stunde bin ich gegangen, um das Theater nicht länger ertragen zu müssen.«

»Und wo warst du die ganze Nacht? Ich hab dir geschrieben.«

»Sorry, ich hab vor Aufregung mein Handy hier vergessen. Nach der Sache in der Bar wollte ich Auri einfach nicht mehr sehen, deswegen hab ich bei Lucie übernachtet.« Sie stutzte, bevor sie zu Auris offen stehender Zimmertür und in den leeren Raum dahinter blickte. »Moment mal. Ist Auri gestern auch nicht nach Hause gekommen?«

Mir wurde ein bisschen übel. Verlegen senkte ich den Blick. »Ähm … nein.«

Cassie schloss die Augen und ballte die Hände zu Fäusten, als müsste sie sich davon abhalten, in Auris Zimmer zu stürmen, um etwas zu zerschlagen.

Ich hätte ihr gern gesagt, dass sie sich keine Sorgen machen sollte und er vermutlich nur bei einem Teamkollegen übernachtet hatte, aber ich wollte sie nicht in falscher Hoffnung wiegen, also hielt ich den Mund.

»Ich bin so dumm. Was hab ich mir nur dabei gedacht? Ich hätte nie mit ihm ausgehen dürfen.«

»Sag das nicht. Ihr beide passt so gut zusam–«

»Nicht als Paar«, fiel mir Cassie mit einem abfälligen Schnauben ins Wort.

»Cassie –«

Sie unterbrach mich erneut. »Lass gut sein. Alles in Ordnung, wir sind immer noch Freunde. Ich habe mir nur zu viel vom gestrigen Abend versprochen, das ist alles. Ich hätte es besser wissen müssen«, sagte sie langsam und mit so zaghafter Stimme, als wäre sie sich ihrer Worte selbst nicht ganz sicher.

Ich zweifelte nicht daran, dass sie die Wahrheit sagte. Ich war auch gern mit Julian befreundet, aber das änderte nichts daran, dass ich mir eigentlich etwas anderes von ihm wünschte. Bei Cassie und Auri war es genauso. Selbst ein Blinder konnte das erkennen.

»Wirst du ihn darauf ansprechen?«

Cassie schüttelte den Kopf. »Auf keinen Fall. Er hat diese andere Frau nicht weggeschickt, damit hat er mir deutlich genug gezeigt, wie er zu mir steht. Ich sollte die Sache vergessen und weitermachen wie zuvor. Das ist das Einfachste.«

»Vielleicht«, erwiderte ich. »Nur ist das Einfachste nicht immer das Richtige.«

21. Kapitel

Ich vermisse dich.

Bitte melde dich.

Geht es dir gut?

Dies waren nur ein paar der Nachrichten, die ich Adrian seit Sonntagnachmittag geschickt hatte. Ich konnte nicht sagen, woran es lag. Vielleicht an dem Konzert, das wir eigentlich gemeinsam hätten besuchen sollen. Oder daran, dass ich Julian und Aliza von ihm erzählt hatte. Aber gerade vermisste ich ihn ganz besonders. Ich hatte sogar noch einmal im Rainpride Center angerufen in der Hoffnung, dass Patrick etwas von ihm gehört oder gesehen hatte. Was nicht der Fall gewesen war. Aber er hatte mir versichert, weiterhin die Augen offen zu halten. Mehr als nur einmal hatte ich an diesem Tag den Daumen über der Telefonnummer eines Privatdetektivs schweben lassen. Allerdings gefiel mir der Gedanke, einen Fremden darauf anzusetzen, Adrian nachzuschnüffeln, immer noch nicht, also setzte ich mir eine Deadline: Wenn ich bis Thanksgiving nichts von meinem Bruder gehört hatte, würde ich diese Nummer wählen – ohne die Konsequenzen infrage zu stellen.

»Wirst du dir das Buch kaufen?«, erkundigte sich Aliza.

Ich sah sie benommen an, da ich die letzten Minuten gedankenverloren in den Raum gestarrt hatte. »Hm? Welches Buch?«

»Das Professor Chapman gerade empfohlen hat.«

»Oh.« *Keine Ahnung.* »Ich denke nicht.« *Ich weiß noch nicht einmal, wie lange ich diesen Kurs noch besuchen werde.* Vermutlich sollte ich bald eine Entscheidung treffen. Doch wenn ich meinen Eltern mitteilte, dass ich keine Anwältin werden wollte, riss ich damit sämtliche Brücken zu der Familie, die wir einst gewesen waren, ein.

Aliza seufzte. »Wo bist du mit deinen Gedanken?«

»Ich bin nur müde.«

»Und ich weiß, dass du lügst.«

Nun war ich diejenige, die seufzte, aber bevor ich etwas erwidern konnte, spürte ich ein Vibrieren in meiner Hosentasche. Die perfekte Ausrede, um Alizas Frage aus dem Weg zu gehen. Ich bedeutete ihr mit einer Geste, einen Moment zu warten, und holte mein Handy heraus.

»Oh mein Gott. Oh mein Gott. Oh mein Gott!« Ich sprang von meinem Platz auf.

»Mrs Owens, ist alles in Ordnung?«, erkundigte sich Professor Chapman hörbar pikiert, da ich seinen Monolog über wer weiß was unterbrochen hatte.

»Alles bestens!«, rief ich und wandte mich an Aliza. »Ich muss gehen.«

Eilig packte ich meine Sachen zusammen und bahnte mir stolpernd einen Weg über die Beine der Menschen, die in meiner Reihe saßen. Vermutlich hielten sie mich nach diesem Abgang alle für verrückt, aber das war mir egal. Ich hetzte die Stufen des Vorlesungssaals nach unten, stürmte aus dem Raum und anschließend aus der Fakultät ins Freie. Mein Handy noch immer in der Hand lief ich zu *meinem* Baum, wo ich meinen Rucksack fallen ließ und mich in die Sonne setzte.

Mit zitternden Händen entsperrte ich den Bildschirm, auf dem Adrians Name aufleuchtete. Mein Magen schlug eine weitere Reihe Purzelbäume. Ich konnte es nicht glauben. Nach all der Zeit hatte er mir wirklich geschrieben. Tränen der Erleichterung und der Freude traten mir in die Augen. Ich blinzelte sie weg und öffnete die Nachricht.

Adrian: *Es geht mir gut, Sonnenschein, und ich vermisse dich auch, aber ich brauch noch etwas Zeit. (Das Habitat 67 ist übrigens wirklich sehr cool. Wer hat dir davon erzählt?)*

Mein Herz raste. Wort für Wort las ich die Nachricht noch einmal. Und noch einmal. Mein Körper bebte, und meine Brust dehnte sich aus, als müsste ich jeden Augenblick vor Glück platzen. Adrian ging es gut, und er hatte mich nicht vergessen.

Ich: *Du weißt gar nicht, wie glücklich es mich macht, von dir zu hören! Ich habe mir Sorgen gemacht, du Stinksocke. (Das war Julian. Über ihn erzähl ich dir erst mehr, wenn wir uns wiedersehen. Spoiler: Ich mag ihn. Sehr!)*

Eine kurze Ewigkeit klammerte ich mich an meinem Handy fest in der Hoffnung, noch eine Antwort zu bekommen. Doch Adrian war wieder in Schweigen verfallen – was mich eigentlich wütend hätte machen sollen, aber ich war so erleichtert, dass ich nicht dazu in der Lage war, etwas anderes als Freude zu empfinden. Auch Minuten nachdem ich die Nachricht gelesen hatte, pochte mein Herz noch wie wild.

Adrian hatte geschrieben, dass er noch *etwas Zeit* bräuchte. Wie lange dieses »etwas« wohl war? Meinte er ein paar Tage? Ein paar Wochen? Oder ein paar Monate? Die Ungewissheit, die ich am Morgen noch empfunden hatte, verwandelte sich in Ungeduld. Ich wollte ihn wiedersehen. Unbedingt.

Das Handy in meiner Hand vibrierte.

Adrian: *Das ist Erpressung!*

Ich lachte.

Ich: *Mir egal!*

Adrian: *War mir klar … Übrigens: Was ist groß, grau und telefoniert aus Afrika?*

Mein Lächeln wurde breiter. Kurz fragte ich mich, ob ich

am Morgen vielleicht in der Dusche ausgerutscht war und mir den Kopf gestoßen hatte. Diese Nachrichten waren zu gut, um wahr zu sein.

Ich: *Keine Ahnung.*

Adrian: *Ein Telefant.*

Ich: *Der war echt schlecht.*

Adrian: *Aber du hast gelacht.*

Ich: *Erwischt.*

Adrian: *Bis bald, Micah.* <3

Bis bald? Das klang nicht so, als müsste ich Monate auf ihn warten. Ich machte mir Screenshots der Nachrichten, um sie sicher abzuspeichern. Anschließend steckte ich mein Handy weg, nur um es eine Minute später wieder hervorzuziehen und alles noch einmal durchzulesen. Ich konnte nicht anders, als zu grinsen. Adrian hatte mir geschrieben!

»Micah?«

Ich blickte auf und entdeckte Julian, der auf mich zugelaufen kam. Das Lächeln, das sich ohnehin schon über mein ganzes Gesicht spannte, wurde noch breiter. Ich sprang auf, stürmte auf ihn zu und warf mich in seine Arme.

Lachend fing er mich auf. »Ich freu mich auch, dich zu sehen.«

Ich schlang die Beine um seine Hüften. »Adrian hat sich gemeldet!«

»Das ist großartig.« Er ließ die Hände an meinem Rücken hinabgleiten und legte sie auf meine Hüften. Da mein Shirt hochgerutscht war, streiften seine Finger meine nackte Haut, die zu kribbeln begann. »Was hat er gesagt?«

»Nicht viel.« Meine Stimme klang atemlos vor Aufregung. »Nur, dass er noch etwas Zeit braucht. Aber es geht ihm gut, und er meinte, wir würden uns schon bald wiedersehen.« Mir traten erneut Freudentränen in die Augen.

Julian strahlte mich an. »Ich freu mich für dich.«

»Danke. Ich vermisse ihn.«

»Ich weiß«, antwortete er völlig selbstverständlich. Vermutlich hätte er alles für die Chance gegeben, Sophia noch einmal wiederzusehen, aber er schien weder Neid noch Trauer zu empfinden, sondern sich aufrichtig für mich zu freuen. Sich *mit* mir zu freuen.

Und in diesem Moment konnte ich nicht mehr anders. Sanft legte ich meine Hände an Julians Wangen. Er sah zu mir auf, und das Funkeln seiner grünen Augen ließ mein Herz schneller schlagen, während der Anblick seiner Grübchen das Kribbeln verstärkte, das seine Finger zuvor entfacht hatten. Ich beugte mich vor und senkte mit geschlossenen Augen meinen Mund auf seinen.

Es gab kein Zögern mehr. Kein Zweifeln. Und es fühlte sich großartig an. Das Gefühl von Julians warmen Lippen auf meinen war unbeschreiblich. Sie waren weich und gleichzeitig ein wenig rau, aber das störte mich nicht. Denn erst jetzt erkannte ich, wie sehr ich diesen Augenblick herbeigesehnt hatte.

Julian wirkte für den Bruchteil einer Sekunde überrascht, aber er fing sich sofort wieder, und dann war es, als hätte auch er nur auf diesen Moment gewartet. Er stieß ein kaum hörbares Seufzen aus und erwiderte meinen Kuss. Ich spürte, wie er die Arme fester um mich schlang, während er die linke Hand tief unter mein Shirt schob.

Eine Gänsehaut kroch über meinen Körper. Dabei war mir alles andere als kalt. Ich neigte den Kopf und teilte die Lippen in der Hoffnung, Julian würde der Einladung folgen.

Und das tat er. Als er mit seiner Zunge meine berührte, war ich mir sicher, noch nie zuvor etwas Ähnliches empfunden zu haben. Ich hatte nicht gewusst, dass ein erster Kuss so sein konnte. So perfekt. So stimmig. So im Einklang. Als wären wir füreinander bestimmt. Ich nahm alles an Julian wahr. Den Geschmack des Kaffees, den er kurz zuvor getrunken hatte, und seinen Geruch, der mich immer an einen Wald erinnerte. Tannennadeln und Erde. Er umfing mich und ließ mich alles um mich herum vergessen.

Beinahe bereute ich es, Julian nicht früher geküsst zu haben. Warum hatte ich so lange gewartet? Warum hatte ich gezögert? Ich verstand es nicht. Doch hätte ich nicht gewartet, hätte es diesen besonderen Moment zwischen uns nicht gegeben. Diesen Augenblick, in dem ich glaubte, vor Glück überschäumen zu müssen.

Erst als ich das Gefühl hatte, keine Luft mehr zu bekommen, ließ ich den Kuss enden, der gefühlt nur einen Herzschlag, in Wirklichkeit aber viel länger angedauert hatte. Julian ließ mich die Zeit vergessen, und ich hoffte, ihm ging es mit mir genauso.

Träge schlug er die Augen auf und sah in meine, bevor er seinen verträumten Blick über mein Gesicht wandern ließ. Dabei fixierte er immer wieder meinen Mund, als überlegte er, mich noch einmal zu küssen.

Und ich wünschte mir nichts sehnlicher, als dass er es tat, denn ich hatte keine Ahnung, was ich sagen sollte. Es hatte mir die Sprache verschlagen. Ich lehnte meine Stirn gegen seine und strich mit den Daumen über seine Wangen. Unter den Fingerspitzen konnte ich seine Bartstoppeln spüren. Wie sie sich wohl zwischen meinen Beinen anfühlen würden, wenn sie über meine Oberschenkel kratzten?

Ich räusperte mich und zwang meine Stimme dazu zu funktionieren. Obwohl ich mir sicher war, dass sie leiser klang als mein Herz, das unnatürlich laut in meiner Brust zu schlagen schien. »Tut mir leid. Ich wollte dich nicht so anfallen.«

»Mach dir deswegen keine Sorgen«, antwortete Julian, als

plötzlich ein Klatschen zu hören war, gefolgt von einem schrillen Pfeifen, das uns aus unserer Trance riss.

Benommen sahen wir auf.

Nicht weit entfernt stand eine kleine Gruppe Studenten und jubelte uns zu.

»Scheiße«, murmelte Julian, klang dabei jedoch amüsiert. Ein kleines Lächeln umspielte seine Mundwinkel.

Ich wollte mich vorbeugen und sie küssen. Erst den linken, dann den rechten, dann wieder den linken, und vielleicht würde ich einfach nie wieder damit aufhören.

»Ich hoffe, sie haben die Show genossen.«

Julian sah wieder mich an. »Wir hätten Eintritt verlangen sollen.«

Ich lachte und kämmte ihm mit den Fingern durch die Haare. »Ich glaube, dafür müssten wir noch etwas proben und die Performance ausbauen. Die Leute sollen für ihr Geld schließlich auch was geboten bekommen.«

»Die Performance ausbauen? Darüber sollten wir später noch einmal ausführlich reden.«

Ich nickte und löste meine Beine von Julians Hüften, blieb jedoch dicht vor ihm stehen. »Was machst du überhaupt hier?«, fragte ich, als ich wieder festen Boden unter den Füßen hatte. Die Fakultät für Architektur befand sich auf der anderen Seite des Campus.

Julians Hand lag noch immer auf meinem Rücken. Er zog mich an sich und brachte seine Lippen damit wieder dicht an meine. »Um ehrlich zu sein, habe ich dich gesucht«, raunte er heiser. Unser Kuss hatte ihn offensichtlich alles andere als kaltgelassen.

Ich lächelte und biss mir auf die Unterlippe, wo ich noch immer einen Hauch von Kaffee zu schmecken glaubte. »Du hast mich gefunden.«

»Offensichtlich.«

»Wolltest du dir nur einen atemberaubenden Kuss bei mir abholen, oder gibt es noch einen anderen Grund?«, fragte ich und ließ meine Hände über seine Schultern gleiten. Ich wollte ihn nicht loslassen, und ihm schien es genauso zu gehen. Noch immer hielt er mich fest an sich gedrückt.

»Ich wollte dich nach dem Schlüssel zu deiner Wohnung fragen.«

»Ach ja?« Neugierig hob ich die Augenbrauen.

»Ich brauch meinen Werkzeugkoffer.«

»Wofür?«

Meine Neugierde brachte ihn zum Schmunzeln. »Ein Projekt.«

Am liebsten hätte ich ihm vorgeschlagen, das Projekt sausen zu lassen und stattdessen noch etwas Zeit mit mir zu verbringen. Aber ich wusste, wie ernst er die Architektur nahm, und wollte ihn nicht vor die Wahl stellen.

Widerwillig löste ich mich von ihm und lief zu meinem Rucksack, der noch immer unter dem Baum lag. Ich löste den Wohnungsschlüssel von meinem Schlüsselbund und hielt ihn Julian hin. Als er danach griff, ließ ich ihn nicht gleich los. »Sehen wir uns später?«

Er lächelte. »Das hoffe ich doch.«

Endlich verstand ich, wie es Lilly ergangen war, als sie erfahren hatte, dass Tanner für ein Wochenende nach Hause kommen würde.

Ich hatte das Gefühl, Bäume ausreißen zu können. Es war, als würde ich unter Strom stehen, viel zu aufgedreht von Julians Kuss und Adrians Nachricht, um mich in eine Vorlesung zu setzen. Am liebsten hätte ich Lilly angerufen und ihr alles erzählt, aber sie saß gerade im Unterricht. Also schrieb ich ihr eine Nachricht und fragte sie, ob sie sich um achtzehn Uhr mit mir im Beans & Bread treffen wollte.

Ihre Antwort ließ nicht lange auf sich warten: *Gern!*

Anschließend textete ich auch noch Aliza, um ihr von Adrian zu erzählen und sie wissen zu lassen, dass ich mir den Rest des Tages freinehmen würde.

Kurz überlegte ich, nach Hause zu gehen, aber dort wäre ich vor Aufregung nur die Wände hochgegangen. Stattdessen beschloss ich, in die Stadt zu fahren.

Ich klapperte ein paar Buchhandlungen ab, ehe ich eine Stunde durch Capes and Books stöberte, wo ich mir einige Neuheiten gönnte. Von dort aus machte ich mich auf den Weg in den Park, um etwas von meiner Energie loszuwerden. Erst als mir der Magen knurrte, verschlug es mich in ein Café, das mir Aliza vor einer Weile empfohlen hatte, und ich bestellte mir Frühstück – Pancakes mit Sirup und Rührei – zum Mittagessen.

Nachdem ich aufgegessen hatte, loggte ich mich mit meinem Tablet ins WLAN des Cafés ein. Zuerst ging ich meine Mails durch, bei denen es sich vor allem um Newsletter von Autoren und Illustratoren handelte. Aber auch ein paar Shops und Wohltätigkeitsorganisationen, in deren Verteiler ich gelandet war, befanden sich darunter. Ich las die Sachen, die mich interessierten, ehe ich mich auf der Suche nach Inspiration durch Pinterest klickte. Schließlich landete ich auf Goodreads, wo ich meine virtuellen Bücherregale aktualisierte. Nach allen Updates war ich nur noch siebenunddreißig Bücher davon entfernt, meine Lese-Challenge für dieses Jahr zu schaffen. Ich erhöhte mein Ziel auf zweihundertfünfzig, was auf den ersten Blick eine Menge schien, aber gar nicht so viel war, wenn man bedachte, dass ich fast ausschließlich Comics, Mangas und Graphic Novels las. Anschließend scrollte ich durch den Feed und packte ein paar Bücher auf meine Wunschliste. Das eintönige Klicken half mir dabei runterzukommen.

Ich wollte mich gerade ausloggen, um mich mit Lilly zu treffen, als plötzlich ein rotes Icon neben meinem Postfach aufleuchtete. Eine neue Nachricht. Ich klickte darauf, und weil meine Stimmung an diesem Tag durch absolut nichts zu trüben war, öffnete ich sie, obwohl sie von meinem Erzfeind Luca kam.

Luca: *Ist alles in Ordnung?*

Ich: *Wie kommst du darauf, dass es das nicht ist?*

Luca: *Du hast gerade meine Ein-Stern-Rezension zu einem Marvel-Comic geliked.*

Ich: *Das war ein Versehen. Ich war abgelenkt.*

Luca: *Abgelenkt wovon?*

Ich: *Ich wüsste nicht, was dich das angeht.*

Luca: …

Ich: *Ich hab jemanden kennengelernt.*

Luca: *Glückwunsch.*

Ich: *Sei nicht so sarkastisch.*

Luca: *Das war kein Sarkasmus.*

Ich: *Lügner.*

Luca: *Wirklich. Ich freu mich für dich.*

Ich: …

Ich: *Sage hat dich echt soft gemacht. Wie geht es ihr?*

Luca: *Gut.*

Ich: *Wow, erzähl mir mehr!*

Luca: *Sehr gut.*

Ich: *Die Gespräche, die ihr führt, müssen der Wahnsinn sein.*

Luca: *Du hast keine Ahnung.*

Ich: *Ja, keine Ahnung, was sie an dir findet.*

Luca: *Haha. Sehr witzig.*

Ich: *Ich weiß.*

Luca: …

Ich: …

Luca schrieb nicht mehr zurück. Obwohl ich den Kerl nicht leiden konnte, musste ich zugeben, dass es schon irgendwie süß war, dass er sich nach mir erkundigt hatte, nur weil ich versehentlich eine seiner Rezensionen geliked hatte – was ich sonst nie tat. Ich konnte mich nicht mal erinnern, warum wir überhaupt auf Goodreads befreundet waren. Vermutlich hatten wir so ein Hass-Freundschafts-Ding am Laufen, wie Professor X und Magneto.

Ich packte das Tablet in meinen Rucksack und machte mich auf den Weg ins Beans & Bread, wo Lilly bereits an unserem Tisch auf mich wartete. Ich konnte es kaum erwarten, ihr von Julian zu erzählen, aber bereits ein Blick in ihr Gesicht reichte aus, um mich wissen zu lassen, dass etwas nicht stimmte.

Ich ließ mich auf den Stuhl ihr gegenüber fallen. »Hey. Was ist los?«

Träge hob sie ihr Handy in die Höhe. An ihrem Handgelenk baumelte ein Armband, das ich noch nie zuvor an ihr gesehen hatte. »Tanner ist gerade in New Jersey gelandet.«

»Oh.« Natürlich, wie hatte ich das vergessen können? »Wie geht es dir?«

»Ging schon mal besser.« Sie seufzte. »Link hat vorhin nach ihm gefragt. Ich musste ihm erklären, dass Daddy jetzt erst mal wieder eine Weile weg ist. Und ich weiß nicht einmal, wie lang diese Weile andauern wird.«

»Was ist mit Thanksgiving?«

»Er versucht zu kommen, aber es ist noch nicht sicher.«

Ich presste die Lippen aufeinander. »Ich hoffe, es klappt.«

»Ich auch«, erwiderte Lilly mit einem matten Lächeln, das sich etwas aufhellte, als Rick zu uns an den Tisch trat. Er begrüßte uns mit seiner typisch schottischen Herzlichkeit und nahm unsere Bestellung auf.

»Okay, und jetzt spuck aus, was bei dir Sache ist«, sagte Lilly, nachdem Rick gegangen war. »Du bist wie ein Flummi ins Café gehüpft.«

Ich lachte. »So offensichtlich?«

»Ja, also erzähl schon. Was gibt's? Nein. Warte. Lass mich raten. Es hat etwas mit Julian zu tun. Hab ich recht, oder hab ich recht?« Erwartungsvoll sah sie mich an.

Ich zögerte kurz, ob ich ihr direkt von dem Kuss erzählen sollte, schüttelte dann aber den Kopf. Julian war großartig, aber eine Sache war noch wichtiger.

»Adrian. Er hat mir geschrieben.«

Lilly klatschte begeistert in die Hände. »Wirklich?«

Heftig nickend zog ich mein Handy hervor und zeigte ihr voller Stolz die Nachrichten. Es waren zwar nur ein paar Worte auf einem Display, aber sie bedeuteten mir die Welt, und Lilly wusste das.

»Das ist großartig«, sagte sie. »Wurde auch Zeit.«

»Ich hatte wirklich Angst um ihn«, erklärte ich und presste die flache Hand auf meinen Bauch, der sich vor Erleichterung ganz hohl anfühlte. Als hätte in den letzten Wochen ein Stein in meinem Magen gelegen, der sich plötzlich in Luft aufgelöst hatte.

»Ich freu mich sehr für dich.« Lilly stützte das Kinn in die Hände und sah mich nachdenklich an. Ein Anblick, der mir so vertraut war wie mein eigenes Spiegelbild. »Wirst du es euren Eltern sagen?«

Ich schüttelte den Kopf. »Erst wenn er wirklich zurück ist.«

»Glaubst du, sie werden ihm verzeihen?«

»Verzeihen? Da gibt es nichts zu verzeihen.«

Lilly verdrehte die Augen. »Du weißt, was ich meine. Werden sie ihn akzeptieren?«

»Ich hoffe es.«

»Ganz bestimmt«, versicherte sie mir. »Wenn sie als Eltern nur ein bisschen so für ihn fühlen wie ich als Mutter für Link, werden sie sich zusammenreißen.«

»Mhm«, brummte ich zustimmend und wünschte mir nichts mehr, als dass sie damit recht behielt. Es würde mir das Herz brechen, wenn unsere Familie nicht an Adrians Flucht, aber an seiner Rückkehr zerbrach. Doch darüber wollte ich mir jetzt noch keine Sorgen machen. Stattdessen wollte ich mich über den Moment freuen und darauf, meinen Bruder schon bald wiederzusehen. »Es gibt noch etwas, das ich dir erzählen muss«, sagte ich, nachdem uns Rick unser Essen gebracht hatte, und goss etwas Dressing über meinen Salat. »Du hattest recht, meine gute Laune hat auch etwas mit Julian zu tun.« Ich hielt kurz inne. »Er hat mich geküsst.«

»Was?«, platzte Lilly heraus. Vor Aufregung schlug sie mit der Hand gegen die Tischplatte und brachte unsere Gläser zum Wackeln und die Teller zum Klirren. Entschuldigend verzog sie die Lippen und wiederholte, diesmal etwas leiser: »Was?«

»Also genau genommen habe ich ihn geküsst, aber er hat mich zurückgeküsst.«

Sie lehnte sich über den Tisch. »Und? Wie war es?«

»Gut«, antwortete ich, wobei das Grinsen, das ich seit dem Kuss nur mühsam unterdrücken konnte, wieder hervorbrach. »Richtig gut.«

»Ich will alles wissen«, verlangte Lilly, und ich ließ mich nicht lange bitten.

In aller Ausführlichkeit erzählte ich ihr von dem Moment, in dem ich Adrians Nachricht erhalten hatte, und dem Augenblick, in dem ich einfach nicht anders gekonnt hatte, als endlich meinen Gefühlen nachzugeben.

»Und wie geht es jetzt weiter?«

»Darüber haben wir noch nicht gesprochen.«

»Aber du willst eine Beziehung mit ihm, oder?«

»Ich denke schon«, sagte ich verunsichert. Alles, was ich wusste, war, dass ich Julian weiterhin sehen und so viel Zeit wie möglich mit ihm verbringen wollte. Allerdings hatte ich uns noch in keine Schublade gesteckt. War Julian mein Freund? Mein Partner? Nein, das fühlte sich nicht richtig an. Mein Julian? »Ich will es zumindest versuchen, nur …«

»Nur was?«

»Er ist so verschlossen. Klar, ich kenne seine Lieblingsband, weiß, wie sehr er sich für Architektur begeistert und so was, aber ich habe noch immer keine Ahnung, was mit Sophia passiert ist oder was es mit seinen Eltern auf sich hat. Ich weiß, dass sie zerstritten sind. Aber jedes Mal, wenn ich ihn etwas in diese Richtung frage, weicht er mir aus oder sagt, dass er nicht darüber reden möchte.«

»Ist das denn so schlimm? Geheimnisse sind normal.«

»Eine Affäre kann ein Geheimnis sein, ein lebensveränderndes Ereignis nicht.«

»Über manche Dinge lässt sich einfach nicht so leicht sprechen.«

Ich seufzte. »Ich weiß, warum glaubst du, habe ich so lange gewartet, ihm die Wahrheit über Adrian und meine Eltern zu erzählen?«

»Na siehst du. Gib ihm einfach noch etwas Zeit.«

»Das werde ich«, versicherte ich ihr. Ich würde mit Julian so geduldig sein, wie mir nur möglich war. Ein Teil von mir konnte seine Zurückhaltung nachvollziehen, immerhin hatten ihn anscheinend viele wichtige Menschen in seinem Leben fallen lassen. Seine Mom, sein Dad und die mysteriöse Ex-Freundin, über die er nie sprechen wollte. Vermutlich wäre es mir unter diesen Bedingungen auch schwergefallen, mich zu öffnen.

Wir unterhielten uns noch eine Weile über Julian und den Kuss. Ich erzählte Lilly aber auch von Cassie und Auri und fragte sie nach ihrer Meinung zu dem Zeichenkurs von Hopkins. Das Angebot, den Aktzeichnen-Kurs zu besuchen, bestand noch immer. Doch falls ich mich dafür entschied, musste ich eine meiner Jura-Vorlesungen ausfallen lassen, wodurch ich im Lehrplan noch weiter hinterherhinken würde. Eine Entscheidung, die Lilly nicht für mich treffen konnte, aber sie ermutigte mich, auf mein Herz zu hören. Und wenn ich ehrlich war, wusste ich längst, was es mir sagte.

22. Kapitel

Es war bereits dunkel, als Lilly und ich das Beans & Bread verließen. Sie fuhr mich nach Hause, da ich vom Campus aus in die Stadt gelaufen war. Vor meiner Haustür wünschte ich ihr einen schönen Abend und schnappte mir meinen Rucksack von der Rückbank. Da ich Julian nur den Wohnungsschlüssel mitgegeben hatte, kam ich ohne Probleme ins Haus, allerdings hatten wir nicht ausgemacht, wo er den Wohnungsschlüssel hinlegen sollte, nachdem er den Werkzeugkoffer abgeholt hatte.

Ich holte mein Handy hervor und schrieb ihm eine Nachricht: *Wo ist mein Schlüssel?*

Julians Antwort kam nur wenige Sekunden später: *Bei mir.*

Damit meinte er vermutlich seine Wohnung. Ich hoffte, dass nicht nur Cassie und Auri, sondern auch er zu Hause war, denn ich wollte ihn unbedingt sehen. Allerdings waren die Montage für gewöhnlich die Tage, an denen er auf wundersame Weise für ein paar Stunden verschwand.

Hastig stieg ich die Treppen bis in den dritten Stock hinauf – und blieb auf der letzten Stufe wie vom Donner gerührt stehen.

Julian war da. Er lehnte im Rahmen meiner geöffneten Wohnungstür. Die Beine lässig überkreuzt beobachtete er mich mit einem Grinsen, das die Grübchen betonte, die ich am Morgen so unbedingt hatte küssen wollen.

Mein Herzschlag beschleunigte sich, und auch ich konnte ein Lächeln nicht zurückhalten. »Was machst du hier?«

»Auf dich warten.«

Überrascht zog ich die Brauen hoch. »Den ganzen Tag?« Hätte ich das geahnt, wäre ich viel eher von dem Treffen mit Lilly aufgebrochen.

»Nein, nicht den ganzen Tag. Am Nachmittag musste ich ein paar Stunden weg, aber zum Glück bist du nicht nach Hause gekommen. So bin ich dabei, wenn du deine Überraschung siehst.« Er stieß sich vom Türrahmen ab und trat einen Schritt auf mich zu.

»Was für eine Überraschung?«, fragte ich aufgeregt.

»Wenn ich es dir verrate, ist es keine mehr. Mach die Augen zu«, forderte er mich auf.

Mit einem nervösen Flattern in der Brust gehorchte ich. Ich liebte Überraschungen.

Er griff nach meiner Hand. Wir verflochten die Finger miteinander, und er zog mich hinter sich her in meine Wohnung. Sich blind von ihm führen zu lassen, hatte etwas Erregendes.

Anhand der Richtung erkannte ich, dass wir in mein Schlafzimmer gingen. »Beinhaltet die Überraschung, dass du deine Hose ausziehst?«

Julian lachte. »Das wäre eine verdammt große Überraschung.«

Ich schnaubte. »Überheblichkeit steht dir nicht.«

»Du hast ja keine Ahnung«, erwiderte er und blieb stehen.

Ich konnte ihn nicht sehen, aber spüren, dass er sich direkt neben mir befand. Sein warmer Atem streifte meine linke Wange und meinen Nacken, als er hinter mich trat. Er roch leicht nach Schweiß und seinem Aftershave. Vermutlich waren unsere Körper kurz davor, sich zu berühren.

»Bereit?« Er klang jetzt angespannter als noch vor wenigen Sekunden.

Ich nickte.

»Dann los.«

Ich schlug die Augen auf – und blinzelte. »Was … Wie …«, stammelte ich und trat in meinem abgedunkelten Zimmer einen Schritt vor. Ich konnte nicht glauben, was ich da sah, und es dauerte einen Moment, bis ich wirklich begriff, dass ich nicht träumte.

Julian hatte mein Bett aufgebaut, aber nicht das, das ich mir ausgesucht hatte, sondern ein Hochbett mit einer süßen Leiter. Doch die eigentliche Überraschung war nicht das Bett selbst, sondern das, was darunterlag: ein Versteck. Es war mit bunten Kissen und flauschigen Decken ausgelegt, und an der Unterseite des Bettes waren Lichterketten angebracht, die hell funkelten, sodass ich wie in meiner Festung unter einer Art Sternenhimmel sitzen konnte. Zusätzlich klebten Sterne an der Wand, wie ich sie aus meiner Kindheit kannte, die in der Dunkelheit leuchteten.

Fassungslos drehte ich mich zu Julian um. Obwohl es im Raum ziemlich dunkel war, zeichneten die Lichterketten Schatten auf sein Gesicht. »Ich … ich weiß nicht, was ich sagen soll«, stammelte ich.

»Du musst nichts sagen. Sieh es dir einfach an.«

Vermutlich sah ich so entzückt aus wie ein Kind am Weihnachtsmorgen, das vor einem Baum voller Geschenke darunter stand. Ich nahm meinen Rucksack ab und kroch in mein neues Versteck. Dort setzte ich mich auf einen Berg aus Kissen, während Julian die Vorhänge zuzog, die er an der Vorderseite des Bettes angebracht hatte. Es wurde noch dunkler. Nur die Lichterketten sorgten für eine dämmrige Beleuchtung.

Julian setzte sich neben mich, sodass sich unsere Beine und Knie berührten. »Wie gefällt es dir?«, fragte er. »So auf einer Skala von eins bis zehn?«

Ich schmunzelte. »Eleven.« Und das war noch untertrieben. Meine Haut prickelte vor Freude, und ich war so aufgeregt, dass es mir schwerfiel, ruhig in meiner neuen Festung sitzen zu bleiben. Mein Körper wollte tanzen, obwohl ich darin wirklich nicht sonderlich gut war. »Wann hast du das alles organisiert?«

»Ich war gestern nach meiner Lerngruppe noch im Baumarkt, um die Schrauben für dein Bett zu holen, als ich das hier entdeckt habe.« Er strich mit der Hand über einen der Pfosten, die das Gestell stützten. »Sie hatten es auf Lager, also habe ich es hierher liefern lassen. Ich hoffe, es ist in Ordnung, dass ich dein altes Bett an einen Freund von mir verkauft habe?«

Julian ließ es so einfach klingen, aber ich ahnte, wie viel Arbeit hinter alldem steckte, vor allem in solch kurzer Zeit. Ich hatte keine Ahnung, womit ich das verdient hatte oder wie ich ihm jemals richtig dafür danken konnte.

Aufmerksam sah ich mich in meinem kleinen Reich um. Selbst die Decken und Kissen waren neu, und in der einen Ecke stand eine Holzkiste, die man als Tisch benutzen konnte. »Du weißt, dass das zu viel ist, oder?«, sagte ich an Julian gewandt.

Er schüttelte den Kopf. »Nein, ist es nicht.«

»Doch«, beharrte ich.

»Sieh es als Zeichen meiner Dankbarkeit.«

»Dankbarkeit? Wofür?« Ich konnte mich nicht erinnern, je etwas Vergleichbares für ihn getan zu haben. Mich mit Laurence zu beschäftigen war nicht unbedingt ein großes Opfer gewesen.

Julian presste die Lippen aufeinander und musterte mich im dämmrigen Licht, als würde er abwägen, ob er mir die Wahrheit anvertrauen konnte. Sekundenlang spürte ich seinen Blick auf mir ruhen, dann kam er mir plötzlich näher. Ich hoffte auf den Kuss, auf den ich schon die ganze Zeit gewartet hatte, aber kurz vor meinem Gesicht hielt er inne. »Für dich«, flüsterte er, und sein Atem streifte meine Lippen wie eine Brise. »Ich bin deinetwegen dankbar. Deinetwegen zweifle ich weniger an mir.«

Ich runzelte die Stirn. »Was meinst du damit?«

»Ich meine es so, wie ich es sage«, erklärte Julian und griff nach meiner Hand. Er strich mit dem Daumen über meinen Handrücken, bis er den Ring erreichte, den ich am Mittelfinger trug, und begann damit herumzuspielen. Anstatt mich anzusehen, beobachtete er, wie er sich unter seiner Berührung drehte. »Es fällt mir schwer, mich anderen Menschen anzuvertrauen.« Er sprach so leise, dass seine Stimme selbst in der Stille zwischen uns kaum auszumachen war. »Ich mache mir ständig Gedanken darum, was andere Menschen von mir denken. Wen sie in mir sehen. Und ich hinterfrage alles, was ich sage und tue. Aber nicht mit dir.« Er hob den Kopf, und unsere Blicke trafen sich. »Wenn ich bei dir bin, kann ich ganz ich selbst sein.«

Ich holte zitternd Luft, denn wenn ich Julian betrachtete, fiel mir das Atmen schwer, so erfüllt war meine Brust von den Gefühlen für ihn. Ich wusste nicht, was er in seinem Leben schon alles hatte durchstehen müssen, nicht zuletzt wegen seiner Verschlossenheit. Aber jeden Tag, den wir miteinander verbrachten, lernte ich, ihn besser zu verstehen, daher ahnte ich, wie viel ihm diese Worte abverlangt hatten.

Ich drehte meinen Arm, sodass sich unsere Handinnenflächen berührten. Julians Hand war feucht vor Aufregung. Ich schob meine Finger zwischen seine und hielt sie fest. »Es gibt auch keinen Grund, an dir zu zweifeln«, sagte ich. *Du bist perfekt.* Zumindest war er das in meinen Augen.

Furchtlos überbrückte ich die Distanz zwischen uns und küsste ihn. Mit meiner freien Hand packte ich den Stoff seines

T-Shirts, während ich meinen Mund hart auf seinen presste. Ich spürte, wie er die Lippen unter meinen zu einem Lächeln verzog. Ein zufriedenes Seufzen stieg aus meiner Kehle auf, und eine Ruhe, wie ich sie den ganzen Tag nicht verspürt hatte, legte sich über mich. Zwar pochte mein Herz nach wie vor wie wild, und jeder Nerv in meinem Körper schien von Julians Kuss zu erwachen wie Dornröschen aus dem Schlaf, aber das Gefühl der Rastlosigkeit, das ich in den letzten Stunden mit mir herumgetragen hatte, war verschwunden.

Ich war angekommen.

23. Kapitel

»Fuck!« Genervt warf ich die Hände in die Luft und ließ den Kopf in den Nacken fallen. Wieso zum Teufel funktionierte das nicht?

Ich stand vor dem Spiegel im Badezimmer und versuchte seit über einer halben Stunde den Anweisungen der YouTuberin zu folgen, deren Video auf meinem Laptop in Dauerschleife lief. Mit quirliger Stimme erklärte sie ihren Zuschauern eine Methode, mit der man »ganz einfach« eine raffiniert aussehende Flechtfrisur hinbekommen sollte. Von wegen!

Ich sah auf die Uhr und stellte erschrocken fest, wie spät es bereits war. Julian würde bald hier sein, um mich für Cassies Geburtstagsfeier abzuholen, die das offizielle Motto »Mittelalterliche Manier« trug. Aber ich war noch Meilen davon entfernt, fertig zu sein. Meine Haare waren eine Katastrophe, ich war nicht umgezogen, und nach dem dreißigminütigen Kampf mit meiner Frisur musste mein Make-up auch noch einmal nachgebessert werden.

Mit einem Seufzen löste ich die Knoten in meinen Haaren und kämmte sie, um einen neuen Versuch zu starten. Allmählich ging mir die Stimme der YouTuberin ganz schön auf die Nerven, aber ich riss mich zusammen und schenkte ihr meine volle Aufmerksamkeit, um es dieses Mal richtig zu machen. Das konnte doch nicht so schwer sein …

Zehn Minuten später klappte ich resigniert den Laptop zu und ließ mich auf meinem Stuhl nach hinten fallen. Wie hatte ich ernsthaft glauben können, das selbst hinzubekommen? Ich hätte einen Termin beim Friseur vereinbaren sollen, aber dafür war es jetzt zu spät. Ich betrachtete mein Spiegelbild und verzog beim Anblick meiner Haare das Gesicht. Geflochtene, halb offene und lose Strähnen standen mir wirr vom Kopf ab. Ich sah aus wie eine Vogelscheuche. So konnte ich mich unmöglich auf der Party blicken lassen, außerdem hatte mich der Ehrgeiz gepackt.

Ich ließ den Laptop erneut zum Leben erwachen und wollte das Video gerade von vorn starten, als es klopfte. Hastig sprang ich auf, wobei ich beinahe über meine eigenen Füße stolperte, und riss schwungvoll die Tür auf.

Julian war zu früh. Entgeistert starrte er mich an. Beim Anblick meiner Steckdosenfrisur zuckten seine Mundwinkel, aber er hielt die Lippen fest aufeinandergepresst, um nicht laut loszulachen.

Besser für ihn. Ich verschränkte die Arme vor der Brust und hob herausfordernd eine Augenbraue.

Er räusperte sich. »Du siehst hinreißend aus – für einen Hofnarren.«

»Haha, sehr witzig.« Ich warf ihm einen finsteren Blick zu, obwohl ich wusste, wie lächerlich ich aussah. Ganz im Gegensatz zu Julian.

Er trug eine braune Lederhose, einen Gürtel, an dem ein Trinkschlauch befestigt war, und ein olivfarbenes Leinenhemd, das sich den Konturen seines Körpers anpasste. Die oberen drei Knöpfe standen offen und weckten augenblicklich den Wunsch in mir zu erkunden, was darunterlag. Vermutlich war diese Art von Kostüm nicht wirklich mittelalterlich, aber ich nahm an, dass es altertümlich genug aussah, um als angemessen für die Party durchzugehen.

»Gefällt dir, was du siehst?«, fragte Julian, dem meine Musterung offensichtlich nicht entgangen war, und schenkte mir ein anzügliches Lächeln, bei dem die Grübchen in seinen Wangen tiefer wurden.

»Etwas mehr Mühe hättest du dir schon geben können«, log ich.

»Das sagt die Richtige.«

»Ich bin noch nicht fertig. Gib mir fünf Minuten.«

Julian schnaubte. »Du meinst wohl eher fünf Stunden.«

Ich streckte ihm die Zunge raus und ließ ihn in der offenen Tür stehen, während ich zurück ins Badezimmer lief, um einen letzten Versuch zu wagen.

Julian folgte mir und setzte sich auf den heruntergeklappten Toilettensitz. Im Spiegel konnte ich sehen, wie er mich beobachtete, als ich das Video noch einmal startete.

Den ersten Schritt – mein Haar in neun gleich dicke Strähnen aufteilen – hatte ich inzwischen perfektioniert, und auch das Flechten der ersten drei Strähnen bekam ich problemlos hin. Allerdings fühlten sich meine Arme inzwischen verdammt schwer an, und das machte es nicht einfacher. Ich angelte mit dem Zeigefinger nach dem vierten Haarstrang, um ihn einzuarbeiten, aber erneut rutschte mir das Geflecht aus der Hand und die festgezogenen Knoten lockerten sich.

»Scheiße«, fluchte ich und begann den Zopf wieder aufzutrennen, um von vorn zu beginnen.

Hinter mir verkniff sich Julian ein Lachen.

»Ach, sei still! Du mit deinem perfekt gestylten kurzen Haar.«

»Ich bin mir nicht sicher, ob das jetzt ein Kompliment oder eine Beleidigung war.«

»Beides.« Ich griff nach der Bürste. Wenn ich noch länger an meinen Haaren herummachte, würde ich sie bald noch einmal waschen müssen. Oder ich rasierte sie mir ab und ging als jemand, der unter Flohbefall litt. Das war schließlich auch sehr mittelalterlich.

Beim nächsten Anlauf schaffte ich es sogar bis zur fünften Strähne, ehe mir wieder alles aus der Hand fiel. Ich stieß einen wütenden Laut aus und machte mich daran, das, was vom Zopf noch übrig war, wieder aufzutrennen. Fahrig kämmte ich mit den Fingern durch meine Haare und blieb dabei an dem einen oder anderen selbst verursachten Knoten hängen.

»Oh mein Gott«, stöhnte Julian und stand auf. »Das kann man ja nicht mit ansehen. Lass mich mal.« Er stellte sich hinter mich und schob sanft meine Hände beiseite.

»Glaubst du etwa, du kannst das besser?«

»Und ob.« Er griff nach der Bürste und begann damit meine Haare zu bearbeiten.

Der einzige Grund, weshalb ich ihn nicht davon abhielt, war, dass ich nur noch einen gescheiterten Versuch davon entfernt war, mir tatsächlich eine Glatze zu verpassen. Und ja, okay, es fühlte sich auch ganz nett an. Ich fragte mich, ob Julian mir eine Kopfmassage geben würde, wenn ich ihn darum bat.

Nachdem er meine Haare gekämmt hatte, sah er sich zuerst das Tutorial an, bevor er sich an einem Versuch wagte. Er arbeitete erstaunlich flink, als wäre es nicht das erste Mal, dass er so etwas machte.

»Mein Dad ist wieder im Krankenhaus«, sagte er plötzlich, den Blick konzentriert auf seine Hände gerichtet.

»Was ist passiert?«

»Er hatte wohl noch einen Herzinfarkt.« Er klang vollkommen ungerührt, sein Gesicht glich einer ausdruckslosen Maske, trotzdem wusste ich, dass ihn die Nachricht nicht kaltließ. Wenn seine Eltern auch nur angedeutet hätten, dass sie ihn gern bei sich haben wollten, wäre er vermutlich sofort ins nächste Flugzeug gestiegen.

»Und jetzt?«

»Steht er unter Beobachtung«, antwortete Julian und machte einen Schritt zur Seite, um die nächste Strähne in meine Frisur einzuarbeiten. »Eine Krankenschwester hat mich angerufen, um mich zu informieren.«

»Ich bin mir sicher, deine Mom wollte deinem Dad nur nicht von der Seite weichen«, sagte ich, obwohl ich mir ziemlich sicher war, dass ich mit meiner Vermutung danebenlag.

Julian dachte wahrscheinlich dasselbe, dennoch widersprach er mir nicht, sondern kümmerte sich schweigend weiter um meine Haare.

Ich war noch immer beeindruckt davon, wie geschickt er arbeitete, als ich plötzlich an das Foto von Sophia im Freizeitpark denken musste. Sie trug darauf Zöpfe. Ob Julian sie geflochten hatte? Ich hätte ihn gern gefragt, wollte uns vor der Party allerdings nicht die Stimmung verderben.

»Hast du heute schon mit Cassie gesprochen?«

Julian blickte kurz auf. »Warum?«

»Wegen der Sache mit Auri.« Ich hatte ihm von dem missglückten Date seiner Mitbewohner erzählt und ihn schwören lassen, dass er die beiden nicht darauf ansprach. »Nicht dass es für sie auf der Feier komisch wird.«

»Nein, den beiden geht es gut«, versicherte mir Julian. »Zumindest saßen sie gestern Abend wieder zusammen auf der Couch und haben sich irgendeinen Anime angeschaut, während sie an ihren Kostümen gearbeitet haben.«

Es war mir schleierhaft, wie Cassie Auri so schnell hatte verzeihen können, aber ich freute mich, dass sie ihre Probleme aus der Welt hatten schaffen können. Zwar hätte ich die beiden noch immer gern als Paar gesehen, aber vielleicht waren sie einfach noch nicht so weit.

»Fertig«, verkündete Julian und trat einen Schritt zurück.

Ich drehte den Kopf nach links und rechts und bewunderte meine Frisur. »Wow, ich bin beeindruckt. Gibt es auch etwas, das du nicht kannst?«

»Vieles. Stricken, tanzen, eine andere Sprache sprechen, kochen, ein Instrument oder Schach spielen, reiten, schauspielern, schwimmen … Ich könnte die Liste endlos fortführen.«

Ich drehte mich zu ihm um, damit ich ihn nicht länger nur durch den Spiegel ansehen musste. »Du kannst nicht schwimmen?«

Er schüttelte den Kopf. »Nie gelernt.«

»Wie kann das sein? Hattet ihr in der Schule keinen Schwimmunterricht?«

»Schon, aber ich habe immer geschwänzt.«

Verständlich. Ich hatte während des Schwimmunterrichts selbst oft genug gefehlt. Es gab nichts Schlimmeres, als sich vor seinen Klassenkameraden ausziehen zu müssen. Wenn als Teenager der eigene Körper auch nur ein bisschen anders entwickelt war als der der anderen, war das die Hölle auf Erden. »Irgendwann bring ich es dir bei.«

»Du im Bikini? Die Vorstellung gefällt mir.« Julian lächelte und beugte sich vor, um mich zu küssen.

Sofort begann mein Herz schneller zu pochen – wie jedes einzelne Mal in den vergangenen Tagen, wenn er das getan hatte. Auch wenn außer ein paar verstohlenen Küssen hier und dort noch nichts weiter zwischen uns passiert war.

»Ich sollte mich fertig machen«, murmelte ich mit den Lippen an seinem Mund und machte mich los, denn wir waren sowieso schon spät dran. Nachdem ich mein Make-up aufgefrischt hatte, schlüpfte ich in eine Leggins und einen Pullover. Beides nicht besonders mittelalterlich, aber Ted vom Capes and Books hatte mir dabei geholfen, die coolste Robe überhaupt zu besorgen. Sie war schwarz mit weißen Stickereien an den weit fallenden Ärmeln. Der dunkle Stoff reichte bis zum Boden und hatte eine kleine Schleppe. Vorn gab es zwei Leisten aus silbernen Knöpfen, die ich bis oben hin schloss, ehe ich mir die Kapuze überwarf. Wäre ich ein Charakter aus einem Mittelalterroman gewesen, dann die zwielichtige Informantin, die man in einer finsteren Gasse traf und die einen Dolch unter ihrem Gewand versteckt hielt.

Julian gefiel mein Kostüm, und während wir in den Wald fuhren, erzählte ich ihm die Geschichte der Informantin, die ich mir ausgedacht hatte. Julian dagegen war einfach nur Julian. Er hatte sich offensichtlich dafür entschieden, den langweiligen Spielverderber zu mimen, und für sein Kostüm nicht mal den Ansatz einer Geschichte parat.

Wir mussten mein Auto am Straßenrand vor dem offiziellen Parkplatz stehen lassen, der bereits hoffnungslos überfüllt war. Ich parkte in zweiter Reihe hinter Auris Wagen und hoffte einfach darauf, nicht abgeschleppt zu werden.

Es war bereits dunkel, aber der Weg, der tiefer in den Wald führte, war beleuchtet. Ich raffte meine Robe, um nicht zu stolpern oder hängen zu bleiben, und folgte gemeinsam mit Julian dem Pfad. Die Luft war frisch. Es roch nach Regen und Moos, aber auch nach Rauch und gegrilltem Fleisch. Stimmen und Musik waren bereits aus der Ferne zu hören. Die Lichter des Festes, die im Dunkeln zwischen den Bäumen aufflackerten, wurden heller, je näher wir kamen, bis wir schließlich eine kleine Lichtung erreichten.

Die Location, die Cassie ausgewählt hatte, war atemberaubend. Ich fühlte mich sofort in eine andere Zeit versetzt. Statt Laternen oder elektrischen Lampen waren Fackeln in den Boden gesteckt worden. Es gab ein großes Lagerfeuer und einige kleinere Feuerstellen, über denen sich Grillspieße drehte. Mehrere Pavillons aus leicht zerschlissenem dunklem Stoff waren zwischen den Bäumen am Rand der Lichtung aufgebaut worden. Statt gewöhnlicher Bänke konnte man auf Stämmen und Wurzeln sitzen, und überall standen Menschen in mittelalterlicher Kleidung. Manche von ihnen waren schlicht gekleidet wie Julian, andere trugen raffiniere Kostüme, und wieder andere hatten sich als Ritter oder Hofnarren verkleidet. Einer von ihnen jonglierte sogar. Außerdem konnte man beim Bogenschießen oder bei einem Spiel mitmachen, bei dem man versuchen musste, Äpfel mit dem Mund aus einem hölzernen Waschzuber zu fischen.

Es waren mindestens fünfzig Gäste, aber Cassie war nicht schwer auszumachen. Dies war ihr Tag, und genauso sah sie aus. Sie war als Königin kostümiert, in einem spektakulären purpurnen Kleid mit ausladendem Rock und einer Korsage, die ihr ein unglaubliches Dekolleté zauberte. Es grenzte an ein Wunder, das Auri nicht sabbernd neben ihr stand. Auf dem Kopf trug sie eine Krone, und ihre Krücke war in ein großes goldenes Zepter verwandelt worden, auf das sie sich stützen konnte. Sie unterhielt sich gerade mit zwei anderen Gästen, die ich nicht kannte, unterbrach jedoch das Gespräch, als sie Julian und mich kommen sah.

»Alles Gute zum Geburtstag.«

Cassie lächelte strahlend.

Ich umarmte sie fest, was mit all dem Stoff zwischen uns nicht ganz einfach war, bevor Julian ihr gratulierte und unser Geschenk überreichte. Ein Buch mit Schnittmustern und ein Gutschein für den Laden, in dem Auri und sie immer ihre Stoffe kauften.

»Die Party ist der Hammer«, sagte ich und ließ den Blick noch einmal über die Lichtung schweifen. Erst da bemerkte ich, dass die mittelalterliche Musik, die im Hintergrund spielte, nicht aus dem Lautsprecher kam. Hinter dem großen

Lagerfeuer stand eine Live-Band. »Wie hast du das alles geplant?«

»Das war ich nicht. Eine frühere Kommilitonin meiner Mom ist Partyplanerin. Sie hat sich um alles gekümmert, dafür darf sie Fotos von der Feier für ihr Portfolio verwenden.« Cassie deutete auf einen Fotografen in gewöhnlicher Kleidung, der zwischen den Gästen umherlief. »Wenn ihr also nicht auf ihrer Webseite zu sehen sein wollt, haltet euch von Raphael fern.«

Ich nickte. »Geht klar.«

»Die Zelte für die Übernachtungen sind überall auf dem Gelände verteilt. Wir haben Gartenleuchten angebracht, welche die einzelnen Zelte markieren.« Cassie deutete zu den Bäumen hinüber, und tatsächlich erkannte ich in der Ferne schwache Lichtpunkte. »Solltet ihr euch nicht zurechtfinden, fragt Auri. Der schwirrt hier irgendwo herum. Ach ja, neben dem Buffet gibt es eine Kiste mit Taschenlampen, falls euch das Licht eurer Handys nicht reicht.«

»Da hat jemand mitgedacht«, murmelte Julian.

»Können wir uns einfach irgendein Zelt aussuchen? Ich würde gern meinen Rucksack loswerden.« Er hing locker über meiner Schulter. Ich hatte nur das Nötigste eingepackt – Unterwäsche, Zahnbürste und Zeichenblock.

»Nein, die haben wir zugeteilt. Einen Moment.« Cassie griff in eine Tasche, die in ihr Kleid eingearbeitet war, und holte ihr Handy hervor. »Ihr beide teilt euch Zelt Nummer 8.« Sie grinste süffisant. »Das ist ein wirklich schönes Zelt. Sehr abgelegen.«

Mir war klar, was sie dachte, und es gefiel mir.

Cassie wies in die Richtung, in der unser Zelt lag, und Julian bot an, unsere Sachen hinzubringen, damit ich mich in meiner langen Robe nicht durch das Unterholz kämpfen musste.

»Danke, das ist lieb von dir.« Ich reichte ihm meinen Rucksack und ließ es mir nicht nehmen, ihm dabei einen flüchtigen Kuss auf die Lippen zu drücken.

Er warf Cassie einen kurzen Blick zu, bevor er wieder mich ansah. »Bin gleich zurück.«

»Ich warte.« Lächelnd sah ich ihm nach.

»Das ist so eigenartig«, sagte Cassie und schüttelte den Kopf. Sie war vollkommen ausgerastet, als ich ihr am Mittwoch von Julian und mir erzählt hatte. Dann hatte sie mir gestanden, dass sie sich Julian und mich nicht zusammen vorstellen konnte. Denn der Julian, den sie kannte, war kühl, reserviert und unnahbar, meiner das genaue Gegenteil.

Inzwischen waren noch mehr Gäste eingetroffen, die Cassie gratulieren wollten, und ich wollte nicht im Weg stehen. Also verabschiedete ich mich vorerst von ihr und begab mich auf die Suche nach etwas zu trinken.

Zwischen zwei Bäumen entdeckte ich eine Bar, hinter der eine Frau stand, die als Wirtin verkleidet war. Sie informierte mich, dass es keinen Alkohol gab, da viele Gäste noch nicht einundzwanzig waren und die Gefahr, sich angetrunken im Wald zu verletzen, zu groß war. Ich vermutete, dass dies das Werk der Partyplanerin war. Sicherlich gab es hier irgendwo unter der Hand etwas zu trinken. Ich bestellte Julian und mir je eine Cola, die in silbernen Kelchen ausgeschenkt wurde.

Mit den Kelchen in der Hand stellte ich mich ans Feuer und beobachtete die Menschen um mich herum. Ich wollte mir alles ganz genau einprägen, um es später zeichnen zu können. Ich kannte die wenigsten der Gäste, und obwohl ich natürlich wusste, dass Cassie viele Freunde auf dem Campus hatte, war es doch merkwürdig, diesen anderen Teil ihres Lebens vor Augen geführt zu bekommen.

»Hey«, sagte ich zu einem Typen, der nur ein paar Schritte

von mir entfernt stand und gedankenverloren in die Flammen starrte. Er war vollkommen schwarz und überhaupt nicht mittelalterlich in eine dunkle Jeans und ein ärmelloses Shirt gekleidet, das die Sleeves zur Schau stellte, die sich über seine Arme zogen. Die Motive der Tätowierungen konnte ich im flackernden Licht nicht erkennen. Der einzige Hinweis darauf, dass er möglicherweise kostümiert war, war eine Maske, die er in der Hand hielt. Ich vermutete, dass er so etwas wie einen Henker darstellen sollte. »Woher kennst du Cassie?«

Der Kerl richtete seinen Blick auf mich. Seine Augen waren ebenso dunkel wie seine Kleidung. Er erweckte nicht gerade den Eindruck, als wäre er gern hier. Während das warme Licht alles um uns herum sanfter erscheinen ließ, wirkten seine Gesichtszüge streng und kantig. »Sie hat mich angekotzt.«

»Was?«

»Cassie. Sie hat sich übergeben. Auf mich.«

Ich war zu geschockt, um zu lachen. »Wann?«

»Ist schon eine Weile her. War im ersten Semester. Sie hatte zu viel gefeiert und … na ja …« Er zuckte mit den Schultern und nippte geradezu gelangweilt an seinem Kelch, während ich es kaum erwarten konnte, mehr Details zu erfahren, um sie Cassie später unter die Nase zu reiben. Wie konnte es sein, dass sie mir diese Story noch nie erzählt hatte?

Ich trat einen weiteren Schritt auf ihn zu. »Ich bin übrigens Micah.«

»Mhm«, brummte der Kerl desinteressiert. Ich wartete darauf, dass er mir seinen Namen verriet, aber das tat er nicht. Und da behauptete Cassie, Julian wäre verschlossen.

»Und wie heißt du?«, hakte ich nach. Vermutlich glaubte er, ich wollte ihn anbaggern. Mit seiner Statur, dem Tattoo und diesem Gesicht bekam er vermutlich viel Aufmerksamkeit geschenkt. Während Julian sicherlich nicht von jeder Frau als attraktiv bezeichnet worden wäre, besaß dieser Typ eine klassische Schönheit, die ihm von niemandem abgesprochen werden konnte.

Er seufzte. »Lucien.«

»Ist das dein echter Name? Oder so ein LARP-Ding?« Okay, das hatte tatsächlich so geklungen, als wollte ich mit ihm flirten, aber die zwei Kelche in meiner Hand mussten Indiz genug dafür sein, dass ich mit jemandem zusammen hier war.

»Echt. Ist französisch.«

»Und was bedeutete er?«

»Der Lichtbringende.«

Wow, okay. Etwas Unpassenderes hätte ich mir kaum vorstellen können, außer vielleicht »fröhlicher Sonnenschein«, aber womöglich hatte er einfach einen schlechten Tag. Trotzdem war ich froh, Julian als Ausrede benutzen zu können, um mich davonzumachen, als ich ihn zwischen den Bäumen hervortreten sah.

»Meine Begleitung ist zurück. War nett, dich kennenzulernen, Lucie–« Ich stolperte über seinen Namen. Moment mal, war er *die* Lucie, bei der Cassie die Nacht verbracht hatte, nachdem Auri ihr Date ins Wasser gesetzt hatte? Ich musste sie später danach fragen.

Ich ging zu Julian und drückte ihm einen Kelch in die Hand. »Worauf wollen wir anstoßen?«, fragte ich. Dieselbe Frage hatte er mir damals in der Küche meiner Eltern gestellt.

»Auf uns?«

Ich grinste. »Das gefällt mir. Und auf Cassie. Ist immerhin ihr Geburtstag.«

Wir prosteten uns zu und tranken aus unseren Kelchen. Obwohl sie nur mit Cola gefüllt waren, gaben sie mir irgendwie ein Gefühl der Erhabenheit. Man sollte viel öfter aus Kelchen trinken.

Anschließend schlenderten wir über den Platz, unterhielten uns über die Kostüme der anderen Gäste und beobachteten den Hofnarren, der inzwischen keine Bälle mehr jonglierte, sondern brennende Fackeln. Nachdem der Applaus verklungen war, verkündete er, dass es später noch eine Show geben würde. Kurz darauf veränderte sich die Musik, die bisher eher im Hintergrund gespielt hatte, und die Gäste um uns herum fanden sich in Paaren zusammen.

»Willst du tanzen?«, fragte ich Julian.

»Hast du nicht zugehört, als ich vorhin erwähnt habe, dass ich nicht tanzen kann?«

»Du kannst etwas nicht können und es trotzdem gern machen.«

»Gut, ich tanze auch nicht gern.«

»Verstehe.« Ich schürzte nachdenklich die Lippen. »Bogenschießen?«

»Besser.«

Wir wandten uns in Richtung des Schießstands, hielten aber inne, als wir bemerkten, dass mindestens zehn Leute dafür anstanden.

»Okay, doch kein Bogenschießen. Wollen wir das mit den Äpfeln machen?«

Julian rümpfte die Nase. »Sieht ziemlich lächerlich aus.«

»Na und?« Ich griff nach seiner Hand und führte ihn zu dem Waschzuber.

Hier stand niemand, abgesehen von dem Kerl, der das Spiel beaufsichtigte. Er trug eine schwarze Pluderhose, darüber ein farbenfrohes Hemd aus Samt und einen Hut, der von einer Feder geschmückt war.

»Seid gegrüßt, Fremde«, sagte der Kerl. »Verlangt es euch nach etwas Spaß?«

»Absolut!«, erwiderte ich.

Julian sagte nichts. Ich verpasste ihm einen Stoß mit dem Ellenbogen. »Ja.«

»Dann seid ihr hier richtig.«

Der Typ erklärte uns die Spielregeln. Wir mussten je an einer Seite des Waschzubers knien und versuchen, die Äpfel mit den Zähnen herauszufischen. Am Ende gewann derjenige mit den meisten Äpfeln auf seiner Seite.

»Das klingt wie auf einem Kindergeburtstag«, bemerkte Julian.

»Oh, ist der Herr zu alt für so etwas?«, neckte ich ihn und knöpfte meine Robe auf, da mir die weiten Ärmel im Weg waren. »Hast du Angst, dass deine Haftcreme das nicht aushält? Willst du dich lieber mit deiner Heizdecke ins Zelt legen?«

»Haha, zum Totlachen.«

»Ich weiß.«

Julian lächelte angriffslustig. »Na warte, ich mach dich fertig.«

Ich schnaubte. »Wenn du dir so sicher bist, dann lass uns doch wetten.«

»Um was?«

»Einen Gefallen. Der Verlierer ist dem anderen etwas schuldig. Irgendwas.«

Julian zögerte mit seiner Antwort.

»Nimm an, Bro«, mischte sich der Kerl mit dem Hut ein. »Denk mal an die Möglichkeiten.«

»Genau, Bro«, stimmte ich ihm zu. »Denk nur an die Möglichkeiten.«

»Einverstanden. Einen Gefallen.«

»Yay!« Ich klatschte begeistert in die Hände, und wir bezogen Stellung.

Insgesamt schwammen elf Äpfel in dem Becken. Sechs davon, und ich hatte den Gefallen in der Tasche. Das sollte zu schaffen sein.

Der Hut-Kerl zählte den Countdown herunter: »Drei. Zwei. Eins. Los!«

Ich attackierte die Äpfel mit dem Mund. Wasser spritzte mir ins Gesicht, und ich musste die Augen zusammenkneifen. Die Äpfel aus dem Becken zu bekommen war schwerer als erwartet, andauernd flutschte mir das Obst unter der Nase weg. Ich versuchte es immer und immer wieder, bis ich schließlich einen mit den Zähnen zu fassen bekam. Punkt für mich! Ich schielte zu Julian hinüber. Er hatte noch keinen erwischt. Ich würde so was von gewinnen! Wie Laurence auf ein Wollknäuel stürzte ich mich erneut auf das Becken. Ich verbiss mich in einen zweiten Apfel und wollte ihn gerade herausziehen, als ich plötzlich eine Hand auf meinem Hinterkopf spürte, die mein Gesicht zurück ins Wasser drückte. Vor Schreck ließ ich den Apfel los. Prustend tauchte ich auf und schnappte nach Luft.

Julian war ebenfalls aufgetaucht. Triumphierend schwenkte er den Stiel des Apfels zwischen den Zähnen. Ein schelmisches Funkeln lag in seinen Augen.

»Betrüger!«

Er spuckte den Apfel aus. »Es gibt keine Regel, die das verbietet.«

»So willst du also spielen?«

Herausfordernd hob Julian die rechte Augenbraue.

»Wenn ich mit dir fertig bin, wirst du dir wünschen, du wärst nie geboren worden«, drohte ich.

Tatsache war, dass wir uns am Ende des Spieles beide nur eines wünschten: trockene Kleidung. Nachdem alle Äpfel aus dem Becken gefischt waren – Julian hatte sieben, ich vier –, waren wir klitschnass, und in dem Zuber befand sich kaum noch Wasser. Meine Frisur war versaut, ebenso wie mein Make-up, und Julian klebte das Hemd feucht an der Brust. Meine Robe war bis auf ein paar Spritzer zum Glück verschont geblieben.

»Wir sollten uns etwas aufwärmen«, sagte Julian und kämmte sich mit den Fingern durchs nasse Haar. Seine Wangen waren vom vielen Lachen gerötet.

Wir liefen zum Lagerfeuer.

»Hast du Hunger?«

Er nickte. »Und Durst.«

»Wie kann das sein? Ich habe gerade mindestens einen Liter Wasser geschluckt.«

»Tja, du schon. Ich nicht«, sagte er mit einem selbstgefälligen Grinsen.

»Genieß diesen Moment des Sieges, du wirst ihn nie wieder erleben«, zischte ich mit verschwörerischer Stimme, was vermutlich eine sehr viel beeindruckendere Wirkung gehabt hätte, hätte ich dabei meine Kapuze getragen.

Wir teilten uns auf. Julian ging an die Bar, während ich das Buffet stürmte. Mit einem silbernen Teller in der Hand lief ich zuerst einmal die Tafel ab, um mir einen Überblick zu verschaffen. Erst jetzt wurde mir langsam klar, wie viel Geld Cassies Eltern besitzen mussten, wenn sie ihrer Tochter eine solche Party spendieren konnten.

»Hey.«

Ich blickte auf.

Neben mir stand eine Prinzessin. Das blonde Haar fiel ihr in einem eleganten Zopf über die Schulter, und sie trug eine Krone, die hervorragend zu ihrem Kleid passte, das aussah, als hätte sie es geradewegs vom *Game-of-Thrones*-Set geklaut.

»Ich bin Rachelle.«

Ich lächelte. Anscheinend waren hier nicht alle so mürrisch drauf wie Lucien. »Micah.«

Rachelle nahm sich ebenfalls einen Teller. »Das Essen sieht wirklich gut aus.«

»Allerdings.« Ich legte zwei gefüllte Weinblätter auf meinen Teller. Zwar wusste ich nicht, was sich darin befand, aber vor der Platte stand ein Schild mit einem *V* für vegetarisch.

»Woher kennst du Cassie?«, erkundigte sich Rachelle, während sie mir die Tafel entlang folgte.

»Unsere Wohnungen liegen nebeneinander. Und du?«

»Ich kenn sie nicht wirklich. Mein Freund Kyle«, sie deutete in Richtung des Feuers, allerdings war ich mir nicht sicher, welchen der Typen sie meinte, »ist mit Maurice und ihr in so einem Cosplay-Online-Forum.«

»Hat er dein Kostüm gemacht?«

»Ja.« Rachelle strich über ihr Kleid, bevor sie sich über einen Teller mit Feigen beugte, während ich die Käseplatte inspizierte. »Ich habe gesehen, dass du mit Julian Brook hier bist?«

Der Satz klang wie eine Frage, obwohl es keine war. Sie kannte die Antwort bereits. Der süßliche, verlogene Tonfall, den meine Mom und ihre Freunde so oft anschlugen, wenn sie ein Gerücht bestätigt haben wollten, war mir nur allzu vertraut. Cassie hatte als Vorwand herhalten müssen, um mit mir ins Gespräch zu kommen.

»Ja, ich bin mit Julian hier.«

Rachelle hatte in der Bewegung innegehalten und sah mich direkt an. Der Schein der Fackeln ließ ihre Augen wie Bernstein aufleuchten. Sie war wirklich hübsch, auf eine zeitlose Art und Weise, wie ich es nicht einmal gewesen wäre, wenn ich meinen kurz geschnittenen Pony hätte rauswachsen lassen.

»Seid ihr zusammen?«

Ich erwiderte ihren Blick, ohne zu blinzeln. »Und wenn es so wäre?«

»Würde ich dich vor ihm warnen. Er ist ein Lügner.«

»Woher willst du das wissen?«

»Er hat mich fast ein Jahr lang belogen.«

Ich runzelte irritiert die Stirn, bis es plötzlich klick machte. Sie war es. Sie war die Ex-Freundin, über die Julian nie sprechen wollte. Damit hatte ich nicht gerechnet.

»Er und du, ihr wart –«

»Ja«, unterbrach sie mich. »Elf verschwendete Monate meines Lebens. Mach nicht den gleichen Fehler. Verschwinde, so schnell du kannst. Julian ist nicht der, der er vorgibt zu sein.«

Meine Verwirrung wuchs. »Was meinst du damit?«

»Das musst du ihn schon selbst fragen.«

»Geht es um Sophia?«

Sie lachte, aber es war kein freundliches Lachen. »Geht es nicht immer um Sophia?«

Bevor ich sie fragen konnte, was sie damit meinte, stellte sie ihren Teller ab und lief davon. Irritiert sah ich ihr hinterher. Kurz zog ich in Erwägung, ihr nachzulaufen, ließ es aber bleiben. Wenn sie mir wirklich etwas hätte sagen wollen, hätte sie es getan. *Julian ist nicht der, der er vorgibt zu sein.* Was hatte sie damit gemeint? Und was hatte Sophia damit zu tun?

Gedankenverloren nahm ich mir etwas von dem Käse, ein paar Weintrauben und eine Handvoll Cracker und machte mich auf den Weg zum Feuer, wo Julian bereits auf mich wartete. Er saß auf einem Baumstamm. Von irgendwoher hatte er sich eine Decke besorgt, die über seinen Schultern lag. Er wirkte angespannt, seine Finger um den Kelch verkrampft.

Ich setzte mich neben ihn und hielt ihm den Teller hin. »Möchtest du was?«

»Mit wem hast du da gerade gesprochen?« Er nahm sich eine Weintraube.

»Mit deiner Ex-Freundin«, sagte ich nüchtern. »Aber das weißt du.«

Julian verzog das Gesicht zu einer Grimasse. Panik flackerte in seinen Augen auf wie die Flammen, die vor unseren Gesichtern tanzten. »Was hat sie gesagt?«

»Sie …« Ich hielt inne. Zögerte.

Natürlich hätte ich ihm die Wahrheit sagen können, aber was hätte das bringen sollen? Vermutlich wäre er nur in Panik geraten, wie immer, wenn es um Sophia ging. Und das Letzte, was ich wollte, war, ihn zu verschrecken, zumal eine Ex-Freundin nicht unbedingt die zuverlässigste Quelle war. Ich glaubte nicht, dass Rachelle log. Julian hatte Geheimnisse, das wusste ich selbst nur zu gut, aber verletzte Gefühle ließen uns Dinge tun und sagen, die in Wirklichkeit oft keinen Bestand hatten. Und es war offensichtlich, dass sie nicht als Einzige verwundet aus dieser Beziehung hervorgegangen war.

»Sie hat mich gefragt, woher ich Cassie und dich kenne.«

Julian runzelte die Stirn. »Das ist alles?«

Ich nickte, obwohl mich meine Neugierde beinahe umbrachte. Was verheimlichten die beiden? Und was war mit Sophia geschehen, dass Rachelle so weit ging, mich vor Julian zu warnen?

24. Kapitel

Die Stimmung war angespannt.

Rachelles Worte wollten mir nicht mehr aus dem Kopf gehen, und Julian war ebenfalls in Gedanken versunken. Keine Ahnung, ob er an ihre gemeinsame Zeit zurückdachte oder sich darum sorgte, was sie zu mir gesagt haben könnte.

Julian ist nicht der, der er vorgibt zu sein. Wer sollte er sonst sein? Hatte er mir nicht erst Anfang der Woche gestanden, dass er mit mir ganz er selbst sein konnte und dass er mir dafür dankbar war? Ich hatte ihm geglaubt. Ich glaubte ihm immer noch. Was für einen Grund hätte er haben sollen, mir etwas vorzuspielen? *Geld.* Aber das war lächerlich. Julian hatte nie den Anschein erweckt, darauf aus zu sein. *Womöglich ist das seine Taktik*, raunte mir eine kleine, fiese innere Stimme zu. Ausgeschlossen!

Ich hasste mich selbst dafür, dass Rachelles Worte solche Zweifel in mir auslösten. Wenn sie mich wirklich vor ihm hätte warnen wollen, hätte sie Klartext geredet, anstatt mir Rätsel aufzugeben, die mich um den Verstand brachten. Das war ein abgekartetes Spiel, dazu bestimmt, mich aus der Fassung zu bringen. Ihr Freund kannte Cassie und Auri. Das bedeutete, sie hatte genau gewusst, dass Julian auf dieser Party sein würde. Cassie und er waren vielleicht nicht die besten Freunde, aber es war ausgeschlossen, dass sie ihn nie erwähnt hatte. Außerdem musste Rachelle doch wissen, wohin er gezogen war, nachdem er die gemeinsame Wohnung verlassen hatte. Gesetzt den Fall, sie hatten überhaupt zusammengelebt. Sie hatte erwähnt, dass sie nur elf Monate ein Paar gewesen waren. Eine kurze Zeit, um sich kennenzulernen, zu verlieben und dann auch noch zusammenzuziehen, oder? Aber manchmal passten die Umstände einfach. Oder die beiden hatten bereits zusammengelebt, bevor sie ein Paar geworden waren.

Aaah! Warum dachte ich noch immer darüber nach? Wild entschlossen, mir den Abend nicht verderben zu lassen, packte ich all meine Bedenken und Sorgen gemeinsam mit Rachelles Worten in eine Kiste und schob sie in die hinterste Ecke meines Verstands. Ich vertraute Julian. Und ich weigerte mich, wegen einer Person, die ich überhaupt nicht kannte, an ihm zu zweifeln. Außerdem konnte in einem Jahr viel passieren. Er war vermutlich nicht mehr derselbe wie damals. *Ich* war nicht mehr dieselbe wie damals. In den letzten Monaten war so viel passiert, und das meiste davon war nicht gut gewesen, trotzdem war ich daran gewachsen.

Ich sah zu Julian, der noch immer neben mir auf dem Baumstamm saß. Die Ellbogen auf den Knien abgestützt, starrte er in die Flammen. Seine Haut leuchtete bronzen im Schein des Feuers. Seine Augen funkelten und wirkten mehr golden als grün, wie Laub, das im Herbst von den Bäumen fällt. Vergänglich. In diesem Moment wurde mir mit geradezu schmerzhafter Klarheit bewusst, dass ich Julian nicht gehen lassen wollte – nicht gehen lassen *konnte* – und dass Rachelles Worte nur bedeutungsloses Rauschen waren.

Ich lehnte mich an seine Schulter und gab ihm durch den Stoff seines Hemdes einen Kuss auf den Oberarm. Er roch nach Feuerholz und Rauch, aber nicht auf eine unangenehme, sondern eine herbe und dunkle Art und Weise.

Als er den Kopf in meine Richtung wandte, war die Panik aus seinen Augen verschwunden und einem neugierigen Ausdruck gewichen.

Ich biss mir verlegen auf die Unterlippe. »Wollen wir ins Zelt gehen?«

Die Frage war unschuldig, die Bedeutung dahinter war es nicht. Julian war das klar, und falls nicht, musste ihm spätestens mein Gesichtsausdruck verraten, dass ich nicht daran interessiert war, nur neben ihm einzuschlafen.

»Bist du dir sicher?«, fragte er. Der Klang seiner Stimme war so sanft wie das Knistern des Feuers, aber er hatte eine verheerende Wirkung auf mich.

Meine Kehle wurde trocken. Ich nickte.

Ohne ein weiteres Wort stand Julian vom Baumstamm auf und streckte mir die Hand entgegen. Ich ergriff sie und ließ mich von ihm auf die Beine ziehen. Am liebsten hätte ich ihn auf der Stelle geküsst, und ihm schien es ähnlich zu gehen. Er presste die Lippen aufeinander und führte mich vom Lagerfeuer weg auf einen dunklen Pfad.

Wir mussten langsam gehen, um nicht zu stolpern, und mit jedem tastenden Schritt wuchs meine Ungeduld. Die Stimmen der anderen Gäste hinter uns wurden immer leiser, während die nächtlichen Geräusche des Waldes um uns herum klarer wurden.

Schließlich erreichten wir das Zelt. Es war größer, als ich erwartet hatte, aus hellem Stoff und mit einem spitzen Dach. Die einzige Lichtquelle war die Lampe, die neben dem Zelt in den Boden gesteckt worden war.

Julian zog den Reißverschluss auf und bedeutete mir, durch die Öffnung zu steigen.

Das Innere des Zeltes war mit Kissen und Decken ausgelegt und erinnerte mich an meine Festung. Darunter mussten sich Matten befinden, denn ich spürte nichts von dem harten Waldboden, als ich mich hinsetzte.

Julian kroch hinter mir ins Zelt und sperrte die Außenwelt

aus, indem er den Reißverschluss zuzog. Plötzlich gab es nur noch uns.

Zuerst zeichnete sich seine Gestalt nur als Schatten vor der Dunkelheit ab, doch nach ein paar Wimpernschlägen hatten sich meine Augen an die Finsternis gewöhnt, und das blasse Licht vor dem Zelt reichte aus, um mich seine Gesichtszüge erkennen zu lassen.

Wir sahen einander an. Mein Herz pochte wie wild, und die Schmetterlinge in meinem Bauch tanzten zu der Musik, die nun weit entfernt klang. Ich öffnete meine Robe und streifte sie mir von den Schultern. Julian folgte dabei jeder Bewegung meiner Hände mit seinem Blick. Ich warf den schweren Stoff in die Ecke, und keine Sekunde später war er bei mir, presste seine Lippen wortlos auf meine. Denn es gab nichts mehr zu sagen. Sein Kuss war hungrig und voller Verlangen, als hätte er den ganzen Abend nur auf diesen einen Moment gewartet. Ich stöhnte auf und öffnete nicht nur meinen Mund, sondern auch meine Beine. Julian kniete sich zwischen meine Schenkel. Ohne unseren Kuss zu unterbrechen, drückte er mich sanft mit seinem Gewicht nach unten, bis er vollständig auf mir lag. Mit den Hüften drängte er gegen mein Becken, ein Versprechen auf das, was kommen würde.

Ich schlang die Arme fester um ihn, zog ihn an mich und ließ meine Zunge um seine tanzen, bis ich alles andere vergaß. Jeder Zweifel, jede Sorge, jeder Gedanke verblasste angesichts der Gefühle, die meinen Körper fluteten. Sie wärmten mich und ließen mich gleichzeitig erzittern, während Julian meinen Bauch streichelte und meine Brüste liebkoste. Ich krallte mich in den Stoff seines Hemdes und wünschte mir, wir wären bereits nackt, damit ich seine Hände auf meiner Haut spüren konnte. Ich reagierte auf ihn wie auf keinen anderen Mann zuvor. Meine Brustwarzen zogen sich beinahe schmerzhaft zusammen, und die Härchen an meinen Armen stellten sich auf. Vermutlich hätte ich meine Erregung in diesem Moment für nichts auf der Welt verbergen können.

Auf einmal ließ Julian von meinen Lippen ab und begann zarte Küsse auf meinem Kinn und meinen Kiefer hinauf bis zu meinem Ohr zu verteilen.

Ich stieß ein wohliges Seufzen aus, das sich in ein Stöhnen verwandelte, als er mein Ohrläppchen in den Mund sog.

»Julian.« Ein Name. Ein Wort, das so vieles war. Ein Flehen. Eine Bitte. Ein Wunsch.

Er lachte leise an meinem Ohr und küsste eine Spur meinen Hals hinab bis zum Kragen meines Pullovers. Doch anstatt ihn mir endlich auszuziehen, kehrte er zu meinem Mund zurück.

Ich wollte protestieren, aber dafür küsste er einfach zu gut. Dieses Mal begegneten sich unsere Lippen beinahe andächtig. Als wäre unser erster Hunger gestillt, sodass wir es nun mehr genießen konnten, aber ich wollte noch so viel von ihm kosten.

Julian tastete nach dem Saum meines Pullovers. Als er ihn fand und seine Finger das erste Mal mit meiner nackten Haut in Berührung kamen, erschauderte ich. Ich unterbrach unseren Kuss und schlug die Lider auf. Als ich ihm in die Augen sah, konnte ich trotz der Dunkelheit klar erkennen, was er wollte. Sein Atem streifte meine Wange, und einige Herzschläge verstrichen, ehe er an meinem Körper nach unten glitt, ohne dass er den Blickkontakt abreißen ließ. Erst als er meinen Pullover hochschob, um Küsse um meinen Bauchnabel herum zu verteilen, verlor mein Blick seinen.

Ich seufzte und ließ den Kopf zurückfallen, während er sich mit den Lippen auf Wanderschaft begab. Stück für Stück erforschte er meine Haut, und ich spürte abermals Ungeduld in mir aufkommen.

Ich musste ein quengelndes Geräusch von mir gegeben haben, denn genau in diesem Moment beschloss er, mir den Pullover über die Brüste zu schieben.

Er hielt inne, sah auf mich herab, und ein Lächeln trat auf sein Gesicht. »Schwarz?«

Ich nickte.

»Für mich?«

Ich nickte ein zweites Mal.

Nichts von alledem war geplant gewesen, aber in einer gewissen Vorahnung hatte ich mir einen neuen BH gekauft. Er war aus schwarzer Spitze, die so dünn war, dass man mein Piercing hindurchscheinen sah.

»Hmmm«, schnurrte Julian und senkte den Mund auf den durchsichtigen Stoff. Er küsste erst die eine Seite, dann die andere, ehe er den BH ebenfalls hochschob und meine Brüste entblößte.

Kühle Luft streifte meine Haut, aber ich glühte von innen heraus. Julian küsste meine harten Spitzen. Seine Lippen eine süße Folter. Ich hatte keine Ahnung, ob er mich verwöhnen oder quälen wollte. Er ließ die Zunge um mein Piercing tanzen, bis er es vorsichtig zwischen die Zähne nahm und daran zog.

Ich stöhnte erstickt auf.

»Pssst, die anderen können dich hören«, flüsterte Julian.

»Ich werde leiser sein«, versprach ich. Meine Stimme klang dunkel vor Begierde.

Doch bevor er mich abermals dazu bringen konnte, die Kontrolle über die Laute zu verlieren, die ich von mir gab, küsste ich ihn und brachte uns damit beide zum Schweigen. Ich schlang einen Arm um ihn und presste ihn an mich. Der Stoff seines Hemdes fühlte sich rau an meinen nackten Brüsten an. Eine Weile genoss ich dieses Gefühl, aber ich wollte vor allem Julian spüren.

Schwer atmend lösten wir die Lippen voneinander. Die Luft im Zelt war bereits warm und schwer von der Hitze unserer Körper. Mit erstaunlich ruhigen Fingern, die nichts von meiner Anspannung verrieten, griff ich nach den Knöpfen seines Hemdes.

Vollkommen unerwartet packte Julian jedoch meine Handgelenke und hielt mich davon ab, sie zu öffnen. »Nicht«, sagte er mit gepresster Stimme. Als würde es ihn all seine Willenskraft kosten, mir zu widerstehen.

Ich küsste seinen Kiefer. »Wieso nicht?«

»Zuerst möchte ich meinen Gefallen einfordern.«

»Okay, und was wünschst du dir von mir?« Ich saugte an seinem Hals.

Julian stöhnte. »Ich will dich ausziehen.«

Dagegen hatte ich nichts einzuwenden. Ich kuschelte mich in die Decken und Kissen. Mein Atem ging viel zu schnell, und in meiner Brust pochte es heftig. Er zog mir erst den einen, dann den anderen Schuh aus. Anschließend folgten meine Socken. Drängend stupste ich ihn mit dem Fuß gegen die Schulter. »Beeil dich.«

»Ungeduldig?«

»Ja«, erwiderte ich, eine Bestätigung, die ich mir hätte verkneifen sollen.

Er legte seine Hände auf meine Knöchel und strich quälend langsam meine Beine empor. Auf meinen Oberschenkeln verweilte er, bis ich die Beine spreizte. Federleicht fuhr er mit dem Daumen über meine Mitte.

Ich war so erregt, dass ich trotz der Schichten aus Stoff, die noch zwischen uns lagen, laut aufstöhnte. Erschrocken presste ich die Lippen fest aufeinander. »Du bist gemein.«

Er lachte. »Gleich wirst du das nicht mehr sagen.« In einer einzigen fließenden Bewegung entledigte er mich gleichzeitig meiner Leggins und des Slips darunter, ohne die schwarze Spitze zu bewundern. Achtlos warf er die Sachen zur Seite, ohne auch nur eine Sekunde den Blick von mir zu lösen. Er stieß einen anerkennenden Fluch aus, und ich sonnte mich in der Bewunderung, die sich in seinem Gesicht widerspiegelte.

Behutsam legte sich Julian zwischen meine Beine. Wieder einmal war es von Vorteil, dass er kein Riese wie Tanner oder Auri war, sonst wäre das in diesem Zelt nicht möglich gewesen. Sein warmer Atem streifte über die empfindliche Haut zwischen meinen Schenkeln. Ich kniff die Augen zu, ein Versuch, mich zu beherrschen, als Julian mich plötzlich seinen Mund spüren ließ.

»Shit!« Ein Zucken durchfuhr mich. Instinktiv wollten sich meine Beine schließen, aber Julians Körper hielt mich davon ab. In einer geradezu verzweifelten Geste krallte ich mich in die Decken. »Sollte der Gefallen nicht dir zugutekommen?«

»Keine Sorge«, sagte er an meiner Mitte und sah zu mir auf. Ich konnte jeden Buchstaben fühlen, den er mit den Lippen formte. »Ich komme hier voll auf meine Kosten.« Und wie um seine Aussage zu bestärken, küsste er mich.

Ich stieß ein Geräusch aus, das beinahe wie ein Wimmern klang. *Heilige Scheiße.* Ich wusste, dass Julian gut küssen konnte, aber verdammt, er wusste auch mit seiner Zunge umzugehen. Noch nie hatte mich jemand etwas Vergleichbares spüren lassen, aber vermutlich war das der Unterschied zwischen Julian – einem Mann – und den Jungs, mit denen ich bisher zusammen gewesen war.

Beinahe verzweifelt drängte ich mich seinen Lippen entgegen. Verlangte mehr.

Er nahm die rechte Hand von meinem Oberschenkel und legte seine Finger auf die pochende Stelle unter seinen Lippen.

Ein Keuchen entwich meiner Kehle. In kreisenden Bewegungen und mit sanftem Druck erkundete er meine Feuchtigkeit.

Ich vergrub die Hände in seinen Haaren. Nicht um ihm Anweisungen zu geben, sondern um Halt zu finden. Ein Zucken ging durch meine Oberschenkel hinab bis in meine kleinen Zehen, und ich erzitterte. Ich fühlte mich wie eine willenlose Marionette, zu der Julian die Fäden in der Hand hielt.

»Oh Gott!« Ich biss mir auf die Unterlippe, damit man uns nicht hörte, aber meine Bemühungen waren vergebens, denn in diesem Moment drang er vorsichtig mit einem Finger in mich ein. Mein Oberkörper bäumte sich wie von selbst auf, und ich stöhnte laut. »Julian. Bitte. Ich …« Ich war nicht in der Lage, den Satz zu beenden. Er trieb mich geradewegs meinem Höhepunkt entgegen, und ich war in meiner Ekstase gefangen. Blind tastete ich über den Boden, bis ich ein Kissen zu fassen bekam, in dem ich mein Gesicht vergraben konnte. Verzweifelt verbiss ich mich in den Stoff, um die Laute zu unterdrücken, die ich von mir gab, während ich so heftig kam wie noch nie zuvor in meinem Leben.

Julian verwöhnte mich weiter mit Lippen und Fingern, bis auch die letzte Welle meiner Lust verklungen war. Irgendwann nahm ich mit zitternden Händen das Kissen von meinem Gesicht. So etwas war mir noch nie passiert.

Eine ganze Weile war mein Keuchen das einzige Geräusch im Zelt. Ich wollte etwas sagen, aber ich war nicht dazu in der Lage. Mir war schwindelig, und mir fehlten die Worte. Ich betrachtete Julian unter schweren Lidern hervor. In der Dunkelheit konnte ich keine Farben ausmachen, aber in meiner Vorstellung waren seine Wangen gerötet und seine Lippen geschwollen. Träge streckte ich eine Hand nach ihm aus, eine klare Aufforderung.

Er kam mir entgegen, beugte sich über mich. Wir küssten uns zärtlich, während sich mein Herzschlag langsam wieder normalisierte.

»Das war unglaublich«, murmelte ich an seinem Mund.

Er gab ein zustimmendes Brummen von sich. Mit warmen Händen streichelte er weiter meinen Körper. Wir waren noch nicht fertig – oder doch? Behutsam zog er eine der Decken über mich. Der Stoff fühlte sich schwer auf meiner Haut an, die von meinem Orgasmus noch immer wie elektrisiert war.

Fragend sah ich ihn an. »Was ist mit dir?«

Er gab mir einen Kuss auf die Stirn. »Mach dir um mich keine Sorgen.«

»Aber ich möchte, dass es auch für dich gut ist.«

Ich wollte die Decke zurückschlagen, aber er hielt mich auf. »Es war gut für mich, Micah. Wirklich.«

»Ich kann dafür sorgen, dass es noch viel besser wird«, beteuerte ich.

»Das glaube ich nicht.«

Ich zog die Augenbrauen zusammen und wünschte mir, ich könnte klarer in seinen Gesichtszügen lesen. »Wieso?«

Julian stieß einen langen Atemzug aus. Verlegen senkte er den Kopf. »Weil ich schon gekommen bin. In meine Hose. Und ich wäre dir sehr verbunden, wenn du jetzt schnell einschlafen könntest, damit ich mich zu den Waschräumen schleichen kann.«

»Oh.« Ich unterdrückte ein Schmunzeln und ignorierte zugleich das Kribbeln, das erneut zwischen meinen Beinen einsetzte. Aus irgendeinem Grund erregte mich die Vorstellung, dass das, was Julian für mich getan hatte, seinem Körper eine solche Reaktion entlockt hatte. Doch ganz offensichtlich war es ihm unangenehm, zu früh gekommen zu sein. Ich wollte nicht noch mehr Salz in die Wunde streuen, also schenkte ich ihm ein aufmunterndes Lächeln, das er in der Dunkelheit vermutlich kaum sehen konnte. »Ich warte hier auf dich.«

25. Kapitel

Das Prasseln des Regens, der sanft gegen die Stoffbahnen trommelte, weckte mich.

In schmalen Flüssen rannen die Tropfen das Zelt hinab und zeichneten schlangenähnliche Formen auf den Stoff. Irgendwie beruhigend. Ich schloss die Augen wieder und schmiegte mich an den warmen Körper neben mir. Julian war ein lebendiger Heizkörper. Sobald der Winter hereinbrach, würde ich ihn zwingen, jede Nacht bei mir zu schlafen. Ich schlang einen Arm um ihn und drückte ihn an mich, als wäre er ein Kuscheltier.

»Guten Morgen«, grummelte er mit verschlafener Stimme und drehte sich auf den Rücken. Überrascht stellte ich fest, dass er noch immer das mittelalterliche Leinenhemd vom Vorabend trug.

»Morgen.« Ich gab ihm einen Kuss auf die Wange. »Gut geschlafen?«

Er gähnte und nickte mit der Andeutung eines Lächelns auf den Lippen. Sein braunes Haar war zerzaust. »Wie spät ist es?«

»Moment.« Es war ganz offensichtlich nicht mehr Nacht, aber inmitten des Waldes und mit dem wolkenverhangenen Himmel war es schwer zu sagen, ob es acht, zehn oder zwölf Uhr war. Ich streckte mich nach meinem Rucksack und holte mein Handy hervor. Nachdem ich das Display entsperrt hatte, stachen mir zwei Dinge gleichzeitig in die Augen. Erstens, dass es erst kurz nach sieben war. Und zweitens, dass mir Adrian fünf Minuten zuvor eine Nachricht geschickt hatte. Vielleicht war es doch nicht der Regen gewesen, der mich geweckt hatte.

Adrian: *Guten Morgen, Sonnenschein!*

Ich schmunzelte angesichts des Spitznamens, den er mir gegeben hatte. Aber er hatte noch mehr geschrieben.

Adrian: *Ich wünsch dir einen entspannten Sonntag. Mein Freund und ich gehen heute ins Theater. Ziemlich schwul, oder?*

»Was grinst du so?«, erkundigte sich Julian und rutschte näher an mich heran, um auf mein Handy sehen zu können.

Ich hielt es ihm hin, damit er den Text lesen konnte.

Eine kleine Falte bildete sich zwischen seinen Augenbrauen. »Wirst du hingehen?«

Ich runzelte ebenfalls die Stirn. »Wohin?«

»Zum Theater.«

Ich schüttelte den Kopf. Natürlich hätte ich mich gern auf den Weg gemacht und vor dem historischen Gebäude ausgeharrt, bis Adrian kam. Aber er hatte mir geschrieben, weil er mir vertrauen und mich wieder in sein Leben lassen wollte, nicht damit ich ihm auflauerte. Und ich hoffte inständig, dass ich schon bald für meine Geduld belohnt werden würde. Also antwortete ich ihm: *Danke, Stinksocke. Dein Freund? Warum weiß ich davon nichts? Ist er heiß? Wie alt ist er? Was macht er? Welche Augen-/Haarfarbe hat er? Marvel oder DC?*

Julian lachte, als ich die letzten drei Worte tippte.

Sein warmer Atem kitzelte meine Haut, und ich konnte das Vibrieren seiner Brust an meinem Körper spüren. Mir fiel auf, dass ich ihm im Gegensatz zu jeder anderen Person, die ich jemals kennengelernt hatte, diese Frage nie gestellt hatte. Cassie und Aliza waren Team DC, Auri bevorzugte Marvel. Aber mein Gefühl sagte mir, dass die Antwort bei Julian ein »Weder noch« wäre. Wichtiger war, dass ich mit absoluter Gewissheit sagen konnte, dass er mich in jeden Film und jeden Comicbuchladen begleiten würde, wenn ich ihn nur darum bat.

Adrian: *Jetzt weißt du es. Keith. 19. Er studiert Theaterwissenschaft. Braun. Braun. Marvel, aber seine Lieblingsverfilmung ist* Suicide Squad … *Ich weiß, ich weiß. Urteile nicht zu hart über ihn. Er hat andere Qualitäten. Gibt es dafür Details über Julian?*

Ich: *Nein, die musst du dir persönlich abholen.*

Adrian: *Gemein!* :(

Ich: *Wir könnten uns treffen …*

Adrian: *Bald. Grüß Julian von mir.*

Der Schlussstrich unter der Nachricht war eindeutig, und ich wusste nicht recht, wie ich mich dabei fühlen sollte. Ich war froh, dass Adrian mir schrieb, aber dass er mir noch immer so offensichtlich aus dem Weg ging und nicht bereit war, mich zu sehen, versetzte mir einen Stich. Was hatte ich getan – oder nicht getan –, um so eine Behandlung zu verdienen? Wenn er mir von seinem Freund erzählen konnte, warum konnte er mich dann nicht auch treffen?

Frustriert warf ich das Handy zwischen die Decken und ließ den Kopf nach hinten in die Kissen fallen. Wütend funkelte ich die Regenrinnsale an, die über das Dach des Zeltes flossen. Ihre beruhigende Wirkung war vergessen. »Darf ich etwas sagen, auch wenn es mich wie einen furchtbaren Menschen klingen lässt?«

»Natürlich«, murmelte Julian. Er hatte sich auf die Seite gedreht. Den Kopf auf eine Hand gestützt, blickte er auf mich herab. Auf seiner rechten Wange entdeckte ich den Abdruck einer Kissennaht, die sich über Nacht in seine Haut gedrückt hatte.

Ich holte tief Luft. Die Worte, die folgen würden, hatte ich zwar schon des Öfteren gedacht, aber nie ausgesprochen.

Nicht einmal Lilly wusste davon. »An manchen Tagen hasse ich Adrian. Und ich meine nicht diesen ›Was? Du hast Karten für das Beyoncé-Konzert?‹-Hass, sondern den echten ›Ich will dir ins Gesicht schlagen‹-Hass.«

»Ooookaaaay.« Julian zog das Wort in die Länge. »Und warum hasst du ihn?«

»Weil er ein egoistisches Arschloch ist.« Da. Ich hatte es gesagt. »Offensichtlich interessiert er sich einen Scheiß für meine Gefühle. Er hat sich wochenlang auf keine meiner Nachrichten gemeldet, obwohl ihm klar gewesen sein muss, dass ich mir Sorgen um ihn mache. Ja, unsere Eltern haben sich ihm gegenüber absolut scheiße verhalten, aber meine Beziehung zu ihnen ist zurzeit auch alles andere als rosig. Seinetwegen. Glaubst du, ihn interessiert das? Ich verlange nicht, dass er mich bemitleidet, aber er könnte zumindest etwas Mitgefühl zeigen. Er ist nicht die verdammte Sonne. Das Universum dreht sich nicht nur um ihn und seine Probleme.« Die Worte klangen giftiger, als ich beabsichtigt hatte, aber einmal angefangen, konnte ich einfach nicht mehr aufhören. Der ganze Zorn auf Adrian, der sich in den letzten Monaten angestaut hatte, sprudelte aus mir heraus. »Das Schlimmste an der Sache ist, dass er mich all die Jahre belogen hat und mir ganz offensichtlich nicht vertraut. Er weiß alles über mich. Ich habe ihm so viele Dinge erzählt, die kein anderer Mensch über mich weiß, und er hat in all den Jahren nicht ein einziges Mal erwähnt oder auch nur angedeutet, dass er schwul sein könnte. Weißt du, wie verletzend das ist? Die ganze Zeit über hat er dieses große Geheimnis vor mir versteckt, anstatt sich mir anzuvertrauen. Offensichtlich hat er keine besonders hohe Meinung von mir.«

»Vermutlich hatte er einfach nur Angst«, bemerkte Julian. Er sah mir noch immer ins Gesicht, aber nicht länger in die Augen.

»Warum? Ich habe ihm nie einen Grund dazu gegeben.« Ich klang kindisch und quengelig, aber Adrian hatte meine Gefühle wirklich verletzt. Dass er mich monatelang im Dunkeln darüber gelassen hatte, ob es ihm gut ging, würde ich ihm niemals verzeihen. Jedes Mal, wenn er in der Zukunft länger nicht auf Anrufe oder Nachrichten von mir reagierte, würden die alten Sorgen wieder hochkommen.

»Angst ist nichts Rationales, Micah«, sagte Julian und seufzte so schwer, als hätte er in Erwartung dieses Gesprächs seinen Atem jahrelang angehalten. Die nächsten Worte kamen nur zögerlich über seine Lippen. »Und manche Geheimnisse wachsen durch diese Angst, bis sie zu Monstern in unserem Schrank werden. Bis wir uns irgendwann nicht mehr trauen, ihn zu öffnen. Nicht einmal in Anwesenheit einer Person, der wir unser Leben anvertrauen würden. Manchmal auch, um sie zu beschützen. Hätte dir Adrian von seinen Gefühlen erzählt, hättest du sie vor euren Eltern verheimlichen müssen. Vielleicht wollte er dir das ersparen.«

Ich presste die Lippen aufeinander. Zögerte. Julians Erklärung ließ meinen Hass nicht verschwinden, schwächte ihn aber, sodass das brennende Gefühl in mir wieder mehr zu dem wurde, was es eigentlich war: Liebe.

»Ich hasse es einfach, dass er das alles allein durchstehen muss.« *Und ich frage mich, wie die Dinge gelaufen wären, wenn ich früher davon gewusst hätte.*

»Er hat Keith«, sagte Julian mit einem Lächeln, das seine Augen nicht erreichte.

»Ich weiß nicht, ob ich mich deswegen besser oder noch gekränkter fühlen soll.«

»Manche Dinge lassen sich eben leichter mit Gleichgesinnten teilen.«

Julian sprach aus Erfahrung, da war ich mir sicher. Womöglich war es doch eine Art Gruppentherapie, die er jeden Montag- und Donnerstagnachmittag besuchte. Ich verstand, was er meinte. Es war zwar nicht dasselbe, aber ich konnte zum Beispiel mit Ted viel besser über Graphic Novels reden als mit Lilly oder ihm, obwohl sie mir beide mehr bedeuteten als der verschrobene Ladenbesitzer.

Ich rollte mich auf die Seite, sodass wir uns von Angesicht zu Angesicht gegenüberlagen. Ein paar Sekunden sahen wir einander einfach nur an und lauschten schweigend dem Regen. Meine Gedanken kreisten um Adrian, seine Nachrichten und um das, was Julian über Geheimnisse gesagt hatte. Vor allem der Teil mit den Monstern wollte mir nicht mehr aus dem Kopf gehen. Ich musste nicht lange darüber nachdenken, um das größte Ungeheuer in meinem Schrank zu benennen.

»Damals habe ich gehofft, Lilly würde Link abtreiben«, sagte ich, ohne Julian anzusehen. »Als sie mir gesagt hat, dass sie schwanger ist, habe ich mir gewünscht, sie würde das Baby wegmachen lassen. Nicht nur für sich, sondern auch für mich. Sie ist seit der Kindheit meine beste Freundin, wir hatten bis dahin immer alles zusammen gemacht. Ich wollte unbedingt, dass wir auch unseren Abschluss gemeinsam machen.«

»Aber inzwischen bist du froh, dass sie Link behalten hat?«

»Absolut«, antwortete ich ohne jedes Zögern. »Das ist eines der wenigen Dinge, von denen ich nicht einmal Adrian erzählt habe, weil ich es so grausam finde.« Ich seufzte. »Oh Mann, mit all diesen furchtbaren Geständnissen bereust du es sicher, mit mir ein Zelt teilen zu müssen.«

»Überhaupt nicht«, beschwichtigte Julian mich. Mit den Fingern seiner linken Hand strich er mir sanft über den Oberarm, und ohne Blick abzuwenden, beugte ich mich vor und küsste ihn sanft mit geschlossenen Lippen auf den Mund. Einmal. Zweimal. Dreimal. Der vierte Kuss dauerte länger an.

Er begann behutsam. Ein vorsichtiges Antasten, ehe er sich veränderte, an Intensität zunahm. Unsere Zähne schlugen aneinander, und ich krallte mich an Julians Schultern fest, was ihm einen Laut entlockte, der irgendwo zwischen einem Knurren und einem Stöhnen lag und Julian alles andere als ähnlich sah. Er war sonst immer so beherrscht. Kontrolliert. Doch in diesem Moment schien alle Vorsicht von ihm abzufallen, und das gefiel mir. Als ich ihm in die Unterlippe biss, konnte ich unter den Fingerspitzen spüren, wie er erschauderte.

Julian legte seine Arme um meine Taille und zog mich an sich. Dabei erzeugten unsere Körper eine wunderbare Hitze. Wie zwei Feuersteine, die man aneinanderrieb, bis die Funken sprühten. Ich wollte, dass diese Funken zu einem Feuer wurden. Langsam löste ich die Finger, die Abdrücke auf seiner Haut hinterlassen hatten, von seinen Schultern und ließ sie langsam seinen Oberkörper hinabgleiten. Ihm stockte der Atem, als ich die Hände unter den Stoff seines Hemdes schob und die warme Haut darunter ertastete. Sein Bauch fühlte sich flach und hart an, und ich konnte es kaum erwarten, ihn nicht nur mit meinen Fingern, sondern auch mit den Lippen zu erforschen.

Julian packte mich fester, und zwischen meinen Oberschenkeln begann es zu pulsieren. Gierig erkundete ich mit den Fingerspitzen seinen Körper, als ich plötzlich eine Unebenheit ertastete. Erinnerungen an die Narbe, die über seine Brust verlief, kehrten zurück. Ich geriet nur kurz ins Stocken, aber der Moment reichte aus, um den Zauber zu brechen.

Julian löste unseren Kuss und griff nach meinen Handgelenken. Langsam zog er sie unter seinem Shirt hervor.

Ich verlor den Kontakt zu seiner Haut, kühle Luft streifte meine Fingerspitzen. Irritiert öffnete ich die Augen und sah geradewegs in die von Julian. Seine Pupillen waren geweitet.

Die Lust in seinem Blick war nicht zu übersehen, aber sein Gesicht zeigte noch ein anderes Gefühl, das ich nicht richtig deuten konnte. Ich wusste nicht, ob er ängstlich, enttäuscht oder besorgt war oder ob ich seine Miene vollkommen falsch interpretierte.

Die Funken der Lust in mir verglühten und ließen fahle Asche zurück. War das sein Ernst? Ich verstand, dass ihm seine Narben unangenehm waren und an etwas erinnerten, das er vergessen wollte, aber er konnte sich nicht für immer vor mir verstecken. Vor allem dann nicht, wenn ich nackt vor ihm lag. Ich wünschte mir einen Weg, ihm endgültig begreiflich machen zu können, dass mich seine Narben nicht störten. Aber wie konnte ich ihm das zeigen, wenn er meinen Worten nicht vertraute?

Mit einer abrupten Bewegung entzog ich Julian meine Hände. Er versuchte mich festzuhalten, aber ich erlaubte es ihm nicht. Suchend sah ich mich nach meinem Pullover um und entdeckte ihn neben meinem Rucksack. Hastig streifte ich ihn mir über. Ich wollte nicht länger nackt sein, und hätte ich mich nicht so geschämt, hätte ich wohl auch nach meinem Slip gesucht, doch so zog ich nur die Decke über meinen Schoß. Ich klammerte mich an den Stoff, bevor ich Julian wieder ansah. »Warum … Warum lügst du mich an?«

»Wovon –«

»Du hast mir erzählt, dass du meinetwegen weniger an dir zweifelst«, fiel ich ihm ins Wort. »Dass du in meiner Nähe ganz du selbst sein kannst. Aber das stimmt nicht. Du vertraust mir genauso wenig, wie Adrian es getan hat.«

Die Erregung in seinem Blick war verschwunden. »Das stimmt nicht. Ich vertraue dir.«

»Und warum willst du dann nicht mit mir zusammen sein?« Erwartungsvoll sah ich ihn an und wartete auf eine Antwort, die mir das Gefühl gab, ihm wichtig zu sein. Doch sie kam nicht.

Schweigen breitete sich zwischen uns aus, und mit jeder Sekunde, die verstrich, fühlte ich mich kleiner und unbedeutender. Ich krallte die Hände noch fester in das Laken. Ein Kloß bildete sich in meinem Hals, und auf einmal war ich mir nicht einmal mehr sicher, welche Emotionen sich in *meinem* Gesicht widerspiegelten.

Julian hatte den Kiefer angespannt, und ein gequälter Ausdruck zeichnete sich auf seiner gerunzelten Stirn und zwischen den zusammengezogenen Augenbrauen ab. »Ich … ich kann nicht darüber reden.« In seinen Worten schwang Bedauern mit, als wäre er von sich selbst enttäuscht – ebenso wie ich es war.

»Du kannst mir alles erzählen.«

Er schüttelte den Kopf. »Das haben schon viele vor dir gesagt.«

Aber ich bin nicht viele, schoss es mir durch den Kopf. Ich wollte Julian erklären, dass er mir *wirklich* vertrauen konnte, aber was hätte das gebracht? Worte konnten kein Vertrauen schaffen, das vermochten nur Taten. Und wenn Julian das nicht von selbst erkannte, kämpfte ich auf verlorenem Posten. Am meisten schmerzte dabei die Tatsache, dass er Rachelle vertraut hatte. Sie kannte die Wahrheit.

»Bitte.« Ich spürte das verräterische Brennen von Tränen in meiner Kehle. Mit aller Kraft versuchte ich sie zurückzuhalten.

Ich war nicht traurig, sondern nur maßlos enttäuscht, vor allem nachdem ich Julian meine eigenen Monster gezeigt hatte. Ich hatte ihm von Adrian erzählt und den furchtbaren Gedanken, als ich von Lillys Schwangerschaft erfahren hatte. Und gestern Nacht hatte ich mich vor ihm entblößt. Ich war nicht einfach nur nackt gewesen, ich hatte mir erlaubt, mich in seiner Nähe vollkommen gehen zu lassen. Blind hatte ich ihm die

Kontrolle über meinen Körper überlassen, und im Gegenzug brauchte ich etwas von ihm. So konnte ich nicht weitermachen. Ich brauchte Menschen in meinem Leben, die nicht nur bereit waren, mich aufzufangen, sondern die sich genauso für mich fallen ließen.

»Micah.« Er sagte nur das. Meinen Namen. Bis zu diesem Moment war mir nicht bewusst gewesen, wie viel Schmerz und Verzweiflung in fünf Buchstaben liegen konnten. Er flehte mich an. Nur wusste ich nicht, was er von mir wollte. Mein Verständnis? Meinen Zuspruch? Meine Liebe? »Ich weiß nicht, was du von mir hören möchtest.«

»Die Wahrheit.« Das war alles. »Ich möchte, dass du ehrlich zu mir bist. Ich … ich kann nicht mit jemandem zusammen sein, der mich ständig aus seinem Leben ausschließt. Erzähl mir von deinen Eltern. Von Sophia. Von deinen Narben. Was ist passiert?«

Julian öffnete den Mund. Doch es kam kein Ton heraus. Keine Antwort. Keine Erklärung. Nichts. Er war aschfahl geworden.

Ich wollte Mitleid mit ihm empfinden, und irgendwo tief in meinem Inneren schlummerte das Verlangen, ihn in den Arm zu nehmen. Was immer in der Vergangenheit geschehen war, es war nicht spurlos an ihm vorbeigezogen – und ich dachte dabei nicht an seine Narben. In diesem Augenblick war es mir jedoch unmöglich, für ihn da zu sein. Mein ganzes Leben lang hatte ich Rücksicht auf andere Menschen genommen, jetzt war ich an der Reihe. Ich verlangte nichts Unmögliches. Alles, was ich wollte, war etwas Vertrauen von dem Mann, der sich in den letzten Wochen einen Platz in meinem Herzen erschlichen hatte. War das zu viel verlangt?

»Rede mit mir«, drängte ich erneut. Ich klammerte mich an das letzte Rettungsseil eines Bootes, das zum Kentern verurteilt war. Meine Tränen waren inzwischen nicht mehr aufzuhalten. »Erzähl mir von Sophia. Was ist passiert? War es ein Autounfall?« Das erste Mal überhaupt sprach ich meinen Verdacht aus in der Hoffnung, dass Julian die Chance ergreifen würde, mir endlich die Wahrheit zu sagen.

Doch er tat es nicht. Stattdessen starrte er die Decke des Zeltes an. Aber es war nicht der Regen, den er beobachtete. Er wirkte abwesend, als würde er von einer Erinnerung heimgesucht werden. Einer unschönen Erinnerung. Da war so viel Schmerz in seinen Augen, so viel Leid und … Schuld? Unendliche Schuld, die ich mir nicht erklären konnte und die mir dennoch den Atem raubte. Noch nie hatte ich einen solch gequälten Ausdruck auf dem Gesicht eines anderen Menschen gesehen, und beinahe war ich dankbar für die Tränen, die mir inzwischen die Sicht raubten.

Langsam löste ich die Finger aus der Decke. Ich hatte so fest zugepackt, dass meine Hände mit dem Stoff verwoben schienen. Vielleicht war es mein Unterbewusstsein, dass mich dazu zwingen wollte, nicht loszulassen oder nachzugeben. »Julian …«

Abrupt sprang er auf. »Ich … ich muss hier raus.«

Was? Er wollte jetzt einfach gehen? »Julian –«

»Nein!«, schnitt er mir bellend das Wort ab und riss ruckartig den Reißverschluss des Zeltes auf. Seine Hände zitterten.

Ein Teil von mir wollte ihn festhalten. Reden. Herausfinden, was passiert war. Doch ich war wie gelähmt.

Und ohne ein weiteres Wort zu sagen, trat Julian hinaus in den Regen.

26. Kapitel

Vielleicht war ich ohne mein Wissen zu einem Gargoyle geworden, anders konnte ich mir die Schockstarre, in die ich verfallen war, nicht erklären. Normalerweise machten mich starke Gefühle rastlos, wie an dem Tag, an dem mir Adrian das erste Mal geschrieben hatte. Aber in diesem Moment war ich wie gelähmt. Ich rührte mich nicht vom Fleck, während Julians Schritte im Wald verklangen. Ich bewegte mich nicht, als der Regen so stark wurde, dass ich glaubte, er würde das Zelt niederreißen. Und ich wich auch dann nicht von der Stelle, als das Unwetter vorbeigezogen war und sich die Sonne einen Weg durch die Bäume kämpfte. Gepaart mit dem feuchten Regen erzeugte die Wärme eine schwüle Luft im Zelt. Es war mir egal.

Ich wusste einfach nicht, was ich tun sollte. Die einzige Person, die mir hätte helfen können, mit der Situation umzugehen, hatte mich sitzen lassen, und mein Gefühl sagte mir, dass Julian auch nicht wiederkommen würde. Zwar waren wir mit meinem Auto hergefahren, aber man erreichte die Stadt auch zu Fuß. Bei Regen vielleicht nicht der angenehmste Marsch, aber vermutlich wäre Julian sogar lieber drei Meilen über heiße Kohlen gelaufen, anstatt mit mir ein Gespräch über Sophia und seine Vergangenheit zu führen.

Was hatte er erwartet? Dass ich sein Schweigen und seine Verschlossenheit für immer hinnahm? Dass ich mich dazu bereit erklären würde, ihn niemals nackt zu sehen? Nein, Sex war nicht alles, aber es ging um mehr als das. Es ging um Nähe. Eine Nähe, die mir Julian anscheinend nicht geben konnte.

Ich fragte mich, ob ich anders – besser – hätte reagieren können. Vermutlich. Doch dasselbe galt für ihn. Er hatte behauptet, in meiner Gegenwart nicht an sich zu zweifeln, aber genau das tat er. Wieso also konnte er mir nicht vertrauen? Gab es auf dieser Welt niemanden, der an mich glaubte? Für mich gab es nichts Wichtigeres, als die Menschen, die mir nahestanden, glücklich zu machen, aber sie alle trampelten auf mir herum. Meine Eltern. Adrian. Und jetzt auch noch Julian. Wahrscheinlich würde mich als Nächstes Lilly anrufen und mir gestehen, dass unsere Freundschaft nur ein Experiment für sie war.

Ein schabendes Geräusch riss mich aus meinen Gedanken. Ich hob den Kopf und entdeckte Cassie, die vor der geöffneten Tür meines Zeltes stand und mit den Fingern über den Stoff fuhr, um mich auf sich aufmerksam zu machen.

»Ja?«, krächzte ich.

»Guten Morgen«, begrüßte sie mich mit einem strahlenden Lächeln, ihr Gewicht auf die Krücke gestützt. Allerdings hielt ihre Freude bei meinem Anblick nicht lange an. Ihre Mundwinkel senkten sich, und eine Falte trat auf ihre Stirn. »Hast du geweint?«

»Ja«, gestand ich. Es machte keinen Sinn, es abzustreiten. Auch wenn ich seit gestern in keinen Spiegel mehr gesehen hatte, war ich mir meiner rot geschwollenen Augen und mit Mascara verschmierten Wangen bewusst.

Cassie ließ den Blick durch das Zelt schweifen. »Wo ist Julian?«

»Weg.«

»Ich bring den Kerl um«, knurrte sie mit einem wilden Ausdruck in den Augen. »Was hat er angestellt? Hat er dir wehgetan?«

Ich schüttelte den Kopf. »Wir hatten einen Streit.«

Skeptisch sah sie mich an, ohne sich vom Fleck zu rühren. Sie kam auch nicht zu mir ins Zelt, was vermutlich daran lag, dass es mit ihrem verletzten Bein eine echte Herausforderung gewesen wäre, durch den schmalen Eingang rein- und rauszuklettern. Dass sie statt ihres königlichen Kleides heute wieder eine Jeans trug, änderte daran nichts.

»Worüber habt ihr gestritten?«

»Das spielt keine Rolle«, antwortete ich, zu träge und erschöpft von meinen Tränen, um auf die Details einzugehen.

Cassie bohrte nicht nach. »Scheiße. Das tut mir leid.«

»Danke.«

Sie schenkte mir ein mitfühlendes Lächeln. »Hast du Hunger? Es ist noch Torte von gestern übrig.«

Verdammt, ich liebte Kuchen zum Frühstück, aber mein Magen schien sich in einen einzigen nervösen Knoten verwandelt zu haben. Hätte ich auch nur einen Bissen gegessen, wäre dieser vermutlich auf dem einen oder anderen Weg sofort wieder rausgekommen.

Ich beteuerte Cassie, keinen Hunger zu haben, begleitete sie allerdings zum Frühstück.

Rund fünfzehn Leute saßen auf den Bänken um das gestrige Lagerfeuer, von dem nur noch Staub und Asche übrig war – genau wie von meiner Beziehung mit Julian. Rachelle war zu meiner Erleichterung nicht mehr da.

Das Frühstück zog an mir vorbei, ohne dass ich wirklich etwas davon mitbekam. Die Leute redeten vor allem über die bevorstehenden Midterms und darüber, wie gut ihnen die Party gefallen hatte. Ich beteiligte mich an keinem der Gespräche, da ich mit den Gedanken noch immer bei Julian war. Irgendwann hörte ich, wie sich Auri im Flüsterton bei Cassie nach mir erkundigte. Sie antwortete ihm so leise, dass ich sie nicht verstehen konnte, aber kurz darauf spürte ich Auris Blick auf mir wie ein Gewicht, das mich herunterdrückte.

Zum Glück war das Frühstück eine halbe Stunde später vorbei. Zurück im Zelt, packte ich meinen Rucksack. Julians Tasche war auch noch dort. Einen Moment überlegte ich, sie einfach liegen zu lassen, aber ich wollte mich nicht kindisch verhalten, also nahm ich sie mit.

Ich brachte es nicht über mich, sofort nach Hause zu fahren. Ich war noch nicht bereit, Julian wiederzusehen. Mir fiel Cassie ein, die nach ihrem Date mit Auri zu Lucien geflohen war. Aber wenn ich zu Aliza oder Lilly fuhr, würden sie nur bemerken, dass etwas nicht stimmte, und ich wollte jetzt nicht über meine Gefühle reden. Also machte ich mich auf den Weg zu dem Ort, der es jedes Mal schaffte, mich aufzuheitern: der Comicbuchladen.

Ted und Derek hatten im vergangenen Jahr eine professionelle Kaffeemaschine für das Capes and Books gekauft und neben einer Couch auch ein paar Tische in ihrem Laden aufgestellt. Ich bestellte mir einen Latte macchiato und setzte mich an eines der Fenster. Gedankenverloren beobachtete ich den Strom aus Menschen, die am Laden vorbeiliefen. Ich musterte ihre Gesichter, studierte ihre Bewegungen und achtete auf Besonderheiten, die ich später in Zeichnungen verwenden könnte. Solange ich mich auf diese Menschen konzentrierte, musste ich nicht über meine eigenen Gefühle nachdenken. Dennoch kamen immer wieder Erinnerungen an den Streit mit Julian hoch. Wieder und wieder klangen seine Worte in meinen Ohren nach. *Ich kann nicht darüber reden.* Ich erwartete nicht, dass er sich mir von jetzt auf gleich offenbarte, aber ich konnte seine Vergangenheit auch nicht ignorieren. Sie war ein Teil von ihm. Wäre ihm selbst inzwischen egal gewesen, was damals geschehen war, wäre das vielleicht möglich. Aber offensichtlich lasteten die Ereignisse noch immer schwer auf ihm. In einer Beziehung ging es darum, solche Bürden zu teilen. Ich konnte nicht einfach die Augen schließen und Julian das Gewicht allein tragen lassen; auch wenn er glaubte, das zu wollen. Allerdings konnte ich mich unmöglich auf ihn einlassen, solange ich fürchten musste, dass er jede Sekunde unter der Last seiner Vergangenheit zusammenbrach. Beim Gedanken an den Schmerz und die Schuld, die ich in seinen Augen gesehen hatte, lief mir ein Schauder über den Rücken.

Ich holte tief Luft und zwang mich dazu, mich aufs Hier und Jetzt zu konzentrieren. Es gab ohnehin nichts, was ich hätte tun können. Die einzige Person, die Julians Monster besiegen konnte, war Julian selbst.

Wild entschlossen, mich abzulenken, zog ich mein Tablet aus dem Rucksack und begann zu zeichnen. Die ersten Linien waren krakelig und ungeschickt, ich war einfach nicht bei der Sache. Doch nach einer Weile wurde ich ruhiger. Zeichnen war für mich wie Meditation, und nach ein paar Kritzeleien wagte ich mich an einen neuen Entwurf der *Albtraumlady*.

Ich hatte schon unzählige Skizzen meiner Protagonistin gezeichnet, aber mit keiner war ich wirklich zufrieden. Und auch heute lief es nicht viel besser. Bei den ersten vier Entwürfen kam ich nicht weiter als ein paar Striche. Sie waren einfach scheiße. Scheiße. Scheiße. Und scheiße.

Entwurf fünf: Auch scheiße.

Entwurf sechs: Richtig scheiße.

Entwurf sieben: Mehr als scheiße.

Entwurf acht: Gar nicht mal so übel.

Misstrauisch betrachtete ich die grauen Linien und die erstaunlich menschlich aussehende Frau, zu der sie sich verwoben. Ich hatte die Lady bisher immer als abstraktes Wesen gesehen.

Ein Ungeheuer, dass den Albträumen eines Kindes entsprungen schien. Doch diese Version war nicht nur monströs, sondern auch elegant. Eine Dame. Sie trug einen Hosenanzug mit einer Krawatte. Die Hände hatte sie lässig in die Taschen geschoben. Ein selbstsicheres Lächeln ruhte auf ihren Lippen. Die dunklen Haare trug sie zu einem kantigen Bob geschnitten. Das einzig Grauenhafte an ihr waren die sechs Tentakel, die aus ihrem Rücken ragten wie die Beine einer Spinne und mit deren Saugnäpfen sie Träume stehlen und Albträume pflanzen konnte.

»Warum siehst du nicht mehr unglücklich aus?«

Ich blickte von meiner Zeichnung zu Ted auf. »Ich habe endlich einen brauchbaren Entwurf der *Albtraumlady* hinbekommen.«

»Nice. Dann brauchst du ja keine Aufmunterung mehr.« Er deutete auf den Teller, den er in der Hand hielt. Darauf lag ein großer Cookie mit Schokostückchen und zwei frischen Erdbeeren.

Ich lächelte unschuldig. »Aber habe ich mir keine Belohnung verdient?«

Ted grunzte, stellte den Teller aber trotzdem vor mir ab, ehe er sich auf den Stuhl mir gegenüber setzte. Er trug die dunklen Haare zu einen Man Bun zusammengefasst, für den Derek ihn immer aufzog. Dabei fand ich, dass ihm die Frisur durchaus stand.

»Was ist das?« Ohne auf meine Antwort zu warten, griff Ted nach meinem Tablet und betrachtete die Zeichnung. Eingehend studierte er die Skizze, zoomte an die Linien heran und gab dabei nachdenkliche Laute von sich. »Die ist verdammt gut.«

»Danke«, sagte ich mit einem Bissen Keks im Mund, der bei Weitem nicht so gut war wie alles, was Aliza backte. Aber nachdem ich das Frühstück hatte ausfallen lassen und mein

Magen sich wieder einigermaßen beruhigt hatte, war ich nicht allzu wählerisch.

»Es erinnert mich irgendwie an *Saga* von Vaughan und Staples.«

»Ist das etwas Gutes oder etwas Schlechtes?«

»Etwas Gutes. Es hat einen ähnlichen Vibe, ist aber trotzdem völlig eigenständig«, erklärte Ted, ohne den Blick von meiner Zeichnung zu lösen. »Es gibt so viele talentierte Künstler, und sie alle können dir hübsche Bilder zeichnen, aber sie gehen in der Masse unter. Dein Stil hat Wiedererkennungswert.«

»Findest du?«

Ted nickte. Er kannte einige meiner Zeichnungen, aber bei Weitem nicht alle. Vor allem meine *DC*-Fan-Arts waren ihm vertraut. Denen drückte ich zwar durchaus meinen eigenen Stempel auf, aber im Rahmen dessen, was die Originale mir bereits vorgaben. »Absolut. Und ich weiß, wovon ich rede. Immerhin – «

»Seid ihr der beste Comicbuchladen in Washington«, beendete ich den Satz für ihn und deutete vielsagend in Richtung der Urkunde, die über der Kasse hing. Ted und Derek ließen keine Gelegenheit aus, die Auszeichnung zu erwähnen, die sie von irgendeinem Magazin verliehen bekommen hatten.

»Genau.« Ted grinste und schob das Tablet in meine Richtung. »Möchtest du das irgendwann veröffentlichen?«

»Ich denke schon.«

»Cool. Ich bestehe darauf, dass die Premierenlesung hier stattfindet.«

»Klar, block mir doch schon mal einen Termin. So in fünf oder sechs Jahren.«

Er grinste. »Kann es kaum erwarten.«

Ich verdrehte die Augen. Dabei war ich mir nicht einmal sicher, ob sechs Jahre ausreichen würden, um die Geschichte fertig zu erzählen. Nicht in der Geschwindigkeit, in der ich aktuell daran arbeitete, und es gab noch viel zu tun. In den nächsten Tagen und Wochen würde ich weitere Entwürfe der Lady im selben Stil und in verschiedenen Posen anfertigen. Anschließend würde ich ihren Gegenspieler, den *Traumlord*, entwerfen, gefolgt von unzähligen Nebencharakteren. Es sollte in der Graphic Novel um viel mehr gehen als nur um eine romantische Liebe, was das Konstruieren der Handlung um einiges schwerer machte, zumal ich keine gute Geschichtenerzählerin war.

»Willst du mir verraten, was es mit dem deprimierten Gesicht von vorhin auf sich hatte?«, fragte Ted und stützte die Ellbogen auf der Tischplatte ab, wobei die Strähne seines langen schwarzen Haares hervorrutschte, die er immer hinter sein rechtes Ohr schob. »Ich sehe meine beste Kundin ungern so unglücklich, auch wenn du mit deinen Frustkäufen das Geschäft am Laufen hältst.«

»Keine Sorge. Ich halte euer Geschäft auch so am Laufen«, erwiderte ich und verfiel in Schweigen.

Abwartend sah Ted mich an. Er konnte einen minutenlang anstarren, ohne auch nur einmal zu blinzeln.

Ich seufzte. »Männerprobleme.«

»Verstehe«, brummte Ted. »Also, ich bin ein Mann. Offensichtlich. Und ich habe Probleme. Fazit: Ich kann helfen. Was ist los?«

Ich lachte, das erste Mal, seit Julian aus dem Zelt gestürmt war. »Danke, Ted, aber ich glaube nicht, dass das so funktioniert.«

Er zuckte mit den Schultern. »Falls du deine Meinung änderst: Ich bin hier.« Er grinste. »Im besten Comicbuchladen Washingtons.«

Am Montagmorgen weckte mich das Knallen einer zuschlagenden Tür aus dem Halbschlaf. Blinzelnd riss ich den Kopf hoch und tastete panisch nach meinem Handy, das irgendwo auf der Matratze liegen musste. Hatte ich verschlafen?

4:52 Uhr.

Scheiße.

Ich drehte mich um und rollte mich in meine Decke ein wie eine Raupe. Doch kurz bevor mein Verstand wieder in den Schlaf abdriften konnte, streifte ein Gedanke mein Unterbewusstsein. Julian. Er hatte die Tür zufallen lassen. Er musste zur Arbeit. Regale einräumen. Großartig, jetzt dachte ich wieder an ihn. Und an Sophia. Und an sein schmerzverzerrtes Gesicht, kurz bevor er aus dem Zelt gestürmt war.

Ich hatte ihn seit dem Morgen nach Cassies Party nicht mehr gesehen, und obwohl seit dem Zwischenfall keine achtundvierzig Stunden vergangen waren, vermisste ich ihn. Dennoch hatte ich Angst vor unserem nächsten Treffen. Ich wusste nicht, wie ich reagieren würde, wenn ich ihm das nächste Mal über den Weg lief. Natürlich wollte ich ihn in die Arme schließen, aber gleichzeitig lag mir daran, mein Gesicht zu wahren. Ich verstand einfach nicht, wie Julian mich so ausgrenzen konnte, nachdem ich ihm gebeichtet hatte, was Adrians Verschlossenheit mit mir angerichtet hatte. Doch noch mehr als meine eigene Reaktion fürchtete ich Julians. Würde er sich bei mir entschuldigen, einen Streit anfangen oder mich links liegen lassen wie in den Tagen nach meinem Einzug? Meine Gedanken verhielten sich wie Treibsand. Sie zogen mich tiefer, je stärker ich gegen sie ankämpfte, bis ich glaubte, von ihnen erdrückt zu werden. Dies war der Moment, in dem ich meine Bettdecke zurückschlug und aufstand. So konnte es nicht weitergehen.

Ich nahm eine kalte Dusche, und während ich den ersten

Kaffee von vielen an diesem Tag trank, textete ich Adrian: *Was ist niedlich und hüpft qualmend über den Acker?*

Adrian antwortete mir erst, als ich meine Tasse bereits in die Spüle stellte, in der sich Unmengen an dreckigem Geschirr gesammelt hatten.

Adrian: *Ein Kaminchen.*

Ich schnaubte.

Ich: *Hast du das gegoogelt?*

Adrian: *Nein.*

Adrian: *Aber ich hab dieselbe App.*

Ich: *Warte mal … Heißt das, du kanntest alle meine Witze schon?*

Adrian: *Yep.*

Ich: *Pah! Dir erzähle ich nie wieder einen Witz.*

Adrian: *Gut so. Überlass das lieber den Profis.*

Ich: *Also nicht dir. Verstehe.*

Adrian: *Haha. Witzig. Nicht.*

Ich: *Doch. Alle hier haben gelacht.*

Adrian: *Du bist allein, oder?*

Ich: *Erwischt.*

Adrian: *Ich kenn dich eben.* ¯_(ツ)_/¯

Tust du das wirklich?, fragte ich mich unwillkürlich und hätte mich am liebsten sofort selbst geohrfeigt. Das zu denken war Adrian gegenüber nicht fair. Er war immerhin mein Bruder, und auch wenn er sich mir nicht anvertraut hatte, hatte er in den vergangenen Jahren mehrfach bewiesen, wie gut er mich kannte. Sei es durch die Geschenke, die er mir gemacht hatte, oder durch die Worte, die er an mich gerichtet hatte, wenn es mir nicht gut gegangen war.

Den Rest des Tages verkroch ich mich in dem Versteck unter meinem Bett, weil ich mir selbst nicht über den Weg traute. Aliza schrieb ich eine Nachricht, dass ich nicht in die Vorlesungen kommen würde.

Prompt erinnerte sie mich daran, dass diese Woche unsere Prüfungen begannen. Obwohl alle ständig über die Midterms geredet hatten, hatte ich sie völlig vergessen. Dennoch schaffte ich es nicht aus der Wohnung.

Nachdem ich einige Stunden lethargisch rumgelegen hatte, griff ich nach meinen Lernunterlagen. Wenn es mir sowieso schon scheiße ging, konnte ich mich auch gleich mit Jura befassen. Viel schlimmer konnte die Situation gar nicht werden. Allerdings hatte ich das Konzentrationsvermögen einer Eintagsfliege. Nach jedem gelesenen oder geschriebenen Absatz drifteten meine Gedanken ab.

Am Abend hielt ich es schließlich nicht mehr aus und beschloss, Julian seine Tasche zu bringen, aber er war nicht zu Hause. Ich gab sie Cassie, die sich sofort bei mir erkundigte, ob alles in Ordnung sei. Als ich den Kopf schüttelte, bot sie mir an, mir Gesellschaft zu leisten, aber ich wollte nur allein sein. Normalerweise fand ich Trost in der Anwesenheit anderer Menschen und sehnte mich danach, in den Arm genommen zu werden, wenn es mir schlecht ging, aber dieses Mal war alles anders. Denn Nähe war das, was mich überhaupt erst in diese Situation gebracht hatte. Stattdessen fragte ich Cassie, ob ich mir Laurence ausleihen dürfe, und nach kurzem Zögern gab sie mir den kleinen Kater mit.

Aufgeregt erkundete Laurence meine Wohnung, die er von Links Besuch schon kannte, ehe er sich zu mir in mein Versteck kuschelte. Gemeinsam sahen wir uns *Jurassic World* an. Okay, *ich* sah mir *Jurassic World* an, während Laurence döste und sich von mir hinter den Ohren kraulen ließ. Sein monotones Schnurren gepaart mit dem Humor von Chris Pratt half mir dabei, meinen Gedanken endlich Einhalt zu gebieten, zumindest für die Dauer von zwei Stunden.

Bevor ich einschlief, brachte ich Laurence zurück. Julian war noch immer verschwunden, und das machte mich wütend. Er war wirklich genau wie Adrian: ein egoistisches Arschloch, nur auf seine eigenen Gefühle und seinen Schmerz bedacht. Hatte er überhaupt einen Gedanken daran verschwendet, wie es mir gerade ging? Er hatte noch nicht einmal versucht, mir sein Verhalten zu erklären. Wie konnte er mir da vorwerfen, ich würde ihn nicht verstehen? Ich war nicht wie alle anderen. Nicht wenn es um ihn ging. Genauso wenig wie er wie alle anderen war. Er war etwas Besonderes, zumindest für mich.

Wütend legte ich mich ins Bett, konnte jedoch nicht einschlafen. Unruhig wälzte ich mich hin und her, bis die Laken genauso durcheinander waren wie meine Gedanken. Erst als die Sonne bereits wieder aufging, wurden meine Augenlider schwer. Dennoch zog ich mich an und schleppte mich zum Campus, um nicht die gesamte Prüfungswoche zu verpassen. Meine Laune konnte praktisch nicht mehr schlechter werden, warum also nicht ein paar Tests versauen, die mir ohnehin vollkommen egal waren?

27. Kapitel

Die kommenden Tage waren die schlimmsten meines Lebens – abgesehen von der Woche, in der Adrian verschwunden war. Ich fühlte mich miserabel. Immer wieder redete ich mir ein, dass Julian es nicht wert war. Dass ich ihn vergessen sollte. Er war nur irgendein Kerl. Wir kannten uns noch nicht einmal besonders lange. Doch es ging nicht nur um ihn, sondern um mich, meine Gefühle und ob ich mein Verhältnis zu ihm genauso falsch eingeschätzt hatte wie das zu Adrian. Ich fühlte mich hintergangen, doch sosehr mein Verstand auch dagegen anredete, es half nichts. Mein Herz hatte seinen eigenen Willen, und kein Argument der Welt konnte mich überzeugen, Julian zu vergessen. Auf dem Campus hielt ich immer wieder Ausschau nach ihm. Und mehrmals dachte ich darüber nach, ihn im Architekturgebäude oder zur Mittagszeit in der Oase abzufangen. Aber ich traute mich nicht, denn ich hatte noch immer keine Ahnung, was ich zu ihm sagen sollte. Außerdem wollte ich keinen Streit in der Öffentlichkeit anfangen.

Am Abend holte ich immer häufiger Laurence zu mir in die Wohnung. Auch wenn es mir gefiel, den Kater bei mir zu haben, war es vor allem eine Ausrede, um nachzusehen, ob Julian da war. Was nie der Fall war. Cassie erzählte mir, dass er hin und wieder in die Wohnung rauschte, aber nie länger als ein paar Minuten blieb. Zuerst redete ich mir ein, dass er nur mit den Midterms beschäftigt war und sich vermutlich in der Bibliothek einquartiert hatte, weil ihm seine Noten wichtig waren, aber wem machte ich etwas vor? Er ging mir aus dem Weg, schloss mich aus seinem Leben aus. Seine Angst vor der Wahrheit und einer möglichen Konfrontation war anscheinend größer, als es seine Gefühle für mich waren. Eine verdammt schmerzhafte Erkenntnis.

Am Sonntagabend saß ich mal wieder mit Laurence in meinem Versteck. Wir hatten sämtliche *Jurassic*-Filme angeschaut, und ich war dazu übergegangen, mir YouTube-Videos von Jeff Goldblum anzuschauen. Seine Stimme war beinahe genauso beruhigend wie das Schnurren des Katers. Laurence hatte sich in meinem Schoß zusammengerollt. Er schien sich bei mir allmählich richtig zu Hause zu fühlen. Ich überlegte, ihn einfach bei mir zu behalten. In dem Fall musste Julian früher oder später mit mir reden, wenn er sein Haustier zurückhaben wollte.

Ich beugte mich vor, um ein neues Video zu starten, als plötzlich das Surren der Haustürklingel zu hören war. Vorsichtig schob ich Laurence von mir runter und sprang auf die Beine.

»Ja?«, fragte ich in die Gegensprechanlage, ohne mir Hoffnungen zu machen, dass es Julian sein könnte. Er hätte einfach an die Wohnungstür geklopft, anstatt zu klingeln.

»Hey«, antwortete eine vertraute Stimme.

Ich runzelte die Stirn. »Was machst du hier?«

»Nachsehen, ob du noch lebst«, antwortete Lilly. »Du ignorierst schon die ganze Woche meine Anrufe. Ich hab mir Sorgen gemacht.«

Es stimmte. Sie hatte mich in den letzten Tagen mehrfach versucht zu erreichen. Doch ich hatte mich nicht getraut, mit ihr zu reden. Lilly merkte immer sofort, wenn etwas nicht mit mir stimmte. Und anders als Aliza und Cassie kannte sie mich schon zu lange und zu gut, als dass sie mich mit meinem »Ich will nicht reden«-Bullshit hätte durchkommen lassen.

»Machst du jetzt die Tür auf, oder was?«, fragte Lilly in ihrem strengen Mom-Tonfall, den sie sonst nur Link gegenüber anschlug.

Ich verdrehte die Augen und betätigte den Summer.

Sie hatte Link dabei, der mich strahlend anlächelte, als er mich entdeckte. Hoffentlich fragte er mich nicht nach Julian. Andererseits würde das vermutlich seine Mom für ihn übernehmen. Ich drückte ihm einen Kuss auf die Wange und flüsterte ihm zu, dass der Kater in meinem Schlafzimmer sei. Schneller hatte ich ihn noch nie rennen sehen.

»Du hast einen Kater?«, fragte Lilly und schloss die Tür hinter sich.

»Nee, den hab ich mir von Cassie ausgeliehen.« Ich machte eine wegwerfende Handbewegung. »Wie geht es dir? Wie ist die Matheprüfung gelaufen? Hast du in letzter Zeit was von Tanner gehört?«

Lilly stieß ein sarkastisches Lachen aus. »Netter Versuch. Wir reden jetzt nicht über mich. Was ist los?«

»Nichts. Ich bin nur gestresst. Midterms.«

Lilly schnaubte und folgte mir in die Küche. »Wenn du mich schon anlügst, dann lüg gefälligst besser. Was ist passiert. Adrian? Julian? Deine Eltern? Wen muss ich verprügeln?«

Ich lachte und fühlte mich gleich etwas weniger miserabel als noch vor ein paar Minuten. Doch Lillys Gesichtsausdruck blieb vollkommen ernst. Ihre blauen Augen stechend wie Eiszapfen.

Ich drehte mich um und öffnete den Schrank, um die nächsten Worte in Richtung der darin stehenden Gläser zu nuscheln. »Du musst niemanden verprügeln … außer vielleicht Julian.«

»Was ist passiert?«

Ich füllte die Gläser mit Wasser und schob eines davon Lilly zu, die mich abwartend ansah. Mir war klar, dass ich nicht aus der Nummer rauskommen würde, ehe ich ihr nicht alles erzählt hatte.

Ich seufzte. »Wir hatten einen Streit.«

»Worüber?«

»Wir waren letztes Wochenende zusammen auf Cassies Geburtstag. Eine Party mit Übernachtung im Zelt, und …« Ich schielte in Richtung meines Schlafzimmers, aus dem Link zu hören war, der auf Laurence einredete. »Julian und ich haben uns ein Zelt geteilt.«

»Und?«, hakte Lilly ungeduldig nach.

»Erinnerst du dich daran, wie du mir mal erzählt hast, wie gut Tanner mit seiner Zunge umgehen kann?«

Ihre Augenbrauen schossen in die Höhe, und eine zarte Röte legte sich auf ihre Wangen, ehe sie nickte.

»Na ja … Julian ist auch nicht gerade untalentiert. Es war toll. Ich wollte weitermachen, aber er meinte, er wäre bereits in seiner Hose gekommen.« Inzwischen war ich mir ziemlich sicher, dass das eine Lüge gewesen war. »Am nächsten Morgen wollte ich eine zweite Runde starten, doch als ich versucht habe, ihm sein Hemd auszuziehen, hat er Nein gesagt.«

»Auch Männer haben ein Recht, Nein zu sagen.«

»Natürlich haben sie das, aber es geht nicht darum, dass Julian noch nicht bereit ist, sondern darum, dass er sich vor mir versteckt. Er will nicht, dass ich seine Narben sehe, geschweige denn über sie reden«, erklärte ich. »Er vertraut mir nicht.«

»Hat er das gesagt?«

Ich atmete tief durch. »Nein, er hat es abgestritten. Aber als ich ihm gesagt habe, dass er mir alles erzählen kann, hat er so getan, als wäre ich wie all die anderen. Wie kann das Vertrauen sein?«

Lilly schürzte die Lippen. »Vermutlich hat er Angst.«

»Wovor? Mich zu verlieren?«, fragte ich zynisch. Meine

Stimme hatte zu zittern begonnen. »Glückwunsch, das ist ihm gelungen. Nachdem ich ihn auf seine Eltern und Sophia angesprochen habe, ist er einfach aus dem Zelt gestürmt. Seitdem hab ich ihn nicht mehr gesehen, obwohl ich ihm erzählt habe, wie sauer ich auf Adrian bin, weil er genau das getan hat.«

»Julian ist nicht wie Adrian«, beteuerte Lilly.

»Ach nein? Er verheimlicht mir etwas. Er belügt mich. Er rennt vor mir weg, als hätte ich etwas falsch gemacht, ohne sich für meine Gefühle zu interessieren.« Ich stieß ein trockenes Lachen aus. Es klang hart und freudlos und war die einzige Barriere zwischen mir und meinen Tränen. »Ich sehe da durchaus Parallelen. Anscheinend bin ich für beide ziemlich leicht zu ersetzen. Adrian hat jetzt Keith, und Julian …« Ich schüttelte den Kopf. Verdammt, sollte er doch zur allwissenden Rachelle zurückkriechen! Ich ließ den Kopf hängen und vergrub das Gesicht in den Händen. Was war nur aus mir geworden? Ich wollte nicht so verbittert sein. Das sah mir überhaupt nicht ähnlich. Aber wenn ich ehrlich zu mir war, wusste ich ganz genau, weshalb ich so extrem reagierte …

»Micah.« Lilly beugte sich über den Tresen des Küchenblocks und legte eine Hand auf meinen Arm.

Vorsichtig schielte ich mit von Tränen verschwommenem Blick zwischen den Fingern zu ihr durch.

»Adrian hat dich nicht ersetzt. Sonst hätte er dir nicht mehr geschrieben. Er ist ganz einfach verliebt. Und Julian …« Sie schüttelte den Kopf. »Ich weiß auch nicht. Ich kenn ihn nicht so, wie ich Adrian kenne, aber sieh dir an, was er in deinem Schlafzimmer für dich gebaut hat. Kein Mann, der dich nicht in seinem Leben haben will, würde so etwas tun. Du erzählst mir immer, ich soll Tanner vertrauen und mit ihm reden. Und auch wenn ich das nicht gern zugebe, bisher hattest du immer recht. Also rede mit Julian.«

Ich ließ die Hände sinken. »Das ist dein Ratschlag? Ich soll mit ihm reden?« Sie nickte. »Wow, was für ein einmalig hilfreicher Tipp. Darauf wäre ich nie gekommen.«

»Hey!«, protestierte Lilly. »Kein Grund, sarkastisch zu werden. Manchmal –«

»Mom! Mom!«, unterbrach sie Link, der im Türrahmen zum Wohnzimmer stand. Seine Augen leuchteten vor Aufregung. »Du musst dir die Katze anschauen! Sie ist ganz schwarz.«

Ein sanftes Lächeln trat auf Lillys Gesicht. »Gleich, Schatz. Tante Micah und ich unterhalten uns gerade. Streichle sie doch schon mal für mich.«

Link nickte entschlossen und lief zurück ins Schlafzimmer.

Lilly wandte sich wieder mir zu. »Was wollte ich gerade sagen?«

»Manchmal …«, wiederholte ich.

»Genau. Manchmal muss das Offensichtliche einfach ausgesprochen werden. Und mal ehrlich, was hast du zu verlieren? Dir geht es doch jetzt schon schlecht. Du heulst. Du versteckst dich in deiner Wohnung, ignorierst die Anrufe deiner besten Freundin und klaust auf der Suche nach Zuneigung die Katze deiner Nachbarn.«

»Ich habe Laurence nicht geklaut. Er ist ausgeliehen.«

»Das tut doch nichts zur Sache. Wichtig ist: Wenn du nichts unternimmst, wird es nicht besser, also rede mit Julian. Stell dir vor, du bist auf der vorletzten Seite einer Graphic Novel. Alles, was du tun musst, ist umzublättern, um zu erfahren, was auf der letzten Seite steht. Entweder es gibt eine Fortsetzung, oder die Geschichte ist zu Ende, aber zumindest weißt du dann, wie sie ausgeht, und kannst ruhigen Gewissens zum nächsten Comic greifen.«

Ich stieß ein Grummeln aus. Lilly nutzte meine Unfähigkeit, angelesene Bücher einfach wieder ins Regal zu stellen, eiskalt für sich aus. Theoretisch wusste ich natürlich, dass sie recht hatte, aber das alles war einfacher gesagt als getan. In diesem Augenblick konnte ich mich noch der Illusion hingeben, dass die Sache zwischen Julian und mir wieder in Ordnung kommen würde. Doch wenn ich tatsächlich mit ihm redete und er mich ein weiteres Mal von sich stieß, war es endgültig. Einen zweiten Streit dieser Art würden wir nicht überstehen. Wir waren nicht wie Tanner und Lilly. Uns verbanden keine gemeinsamen Jahre, sondern nur ein paar Wochen. Andererseits, war Zeit hier wirklich der entscheidende Faktor? Manche Beziehungen gingen nach Jahrzehnten in die Brüche. Kein besonders aufmunternder Gedanke, aber er bewies, wie unbedeutend Zeit sein konnte. Dinge änderten sich, und es gab nichts, was man dagegen tun konnte. Man konnte nur die Art bestimmen, wie man mit diesen Veränderungen umgehen wollte. Und ich wollte mich die nächsten Tage, Wochen und Monate nicht weiterhin so fühlen, wie ich es in diesem Augenblick tat. Wenn ich mit Julian redete und die Sache nach hinten losging, konnte ich zumindest damit abschließen. Das Kapitel beenden. Und war das nicht besser, als mit diesen endlosen Zweifeln zu leben?

Auri reichte mir eine Flasche Cola. »Wie lange willst du noch hier sitzen?«

»So lange, wie es nötig ist«, antwortete ich und öffnete den Schraubverschluss, um einen Schluck zu trinken. Inzwischen wartete ich seit über zwei Stunden auf der Treppe vor meiner Wohnung. Ich wollte Julian unter keinen Umständen verpassen.

Seit dem Vorfall im Zelt war gut eine Woche vergangen, und es wurde Zeit, dass wir redeten. Wenn er das nächste Mal nach Hause kam, um seine Klamotten zu wechseln, Unterlagen zu holen oder etwas zu essen, würde er sich anhören müssen, was ich ihm zu sagen hatte. Was er daraus machte, war eine ganz andere Geschichte, aber ich musste loswerden, was mir auf der Seele brannte, sonst würde ich früher oder später explodieren.

»Brauchst du noch etwas?«, fragte Auri, der sich gegen das Treppengeländer lehnte, wobei sich das alte Holz unter seinem Gewicht nach außen bog. »Taschentücher? Chips? Oreos? Eine leere Flasche zum Reinpinkeln?«

Ich lachte. »Nein, danke. Ich komm zurecht.«

»Okay.« Er stieß sich vom Geländer ab. »Wenn noch etwas ist, ruf laut.«

»Mach ich.« Ich sah ihm hinterher, als er in der Wohnung verschwand. Erleichtert und dankbar, dass er nicht versucht hatte, mir die Sache auszureden.

Dann ließ ich den Kopf gegen die Wand sinken und widmete mich wieder dem Tetris-Spiel auf meinem Handy. Meine Punktzahl war noch nie so hoch gewesen wie heute. Um mich bei Laune zu halten, stellte ich mir immer neue lächerliche Aufgaben, deren Erreichung ich überhaupt nicht beeinflussen konnte. *Bis Julian kommt, schaffst du x Punkte* oder *Julian taucht auf, bevor du die nächste runde Zahl erreichst.* Als ob. Doch so oder so war es nur eine Frage der Zeit. Nach seinem geheimen Ding am Montag kam er immer nach Hause. Und ich musste ihn wissen lassen, dass ich für ihn da war und unser Streit für mich noch nicht das Ende bedeutete. So einfach ließ ich mich nicht von seinen Monstern verjagen. Ich war bereit, mit ihm zusammen gegen das Ungeheuer zu kämpfen – wenn er es zuließ.

Gerade als ich in meinem Spiel eine neue Reihe zum Platzen brachte, vibrierte mein Handy. Ich schloss die App und entdeckte eine Nachricht von Adrian. Es war bereits das zweite Mal, dass er mir heute schrieb. Ein ungutes Gefühl keimte in mir auf, als ich den Text öffnete. Aus irgendeinem Grund rechnete ich mit dem Schlimmsten.

Adrian: *Was machst du gerade?*

Ich: *Warten.*

Adrian: *Worauf?*

Ich: *Lange Geschichte.*

Es entstand eine kurze Pause.

Adrian: *Möchtest du sie mir erzählen?*

Adrian: *Persönlich?*

Mir blieb die Luft weg. Das konnte nicht sein, oder? Ich beugte mich vor und las das Wort noch einmal. Buchstabe für Buchstabe. P-e-r-s-ö-n-l-i-c-h. Hatte das zu bedeuten, was ich glaubte, dass es zu bedeuten hatte? Mein Herz feierte eine Party, und mein Magen war auf einmal nervös wie am Morgen danach.

Als ich Adrian zurückschrieb, zitterten meine Hände.

Ich: *Wirklich?*

Ich: *Ist das dein Ernst?*

Ich: *Warte.*

Ich: *Verarschst du mich?*

Ich: *Wenn du mich verarschst, brech ich dir alle Knochen.*

Adrian: *Als ob du das könntest.*

Adrian: *Aber nein, ich verarsch dich nicht.*

Ich: *Wirklich?*

Adrian: *Ja!*

Adrian: *Bist du auf den Kopf gefallen?*

Ich: *Wo wollen wir uns treffen?*

Adrian: *Bright Canopy? In einer halben Stunde?*

Ich: *Ich werde da sein!*

Adrian: *Bis gleich.*

28. Kapitel

Ich parkte den Wagen auf der Straße vor dem Bright Canopy und zog den Schlüssel aus dem Schloss.

Zitternd stieß ich den Atem aus. Den Weg von meiner Wohnung zum LGBTQ-Zentrum hatte ich wie in Trance zurückgelegt. Es würde mich nicht wundern, demnächst ein paar fette Strafzettel wegen Geschwindigkeitsüberschreitung in der Post vorzufinden. Ich hatte Adrian unter keinen Umständen warten lassen wollen. Allerdings verriet mir ein Blick auf die Uhr im Armaturenbrett, dass ich gut zwanzig Minuten zu früh dran war.

Meine Handflächen hinterließen feuchte Abdrücke, als ich sie vom Lenkrad nahm, um auszusteigen. Mit einem Klicken verriegelte ich den Wagen. Einen Moment überlegte ich, vor dem Zentrum zu warten, um Adrian abzufangen, aber möglicherweise war er schon drin, also beschloss ich nachzusehen.

Bei meinem letzten Besuch war die alte Autowerkstatt leer gewesen, heute waren viele Leute da. Jugendliche saßen im Garten auf den alten Autoreifen zusammen, drinnen schien eine Gruppe ein Tischtennisturnier zu veranstalten – die Rufe waren bis nach draußen zu hören –, und einige Mädchen und Jungs hatten sich um die Karosserie eines alten Autos versammelt, über der eine Mechanikerin lehnte, die ihnen anscheinend irgendetwas erklärte. Ich nahm all das nur am Rande war, da sich meine gesamte Konzentration darauf richtete, Adrian zu finden. Als ich ihn draußen nirgendwo ausmachen konnte, lief ich durch eines der geöffneten Garagentore ins Innere des Zentrums. Auf der Couch und den Sesseln saßen weitere Jugendliche, die sich unterhielten und Karten spielten. Ein Junge, der nicht älter als zwölf sein konnte, las in einer zerfledderten *Narnia*-Ausgabe. Doch auch hier konnte ich Adrian nicht entdecken. Offenbar war er wirklich noch nicht da.

Ein Mädchen, das neben der Tischtennisplatte stand und das Match zwischen zwei anderen verfolgte, bemerkte mich und fing meinen suchenden Blick auf. Sie schenkte mir ein schüchternes Lächeln. »Kann ich dir helfen?«, fragte sie mit zarter Stimme. Sie trug einen Oversize-Pullover, der ihr beinahe von den schmalen Schultern fiel, und eine Jeans mit Löchern an den Knien.

Ich räusperte mich. »Vielleicht. Ich suche meinen Bruder. Adrian.«

Sie schürzte nachdenklich die Lippen, dann schüttelte sie den Kopf. »Sorry, keine Ahnung, aber du könntest Jules fragen. Der kennt jeden.«

»Okay. Und wo finde ich Jules?«

»Er müsste mit den anderen hinten im Garten sein.« Sie deutete auf eine offen stehende Tür, die auf der gegenüberliegenden Seite der Werkstatt lag. Dahinter konnte ich jede Menge Grün erkennen.

Ich bedankte mich bei dem Mädchen und trat in den Garten hinaus. Es überraschte mich, wie viele Leute hier waren, andererseits war das an einem Montagnachmittag vermutlich völlig normal. Die Schule war aus, und hier bekamen die jungen Erwachsenen etwas geboten und konnten sich mit Gleichgesinnten austauschen.

Der Garten hinter der Werkstatt war gepflegt, mit getrimmtem Rasen, sorgfältig arrangierten Blumenbeeten und einem kleinen Teich, in dem ein paar Fische schwammen. Ein Junge mit Glatze kniete nur ein paar Schritte von mir entfernt auf einer Schaummatte und hackte auf das Unkraut in den Beeten ein.

»Hey. Entschuldigung«, sagte ich vorsichtig, um ihn nicht zu erschrecken.

Er blickte auf. »Ja?«

»Weißt du, wo ich Jules finde?«

»Klar, der ist im Schuppen.« Er deutete mit seiner Hacke auf ein kleines Häuschen aus Holz und wandte sich sofort wieder seiner Arbeit zu.

Ich durchquerte den Garten, wobei ich weiterhin Ausschau nach Adrian hielt.

Inzwischen war ich den Leuten aufgefallen. Einige beobachteten mich und verfolgten mich mit ihren neugierigen Blicken.

Die Tür zur Hütte war nur angelehnt. Ich klopfte an den Türbalken. »Jules?«, fragte ich und versuchte, einen Blick durch den Spalt ins Innere zu erhaschen.

Schritte erklangen, dann wurde die Tür aufgezogen.

»Was – Micah?«

Was. Zum. Teufel? Fassungslos starrte ich Jules an. Nein, nicht Jules. Julian. Ich blinzelte, als könnte er ein Gespinst meiner Fantasie sein, das sich jeden Augenblick in Luft auflösen würde. Doch das tat er nicht. Er stand vor mir und starrte mich mit einem verwirrten Gesichtsausdruck an, der meinem eigenen vermutlich nicht ganz unähnlich war. Kurz fragte ich mich, ob er meinetwegen hier war, aber das ergab keinen Sinn. Er hatte nicht wissen können, dass ich mich hier mit Adrian treffen wollte.

»Was … was machst du hier?« Meine Stimme klang zwei Oktaven zu hoch.

Julian zog die Augenbrauen zusammen, sodass eine tiefe Falte dazwischen entstand. »Dasselbe könnte ich dich fragen.«

»Aber ich hab zuerst gefragt.«

Als er sich mit einer Hand durch die Haare fuhr, spannte sich sein Bizeps an, und ich bemerkte, dass er den Ärmel seines Hemdes hochgekrempelt hatte, sodass seine Narbe zu sehen war. Aus einer solchen Nähe und bei Tageslicht hatte ich sie noch nie betrachtet.

Abrupt ließ Julian den Arm fallen. »Ich arbeite hier.«

»Du arbeitest hier«, wiederholte ich langsam, als wäre es möglich, dass ich seine Worte missverstanden haben könnte.

Er nickte, aber ich verstand es trotzdem nicht. Er arbeitete für Bright Canopy? Und das ganz offensichtlich nicht erst seit vorgestern, wenn alle Teenager hier seinen Namen kannten. Außerdem war er es gewesen, der mich vor Wochen auf das Zentrum aufmerksam gemacht hatte. Wieso hatte er mir nie gesagt, dass er hier jobbte? Mehr noch, er hatte sogar gelogen, um es zu verheimlichen. Ich hätte meine linke Hand darauf verwettet, dass er auch die Donnerstagnachmittage hier verbrachte. Aber wieso die Geheimniskrämerei? Es war schließlich nichts Verwerfliches daran, mit Jugendlichen zu arbeiten. Ich musste da etwas übersehen …

»Du hast mir noch nicht gesagt, was du hier machst«, sagte Julian und riss mich damit aus meinen Gedanken. Er hatte die Arme vor der Brust verschränkt. Zwischen seinen Augenbrauen lag noch immer eine Falte.

Ich zwang mich, ihn wieder anzusehen. »Adrian. Ich soll ihn hier treffen.« Ich runzelte die Stirn, und auf einmal fühlte es sich an, als würde mein Magen eine Hundertachtzig-Grad-Wendung machen. »Moment mal. Wenn du hier arbeitest … Kennst du Adrian? Wusstest du die ganze Zeit, wo er war?«, fragte ich vorwurfsvoll. Hatte er meinen Bruder gedeckt? Zum gefühlt hundertsten Mal in den letzten Tagen spürte ich, wie meine Augen feucht wurden. Nicht weil ich traurig, sondern weil ich wütend war. Ich fühlte mich hintergangen. Dass Samantha Adrian schützte, verstand ich. Sie war die Leiterin dieses Zentrums, ihre Loyalität musste bei ihren Schützlingen liegen. Aber Julian hätte auf meiner Seite stehen sollen.

»Nein«, sagte er, als er den Schimmer in meinen Augen zu bemerken schien. »Ich kenne Adrian nicht. Ich schwöre es. Das hätte ich dir gesagt.«

Ich wollte ihm glauben, konnte es aber nicht. All die Lügen und sein Schweigen hatten mein Vertrauen zu ihm zerstört. Wie ein Meer aus Scherben lag es zwischen uns, und es brauchte mehr als nur einen Satz, um mich diese Distanz erneut überbrücken zu lassen.

Ich zog mein Handy hervor, öffnete ein Bild von Adrian und mir und hielt es Julian so dicht vors Gesicht, dass das Display beinahe gegen seine Nase stieß. »Wirklich? Du hast ihn hier noch nie gesehen, obwohl du ständig hier abhängst? Und wag es ja nicht, mich anzulügen. Wenn du mir die Wahrheit nicht sagst, wird es gleich Adrian tun.«

Julian wich nicht vor mir zurück. Ich sah, wie sich seine Kehle bewegte, als er schwer schluckte und mir das Handy abnahm. Mit zusammengepressten Lippen starrte er auf das Display, dann sah er wieder mich an. »Das ist Adrian?«

»Ja, wer denn sonst?«

»Ich dachte, ihr seid Zwillinge. Ihr seht euch überhaupt nicht ähnlich.«

»Wir sind keine eineiigen Zwillinge, du Idiot.« Kaum hatte das Wort meinen Mund verlassen, bereute ich es auch schon. Es war nicht Julians Schuld, dass er das nicht wusste. Ich hatte es ihm nie gesagt. Mit einem schweren Seufzen rieb ich mir über die Augen. »Ich sehe aus wie meine Mom und Adrian wie unser Dad.«

Julian sah noch einmal auf das Foto, dann wieder zurück zu mir. »Warum hast du mir das nicht schon früher gezeigt?«

Ich zuckte mit den Schultern. Hinter meinen Schläfen hatte ein Pochen eingesetzt, und ich fühlte mich seltsam benommen, wie unter Wasser. Mein Kreislauf schien das Auf und Ab meiner Gefühle nicht besonders gut zu vertragen. »Wieso hätte ich das tun sollen?

»Weil … ich ihn kenne.« Julian gab mir das Handy zurück. »Das ist Ian.«

»Ian«, echote ich. Adrian hatte immer gewollt, dass wir ihn Ian nennen, aber meine Eltern hatten eine Abneigung gegen Spitznamen, weshalb sie mich auch nie Micah nannten. Und später in der Schule war Ian Garrington in unserer Klasse gewesen, weshalb es immer bei Adrian geblieben war.

Julian nickte. »Ich hab dir sogar von ihm erzählt. Der …« Er stockte. »Der Bekannte von mir, der möglicherweise Interesse an deiner Cruel-Aero-Karte gehabt hätte. Ich …« Er schüttelte den Kopf und stieß ein Schnauben aus, in dem ein Lachen mitschwang, das jedoch alles andere als amüsiert klang. »Scheiße, Micah. Hätte ich geahnt, dass Adrian Ian ist, hätte ich es dir gesagt. Das musst du mir glauben. Ich wusste nicht mal, dass er eine Schwester hat. Und ehrlich, ihr seht euch nicht ähnlich. So gar nicht. Adrian und ich haben mehr Ähnlichkeit als ihr beide.«

Das wusste ich, aber verdammt! Ich war so wütend. Auf Julian, der diesen Teil seines Lebens vor mir verheimlicht hatte. Auf Adrian, der es anscheinend nicht für nötig gehalten hatte, mich ihm gegenüber auch nur ein einziges Mal zu erwähnen. Und auf mich selbst, weil ich es einfach nicht früher durchschaut hatte. Wie viel Unsicherheit ich mir in den letzten Wochen hätte ersparen können.

»Micah!« Eine aufgeregte Stimme riss mich aus meinen Gedanken und ließ mich das Gespräch mit Julian vergessen.

Ich wirbelte herum und entdeckte Adrian, der auf mich zugelaufen kam. Ein Lächeln auf den Lippen, das sein ganzes Gesicht einnahm.

Mein Puls, der sich ohnehin schon jenseits von allem bewegte, was als gesund galt, schoss noch weiter in die Höhe. Ein Beben ging durch meinen Körper, und bevor ich auch nur einen Schritt machen konnte, war Adrian bei mir und schloss mich in die Arme. Mit all seiner Kraft – und er war sehr kräftig – drückte er mich an sich. Ich ächzte, und meine Füße verloren den Kontakt zum Boden, als er mich hochhob – so wie jedes Mal, wenn wir uns umarmten, weil er wusste, wie sehr ich es hasste. Aber in dieser Sekunde war es mir egal.

Ich erwiderte seine Umarmung, die mir so vertraut war wie keine andere, und vergrub mein Gesicht an seiner Brust, um die Tränen zu verbergen, die mir über die Wangen liefen. Wenn er mitbekam, dass ich weinte, würde er mich später nur damit aufziehen – auch wenn es Tränen der Erleichterung waren. In den vergangenen fünf Monaten hatte es Tage gegeben, an denen ich befürchtet hatte, ihn nie wiederzusehen, und jetzt war er hier. Bei mir. Ich würde ihn nie wieder gehen lassen. Wenn es sein musste, würde ich ihm eine Fußfessel verpassen.

Nachdem mich Adrian ein letztes Mal so fest an sich gedrückt hatte, dass ich glaubte, es würde mir die Organe verschieben, ließ er mich runter.

Auf weichen Knien sah ich zu ihm auf. Er war deutlich größer als ich, mit breiten Schultern, die verrieten, warum er früher Kapitän des Schwimmerteams gewesen war. Aus irgendeinem Grund hatte ich erwartet, dass er anders aussehen würde als bei unserem letzten Treffen – reifer und älter –, aber er hatte sich nicht verändert. In seinen braunen Augen lag noch immer ein spitzbübisches Funkeln, und er trug denselben Dreitagebart, um das Grübchen in seinem Kinn zu verstecken, das er aus irgendeinem Grund hasste. Nur sein blondes Haar war länger geworden.

»Hey, Sonnenschein«, begrüßte er mich, und sein Grinsen wurde noch breiter.

»Hey, Stinksocke«, erwiderte ich mit einem Lächeln und verpasste ihm einen heftigen Schlag gegen den Oberarm, der meine Knöchel zum Knacken brachte. »Was hast du dir nur dabei gedacht, einfach so abzuhauen?«

»Aua!«, jammerte Adrian und rieb sich den Arm. Sein Grinsen war verschwunden, und er hatte die Augenbrauen zusammengezogen. »Das gibt garantiert einen blauen Fleck.«

»Und wenn du mir nicht sofort antwortest, verpass ich dir auf den anderen Arm einen dazu passenden«, drohte ich und meinte es ernst. Tat es mir leid, dass ich ihn geschlagen hatte? Ein bisschen. Hatte er es verdient? Absolut. Genau wie vor sieben Jahren, als er meine Lieblingsactionfigur in den Fluss geworfen hatte. Damals hatte er sich immer hinter Mom versteckt, aber die war jetzt nicht da.

»Hast du das gehört, Jules?«, fragte Adrian mit gespielter Empörung und sah über meine Schulter zu Julian, während er sich weiter den Arm rieb. »Willst du nichts dagegen unternehmen? Ich dachte, Gewalt ist hier unerwünscht.«

Abwehrend hob Julian die Hände. »Ich misch mich da nicht ein. Aber ich würde vorschlagen, dass ihr das Gespräch vielleicht woandershin verlegt, es sei denn, ihr wollt ein Theaterstück daraus machen.« Er sah sich vielsagend um. Viele der Jugendlichen im Garten hatten in ihrer Arbeit innegehalten und ihre Gespräche unterbrochen, um unser kleines Schauspiel zu beobachten.

Ich seufzte. »Von mir aus. Hast du Hunger?«

Adrian hörte auf, sich den Oberarm zu reiben. »Hatte ich je keinen Hunger?«

Das ließ sich nicht abstreiten. »Pizza?«

»Immer.«

»Gut, du bezahlst.«

Adrian öffnete den Mund, als wollte er protestieren, schloss ihn dann aber wieder. Vielleicht hatte er erkannt, dass er mir etwas schuldig war. Allerdings würde eine Pizza nicht ausreichen, um wiedergutzumachen, dass er mich die letzten Monate durch die Hölle geschickt hatte. Aber es war ein Anfang.

»Woher kennst du Jules?« Es war die erste Frage, die Adrian an mich richtete, nachdem wir Bright Canopy unter den neugierigen Blicken der anderen Besucher verlassen hatten. Nun saßen wir in meinem Wagen, und ich ließ den Motor röhrend zum Leben erwachen.

»Wir sind Nachbarn«, erklärte ich und lenkte das Auto auf die Straße. Ich wollte jetzt nicht über Julian reden, dazu hatte ich zu viele Fragen an Adrian, aber vielleicht war es klüger, den schwierigen Teil des Gesprächs aufzuschieben, bis ich kein tonnenschweres Fahrzeug mehr durch den Verkehr manövrierte. »Außerdem hat er auf einer Party von Mom und Dad gekellnert – bis ich dafür gesorgt habe, dass er gefeuert wurde.«

Adrian schnaubte. »Was hast du angestellt?«

»Mom hat uns in der Garderobe erwischt, als ich ihm Trinkgeld geben wollte.«

»Verstehe … *Trinkgeld.*« Er wackelte mit den Augenbrauen.

»Halt die Klappe.« Lachend warf ich ihm einen Seitenblick zu, um mich zu vergewissern, dass es wirklich Adrian war, der neben mir saß. Ich konnte kaum glauben, dass er wieder zurück war. Es fühlte sich an, als wäre überhaupt keine Zeit vergangen, und gleichzeitig schien zwischen heute und unserem letzten Gespräch ein ganzes Leben zu liegen. »Ich wollte ihm wirklich nur Geld geben, weil er sein Sandwich mit mir geteilt hat, nachdem unsere Eltern mal wieder vergessen hatten, dass ich kein Fleisch esse.«

»Und jetzt seid ihr zusammen?«, erkundigte sich Adrian. Die Frage hätte gleichgültig klingen können – tat sie aber nicht. Eigenartig.

Ich warf ihm einen skeptischen Blick zu. »Nein. Es ist kompliziert.« Ich schüttelte den Kopf. Über Julian nachzudenken brachte mich noch mehr auf als erwartet. »Erzähl mir lieber von Keith. Wie habt ihr euch kennengelernt?«

»Über eine Dating-App«, murmelte Adrian und drückte auf dem Display in meinem Armaturenbrett herum, bis er in meiner Playlist einen Song fand, der ihm gefiel.

»Und wie lange seid ihr schon zusammen?«

Er räusperte sich verlegen. »Länger.«

Was sollte diese ausweichende Antwort?

»Wie lange?«, hakte ich nach.

»Zwei Jahre.«

Ungeachtet des Verkehrs riss ich den Kopf zu ihm herum. »Zwei Jahre?«

Adrian nickte und hatte wenigstens den Anstand, verlegen den Blick zu senken.

Für einige Sekunden erfüllte nur die Stimme von The Weeknd den Innenraum des Wagens. Ich krallte die Hände um das Lenkrad, bis meine Knöchel hell hervortraten. Zwei Jahre? Zwei verdammte Jahre hatte Adrian seine Beziehung vor mir verheimlicht? Ein unsäglicher Schmerz breitete sich in meiner Brust aus. Plötzlich hatte ich das Gefühl, meinen Bruder überhaupt nicht mehr zu kennen. Hatte ich unser Verhältnis wirklich so falsch eingeschätzt? Vertraute Adrian mir tatsächlich so wenig, dass er mir über Jahre die wichtigste Person in seinem Leben vorenthalten hatte?

»Micah, es tut mir leid.« Er drehte sich im Sitz zu mir herum und legte eine Hand auf meinen Unterarm.

Ich schlug sie weg. »Was tut dir leid?«, bellte ich und setzte wütend den Blinker, um in die Straße abzubiegen, in der unsere Lieblingspizzeria lag. »Dass du mir Keith verheimlicht hast? Dass du mich im Stich gelassen hast? Dass du weggerannt bist und mich verrückt vor Sorge um dich einfach zurückgelassen hast? Dass du wochenlang nicht auf meine Nachrichten reagiert hast? Dass ich deinetwegen nächtelang wach lag aus Angst, dir könnte etwas zugestoßen sein? Dass du mich belogen hast? Oder einfach, dass du mir offensichtlich überhaupt nicht vertraust?« Mit jedem Wort, das meinen Mund verließ, war ich lauter geworden. Tränen der Wut stiegen mir in die Augen. Nach einem flüchtigen Blick in den Rückspiegel lenkte ich den Wagen an den Straßenrand. Ich war vielleicht zornig, aber nicht dumm. Hektisch und mit vor Aufregung zittrigen Fingern suchte ich den Innenraum des Autos nach einem Taschentuch ab.

»Hier«, sagte Adrian und reichte mir eines.

Ich riss es ihm aus der Hand, rieb mir über die Augen und putzte mir die Nase. Gott, ich war so wütend und fühlte mich so betrogen von den Männern in meinem Leben. Warum konnte keiner von ihnen ehrlich zu mir sein? Ich war keine Jungfrau in Nöten, die vor der Wahrheit beschützt werden musste. Und ich war auch nicht das ignorante Arschloch, für das mich Adrian die letzten zwei Jahre anscheinend gehalten hatte. Das Pochen in meinen Schläfen war zurück. Ich bemühte mich um eine ruhige Atmung, aber es wollte mir einfach nicht gelingen. Meine Kehle war wie zugeschnürt von den Schluchzern, die ich mit aller Kraft zurückzuhalten versuchte.

»Du kannst mich gern noch mal schlagen, wenn das hilft«, sagte Adrian.

Das ließ ich mir nicht zweimal sagen. Ich boxte ihn fest gegen den Oberarm. Dieses Mal gab er keinen Laut von sich, auch nicht, als ich ihm einen zweiten, dritten und vierten Hieb verpasste. Aber es half nichts. Kraftlos ließ ich die Faust sinken und die Stirn gegen das Lenkrad fallen. Als eine einzelne Träne auf mein Knie tropfte, kniff ich die Augen zusammen. Ich wollte nicht so fühlen, nicht so emotional sein. Ich wollte mit Adrian reden. Ihn verstehen. Aber mein Herz und mein Verstand gingen gerade getrennte Wege.

»Es tut mir leid«, wiederholte Adrian nach einer Weile mit gesenkter Stimme. Er hatte sich zu mir gebeugt. Ich konnte seinen warmen Atem spüren, als er tröstend eine Hand auf meinen Rücken legte. »Ich wollte nicht, dass du dir meinetwegen solche Sorgen machst. Seit Mom und Dad mich rausgeschmissen haben, ist kein Tag vergangen, an dem ich nicht an dich gedacht habe und mit dir reden wollte.«

Ich schniefte und drehte, ohne meine Stirn vom Lenkrad zu nehmen, den Kopf, um ihn anzusehen. »Wieso hast du es nicht getan?«, fragte ich mit krächzender, abgehackter Stimme.

»Weil du noch immer ihre Tochter bist.«

Mein Magen zog sich zusammen. »Was soll das heißen?«

»Ich meine damit nicht, dass du so denkst wie sie. Mir ist klar, dass du ganz anders bist, aber sie sind noch immer deine Familie«, erklärte Adrian. Nun klang auch seine Stimme eigenartig belegt. »Wäre ich geblieben oder hätte dir gesagt, wo du mich findest, hättest du alles darangesetzt, uns wieder zusammenzubringen. Ich kenne dich. Du hättest mir von ihnen erzählt und versucht, ihre Reaktion zu rechtfertigen. Das hätte ich nicht ausgehalten. Ich war dafür nicht bereit.«

Das konnte ich nicht abstreiten. »Und jetzt bist du bereit?«

»Nicht wirklich, aber wenn das der Preis ist, den ich bezahlen muss, um dich wieder in meinem Leben zu haben, werde ich irgendwie damit klarkommen«, sagte Adrian mit einem schwachen Lächeln. Sein Blick wirkte trauriger als noch vor einigen Sekunden. »Ich wollte dir schon so lange schreiben, Micah. Du hast keine Ahnung, wie viele Nachrichten ich an dich getippt und wieder gelöscht habe. Keith ist beinahe an die Decke gegangen. Irgendwann hat er mir mein Handy weggenommen, weil ich jedes Mal verzweifelt bin, wenn du mir geschrieben hast.«

Ich wusste nicht, ob ich Keith dafür lieben oder hassen sollte, aber offensichtlich lag ihm viel an meinem Bruder, also entschied ich mich für Ersteres. »Ich versteh das einfach nicht«, sagte ich und lehnte mich im Sitz zurück. »Warum hast du nicht schon früher etwas gesagt, als du erkannt hast, dass du schwul bist? Oder als du Keith kennengelernt hast? Ich hätte dir helfen können.«

»Nein, das hättest du nicht«, sagte Adrian mit einem Lächeln, das leicht überheblich wirkte. Als hätte ich keine Ahnung, wovon ich redete. »So etwas machst du nicht mit anderen aus, sondern nur mit dir selbst. Es ist ja auch nicht so, als wäre ich eines Tages aufgewacht und hätte gedacht: ›Oh Shit, ich steh auf Penisse.‹« Er schüttelte den Kopf. »Weißt du, wie lange ich gebraucht habe, um meine Sexualität zu akzeptieren?«

Nein, weil du mir nie etwas gesagt hast, dachte ich, schwieg jedoch.

»Jahre«, antwortete Adrian verbittert. Er presste die Lippen aufeinander und ließ den Blick an mir vorbeigleiten, um abwesend in den vorbeifahrenden Verkehr zu starren. »Ich hab mir das nicht ausgesucht. Ich wollte nicht schwul sein, Micah, vor allem nicht nach allem, was man in der Schule und zu

Hause immer gehört hat. All diese Witze und Beleidigungen gegen Schwule … Du hast die Sprüche selbst gehört. Und du erinnerst dich sicherlich auch an den Aufschrei, als Mrs Covingtons Tochter dieses Mädchen aus Italien mit nach Hause gebracht hat. Weißt du, was Dad ihnen damals geraten hat?«

Ich schüttelte den Kopf. Ich hatte das Drama mitbekommen, aber wenn ich ehrlich war, hatte ich die Gespräche rund um Colleen ausgeblendet, wie so häufig, wenn es um die Freunde, Bekannten und die Firma unserer Eltern ging.

»Sie zwangszuverheiraten, damit zumindest das schlimmste Gerede im Keim erstickt wird. Ihre Freundin könnte ja als Haushälterin bei ihnen wohnen.«

Mir blieb der Mund offen stehen. »Das hat er nicht gesagt.«

»Doch, und irgendeiner von Dads Freunden meinte, es gebe da doch ›solche Camps, die einen wieder normal machen‹. Es hat nur noch gefehlt, dass er eine Elektroschocktherapie vorschlägt.« Adrians Worte trieften vor Ekel, und ich fragte mich, wie er die letzten Jahre mit unseren Eltern überhaupt ertragen hatte. Ich hatte keine Ahnung, ob das, was unser Dad gesagt hatte, ernst gemeint gewesen war oder nur dummes Geschwätz. Aber so oder so war es furchtbar, dass Adrian es sich hatte anhören müssen.

»Nach dieser Sache habe ich mit einem Mädchen aus dem Schwimmteam in der Umkleide gevögelt. Sie mochte mich schon eine ganze Weile, und ich dachte, ich könnte mich so dazu zwingen, Frauen zu mögen. Fehlanzeige. Danach habe ich mich wie ein Stück Scheiße gefühlt und mich in der Toilette eingesperrt und geheult. Und weil das noch nicht genug war, kam in dem Moment natürlich eine Gruppe Jungs rein. Sie haben mich gehört und als ›Schwuchtel‹ beschimpft.«

»Das … das tut mir so leid«, stammelte ich.

Adrian lächelte müde. Während unserer Umarmung hatte er noch vor Leben gesprüht, nun wirkte er erschöpft und ausgezehrt, als würden ihm die Erinnerungen jegliche Kraft rauben. »Mir tut es auch leid.«

Ich seufzte und streichelte über die Stelle, an der ich ihn geboxt hatte. Inzwischen bereute ich es, ihn geschlagen zu haben. »Ich weiß nicht, was ich dazu sagen soll. Ich wünschte, du hättest früher mit mir geredet. Ich hätte –«

»Du hättest was?«, unterbrach er mich und ergriff meine Hand. Im Vergleich zu seinen waren meine Finger zart und schmal. »Die Welt verändert?«

Ich schnaubte. »Für dich da sein können.«

»Oder ich hätte dich verloren.«

»Hättest du nicht.«

»Und woher hätte ich das wissen sollen? Ich hätte auch nicht gedacht, dass Mom und Dad so heftig reagieren würden. Ja, ich hatte damit gerechnet, dass sie wütend werden und eine Weile nicht mehr mit mir reden würden, aber nicht, dass sie mich rausschmeißen würden. Du bist mit denselben homophoben Scheißsprüchen aufgewachsen wie die anderen Leute an unserer Schule auch. Woher hätte ich wissen sollen, dass es nicht auf dich abgefärbt hat? Und ja, du hast dieses kitschige Yaoi-Zeugs gemalt, aber du kannst doch wohl nicht von mir erwarten, dass ich das ernst nehme? Nur weil man irgendeine hübsche Fantasie mag, bedeutet das nicht, dass man auch in der Realität damit klarkommt.«

Es lag mir auf der Zunge, Adrian zu widersprechen. Ihm erneut vorzuhalten, dass er mir nicht vertraute und dass er mich besser kennen sollte. Aber er hatte recht, es war nicht dasselbe. Diese Zeichnungen waren Fiktion, eine Illusion, welche die Wirklichkeit verzerrte; genau wie die viel zu großen Augen der Animefiguren. Selbst wenn man glaubte, eine Person zu kennen, gab es doch immer diesen Funken Ungewissheit. Niemand konnte alles über einen anderen Menschen wissen. Nicht wirklich. Und auch wenn ich Adrian nie einen Grund gegeben hatte, mir zu *miss*trauen, hatte ich ihm auch nie einen geliefert, mir ausgerechnet in dieser Sache zu *ver*trauen. Wäre ich etwas aufmerksamer gewesen, hätte ich vielleicht erkannt, mit welchen Problemen und Zweifeln er zu kämpfen gehabt hatte, aber ich hatte weggesehen, hatte seine Launen falsch interpretiert und mich mit der einfachsten Erklärung zufriedengegeben.

»Was hältst du davon, wenn wir die Sache einfach vergessen?«, fragte Adrian plötzlich und ließ meine Hand los. »Wir können nicht rückgängig machen, was geschehen ist, aber jetzt bin ich hier und ich gehe nicht wieder fort.«

Vergessen? Ich war mir nicht sicher, ob ich ihm so einfach verzeihen konnte. Ein paar Worte reichten nicht aus, um die Monate ohne ihn ungeschehen zu machen. Andererseits verstand ich ihn nun besser, und uns gegenseitig unsere Fehler vorzuhalten, würde die Sache nicht ändern.

»Schwöre es.« Ich hielt ihm meinen kleinen Finger hin.

Er hakte seinen darum. »Ich schwöre es.«

29. Kapitel

Wir brauchten beide eine Auszeit von den schweren Themen. Unser Gespräch im Auto war vielleicht nicht lang gewesen, aber nervenzehrend, auch wenn ich mir sicher war, dass es noch viel mehr zu sagen gab.

Wir entschieden uns, nicht im Restaurant zu essen, sondern die Pizzen einpacken zu lassen, da Adrian gern meine Wohnung sehen wollte. Während wir auf unsere Bestellung warteten, redeten wir über die Filme und Serien, die wir in den vergangenen Monaten gesehen hatten. Es war nicht verwunderlich, dass es viele Überschneidungen gab, wir hatten einen sehr ähnlichen Geschmack. Nur Adrians Vorliebe für Horrorfilme teilte ich nicht. Einmal hatte er mich gezwungen, *Human Centipede* anzuschauen, und ich hätte mich beinahe übergeben. Seitdem wählte er weniger verstörende Filme aus, wenn wir uns etwas zusammen ansehen wollten.

»Bist du schon aufgeregt?«, fragte ich, als wir vor meiner Wohnung standen.

Gelangweilt hob Adrian eine Augenbraue. »Nein, sollte ich?«

»Spielverderber.« Schwungvoll stieß ich die Tür auf und bedeutete ihm mit einer Verbeugung einzutreten.

Adrian machte eine komische Bewegung mit den Beinen, die ein Knicks hätte sein können, bevor er an mir vorbeimarschierte und mein Apartment unter die Lupe nahm. Hin und wieder gab er ein »Mhm« oder »Aha« von sich, womit er mich tierisch aufregte, aber vermutlich war genau das seine Absicht. Blödmann.

»Ganz nett«, sagte er schließlich mit gelangweiltem Gesichtsausdruck, während in seinen Augen ein amüsiertes Funkeln aufblitzte. »Bezahlen Mom und Dad die Miete?«

»Ähm …« Ich räusperte mich. »Sie haben die Wohnung gekauft.«

Er nickte. »Stimmt, Dad hält ja nichts vom Mieten, und jetzt, wo du ein Einzelkind bist, kann man dich getrost verhätscheln.«

»Sag so was nicht.«

»Ist doch die Wahrheit. Meine Kreditkarten waren gleich am nächsten Tag gesperrt. Und es würde mich nicht wundern, wenn sie mich bereits vor Wochen aus ihrem Testament gestrichen hätten. Daher: Einzelkind.« Er zuckte mit den Schultern, als wäre es ihm gleichgültig, aber das war eine Lüge, die ich auch aus meilenweiter Entfernung hätte riechen können. Bevor ich jedoch etwas sagen konnte, redete Adrian weiter. »Dein Bett ist ziemlich cool.«

»Danke«, erwiderte ich matt. Eigentlich war ich mit dem Thema noch nicht durch, aber wenn Adrian über die Einrichtung reden wollte, meinetwegen. Falls er sein Versprechen hielt, blieb uns noch genug Zeit, um über unsere Eltern zu sprechen. *Falls.* Ich hasste dieses Wort und die damit verbundenen Zweifel. »Julian hat es für mich gebaut.«

»Bevor es kompliziert wurde?«

»Ja und nein«, antwortete ich und ging in die Küche, um Küchenrolle und Gläser zu holen. »Irgendwie war es von Anfang an kompliziert.«

Adrian stieß ein Brummen aus und setzte sich auf einen der Hocker am Tresen. Nachdenklich kaute er auf seiner Unterlippe, bevor er fragte: »Ist es wegen der Sache?«

Ich erstarrte mitten in der Bewegung und drehte mich langsam zu ihm um. »Was für eine Sache?«

»Na ja …« Statt mir in die Augen zu sehen, starrte er konzentriert auf den Pizzakarton vor sich, als könnte er ihn mit reiner Gedankenkraft dazu bringen, sich zu öffnen. »Die *Sache* eben.«

War das möglich? Wusste er von Sophia? Hatte Julian mit ihm darüber gesprochen? Immerhin schien er im Bright Canopy keine Probleme damit zu haben, seine Narben zu entblößen.

»Du weißt davon?« In meiner Stimme schwangen Misstrauen und Neugier mit.

Adrian hob den Deckel des Pizzakartons an und nahm ein Stück heraus. »Ich weiß zumindest von einer Sache.«

»Und von was für einer Sache?«, hakte ich nach.

Er schüttelte den Kopf. »Das kann ich dir nicht sagen.«

»Wieso nicht?«

»Vielleicht wissen wir beide nicht von derselben Sache.«

»Komm schon«, drängte ich.

Erwartungsvoll sah Adrian mich an. »Du zuerst.«

Verflucht, er hatte mich. Ich konnte ihm nicht von Sophia und meiner Vermutung über ihren Unfall erzählen, solange auch nur der Funke einer Möglichkeit bestand, dass er von etwas anderem redete. Julian arbeitete für Samantha und mit den anderen Jugendlichen zusammen. Ich konnte Adrian nicht einfach von seinen privaten Angelegenheiten erzählen. Hätte es für Julian und mich keine Hoffnung mehr gegeben, wäre ich das Risiko womöglich eingegangen. Aber die gab es, und ich wollte ihm keinen Grund liefern, an meiner Loyalität zu zweifeln.

»Und?«, frage Adrian neugierig.

Ich seufzte. »Lass uns essen.«

Ich liebte Adrian. Das war keine neue oder bahnbrechende Erkenntnis, aber gemeinsam mit ihm in dem Versteck unter meinem Bett zu sitzen und Pizza zu essen, führte mir vor Augen, wie groß diese Liebe war und wie sehr ich ihn vermisst hatte. Dabei waren es vor allem die kleinen Dinge, die mich daran erinnerten. Wie die Tatsache, dass er immer zwei Pizzastücke aufeinanderlegte, um sie zu essen. Oder dass er ein Dutzend Kissen brauchte, um es bequem zu haben. Ich hockte praktisch auf dem nackten Boden, während Adrian auf einem flauschigen Daunenberg thronte. In seinem Bett saß er während des Schlafens beinahe aufrecht. Dass er nicht jeden Morgen mit Nackenschmerzen aufwachte, war mir unerklärlich.

»Hast du ein Foto von Keith?«, fragte ich Adrian und rutschte näher an ihn heran, als er sein Handy hervorzog.

Er scrollte einen Moment durch die Galerie, bevor er mir ein Bild zeigte, bei dem es sich eindeutig um einen Schnappschuss handelte. Nichts daran wirkte gestellt. Darauf zu erkennen war Adrian, der lachend einen anderen Mann ansah. Keith' Haare waren schwarz und seine Haut ein paar Nuancen dunkler als die von Adrian. Seine vollen Wangen waren gerötet.

»Er sieht nett aus.«

»Er *ist* nett«, beteuerte Adrian mit einem Lächeln. »Ich habe mir damals eine App runtergeladen, um mich auszuprobieren. Niemals hätte ich gedacht, dass ich dadurch jemanden wie ihn kennenlerne.« In seinen Worten schwang unendlich viel Zuneigung mit.

»Ist er dein erster Freund?«

Adrian nickte. »Mein erster und hoffentlich einziger.«

»Awww, Adrian ist verlie-iebt. Adrian ist verlie-iebt. Adrian ist verlie-iebt«, zog ich ihn mit kindischer Singsangstimme auf, obwohl mir tatsächlich das Herz aufging. Sosehr ich mir auch wünschte, er hätte mir früher von Keith erzählt, so froh war ich darüber, dass er ihn hatte. Vermutlich war er einer der wenigen Gründe, weshalb Adrians Leben in den letzten Monaten keine komplette Shitshow gewesen war. »Du wohnst bei ihm, oder?«

»Ja. Er lebt in einer WG, aber die Jungs sind cool und haben nichts dagegen, dass ich bei Keith übernachte. Wir wollen trotzdem bald ausziehen. Sein Zimmer ist eigentlich zu klein für zwei Leute. Wir müssen nur noch etwas finden, das wir uns leisten können.«

Auf einmal musste ich an etwas denken, das er zuvor gesagt hatte, und noch bevor ich die Entscheidung bewusst getroffen hatte, war ich auf den Beinen, lief ins Wohnzimmer und schnappte mir meine Tasche. Zurück im Versteck, zog ich meinen Geldbeutel und eine Kreditkarte hervor, die ich Adrian reichte. »Hier.«

Er starrte das Stück Plastik an. »Was soll ich damit?«

»Dinge kaufen.«

»Das geht nicht.«

»Red keinen Unsinn.« Ich nahm seine Hand und drückte die Karte hinein. »Die Abrechnung geht direkt an Mom und Dad. Das ist das Mindeste, was sie für dich tun können. Nur bitte keine Pornos kaufen.«

»Ich halte das für keine gute Idee.«

»Nimm sie. Ich habe noch zwei weitere.«

»Wenn Mom und Dad das mitbekommen –«

»Werde ich mich darum kümmern«, unterbrach ich ihn. »Mach dir deswegen keine Sorgen. Was sollen sie schon machen? Rausschmeißen können sie mich nicht mehr, und die Wohnung hier läuft auf meinen Namen. Ein Geschenk zum Studienanfang.«

Er zögerte noch einen Moment, dann steckte er die Karte ein. »Danke.«

»Gern. Und wo wir schon bei unseren Eltern sind … Was sollen wir ihnen sagen?«

Adrian, der sich gerade wieder seiner Pizza hatte widmen wollen, blickte zu mir auf. Ein verständnisloser Ausdruck lag in seinen Augen. »In Bezug auf was?«

Ich starrte ihn an. »Dich.«

»Ähm, gar nichts?«

»Aber du bist wieder zurück«, stellte ich das Offensichtliche fest.

»Das müssen sie nicht wissen.«

»Du willst es ihnen nicht sagen?«, fragte ich irritiert. Er wollte nicht mit unseren Eltern sprechen? Gar nicht? Hatte er die Familie, an die ich mich festgeklammert hatte, längst abgeschrieben?

»Nein.«

Ich legte das Pizzastück, in das ich gerade hineingebissen hatte, zurück in den Karton. Mir war der Appetit vergangen. Um Zeit zu schinden, griff ich nach meinem Glas. Die Cola kribbelte in meiner Kehle, aber ich schmeckte sie nicht wirklich. Angestrengt versuchte ich zu begreifen, was Adrian da sagte. Er wollte keinen Kontakt zu unseren Eltern. War damit alles, was ich in den letzten Monaten auf mich genommen hatte, umsonst gewesen? Jeder Kompromiss? Jede Diskussion? Jeder Streit? Ich hatte immer gewusst, dass es schwer werden würde, dass unsere Eltern engstirnig waren, aber mir war kein einziges Mal der Gedanke gekommen, dass Adrian derjenige sein könnte, der alle Brücken zum Einsturz brachte.

»Und was ist, wenn sie sich bei dir entschuldigen?«

Adrian verdrehte die Augen. »Das glaubst du doch selbst nicht.«

»Aber was, wenn doch?«, beharrte ich. »Würdest du ihnen verzeihen?«

Adrian holte tief Luft und stieß sie geräuschvoll wieder aus. »Keine Ahnung.« Er schüttelte den Kopf. »Vielleicht. Ich weiß nicht.«

Das war immerhin kein endgültiges Nein.

»Vor deinem Outing waren sie als Eltern doch ganz okay, oder? Sie haben sich immer um uns bemüht und uns jeden Wunsch erfüllt.«

Er nickte zögerlich.

»Ich finde, du solltest ihnen noch eine Chance geben«, sagte ich, und obwohl es stimmte, hörten sich die Worte verkehrt an. Als würde ich beim Tauziehen am falschen Ende stehen.

Nachdenklich schürzte Adrian die Lippen. Er sah von mir zu Boden und dann wieder zu mir. »Einverstanden.« Er seufzte schwer, als könnte er selbst nicht glauben, dass er das sagte. »Aber ich komme nicht mit. Rede mit ihnen. Wenn sie zu einer anständigen Unterhaltung bereit sind, mich nicht beschimpfen und bekehren wollen … von mir aus.«

»Und du willst sicher nicht bleiben?«, fragte ich Adrian und setzte meinen besten Hundeblick auf – große Augen, die Unterlippe vorgeschoben. »Du darfst auch in meinem Hochbett schlafen.«

Adrian lachte. »Verführerisches Angebot, aber Keith wartet auf mich.«

»Er kann auch hier übernachten.«

»Micah …«

Ich seufzte. »Schon in Ordnung, lass mich nur wieder allein.«

»Netter Versuch, aber darauf fall ich nicht rein. Wir sehen uns.« Adrian gab mir zum Abschied einen Kuss auf die Stirn und eilte die Treppe nach unten.

Ich lauschte seinen polternden Schritten, ehe ich die Tür schloss. Wir hatten bis in die Nacht geredet, und hätte Keith ihm keine Nachricht geschickt, hätten wir wahrscheinlich noch bis zum Morgengrauen weitergequatscht.

Ich war viel zu aufgedreht von den Gesprächen mit Adrian, um an Schlaf zu denken, also beschloss ich, noch etwas zu zeichnen und die neusten Skizzen der *Albtraumlady* auszuarbeiten. Suchend blickte ich mich nach meinem Tablet um. Ich entdeckte es auf dem Küchentresen, doch gerade als ich das Zeichenprogramm öffnen wollte, klopfte es an der Tür. Hatte Adrian seine Meinung doch geändert?

Es war allerdings nicht mein Bruder, der vor meiner Tür stand, sondern Julian; obwohl es nach Mitternacht war und er am nächsten Morgen um fünf rausmusste, um Regale einzuräumen. Er trug noch immer dieselbe Jeans und dasselbe Hemd wie am Nachmittag bei Bright Canopy.

»Hey.«

Ich verschränkte die Arme vor der Brust und konnte spüren, wie das Hoch, das mir das Wiedersehen mit Adrian beschert hatte, bei Julians Anblick schlagartig abklang. »Was willst du hier?«

»Ich wollte nachsehen, wie es dir geht. Und mit dir reden.«

»Jetzt?«

Er nickte. »Wenn das für dich in Ordnung ist?«

Das trotzige Kind in mir wollte den Kopf schütteln. Tagelang war er mir aus dem Weg gegangen. Er hatte mich im Zelt einfach sitzen lassen und mir verheimlicht, dass er für Samantha arbeitete. Doch mein Wunsch nach Antworten und meine Sehnsucht nach Aussöhnung waren größer als mein Trotz.

Ich trat beiseite. »Komm rein.«

»Danke.« Julian schloss die Tür hinter sich. »Wie war es mit Adrian?«

Ich setzte mich auf die Couch. »Gut.«

»Konntet ihr euch aussprechen?«

»Yep.«

Julian nahm neben mir Platz. »Okay, du möchtest anscheinend nicht darüber reden.«

Doch, das wollte ich. Ich wollte ihm alles über Adrian erzählen, und ich wollte alles über Ian hören, was er wusste. Aber zuerst galt es die Dinge zu klären, die zwischen uns standen. Ich zog die Beine an den Oberkörper und verschanzte mich hinter meinen Knien wie hinter einer Festung.

Julian seufzte. »Hat dir Adrian erzählt, was ich bei Bright Canopy mache?«

Ich schüttelte den Kopf. »Nicht wirklich. Wir hatten andere Dinge zu klären.«

»Verstehe.« Julian nickte, und seine Mundwinkel hoben sich leicht.

Ich konnte mir seinen erleichterten Gesichtsausdruck nicht erklären – bis ich auf einmal begriff, warum er wirklich hier war. Dieser Bastard!

»Ich fass es nicht!« Ich stieß ein abgehacktes Lachen aus. »Du bist hier, um sicherzugehen, dass Adrian dein Geheimnis nicht ausgeplaudert hat. Nicht wahr? Dir geht es gar nicht um mich, sondern nur um dich.«

»Das stimmt nicht!«

Ich hob skeptisch eine Augenbraue. »Wirklich nicht?«

»Okay, vielleicht doch. Ein bisschen. Aber ich bin nicht nur deswegen hier«, versprach Julian und ließ die Schultern hängen. Mit einer fahrigen Geste fuhr er sich über das Gesicht, als wäre es ihm lieber gewesen, das Gespräch nicht von Angesicht zu Angesicht führen zu müssen. »Ich wollte mich entschuldigen. Für die Sache, die im Zelt passiert ist. Es war nicht richtig von mir, einfach wegzurennen. Und es tut mir auch leid, dass ich dir die Tage danach aus dem Weg gegangen bin. Ich war einfach überfordert, und es tut mir leid, wenn dich das verletzt hat.« Seine Worte klangen aufrichtig, als würde er sie selbst tatsächlich glauben, aber das warme Gefühl, das sie vermutlich bei mir hätten auslösen sollen, blieb aus.

»Entschuldigung angenommen, aber … das reicht nicht«, sagte ich. »Wir können nicht weitermachen, als wäre nichts passiert. Also auch auf die Gefahr hin, dass du gleich wieder wegrennst: Warum darf ich deine Narben nicht sehen?« Die Frage war nur die Spitze des Eisbergs. Genauso gut hätte ich mich erkundigen können, weshalb er mir nichts von Bright Canopy erzählt hatte oder warum er sich weigerte, über Sophia zu sprechen. Doch ich wollte Julian nicht wieder in die Enge treiben. Das hatte ich auf Cassies Geburtstag getan, und wir beide wussten, wohin es geführt hatte. Eines nach dem anderen.

»Diese ganze Sache ist nicht so einfach für mich.«

Ich konnte die Verunsicherung in seinen Augen erkennen. »Warum?«

»Das ist schwer zu erklären.«

»Liegt es an mir?«

»Nein, überhaupt nicht«, antwortete Julian mit einer Entschlossenheit, als wäre der Gedanke völlig abwegig. »Du bist mir wirklich wichtig, Micah. Und ich habe nicht gelogen, als ich gesagt habe, dass ich dir vertraue.«

Ich schluckte schwer. »Dann beweis es mir doch bitte.«

Er sah an seinem Körper hinab, bevor er mit einer Hand über seine Brust und die Stelle strich, an der die große Narbe unter seinem Herzen saß.

Ich fragte mich, in welchem Rhythmus es in diesem Moment schlug.

»Geht es dir nur darum, mich nackt zu sehen?«

»Überhaupt nicht.« Ich schüttelte den Kopf und rückte ein klein wenig näher an ihn heran. »Ich habe nur das Gefühl, dass du etwas vor mir versteckst. Und ich verstehe nicht, warum, wenn du mir doch vertraust. Mich stören deine Narben nicht.«

»Ich …«, setzte Julian an, verstummte aber, bevor er einen neuen Anlauf wagte. »Sie sind nicht schön anzusehen.«

»Na und? Das ist nicht schlimm«, versicherte ich ihm, stritt seine Aussage jedoch nicht ab. Wir wussten beide, wie seine Narben aussahen, und ich würde sie nicht schönreden. Natürlich wünschte ich mir, er hätte sie nicht, aber vor allem weil das bedeutet hätte, dass es den Unfall niemals gegeben hatte. »Sie sind ein Teil von dir, und selbst wenn du damit nicht The Sexiest Man Alive wirst, was soll's? Mit meinen unterschiedlich großen Brüsten werde ich sicherlich auch nie Miss America.«

»Das ist nicht dasselbe.«

»Wirklich nicht?«, fragte ich herausfordernd, obwohl er natürlich recht hatte. Für ihn waren es nicht einfach nur irgendwelche Narben. Es waren Erinnerungen. Schmerzhafte Erinnerungen. »Ich bin deswegen genauso unsicher, aber das hat mich nicht davon abgehalten, mit dir zusammen zu sein.«

»Ja, aber am Abend war es im Zelt dunkel.«

Tag. Nacht. Hell. Dunkel. Das spielte keine Rolle. Es war nur eine weitere Ausrede, aber so einfach ließ ich ihn nicht davonkommen. Noch bevor ich den Gedanken zu Ende denken konnte, griff ich nach meinem Shirt und zog es mir über den Kopf, sodass ich nur noch im BH vor Julian saß. Jedoch nicht lange. Als Nächstes öffnete ich den Verschluss am Rücken. Er sprang auf, und ich ließ die Träger des BHs nach unten gleiten. Kühle Luft streifte meine Haut, und meine Brustwarzen richteten sich auf. Kalt war mir trotzdem nicht, nicht unter Julians Blicken.

Fassungslos starrte er mich oder vielmehr meine Brüste an. Seine Lippen standen offen, seine Pupillen waren geweitet.

Ich erschauderte. Doch trotz meiner Blöße fühlte ich mich nicht entblößt, denn was ich gesagt hatte, stimmte. Ich vertraute Julian, und ich vertraute auf das, was wir hatten: uns.

Schließlich räusperte er sich. »Die … die sind gar nicht unterschiedlich.«

»Doch.« Ich sah an mir herab. »Die linke ist etwas kleiner, aber das Piercing lenkt davon ab.«

»Ist mir bisher gar nicht aufgefallen.« Seine Stimme klang heiser. Er sah mir noch immer nicht in die Augen.

Meine Haut begann unter seiner Musterung zu kribbeln, und zwischen meinen Beinen spürte ich ein ziehendes Verlangen. »Julian?«

Der eindringliche Tonfall meiner Stimme ließ ihn aufsehen. »Ja?«

Ich lächelte. »Zieh dich aus.«

Er wurde vollkommen ruhig. Die Lippen zu einem schmalen Strich zusammengepresst, ließ er seinen durchdringenden Blick auf mir ruhen. Er regte sich nicht, aber zumindest hatte er mir meinen Wunsch auch nicht sofort abgeschlagen.

Ich rutschte noch näher an ihn heran, bis ich direkt neben ihm saß. Langsam hob ich die Hände und griff nach dem ersten Knopf seines Hemdes. Mit ruhigen Fingern, die nichts von meiner inneren Anspannung verrieten, öffnete ich ihn. Julian ließ mich gewähren. Ihn auf diese Weise auszuziehen hatte eine Intimität, die mir bisher vollkommen fremd gewesen war. Ich hatte in meinem Leben noch nicht viele Männer ausgezogen, und wenn, war es immer stürmisch und ungeschickt gewesen, ein Ausbruch von Hormonen, gepaart mit der Angst, von den Eltern erwischt zu werden. Doch heute, mit Julian, gab es keine Hektik. Es ging nicht um Sex, sondern um uns, und wir hatten alle Zeit der Welt. Zeit, Erinnerungen zu schaffen, an denen wir uns festhalten konnten.

Ich streifte ihm das Hemd von den Schultern. Das erste Mal überhaupt sah ich seine Narben aus der Nähe. Die vernarbte Haut an seinem linken Unterarm erinnerte mich an die Manschetten von *Wonder Woman*. Sie war nicht ebenmäßig gerötet, sondern bestand aus helleren und dunkleren Flecken. Zudem war sein Arm an dieser Stelle dünner, als wäre nicht nur seine Haut verletzt worden, sondern auch die darunterliegende Muskulatur. Ohne den Blick abzuwenden, hob ich die Hand, ließ die Finger aber nur über der Narbe schweben, ohne sie zu berühren. Ich konnte spüren, wie Julian mich beobachtete, skeptisch und voller Misstrauen, aber er machte keine Anstalten zurückzuweichen. Mein Herzschlag beschleunigte sich, und ich glaubte beinahe, auch ein nervöses Pochen aus Julians Brust zu hören. Mit Bedacht legte ich meinen Zeigefinger auf die Narbe. Als Julian scharf die Luft einsog, glaubte ich einen Moment lang, er würde aufspringen und davonlaufen.

Er tat es nicht.

Sanft strich ich über die vernarbte Haut. Sie fühlte sich anders an, als ich erwartet hatte, weicher, geradezu samtig, und trotz der sichtbaren Unebenheiten erstaunlich glatt, wie ein Stück Plastik. Ohne Julian loszulassen, musterte ich seine anderen Male. Es gab noch den länglichen Schnitt, der unterhalb seines Herzens begann, von dort quer über seine Brust verlief und die Haut leicht verzog, wodurch seine Nippel etwas schief saßen. Mehrere kleine Narben unterhalb seines Bauchnabels lagen so tief, dass sie im Bund seiner Hose verschwanden – genau wie die feinen Härchen, die in einem schmalen Pfad von seinem Nabel nach unten verliefen. Ich musste mir eingestehen, dass es schwer war, seine Wunden nicht anzustarren. Niemand, den ich kannte, besaß solche Narben, aber sie machten ihn in meinen Augen keineswegs hässlich. Und sie hielten mich nicht davon ab, mir vorzustellen, wie es wäre, seinen flachen Bauch mit meinen Lippen zu erkunden.

Ich erlaubte mir noch einen Moment, ihn zu betrachten, dann beugte ich mich vor und küsste seine Schulter. Er sog scharf die Luft ein und hielt sie an, während ich meinen Mund über sein Schlüsselbein gleiten ließ. Ich leckte über die kühle Haut, die unter meinen Lippen immer wärmer wurde. Julian erschauderte unter meinen Liebkosungen. Obwohl mich seine Narben kein bisschen störten, umging ich sie, weil ich ahnte, dass es ihm unangenehm gewesen wäre.

Als er meine Arme packte, fürchtete ich eine Sekunde lang, er könnte mich von sich schieben, doch stattdessen hob er mich an, damit sein Mund meinen finden konnte. Es gab kein langsames Herantasten. Dieser Kuss war direkt. Ehrlich. Und ich hoffte, Julian konnte spüren, wie dankbar ich ihm für sein Vertrauen war.

Er schlang die Arme um mich, und unsere nackten Oberkörper berührten sich. Haut an Haut. Doch statt Lust entfachte die Nähe ein anderes, wärmeres Gefühl in meiner Brust. Ich wollte jetzt nicht mit ihm schlafen, sondern einfach nur gehalten werden und diesen Moment der Vertrautheit genießen, den wir gerade geschaffen hatten.

30. Kapitel

»Du schaffst das«, murmelte ich und wischte mir die feuchten Hände am Stoff meines Kleides ab.

Warum fühlte sich dieser Besuch bei meinen Eltern an, als müsste ich die wichtigste Prüfung meines Lebens ablegen? Mein Herz pochte wie wild, mein Atem ging viel zu schnell, und mein Deo hatte bereits auf halber Strecke versagt. Ich hob den Arm und sah einen feuchten Fleck unter meiner Achsel. *Großartig*. Warum hatte ich ausgerechnet ein helles Kleid anziehen müssen? Ich fächerte Luft auf die dunkle Stelle, auch wenn das nichts brachte. Vielleicht hatte ich Glück und der Abdruck würde meine Mom so sehr ablenken, dass sie überhaupt nicht auf das achtete, was ich zu sagen hatte.

Ich stand seit einer Viertelstunde in der Einfahrt der Villa – und war immer noch zu früh dran. Wohl das erste Mal in meinem Leben. Ich hätte einfach hineingehen und es hinter mich bringen sollen, aber ich war wie gelähmt vor Angst. Immer und immer wieder ging ich in Gedanken durch, was ich die ganze Woche über geprobt hatte. Alles hing von diesem Moment ab. Wenn ich sie nicht zur Vernunft brachte und zu einem zivilisierten Treffen mit Adrian überredete, war es vorbei. Ich konnte mich nicht daran erinnern, mir jemals im Leben etwas sehnlicher gewünscht zu haben. Meine Freunde und meine Familie waren das Wichtigste für mich, und es brach mir das Herz zu sehen, wie die drei bedeutendsten Menschen in meinem Leben getrennte Wege gingen. Vor allem da mir klar war, dass auch ich mich für einen würde entscheiden müssen. Und mehr denn je wusste ich, wen ich begleiten würde.

Die vergangene Woche, in der ich viel Zeit mit Adrian verbracht hatte, hatte mir vor Augen geführt, wie unglücklich er in den Monaten oder sogar Jahren vor seinem Coming-out gewesen war. Die Verzweiflung und die Verbitterung hatten sich so langsam in sein Leben und seine Persönlichkeit geschlichen, dass ich es überhaupt nicht bemerkt hatte. Nun allerdings erkannte ich die Veränderungen deutlich. Adrian war in den fünf Monaten seines Verschwindens ein anderer Mensch geworden. Glücklicher. Gelassener. Hoffnungsvoller. Bei Keith war er wieder aufgeblüht, während unsere Eltern und ihre Welt ihn hatten vertrocknen lassen.

Die Erkenntnis brachte mich beinahe dazu, den Wagen wieder anzulassen und nach Hause zu fahren. Aber ich hatte zu lange für diese Familie gekämpft und zu viel für sie geopfert, um jetzt einfach aufzugeben. Ich musste zumindest versuchen, Mom und Dad für Adrian zu gewinnen. Sie mussten sich nur bereit erklären, ihn zu treffen. Wenn sie das taten, würden sie mit eigenen Augen sehen, was sie beinahe verloren hätten.

Energisch öffnete ich die Tür meines Wagens, schnappte mir meine Handtasche vom Beifahrersitz und stöckelte auf den Eingang der Villa zu, die mir mit jedem Besuch größer und leerer erschien.

Bevor ich eine Chance hatte zu klingeln, öffnete mir Rita bereits die Haustür. »Na endlich«, sagte sie mit einem Schnalzen der Zunge. »Ich habe mich schon gefragt, wie lange du noch im Auto sitzen bleiben willst.«

»Ich musste mir noch etwas Mut machen.«

Rita riss die Augen auf. »Ist etwas passiert? Bist du schwanger?«

»Nein.«

»Brauchst du einen Anwalt?«

Ich lachte. »Wow, dann bin ich also schwanger *oder* kriminell. Vielleicht hab ich ja ein Baby von der Säuglingsstation geklaut.«

Rita, die meinen Scherz offensichtlich nicht zu schätzen wusste, verzog missbilligend das Gesicht und winkte mich ins Haus. »Deine Eltern sind im Salon. Seit du ihnen geschrieben hast, dass du heute zum Essen kommst, sind sie ganz aufgeregt. Du hättest sie mal in den Tagen nach deinem Abgang erleben müssen. Deine Mom hätte mich beinahe gefeuert, nur weil ich vergessen hatte, ihren Biohonig zu kaufen.« Sie schüttelte resigniert den Kopf, wie eine Mutter, die es mit einem rebellischen Teenager zu tun hatte.

Es tat mir leid, dass Rita meinetwegen den Launen meiner Eltern ausgesetzt gewesen war. Vielleicht sollte ich sie einstellen, meine Wohnung konnte es brauchen. Allerdings war ich mir nicht sicher, ob ich nach dem heutigen Abend noch über die finanziellen Mittel verfügen würde, um sie zu bezahlen.

Ich reichte Rita meine Handtasche und ging in den Salon.

Wie erwartet saß Dad in seinem Ledersessel, ein Glas Whisky in der einen Hand, eine Wirtschaftszeitschrift in der anderen. Mom saß ihm gegenüber auf der Couch und blätterte in einer Mappe, die aussah, als hätte sie sie aus dem Büro mitgebracht. Beide hatten ihre förmliche Arbeitskleidung abgelegt und waren in etwas Bequemeres geschlüpft, sodass ich mich in meinem hellen Donna-Karan-Kleid ausnahmsweise sogar leicht overdressed fühlte.

Mom bemerkte mich zuerst. Ein warmes Lächeln trat auf ihr sommersprossen beflecktes Gesicht. Sie klappte die Mappe auf ihrem Schoß zusammen und stand vom Sofa auf. »Ich hab dich überhaupt nicht klingeln gehört, Michaella.«

»Rita hat mich kommen sehen.«

Mom umarmte mich. Der vertraute Geruch ihres Parfüms stieg mir in die Nase, und zum ersten Mal, seit ich am Morgen aufgewacht war, hatte ich das Gefühl, dass der Abend womöglich doch nicht in einer Katastrophe enden würde.

Ich erwiderte die Geste, ehe ich zu meinem Dad hinüberging, der seine Zeitung weggelegt hatte, und ihm einen Kuss auf die Wange drückte.

»Hallo, Schatz«, begrüßte er mich. »Wie geht's dir?«

Ich zuckte mit den Schultern. »Ich kann mich nicht beklagen.«

»Was macht die Wohnung?« Er klang ehrlich interessiert.

Ich entspannte mich ein wenig und setzte mich neben Mom, die wieder auf der Couch Platz genommen hatte. »Die ist endlich fertig eingerichtet. Ich muss mir noch etwas Deko kaufen, aber das hat Zeit.«

»Hast du Fotos?«

»Ja, auf dem Handy, aber das steckt in meiner Handtasche. Ich zeig sie euch später.«

Mom nickte, und ein Moment des Schweigens trat zwischen uns.

»Was macht die Arbeit?«, fragte ich unbedarft. Die Antwort hätte mich nicht weniger interessieren können, aber etwas Small Talk konnte nicht schaden, bevor ich auf das Wesentliche zu sprechen kam.

Die beiden erzählten mir von einem Fall, an dem sie derzeit gemeinsam arbeiteten. Für gewöhnlich teilten sie ihre Klienten untereinander auf, aber anscheinend hatte eine der Firmen, die sie vertraten, einen besonders großen Klumpen Dreck am Stecken, sodass sie beide gefragt waren.

Höflich erkundigte ich mich, wie die Zusammenarbeit lief.

Die beiden tauschten einen raschen Blick und lächelten sich

dabei auf eine Weise an, die deutlich zeigte, wieso sie seit zwanzig Jahren verheiratet waren. Wie konnte es sein, dass zwei so glücklich verliebte Menschen ihrem Sohn seine Liebe nicht gönnten?

Sie redeten noch eine Weile über den Fall. Irgendwann begannen sie zu fachsimpeln, und ich stieg aus der Unterhaltung aus, bis Rita uns zum Essen holte und meine Mom das Wort an mich richtete.

»Jesper Whitley hat nach dir gefragt«, sagte sie und streute etwas Salz über den Tomaten-Feta-Salat, den es als Vorspeise gab.

Ich runzelte die Stirn. »Hat er?«

»Ja.« Lügnerin. Okay, vielleicht hatte Jesper tatsächlich nach mir gefragt, aber wenn er es getan hatte, dann sicherlich nicht mit der Absicht, die meine Mom zu suggerieren versuchte. »Du solltest dich mit ihm treffen.«

»Um was zu tun?«

»Ihn näher kennenzulernen. Ihr wärt ein süßes Paar.«

Ich rümpfte die Nase. »Kein Interesse.«

»Wieso nicht?«, fragte Dad, der sich gezielt die Feta-Stückchen aus dem Salat pickte. »Er kommt aus einer guten Familie. Außerdem ist er gebildet, attraktiv und erfolgreich.«

»Und er hat über deinen furchtbaren Witz gelacht«, ergänzte Mom.

»Dann trefft *ihr* euch doch mit ihm.« Ich deutete mit der Gabel abwechselnd auf meine Eltern. »Polygame Beziehungen sollen inzwischen große Akzeptanz finden.«

Mom schnaubte empört. »Mach dich nicht über uns lustig. Wir meinen es ernst. Es war nicht in Ordnung, dich bei unserem letzten Abendessen mit Jesper zu überfallen, aber er ist wirklich ein lieber Junge.«

Sie klang erstaunlich aufrichtig, weswegen ich mir einen

weiteren sarkastischen Spruch verkniff. Stattdessen antwortete ich ehrlich. »Ich treffe mich schon mit jemandem.«

Neugierig hob Mom die Augenbrauen. »Wirklich?«

»Yep.«

»Wie heißt er?«, fragte Dad skeptisch.

Kurz überlegte ich zu behaupten, dass ich eine Frau datete, nur um ihre Reaktion zu sehen. Aber ich wollte sie nicht aus der Fassung bringen, bevor ich die Adrian-Bombe platzen ließ. »Julian.«

»Wo habt ihr euch kennengelernt?« erkundigte sich Mom. Sie klang noch immer misstrauisch, als hätte ich Julian nur erfunden, um ihrer Verkupplungsaktion mit Jesper zu entgehen.

»Er wohnt in der Wohnung nebenan.« Ich hielt es nicht für die beste Idee, ihr ausgerechnet jetzt zu offenbaren, dass er der Kellner war, den sie damals auf der Party gefeuert hatte. »Außerdem studiert er auch am MFC.«

»Welches Fach?«

»Architektur.«

»Tatsächlich?« Es war nur ein flüchtiger Blick, den meine Eltern wechselten, aber ich wusste genau, was er zu bedeuten hatte. »Habt ihr gemeinsame Vorlesungen?«

»Nein.« Den Kurs in Aktzeichnen bei Hopkins ließ ich unter den Tisch fallen. Ich war nicht offiziell eingeschrieben, und die letzten Male hatte ich ohnehin verpasst.

»Werden wir ihn irgendwann kennenlernen?«

»Vielleicht.« Das hing unter anderem von den nächsten Minuten ab. Ich räusperte mich. *Jetzt oder nie.* »Adrian hat ihn bereits kennengelernt.«

Meine Eltern erstarrten. Sie verharrten so regungslos, als hätte man sie auf Leinwand gebannt.

Erst nach einigen Sekunden hob Mom langsam den Kopf. Sie sah mich an. Ihr Gesicht war vollkommen leer. Die Augen schreckgeweitet. »Adrian?« Ihre Stimme klang hohl. »Adrian, dein Bruder?«

»Nein, Adrian, mein Wahrsager.« Ich verdrehte die Augen. »Natürlich mein Bruder. Euer Sohn«, erinnerte ich sie, weil ich fand, dass das nicht oft genug betont werden konnte. »Er hat sich Anfang der Woche bei mir gemeldet, und wir haben uns getroffen.«

Mom nickte knapp. »Schön.«

Ich starrte sie an. Wartete darauf, dass sie noch etwas sagen, irgendetwas fragen würde wie: *Wie geht es ihm? – Hat er sich nach uns erkundigt? – Wo lebt er jetzt?* Aber sie schwieg.

Ich wandte mich an Dad. Vielleicht hatte es ihm nur die Sprache verschlagen. Doch auch er hatte die Lippen fest verschlossen, zu einem dünnen Strich zusammengepresst.

Eine Gänsehaut kroch mir über die Arme, unter die Haut und nistete sich kalt in meiner Brust ein. Ich krampfte die Finger um die Gabel in meiner Hand. Das konnte unmöglich ihr Ernst sein. Ich hatte nicht erwartet, dass sie in Jubel ausbrechen würden, aber nachdem sie monatelang nicht gewusst hatten, wie es ihrem Sohn ergangen war, hatte ich zumindest mit einem Hauch Erleichterung gerechnet. Und sei es nur der Menschlichkeit wegen.

»Es geht ihm gut«, sagte ich, meine Stimme so hölzern wie die Gefühle meiner Eltern. Sie war das einzige Geräusch im Raum. Nur von nebenan war das gedämpfte Klackern und Klirren zu hören, das Rita mit Geschirr und Töpfen verursachte. »Er wohnt jetzt in einer WG. Nebenbei jobbt er in einem Laden für Tierbedarf. Nachdem ich ihm erzählt habe, dass Julian einen Kater hat, hat er ihm eine elektrische Maus mitgebracht, die von selbst über den Boden rollt.«

Ich legte eine Pause ein, um meinen Eltern Zeit zu geben, auf das Gesagte zu reagieren. Mit angehaltenem Atem wartete ich darauf, dass einer von ihnen das Wort ergriff, und sah zwischen den beiden hin und her. Der Druck in meiner Kehle wurde immer stärker, doch ich atmete noch nicht aus. Wartete. Bis das Brennen in meinem Hals und meinem Herzen nicht mehr auszuhalten war. Wie hatte ich nur glauben können, dass es dieses Mal anders laufen würde?

»Was stimmt bloß nicht mit euch?«, keuchte ich und ließ meine Gabel neben den Teller fallen. »Ich erzähle euch, dass *euer* Sohn – *mein* Zwillingsbruder – zurück ist, nachdem er monatelang verschollen war und wir nicht gewusst haben, ob er überhaupt noch am Leben ist. Und ihr habt nichts zu sagen außer ›Schön‹? Das Wetter ist schön. Blumen sind schön. Hayley von Paramore ist schön. Dass Adrian zurück ist, ist ein beschissenes Wunder. Ihr habt keine Ahnung, was er in den vergangenen Jahren aushalten musste, und dann habt ihr –«

»Michaella!«, fiel mir Dad schroff ins Wort. »Hör auf. Wir wollen das nicht hören.« Er starrte mich an, den Kiefer angespannt, die Augen dunkel vor Wut. Ich konnte mich nicht erinnern, dass er mich jemals so angesehen hatte. So enttäuscht. »Wie sind deine Prüfungen gelaufen?«

»Du willst einfach so das Thema wechseln?«

Wortlos erwiderte er meinen Blick.

Na schön. »Ich bin durchgefallen«, keifte ich. Okay, das stimmte nicht. Ich hatte die Ergebnisse noch nicht erfahren, aber wem machte ich hier etwas vor? Ich hatte in den Prüfungen kaum etwas geschrieben, und sämtliche Aufsätze, die ich eingereicht hatte, waren zu kurz und nur schlampig recherchiert gewesen. Aliza hatte noch versucht, mich zu motivieren, aber ich hatte es einfach nicht über mich gebracht, mir mehr Mühe zu geben.

»Welches Fach?« Mom klang weniger aufgebracht, als ich

erwartet hatte. Vielleicht hatte mein Kommentar zu Adrian doch einen Nerv getroffen.

Zuckersüß lächelte ich sie an. »Alle.«

»Du bist durch *alle* Fächer gefallen?«, fragte mein Dad schockiert.

Ich nahm mir eines der frisch gebackenen Brötchen und zupfte den Teig auseinander. »Ja.«

Verständnislos schüttelte er den Kopf. »Wie konnte das passieren?«

»Ich habe da einige Theorien«, sagte ich nachdenklich. »Aber vermutlich liegt es wohl vor allem daran, dass mir Jura ungefähr so egal ist wie euch euer Sohn.«

»Michaella!«, fauchte mein Dad erneut, und ich fragte mich, ob es sich lohnen würde, ein Trinkspiel daraus zu machen. Jedes Mal, wenn er schockiert meinen Namen rief, mussten alle einen Shot trinken. »Es reicht! Wie deutlich müssen wir noch werden? Wir möchten nicht über Adrian reden und auch nichts über ihn hören.«

»Und ich möchte nichts über Jesper, eure Freunde oder eure Scheiß-Anwaltskanzlei hören.« Ich zuckte leichthin mit den Schultern, obwohl ich in Wirklichkeit viel lieber meinen Teller gegen die Wand geschleudert hätte. Aber die Sauerei hätte Rita wegputzen müssen. »Da stecken wir wohl in einer Zwickmühle. Aber hey, lasst uns doch über Julian reden. Wusstet ihr, dass er in einem LGBTQ-Zentrum arbeitet? Ziemlich cool. Vielleicht melde ich mich als Freiwillige. Könntet ihr euch das vorstellen? Ich meine, dort zu arbeiten. Oder seid ihr dafür doch ein klein wenig zu homophob?« Ich stützte das Kinn in eine Hand und sah sie erwartungsvoll an. Vielleicht hätte ich wütender sein sollen. Aufgebrachter. Empörter. Aber ich war einfach nur müde. Erschöpft von der Reaktion meiner Eltern, die mich, wenn ich ehrlich war, noch nicht einmal wirklich überraschte. Ich hatte all meine Hoffnungen darauf gesetzt, dass sie in dem Moment, in dem es drauf ankam, die richtige Entscheidung für unsere Familie trafen. Warum? Ich war so naiv gewesen. Sie hatten mir in den vergangenen Wochen nicht einen einzigen Hinweis darauf gegeben, dass sie überhaupt dazu in der Lage waren, die richtige Entscheidung zu treffen. Wie auch? Sie waren zu engstirnig, kleingeistig und vollkommen verblendet vom Funkeln ihrer Goldmünzen.

Dad blähte die Nasenflügel, und Mom hatte die Augen so weit aufgerissen, dass ich fürchtete, sie könnten ihr aus den Höhlen und auf den Teller fallen. Keiner von beiden antwortete mir.

»Ich hab euch eine Frage gestellt«, sagte ich.

In diesem Moment platzte Mom der Kragen. »Wie kannst du es wagen, so mit uns zu reden?«, keifte sie, die Hände auf dem Tisch zu Fäusten geballt. »Ich habe mehr von dir erwartet, Michaella. Haben wir dir in den vergangenen achtzehn Jahren nicht alles gegeben, was du wolltest? Wir haben dir sogar erlaubt, aufs MFC zu gehen, und dir diese Wohnung gekauft, weil *du* es so wolltest. Wir haben deine Entscheidung akzeptiert, also akzeptiere auch unsere.«

»Nein.«

Das untere Augenlid meiner Mom begann zu zucken. »Nein?«

»Nein«, wiederholte ich so eindringlich, wie es nur möglich war, obwohl meine Kehle mit dem wachsenden Gefühl der Verzweiflung immer enger wurde. Dieses Gespräch würde kein gutes Ende nehmen, ich wusste es einfach. »Ich werde nicht hier sitzen, lächeln und so tun, als wäre nichts, während alles um uns herum in Flammen aufgeht. Habt ihr überhaupt eine Ahnung, was ich auf mich genommen habe, um diese

Familie zusammenzuhalten?«, fragte ich, redete jedoch weiter, bevor auch nur einer der beiden die Chance hatte zu antworten. »Ihr seid genauso egoistisch wie Adrian und tut so, als wärt ihr die Einzigen in diesem Raum, die Opfer haben bringen müssen. Ja, ihr habt mir die Wohnung gekauft, und ja, ich studiere am MFC und nicht in Yale. Aber ich studiere Jura – für *euch*. Weil es *euch* glücklich macht, nicht mich. Ich hasse Jura. Ich hasse, hasse, hasse es. Aber irgendwie hätte ich mich durch diese acht Semester gequält, um euch stolz zu machen und später die Kanzlei zu übernehmen. Ich wollte eine gute Tochter sein. Eine Tochter, auf die ihr gern das Scheinwerferlicht richtet, damit Adrian er selbst sein kann, ohne dass ihr Angst um den Ruf eurer wertvollen Firma haben müsst – was übrigens Bullshit ist. Jeder kann erfolgreich sein. Scheiß aufs Geschlecht. Scheiß auf die Sexualität. Trotzdem war ich bereit, mich irgendwie diesem lächerlichen Denkmuster anzupassen. Für euch. Für Adrian. Aber euch ist das egal. Ihr lehnt euch in aller Seelenruhe zurück und seht dabei zu, wie ich für diese Familie kämpfe, und anstatt mir zu helfen, werft ihr auch noch Steine auf mich und blockt jede Diskussion ab.« Ich hatte mich in Rage geredet. Mir war heiß. Die Schweißflecken unter meinen Armen mussten inzwischen doppelt so groß sein. Mein Atem ging stoßweise, und mein Herz raste wie nach einem Marathon. Nicht dass ich jemals einen gelaufen war. Aber für nichts in der Welt hätte ich die Worte zurückhalten können, die gerade meinen Mund verlassen hatten.

Und meine Eltern? Sagten nichts.

Schließlich stieß Dad ein Schnauben aus. »Red keinen Unsinn, Michaella. Was würdest du denn studieren wollen, wenn nicht Jura? Kunst?« Er lachte. »Du bist vielleicht talentiert, aber kein Professor, nicht am MFC und erst recht nicht in Yale, will deine Comics sehen. Das ist keine Kunst. Das ist

Kinderkram. Also hör endlich auf, dich so lächerlich zu benehmen, und werde erwachsen.«

Mir blieb der Mund offen stehen. »Ich … *ich* benehme mich lächerlich?« Ich deutete auf meine Brust, und Dad besaß tatsächlich die Frechheit zu nicken. *What. The. Fuck?* »Ihr seid diejenigen, die sich lächerlich benehmen. Nur weil meine Zeichnungen in den nächsten fünfzig Jahren vermutlich in keinem Museum landen, sind sie noch lange kein Kinderkram. Aber das versteht ihr natürlich nicht. Wie auch mit euren kleingeistigen Spatzenhirnen? Manchmal wundert es mich, dass ihr zum Feuermachen nicht zwei Steine aneinanderschlagt. Eurem Gerede nach seid ihr irgendwo zwischen Steinzeit und Mittelalter stecken geblieben.«

»Michaella …«, mahnte mein Dad, einen knurrenden Unterton in der Stimme.

Ich ignorierte ihn. »Warum ist es so schlimm, dass Adrian schwul ist? Er ist noch immer derselbe, und nur weil ihr es jetzt wisst, habt ihr euch von einem auf den anderen Tag entschieden, ihn nicht mehr zu lieben? Was läuft in eurem Leben nur verkehrt? Ihr habt diese Familie zerstört.«

»Adrian hat unsere Familie zerstört«, sagte Mom mit der Gelassenheit einer Anwältin, die es gewohnt war, dass man ihr im Gericht die wildesten Anschuldigungen an den Kopf warf. Doch ihre ruhige Stimme konnte nicht über ihren entrüsteten Gesichtsausdruck hinwegtäuschen. Die Fältchen auf ihrer Stirn waren tiefer geworden und der Zug um ihre Lippen härter.

Ich schluckte schwer. »Glaubt ihr das wirklich?«

»Ja«, sagten meine Eltern wie aus einem Mund.

»Und ihr werdet ihn nicht zurück in euer Leben lassen.« Es war keine Frage, sondern eine Feststellung, die das letzte bisschen Sympathie, dass ich bis zu diesem Moment noch für die beiden empfunden hatte, ausradierte.

Mom nickte. »Erst wenn er aufhört, in Sünde zu leben.«

Ich begann zu lachen. Nein, nicht einfach nur zu lachen. Ich brach in schrilles Gelächter aus, obwohl rein gar nichts witzig war. Doch wenn ich nicht gelacht hätte, hätte ich weinen müssen, und meine Eltern hatten es nicht verdient, dass auch nur eine Träne ihretwegen vergossen wurde. Sie waren so scheinheilig. So verlogen. So borniert. Adrian sollte aufhören, *in Sünde zu leben?* Erstens: Seit wann waren sie religiös? Und zweitens: Was war verdammt noch mal mit ihnen los? Sie waren keine schlechten Menschen, zumindest nicht per se, aber man musste kein Genie sein, um sich zusammenzureimen, dass die Firmen und ihre Inhaber, die sie vertraten, nicht gerade dazu beisteuerten, die Welt zu einem besseren Ort zu machen. Ich wollte gar nicht daran denken, wie oft die beiden Ankläger sexueller Übergriffe vor Gericht schon als Lügner dargestellt hatten, um ihre Klienten zu verteidigen. Was also gab ausgerechnet ihnen das Recht, so über Adrians Leben zu urteilen?

Entgeistert starrten mich meine Eltern an. »Was ist so komisch?«, fragte Dad.

Ich schnappte nach Luft, um mein Lachen unter Kontrolle zu bringen. »Ihr.«

Er runzelte die Stirn. »Das verstehe ich nicht.«

Amüsiert schüttelte ich den Kopf und schob meinen Stuhl zurück. Irgendwann kam der Punkt, an dem man sich geschlagen geben musste. Und ich sah ein, dass ich verloren hatte. All meine Bemühungen, diese Familie zusammenzuhalten, waren gescheitert, aber ich konnte immer noch selbst entscheiden, wie ich damit umging. Entweder ich ließ mich davon runterziehen, oder ich klopfte mir selbst dafür auf die Schulter, es zumindest versucht zu haben. Ich entschied mich für Letzteres.

»Wohin gehst du?« Mom sah mich fragend an.
»Nach Hause.«
»Aber … wir sind noch nicht fertig.«
»Doch, das sind wir.«

31. Kapitel

Adrian: *Wie läuft das Essen?*

Ich saß in meinem Wagen vor meinem Wohnhaus und starrte auf die Nachricht, die mir Adrian vor einer halben Stunde geschickt hatte. Was sollte ich ihm antworten? Wie sollte ich ihm sagen, dass ihn die Menschen, die ihn eigentlich bedingungslos lieben sollten, verachteten? Das Schlimmste daran war, dass er unsere Eltern bereits aus seinem Leben gestrichen, ich ihm aber neue Hoffnungen gemacht hatte. Hoffnungen, die ich nun wieder zerstören musste.

Ich begann zu tippen. Löschte die Worte. Startete einen neuen Versuch. Ans Ende des Textes setzte ich ein Emoji. Dann löschte ich ihn wieder, und klickte auf den »Anruf«-Button.

»Sie wollen mich nicht sehen«, antwortete Adrian nach dem zweiten Klingeln. Die Gewissheit in seinen Worten fühlte sich an wie ein Schlag ins Gesicht.

Ich seufzte. »Nein.«

»Was haben sie gesagt?«

Ich ließ den Kopf gegen die Lehne sinken. »Das willst du nicht wissen.«

»So schlimm?« Im Hintergrund hörte ich jemanden etwas murmeln, hoffentlich Keith, der meinen Bruder nach diesem Gespräch in den Arm nehmen konnte.

»Das spielt keine Rolle«, erklärte ich, denn ich würde ihn sicherlich nicht wissen lassen, dass er zurückkommen durfte, sobald er beschloss, nicht mehr schwul zu sein oder seine Sexualität zumindest nicht mehr auszuleben. Er sollte sich für unsere Eltern nicht verbiegen müssen. Und ich sollte das auch nicht mehr tun. »Es tut mir leid, Adrian.«

»Das muss es nicht.« Ich konnte die Tränen in seiner Stimme hören.

Verdammt. Meine Augen wurden ebenfalls feucht. Ich konnte es nicht ertragen, wenn andere Menschen weinten. Schon gar nicht, wenn sie mir nahestanden. »Ich dachte wirklich, sie wären in der Lage, sich zu ändern«, sagte ich schniefend. Eilig wischte ich mir eine Träne von der Wange. »Ich bin so naiv.«

»Du glaubst eben an das Gute im Menschen.«

Ich lachte trocken. »Ist das nicht dasselbe?«

»Nein«, sagte Adrian bestimmt. »Und lass dir das von niemandem einreden.«

Ich nickte, obwohl er es nicht sehen konnte, aber das war vielleicht auch besser. Denn wenn ich ehrlich war, wusste ich nicht, ob es mir gelingen würde, weiterhin an das Gute im Menschen zu glauben. Dafür war ich in letzter Zeit zu oft enttäuscht worden: von ihm, von unseren Eltern, von Julian und von mir selbst. Aber Adrian hatte genug eigene Probleme, ohne dass ich ihm auch noch meine Sorgen auflastete.

»Falls du noch was brauchst, solltest du es schnell kaufen«, sagte ich stattdessen. »Vermutlich sind bis morgen all meine Kreditkarten gesperrt.« Zumindest war das anzunehmen. Meine Eltern schlugen immer dort zu, wo sie glaubten, dass es am meisten wehtat, und das war meistens beim Geld. Zugegeben, der Gedanke, keine finanzielle Unterstützung mehr zu bekommen, machte mir Angst. Mein ganzes Leben hatte ich angenommen, dass Geldsorgen nie zu meinen Problemen gehören würden, aber die Zeiten änderten sich, und zumindest musste ich keine Miete zahlen. Ich bezweifelte, dass meine Eltern mich aus der Wohnung werfen würden, die auf meinen Namen lief. Das konnte zu leicht zu unbequemen Gerüchten führen, die ihrer Kanzlei schaden würden.

»Mach dir keine Sorgen«, sagte Adrian. »Keith und ich kommen zurecht.« Erneut hörte ich jemanden im Hintergrund etwas sagen, dann fragte er: »Möchtest du vorbeikommen?«

»Heute nicht, aber danke.« Ich war nicht in der Stimmung, unter Menschen zu gehen, und schon gar nicht, Keith kennenzulernen. Er war Adrian so wichtig, dass ich auf jeden Fall einen guten Eindruck bei ihm machen wollte, und dazu war ich im Moment nicht in der Lage.

»Schade. Aber vielleicht können wir demnächst zu dritt frühstücken?«

»Unbedingt. Schreibt mir, wann und wo, und ich werde da sein.«

»Cool«, sagte Adrian, und nachdem ich ihm und Keith noch einen schönen Abend gewünscht hatte, legten wir auf.

Ich stopfte mein Handy zurück in die Handtasche. Eine Sekunde überlegte ich, ins Fitnessstudio zu fahren, um auf etwas einzuschlagen und das Training mit Lilly nachzuholen, dass ich in der letzten Woche verpasst hatte. Doch ich war zu erschöpft. Nicht körperlich, aber emotional. Ich wollte mich nur noch hinlegen, durch eine meiner Graphic Novels blättern oder irgendetwas auf Netflix anschauen.

In diesem Moment klopfte jemand an die Scheibe meines Autos.

Ich zuckte vor Schreck zusammen, und wie von selbst legte sich meine Hand auf die automatische Verriegelung. Doch als ich aus dem Fenster sah, erkannte ich, dass es Julian war. Ich öffnete die Tür und stieg aus.

»Hey«, grüßte er mich, seine Stimme kratziger als sonst. Trotz der kühlen Temperaturen trug er nur eine graue Jogginghose und ein zerknittertes T-Shirt, das seine Narbe entblößte. Er war nicht zufällig vorbeigelaufen, sondern meinetwegen hier. »Was machst du hier draußen? Ich hab von meinem Zimmer aus gesehen, dass das Licht in deinem Wagen an ist, und dachte, ich seh lieber nach«, erklärte er mit einem schüchternen Lächeln, das mich direkt ins Herz traf und das brüchige Fundament meiner Gefühle endgültig zum Einsturz brachte.

Ich war mir nicht sicher, wo Julian und ich standen. Da war noch immer so viel Ungesagtes zwischen uns, aber in diesem Moment brauchte ich jemanden, der mich festhielt. Und es gab niemanden, von dem ich lieber gehalten wurde als von ihm.

Ich machte einen Schritt auf ihn zu, bis wir Brust an Brust standen und ich meinen Kopf auf seine Schulter legten konnte. Ich hoffte einfach, er würde mich nicht wegschieben, sondern festhalten, wie er es schon einmal getan hatte.

Herzschläge vergingen, doch schließlich legte er einen Arm um mich und zog mich an sich. Seine Finger lagen sanft und zugleich bestimmend auf meiner Hüfte.

Mit jedem Atemzug nahm ich seinen Geruch von Tannennadeln und Erde wahr, der mir ebenso vertraut war wie die Wärme, die er ausstrahlte. Ich genoss seine Nähe, die mich beruhigte, während so viel Ungewisses vor mir lag.

Nachdem wir eine Weile eng umschlungen dagestanden hatten, gab mir Julian einen Kuss auf die Stirn und sah mich an. »Möchtest du darüber reden?«

Ich schüttelte den Kopf.

»Verstehe«, murmelte er so selbstverständlich, dass ich mich fragte, ob Adrian ihn angerufen hatte. »Möchtest du dir vielleicht einen Film mit mir anschauen?«

Ich sah zu ihm auf. »Einen richtigen Film? Keine Doku?«

Er schmunzelte. »Worauf immer du Lust hast.«

Hand in Hand gingen wir in meine Wohnung. Dort schnappte ich mir meinen Pyjama und verschwand im Badezimmer. Das erschien mir in diesem Moment sicherer, als mich vor Julian auszuziehen.

Ungeschminkt und im Schlabberlook schlüpfte ich zu ihm in mein Versteck. Er hatte es sich bereits bequem gemacht und meinen Laptop auf die Kiste gestellt. Ich startete Netflix und wählte einen Film aus meiner Watchlist aus.

Als ich mich neben Julian setzen wollte, packte er mich und zog mich zwischen seine Beine, bis mein Rücken an seiner harten Brust lehnte. Er schlang die Arme um meine Taille, sodass mir beinahe nichts anderes übrig blieb, als mich in die Berührung fallen zu lassen.

Ich seufzte zufrieden, von dem Streit mit meinen Eltern emotional zu ausgelaugt, um irgendetwas zu hinterfragen. Stattdessen beschloss ich, den Augenblick einfach zu genießen. Wer wusste schon, wie lange er anhalten würde? Als ich meine Hände auf Julians legte, streifte ich mit dem Unterarm seine Narbe. Doch dieses Mal gab er keinen Laut von sich.

Der Film war eine Komödie mit Lucy Liu, die ich seit der ersten Folge *Elementary* vergötterte. Nur leider konnte heute nicht einmal sie meine Aufmerksamkeit bannen. Ohne dass ich es wollte, wanderten meine Gedanken immer wieder zurück zu dem Streit mit meinen Eltern. Hatte ich sie wirklich als *kleingeistige Spatzenhirne* beschimpft? Ich war ziemlich gemein zu ihnen gewesen. Dad hatte mich immerhin noch als *talentiert* bezeichnet, auch wenn er meine Kunst nicht verstand. Vielleicht war ich etwas zu schnell aus der Haut gefahren. Vielleicht … *Nein.* Ich hatte nichts falsch gemacht. Ich war meine Eltern so angegangen, weil sie sich geweigert hatten, über Adrian zu sprechen. Er war keine Leiche, die man im Keller begraben musste.

Unerwartet kitzelte Julians Atem mein Ohr. »Du bist so still.«

»Tut mir leid«, erwiderte ich, ohne den Blick vom Laptop zu lösen.

»Und du willst mir wirklich nicht erzählen, was passiert ist?«

Ich schüttelte den Kopf.

»Lass mich wissen, wenn du deine Meinung änderst.« Er drückte mich fester an sich. Als seine Lippen sanft meine Wange streiften, fragte ich mich, ob es irgendjemandem auffallen würde, wenn wir einfach für immer hier sitzen blieben.

»Wie war es diese Woche bei Hopkins?«, erkundigte ich mich ungeachtet des Films.

»Gut.« Julian schluckte hörbar. »Aber ich hab dich vermisst.«

Ich lächelte. Und weil ich in den letzten Tagen zu einer verdammten Heulboje mutiert war, spürte ich, wie meine Augen abermals feucht wurden. »Ich hab dich auch vermisst.« Uns war beiden bewusst, dass es nicht nur um die Vorlesung heute ging, sondern um die Tage zuvor, an denen wir uns aus dem Weg gegangen waren.

»Micah?«

Ich drehte den Kopf, sodass ich Julians Gesicht erahnen konnte. »Ja?«

»Wir müssen reden.«

Etwas in meinem Inneren verkrampfte sich. »Ich weiß.«

»Es gibt da –« Ein Klingeln schnitt Julian das Wort ab.

Instinktiv tastete ich meinen Körper nach meinem Handy ab, bis mir einfiel, dass ich es im Badezimmer liegen lassen hatte.

Julian löste einen Arm von mir und griff nach seinem Telefon, das er irgendwo neben uns abgelegt hatte.

Ich schielte auf das Display. Eine nicht eingespeicherte Nummer wurde angezeigt.

Seine Eltern, schoss es mir durch den Kopf.

Julian drückte den Anruf weg und legte das Handy zur Seite. »Was ich sagen wollte, war: Es gibt da etwas, das du über mich wissen musst. Und vermutlich hätte ich es dir schon vor langer Zeit sagen sollen, aber ich hatte … Angst.« Wieder begann sein Handy zu klingeln. Julian stieß einen Fluch aus. Es war dieselbe unbekannte Nummer. Er lehnte den Anruf erneut ab und stellte den Ton aus.

Bevor Julian fortfahren konnte, machte ich mich von ihm los und hielt den Film an. Mein Herz pochte wie verrückt. Er wollte mir von Sophia erzählen, da war ich mir sicher. Und das war kein Gespräch, das wir führen sollten, während Lucy Liu ihre Assistentin angiftete.

Aufgeregt setzte ich mich Julian gegenüber, der nervös auf seiner Unterlippe kaute, und legte ihm beschwichtigend eine Hand aufs Knie. »Was wolltest du sagen?«

»Ich … Also … Ich …«, stotterte er und stieß ein nervöses Lachen aus. »Fuck, wieso ist das so schwer?« Fahrig wischte er sich die Hände an seiner Jogginghose ab. Sein Adamsapfel bewegte sich unentwegt, als versuchte er, seine Angst runterzuschlucken. Und dann, ausgerechnet in dem Moment, in dem er endlich den Mut gefunden zu haben schien weiterzusprechen, leuchtete sein Handy auf. Unter anderen Umständen wäre es uns vielleicht überhaupt nicht aufgefallen, aber in meinem Versteck war es dunkel und das Display strahlte hell wie eine Taschenlampe.

Ich starrte auf die unbekannte Nummer. »Vielleicht solltest du rangehen.«

»Nicht jetzt.«

»Es scheint dringend zu sein.« Ich schnappte mir das Handy, wischte mit dem Daumen über den Bildschirm und hielt es Julian hin, sodass er keine andere Wahl hatte, als sich zu melden.

Nach kurzem Zögern griff er danach. »Ja?«, sagte er kühl, ehe schlagartig jegliche Anspannung aus seinem Körper wich. Er öffnete den Mund, als wollte er etwas sagen, aber anscheinend kam er nicht zu Wort.

Ich hielt die Luft an. Lauschte. Allerdings konnte ich außer schrillem Quäken nichts hören. Weinte die Person am anderen Ende?

»Mom! Mom, jetzt beruhig dich. Was ist –« Julian wurde von einer Erwiderung unterbrochen. »Was sagst du?« Er klang schockiert. »Tot?«

Entsetzt keuchte ich auf. Ich hatte geahnt, dass die Anrufe nichts Gutes zu bedeuten hatten, aber tot? Sein Dad war tot? Er konnte noch keine fünfzig gewesen sein. Ich rückte näher an Julian heran. Sachte drückte ich sein Knie. Als er mir einen kurzen Blick zuwarf, erwartete ich, Trauer in seinen Augen zu sehen, aber ich entdeckte keine. Da waren nur Leere und vielleicht eine Spur von Schock.

Julians Stimme klang unverändert, als er sagte: »Es tut mir leid, das zu hören.«

Seine Mom erwiderte etwas. Noch immer konnte ich sie schluchzen hören. Ein Gefühl der Enge breitete sich schleichend in meiner Brust aus. Obwohl ich diese Frau nicht kannte und sie Julian in der Vergangenheit so verletzt hatte, tat sie mir in diesem Moment unendlich leid. Sie hatte bereits ihre Tochter verloren und jetzt auch noch ihren Mann.

»Wann ist die Beerdigung?«

Das Weinen am anderen Ende der Leitung geriet ins Stocken, dann wurde etwas gesagt, das ich erneut nicht verstehen konnte. Doch was immer es war, es schien Julian nicht zu gefallen. Er presste die Lippen fest aufeinander, und trotz des dämmrigen Lichts erkannte ich, wie er die Muskeln in den Schultern anspannte.

»Okay. Verstehe. Danke für den Anruf. Bye.«

Ich hob eine Augenbraue. *Danke für den Anruf?*

Julian beendete das Telefonat. Achtlos warf er das Handy zwischen die Kissen. Dabei atmete er schwer aus, ehe er sich mit den Handballen über die Augen rieb. Die Geste wirkte nicht traurig, sondern eher müde, als hätte der Anruf ihn erschöpft.

Zaghaft berührte ich seinen Arm. »Wie geht es dir?«

»Gut.«

Die Schroffheit seiner knappen Antwort bewies das Gegenteil. Ich rutschte noch dichter an ihn heran, bis ich praktisch wieder auf seinem Schoß saß.

Julian ließ die Hände sinken, legte sie jedoch auf dem Boden ab, anstatt mich zu berühren.

»Was ist passiert?«, fragte ich und versuchte, seinen Blick aufzufangen.

»Mein Dad hatte noch einen Herzinfarkt«, sagte er stumpf. »Er war gerade in einer Not-OP, als sein Herz stehen geblieben ist. Sie haben versucht, ihn wiederzubeleben, aber es hat nicht funktioniert.«

»Das tut mir so leid, Julian.« Ich kämmte ihm mit den Fingern durch die Haare und versuchte einzuschätzen, was er von mir erwartete. Was er brauchte.

Trauer war etwas Eigenartiges. Jeder ging anders damit um. Wollte Julian seinen Kummer mit Essen herunterwürgen? In Alkohol ertränken? Oder wollte er einfach nur von mir gehalten werden? Ich hatte keine Ahnung. Er trug wieder seine Maske, die es mir unmöglich machte zu erkennen, was darunter verborgen lag. Schließlich entschied ich mich für einen anderen Weg. »Wann ist die Beerdigung?«

»Nächsten Freitag.«

»Soll ich mitkommen?«

»Nein.« Julians Antwort klang hart und ruppig.

Ich hielt in der Bewegung inne, eine Strähne seines braunen Haars um den Zeigefinger gewickelt, bemüht, die Abfuhr nicht persönlich zu nehmen. Beerdigungen waren etwas sehr Persönliches, dennoch hatte ich gehofft, dass Julian und ich weit genug waren, um auch solche Dinge miteinander zu teilen.

»Ihr möchtet lieber unter euch sein, das verstehe ich.«

»Was? Nein!« Er schüttelte den Kopf. »Was ich meinte, war, ich gehe nicht hin.«

Irritiert sah ich ihn an. »Wieso nicht?«

»Weil ich nicht will.« Er zuckte mit den Schultern, aber dieses Mal wurden seine Worte von einem unüberhörbaren Zögern begleitet.

Ich kaufte ihm seine Gleichgültigkeit keine Sekunde ab. Warum wollte er nicht zur Beerdigung seines Vaters? Mir war klar, dass sie einander nicht besonders nahegestanden hatten, aber es war seine einzige Chance, sich von ihm zu verabschieden.

Ich neigte den Kopf und musterte Julian. Im schummrigen Licht war es jedoch schwer, die feinen Nuancen in seiner verschlossenen Miene zu deuten. War er etwas blasser um die Nase, oder bildete ich mir das nur ein?

»Bist du dir sicher?«, hakte ich nach. »Du bekommst diese Gelegenheit nicht noch einmal.«

Er spannte den Kiefer an. »Das weiß ich.«

Ich hätte seine Antwort akzeptieren und das Thema fallen lassen können, wäre seine Stimme nicht nach dem letzten

Wort gebrochen. »Wenn du nicht hingehen willst, ist das in Ordnung. Aber ich möchte nicht, dass du in zwei, drei oder fünf Jahren auf diesen Moment zurückblickst und bereust, nicht gegangen zu sein.«

Julian krallte die Finger in die Decken, als müsste er sich davon abhalten, mit den Fäusten gegen die Wand zu schlagen. Doch er sagte nichts.

Über das Versteck senkte sich eine Stille, die so dicht war, dass ich die Luft hören konnte, die meinen Lippen entwich – bis plötzlich ein Beben durch Julians Körper ging. Ruckartig senkte er den Kopf, aber nicht schnell genug, um zu verbergen, dass seine Augen feucht geworden waren. Eine Träne löste sich und tropfte auf seine Jogginghose, sodass der hellgraue Stoff an der Stelle dunkler wurde.

»Scheiße«, fluchte er und vergrub das Gesicht in den Händen. Fest drückte er gegen seine eigene Stirn, bis seine Arme zu zittern begannen.

Noch zaghafter als zuvor streckte ich die Finger nach ihm aus. Er schnappte nun keuchend nach Luft, um seinen Körper wieder unter Kontrolle zu bringen. »Julian?«

»Sie will mich nicht dort haben.«

Mein Magen zog sich zusammen. »Was?«

»Sie hat gesagt, ich soll nicht kommen.« Weitere Tränen fielen von seinem Kinn auf seine Jogginghose und färbten sie dunkler und dunkler und dunkler …

Der Anblick schnürte mir die Kehle zu, und ich musste meine eigenen Hände zu Fäusten ballen, um mich davon abzuhalten, nach Julians Handy zu greifen und seine Mom anzurufen. Was hatte sie sich nur dabei gedacht, so etwas zu ihm zu sagen?

»Du solltest trotzdem hingehen«, flüsterte ich und strich seine Arme hinunter bis zu seinen Handgelenken, die ich sanft umfasste.

Julian schüttelte den Kopf. »Nein, niemand will mich dort sehen. Sie …« Er holte tief Luft, dennoch klangen seine nächsten Worte kurzatmig, als drohte er zu ersticken. »Sie alle hassen mich.«

Eine Träne löste sich aus meinem Augenwinkel und lief mir über die Wange, aber ich verschwendete keinen Gedanken daran, sie wegzuwischen. All meine Aufmerksamkeit ruhte auf Julian, während ich zu begreifen versuchte, was vor sich ging. »Wer sind alle?«, fragte ich. *Und warum hassen sie dich?*

Doch er schien mich überhaupt nicht zu hören. Am ganzen Körper zitternd sprach er einfach weiter. »Sie geben mir die Schuld. Er ist meinetwegen tot. Ich habe ihm das Herz gebrochen. Weil ich widerwärtig bin. Krank. Eine Schande. Und ich soll ihnen doch bitte allen den Gefallen tun und mich umbringen.«

Fassungslos starrte ich Julian an. Ich war wie gelähmt. Der Druck in meinen Augen vervielfachte sich. Ich öffnete den Mund, aber es kam kein Ton heraus. Er sollte für den Tod seines Vaters verantwortlich sein? Er sollte krank sein und sich umbringen? Was für ein furchtbarer Mensch musste man sein, um jemandem so etwas einzureden? Erst recht seinem eigenen Sohn?

»Ich habe es versucht, aber ich konnte es nicht«, sprach Julian weiter. Er schien jetzt völlig in seiner eigenen Welt gefangen zu sein. Es war, als würden all die Gefühle, die er tage-, wochen-, monatelang vor mir und der Welt verborgen hatte, auf ihn einstürzen und unter ihrer Last begraben. »Ich verstehe das einfach nicht. Ich möchte niemandem wehtun. Ich will nur ich selbst sein. Warum begreift das niemand? Warum beschimpfen sie mich? Warum kann mich niemand so lieben, wie ich bin?« Er verbarg sein Gesicht noch immer in den Händen, aber ich musste ihn nicht sehen, um zu wissen, wie groß der

Schmerz war, den er fühlte. Er schwang in jedem seiner Atemzüge mit. Begleitete jedes Zittern, das seine Schultern durchlief. Und klang in jeder Silbe mit, die er sprach.

Ich versuchte, seine Worte zu verstehen. Ihnen einen Sinn zu geben. Sie in einen Kontext zu setzen. Doch ich war nicht in der Lage, sie zu begreifen. Sie passten in kein Bild, das ich von ihm hatte. Nur einer Sache war ich mir absolut gewiss. Ich erkannte sie gestochen scharf in einem ganz anderen Bild. Einem Bild, das Julian und mich zeigte.

»Du irrst dich«, sagte ich, bevor mich mein Verstand warnen und meine Zweifel mich zurückhalten konnten. »Es gibt jemanden, der dich so liebt, wie du bist. Mich.« Eine Stimme in meinem Hinterkopf ermahnte mich, vorsichtig zu sein. Anscheinend gab es Dinge, die ich nicht über Julian wusste. Aber kein Wissen dieser Welt konnte mein Herz belehren. »Ich liebe dich, Julian. Hörst du? Ich liebe dich.« Ich beugte mich vor, bis meine Stirn die Außenflächen seiner Hände berührte. »Ich liebe dich.«

Seine Atmung veränderte sich. Sanft zog ich an seinen Handgelenken. Zuerst war da ein Widerstand, aber er schwand, und Julian ließ die Arme sinken. Getrocknete Tränen klebten auf seinen Wangen, und seine Augen waren rot und geschwollen. Doch er wich meinem Blick nicht aus. Das Grün seiner Iris forschend, als wäre er sich nicht sicher, ob er mir glauben konnte.

»Ich liebe dich, Julian«, wiederholte ich. Es fiel mir erstaunlich leicht, die Worte auszusprechen, die ich noch nie zu einem Mann gesagt hatte.

Er starrte mich an, sein schönes Gesicht von Emotionen gezeichnet. Doch er schämte sich nicht für seine Gefühle – und ich mich nicht für meine.

Ich lächelte ihn an und legte ihm eine Hand an die Wange.

Seine Haut glühte im Vergleich zu meiner. »Ich habe keine Ahnung, was bei deiner Mom und diesen anderen Menschen, von denen du redest, falsch läuft, aber sie irren sich. Du bist nichts von alldem, was sie behaupten. Du bist das Beste, was mir seit Langem passiert ist.«

32. Kapitel

Das Knacken der Leiter ließ mich die Augen öffnen, die ich die ganze Zeit über geschlossen hatte, um meine Gedanken zu sortieren.

Es war dunkel im Zimmer, mit Ausnahme des Lichts einer Straßenlaterne, das in den Raum fiel. Ich erkannte Julians Silhouette, als er zu mir auf das Hochbett stieg. Seine Haare waren feucht von der Dusche, zu der ich ihn überredet hatte, und statt seines weißen Shirts trug er einen meiner Superhelden-Hoodies, was mein kleines Nerd-Herz höherschlagen ließ. Er sagte nichts, als er sich neben mich legte und den Arm ausstreckte, damit ich mich an ihn kuscheln konnte.

Sofort rückte ich näher und schob eine Hand in die Beuteltasche des Sweatshirts, sodass sie auf Julians Bauch lag. »Besser?«, fragte ich und schmiegte mich an ihn. Das erste Mal, seit wir uns kannten, roch er nicht wie er selbst, sondern nach mir und meinem Duschgel. Honig und Milch.

»Ja.« Anscheinend hatte das Wasser auch die letzten Tränen davongespült, denn er klang wieder ganz wie er selbst. »Es tut mir leid, dass du das miterleben musstest.«

Ich hob den Blick, um ihn anzusehen.

Er starrte an die Decke meines Zimmers. Abwesend streichelte er meinen Arm, bevor er die Hand unter den Saum meines Shirts und bis hinauf zu meiner Schulter gleiten ließ.

»Du musst dich nicht entschuldigen. Ich bin froh, für dich da sein zu können.«

Er schüttelte den Kopf. »Du kannst dir gar nicht vorstellen, wie peinlich mir das ist. Ich habe bisher noch nie vor jemandem geweint, außer vielleicht vor meinen Ärzten und Therapeuten.« Seine Worte klangen so beiläufig, dass ich mir nicht sicher war, ob er sie mit Absicht ausgesprochen hatte oder ob es ein Ausrutscher gewesen war.

»Mach dir deswegen keinen Kopf. Dein Vater ist gestorben. Ihr hattet vielleicht kein gutes Verhältnis, aber er war immerhin dein Dad. Und dann noch die Sachen, die deine Mom zu dir gesagt hat. Ich hätte mich davon nicht so schnell erholt. Vermutlich läge ich noch immer in Embryostellung auf dem Boden.«

»Natürlich.«

Ich verzog die Lippen. »Ich meine es ernst. Ich würde heulen wie ein Baby.«

Er schnaubte. »Dann passen wir ja zusammen.«

»Ja, wir sind perfekt füreinander.«

Das entlockte ihm endlich eine Reaktion. Er hob die Mundwinkel zu einem flüchtigen Lächeln und zog mich fester an sich.

Mir war nicht entgangen, dass er mein *Ich liebe dich* nicht erwidert hatte, aber das störte mich nicht. Er hatte gerade andere Dinge im Kopf, und ich wusste einfach, dass er mich auch liebte. Anderenfalls wären meine Worte bedeutungslos gewesen und hätten ihn nicht aus dem schwarzen Loch zerren können, in das ihn seine Mutter hineingestoßen hatte.

»Was wirst du jetzt machen?«, fragte ich und begann, nervös an einem losen Faden im Inneren der Hoodie-Tasche herumzuzupfen.

Julian wandte den Kopf in meine Richtung. »Was meinst du?«

»Die Beerdigung. Wirst du hingehen?«

»Nein.«

Mein Magen zog sich vor Frustration, aber vermutlich auch vor Schuld zusammen, weil ich Julian erneut darauf ansprach. Ich hasste es, diejenige zu sein, die ihn drängte. »Bist du dir sicher?«

»Hast du mir vorhin nicht zugehört?«

»Ja, deine Mom will nicht, dass du gehst, aber ich finde, sie ist eine Hexe und du solltest nicht auf sie hören«, erklärte ich und biss mir auf die Zunge, um diese unmögliche Frau nicht noch auf ganz andere Weise zu beschimpfen. »Er war dein Dad. Und du bist erwachsen. Vergiss, was deine Mom gesagt hat. Möchtest du auf seine Beerdigung, ja oder nein?«

Julian wurde furchtbar still, während er über meine Frage nachdachte. Schließlich nickte er. »Ja. Ich möchte hingehen.«

»Dann wirst du es auch tun.«

»Aber –«

»Kein Aber«, unterbrach ich ihn und stützte mich auf einen Unterarm, sodass ich über ihm aufragte. »Du willst dich von deinem Dad verabschieden, also verabschiedest du dich von deinem Dad. Wenn deine Mom nicht damit klarkommt, ist das ihr Problem. Nicht deines. Niemand zwingt sie, mit dir zu reden.«

Julians Gesichtszüge wurden weicher. »Wenn du das sagst, klingt es so einfach.«

»Es *ist* einfach.«

»Und du würdest mitkommen?«

»Wenn du das möchtest.«

Er zog die Augenbrauen zusammen, dann nickte er erneut. Einmal und nur knapp, aber die Antwort reichte mir aus.

Ich lächelte ihn an, und weil ich mir nicht sicher war, ob er es sehen konnte, beugte ich mich herab, bis meine Lippen seine streiften. In Gedanken vermerkte ich, morgen in aller

Frühe die Tickets nach Idaho mit meinen Vielfliegermeilen zu buchen, damit sich Julian darum keine Gedanken machen musste.

»Möchtest du den Film zu Ende schauen?«, fragte er, nachdem ich mich wieder hingelegt hatte, und streifte mit den Fingerspitzen meine Wange.

Ich liebte es, von ihm berührt zu werden, aber noch mehr liebte ich die Tatsache, dass er erkannt hatte, wie sehr ich es liebte. Ich kuschelte und umarmte Leute gern. Ich mochte die Nähe und die Wärme. Julian hingegen ging mit Berührungen sparsam um, als wären sie etwas Kostbares. Selbst auf ihrem Geburtstag hatte er Cassie nur zögerlich umarmt, aber mir schenkte er alle Nähe dieser Welt.

Ich schloss die Augen. »Nein, ich bin müde.«

»Schlafen?«

Ich nickte, obwohl ich noch viele Fragen an ihn hatte, zu seiner Mom und den Dingen, die sie zu ihm gesagt hatte. Vor allem ein Satz wollte mir nicht aus dem Kopf gehen. Und er hatte mir noch immer nicht verraten, was er mir eigentlich hatte erzählen wollen, bevor er vom Tod seines Vaters erfahren hatte. Doch dieser Abend dauerte bereits zu lange, und ich hatte nicht die Kraft, mir weitere Gedanken und Sorgen zu machen, dafür war später noch genug Zeit.

Mit einem Seufzen schmiegte ich mich an Julian und konzentrierte mich auf seine Atmung, bis mein Verstand abdriftete und von diesem wunderbar nebligen Gefühl eingefasst wurde, in dem weder Traum noch Realität wirklich existierten.

»Micah?«

Ich gab ein brummendes Geräusch von mir. »Ja?«

Julian räusperte sich. »Ich liebe dich auch.«

Ich schmunzelte. »Ich weiß.«

Es regnete. Natürlich regnete es. Unser Flugzeug hatte in Mayfield bei strahlendem Sonnenschein abgehoben, aber in Idaho hieß uns eine dicke Wolkendecke aus undurchdringlichem Grau willkommen. Nicht dass das Wetter einen Unterschied gemacht hätte, die Stimmung war ohnehin gedrückt, schließlich waren wir auf dem Weg zu einer Beerdigung. Auch wenn Julian seine Meinung im Laufe der letzten Tage noch ein Dutzend Mal geändert hatte.

Am Morgen nachdem wir gemeinsam in meinem Bett aufgewacht waren, war er davon überzeugt gewesen, doch nicht hingehen zu wollen, aber bereits fünf Stunden später entschied er sich vor einem Regal im Supermarkt wieder um. Ehe er zwei Stunden später im Park seine Meinung erneut änderte, und so ging es die ganze Woche.

Ich hatte mir allerdings keine Sorgen gemacht, denn ich hatte gewusst, dass wir letztendlich hier landen würden – im wahrsten Sinne des Wortes.

Das Flugzeug kam zum Halt. Die Lichter über unseren Köpfen, die uns darauf hinwiesen, angeschnallt zu bleiben, erloschen, und sofort brach unter den Passagieren Unruhe aus. Ich schnallte mich ebenfalls ab, blieb aber noch sitzen. Wir hatten für die zwei Tage nur Handgepäck dabei und lagen gut in der Zeit, da die Beerdigung erst am Nachmittag stattfinden würde.

Ich sah zu Julian, der gedankenverloren aus dem Fenster starrte, und drückte seine Hand, die ich den ganzen Flug lang gehalten hatte.

Er drehte den Kopf. Sein Blick war trüb und die Ringe unter seinen Augen tief, als hätte er die vergangene Nacht nicht gut geschlafen.

Ich lächelte ihn an. »Wie geht es dir?«

Er zuckte mit den Schultern. »Okay.«

»Möchtest du noch etwas essen, bevor wir zum Motel fahren?«

»Nein, aber du kannst dir gern was holen.«

»Ich brauche nichts«, log ich, auch wenn mein Magen protestierte. Ich hatte am Morgen nichts essen können, da ich vor Flügen immer ziemlich nervös war – was ich Julian ebenfalls verschwiegen hatte –, und nun spürte ich das ausgelassene Frühstück deutlich. Aber mir war es lieber, er bekam im Motel noch etwas Schlaf. Dort würde ich schon einen Snack für mich auftreiben können.

Nachdem sich das Flugzeug geleert hatte, schnappten sich Julian und ich unsere Taschen. Draußen vor dem Terminal nahmen wir uns ein Taxi. Seine Familie lebte außerhalb der Stadt in einem Dorf, dessen einziges Motel mit seiner hellen Fassade und den Blumenkästen, welche die Balkone schmückten, zumindest von außen nicht allzu schäbig aussah. Julian bezahlte den Taxifahrer, und wir gingen gemeinsam zur Rezeption.

Eine ältere Frau mit schütterem braunem Haar stand hinter dem Tresen. Sie begann zu lächeln, als sie uns kommen sah. »Guten Tag, ich bin Debra, wie kann ich euch helfen?«

»Hallo, wir haben ein Zimmer reserviert. Auf Owens«, sagte ich.

Debra suchte in ihrem Laptop nach der Buchung. Sie wurde schnell fündig und überreichte uns ein Anmeldeformular.

Ich kümmerte mich ums Ausfüllen und reichte es ihr samt dem Geld für eine Übernachtung zurück.

»Vielen Dank.« Sie überprüfte meine Angaben. »Oh, ihr seid aus Mayfield. Mein ältester Enkel studiert dort. Stephen. Vielleicht kennt ihr ihn?« Ich schüttelte den Kopf. »Schade. Was bringt euch von Mayfield nach Eckthon?«

»Eine Beerdigung«, antwortete Julian, der bisher geschwiegen hatte.

»Oh.« Debras Lächeln verblasste. »Die von Eddie?«

Er nickte.

»Das ist wirklich eine Tragödie. Er war noch so jung. Seine arme Frau. Erst verliert sie ihre Tochter und dann auch noch ihren Ehemann.« Sie schüttelte den Kopf und bekreuzigte sich. »Manchmal geht der Herr unergründliche Wege.«

Bei der Erwähnung seiner Mom und Schwester versteifte sich Julian merklich.

Ich hob die Augenbrauen. »Sie kennen die Familie?«

Debra nickte. »Seit vielen Jahren.«

Irritiert sah ich zwischen Julian und der alten Frau hin und her und hatte dabei das Gefühl, etwas Wichtiges verpasst zu haben. Wenn Debra Julians Familie kannte, warum nicht auch ihn? Zumindest wies nichts darauf hin, dass sie ihn erkannt hatte. In diesem Fall hätte sie gewusst, warum wir in der Stadt waren. Andererseits hatte Julian erwähnt, dass er seit über sechs Jahren nicht mehr zu Hause gewesen war. Vielleicht war das der Grund.

»Ich bin müde«, ergriff Julian das Wort. »Könnten wir unseren Schlüssel bekommen?« Die Frage klang nicht unhöflich, vor allem nicht in Kombination mit seinem Lächeln, aber ich kannte ihn inzwischen gut genug, um die kleinsten Anzeichen von Wut oder Nervosität an seiner Gestik oder Mimik abzulesen. An der Art, wie er Zeige- und Mittelfinger nervös aneinanderrieb und mit dem Daumennagel seiner anderen Hand über den Griff seiner Tasche kratzte. Er wollte keine Sekunde länger als nötig mit Debra reden.

Die Rezeptionistin erwiderte sein Lächeln. »Selbstverständlich. Zweiter Stock, gleich links.« Sie deutete in die entsprechende Richtung, und ich bedankte mich bei ihr.

Das Zimmer war nicht groß und bot gerade einmal Platz für ein Doppelbett und eine Kommode, auf der ein Fernseher stand. Ein Schrank war in die Wand eingebaut, und im angrenzenden Badezimmer gab es nur eine schmale Dusche. Vom Fenster im Schlafzimmer blickte man auf ein Feld, das hinter dem Motel lag, wodurch zumindest die Aussicht ganz nett war.

Ich stellte meine Tasche auf der rechten Seite des Bettes ab. »Warum hast du Debra nicht gesagt, dass du Eddies Sohn bist?«, fragte ich Julian, der bereits seine Schuhe auszog.

Er sah mich über die Schulter hinweg an. Sein Lächeln war verschwunden. »Um sie verlegen damit zu machen, dass sie mich nicht erkannt hat?« Er schüttelte den Kopf und wandte mir wieder den Rücken zu. »Außerdem kann sie so meiner Mom nicht erzählen, dass ich hier bin.«

Ich gab ein Brummen von mir und versuchte, Julians mürrische Art der letzten Tage nicht persönlich zu nehmen. Der Tod eines Familienmitglieds zog eben nicht spurlos an einem vorbei.

Julian war schon die ganze Woche nicht er selbst gewesen. Er hatte all seine Vorlesungen geschwänzt, was er sonst nur selten tat, war nicht arbeiten gegangen, und auch seine ehrenamtliche Schicht bei Bright Canopy hatte er ausfallen lassen. Stattdessen hatte er nur nachdenklich rumgelegen und mit Laurence gespielt. Immer wieder hatte er betont, dass ich ihm keine Gesellschaft leisten musste, aber ich hatte Angst gehabt, ihn allein zu lassen.

Ich soll ihnen doch bitte allen den Gefallen tun und mich umbringen. Ich habe es versucht. Seine Worte gingen mir nicht mehr aus dem Kopf. Ich hatte keine Ahnung, wie ernst er sie gemeint hatte, aber es ging ihm gerade sehr schlecht, und ich würde kein Risiko eingehen. Mehrmals hatte ich versucht, mit ihm darüber zu reden. Er hatte allerdings jedes ernsthafte Gespräch abgeblockt. Meine Geduld hatte in den vergangenen

Tagen mehr als nur einmal am seidenen Faden gehangen, aber ich hatte mich selbst davon überzeugt, dass ich warten konnte. Zumindest bis die Beerdigung vorbei war und wir wieder zu Hause waren.

Ich starrte auf das Display meines Handys, genauer gesagt auf die kleine Uhr in der oberen rechten Ecke. Noch eine Minute, das sagte ich mir seit fast einer Viertelstunde. Es war kurz nach drei. Wir mussten uns auf den Weg machen, wenn wir die Beisetzung nicht verpassen wollten. Die vorangehende Trauerfeier hatten wir auf Julians Wunsch ausfallen lassen. Ich drückte mich jedoch davor, ihn aufzuwecken. Er schlief so seelenruhig. Sein Gesichtsausdruck war friedlich, und er wirkte vollkommen entspannt. Sobald ich ihn weckte, musste er aufstehen, sich seinen schwarzen Anzug anziehen und seinen Vater begraben.

Ich seufzte. Als die Uhr auf 15:08 Uhr umsprang, ging ich vor Julian in die Hocke und strich ihm über den Kopf. »Hey«, sagte ich leise. »Aufstehen.«

Seine Augenlider zuckten, ehe er sie einen Spaltbreit öffnete und mich ansah.

»Du musst dich fertig machen.«

Eine Falte trat zwischen seine Augenbrauen, als könnte er sich nicht erinnern, weshalb er sich fertig machen musste. Doch dann schien es ihm zu dämmern, und sein gequälter Gesichtsausdruck, der mich sofort bereuen ließ, ihm nicht noch eine weitere Minute gegeben zu haben, kehrte zurück. Ich wollte Julian glücklich sehen, doch seine Miene drückte das genaue Gegenteil von glücklich aus.

»Komm«, sagte ich, während ich ihm weiter mit den Fingern durch die Haare fuhr. »Du schaffst das.«

Er setzte sich so langsam auf, als hoffte er, die Beisetzung zu verpassen, indem er sich unendlich viel Zeit ließ.

Ich reichte ihm seinen Anzug und schickte ihn damit ins Badezimmer, damit er sich frisch machen konnte. Währenddessen bestellte ich uns ein Taxi zum Friedhof. Ich selbst hatte mich bereits umgezogen. Ich trug ein schlichtes schwarzes Kleid. Es war hochgeschlossen, mit kurzen Ärmeln und einem knielangen Rock. Meine Mom hatte es mir gekauft, weil der dunkle Gürtel meine Taille *vorteilhaft* betone. Darüber trug ich eine einfache Strickweste, um mich warm zu halten.

Mit meiner Handtasche über der Schulter, die bis zum Rand mit Taschentuchpackungen gefüllt war, wartete ich auf Julian. Inzwischen waren wir wirklich spät dran, aber ich drängte ihn nicht.

Nach gut zwanzig Minuten kam er aus dem Badezimmer. Geduscht und frisch rasiert, in einem Anzug, in dem er so gut aussah, dass ich mir wünschte, er würde ihn zu einem anderen Anlass tragen.

Ich stellte mich vor ihn und richtete ihm die Krawatte, die etwas schief über seinem Hemd saß. »Bereit?«

Julian schüttelte den Kopf, wobei ihm eine Strähne seines sorgfältig nach hinten gekämmten Haars in die Stirn fiel. »Ich glaub, ich will da nicht hin.« Seine Stimme klang zittrig. »Ich kann das nicht.«

Ich legte ihm eine Hand an die Wange. »Du schaffst das.«

»Nein. Ich …« Erneut schüttelte er den Kopf. »Ich will sie nicht sehen.«

Da erst begriff ich, was Julian meinte. *Sie.* Er redete nicht von seinem Dad. Sondern von seiner Mom. Seiner Mom und den anderen Trauergästen. *Sie alle hassen mich.* Ich presste die Lippen aufeinander. Mir war bewusst, dass es auch für mich eine Herausforderung sein würde, mit diesen Menschen an einem Ort versammelt zu sein. Aber ich würde mich zusammenreißen.

»Julian, hör mir zu.« Ich wartete, bis er mich ansah. Dank meiner High Heels befanden wir uns auf Augenhöhe, und ich konnte den Schmerz in seinem Blick aus nächster Nähe erkennen. Ein Schmerz, der nicht nur dem Tod seines Vaters galt. »Ich liebe dich. Vergiss, was diese anderen Menschen zu dir gesagt haben. Sie sind egal. Unwichtig. Ihre Worte sind bedeutungslos. Ich. Liebe. Dich. Das ist alles, was zählt. Und ich bin bei dir. Wir gehen dorthin, damit du dich von deinem Dad verabschieden kannst, nichts weiter. Okay? Wir beachten niemanden, und wir reden mit niemandem. Was diese Leute zu sagen haben, interessiert uns nicht.«

Wortlos starrte Julian mich an. Langsam ließ er seinen unergründlichen Blick über mein Gesicht wandern. Das Grün seiner Augen war so dunkel und tief, dass ich mich auf ewig darin hätte verlieren können.

Meine Kehle wurde trocken, und mein Herzschlag beschleunigte sich, als er den Arm hob. Er umfasste meine Hand, nahm sie von seiner Wange und führte sie an seinen Mund. Sanft küsste er die Innenfläche.

»Danke«, hauchte er an meiner Haut und ließ meine Finger los, um sich zu mir zu beugen und mich auf den Mund zu küssen. Sanft. Sanft. Sanft. Unendlich sanft.

Ich wusste nicht, warum, aber in meinem Hals bildete sich ein Kloß. Ich schluckte schwer und drückte meinen Mund fester auf den von Julian.

Er löste sich von mir und sah mir noch einmal tief in die Augen. »Lass uns gehen.«

Wir waren die Letzten. Zumindest vermutete ich das, als wir den Friedhof betraten. Er war großzügig angelegt, mit viel Grün, aber dennoch überschaubar. Nur ein paar Dutzend Gräber standen in Reih und Glied vor der kleinen Kirche, die eher einer Kapelle ähnelte. Hin und wieder unterbrachen Bäume die Ordnung, und ein Brunnen plätscherte im Zentrum der Anlage. Sein Rauschen wurde allerdings vom Trommeln der Regentropfen übertönt, die auf unserem Schirm zerplatzten.

Ich hakte mich bei Julian unter, und gemeinsam näherten wir uns dem Meer aus Schwarz. Es mussten um die hundert Trauergäste gekommen sein, die alle dicht beisammenstanden und sich mit gesenkten Stimmen unterhielten. Einige von ihnen drehten sich in unsere Richtung und musterten uns mit trüben Blicken, aber niemand sagte auch nur ein Wort. Ich drückte Julians Arm. Womöglich hatte er sich geirrt, und diese Leute hassten ihn doch nicht.

Wir blieben in einer der hinteren Reihen stehen. Ich hatte Julian nach vorn ziehen wollen, immerhin war er nicht nur irgendein Bekannter von Eddie, sondern sein Sohn. Aber Julian hatte mich an der Hand zurückgehalten und stumm den Kopf geschüttelt.

Vor uns stand eine dreiköpfige Familie mit einem kleinen Sohn, der vielleicht vier oder fünf Jahre alt war, rechts von uns ein Mann in seinen Vierzigern oder Fünfzigern, vermutlich ein Freund von Julians Vater, und links von uns zwei Rentner. Sie bemerkten mich und nickten respektvoll in unsere Richtung, aber keiner von ihnen bekundete Julian sein Beileid, was mir eigenartig erschien.

Unruhig trat ich von einem Fuß auf den anderen, wobei meine Absätze in der Erde versanken, die vom Regen bereits matschig war. Ich sah Julian an, der den Blick starr geradeaus gerichtet hatte. »Alles in Ordnung?«

Er nickte knapp und schob den Regenschirm etwas weiter in meine Richtung, als sich eine Stimme über den Reihen der Trauergäste erhob: »Liebe Familie, liebe Freunde und Angehörige von Eduard Brook. Wir haben uns heute zusammengefunden, um gemeinsam Abschied von diesem erstaunlichen Mann zu nehmen …«

Ich streckte mich und reckte den Hals in dem Versuch, einen Blick auf den Priester zu erhaschen, aber ich konnte nur die Hinterköpfe meiner Vordermänner ausmachen, was bedeutete, dass es Julian ähnlich ging. Ich rückte näher an ihn heran und schob eine Hand unter seinen Mantel, um sie auf sein Kreuz zu legen. Er sollte spüren, dass er nicht allein war.

»Eduard, oder Eddie, wie ihn die meisten von euch genannt haben, ist zu früh aus dieser Welt geschieden. Er war der liebende Ehemann von Linda Brook und Vater der zauberhaften Sophia Brook. Er war ein leidenschaftlicher Hobbyfischer und …«

Julian. Was war mit Julian? Irritiert blickte ich zu ihm in der Hoffnung, seinen Namen vielleicht nur überhört zu haben. Aber als ich in sein Gesicht blickte, bestand kein Zweifel daran, dass man ihn einfach übergangen hatte. Er hatte die Lippen aufeinandergepresst und den Kiefer so angespannt, dass es wehtun musste.

Fassungslos krallte ich die Hand in den Stoff seines Hemdes. So leid mir seine Mom tat, in diesem Moment konnte ich kein Mitgefühl für sie empfinden. Wie konnte sie Julian nur aus dem Leben seines Vaters streichen? Wer machte so etwas? Egal wie tragisch die Umstände von Sophias Tod auch gewesen sein mochten, Julian hatte nicht mit Absicht überlebt, während sie gestorben war.

»Reg dich nicht auf«, wisperte Julian an meinem Ohr.

»Doch, ich reg mich auf«, fauchte ich, vielleicht ein bisschen zu laut, denn der Familienvater vor uns drehte sich nach uns um. »Sie können dich nicht einfach übergehen und so tun, als würde es dich nicht geben. Du hast achtzehn Jahre lang im selben Haus wie dieser Mann gelebt. Er hat dich großgezogen, deine Geburtstage gefeiert. Wie kann deine Mom das alles wegwerfen? Du bist die einzige Familie –«

»Micah«, unterbrach mich Julian mit drängender Stimme.

Offensichtlich war ich mit jedem Wort lauter geworden. Inzwischen war es nicht mehr nur der Familienvater, der uns beobachtete. Auch das ältere Ehepaar und ein paar andere musterten uns skeptisch. In ihren Augen las ich Zorn und Verachtung, als wäre ich diejenige gewesen, die sich hätte schämen müssen.

Finster erwiderte ich ihre Blicke. Es war schließlich nicht so, als hätte ich den Verstorbenen beleidigt und zum Teufel gewünscht, damit hatte ich nur seine Ehefrau gemeint.

Vom Rest der Rede bekam ich nichts mehr mit, aber das war vielleicht auch besser so. Stattdessen konzentrierte ich mich ganz auf Julian, versuchte für ihn da zu sein und ihm das zu geben, was er brauchte. Sei es eine Umarmung, etwas Abstand oder ein Taschentuch, auch wenn er im Gegensatz zu allen anderen nicht weinte. Ich konnte die Tränen in seinen Augen glitzern sehen, aber er vergoss keine einzige von ihnen. Seiner verkrampften Haltung nach waren es auch keine Tränen der Trauer, sondern des Zorns. Warum hatte ich ihn überredet herzukommen? Ich hatte wirklich geglaubt, es wäre eine Chance für ihn – die *letzte* Chance –, mit seinem Dad ins Reine zu kommen, aber unter diesen Umständen war das nicht möglich. Ich hätte einfach meine Klappe halten sollen.

Nachdem der Priester seine Rede beendet hatte, wurde der Sarg in die Erde gelassen. Musik spielte, und nacheinander traten die Trauernden vor. Sie murmelten Worte des Abschieds und warfen Blumen in das Grab. Sie weinten und schnieften, und eigentlich hätte mich das auch zum Weinen bringen müssen, aber das tat es nicht. Alles, was ich wollte, war, mit Julian zurück ins Motel zu fahren, ihn in den Armen zu halten und ihm zu versichern, dass ich ihn nicht aus meinem Leben streichen würde. Niemals. Egal wie es in fünf, zehn oder fünfzehn Jahren zwischen uns stand.

»Möchtest du nach vorn?«, fragte ich ihn dennoch.

Er schüttelte den Kopf. »Lass uns gehen.«

Dagegen hatte ich nichts einzuwenden. Ich holte mein Handy hervor und wählte die Nummer des Taxiunternehmens, die ich vor unserer Abreise eingespeichert hatte. »Sie sind in zehn Minuten da«, verkündete ich und deutete auf einen Baum ein paar Gräber weiter. »Wir können uns so lange dort unterstellen.«

Die Baumkrone war dicht genug, um den Regen abzuhalten, der während der Trauerfeier zu einem Nieseln geworden war. Julian schloss den Schirm und stützte sich darauf wie auf einen Gehstock.

Um ihn ein wenig abzulenken, erzählte ich ihm von Aliza, die im Gegensatz zu mir alle Prüfungen bestanden hatte. Und von Lilly, die ihre Matheklausur gemeistert hatte.

Er nickte und gab zustimmende Geräusche von sich, die vermuten ließen, dass er mir zuhörte, hielt den Blick aber unentwegt auf die Trauergäste gerichtet. Genauer gesagt auf *einen* Trauergast. Er beobachtete eine Frau mittleren Alters, die nahe dem Grab stand und erst jetzt zu erkennen war, da sich die Masse lichtete. Sie trug einen schwarzen Mantel, der ihr bis zu den Knöcheln reichte. Ihr braunes Haar war vom Regen durchnässt. Sie lächelte nicht und sah älter aus, dennoch erkannte ich sie als die Frau von dem Foto wieder, das in Julians Zimmer stand.

»Ist sie das?«

Er nickte.

»Sie ist hübsch«, stellte ich fest.

Das war sie wirklich, und Julian sah ihr ähnlicher, als auf dem Bild zu erahnen gewesen war. Sie hatten in etwa dieselbe Größe, und obwohl Julians Kiefer deutlich kantiger war, waren ihre Gesichtszüge unverkennbar identisch. Ich war mir sicher, hätte seine Mom ihre Lippen zu einem Lächeln verzogen, wäre es mir vorgekommen, als würde Julian mich anlächeln. Doch in diesem Augenblick war ihr ganzer Körper von Trauer gezeichnet. Ihre Augen waren geschwollen, ihre Nase war gerötet, und sie ließ die Schultern hängen, als lastete ein untragbares Gewicht darauf. Es fiel mir schwer, diese Frau, die nur ein paar Schritte von mir entfernt stand, mit dem Monster in Verbindung zu bringen, das all diese Abscheulichkeiten über Julian gesagt hatte.

Ich wollte mich gerade von ihr abwenden und Julian vorschlagen, an der Straße auf das Taxi zu warten, als seine Mom in unsere Richtung schaute.

Ihr Blick streifte uns.

Julian wurde still. Sein Atem stockte, und ich konnte sehen, wie sich seine Faust um den Griff des Schirms ballte.

In diesem Moment wandte sich seine Mom wieder dem Priester zu.

Ich runzelte die Stirn. *Eigenartig.* Dass Debra Julian nach über sechs Jahren nicht erkannte – von mir aus. Aber seine eigene Mom?

Gerade als ich ihn danach fragen wollte, drehte sie sich noch einmal um. Dieses Mal ließ sie den Blick länger auf uns verweilen, doch noch immer rührte sie sich nicht von der Stelle. Schließlich widmete sie sich wieder dem Priester, ohne das geringste Anzeichen darauf, dass sie Julian wiedererkannt hatte.

Mein leerer Magen rebellierte. Ich versuchte, das mulmige Gefühl, das schlagartig Besitz von mir ergriffen hatte, herunterzuwürgen, aber es ließ sich nicht schlucken, sondern blieb in meinem Hals stecken wie eine zu große Tablette. »Julian?« Ich zog meine Hand unter seinem Mantel hervor. »Warum erkennt dich deine Mom nicht?«

Er öffnete den Mund, ohne dass ein Ton seine Kehle verließ. Sein Atem ging flach und stoßweise. Hatte er eine Panikattacke?

Ich sah zwischen ihm und seiner Mom hin und her. Krampfhaft versuchte ich zu verstehen, was gerade vor sich ging. Irgendetwas stimmte hier nicht. Ganz und gar nicht.

Plötzlich wirbelte seine Mom herum. Sie hatte die Augen weit aufgerissen. Ein Ausdruck des Entsetzens lag auf ihrem Gesicht, während sie Julian fassungslos anstarrte.

Er wurde so blass, als hätte man ihm ein Messer in die Brust gerammt. Benommen taumelte er einen Schritt zurück, im selben Moment, in dem sich seine Mom in Bewegung setzte. Ungeachtet des Regens und des matschigen Bodens stürmte sie auf uns zu. Ihr Anblick glich der einer Furie.

»Julian?«, flüsterte ich verloren. Irgendetwas hatte ich übersehen. Ich wusste nur nicht, was es war. Irgendwo waren meine Gedanken einem falschen Wegweiser gefolgt, und nun fand ich mich nicht mehr zurecht.

Er schüttelte den Kopf. »Es tut mir leid, Micah.«

»Was tut dir leid?«

»Ich hätte es dir früher sagen müssen.«

Panik stieg in mir auf, und ich wurde das Gefühl nicht los, dass Julian mir gleich etwas beichten würde, das mich in einen Abgrund stürzen ließ. »Was hättest du mir früher sagen müssen?«

»Das … das Foto in meinem Zimmer. Das Mädchen. Sie ist nicht meine kleine Schwester.« Er holte zitternd Luft. »Das bin ich. Ich bin trans.«

33. Kapitel

Ich hatte keine Ahnung, was meine Miene in diesem Moment ausdrückte. Verwunderung. Panik. Schock. Verrat, weil ich erneut von einer geliebten Person belogen worden war? Wieso hatte Julian mir nicht schon früher die Wahrheit gesagt? Meine Gedanken kreisten wie ein Karussell. Sie drehten sich immer weiter, und ich konnte einfach nicht abspringen. Mein Verstand durchkämmte jede Erinnerung an Julian und versuchte Verbindungen herzustellen, wo ich zuvor keine gesehen hatte.

Ich bin trans. Ich hatte das Bild falsch interpretiert. Julians Narben. Der Unfall. Seine Arbeit bei Bright Canopy. Die Geschichte hinter dem pinkfarbenen Teddybären. Die Sache mit der Flechtfrisur. Rückblickend waren da so viele Kleinigkeiten, die darauf hingewiesen hatten. Kleinigkeiten, die ich falsch gedeutet hatte. *Julian ist nicht der, der er vorgibt zu sein.* Wie hatte ich nur so blind sein können? Julian war transgender.

»Was machst du hier?«, keifte seine Mom und baute sich vor ihrem Sohn auf. Schwarze Schlieren aus Mascara und Eyeliner zogen sich über ihr Gesicht, verzerrten es zu einer Fratze. »Ich dachte, ich hätte mich deutlich genug ausgedrückt.«

Julian versteifte sich und krampfte die Hand noch fester um den Schirm, bis seine Knöchel so deutlich hervortraten, dass ich glaubte, die Haut müsste reißen. »Ich … ich wollte mich nur von Dad verabschieden«, stotterte er.

»Pah!« Linda spuckte ihm vor die Füße. »Eddie war nicht dein Vater.«

Julian wurde noch bleicher. »Mom –«

»Nenn mich nicht so«, fuhr sie ihn an. Tränen strömten ihr über die Wangen. Speichel hing ihr in den Mundwinkeln. »Ich habe keinen Sohn. Hörst du? Ich. Habe. Keinen. Sohn!«

Kälte kroch mir in den Nacken, aber ich wagte es nicht, mich zu bewegen.

»Mom«, flehte Julian. Seine Lippen hatten zu beben begonnen. »Bit–« Er verstummte schlagartig, als seine Mom ihm eine Ohrfeige verpasste. Das laute Klatschen von Haut, die auf Haut traf, schien von den Grabsteinen widerzuhallen und riss ihm den Kopf herum.

Ich schnappte keuchend nach Luft und beobachtete wie gelähmt, was als Nächstes geschah.

Julian hob den Kopf und rieb sich die Wange, die feuerrot leuchtete. Wut und Fassungslosigkeit rangen in seinem Blick um die Oberhand, während er seine Mom ansah.

Dann holte sie ein zweites Mal aus.

Julian duckte sich, aber sie traf ihn dennoch. Der Aufprall war genauso hart wie beim ersten Mal, und als er aufsah, glänzte Blut auf seinen Lippen.

Mein Herz setzte einen Schlag aus, dann erwachte ich aus meiner Starre. »Was zum Teufel soll das?« Ich zog Julian an mich. Vorsichtig legte ich ihm eine Hand auf die heile Wange und drehte seinen Kopf in meine Richtung. »Ist alles in Ordnung?«

Julian nickte, obwohl er absolut nicht in Ordnung aussah. Er hatte den Regenschirm losgelassen und wischte sich mit dem Handrücken über den Mund. Blut tropfte auf den Boden. Er musste sich auf die Innenseite der Wange gebissen haben. Seine Hände zitterten, als stünde er unter Schock. Oder als müsste er sich davon abhalten, auf seine eigene Mutter loszugehen.

Vielleicht übernahm ich das für ihn.

»Was stimmt nicht mit Ihnen?« Ich zog ein Taschentuch aus meiner Handtasche, das ich Julian reichte, ohne seine Mom aus den Augen zu lassen. Wie konnte man sein eigenes Kind schlagen, noch dazu auf der Beerdigung des Vaters? Meine Eltern hätten nie die Hand gegen mich erhoben und auch nicht gegen Adrian, dessen war ich mir sicher.

»Was mit *mir* nicht stimmt?«, fragte sie so außer sich vor Wut, dass ich einen kurzen Augenblick lang der Überzeugung war, sie würde auch mir eine Ohrfeige verpassen. »Die Frage ist wohl eher, was mit *ihr* nicht stimmt?« Sie richtete den Blick wieder auf Julian.

Seine Miene veränderte sich von einem Moment auf den anderen so stark, dass ich seinen Anblick nur noch schwer ertragen konnte. Nicht wegen des Bluts, sondern wegen der Verzweiflung in seinen Augen. Trotz des Regens erkannte ich, dass er zu weinen begonnen hatte. Seine Tränen mischten sich unter die Tropfen, die aus der Baumkrone fielen. Und das erste Mal überhaupt sah ich in ihm den Mann, zu dem die Worte *Ich habe es versucht* passten.

Ein einzelnes Wort kam über seine Lippen. »Warum?«

»Warum?«, echote seine Mom. Rote Flecken krochen ihren Hals empor. Der Ausdruck des Abscheus in ihrem Gesicht war nicht zu übersehen. »*Warum?* Weil du eine Schande bist. Deswegen. Du bist eine Schande und eine Enttäuschung für diese Familie.«

Ich konnte praktisch spüren, wie Julian in meinen Armen kleiner wurde, gedemütigt von der Frau, die ihm das Leben geschenkt hatte. Verzweifelt krallte er sich mit einer Hand am Gürtel meines Kleides fest, als könnte er sich nur so aufrecht halten.

»Ich verstehe nicht, was wir falsch gemacht haben. Wir haben dich zu etwas Besserem erzogen. Aber dir ist nichts anderes eingefallen, als loszuziehen und *das* aus dir zu machen. Schau dich nur an. Ich bin froh, dass mein Eddie nicht mehr hier ist, um dich so zu sehen. Zumindest das bleibt ihm erspart. Ich hoffe, du bist glücklich mit dem, was du angerichtet hast, Sophia.«

Ich fuhr zu Julians Mom herum. »Halten Sie die Klappe!«

Linda schnaubte abfällig. »Pah! Sie sind doch sicher auch einer von denen.«

»Und stolz darauf«, antwortete ich, einfach nur um sie zu ärgern.

Ich verstand es selbst noch nicht ganz. Julian war Sophia? An diesen Gedanken würde ich mich erst noch gewöhnen müssen. Natürlich wusste ich, dass es Menschen gab, die sich nicht mit dem Geschlecht identifizieren konnten, das ihnen bei der Geburt zugeordnet worden war, aber ich wäre nie auf die Idee gekommen, dass Julian zu ihnen gehörte. Allerdings änderte seine Vergangenheit nichts an der Person, die er heute für mich war.

»Komm, lass uns gehen«, sagte ich an Julian gewandt.

Er starrte mich an. Blinzelte. »Meinst du das ernst?«

»Ja, oder möchtest du etwa hierbleiben?«

Er schüttelte den Kopf und bückte sich nach dem Schirm, der auf den Boden gefallen war, bevor wir uns gemeinsam abwandten.

Hinter uns vernahm ich das leise Fluchen von Julians Mom, die Worte wie »pervers« und »krank« vor sich hin murmelte. Aber ich hörte gar nicht richtig hin. Sie war genauso verbittert und hasserfüllt wie meine Eltern. Sollten sich diese Spatzenhirne doch zusammentun und sich gegenseitig den Tag vermiesen – dann hätten wir unsere Ruhe.

Unter den neugierigen und teils auch verachtenden Blicken der verbliebenen Trauergäste verließen wir den Friedhof. Aber nicht alle betrachteten uns mit Abscheu. Ein paar von ihnen lächelten, und eine junge Frau in Julians Alter winkte ihm sogar zu.

Zu meiner Erleichterung bog das Taxi genau in der Sekunde um die Ecke, als das schwere Eisentor hinter uns zufiel. Kaum dass der Wagen zum Stehen gekommen war, riss ich die Tür auf und stieg ein. Julian rutschte hinter mir auf die Rückbank.

»Wohin?«, fragte der Taxifahrer.

»Zum Motel«, antwortete ich.

Während der Fahrt starrte ich aus dem Fenster. Der Regen war wieder stärker geworden und trommelte so heftig gegen die Windschutzscheibe, dass man die Rückleuchten der Fahrzeuge vor uns kaum erkennen konnte. Während ich auf die trübe Wand aus Wasser blickte, versuchte ich, meine Gedanken zu sortieren.

Ich war mir nicht sicher, was ich fühlte.

Julian war trans.

Vorsichtig sah ich in seine Richtung. Er saß so weit entfernt von mir wie nur möglich und hatte sich abgewandt. Reglos beobachtete er die vorbeiziehenden Gebäude. Ich fragte mich, was gerade in seinem Kopf vorging. Dachte er an seinen Dad? An seine Mom? Oder an mich? Wer oder was auch immer seine Gedanken für sich einnahm: Er machte sich Sorgen. Ich konnte die Anspannung spüren, die wie in Wellen von ihm ausging. Sie schwappte über mich hinweg und trieb mich selbst weiter aufs Meer hinaus.

Wer wohl alles über ihn Bescheid wusste? Sicherlich Samantha und die anderen bei Bright Canopy, vermutlich auch Adrian. Aber Cassie und Auri? Ausgeschlossen. Und dass er es seinen Kommilitonen verraten hatte, hielt ich ebenfalls für ziemlich unwahrscheinlich. Es war sein Geheimnis. Deswegen die langen Pullover, selbst bei stechender Hitze. Er wollte nicht, dass ihn seine Narben verrieten. Ich vermutete, dass sie von irgendwelchen Operationen stammten. Einen Unfall hatte es nie gegeben.

Das Leben ist einfacher, wenn ich allein bin. Nun verstand ich, was er damit gemeint hatte. Wenn er niemanden an sich heranließ, musste er sich nicht rechtfertigen. Niemand konnte ihn verletzen und verlassen wie seine Eltern und Rachelle. Doch ich würde ihm das nicht antun. Julian war Julian, und das war alles, was zählte, oder? Ich musterte sein Profil, das mir inzwischen so vertraut war, und versuchte, etwas von Sophia darin zu erkennen. Aber da war nichts. Rein gar nichts. Nichts wies darauf hin, dass er nicht der war, für den ich ihn immer gehalten hatte.

Ich beugte mich über den Mittelsitz und griff nach seiner Hand.

Überrascht wandte er sich mir zu. Sein Gesicht war von den Schrecken der letzten Minuten gezeichnet. Er starrte mich an, dann meine Hand, die auf seiner lag.

Seine Haut war kalt, als hätte er mit Eiswasser geduscht. Ich versuchte, sie mit dem Daumen warm zu reiben, und lächelte ihn an in der Hoffnung, ihm damit vielleicht wenigstens einen Teil seiner Sorgen und Ängste nehmen zu können. Es war unmöglich, sich vorzustellen, wie es sich anfühlen musste, für seine bloße Existenz und etwas gehasst zu werden, das sich vollkommen der eigenen Kontrolle entzog.

Julian schwieg. Vielleicht weil ihm die Worte fehlten. Vielleicht weil er Angst hatte, das Falsche zu sagen und das empfindliche Gebilde unserer Beziehung zu zerbrechen. Aber sicherlich schwieg er nicht, weil er nichts zu sagen hatte. Ich konnte die Erklärungen, die er sich zurechtlegte, förmlich in seinen Augen sehen. Und mit einem Mal waren in meinem Kopf unendlich viele Fragen. Ich kannte mich ein wenig aus, immerhin gab es das Fernsehen und Internet, aber ich wollte nicht die Geschichte irgendeines Charakters oder Fremden hören, sondern Julians Geschichte.

Nachdem das Taxi vor dem Motel angehalten hatte, bezahlte ich den Fahrer und wir huschten schnell ins Innere, um dem Regen zu entkommen. Debra begrüßte uns und erkundigte sich, wie die Trauerfeier gewesen war. Wir ignorierten ihre Fragen, und ausnahmsweise war mir egal, wie unhöflich das war.

Im zweiten Stock sperrte ich die Tür unseres Zimmers auf. Der Regen fiel inzwischen so dicht, dass man das Feld vor unserem Fenster nicht mehr erkennen konnte.

Erschöpft ließ sich Julian auf das Bett fallen. Er löste den Krawattenknoten um seinen Hals, ehe er seine Schuhe auszog.

Ich blieb stehen und sah auf ihn herab. »Wir müssen reden.«

Er hielt in der Bewegung inne, blickte aber nicht auf.

»Warum hast du es mir nicht früher gesagt?«, fragte ich. »Du hattest so viele Gelegenheiten, aber du hast dich dafür entschieden zu schweigen. Auch nachdem ich dir erzählt habe, wie hintergangen ich mich wegen der Sache mit Adrian fühle. Warum? Ich begreife das nicht.«

»Es tut mir leid, Micah«, sagte Julian aufrichtig. »Ich wollte es dir sagen. Aber ich habe mich nicht getraut, deshalb bin ich ausgeflippt, als du mich im Zelt in die Enge gedrängt hast. Danach wusste ich nicht, wie ich dir noch unter die Augen treten kann. Und als ich endlich den Mut gefunden hatte, alles aufzuklären, kam dieser Anruf. Ich hatte gehofft, dass mich meine Mom nicht erkennt. Es tut mir leid.«

Ich nickte, weil ich noch nicht bereit war, die Worte »Ich verzeihe dir« auszusprechen. Ich verstand, weshalb er Angst gehabt hatte, es mir zu sagen. Seine Eltern und Rachelle hatten diese Furcht geschürt. Es war sein gutes Recht zu schweigen. Er alleine durfte entscheiden, vor wem er sich outete und vor wem nicht. Dennoch tat es weh.

»Du weißt, dass ich dich liebe, oder?«

»Immer noch?«

»Natürlich«, antwortete ich, ohne zu zögern.

Der Ausdruck, mit dem Julian mich ansah, war voller Bewunderung und Faszination. Als könnte er nicht glauben, wie bedingungslos meine Liebe war. Ich verstand nicht, wie Rachelle und seine Eltern sie ihm hatten verweigern können. »Ich würde dich jetzt sehr gern küssen.«

»Nein, zuerst reden wir.« Ich brauchte einen klaren Kopf, und Julians Lippen brachten mich jedes Mal um den Verstand. In seiner Nähe traute ich mir selbst nicht über den Weg, weshalb ich vorsichtshalber mit vor der Brust verschränkten Armen stehen blieb, anstatt mich neben ihn zu setzen. »Ich habe Fragen.«

»Okay, das ist verständlich.« Julian stützte die Hände auf der Bettkante ab und holte tief Luft, als wollte er sich für ein schwieriges Gespräch wappnen. »Was möchtest du wissen?«

Ich lehnte mich gegen die Wand. »Seit wann weißt du es?«

»Ehrlich? Keine Ahnung.« Er zuckte mit den Schultern. »Es gibt kein fixes Datum. Seit ich denken kann, hat sich irgendetwas nicht ganz richtig angefühlt. Ich wusste jedoch nicht, was es war, und keiner konnte es mir erklären. Eckthon ist sehr konservativ. Um mich herum waren Männer und Frauen, Jungs und Mädchen, und niemand hat so gefühlt wie ich. Ich war bereits zwölf, als ich gelernt habe, was das Wort ›lesbisch‹ bedeutet. Und ich dachte, das wäre es.«

»Das heißt, du warst früher lesbisch?«

»Nein, das war ich nicht«, antwortete er verlegen. Es war ihm sichtlich unangenehm, mit mir darüber zu sprechen, vermutlich weil er nie mit Leuten außerhalb von Bright Canopy darüber redete. Umso mehr bedeutete es mir, dass er für mich über seinen Schatten sprang. »Ich hatte damals vielleicht die äußeren Merkmale einer Frau, aber ich war schon immer ein heterosexueller Mann. Es hat mich nur weitere fünf Jahre gekostet, das zu erkennen.«

Ich nickte langsam und gab mein Bestes, seinen Worten zu folgen. »Wie bist du darauf gekommen?«

»Wie gesagt, es gibt kein Datum, aber es war ein Artikel über Michael Dillon, der mich zum Nachdenken gebracht hat. *Laurence* Michael Dillon.« Er verzog die Mundwinkel zu einem schwachen Lächeln, das ich erwiderte. Damit war klar, wie sein Kater zu seinem ungewöhnlich menschlichen Namen gekommen war. »Zuerst wollte ich es nicht wahrhaben, aber mit der Zeit konnte ich es nicht mehr leugnen. Als ich achtzehn wurde, habe ich es schließlich meinen Eltern gesagt. Das war der Tag, an dem sie mich rausgeworfen haben.«

Mein Herz verkrampfte sich, und ich musste dem Drang widerstehen, mich von der Wand abzustoßen und nun doch zu Julian zu gehen. Der Wunsch, ihn zu umarmen, war in diesem Moment beinahe übermächtig. »Was ist dann passiert?«

Er atmete schwer aus und wischte sich über die Wangen, obwohl seine Tränen schon lange versiegt waren. »Ich bin nach Mayfield gezogen und habe alles in meiner Macht Stehende getan, derjenige sein zu können, der ich bin. Ich habe meine Garderobe geändert. Bin zu Ärzten gegangen. Habe meinen Namen umschreiben lassen. Mir einen Job gesucht, mehrere sogar, um das alles zu bezahlen. Und schließlich habe ich mich dafür entschieden, mich operieren zu lassen.«

»Wow«, murmelte ich, während mein Verstand versuchte, seine Narben zuzuordnen. Der Schnitt an seiner Brust war eindeutig. Und ich hatte oft genug auf die Plakate beim Frauenarzt gestarrt, um mir denken zu können, was die Male an seinem Unterleib zu bedeuten hatten. Nur die Narben an seinem Arm konnte ich mir nicht erklären. »Hast du einen Penis?«

»Wäre es denn schlimm, wenn ich keinen hätte?«

Ich schürzte die Lippen. Natürlich hatte ich mir immer vorgestellt, mit einem Mann zusammen zu sein, der einen funktionierenden Penis besaß. Bisher hatte ich nie einen Grund gehabt, dieses Bild, das einem die Gesellschaft vermittelte, zu hinterfragen. Tatsache war jedoch, dass ich Julian liebte und ihn genauso attraktiv fand wie vor seinem Geständnis. Dass er keine Kinder zeugen konnte, spielte für mich keine Rolle. Im Gegenteil. In meinem Fall war das sogar ein Vorteil. Und für alles andere konnte man Abhilfe schaffen. Gab es da nicht diese Dinger zum Umschnallen?

»Ich glaube nicht«, sagte ich schließlich unter Julians erwartungsvollem Blick und musste an unsere Nacht im Zelt denken. An sein Gesicht zwischen meinen Beinen und seine Zunge an meiner Haut. Ich hatte mich bei ihm vollkommen fallen lassen können, und ging es nicht genau darum?

Julian streifte sich das Jackett von den Schultern und krempelte sein Hemd hoch, bis die Narbe an seinem linken Arm vollständig zu sehen war. Hatte man die Haut von dort genutzt, um seinen Penis zu formen? »Diese Narbe stammt von der Penoid-Operation. Ich habe den Eingriff kurz nach meinem einundzwanzigsten Geburtstag vornehmen lassen.«

»Hat es wehgetan?«

Er schnaubte. »Was glaubst du denn?«

Okay, dumme Frage. Natürlich hatte es wehgetan. Ich fühlte mich schon hundsmiserabel, wenn ich meine monatlichen Krämpfe bekam, und dabei wurde mir kein verdammter Hautlappen aus dem Arm geschnitten.

Neugierig betrachtete ich die Narbe, die ich plötzlich mit völlig anderen Augen sah. Alleine dazu hatte ich noch mindestens ein Dutzend Fragen, aber die konnte mir genauso gut das Internet beantworten. Ich spürte, wie kräftezehrend unser Gespräch und der Tag für Julian gewesen waren, und ich wollte ihn nicht mit zu vielen Detailfragen quälen.

»Und du hast das alles allein durchstehen müssen?«

»Mehr oder weniger. In der Therapie und im Krankenhaus habe ich andere Männer, Frauen und Non-Binaries kennengelernt. Ich konnte endlich mit Gleichgesinnten reden, was wirklich schön war. Aber es ist nicht dasselbe, wie eine Familie zu haben, die einen unterstützt.«

»Und was war mit Rachelle?«

»Sie kam erst später«, antwortete er und krempelte den Ärmel seines Hemdes wieder nach unten. »Ich hatte sie zwar schon vor meiner Phalloplastik kennengelernt, aber erst nach meiner OP habe ich mich getraut, sie um ein Date zu bitten.«

»Das heißt, sie wusste zuerst auch nichts davon?«

»Nein. Nachdem meine Eltern und meine alten Freunde so ablehnend reagiert hatten, war ich sehr vorsichtig. Um Zeit zu schinden, habe ich Rachelle erzählt, dass ich keinen Sex vor der Ehe will. Sie hat mir geglaubt und mich auch nicht gedrängt, aber nach elf Monaten musste ich es ihr einfach sagen. Und sie hat genauso reagiert, wie ich befürchtet hatte.«

»Sie hat die Beziehung beendet«, schlussfolgerte ich. Die Worte kamen mir nur flüsternd über die Lippen, aber Julian hatte sie trotzdem gehört.

Er nickte. »Ja. Und anschließend hat sie jedem davon erzählt, sodass ich ein zweites Mal alle meine Freunde verloren habe. Der Vermieter hat mich aus meiner Wohnung geschmissen, und ich bekam sogar einige Drohbriefe. Am liebsten hätte ich Mayfield verlassen, aber ich hatte gerade eine Zusage für das Architekturstudium bekommen, also bin ich stattdessen nur in ein anderes Stadtviertel gezogen.«

Ich schluckte schwer. All diese Unsicherheiten und Schmerzen, und die ganze Zeit über war er vollkommen allein gewesen. Er hatte niemanden gehabt, um seine Hand zu halten. Stattdessen hatte man Ängste und Zweifel in ihm geschürt. Die Vorstellung brachte mich erneut den Tränen nahe.

»Ich weiß nicht, ob ich dich bemitleiden oder bewundern soll«, sagte ich ehrlich.

Julian lächelte schwach. »Nichts von beidem. Akzeptier mich einfach.«

Ich stieß mich von der Wand ab und überbrückte die Distanz zwischen uns. Fragend blickte Julian zu mir auf, als ich vor ihm stehen blieb. Ich lächelte ihn an und legte die Hände auf seine angespannten Schultern. Sanft begann ich, die Muskeln in seinem Nacken zu kneten.

Als er die Augen schloss und ein tiefes Seufzen über seine Lippen kam, war es, als würde er einen Atemzug ausstoßen, den er viel zu lange angehalten hatte, aus Angst, das Monster in seinem Schrank könnte ihn hören.

»Darf ich dir noch eine Frage stellen?«

Er gab ein Brummen von sich, das ich als Erlaubnis deutete.

»Warum ausgerechnet Julian? Hieß so ein berühmter Architekt?«

Er lachte. »Nein. Der Name hat mir einfach schon immer gefallen.«

»Es ist ja auch ein schöner Name.« Ich hielt in meiner massierenden Bewegung inne und schürzte die Lippen. »Weißt du, wie ich mich nennen würde? Michelangelo.«

Julian hob eine Augenbraue. »Wie der Maler?«

Ich schnaubte. »Nein, wie der Ninja Turtle.«

34. Kapitel

»Was machst du da?«, hörte ich Julians verschlafene Stimme.

Ich blickte von meinem Koffer auf. »Nichts, schlaf weiter.«

Er gehorchte nicht, sondern richtete sich im Bett auf. Seine Haare waren vom Schlaf ganz verwuschelt. Wir hatten am vergangenen Abend noch bis tief in die Nacht hinein geredet und waren schließlich in Kleid und Anzug eingeschlafen. Julian hatte mir mehr über seine Operationen erzählt, von der Bürokratie, die hinter einer Namensänderung steckte, und von seiner Kindheit. Ich hatte ihn nach dem Foto in seinem Zimmer gefragt, warum er es stehen ließ, obwohl er darauf noch Sophia war. Er hatte mir erklärt, dass er seine Vergangenheit nicht vergessen wollte und das Bild ihn daran erinnerte, dass es Zeiten gegeben hatte, in denen seine Familie glücklich gewesen war.

Julian starrte mich mit hochgezogenen Augenbrauen an. »*Damit* warst du auf der Beerdigung meines Vaters?«

Ich sah an mir herab. Inzwischen hatte ich mich aus dem Kleid geschält und trug nur noch die schwarze Spitzenunterwäsche mit den durchsichtigen Stellen, die ich mir zu Cassies Geburtstagsfeier geleistet hatte. »Na ja, ich brauchte was mit flachen Nähten, die sich nicht unter dem Kleid abzeichnen.« Um die Worte zu untermalen, fuhr ich mit dem Finger über einen der Träger. »Die Alternative wäre überhaupt keine Unterwäsche gewesen.«

»Keine Unterwäsche«, wiederholte Julian. Seine Stimme hatte einen dunklen Klang angenommen, und sein Blick war an meinen Brüsten hängen geblieben, die durch den dünnen Stoff deutlich zu erkennen waren.

Unter Julians Musterung richteten sich meine Brustwarzen auf, und obwohl die vergangene Nacht einer emotionalen Achterbahnfahrt geglichen hatte, spürte ich ein nervöses Kribbeln im Unterleib. Das ist keine gute Idee, schoss es mir durch den Kopf, aber der Gedanke hielt keine fünf Sekunden an. Dafür war Julians Blick zu intensiv. Als würde er sich vorstellen, wie ich ohne besagte Unterwäsche aussah.

Meine ohnehin kaum vorhandene Selbstbeherrschung löste sich endgültig in Luft auf. Ich kletterte zurück ins Bett und setzte mich rittlings auf Julians Schoß.

Verlangen flackerte in seinen Augen auf, und er legte die Hände auf meine nackten Hüften.

Ich erschauderte und beugte mich vor, bis sich unsere Lippen beinahe berührten. »Wenn du möchtest, darfst du mich ausziehen.«

Er packte mich fester und zog mich an sich, sodass der dünne Stoff meines Slips über den rauen Stoff seiner Hose rieb. Keine Sekunde später war sein Mund auf meinem. Er küsste mich stürmisch, und ich küsste ihn voller Verlangen zurück. Halt suchend ließ ich die Hände zu seinen Schultern hinaufgleiten und packte sie, während unser Kuss leidenschaftlicher und das Kribbeln zwischen meinen Beinen intensiver wurde. Eine Sekunde lang fragte ich mich, ob ich nun, da ich die Wahrheit kannte, anders auf ihn reagieren sollte, tat den Gedanken aber sofort als kompletten Unsinn ab. Das hier war Julian. Derselbe Mann, der er schon immer für mich gewesen war. Der Mann, den ich liebte. Der Mann, mit dem ich zusammen sein wollte, in jeder Hinsicht. Ich hatte zwar keine Ahnung, wie es ablaufen würde, aber ich vertraute ihm und darauf, dass er es mir sagen und zeigen würde.

Er ließ die Fingerspitzen von meinen Hüften hinauf zu meiner Taille bis zu meinen Brüsten wandern, streichelte an meinen Seiten auf und ab. Immer wieder, bis auch die letzte Unsicherheit von mir abfiel. Ich erschauderte, und die Härchen an meinen Armen stellten sich auf.

Keuchend unterbrach Julian unseren Kuss und sah mich an. Mit dem Daumen liebkoste er durch den dünnen Stoff meines BHs hindurch die Ansätze meiner Brüste. »Bist du dir sicher?«

Ich nickte, und ehe ich michs versah, hatte er den Verschluss meines BHs geöffnet. Er fiel zu Boden, und das Nächste, was ich spürte, waren seine Daumen, mit denen er nacheinander meine Brustwarzen umkreiste. Ich biss mir auf die Unterlippe und drückte den Rücken durch. Julian ließ sich jedoch nicht aus der Ruhe bringen. Gemächlich küsste er mein Kinn. Mein Schlüsselbein. Das Tal zwischen meinen Brüsten.

»Bitte …«, flehte ich und warf den Kopf in den Nacken.

Ich glaubte zu hören, wie er irgendetwas von »Geduld« und »perfekt« murmelte, aber ich war zu gefangen von den Empfindungen, die wie kleine elektrische Stöße durch meinen Körper jagten, als dass ich seinen Worten besonders viel Beachtung geschenkt hätte.

Endlich, als ich schon fast nicht mehr daran geglaubt hatte, küsste Julian die Stelle, die er zuvor mit seinen Daumen massiert hatte. Genüsslich sog er meinen linken Nippel in seinen Mund und umspielte mein Piercing mit der Zunge.

Mein Wimmern erfüllte den Raum, und ich krallte die Finger in seine Haare. Hoffentlich waren die Wände des Motels nicht allzu dünn.

Dann wechselte er zur rechten Brust. Eine Welle der Erregung spülte über mich hinweg und ließ Feuchtigkeit zwischen meinen Beinen zurück. Gemächlich, als hätte er alle Zeit der

Welt, küsste Julian mich. Als er an meiner Haut aufstöhnte, spürte ich das Vibrieren in meinem ganzen Körper. Er packte meine Hüften, und ohne seine Lippen von mir zu nehmen, drehte er sich langsam mit mir um, bis er auf mir lag. Die Hände neben meinem Körper abgestützt, ließ er von meinen Brüsten ab und sah auf mich herab.

»Julian …« Meine Stimme klang nicht wie meine eigene. Ich krallte die Finger in den Stoff seines Hemdes und zog ihn zu mir herab, um ihn zu küssen. Er schmeckte nach dem Schokoriegel, den wir uns kurz vor dem Einschlafen geteilt hatten. »Du schmeckst gut«, murmelte ich.

»Und du noch besser.« Er erzitterte vor Verlangen. Ein verheißungsvolles Versprechen lag in seinen Worten.

Als er das nächste Mal seinen Mund auf meinen Körper senkte, zeichnete er mit der Zunge einen Pfad meinen Oberkörper hinab, bis er den schwarzen Slip erreichte, den er im Zelt überhaupt nicht bewundert hatte. Ich folgte seinen Bewegungen mit dem Blick, als er meine Beine auseinanderschob und den durchsichtigen dunklen Stoff betrachtete, der zwar alles *be*deckte, aber nichts *ver*deckte. Einen kurzen Augenblick hatte ich das Bedürfnis, meine Oberschenkel zusammenzupressen, aber es löste sich in der Sekunde in Luft auf, in der Julian, ohne zu zögern, seinen Mund auf mich legte.

»Oh Gott!« Ich stöhnte, und meine Hüften hoben sich wie von selbst. Mit geschlossenen Augen krallte ich die Hände ins Bettlaken.

Mein Griff wurde fester und fester und fester, je länger Julian mich leckte. Die vielen kleinen elektrischen Stöße vereinten sich zu einer gigantischen Spannung, die jeden Nerv in meinem Körper zum Zucken brachten, erst recht, als Julian meinen Slip auszog und seinen innigen Kuss an meiner nackten Haut fortsetzte. Ich presste die Lippen aufeinander, um das andauernde Keuchen, das aus meiner Kehle aufstieg, zu unterdrücken. Es half nichts. Meine Zehen verkrampften sich. Instinktiv bog ich mein Becken den Küssen entgegen, bis Julians Zunge genau die richtige Stelle traf. Die Spannung in mir entlud sich, und ich kam mit einem Stöhnen, das vermutlich bis in den Flur zu hören war.

Nachdem mein Höhepunkt verklungen war, küsste sich Julian einen Weg meinen Körper empor, bis er bei meinem Gesicht angekommen war. Er lächelte auf mich herab, seine Lippen glänzten feucht, und seine Augen leuchteten vor Erregung.

Träge erwiderte ich sein Lächeln, legte eine Hand in seinen Nacken und zog ihn an mich. Wir küssten uns. Dieses Mal sinnlich und ohne jede Eile, denn die vergangenen Stunden waren hektisch genug gewesen.

»Jetzt bist du dran«, flüsterte ich schließlich, und dieses Mal duldete ich keine Ausrede. Ich schlang ein Bein um ihn und drückte mit den Händen gegen seine Brust, sodass wir herumrollten, bis ich wieder auf ihm saß.

»Bist du dir sicher, dass du das tun willst?«, fragte Julian.

Ich sah auf ihn herab. Der Anblick hatte etwas unglaublich Sinnliches. Ich völlig nackt, und er in schwarzer Anzughose und Hemd. Aber nicht mehr lange. Ich beugte mich vor und drückte die Lippen auf seinen Hals, während ich den ersten Knopf öffnete. »Absolut«, murmelte ich an seiner Haut. Nichts auf dieser Welt konnte mich davon abhalten.

Ich küsste sein Schlüsselbein, schob den Stoff seines Hemdes zur Seite und ließ die Lippen zu seiner rechten Schulter wandern, dann hinüber zu seiner linken, darauf bedacht, keinen Teil seines Körpers auszulassen.

Ungeduldig drängte Julians Hüfte gegen meine nackte Mitte. Die Reibung des Stoffes entlockte mir ein Stöhnen. Ich begann, fester an seiner Haut zu saugen, bis er ein Knurren ausstieß, das mich überraschte und gleichermaßen schmunzeln ließ. Mit einem schmatzenden Geräusch löste ich die Lippen von der Stelle an seinem Hals, die nun rot aufleuchtete, und küsste eine Spur abwärts bis zu seiner rechten Brust. Sanft begann ich, an seiner Haut zu knabbern in der Erwartung, ihn erneut stöhnen zu hören, aber er tat es nicht.

»Andere Seite«, raunte er mit gepresster Stimme.

Ohne seine Anweisung zu hinterfragen, wechselte ich nach links. Vorsichtig ließ ich ihn meine Zähne spüren, und dieses Mal stockte seine Atmung. Währenddessen knöpfte ich sein Hemd weiter auf, ehe ich mich aufrichtete, um es ihm ganz auszuziehen. Bewundernd streichelte ich über seinen flachen Bauch. Obwohl ich seinen nackten Oberkörper nicht das erste Mal sah, sog ich seinen Anblick geradezu in mich auf. Eingehend betrachtete ich die Narben, die plötzlich eine völlig neue Bedeutung für mich hatten.

»Darf ich?«

Julian nickte.

Vorsichtig berührte ich den Schnitt, der unter seinem Herzen begann und sich mit einer kleinen Unterbrechung in der Mitte quer über seine Brust zog. Die Narbe war so flach, dass sie sich kaum ertasten ließ. Als ich den Mund auf die gerötete Haut senkte, keuchte Julian auf und krallte eine Hand in meine Haare. Kurz befürchtete ich, er würde mich wegziehen, aber er tat es nicht. Auch nicht, als ich begann, mit der Spitze meiner Zunge den roten Pfad nachzuzeichnen.

Nach und nach rutschte ich tiefer, bis meine Lippen die Härchen erreichten, die unter seinem Hosenbund verschwanden. Ich hätte mich selbst belogen, wenn ich behauptet hätte, keine Angst davor zu haben, wie er untenrum aussah, aber das hielt mich nicht davon ab, erst seinen Gürtel und schließlich seine Hose zu öffnen.

Bevor ich sie Julian ganz auszog, sah ich zu ihm auf. Schweiß glänzte auf seiner Stirn, und sein Gesicht war gerötet. Es war Lust, die seinen Blick dominierte, aber ich konnte auch einen Hauch von Verunsicherung darin erkennen. Als fürchtete er meine Reaktion auf seinen Körper, dabei war mir vollkommen egal, wie er da unten aussah. Ja, ich war nervös und selbst etwas ängstlich, doch im Grunde ging es mir nur um ihn – um uns – und nicht um seine Genitalien.

Ich schenkte ihm ein Lächeln, von dem ich hoffte, dass es ihm seine Unsicherheit nehmen würde, und drückte durch den Stoff einen Kuss auf seinen Schritt.

Die Erregung in Julians Augen vervielfachte sich, und er hob einladend die Hüften.

Ich griff nach dem Bund seiner Hose und der Boxershorts darunter und zog sie ihm zusammen aus. Erst als er völlig nackt war, erlaubte ich mir, ihn zu betrachten. Ich wusste nicht, womit ich gerechnet hatte, aber es gab weniger zu sehen, als ich erwartet hatte. Nicht dass er besonders klein – oder groß – gewesen wäre. Er war genau richtig. Aber sein Penis war eben genau das: ein Penis. Zugegeben, er sah schon etwas anders aus, doch die Anatomie war unverkennbar.

Unbedarft umfasste ich Julians schlaffen Penis.

Er schnappte nach Luft.

Ich blickte zu ihm auf und entdeckte, dass er mich unter halb gesenkten Lidern hervor beobachtete. Vorsichtig ließ ich ein paarmal die Hand auf und ab gleiten, um mich mit dem Gefühl vertraut zu machen.

»Was soll ich tun?«

Er räusperte sich. »Was immer du willst.«

»Es soll sich aber gut für dich anfühlen.«

»Das wird es.«

»Aber –«

»Vertrau mir«, unterbrach mich Julian. »Was immer du tust, es wird mir gefallen.«

Das überzeugte mich. Ohne weiter darüber nachzudenken, beugte ich mich vor und leckte der Länge nach über seinen Schaft.

»Fuck!«, fluchte Julian mit rauer Stimme, was mich ermutigte weiterzumachen.

Ich probierte mich aus. Und versuchte so herauszufinden, was ihm gefiel. Schnell fand ich mit Händen und Zunge einen Rhythmus, der ihn zum Keuchen brachte. Es irritierte mich ein wenig, dass er nicht hart wurde, aber das hielt mich nicht davon ab weiterzumachen, bis Julian mir plötzlich unter die Arme griff und mich zu sich hochzog.

Verunsichert fuhr ich mir mit der Zunge über die Lippen. »Nicht gut?«

»Verdammt gut«, erwiderte er und küsste mich.

Ich stützte mich auf den Armen ab und sah auf ihn herab. »Können wir Sex haben?«, fragte ich und kam mir dabei ziemlich dumm vor.

Sein rechter Mundwinkel zuckte. »Haben wir den nicht gerade?«

Ich verpasste ihm einen sanften Stoß mit dem Knie. »Du weißt, was ich meine.« Nur um sicherzustellen, dass er mich nicht missverstand, umfasste ich noch einmal sein Glied und begann, es zu reiben. Es wurde nicht hart, aber ich konnte Julians Gesichtsausdruck entnehmen, dass es ihm dennoch gefiel.

Er nickte und richtete sich auf. Ohne Schamgefühl beobachtete ich ihn dabei, wie er sich zwischen die Beine und an die Hoden fasste, die schwer zwischen seinen Oberschenkeln hingen. Er begann, sie zu kneten. Sekunden später richtete sich sein schlaffes Glied auf, wurde größer und steif.

»Wie wollen wir – «

Bevor ich die Frage beenden konnte, schlang Julian die Arme um meine Hüften. Er zog mich auf seinen Schoß und eroberte meinen Mund mit einem hungrigen Kuss.

Ich ließ mich gegen seine Brust sinken. Meine Hände waren zwischen unseren Körpern gefangen, und unter meinen Fingerspitzen fühlte ich sein Herz schlagen. Doch noch deutlicher als sein Herz spürte ich seine Härte zwischen meinen Beinen. Instinktiv drängte ich mein Becken gegen seine Erektion, bis sich mein Unterleib in freudiger Erwartung zusammenzog und mich feuchter werden ließ.

»Bist du clean?«, fragte Julian an meinen Lippen.

Ich hatte bisher immer auf ein Kondom bestanden, und bei meinem letzten Arztbesuch hatte es keine Auffälligkeiten gegeben. Zwar hatte ich die Pille vor einem halben Jahr abgesetzt, aber mit Julian musste ich wohl kaum Angst vor einer Schwangerschaft haben.

»Ja. Du?«

Er nickte. »Vertraust du mir?«

Bei jedem anderen Mann hätte ich gezögert, aber nicht bei Julian. Er hätte niemals etwas getan, das mir schaden könnte, davon war ich überzeugt. Ich küsste ihn noch einmal, ehe ich meine Hüften anhob.

Julian griff zwischen unsere Körper und umfasste seine Erektion. Zielstrebig führte er sie an meinen Eingang, wo er die Spitze einige Male hin und her bewegte.

Ich stöhnte ungeduldig, doch erst als Julian sein Glied ruhig hielt, ließ ich langsam mein Becken auf ihn sinken. Ich hielt die Luft an, während er in mich glitt.

Er biss sich auf die Unterlippe, aber er kam mir nicht mit der Hüfte entgegen, sondern ließ mir Zeit, mich an die Dehnung zu gewöhnen, bis ich mit meinem ganzen Gewicht auf ihm saß. »Fuck, Micah.«

»Fuck, Julian«, imitierte ich ihn scherzhaft und gab ihm einen Kuss, der sich noch intensiver und intimer anfühlte, nun da er in mir war. Zögerlich ließ ich mein Becken kreisen, erst langsam, dann immer schneller. Als Julian die Arme fester um mich schlang, rieben meine Nippel mit jeder Bewegung über seine nackte Haut.

»Ist es gut für dich?«, fragte ich keuchend.

Er nickte, die Lippen fest aufeinandergepresst.

Ich beschleunigte die Auf-und-ab-Bewegungen meiner Hüften, bis meine Beine zu zittern begannen und meine Muskeln sich um Julians Erektion zusammenzogen.

Ein tiefes Stöhnen drang aus seiner Kehle. Bisher hatte er mir die Führung überlassen, aber nun begann auch er seine Hüften zu bewegen. Ich spürte, wie er seinen Körper anspannte, bevor er mir mit kräftigen Stößen entgegenkam.

»Oh Gott.« Ich schloss die Augen. Das Beben in meinen Oberschenkeln wurde stärker, und ich konnte spüren, wie sich langsam, aber stetig ein weiterer Orgasmus in mir aufbaute. Ich klammerte mich an Julian und vergrub mein Gesicht an seiner Schulter, um die wimmernden Laute zu unterdrücken, die meine Kehle verließen. Ich würde kommen. Gleich würde ich kommen. Gleich …

Julian fasste zwischen meine Beine und drückte den Daumen auf die kribbelnde Stelle, die knapp über seiner Erektion lag, und da gab es kein Halten mehr für mich. Ich kam. Mein Unterleib verkrampfte sich, und die ganze Spannung, die sich in den letzten Minuten abermals in meinem Körper aufgebaut hatte, entlud sich explosionsartig. Julian trieb meinen Orgasmus voran, indem er immer weiter in mich stieß, bis auch er kam.

Erschöpft, aber überglücklich sackte ich auf seinem Oberkörper zusammen. Die Arme, die mich bis eben gehalten hatten, erschlafften. Anscheinend hatte Julian die Kraft genauso verlassen wie mich. Mit einer Hand fuhr er mir sanft durchs Haar und in den Nacken. Ich schloss die Augen und genoss diesen Moment der Ruhe, wie ich ihn nach dem Sex noch nie geteilt hatte.

Nachdem sich mein Herzschlag wieder etwas beruhigt hatte und ich mich aufrichten wollte, stellte ich überrascht fest, dass Julian noch immer hart in mir war. Als ich die Muskeln anspannte, hörte ich ihn seufzen.

Fragend sah ich zu ihm auf. »Du bist doch gekommen, oder?«

Ein schelmisches Funkeln lag in seinen Augen. »Ja.«

»Aber du bist noch hart.«

»Ja.«

Ich runzelte die Stirn. »Und jetzt?«

»Jetzt«, sagte Julian und küsste die Falte, die sich zwischen meinen Augenbrauen gebildet hatte, »können wir weiter Sex haben, oder ich lass die Luft raus.«

Skeptisch sah ich ihn an. »Da ist nicht wirklich Luft drin, oder?«

Er lachte erneut. »Nein.«

Ich verzog das Gesicht, als würde es mir nicht gefallen, wie er sich über mich lustig machte, aber das tat es. Ich war froh, dass er so gelassen war und über die Situation scherzen konnte, auch wenn der Witz in dem Fall auf meine Kosten gegangen war.

Doch Julian durchschaute mich. Mit beiden Händen umfasste er mein Gesicht und drückte mir einen Kuss auf die Stirn, dann auf die Nase und schließlich auf den Mund. »Danke.« Das Wort war nicht mehr als ein Hauch an meinen Lippen.

»Wofür?«

»Dass du es mir so leicht machst.« Er küsste mich noch einmal, bevor er mir zärtlich eine Haarsträhne hinters Ohr strich. Vermutlich war meine Frisur inzwischen vollkommen zerzaust und mein Make-up verlaufen, und dennoch betrachtete er mich mit einem Ausdruck der Bewunderung. Und in diesem Moment wusste ich mit absoluter Gewissheit, dass ich nicht nur heute, sondern für immer auf seiner Seite stehen würde.

35. Kapitel

»Du musst das nicht tun, wenn du nicht willst«, sagte ich zum gefühlt hundertsten Mal und drückte Julians Hand, die schweißnass und eiskalt zugleich war. Wir standen vor der Tür zu seiner Wohnung, aus dem Inneren waren die Geräusche des Fernsehers zu hören. »Niemand drängt dich.«

Er lächelte, aber der abwesende Ausdruck in seinen Augen verriet mir, dass er in Gedanken all die Möglichkeiten durchspielte, wie das hier schiefgehen konnte. »Ich weiß, aber ich möchte mich nicht länger verstecken. Ich will keine Angst mehr davor haben, dass sie vielleicht mein Testosteron finden. Und ich will mich nicht mehr ständig fragen müssen, wie sie wohl reagieren werden, wenn sie es herausfinden.«

Ich nickte. Mich hätte dieses Unwissen schon vor langer Zeit um den Verstand gebracht. Dennoch war ich überrascht gewesen, als Julian mir vor zwei Tagen offenbart hatte, dass er Auri und Cassie die Wahrheit sagen wollte. Und dass er sich freuen würde, wenn ich dabei wäre. In meinen Augen war es die richtige Entscheidung, ich hatte allerdings nicht erwartet, dass er bereits zwei Wochen nachdem er mir alles erzählt hatte, zu diesem Schritt bereit sein würde. Die Beerdigung seines Dads und das Wiedersehen mit seiner Mom hatten ihn sehr viel Kraft gekostet. Womöglich war dieser Schlussstrich allerdings genau das gewesen, was er gebraucht hatte, um mit seinem Leben weiterzumachen. Um frei zu sein.

»Hast du dir schon überlegt, wie du es ihnen sagen willst?«

»Ja. Ich … ähm …« Er ließ meine Hand los und pfriemelte an den Taschen seiner Jeans herum, ehe er zwei zusammengefaltete Stück Papier daraus hervorzog. »Ich habe ihnen Briefe geschrieben. Ist das komisch?«

»Absolut nicht«, versicherte ich ihm, um seine Nerven zu beruhigen, obwohl ich keine Ahnung hatte. Ich hatte mich nie outen müssen, woher sollte ich also wissen, was der beste Weg war, um es zu tun?

Cassie und Auri lümmelten auf der Couch. Cassies verletztes Bein lag auf Auris Schoß, und auf ihrem Bauch hatte es sich Laurence gemütlich gemacht. Gemeinsam schauten sie sich eine japanische Folge *Dragon Ball GT* an, die Blicke konzentriert auf den Bildschirm gerichtet, um den Untertiteln zu folgen.

»Hey«, begrüßte uns Auri, ohne vom Fernseher aufzusehen.

»Hey«, echote Cassie.

Wäre ich wegen Julians Vorhaben nicht so nervös gewesen, wäre ich beim Anblick der beiden dahingeschmolzen. Sie waren so süß zusammen. Ich verstand einfach nicht, wie das Date zwischen ihnen so hatte schiefgehen können.

Julian räusperte sich. Keiner der beiden schien etwas von seiner Anspannung zu bemerken. »Habt ihr einen Moment Zeit?«, fragte er und setzte sich auf einen der Sessel. Ich hockte mich neben ihn auf die Lehne, einen Arm um seine Schultern gelegt. »Ich muss mit euch reden.«

Das weckte ihre Aufmerksamkeit. Auri griff nach der Fernbedienung und stoppte die Serie. Cassie schob Laurence zur Seite und richtete sich auf.

»Das klingt ernst«, sagte Cassie mit zusammengezogenen Augenbrauen. »Was ist los?«

Auri starrte mich an. »Ist Micah schwanger?«

»Warum glauben das alle?«, fragte ich empört und strich mein Shirt glatt, als wollte ich ihnen beweisen, dass da keine Wölbung zu sehen war. »Ich bin nicht schwanger.«

»Und wenn doch, würde ich mir ernsthafte Sorgen machen.« Julian sah mich von der Seite an. Sein Lächeln war noch immer wacklig. Ich stieß ihn sanft in die Seite, und er wandte sich wieder seinen beiden Mitbewohnern zu. »Aber nein, es geht um mich. Ich muss euch etwas sagen.«

»Bist du krank?«, fragte Cassie.

»Musst du sterben?« Auri starrte ihn entsetzt an.

Julian verdrehte die Augen. »Nein. Niemand ist schwanger, krank oder muss sterben. Ich möchte euch das hier geben. Bitte lest es.« Er reichte ihnen die Briefe. Das Papier hatte unter seinen feuchten Fingerspitzen angefangen, sich zu wellen.

Auri faltete den Zettel sofort auf.

»Warte«, unterbrach ihn Julian. »Wir gehen so lange in mein Zimmer. Klopft an, wenn ihr fertig seid. Dann reden wir, okay?«

Cassie und Auri nickten synchron. Die entspannten Mienen, die sie eben noch zur Schau getragen hatten, waren verschwunden. Cassie hatte die Augenbrauen zusammengezogen, während Auri nachdenklich auf seiner Unterlippe kaute.

Obwohl ich mindestens genauso nervös wie Julian war, schenkte ich den beiden ein aufmunterndes Lächeln, um sie zu beruhigen.

Wir verließen das Wohnzimmer. Kaum dass wir die Tür hinter uns geschlossen hatten, stieß Julian ein schweres Seufzen aus und wischte die feuchten Finger an seiner Hose ab. Seine Hände zitterten.

Ich setzte mich auf sein Bett. »Julian?«

»Ja?«

Ich klopfte neben mich auf die Matratze. »Setz dich.«

Er zögerte, vermutlich wäre er lieber durchs Zimmer getigert, entschied sich dann aber doch dagegen und nahm neben mir Platz.

Ich zog ein Bein zu mir aufs Bett und drehte mich so, dass ich Julian ins Gesicht sehen konnte. Dann lehnte ich mich vor und schmiegte meine Wange an seine Schulter. Er hatte sich seit der Beerdigung seines Dads nicht mehr rasiert, und sein Bart war dichter als je zuvor. Ich war mir nicht sicher, ob er einfach nur faul war oder etwas zu beweisen versuchte. »Ich bin stolz auf dich.«

Er schluckte schwer. »Und ich muss mich gleich übergeben.«

»Unsinn.«

»Sie lesen es gerade.«

»Oder sie schauen die Folge zu Ende«, scherzte ich.

Doch Julian reagierte nicht auf meinen Witz. Er starrte auf die geschlossene Tür und wischte noch einmal die Hände an seiner Hose ab. Nervös klopfte er mit einem Fuß auf den Boden.

Ich legte ihm eine Hand aufs Bein. »Es wird alles gut. Versprochen.«

Er schüttelte den Kopf. »Nein. Nein, es war ein Fehler, es ihnen zu sagen.«

»Die Wahrheit zu sagen ist nie ein Fehler«, erwiderte ich. Es waren die Furcht und die jahrelangen Zweifel, die aus ihm sprachen. »Auri und Cassie kommen damit klar. Und falls sie sich doch als Arschlöcher entpuppen – was ich nicht glaube –, ziehst du einfach zu mir.« Ich zuckte mit den Schultern. »Problem gelöst.«

Julian neigte den Kopf. »Wirklich?«

»Klar. Aber nur wenn du Laurence mitbringst.«

Er runzelte dir Stirn. »Gib es zu, du magst mich nur wegen des Katers.«

»Und wegen deines Geldes«, bestätigte ich.

Wie erwartet hatten mir meine Eltern sämtliche Kreditkarten gesperrt. Vermutlich hofften sie, dass ich auf Knien zurückgekrochen kam, um mich zu entschuldigen, aber das würde ich nicht tun. Ich bereute meine Entscheidung, ihnen die Stirn geboten zu haben, nicht. Und ihr Geld brauchte ich auch nicht. Ich hatte einige Ersparnisse, konnte auf die ein oder andere Anlage zurückgreifen, die auf meinen Namen lief, und war Eigentümerin einer Wohnung. Außerdem konnte ich nun guten Gewissens sämtliche Designerstücke aus meinem Kleiderschrank verkaufen, die mir meine Mom in den letzten Jahren aufgedrängt hatte.

Einige Minuten saßen Julian und ich schweigend nebeneinander und hielten uns an den Händen, während wir auf das Zeichen warteten, dass Cassie und Auri bereit zum Reden waren. Wir warteten und warteten. Und jede Sekunde schien langsamer zu vergehen als die vorherige. Wir waren vollkommen still. Lauschten. Aber von der anderen Seite der Tür waren keine Geräusche zu hören.

Ich konnte spüren, wie meine Hände ebenfalls feucht wurden. Bisher hatte ich nicht an Cassie und Auri gezweifelt, aber langsam fragte ich mich, ob ich mich eventuell geirrt haben könnte. Die Anspannung im Zimmer war beinahe greifbar, und es erschien mir auf einmal viel zu warm. Ich spürte das unbändige Verlangen, ein Fenster zu öffnen. Trotzdem blieb ich an Julians Seite.

Gerade als ich vorschlagen wollte nachzusehen, wie weit die beiden waren, klopfte es an der Tür.

»Shit«, fluchte Julian.

Ich drückte seine Hand. »Du schaffst das.«

Er holte tief Luft und ließ sie langsam wieder entweichen, ehe er die Schultern straffte und aufstand.

Auri stand am Tresen der offenen Küche, ein Glas Wasser in der Hand, während Cassie noch immer auf der Couch saß. Ihre Augen glänzten feucht, als wäre sie nur ein Wort davon entfernt, in Tränen auszubrechen. Doch als sie Julian erblickte, erschien ein Lächeln auf ihren Lippen.

Wir setzten uns wieder auf den Sessel.

Niemand sagte etwas. Das einzige Geräusch kam von Laurence, der wie eine Wühlmaus in seinem Katzenklo wütete.

»Also, ihr …«, setzte Julian an. Seine Stimme klang dünn, er hüstelte und begann noch einmal von vorn. »Ihr habt meine Briefe gelesen?«

»Ja«, antwortete Cassie.

Auri nickte.

Julian rieb mit den Händen über die Lehnen des Sessels, bevor er die Finger in den Stoff des Sitzpolsters krallte, als müsste er sich wappnen für das, was jetzt kam. »Und … was sagt ihr?«

Ich sah hoffnungsvoll zu Cassie, aber es war Auri, der zuerst sprach. »Ich wusste es.« Er ließ die drei Worte im Raum zerplatzen wie eine Nadel einen Luftballon. Cassies Lächeln verschwand, und Julian öffnete den Mund, ohne dass ein Ton herauskam. »An meiner Highschool gab es diesen Kerl, der irgendwann angefangen hat, Kleider zu tragen. Plötzlich wollte er … wollte *sie* Kira genannt werden. Sie wurde verprügelt. So heftig, dass sie danach drei Tage im Koma lag. Man hat nie rausgefunden, wer es war. Danach hat sie die Schule gewechselt, aber unsere Direktorin hat Arschlöcher gehasst, also hat sie diesen Typen eingeladen, damit er einen Vortrag hält und uns aufklärt. Und, na ja, der hatte dieselbe Narbe am Arm wie du.«

»Warum hast du nichts gesagt?«, fragte Julian.

Auri zuckte mit den Schultern. »Nichts für ungut, Mann, aber warum hätte ich das tun sollen? Das ist deine Angelegenheit, und es war mehr als offensichtlich, dass du nicht darüber reden willst. Ehrlich, bevor Micah gegenüber eingezogen bist, hast du es ja kaum geschafft, mehr als drei Worte am Tag mit uns zu wechseln.«

»Das hatte nichts mit euch zu tun.«

»Ich weiß«, sagte Auri. »Cassie und ich sind klasse.«

Julian schmunzelte. »Das seid ihr. Ich hab euch nicht grundlos aus über fünfzig Bewerbern für die WG ausgesucht. Die letzten Jahre waren nicht leicht für mich. Ich hoffe sehr, dass ihr weiterhin hier wohnen wollt, auch wenn ihr jetzt über mich Bescheid wisst.«

»Selbstverständlich«, sagte Cassie, die vermutlich aufgesprungen wäre, um Julian zu umarmen, hätte ihr Bein sie nicht noch immer behindert.

Erwartungsvoll sahen wir alle Auri an.

»Was? Schaut mich nicht so an«, sagte er und richtete sich zu seiner vollen Größe auf. »Wenn das ein Grund zum Ausziehen für mich wäre, hätte ich es schon vor Monaten getan.« Er klang weniger enthusiastisch als Cassie, aber aufrichtig.

Ich hatte eine Hand auf Julians Rücken gelegt und konnte spüren, wie die Anspannung aus ihm wich. Akzeptiert zu werden war alles, was er immer gewollt hatte. Und ganz sicher hatte er nicht erwartet, dass Auri demnächst voller Stolz eine Regenbogenflagge mit ihm durch die Straßen von Mayfield tragen würde.

Epilog

Sieben Monate später

Alle starrten mich an – was mir vollkommen egal war. Als Lilly die Bühne betrat, um sich ihr Zeugnis als Jahrgangsbeste abzuholen, jubelte ich wie Auri im Footballstadion, wenn seine Mannschaft gewann. Ich war schrill. Ich war laut. Ich hüpfte auf und ab und war verdammt stolz auf Lilly.

Die einzige Person, die vermutlich noch beeindruckter von Lillys Leistung war als ich, war Tanner. Aber er begeisterte sich etwas vorsichtiger, da Link auf seinen Schultern saß. Aufgeregt hatte der kleine Mann seiner Mom zugesehen, wie sie wenige Minuten zuvor eine brillante Rede gehalten hatte, die uns alle zu Tränen gerührt hatte. Sogar Lillys Dad hatte geweint.

Als Lilly ihre Urkunde entgegennahm, konnte ich neben mir das Klicken der Kamera hören. Ich hatte Julian den Auftrag gegeben, den Moment festzuhalten, der all jenen, die über Lilly hergezogen waren, den Mittelfinger zeigen sollte. Die Leute hatten sie als naiv bezeichnet, an ihr gezweifelt und geglaubt, sie würde ihr Leben gegen die Wand fahren, wenn sie so jung ein Kind bekam, aber sie hatten Lilly unterschätzt.

Ein letztes Mal stellten sich alle Absolventen auf die Bühne, damit ein gemeinsames Foto gemacht werden konnte. Dafür gab es einen professionellen Fotografen, dennoch stürzten sämtliche stolzen Mütter und Väter – und Julian – vor, um die

Gruppe abzulichten. Nachdem jeder sein Bild hatte, löste sich die Abschlussklasse langsam auf, und alle gingen zu ihren Familien zurück.

Auch Lilly kam auf uns zugerannt. Ein breites Grinsen im Gesicht wedelte sie mit dem Zeugnis in der Hand.

Ich lief ihr entgegen und breitete die Arme aus. »Du hast es geschafft!«, rief ich laut, vor Aufregung nicht in der Lage, meine Stimme gesenkt zu halten. Ich drückte sie, so fest ich konnte, an mich, denn viele Gelegenheiten würde ich dafür in nächster Zeit nicht haben. Schon in ein paar Tagen würde sie Mayfield verlassen, um mit Tanner und Link nach New Jersey zu ziehen, da sie in Princeton angenommen worden war. Mich hatte eine Nachricht noch nie so traurig und glücklich zugleich gestimmt, aber Lilly hatte es verdient. Die letzten Jahre der Trennung waren hart gewesen, und so konnte sie endlich mit ihrem Sohn und der Liebe ihres Lebens zusammen sein. Dennoch würde ich meine älteste Freundin vermissen.

»Ja, das habe ich«, sang Lilly und hüpfte aufgeregt auf und ab.

»Herzlichen Glückwunsch«, sagte Julian, der seinen Weg zu uns zurückgefunden hatte, und gab ihr einen Kuss auf die Wange, der von Mrs und Mr Sullivan mit einem schiefen Blick deklariert wurde.

Ich hatte keine Ahnung, wann und wie sie es herausgefunden hatten, aber sie kannten Julians Geschichte, aus der er inzwischen kein Geheimnis mehr machte. Zwar erzählte er nicht der ganzen Welt davon, aber er log auch nicht mehr, um sie zu verheimlichen.

Lilly strahlte Julian übers ganze Gesicht an. »Danke.«

Tanner hatte Link von seinen Schultern gleiten lassen, hielt seinen Sohn aber weiterhin auf dem Arm, da der Trubel auf dem Rasen groß war. Freunde und Familienmitglieder eilten umher, weitere Fotos wurden geschossen und erste Abschlussgeschenke überreicht, was für viel Unruhe sorgte.

»Ich bin stolz auf dich«, sagte Tanner. Er beugte sich zu Lilly herab und gab ihr einen Kuss auf die Lippen, was Link ein »Ihhhh« entlockte, das uns alle zum Lachen brachte.

»Wir können uns deinen Freunden nur anschließen«, sagte Mrs Sullivan und umarmte ihre Tochter. »Du hast wirklich Großartiges geleistet.«

Lilly lächelte und verdrückte eine Träne. »Danke, Mom, und dir auch, Dad. Ich weiß, wir waren uns nicht immer einig, aber ohne euch hätte ich das nicht geschafft.« Sie sah zu dem mürrisch aussehenden Mann im grauen Anzug, dem es vorhin ziemlich peinlich gewesen war, vor uns zu weinen.

Er räusperte sich. »Gern, Kleines.«

»Wollen wir gehen?«, fragte Lilly. »Die anderen warten sicherlich schon.«

»Willst du dich von niemandem verabschieden?«, erkundigte sich Tanner.

Sie schüttelte den Kopf. »Das hab ich vorhin schon erledigt.«

Wir machten uns auf den Weg zu den Parkplätzen, wobei wir immer wieder von irgendwelchen Leuten aufgehalten wurden, die ein Foto mit Lilly wollten. Tanner schickte Julian und mich schließlich vor, damit wir nach dem Rechten sehen konnten.

Eine halbe Stunde später hielten wir auf demselben Parkplatz wie damals bei Cassies Geburtstag. Nachdem ich Lilly die Bilder von der Feier auf der Webseite der Partyplanerin gezeigt hatte, war sie nicht mehr davon abzubringen gewesen, ihren Abschluss hier zu feiern.

Um das Lagerfeuer, das erst später entzündet werden würde, entdeckte ich bereits viele bekannte Gesichter. Neben Cassie und Auri waren auch Adrian und Keith da sowie ein paar Verwandte und enge Freunde der Familie Sullivan, die angesichts der Location ziemlich verwundert und in ihren teuren Kostümen eher deplatziert wirkten. Auch Aliza war gekommen. Obwohl ich nicht mehr am MFC studierte, sahen wir uns weiterhin regelmäßig, und nachdem sie von der Feier erfahren hatte, hatte sie darauf bestanden, sich um das Buffet zu kümmern.

Ursprünglich hatten die Sullivans auch meine Eltern einladen wollen, aber Lilly hatte das verhindert. Seit ich vor mehreren Monaten aus ihrem Haus gestürmt war, hatten wir kein Wort mehr miteinander gesprochen. Hin und wieder schrieben sie mir Nachrichten, die ich allerdings meist einsilbig und auch nur dann beantwortete, wenn es wirklich nötig war. Sehnsüchtig wartete ich auf den Tag, an dem mich einer der beiden fragte, wie es Adrian ging, aber bisher war dieser Tag nicht gekommen.

»Ich sollte mal nach dem Buffet schauen«, sagte ich zu Julian.

»Okay, und ich hol uns etwas zu trinken.«

»Danke.« Kurz sah ich ihm noch hinterher, ehe ich zu Aliza ging, die vor einer langen Tafel stand, Teller zurechtschob und Häppchen anrichtete. »Das sieht alles verdammt lecker aus«, bemerkte ich.

Aliza lächelte mich an. »Danke, ich hab mir besonders viel Mühe gegeben.«

»Du solltest dich wirklich dafür bezahlen lassen.«

»Unsinn«, widersprach sie. »Es reicht vollkommen, dass du was zu den Einkäufen dazugegeben hast, der Rest ist mein Geschenk an Lilly. Außerdem habe ich damit jede Menge Content für meinen Blog. Das ist auch etwas wert.«

Ich grunzte unwillig, immer noch nicht wirklich damit einverstanden, dass Aliza keine Bezahlung nehmen wollte, und warf einen Blick auf das Kamerastativ, das sie aufgebaut hatte, um gleich den perfekt angerichteten Tisch zu fotografieren. »Wenn du das sagst.« Ich schnappte mir eines der Häppchen mit Avocado und Frischkäse und wechselte das Thema. »Wie läuft es im Studium? Wurden Juravorlesungen inzwischen als offizielle Foltermethode anerkannt?«

Aliza schnaubte. »Es läuft super. Und nein. Gerade ist es wirklich interessant. Letzte Woche haben wir einige Gerichtsverhandlungen besucht, und in ein paar Tagen darf ich einen Bundesrichter interviewen, der sich für die Todesstrafe ausgesprochen hat. Er ist zwar vollkommen im Unrecht, aber es könnte eine interessante Debatte werden«, erklärte sie mit so viel Enthusiasmus, dass ich mir jeglichen weiteren negativen Kommentar verkniff. Es freute mich, dass sie das Studium so begeisterte. Ich hingegen war froh, raus zu sein.

»Hast du schon eine Antwort auf deine Bewerbung bekommen?«, fragte Aliza und tauschte zwei Tabletts gegeneinander aus.

»Nein, noch nicht, aber vielleicht nächste Woche.«

»Es wird ohnehin eine Zusage.«

»Das hoffe ich.« In den letzten Wochen und Monaten hatte ich sehr hart an meiner Bewerbung für ein Kunststudium gearbeitet. Nach dem Streit mit meinen Eltern um Adrian und der Sache mit Julian hatte ich mein Jurastudium geschmissen, einen Teilzeitjob im Comicbuchladen angenommen und mich meiner Arbeit an der *Albtraumlady* gewidmet, die das Kernstück meiner Bewerbung war. Sie war noch weit von einer Fertigstellung entfernt, aber allmählich war zu erkennen, was daraus werden würde. »Brauchst du hier noch Hilfe?«, fragte ich Aliza.

»Nein, ich bin gleich fertig.«

»Gut, wenn ich noch was tun kann, ruf einfach.«

Sie nickte, und ich machte mich auf den Weg zum DJ. Wir besprachen noch ein paar Details, ehe ich mich nach Julian umsah. Ich entdeckte ihn bei Adrian und Keith, in den Händen hielt er zwei Gläser Cola.

Ich ging zu ihm hinüber und nahm ihm eines ab. »Um was geht's?«

»Jules hat uns gerade von der Abschlussfeier erzählt«, erklärte Adrian.

»Lillys Rede war umwerfend.«

»Das hat er auch gesagt. Wie lief es mit ihrer Mom?«

»Die hat sich vorbildlich verhalten.«

»Was war denn mit ihrer Mom?« Die Frage kam von Keith, der einen Arm um Adrian gelegt hatte.

»Ach, als Lilly und ich gemeinsam mit ihr das Kleid für heute gekauft haben, meinte sie zu Lilly, sie solle wirklich wieder mehr auf ihre Figur achten. Da ist Lilly mitten im Laden ausgerastet und hat sie angeschrien.«

Keith riss die Augen auf. »Was hat sie gesagt?«

Ich zuckte mit den Schultern. »Nur die Wahrheit. Dass sie eine kluge erwachsene Frau und eine gute Mutter sei. Dass sie sich den Arsch aufgerissen habe, um in Princeton angenommen zu werden, und dass sie keine Lust mehr darauf habe, sich diesen Scheiß anzuhören.«

»Ich wäre so gern dabei gewesen«, bemerkte Adrian.

»Es war wunderbar. Mrs Sullivan ist entrüstet aus dem Laden gestürmt, aber inzwischen hat sie sich bei Lilly entschuldigt«, sagte ich und sah mich nach meiner Freundin um.

Gemeinsam mit Tanner, Link und ihren Eltern kam Lilly in diesem Moment aus dem Wald. Sie trug besagtes Kleid, das aus mehreren Schichten seidigem Stoff in den verschiedensten Blautönen bestand. Es dauerte nicht lange, bis auch die anderen sie bemerkten und wir alle zu applaudieren begannen. Ein niedliches Lächeln breitete sich auf ihrem Gesicht aus, und sie senkte verlegen den Kopf.

Während Lilly eine Runde drehte, um alle Gäste zu begrüßen, verteilten Aliza, Julian und ich Sekt und Orangensaft. Nachdem Lilly jeden persönlich willkommen geheißen hatte und alle mit Drinks versorgt waren, half Tanner ihr dabei, auf einen Stuhl zu steigen, damit wir sie alle gut sehen konnten.

Bei ihrem Anblick beschleunigte sich mein Herzschlag, und ein Gefühl der Wehmut breitete sich in meiner Brust aus.

»Hallo«, begann sie schüchtern und strich nervös den Stoff ihres Kleides glatt. »Danke, dass ihr alle gekommen seid. Es bedeutet mir viel, euch noch einmal zusammen zu sehen, bevor es für Tanner, Link und mich nach New Jersey geht. Ich werde sicherlich oft zu Besuch kommen, aber es wird nicht mehr dasselbe sein.« Ihre Stimme brach, und selbst aus der Ferne konnte ich die Tränen erkennen, die in ihren Augen schimmerten.

Sofort hatte ich einen Kloß im Hals.

Lilly räusperte sich. »Ich … ich kann gar nicht in Worte fassen, wie sehr ich euch alle vermissen werde. Ihr habt mir durch die schwersten Jahre meines Lebens geholfen und dabei, mich selbst zu finden. Ohne euch, vor allem aber ohne meinen wunderbaren Sohn, wäre ich nicht der Mensch, der ich heute bin. Und ohne arrogant klingen zu wollen: Ich mag, wer ich bin.« Sie lachte verlegen, und die Gäste lachten mit ihr. »Daher danke ich euch von ganzem Herzen für eure Freundschaft, eure Geduld und eure Unterstützung. Danke!« Erneuter Jubel brach aus, der Lilly die Röte ins Gesicht trieb. Sie deutete eine Verbeugung an und wollte von dem Stuhl steigen, als Tanner sie aufhielt.

Meine Hände wurden feucht, und ich klammerte mich an Julian, denn ich wusste, was jetzt kam. Zwei Monate lang hatte ich das Geheimnis für mich behalten müssen.

»Ich möchte auch noch etwas sagen«, rief Tanner in die Runde, löste den Blick dabei aber nur kurz von Lilly, die verunsichert in meine Richtung sah.

Ich lächelte sie an, und ohne es zu wollen, löste sich eine Träne aus meinem Augenwinkel.

»Lilly, ich bin so stolz auf dich«, fuhr Tanner fort und nahm ihre Hand. »Nicht nur, weil du heute deinen Abschluss als Beste deines Jahrgangs gemacht hast, sondern auch und vor allem, weil du einfach eine wundervolle Frau bist. Ich finde, du hast es dir verdient, ein bisschen arrogant zu sein.« Er lächelte sie an, und in diesem Moment schmolz wohl nicht nur Lillys Herz, sondern das aller anwesenden Gäste. »Ich habe dich als Mädchen kennengelernt, und gemeinsam sind wir erwachsen geworden. Wir haben einen wunderbaren Sohn, für den ich jeden Tag dankbar bin. Jeder, der uns kennt, weiß, dass es bis hierher kein leichter Weg war, aber ich wäre ihn mit niemandem lieber gegangen als mit dir. Ich liebe dich, Lilly, und deshalb frage ich dich: Willst du mich heiraten?«

»Ja!«, brüllte Lilly und sprang Tanner in die Arme, noch bevor dieser die Chance dazu hatte, die kleine schwarze Schachtel hervorzuziehen, deren Inhalt ich gemeinsam mit ihm ausgesucht hatte. Sie klammerte sich an ihm fest und küsste ihn stürmisch und lachend und auch etwas weinend, während wir klatschten und uns mit den beiden freuten.

Nachdem Lilly Tanner wieder losgelassen hatte, steckte er ihr den Ring an den Finger, und wir alle versammelten uns um das frisch verlobte Paar, um den beiden zu gratulieren.

Schluchzend fielen Lilly und ich uns in die Arme, und sie fragte mich, ob ich ihre Trauzeugin werden wollte. Darüber musste ich keine Sekunde nachdenken, und ich gestand ihr, dass ich bereits Karten für die Hochzeitseinladungen entworfen hatte. Am liebsten hätte Lilly gleich alles darüber erfahren, aber der Andrang der Gratulanten hielt uns davon ab, sofort mit der Planung loszulegen. Wir verabschiedeten uns für den Moment, und ich gesellte mich zu Julian, der mit Auri und Cassie neben dem Buffet stand.

Ich schlang einen Arm um Julians Taille und gab ihm einen Kuss auf die Wange. »Ich liebe dich.«

Er seufzte schwer. »Ich hätte wissen müssen, dass du eine von denen bist.«

»Eine von welchen?«

»Eine von denen, die beim Thema Hochzeit ganz gefühlsduselig werden«, erklärte er mit einem Lächeln und legte mir einen Arm um die Hüften.

»Ja, aber es ist einfach so schön«, erwiderte ich. »Zwei Menschen, die beschließen, den Rest ihres Lebens zusammen sein zu wollen. Bis dass der Tod sie scheidet.«

»Oder der Scheidungsanwalt.«

Ich verdrehte die Augen. »Sei nicht so zynisch. Cassie, sag ihm, dass das romantisch ist.«

»Es ist romantisch«, bestätigte Cassie und stibitzte sich ein Häppchen von Auris übervollem Teller. »Wenn ich einmal heirate, möchte ich eine *Herr-der-Ringe-* oder *Game-of-Thrones-*Hochzeit haben. Wobei … Letztere könnte unbequem enden. Lieber *Herr der Ringe*.«

»Und was ist, wenn dein zukünftiger Ehemann das nicht möchte?«, fragte Auri.

Cassie stieß ein verächtliches Zischen aus. »Als würde ich je einen Mann heiraten, der gegen eine *Herr-der-Ringe-*Hochzeit ist.« Nachdenklich schürzte sie die Lippen. »Ich würde aber auch gern mal auf eine *Star-Trek-*Hochzeit gehen. Wie steht Lilly zu Mottopartys?«

»Vergiss es«, antwortete ich. »Das wird ganz traditionell.«

»Verdammt. Und wie sieht es bei dir aus?«

»Nope. Wenn Julian und ich heiraten, wird das eine Superhelden-Hochzeit.«

»Schade.« Cassie schmollte, aber nur für eine Sekunde. »Wer will noch was zu trinken? Ich habe gesehen, dass es Cocktails gibt. Sex on the Beach, anyone?«

Ich deutete auf das Buffet. »Ich sollte zuerst etwas essen.«

»Ich auch«, pflichtete Julian bei.

Cassie sah zu Auri auf. »Und was ist mit dir?«

Er nickte. »Ich komm mit.«

Die beiden gingen zur Bar, an der sich inzwischen eine Schlange gebildet hatte.

Ich wollte mich gleich dem Essen widmen, aber Julian, der noch immer seinen Arm um mich gelegt hatte, hielt mich fest.

Fragend sah ich ihn an.

Er betrachtete mich. Auf seinen Lippen ruhte ein leises Lächeln.

»Was?«

»Du hast gesagt: ›Wenn Julian und ich heiraten‹.«

Ich runzelte die Stirn. »Und?«

»Nichts. Es klang nur sehr selbstverständlich.«

Ich schmunzelte. »Macht dir das Angst?«

Er schüttelte den Kopf. »Nicht im Geringsten, aber vielleicht sollten wir erst den nächsten Schritt gehen, bevor wir uns direkt an die Hochzeitsplanung setzen.«

Neugierig hob ich eine Augenbraue. »Und was wäre der nächste Schritt?«

»Dass ich bei dir einziehe.«

»Ist das dein Ernst?«

Er nickte. »Ich habe die letzten drei Wochen kein einziges Mal in meinem eigenen Bett geschlafen. Und Auri und Cassie freuen sich sicherlich über ein Extrazimmer für ihre Kostüme.«

Mein Grinsen wurde breiter, und dann küsste Julian mich. Ein Schwur auf die Entscheidung, die wir gerade getroffen hatten. Und auf einmal fühlte sich mein Herz so groß an, dass ich glaubte, es müsste mir den Brustkorb sprengen. Ziemlich genau vor einem Jahr hatte ich Adrian verloren, und noch nie in meinem Leben hatte ich eine solche Angst gehabt. Inzwischen war er zurück und mit Keith so glücklich wie noch nie zuvor. Meine beste Freundin war verlobt und hatte sich all ihre Wünsche erfüllt. Und Julian war nicht nur auf dem Weg, ein brillanter Architekt zu werden, sondern hatte auch keine Angst mehr davor, der Welt zu zeigen, wer er wirklich war. Es war keine Entwicklung, die von heute auf morgen passierte, aber mit jedem Tag, der verging, machte er sich mehr und mehr von seinen Ängsten frei.

Ich hingegen hatte mein Leben noch nicht ganz im Griff. Es gab viele offene Fragen, deren Antworten alle davon abhingen, ob ich für das Kunststudium zugelassen wurde oder nicht. Doch egal, wie die Entscheidung ausfallen würde, ich hatte großartige Freunde und einen wunderbaren Mann an meiner Seite, und irgendwie und irgendwann würde ich meinen Traum verwirklichen. Komme, was wolle.

Nachwort

ACHTUNG!
BITTE LEST DIESES NACHWORT ERST,
WENN IHR DAS BUCH BEENDET HABT.
SPOILER FOLGEN!

»Ich bin trans.«

Egal ob man es sich das erste Mal selbst eingesteht oder sich so bei anderen Menschen outet: Es ist ein Satz, der einem meist nur schwer über die Lippen kommt, weil man sich vorher schon die schlimmsten Reaktionen ausgemalt hat. Dabei ist die Tatsache, trans* zu sein, alles andere als schlimm. Schlimm sind nur die Menschen, die daraus ein Problem machen. Denn so wie Julian geht es vielen auf dieser Welt.

Doch zum Glück werden wir immer sichtbarer. Wir existieren, und wir haben ein Recht darauf, unser wahres Geschlecht auszuleben.

Der Begriff trans* ist ein weit gefächerter Begriff. Im Grunde beschreibt er Menschen, die sich nicht oder nur zum Teil mit ihrem bei der Geburt zugeordneten Geschlecht identifizieren. Weder Chromosomen noch innere oder äußere Geschlechtsmerkmale können das Geschlecht gänzlich bestimmen (auch wenn viele meinen, dass dem so wäre, weil es bei den meisten Menschen augenscheinlich so ist). Das eigene Geschlecht wird letztendlich vom Kopf definiert.

Eigentlich ist es also ganz einfach: Wer sich als Mann fühlt, ist ein Mann. Wer sich als Frau fühlt, ist eine Frau. Wer sich irgendwo zwischen oder außerhalb des binären Spektrums (Mann/Frau) einordnet, darf sich dort wohlfühlen.

Völlig unabhängig vom Alter formulieren Menschen den Wunsch, ihre wahre Geschlechtsidentität ausleben zu können.

Trans* zu sein ist keine Phase, es ist die Entscheidung, mit sich selbst glücklich zu werden. Und für die meisten ist es eben eine Angleichung ihres Körpers an ihr vom Kopf bestimmtes Geschlecht.

Die Selbsterkenntnis »Ich bin trans*« ist für viele ein Schlüsselmoment. Manche Menschen stolpern plötzlich über diese Aussage und können sich auf Anhieb damit identifizieren. Für andere ist der Selbstfindungsprozess ein längerer Weg, auf dem sie sich erst einmal ausprobieren müssen. Und beides ist völlig in Ordnung. Wie man am Ende zu seiner Selbsterkenntnis kommt, spielt nämlich keine Rolle.

In der Regel folgt danach das Outing bei den Eltern, Freunden, Familie, Lehrern und dem restlichen Umfeld. »Wie werden meine Eltern darauf reagieren?«, »Werden meine Freunde hinter mir stehen?«, »Was ist, wenn mich meine Familie nicht unterstützt?«, »Was ist, wenn ich alle Menschen, die ich mag, verliere?« – das sind Fragen, die immer wieder auftauchen.

Für viele, vor allem Eltern, Angehörige, Verwandte und Freunde, kann so ein Outing überraschend kommen und einschneidend wirken. Oft schleichen sich auch eine gewisse Angst und Überforderung ein, vor allem wenn man vorher noch nie (persönlich) mit dem Thema konfrontiert wurde. Und somit können die Reaktionen auf ein solches Outing leider sehr unterschiedlich und vielfältig sein.

Julians Mutter, deren Verachtung auf der Beerdigung seines Vaters deutlich wird, zeigt, dass sie den Lebensweg ihres Sohnes auch Jahre nach seinem Outing nicht akzeptiert. Das ist sehr schade, kommt aber leider auch in der Realität vor. Warum manche Eltern so extrem reagieren, lässt sich nur schwer nachvollziehen. Zum Glück gibt es aber auch viele, die mit dem ganzen Outing sehr entspannt umgehen und ihre Kinder unterstützen.

Dennoch gern ein paar Worte an sie:

Liebe Eltern,
Sie verlieren keine Tochter oder einen Sohn. Sie gewinnen ein glücklicheres Kind. Ein Kind, das Ihnen vertraut und das den Willen hat, glücklich zu werden – mit sich selbst und seinem Leben. Es ist okay und völlig verständlich, wenn Sie ein solches Outing erst mal aus der Bahn wirft, aber Sie werden merken, dass Ihr Kind aufblühen wird. Dass Ihr Kind kein anderer Mensch wird, nur weil es einen anderen Namen trägt. Ihr Kind liebt und braucht Sie. Und so sollte es Ihnen (hoffentlich) auch gehen.

Das Gleiche gilt übrigens auch für alle anderen Verwandten und Freunde: Wenn euch der Mensch etwas bedeutet, dann sollte die Tatsache, ob er trans* ist oder nicht, völlig egal sein. Denn das, was sich ändert, ist nicht der Kern, sondern höchstens der Körper, der ihn umschließt. Außerdem passiert nichts von heute auf morgen, da der Trans*weg ein Prozess ist. Aussagen wie »Das ist alles nur eine Phase«, »Bist du dir da ganz sicher, was du tust?«, »Ich nenn dich aber erst …, wenn du die OP hattest« und »Für mich bleibst du trotzdem immer …« sollten trotz allem vermieden werden.

Trans* ist keine Phase und auch kein Spiel, und niemand hat das Recht, zu beurteilen, ob eine andere Person männlich/weiblich genug ist, um beispielsweise mit seinem/ihrem neuen Namen angesprochen zu werden.

Julians Weg ist einer von vielen möglichen Trans*wegen. Er ist die Schritte gegangen, die für ihn wichtig und notwendig waren, um mit sich und seinem Körper glücklich zu werden. Und auch wenn es einzelne Schritte gibt, die für alle gleich sind, so ist doch jeder Weg individuell. Manche lassen lediglich ihren Vornamen und ihr Geschlecht gerichtlich (also im Ausweis und auf allen anderen Dokumenten) ändern, andere machen eine Hormontherapie mit Testosteron oder Östrogen, wieder andere entscheiden sich für die verschiedensten geschlechtsangleichenden Operationen.

Welche Maßnahme(n) jemand in Angriff nimmt, ist kein Maßstab dafür, ob man Mann, Frau, queer oder nicht-binär genug ist. Operationen definieren kein Geschlecht, sie sind ein Mittel zum Zweck der Angleichung an den Körper, in dem man sich endlich wohl, angekommen und zu Hause fühlen kann, und deshalb ist die Entscheidung, ob man sie durchführen will oder nicht, auch jedem selbst überlassen.

Wer Angst hat, sich auf dem Trans*weg charakterlich stark zu verändern, kann beruhigt aufatmen: Der Kern eines Menschen ändert sich dadurch nicht. Wer schon immer ein humorvoller und harmoniebedachter Mensch war, der wird es auch weiterhin bleiben. Eine Veränderung ist höchstens die Tatsache, dass man glücklicher, selbstbewusster und vielleicht auch etwas aufgeschlossener gegenüber anderen Menschen wird, je mehr man bei sich selbst ankommt.

Wir Trans*menschen sind keine Exoten, die man immer und überall erkennt. Es geht uns nicht darum, Aufmerksamkeit zu bekommen oder möglichst viel aufzufallen. Ganz im Gegenteil. Das Ziel der meisten ist, sich mit dem eigenen Körper in Einklang zu bringen und ganz *normal* (in der Masse der Gesellschaft untergehend) leben zu können.

Im Laufe des Weges setzen sich viele nicht nur mit ihrer eigenen Identität, sondern auch mit ihrer sexuellen Orientierung auseinander, und es ist wichtig zu verstehen, dass das zwei völlig verschiedene Sachen sind. Trans* ist keine sexuelle Orientierung. Beim Trans*-Sein geht es um die eigene Geschlechts*identität*. Die sexuelle Orientierung steht auf einem ganz anderen Blatt geschrieben und ist genauso vielfältig wie bei allen anderen Menschen auch. Trans*menschen können demnach genauso asexuell, bisexuell, homosexuell, pansexuell, heterosexuell oder anders sexuell orientiert sein.

Und irgendwann, so würden es wohl viele beschreiben, hört der Trans*weg auch einfach auf.

Man muss sich nicht sein Leben lang dafür erklären und rechtfertigen, wer man ist. Die Vornamens- und Personenstandsänderung ist irgendwann abgeschlossen, die gröbsten Veränderungen der Hormontherapie erlebt und die Operationen verheilt. Ja, irgendwann kehrt so etwas wie eine (vielleicht vorher so noch nie erlebte) Normalität ein. Irgendwann ist man einfach fertig. Und spätestens dann, aber vielleicht auch schon im Laufe der Transition, entscheiden sich viele dafür, sich nicht mehr bei jedem zu outen – weil es einfach nicht mehr nötig ist.

Zum Schluss noch ein paar Tipps, die ich gern jedem mit auf den Weg geben möchte, der ebenfalls trans* ist: Informiert euch gut und ausführlich über die möglichen Schritte, glaubt nicht das Erste, was euch gesagt wird. Tauscht euch mit anderen über verschiedene Social-Media-Plattformen, Foren und Selbsthilfegruppen vor Ort aus und sucht euch Unterstützung. Ihr seid nicht allein, es gibt viele Menschen, denen es so geht wie euch. Wir sind ganz normal.

Da der gesamte Weg ein Prozess ist, ist es menschlich und auch richtig und sinnvoll, sich immer wieder selbst zu reflektieren und Entscheidungen auch noch mal zu überdenken und gegebenenfalls zu ändern. Es ist euer Weg, euer Leben, und somit sind es auch eure Entscheidungen.

Egal, was ihr tut, bleibt authentisch. Es lohnt sich nicht, sich für andere Menschen zu verstellen. Deshalb ist es auch ganz wichtig, dass ihr auf euch selbst hört. Nur ihr wisst, was sich richtig und was sich falsch, was sich besser und was sich schlechter anfühlt.

Tut alles dafür, dass ihr glücklich werdet. Es lohnt sich – versprochen!

Thorben Rump

Danksagung

Someone New erzählt eine Geschichte, die ich ohne fremde Hilfe unmöglich zu Papier hätte bringen können. Mein größter Dank gilt jenen Männern, die mir dabei geholfen haben, Julian zu verstehen. Adrian danke ich für seine Offenheit und dafür, dass er mir so unermüdlich all meine Fragen beantwortet hat. Thorben, dir danke ich für deinen Einsatz und das wunderbare Nachwort. Linus möchte ich dafür danken, dass er mir in vielerlei Hinsicht die Augen geöffnet hat. Und danke auch an Benjamin für sein ehrliches Feedback. (Ja, ich habe es mir wirklich ausgedruckt.) Ihr vier wart eine Bereicherung für *Someone New*.

Mein Dank gilt aber auch all den anderen großartigen Menschen, welche dieses Projekt mit ihrer Zeit, ihrem Wissen und ihren Worten unterstützt haben: Yvo, Ivy, Saskia, Caro, Nina, Dana, Susanne, Anabelle, Verena, Tanja und April.

Selbstverständlich dürfen auch der LYX-Verlag, Stephanie Bubley, Ruza Kelava und Simon Decot, in dieser Liste nicht fehlen. Danke für das Vertrauen und den Mut, mich eine Geschichte wie *Someone New* erzählen zu lassen. Ich danke auch dem Rest des LYX-Teams für die unermüdliche Unterstützung: Simone Belack, Momke Zamhoefer, Anna Fohs und all den anderen, die hinter den Kulissen dabei helfen, meine Romane zu verwirklichen.

Danke auch an Gabriella Bujdosó für die zauberhaften Illustrationen von Julian und Micah, die in der Special Edition von *Someone New* zu finden sind.

Darüber hinaus danke ich wie immer meiner Literaturagentur und meinem Agenten Markus Michalek, meiner Familie und euch, meinen Leser*innen. Ich hoffe, ihr habt *Someone New* genauso gern gelesen, wie ich es geschrieben habe. Die Geschichte von Micah und Julian wird immer einen besonderen Platz in meinem Herzen haben, und sie mit euch teilen zu können, ist mir eine große Freude. Ich hoffe, wir lesen uns in *Someone Else* wieder, um Cassie und Auri auf ihrer Reise zu begleiten.

Someone ELSE

Cassies und Auris Geschichte
erscheint im Winter 2019/20.

LESEPROBE

Laura Kneidl

Berühre mich. Nicht.

Ich habe keine Angst.

Die Angst ist nicht real.

In meinem Kopf wiederholte ich die Worte wieder und wieder in der Hoffnung, mein Verstand würde diese irrationale Empfindung eines Tages auslöschen. Nur war dieser Tag nicht heute.

Ich wischte mir die feuchten Handflächen an der Jeans ab und atmete tief ein und wieder aus. Die Luft in der Bibliothek war trocken und kühl von der Klimaanlage. Es roch nach Staub und dem Leim, der benutzt wurde, um beschädigte Buchrücken zu kleben.

»Was kann ich für Sie tun?«

Ich blinzelte und trat mit weichen Knien einen Schritt vor. Der Bibliothekar, der hinter der Theke auf meine Antwort wartete, hatte dunkles Haar, und ein Bartschatten umspielte seinen Kiefer, als hätte er am Morgen keine Zeit mehr gehabt, sich zu rasieren. Er hatte dicke Finger mit abgekauten Nägeln und trug einen Ehering aus Gold. Er lächelte mich an.

Ich erwiderte das Lächeln nicht, sondern ließ stattdessen

eine Strähne meines braunen Haars vor mein Gesicht fallen. In der rechten Hand konnte ich das verräterische Kribbeln einer herannahenden Panikattacke spüren. Normalerweise wurden diese nicht von so alltäglichen Situationen wie dieser ausgelöst, aber die neue Umgebung förderte meine Anfälle. Ich schluckte schwer und wollte antworten, doch die Worte, die ich mir am Morgen zurechtgelegt hatte, kamen mir nicht über die Lippen. Unbeholfen deutete ich auf das Schild, das neben der Theke angebracht war: *Aushilfe(n) für Magazin-Katalogisierung gesucht.*

Der Bibliothekar musterte mich eingehend, und ich verfluchte das Semester, das offiziell erst in einer Woche beginnen würde. In diesem Moment hätte ich mir ausnahmsweise die Anwesenheit anderer Studenten gewünscht. Eigentlich mochte ich Menschenansammlungen nicht sonderlich, und für gewöhnlich mied ich sie, dennoch war ich lieber eine von vielen, anstatt im Mittelpunkt zu stehen. Doch mit Ausnahme einiger weniger Besucher war die Bibliothek leer und ich die einzige Person an der Infotheke, sodass der Bibliothekar nur mich ansehen konnte.

»Sie wollen sich für den Aushilfsjob bewerben?«

»Ja.« Meine Stimme war ein heiseres Flüstern.

Hinter seiner Brille zog der Bibliothekar die Augenbrauen zusammen. Ich kannte diesen Ausdruck, ich hatte ihn schon auf Hunderten von Gesichtern gesehen. Sie alle hielten mich für durchgeknallt oder krankhaft schüchtern. Ich war weder das eine noch das andere, aber ich ließ die Leute gern in dem Glauben. Alles war besser, als wenn sie die Wahrheit kannten.

»Studieren Sie hier?«

Ich nickte.

Der Bibliothekar sah auf seinen Computerbildschirm. »Und wie heißen Sie?«

Mein Name.

Ich kannte meinen Namen.

Ich musste ihn nur aussprechen.

»Sage Derting.«

Der Bibliothekar tippte ihn in das System. »Gefunden.« Er runzelte die Stirn. »Sie haben keine aktuelle Adresse hinterlegt. Ich nehme an, Sie wohnen nicht mehr in Maine?«

Ich schüttelte den Kopf. Die Erinnerung daran, wie weit ich von Maine entfernt war, ließ etwas von meiner Panik weichen. Ziel meiner Reise war es gewesen, meinem alten Leben zu entkommen, und das war mir gelungen. Monatelang hatte ich meiner Flucht entgegengefiebert und alles in meiner Macht Stehende getan, um genügend Geld zusammenzukratzen, um hierherkommen zu können. Doch Benzin, Snacks, eine Übernachtung im Hostel, ein platter Reifen und ein Ölwechsel hatten mich auf der fast dreitausend Meilen langen Fahrt alles gekostet, und mein Kontostand näherte sich dem Nullpunkt. Deshalb brauchte ich diesen Job unbedingt. Ich hatte in der vergangenen Woche schon zu viele Absagen kassiert, um mir auch diese Chance entgehen zu lassen.

Ich räusperte mich. »Ich bin noch auf Wohnungssuche.« Die Lüge kam mir leicht über die Lippen, und der Bibliothekar stellte sie nicht infrage.

Er wühlte unter der Theke, zog ein Formular hervor und schob es mir über den Tresen zu. »Sie sind spät dran, aber wir haben uns noch für niemanden entschieden. Gehen Sie geradeaus bis zur Reihe G, dann links. Sie haben eine halbe Stunde, bis wir schließen.« Er hielt mir einen Stift mit dem Logo der Universität entgegen.

Ich betrachtete den Kugelschreiber und schätzte ab, wie nahe meine Finger seinen kommen würden, wenn ich danach griff. Fünfzehn Zentimeter. Es wäre keine direkte Berührung, käme dem allerdings sehr nahe.

»Ich habe etwas zum Schreiben dabei«, erwiderte ich, nahm das Formular an mich und eilte davon.

Das Kribbeln in meiner Hand ließ nach, als ich dem breiten Gang bis zu den Arbeitsplätzen im hinteren Bereich der Bibliothek folgte. Ein paar früh angereiste Studenten standen vereinzelt zwischen den massiven Holzregalen. Ich nahm jeden Einzelnen von ihnen wahr, doch während ich den Frauen kaum Beachtung schenkte, betrachtete ich die Männer ganz genau. Sie alle waren mit ihren Büchern oder Laptops beschäftigt und schienen mich nicht einmal zu bemerken.

Ich bog nach links in Reihe G ab und entdeckte mehrere Tische aus demselben dunklen Holz wie die Regale. An einem Ende saßen sich zwei Typen gegenüber. Derjenige der beiden, der mir den Rücken zugewandt hatte, hatte sich über ein Buch gebeugt und die Hände resigniert in die Haare geschoben, als würde er kein Wort von dem, was er da las, verstehen. Der andere kaute gedankenverloren auf seinem Bleistift herum und trommelte mit den Fingern der anderen Hand nervös auf die Tischplatte. Ein Teil von mir registrierte, dass er gut aussah. Seine Haut hatte eine natürliche Bräune, seine Haare waren rabenschwarz und das T-Shirt, das sich über seinen Bizepsen spannte, zeigte deutlich, dass er seine Zeit nicht nur in der Bibliothek verbrachte. Doch der Teil von mir, der wider jede Logik handelte, ließ mich in die entgegengesetzte Richtung laufen. Am anderen Ende der Reihe ließ ich mich auf einen freien Platz neben einem Mädchen fallen.

Sie blickte von ihrem Buch auf und runzelte die Stirn. »Hallo?«, fragte sie skeptisch.

»Hey.« Ich lächelte. »Kannst du mir einen Stift leihen?«

»Klar.« Sie griff in ihren Rucksack und reichte mir einen Kugelschreiber, der genauso aussah, wie der, den mir der Bibliothekar zuvor angeboten hatte.

Ich nahm ihn, ohne zu zögern. »Danke.«

»Du bewirbst dich um einen Aushilfsjob?« Sie deutete auf das Formular, das vor mir auf dem Tisch lag, und sofort fielen mir die Armbänder an ihrem Handgelenk auf. Sie waren aus Leder gebunden, mit eingeflochtenen Steinchen und goldenen Elementen, die den braunen Schnüren etwas Elegantes und Weibliches verliehen.

Ich nickte. »Hast du dich auch beworben?«

»Nein, in staubigen Kellern abzuhängen ist nicht so mein Ding. Ich habe eine Zusage vom Bistro auf dem Süd-Campus bekommen. Le Petit.« Sie sprach den Namen übertrieben französisch aus. »Kennst du es?«

»Ja, ich bin schon daran vorbeigelaufen.«

Ich hatte dem Bistro einen Besuch abgestattet, nachdem ich eine Stellenanzeige dafür am Schwarzen Brett entdeckt hatte. Allerdings hatte ich den Gedanken, mich dort zu bewerben, sofort wieder verworfen. Die Tische im Innenraum standen so eng beisammen, dass man sich unmöglich ohne Körperkontakt zwischen den Gästen hindurchbewegen konnte. Zudem war der Laden unübersichtlich und der Besitzer ziemlich Angst einflößend, mit seinen breiten Schultern und dem verschlossenen Gesicht.

»Ich bin übrigens April«, stellte sich das Mädchen vor. Sie hatte blonde Haare, die ihr in sanften Wellen über die Schultern fielen und ihr schmales Gesicht betonten. Mir wurde bewusst, dass sie die erste Person in meinem Alter war, mit der ich seit meiner Ankunft in Melview sprach.

»Sage.«

»Freut mich, dich kennenzulernen.« April schob ihren Block in das Buch und schloss es. »Studierst du im ersten Semester?«

Ich nickte. »Du auch?«

»Jup. Ich bin vor zwei Wochen hergezogen und büffle mich

gerade durch die Vorkurse. Reicht es nicht, während des Semesters gequält zu werden?« Sie seufzte.

Ich lächelte sie mitfühlend an. »Woher kommst du?«

»Brinson. Eine Kleinstadt auf der anderen Seite des Sees, etwa hundert Meilen von hier.« Melview lag in der Nähe des Lake Tahoe, und nur ein paar Wälder trennten die Stadt und das College von dem See, der von zahlreichen Naturschutzgebieten umgeben war. »Kommst du von hier?«

Ich schüttelte den Kopf. »Nein, aus Maine.«

»Wow, da bist du ganz schön weit weg von zu Hause.«

Ich zuckte mit den Schultern und senkte den Blick auf das Bewerbungsformular. Wäre es nach mir gegangen, hätte die Distanz noch größer sein können. Was natürlich schwachsinnig war. Dreitausend Meilen waren mehr als genug, dennoch gefiel mir die Vorstellung von einem Ozean zwischen mir und meiner Vergangenheit.

»Ich wollte mal in den Westen der USA«, sagte ich ausweichend.

»Und wieso nicht gleich Kalifornien?«

»Die UCLA hat mich abgelehnt.«

»Schade, aber hey, jetzt bist du hier, und wir haben uns kennengelernt. Also kein Grund, traurig zu sein.« April grinste mich an, als das Handy, das neben ihr auf dem Tisch lag, zu vibrieren begann. Ihr Lächeln verschwand, und sie öffnete die eingegangene Nachricht mit einem Seufzen. »Ich muss los, meinen Bruder abholen. Es wird Zeit, dass er endlich seinen Führerschein macht.« Sie packte ihre Unterlagen zusammen und stopfte sie in ihren schwarzen Rucksack. »Es war nett, dich kennenzulernen, Sage. Willst du mir vielleicht deine Handynummer geben?«

»Gerne.« Wir tauschten unsere Nummern aus, und April wünschte mir viel Erfolg bei meiner Bewerbung.

Ich sah ihr nach, bis sie hinter dem nächsten Regal verschwunden war, und versicherte mich mit einem Blick zur Seite, dass die Jungs noch immer in ihre Arbeit vertieft waren, ehe ich begann, das Bewerbungsformular auszufüllen.

Fünf Minuten vor Schließung der Bibliothek gab ich meine Bewerbung ab. Ich legte das Formular auf die Theke, um einer möglichen Berührung mit dem Bibliothekar zu entgehen. Er studierte das Blatt, nickte zufrieden und teilte mir mit, dass ich in den nächsten Tagen von ihm hören würde. Ich rang mir ein steifes Lächeln ab, das hoffentlich nicht allzu gequält wirkte, und verließ das alte Gebäude.

Ursprünglich war die Melview Universität eine Privatschule gewesen, mit der Bibliothek als Kernstück der Institution, wie man der Webseite der MVU entnehmen konnte. Erst in den Fünfzigerjahren war die Schule umfunktioniert worden, und seitdem war der Campus stetig erweitert worden, was zu einem interessanten Architekturmix geführt hatte. Einige Direktoren hatten den alten Stil beibehalten wollen, der an Harvard und andere Ivy-League-Colleges erinnerte. Andere wiederum waren auf Modernisierung aus gewesen, und so gab es nicht nur Gebäude aus Stein, sondern auch Neubauten mit klaren Kanten, viel Glas und Metall.

Mir gefiel diese Verschmelzung von Alt und Neu, und ich drehte mich noch einmal zu der Bibliothek um, während ich über den verlassenen Campus in Richtung der Parkplätze lief. Die Sonne war fast untergegangen, aber die Nächte in Nevada waren zu dieser Zeit des Jahres sehr mild. In Maine zeigte das Thermometer selten dreißig Grad, und ich besaß mehr Pullover und Jacken, als ich hier gebrauchen konnte. Allerdings fehlte mir das nötige Geld, um meine Garderobe anzupassen. Ich brauchte den Job in der Bibliothek. Dringend. Und auch ungeachtet meiner Garderobe würde mein Studium ohne Geld ein schnelles Ende finden. Ich konnte mir das College kaum leisten, nachdem ich für alle Stipendien abgelehnt worden war und nicht auf die finanzielle Unterstützung meiner Familie setzen konnte. Vermutlich würden sie mir das Geld geben, wenn ich danach fragte, aber das würde ich nicht tun. Mit geliehenem Geld gingen Verpflichtungen einher, die ich mit meiner Familie nicht bereit war einzugehen. Und bevor ich deswegen auch nur einen Fuß zurück nach Maine setzte, machte ich es mir lieber unter einer Brücke bequem.

Ich erreichte den Parkplatz, auf dem der alte VW-Transporter stand, den ich seit drei Monaten mein Eigen nennen durfte. Der rote Lack war zerkratzt und wies bereits Rostflecken auf, der Motor röhrte unangenehm laut und die Polster waren durchgesessen. Für jemand anderen wäre der Wagen wohl ein Wrack; ich liebte ihn. Ich hatte keine Ahnung von Mechanik und dergleichen, aber dieser VW hatte mir die Freiheit gebracht und bot mir darüber hinaus seit einer Woche ein Dach über dem Kopf.

Ich schob die große Flügeltür auf und stieg ein. Sofort schaltete ich die drei Taschenlampen ein, die ich mithilfe von Schnüren, Klebeband und Drähten an der Decke befestigt hatte. Sie leuchteten den Innenraum aus, der derzeit mein ganzes Leben beherbergte. Auf der einen Seite lag mein Schlafsack, den ich mit Matten unterlegt hatte, um es auf dem metallenen Untergrund bequemer zu haben. Ich besaß nur ein einziges Kissen und eine alte Patchworkdecke aus pinkfarbenen und violetten Flicken, die mir meine verstorbene Großmutter zur Geburt genäht hatte. Sie war nicht sonderlich groß und ziemlich verwaschen, mit losen Fäden und kleinen Löchern. Aber ich brachte es nicht über mich, sie wegzuschmeißen, denn in gewisser Hinsicht war sie mein wertvollster Besitz. Sie erinnerte mich an eine Zeit, in der noch alles in Ordnung gewesen war, und wenn ich tief genug Luft holte, glaubte ich manchmal, dass sie noch immer nach dem Haus meiner Großmutter roch. Nach Plätzchen, Kräutern und Geborgenheit. Auf der anderen Seite des Innenraums, neben meinem provisorischen Bett, standen zwei übereinandergestapelte Kartons mit Kleidung. Der restliche Platz wurde von Plastikcontainern eingenommen, in denen ich das Zubehör für den Schmuck aufbewahrte, den ich designte und auf Etsy verkaufte.

Ich setzte mich auf meinen Schlafsack, mummelte mich in die Patchworkdecke ein und las die SMS, die mir meine Mom bereits vor einer Stunde geschickt hatte.

Ich hab versucht, dich anzurufen, aber habe dich nicht erreicht. Leider muss ich gleich zur Arbeit. Vielleicht versuch ich es in der Pause noch mal, wenn es nicht zu spät wird. Hab dich lieb. Mom.

Ich las die Nachricht ein zweites Mal und hoffte, die Worte würden irgendetwas in mir auslösen. Sehnsucht. Heimweh. Zugehörigkeit. Aber da war nichts; nur Erinnerungen, die ich vergessen wollte. Ich schluckte schwer, und um keinen Verdacht zu wecken, schickte ich meiner Mom eine Nachricht, in der ich ihr eine ruhige Nacht im Krankenhaus wünschte. Sie hatte keine Ahnung von den Dingen, die passiert waren.

Bevor ich mich in meinen negativen Gedanken verlieren konnte, zog ich eine der Schmuckboxen zu mir heran, in der ich angefangene Ketten aufbewahrte, und machte mich an die Arbeit.

Mit fünfzehn hatte ich begonnen, Armbänder, Ketten und Ohrringe zu entwerfen. Zuerst hatte der Schmuck nur eine Ablenkung sein sollen. Das Fädeln von Ketten und Kleben von Ohrringen half mir dabei, nicht über meine Situation nachzudenken, doch mittlerweile war die handwerkliche Arbeit zu einer Flucht aus dem Alltag geworden. Wenn ich hier saß, in meinem Van, mit meiner Decke und den Perlen, war meine

Welt in Ordnung. Für eine Weile schien die Realität stillzustehen, und ich konnte mich in ein Leben träumen, in dem meine Ängste nicht existierten. Und je mehr Schmuck ich bastelte, desto näher kam ich dieser Realität.

Es war meine Freundin Megan gewesen, die mich dazu gedrängt hatte, die Ketten und Ohrringe online zu verkaufen. Ich hatte mir nicht viel davon versprochen, zu meiner Überraschung fand meine Arbeit allerdings schnell erste Interessenten. Ein Vermögen verdiente ich damit nicht, aber ohne das falsche Gold, das Silber und die Lederbändchen hätte ich mir die Flucht aus Maine nie leisten können.

Eigentlich sollte ich nicht hier sein. Nur Studenten, die in den Wohnheimen lebten, durften die Häuser ohne Begleitung betreten. Aber ich hatte keine andere Wahl, wenn ich duschen wollte.

Ich passte die Mittagszeit ab, zu der immer Leute aus den Wohnheimen kamen, um in die Mensa zu gehen. Ich lauerte vor der Tür und tat so, als wäre ich mit meinem Handy beschäftigt, bis zwei Mädchen das Gebäude verließen. Sie waren so in ihre Unterhaltung vertieft, dass sie mich überhaupt nicht bemerkten. Ich zögerte nicht und hielt die Tür auf, bevor sie wieder zufallen konnte, dann schlüpfte ich ins Innere des Wohntrakts und straffte meine Schultern, um eine selbstsichere Haltung bemüht.

Die Flure waren leer und von einer gespenstischen Stille erfüllt, die am offiziellen Semesterbeginn der Vergangenheit angehören würde. Nur vereinzelt waren aus den Zimmern Geräusche zu hören. Mit einem Handtuch unter dem Arm lief ich die Treppe hinauf. Zwar besaß jede Etage eine Gemeinschaftsdusche, aber wie ich vor einigen Tagen beobachtet hatte, waren im ersten Stock neue Brauseköpfe angebracht worden, und ich hatte Lust, mir etwas Luxus zu gönnen. Ich konnte das Schild mit der Aufschrift *Waschraum* bereits von der Treppe aus sehen und beschleunigte meine Schritte.

Plötzlich wurde eine der Zimmertüren geöffnet. Ich zuckte zusammen, ermahnte mich allerdings weiterzugehen, um nicht aufzufallen. Doch ich hatte nicht damit gerechnet, dass ein Mann aus dem Zimmer kommen würde.

Ich erstarrte. Der Kerl, der mir nun gegenüberstand, erschien mir wie die Personifizierung all meiner Ängste. Er war groß, ein Riese im Vergleich zu meinen eins fünfundsechzig. Eine Tätowierung erstreckte sich über seinen gesamten rechten Arm, und an seinem Zeigefinger glaubte ich ebenfalls einen dunklen Schatten zu erkennen. Dies lenkte meine Aufmerksamkeit auf seine Hände. Seine freien Hände. Hände, mit denen er mich jederzeit packen und gegen die Wand drücken könnte. Mit einem Mal wurde mir so kalt, als würde Eiswasser statt Blut durch meine Adern fließen, und ein taubes Gefühl breitete sich in meinen Gliedern aus.

Als der Kerl meinem Blick begegnete, sog ich scharf die Luft ein. Seine Augen waren wie ein Regentag – diesig, kalt und grau, seine Haare wellten sich in dunkelblonden Locken um sein Gesicht. Und ein schiefes Grinsen, das anzüglicher nicht hätte sein können, umspielte seine Lippen. Langsam zog er die Tür hinter sich zu.

Ich habe keine Angst.

Die Angst ist nicht real.

Mein Mantra half nicht. In diesem Moment war meine Angst sehr real. Sie war mir so vertraut wie eine alte Bekannte, und einmal mehr war ich dem Irrglauben erlegen, sie kontrollieren zu können.

Der Typ kam mit bedachten Schritten auf mich zu. Ich wollte wegrennen, aber ich war eine Gefangene meines eigenen Körpers. Je näher er mir kam, umso mehr Details nahm ich wahr. Die Tätowierung an seinem Arm bestand ausschließlich aus geometrischen Figuren, die sich zu einem symmetrischen Muster verwoben. Der Schatten an seinem Finger war ein Blitz. Ein kleiner Höcker zierte seine Nase, zu ebenmäßig, um von einem Bruch zu stammen, und ein violetter Bluterguss prangte an seinem Hals.

Obwohl dieser Kerl mich lediglich ansah, wuchs in mir der Drang, um Hilfe zu schreien. Doch selbst wenn ich es wirklich gewollt hätte, wäre ich nicht dazu in der Lage gewesen, auch nur einen Ton herauszubringen.

Mittlerweile war der blonde Typ nur noch eine Armlänge von mir entfernt. Er erwiderte meinen Blick, und diesmal lag etwas Gieriges in seinen Augen. Gefiel ich ihm?

»Du hast mich nicht gesehen«, flüsterte er, eine Drohung in seinen Worten.

Ich nickte mechanisch.

Sein Lächeln wurde breiter, und er ging an mir vorbei zur Treppe.

Regungslos verharrte ich auf der Stelle, bis seine Schritte verklungen waren. Dann schloss ich die Augen und holte tief Luft, um mich zu beruhigen. Meine Hände zitterten heftig, und meine Muskeln entspannten sich nur langsam. Unsicher auf den Beinen lief ich weiter in Richtung des Waschraums. Immer wieder spähte ich über die Schulter. Der Typ kam nicht zurück, und ich schlüpfte eilig in das Gemeinschaftsbad.

Sie dachte, dass sie niemals lieben könnte.
Doch dann traf sie ihn.

Laura Kneidl
BERÜHRE MICH. NICHT.
464 Seiten
ISBN 978-3-7363-0527-4

Als Sage in Nevada ankommt, besitzt sie nichts – kein Geld, keine Wohnung, keine Freunde. Nichts außer dem eisernen Willen, neu zu beginnen und das, was zu Hause geschehen ist, zu vergessen. Das ist allerdings schwer, wenn einen die Erinnerungen auf jedem Schritt begleiten und die Angst immer wieder über einen hereinbricht. So auch, als Sage ihren Job in einer Bibliothek antritt und dort auf Luca trifft. Mit seinen stechend grauen Augen und seinen Tätowierungen steht er für alles, wovor Sage sich fürchtet. Doch Luca ist nicht der, der er auf den ersten Blick zu sein scheint. Und als es Sage gelingt, hinter seine Fassade zu blicken, lässt das ihr Herz gefährlich schneller schlagen ...